Tara Haigh
Der süße Duft der Reben

Das Buch

London 1903. Der Vater der jungen Spanierin Isabel hat mit dem Import von Rosinen aus der Heimat ein Vermögen gemacht. An ihrem einundzwanzigsten Geburtstag eröffnet er ihr, dass sie Rafael heiraten soll, den Sohn eines Rosinenbarons, den sie schon seit ihrer Kindheit verabscheut.

Auf sich allein gestellt, kann Isabel sich das Studium an der Londoner Kunstakademie nicht leisten. Sie hat keine andere Wahl, als ihren Traum zu begraben und an Bord des Schiffes zu gehen, das sie zurück nach Dénia bringen wird. Doch kurz vor der Ankunft verlässt Isabel das Schiff, entschlossen, sich der Vermählung zu entziehen.

Auf der Flucht in der von einer Reblausplage bedrohten Stadt begegnet Isabel ihrer Jugendliebe wieder – und Rafael. Getrieben von einem dunklen Familiengeheimnis setzt er alles daran, sie in einen goldenen Käfig zu sperren. Doch Isabel kämpft für ein selbstbestimmtes Leben und setzt alles daran, dem Schlüssel zur Freiheit auf die Spur zu kommen ...

Die Autorin

Tara Haigh schreibt seit vielen Jahren große TV-Unterhaltung und als Tessa Hennig Frauenromane mit Herz und Humor, die bereits erfolgreich verfilmt und alle Bestseller wurden. In ihren historischen Romanen erzählt sie spannende Liebesgeschichten an exotischen Sehnsuchtsorten, die mit viel Liebe zum Detail recherchiert sind und dabei Aspekte der Weltgeschichte aufgreifen, die weniger bekannt oder bisher kaum literarisch in Erscheinung getreten sind. Weitere Informationen unter www.tessa-hennig.de.

Tara Haigh

Der süße *Duft* der Reben

Roman

Deutsche Erstveröffentlichung bei
Tinte & Feder, Amazon Media EU S.à r.l.
38, avenue John F. Kennedy, L-1855 Luxembourg
Dezember 2023
Copyright © der deutschsprachigen Ausgabe 2023
By Tara Haigh
All rights reserved.

Umschlaggestaltung: zero-media.net, München
Umschlagmotiv: © Serg Zastavkin © Rocksweeper © Chumash Maxim
© Ground Picture © Travel mania / Shutterstock
1. Lektorat: Ute Köhler
2. Lektorat: Cathérine Fischer
Korrektorat: Manuela Tiller / DRSVS

Gedruckt durch:
Amazon Distribution GmbH, Amazonstraße 1, 04347 Leipzig /
Canon Deutschland Business Services GmbH, Ferdinand-Jühlke-Straße 7,
99095 Erfurt /
CPI books GmbH, Birkstraße 10, 25917 Leck

ISBN 978-2-49671-459-3
e-ISBN: 978-2-49671-458-6

www.tinte-feder.de

KAPITEL 1

London Kensington, 1903

Sich mitten im Juli zum einundzwanzigsten Geburtstag einen makellos blauen Himmel zu wünschen, von dem schon morgens die Sonne durch das Fenster schien und einen sanft aus dem Schlaf hob, wäre in nahezu jeder europäischen Hauptstadt östlich und südlich des Ärmelkanals reine Zeitverschwendung. In London nicht. Isabels Wunsch war ungehört geblieben, wie sie feststellte, noch bevor sie die Augen aufschlug. Der Regen trommelte so kräftig gegen die Fensterscheiben, dass sie davon bereits um kurz vor sechs wach geworden war. Vater schlief sicher noch und Harriet, ihre Haushaltshilfe, kam vor sieben nicht ins Haus.

Isabel überlegte, sich noch einmal in ihre Federbettdecke einzumummeln und sich zurück in diesen wunderschönen Traum von einem perfekten Sommertag und ihrem Spaziergang am Meer zu begeben. Das angenehme Gefühl von feinem Sand an den Fußsohlen, auch der Brandung, die die Füße sanft umspülte und angenehm erfrischte, war noch so gegenwärtig, dass sie sich nur umzudrehen brauchte, um wieder in diese Welt hineinzufinden – eine Fähigkeit, die sie sich seit frühester

Kindheit angeeignet hatte. Anders war das Leben in dieser von Nebel und Regen regierten Stadt, in der sie sich bis zum heutigen Tag wie eine Fremde fühlte, kaum zu ertragen.

Heute wollte es jedoch nicht gelingen. Ihre Gedanken kreisten um die erlangte Volljährigkeit, zumindest auf dem Papier, denn letztlich würde sie weiterhin unter dem Vormund ihres Vaters stehen. Ungerechte Welt! Hier genau wie in ihrer spanischen Heimat.

Isabel setzte sich im Bett auf und überlegte, ob sie hinunter in die Küche gehen und sich einen Tee zubereiten sollte, doch dann verfing sich ihr Blick am Gemälde auf ihrem Schreibtisch, das sie am Vorabend nur deshalb nicht fertiggestellt hatte, weil ihr nach einem langen Arbeitstag im Büro von Vaters Rosinenhandel die Augen beim Malen zugefallen waren. Den Dattelpalmen fehlten noch ein paar orangefarbene Tupfer. Das wären schöne Farbkontraste inmitten des in ihrer alten Heimat immerwährenden Grüns schier endloser Weinstockreihen, die sich vom bergigen Hinterland bis hinunter zum Meer erstreckten. Am Horizont spannte sich ein azurblauer Himmel, der das einige Nuancen dunklere Meer küsste. Daran schmiegten sich kilometerlange Sandstrände, die von Dénia bis fast nach Valencia reichten. Wie oft war sie dort an Sonntagen mit Vater stundenlang spazieren gegangen! Eines der wenigen Dinge, an die sie sich noch erinnern konnte. Seit ihrem zehnten Lebensjahr erlebte sie dies nur noch in ihren Träumen.

Isabel kroch aus dem Bett und begab sich noch im Nachthemd zu ihrem Sekretär neben dem Fenster. Aus einem seiner beiden Regale lachte sie ihr Glücksbringer an, ein geschnitztes kleines Schweinchen, das ihr Fernando, ein Junge aus der Nachbarschaft, zu ihrem zehnten Geburtstag kurz vor ihrer Abreise nach England zum Abschied geschenkt hatte. Auch mit ihm und dem Baumhaus auf dem Grundstück der

Schreinerei seiner Eltern verband sie eine glückliche und vor allem unbeschwerte Zeit.

Die Pastellkreide lag vom Vorabend griffbereit auf dem Schreibtisch. Hingen die Datteln nicht wie Trauben an stacheligen Bögen? Schon so lange her. Isabel nahm die orangefarbene Kreide und ließ ihrer Hand freien Lauf, um den Palmen ihre Datteln zu geben. Sie lehnte sich danach zurück und glaubte, dass es damals genauso ausgesehen haben musste. Es war der Ausblick von der Terrasse ihres Elternhauses im hügeligen Hinterland, an dessen schmiedeeisernem Geländer auch auf ihrem Bild lilafarbene Bougainvilleablüten emporrankten. Von dort aus sah man weiße Häuser mit roten Ziegeldächern in der Ferne. Sie tummelten sich unter einer Festung an der Küstenlinie – den Montgó, Dénias Hausberg, im Rücken. Die Leute nannten ihn auch den schlafenden Elefanten. Das lag an seiner außergewöhnlichen Form und einem Ausläufer, der sich wie ein Rüssel bis hin zum Meer schlängelte. Isabel betrachtete ihr Werk. Es war noch schöner als in ihren Träumen. Bunt wie das Leben in ihrer Kindheit. Wenn Vater es zu sehen bekam, würde er es bestimmt wieder als »verklärt« bezeichnen. Und selbst wenn. War das ein Wunder, wenn man in einer Stadt lebte, deren Antlitz so grau war? Hatte er denn keine Sehnsucht nach seiner Heimat? Nach der Wärme, der Herzlichkeit, die den Menschen stets ein Lächeln ins Gesicht zauberte. Hierzulande rangen sie es sich ab. Es galt gar als unangebracht, unbeschwert fröhlich zu sein. Vater musste sich doch auch an all das erinnern.

Isabel wunderte sich sowieso schon seit Jahren darüber, warum er nur in geschäftlichen Angelegenheiten über die Heimat sprach, wenn es darum ging, Preise für Rosinen aus Moscateltrauben mit seiner Kundschaft auszuhandeln oder ihre Vorzüge anzupreisen. Er war mit Sicherheit auch der einzige Importeur, der nicht mindestens einmal pro Jahr vor Ort zugegen war, um die Ernte zu begutachten. Angeblich brauchte man das beim Moscatel nicht. Seine Lieferanten seien zudem vertrauenswürdig. Jammerschade. Hätte sie ihn doch auf diesen Reisen begleiten können!

Isabel hatte keine Zeit mehr, sich darüber einen Kopf zu machen, denn sie vernahm Geräusche von unten. Harriets Art, die Tür zu öffnen, war unverkennbar. Es klickte leise, gefolgt von einem Knarren. Vater konnte es also nicht sein. Der ließ die Tür für gewöhnlich ins Schloss knallen. Isabel legte den Zeichenblock zurück auf den Schreibtisch und begab sich zur Waschschüssel auf ihrer Kommode. Sie beschloss, sich dem Anlass entsprechend besonders hübsch herzurichten. Dazu gehörte, ihr dunkelblondes Haar erst einmal mit einer Bürste zu bändigen, um es dann nach oben zu stecken. Harriets Ansicht nach kamen dann ihre hohen Wangenknochen und ihre Augen besser zur Geltung. Außerdem würde sie mit dieser Frisur erwachsener aussehen – Vaters Ansicht und Bitte, wenn sie an seiner Seite in geschäftlichen Angelegenheiten unterwegs war. Eine richtige Dame sollte heute aus ihr werden.

Unbemerkt über die Treppe ins Souterrain ihres zweistöckigen Hauses zu gelangen, eines der vielen weiß getünchten Gebäude mit Gärten im Hinterhof, die sich in einer der besseren Ecken Kensingtons dem Straßenverlauf nach halbkreisförmig aneinanderreihten, war nahezu unmöglich. Die Hühnerleiter, wie sie Vater bezeichnete, weil die Trittflächen englischer Stufen im Vergleich mit denen ihrer Heimat nur etwa halb so breit waren, knarrte bei jedem Schritt. Es überraschte Isabel daher nicht, Harriets Stimme bereits nach nur wenigen Schritten treppab aus der Küche zu vernehmen.

»Liz, du darfst noch nicht reinkommen!« Mal nannte Harriet sie Isabel, mal Liz und in Vaters Beisein, oder wenn Gäste im Haus waren, sogar Elizabeth. Selbst die Lehrer in der Schule hatten nicht gewusst, dass eine Elizabeth in Spanien nun mal eine Isabel war. Mittlerweile hatte sie sich an beide Namen gewöhnt. Am liebsten mochte Isabel aber ihren Kosenamen Liz, was sicher daran lag, dass Harriet ihn gebrauchte. Sie war wie eine Mutter zu ihr und sah in Isabel wohl eine Tochter, die sie nie gehabt hatte.

»Darf ich jetzt?«, rief Isabel ungeduldig, noch bevor sie den Treppenabsatz erreicht hatte. Ihr war klar, dass Harriet sie mit irgendetwas zu ihrem Geburtstag überraschen wollte, wie sie es jedes Jahr zu diesem Anlass tat.

»Noch nicht.«

Ob Vater auch schon auf den Beinen war? Dann müsste er aber in der letzten halben Stunde die Treppe heruntergeschwebt sein. Es war schon nach sieben. Um die Zeit nahm er normalerweise das Frühstück zu sich.

Harriets Fluch gepaart mit dem schabenden Geräusch eines Streichholzes, das sich weigerte aufzulodern, waren verräterisch. Damit versuchte die gute Harriet bestimmt, eine Kerze zu entzünden, und worauf die steckte, war nicht schwer zu erraten. Weil Harriet eine aufmerksame Zuhörerin war und ihr jeden Wunsch von den Lippen ablas. Erst kürzlich hatten sie beiläufig über Isabels Lieblingskuchen gesprochen, den es in England normalerweise nur zu Weihnachten gab. Isabel konnte es kaum erwarten.

»Du kannst kommen«, jubilierte Harriet.

Das ließ Isabel sich nicht zweimal sagen. Und sie sollte mit ihrer Vermutung recht behalten. Vor ihr auf dem Tisch stand der schneeweiße, mit Marzipan und Zuckerguss überzogene Kuchen, innen saftig und mit reichlich Rosinen verfeinert. Ein Schuss Cognac durfte nicht fehlen. Die Kerze in seiner Mitte ebenso wenig. Harriet baute sich theatralisch vor ihrem kulinarischen Meisterwerk auf, das sie bei sich zu Hause gebacken und mitgebracht haben musste. Sie stimmte an: »Happy Birthday to you.« Einmal die dritte Strophe mit Liz, einmal mit Isabel. Und wie sie strahlte.

Dann nahm Harriet sie in den Arm. »Alles Gute zum Geburtstag, Liz. Na ja, ab jetzt bist du ja eine junge Dame. Ich muss dich wohl von nun an Elizabeth nennen«, sagte Harriet scherzhaft.

Auch sie hatte sich in Schale geworfen. Ihre Küchenschürze lag fein säuberlich gefaltet über der Stuhllehne. Das blaue Kleid, in dem sie auch in die Oper gehen könnte, griff die Farbe ihrer Augen auf. Ihr graues Haar im Dutt, eine Perlenkette im Dekolleté.

»Einundzwanzig Kerzen hätten mir den guten Kuchen kaputt gemacht, aber die eine kommt von Herzen«, sagte Harriet, als sie von ihr abließ. »Eine ist auch viel leichter auszupusten«, fuhr sie mit Blick auf den Kuchen fort.

Isabel verstand es als Aufforderung und holte tief Luft.

»Du musst dir was wünschen.«

Das war Isabel klar. Schließlich blies sie nicht zum ersten Mal Kerzen auf einem Geburtstagskuchen aus. Sie wusste bereits, was sie sich wünschen würde.

Die Kerze ging sofort aus. Ihr Rauch waberte zur Decke und erfüllte den Raum mit festlichem Bienenwachsduft.

»Manchmal gehen Wünsche schneller in Erfüllung, als man denkt«, sagte Harriet geheimnisvoll.

Isabel schenkte dieser vermutlich nur so dahingesagten Bemerkung keine Bedeutung. Viel brennender interessierte sie, wo ihr Vater war.

»Schläft er noch?«, fragte sie und deutete nach oben.

»Wo denkst du hin? Dein Vater ist am Hafen. Hat er dir das nicht gesagt?«

Vielleicht zwischen Tür und Angel gestern im Büro? Isabel konnte sich nicht daran erinnern. Enttäuschung machte sich in ihr breit.

»Esteban sollte sich schämen. Am Geburtstag meiner Tochter wäre das Erste, was ich täte, sie in meine Arme zu schließen«, stellte Harriet mit Verdruss fest.

»Woher weißt du, dass er am Hafen ist?«

»Er hat es mir gestern bei Tisch nach dem Abendbrot gesagt. Du warst ja schon auf deinem Zimmer. Die ersten Rosinen der Saison. Er will sie begutachten und die Lieferung persönlich in Empfang nehmen.«

Isabel wusste, dass es für ihren Vater immer ein besonderes Ereignis war. Schließlich erzielten die ersten Rosinen aus Moscateltrauben Höchstpreise. Er bekam sie nur, weil er Exklusivverträge mit den Lieferanten abgeschlossen hatte.

»Meinst du, er hat meinen Geburtstag vergessen?« Anscheinend waren ihm die Rosinen wichtiger.

»Sicher nicht, denn ich habe ihn darauf angesprochen. Er meinte, dass du an deinem freien Tag sowieso länger schlafen wirst und er noch vor dem Lunch wieder hier sei. Ich habe ihm trotzdem den Marsch geblasen.«

Letzteres rang Isabel nun doch ein versöhnliches Lächeln ab. Das konnte Harriet: sich ihren Vater zur Brust nehmen.

»Jetzt setz dich doch erst einmal. Der Tee ist schon fertig. Ich schneid uns gleich mal den Kuchen an und dann musst du ja noch dein Geschenk auspacken.«

»Ein Geschenk?«

»Na gut, dann pack es eben gleich aus.« Harriet holte einen großen mit einer Schleife versehenen Karton aus der Nische neben dem Ofen hervor und drapierte ihn neben dem Geburtstagskuchen auf dem Tisch.

Isabel machte sich gleich daran, den Knoten der riesigen roten Schleife zu lösen.

»Es ist nur eine Kleinigkeit«, merkte Harriet an, als Isabel den Karton aufklappte.

Von wegen! Isabel erkannte das gefaltete Holzgestänge sofort. Eine Staffelei. Ihre alte war vor zwei Wochen zu Bruch gegangen, als sie versehentlich beim Aufräumen ihres Zimmers dagegengestoßen war. Das alte morsche Holz der Staffelei hatte den Sturz auf das Parkett nicht überlebt.

»Aber das ist doch viel zu viel ...« Isabel wusste, dass Harriet nicht die Welt verdiente und auch, was eine neue Staffelei kostete.

»Ich habe sie günstig vom Trödelmarkt erstanden«, beschwichtigte Harriet.

Isabel stellte sie auf den Tisch, klappte sie auf und besah sich die solide Holzkonstruktion. Endlich mal eine, die man leicht verstellen konnte. Sie sah aus wie neu.

Harriet lächelte angesichts Isabels leuchtender Augen zufrieden. »Und was braucht man als Malerin noch?«, fragte Harriet. Sie schob den Karton verheißungsvoll hin und her.

Da musste noch etwas drin sein. Isabel langte hinein und hielt einen Griffelkasten, gefüllt mit nagelneuen Pastellfarben, in der Hand.

»Du malst so schön. Nicht, dass dir die Farben ausgehen.«

Isabel hatte das unstillbare Bedürfnis, ihre liebe Harriet gleich noch einmal in die Arme zu schließen. »Danke, meine Allerliebste.« Und wie Harriet die innige Umarmung genoss.

»Gut, dass Vater nicht hier ist«, stellte Isabel fest, nachdem sie sich von Harriet gelöst hatte.

Diese sah Isabel irritiert an.

»Wenigstens darf ich mir dann nicht schon wieder anhören, dass die Malerei eine gänzlich sinnlose Tätigkeit sei«, erklärte Isabel ihr.

Harriet feixte. »Der Banause. Esteban hat nur Zahlen im Kopf. Das Leben geht an ihm vorbei«, sagte sie und holte die Teekanne vom Herd. »Ich habe noch etwas«, sagte Harriet, als sie mit dem Tee zurückkam.

»Nein, Harriet. Das geht wirklich zu weit«, wandte Isabel ein.

»Es ist nicht von mir. Vielleicht kommt es von oben.«

»Von Vater?«

»Ich meine von ganz oben«, sagte Harriet bedeutungsvoll.

Isabel konnte ihr erst folgen, als Harriet einen Briefumschlag aus dem Zeitungsstapel der Anrichte zog und ihn ihr reichte. Post von der Royal Academy of Arts.

»Also wenn du mich fragst. Wenn so ein Brief just zu deinem Geburtstag kommt, dann kann nur Gutes drinstehen.«

Isabels Hände wurden augenblicklich feucht. Vor drei Monaten hatte sie sich mit ihrer Mappe, gefüllt mit Kohleskizzen, Aquarellen sowie Portraits und Landschaften in Pastell, dort beworben. Isabel hatte keine Geduld, den Brief vorsichtig zu öffnen. Ratsch. Sie überflog den Inhalt und stieß einen Jubelschrei aus!

»Sie haben dich aufgenommen?« Harriet konnte es anscheinend auch noch nicht so recht fassen.

Isabel reichte Harriet das Schreiben, das sie sich in Ruhe besah. Isabel las gleich noch einmal mit. Diesmal Wort für Wort, was in Harriets Händen einfacher war, weil sie im Gegensatz zu ihren nicht zitterten.

»Schon ab September. Weiß es dein Vater? Dass du dich beworben hast?«, hakte Harriet nach.

Isabel schüttelte den Kopf.

Sie erntete dafür ein wissendes Nicken. »Warum sagst du es ihm nicht gleich heute?«

»Das hat doch noch etwas Zeit.« Isabel graute davor.

»Er wird nicht begeistert sein, aber schließlich hat er eine Tochter, auf die er jetzt besonders stolz sein kann.«

Die Freude über diese Zusage verflüchtigte sich bei dem Gedanken, es ihm beizubringen, trotzdem so schnell, wie sie gekommen war.

Harriet schenkte ihnen Tee ein und schnitt dann den Kuchen an. »Wenn er dagegenredet, bekommt er es mit mir zu tun«, drohte sie schmunzelnd.

Das wiederum munterte Isabel ein wenig auf. Der nach Jasmin duftende Tee und der zum Geburtstagsgebäck umfunktionierte Weihnachtskuchen taten ihr Übriges. Happy Birthday, zumindest bis jetzt.

Harriet hatte ihr nach dem Verzehr des vorzüglichen Rosinenkuchens doch glatt vorgeschlagen, noch ein Gläschen Moscatel zu sich zu nehmen. Den süßen und hochprozentigen. Isabel wusste um die entspannende Wirkung des von aller Welt begehrten, nahezu mahagonifarbenen Weins. Vor allem die Londoner Gesellschaft nahm ihn vorzugsweise als Digestif zu sich. Sich die Angst vor dem Gespräch mit Vater damit herunterzuspülen, würde aber nicht klappen. Isabel dürfte es nicht bei einem Gläschen belassen, um ihm die heiklen Neuigkeiten ohne Herzklopfen zu offenbaren, was aber die Sinne benebelte und ihr nicht guttun würde. Es gab einen besseren Weg, um sich Mut zu machen, zumindest hoffte Isabel das. Daheim mit Harriet auf Vaters Rückkehr zu warten, hätte ihr sowieso den letzten Nerv geraubt.

Von Kensington ging ein Bus direkt nach Piccadilly, eine recht kurze Fahrt. Von dort aus war es zu Fuß nicht mehr weit zur Royal Academy of Arts. Ein Spaziergang an der frischen Luft, jetzt, wo es nicht mehr regnete und sich sogar die Sonne am Himmel zeigte, würde sie beruhigen und hoffentlich auf andere Gedanken bringen. Dies trat bereits auf dem Weg zur nahe gelegenen Bushaltestelle ein. Es war nicht das erste Mal, dass die Männerwelt ein Auge auf sie warf. Isabel sah nicht wie eine junge Dame von hier aus. Ihr fehlte es an vornehmer Blässe, obwohl sie nicht jedem Sonnenstrahl hinterherhechelte, jedoch auf einen Sonnenschirm verzichtete. Eine Frau mit dunklerem Teint brachte insbesondere das Blut der jungen Männer in Wallung. Dass ihr einer von zwei jungen Kerlen auf der Straße nachpfiff, war allerdings neu, ebenso wie der nahezu stechend anzügliche Blick einer der Fahrgäste im Bus. Bei englischen Damen taten sie das nicht. Oder lag das heute nur an ihrer Geburtstagsrobe, dem rüschenbestickten weißen Kleid, das ihre weiblichen Reize nicht kaschierte? Einfach ignorieren. Das fiel ihr für gewöhnlich leicht, denn sie hatte bisher noch keinen einzigen jungen Engländer gesehen, der sie ins Träumen geraten ließ. Die meisten waren Bleichgesichter und mit dem Charme einer rohen Kartoffel ausgestattet. Ihre ehemaligen Schulkameradinnen waren trotzdem fast alle unter der Haube, vermutlich aber auch aus finanziellen Gründen, um sich abzusichern. Dabei die Vormundschaft des Vaters für die eines Ehegattens einzutauschen, kam Isabel absurd vor. Dann lieber im Büro ihres Vaters arbeiten und zugleich Malerei studieren – sofern ihr Vater nichts dagegen hatte.

Nur der Umstand, dass der Bus bereits die Haltestelle am Piccadilly Circus anfuhr, rang die bei diesem Gedanken erneut aufkeimende innere Unruhe nieder. Von hier aus war es nicht mehr weit zum Burlington House, dem Sitz der Royal Academy of Arts und hoffentlich bald der Ort, an dem sie sich öfters aufhalten durfte. Sie gehörte zu den Auserwählten, hatte mit ihrem Talent überzeugen können. Was für ein schönes, ja nahezu berauschendes Gefühl, das sich mit jedem Schritt, mit dem sie sich dem Gebäude näherte, verstärkte. Das schlechte Gewissen, ihrem Vater die Bewerbung verschwiegen zu haben, verflüchtigte sich. Warum nur konnte er ihre Begabung nicht würdigen?

Umgeben vom quirligen Leben Londons fiel all dies nun von ihr ab. In diesem Viertel schienen sich der Mief des englischen Alltags, die Konventionen und die Steifheit einer Gesellschaft, die sich täglich in ein Korsett zwängte, zu verlieren. Hier begegnete man Menschen, denen man auf Anhieb ansah, dass sie nicht von hier waren. Und nicht wenige von ihnen kamen aus dem altehrwürdigen zweistöckigen Gebäude mit venezianischem Flair, über dessen großem Eingangsportal ein Turmgeschoss ragte. Es waren Künstler, genau wie sie.

Obwohl Isabel das Burlington House bereits kannte, verharrte sie für einen Moment vor seiner prächtigen Fassade. Wann immer es die Zeit erlaubte, verweilte sie im frei zugänglichen Innenhof, einem Treffpunkt für Studenten, Künstler, aber auch für Besucher wechselnder Ausstellungen. Eine ganz andere Welt. Isabel zog es auch heute dorthin. Wo wohl der Unterricht stattfinden würde? Was sich hinter dem fensterlosen und stattdessen mit Skulpturen versehenen zweiten Obergeschoss des Rückgebäudes verbarg, wusste sie auch noch nicht. Während Isabel sich die Fassade besah, sagte sie sich, dass ihr ein großes Abenteuer bevorstand.

In dem Moment verließ eine junge Frau das Eingangsportal des Rückgebäudes. Ihre mandelförmigen Augen ließen asiatische Wurzeln vermuten. Sie kämpfte mit ihrer Zeichenmappe, deren Band sich geöffnet hatte. Schon glitten einige ihrer Zeichnungen über die Treppenstufen auf den Boden.

Isabel war sofort zur Stelle, um ihr beim Aufklauben der Werke zu helfen. Sie erwischte gerade noch eine ihrer Kohlezeichnungen, bevor sie in einer noch nicht gänzlich getrockneten Pfütze landete. Die junge Asiatin rettete eben auch eines ihrer Werke vor dem Wasser. Es lagen noch zwei weitere Zeichnungen auf der Treppe. Isabel hob auch die auf.

»Vielen Dank. Ich bin so ungeschickt«, sagte die junge Frau.

Vielleicht war sie das im Binden von Schleifen, nicht jedoch bei der Malerei. Isabel konnte ihren Blick nicht von der Kohlezeichnung eines älteren Mannes in ihren Händen lösen. Sein Gesicht strahlte so viel Wärme aus, trotz einer gewissen Grobheit in der Strichführung. Isabel registrierte Präzision und zugleich eine Konzentration auf die wesentlichen Gesichtszüge.

Weniger war mehr. Mut zu einem drastischen Spiel aus Licht und Schatten, zu starken Kontrasten. So zu zeichnen, erforderte Talent und Erfahrung.

»Das ist mein Großvater«, erklärte Isabels Gegenüber lächelnd.

»Das Portrait ist Ihnen sehr gelungen.«

»Danke schön.« Sie nahm es entgegen und ließ es in ihrer Mappe verschwinden.

In der aufgeklappten Mappe lag ein Meisterwerk neben dem anderen. Isabel wurde ganz schummrig, denn damit konnte sie weiß Gott noch nicht mithalten.

»Ihre Arbeiten. Sie sind wunderschön und ... die Technik der Schattierungen ...« Isabel fehlten die Worte.

»Es war ein hartes Stück Arbeit. Sie hätten meine Portraits von vor zwei Jahren sehen sollen«, gestand sie ein.

Isabel musste dabei nur an ihre eigenen ersten Gehversuche in der Malerei denken.

Die Asiatin rückte ihre Zeichnungen zurecht und setzte dazu an, die Mappe zu verschließen.

»Ich halte sie«, bot Isabel an, damit die Studentin es leichter hatte, eine Schleife zu binden.

»Studieren Sie auch hier?«, wollte sie dann wissen.

»Noch nicht, aber man hat mich hier aufgenommen.«

»Dann müssen Sie sehr talentiert sein.«

Das Kompliment ging Isabel runter wie Öl.

»Vielleicht sieht man sich. Und nochmals vielen Dank.«

Isabel nickte voller Zuversicht. Eigentlich müsste sie sich bei der jungen Frau bedanken, weil sie sie bestärkt hatte, ihren Weg zu gehen und ihren großen Traum zu leben.

Nachdem Isabel an der Haltestelle in der Nähe ihres Elternhauses ausgestiegen war, rechnete sie damit, dass sich das wiedergefundene Lebensglück, genährt von Hoffnung auf die Erfüllung ihres Traums, mit jedem weiteren Schritt verflüchtigen würde. Das war zu ihrem großen Erstaunen jedoch nicht der Fall. Ihre Schritte verlangsamten sich auch nicht. Was war schon dabei, ihrem Vater gute Neuigkeiten zu überbringen? Isabel glaubte fest daran, dass sie die Arbeit im Importhandel nicht vernachlässigen müsste. Dann saß sie eben bis spät nachts im Büro, um Rechnungen zu schreiben, Importpapiere auszufüllen oder Korrespondenz zu beantworten. Es fühlte sich auf einmal so leicht und machbar an.

Ob Vater womöglich noch im Büro war? Hoffentlich nicht, denn jetzt war der richtige Zeitpunkt, um es ihm zu sagen. Isabel holte dennoch erst tief Luft, bevor sie die Haustür im Souterrain aufsperrte. Harriet eilte aus der Küche, als sie sie bemerkte. Isabel registrierte, dass benutztes Geschirr auf dem Küchentisch stand. Vater musste also bereits hier sein.

»So wie du strahlst, hat es sich gelohnt.« Harriet wusste, wohin sie gefahren war. »Er ist da. Oben im Arbeitszimmer.«

»Hat er wissen wollen, wo ich bin?«

»Ich habe ihm gesagt, dass du das schöne Wetter ausnutzen wolltest. Ein kleiner Spaziergang im Park.«

Isabel schaute zur Treppe. Jetzt oder nie!

»Nun geh schon …«

Isabel nickte voller Zuversicht und nahm wie immer, wenn sie sich energiegeladen fühlte, gleich zwei Stufen auf einmal.

»Isabel?« Das Getrampel auf der Treppe entging Vater natürlich nicht. Er musste bei guter Laune sein. Seine Stimme klang dann etwas weniger sonor.

Vater erhob sich von seinem mit allerlei Dokumenten überladenen Schreibtisch, als er Isabel auf dem Gang bemerkte. Auch er hatte sich herausgeputzt. Sein Vollbart sah wieder gebändigt und gepflegt aus. Die wenigen ihm noch gebliebenen grau melierten Haare waren ordentlich zum Scheitel gekämmt.

Ein Lächeln löste sich erst von seinen Lippen, als sie sich gegenüberstanden.

»Wie die Zeit doch vergeht! Eine erwachsene Frau ist aus dir geworden. Einundzwanzig Jahre. Alles Gute zu deinem Geburtstag, Isabel.« Es klang eher förmlich, wie aus dem Mund eines Fremden.

Sie kannte ihn aber gut genug, um zu wissen, dass er sich schwer damit tat, Gefühle zu zeigen. In den Arm nahm er sie dennoch. Der Kuss auf die Wange blieb heute aus. Anscheinend dachte er sich, dass sich das nicht mehr gehörte, wenn die Tochter volljährig geworden war.

Er löste sich von ihr und holte eine mit einer Schleife gebundene Schachtel aus dem Schrank. Was darin war, konnte Isabel sich denken. Seitdem sie aus dem Alter, in dem man Puppen zum Geburtstag und zu Weihnachten geschenkt bekam, heraus war, bekam sie belgische Pralinen. Und sicher war darin wieder ein Umschlag mit Geld.

»Pralinen?«, fragte sie amüsiert.

»Die magst du doch so gern.«

Isabel nickte, als er ihr die Schachtel überreichte.

»Danke, Vater.«

»Harriets Kuchen war wieder vorzüglich, findest du nicht?« An seinem Bart hatte sich ein Stück Käse verfangen, worauf Isabel ihn per Fingerzeig aufmerksam machte. Wahrscheinlich hatte er den Kuchen zusammen mit Cheddar verzehrt. Das tat er, seitdem ihm ein englischer Weinhändler erzählt hatte, dass man das in England so machte. Beides schmeckte für sich allein sehr gut. Aber zusammen im Mund neutralisierte die Süße der Rosinen den würzig-salzigen Geschmack des Cheddars. Man hatte das Gefühl, auf einer geschmacklosen Pampe herumzukauen. Er zupfte an seinem Bart herum, um den Käse herauszuholen.

»Der Cheddar durfte nicht fehlen.«

Isabel musste unwillkürlich lachen.

»Setz dich doch«, kam dann unvermittelt, was Isabel überraschte. Meist gesellten sie sich nachmittags an ihrem Geburtstag zu Harriet in die Küche, um gemeinsam Tee zu trinken.

»Hat am Hafen alles geklappt?«, fragte sie, nachdem sie in einem von zwei großen olivfarbenen Polstersesseln gegenüber von seinem Schreibtisch Platz genommen hatte.

Normalerweise fing Vater sofort an zu erzählen, was alles nicht geklappt hatte. An Frachtpapieren gab es immer etwas herumzunörgeln und bisher war noch keine Rosinenlieferung seinen Vorstellungen entsprechend fachgerecht verpackt worden. Stattdessen nickte er nur.

»Ich habe noch ein Geschenk für dich.« Vater gab sich geheimnisvoll und setzte sich ihr gegenüber.

Isabel hatte sich eigentlich vorgenommen, nun über ihre Aufnahme an der Kunstakademie zu berichten. Die Neugier auf das weitere Geschenk überwog aber.

»Ich weiß ja, wie oft du von unserer alten Heimat träumst und dass es dir am liebsten wäre, wenn wir dorthin zurückkehren würden.«

Isabel wurde augenblicklich heiß. Spielte er etwa tatsächlich mit dem Gedanken?

»Offen gestanden stimmen mich deine Malereien gelegentlich auch melancholisch, aber die Geschäfte gehen nun einmal vor«, fuhr er fort.

»Eine Reise? Fahren wir nach Spanien?« Etwas anderes kam Isabel gerade nicht in den Sinn.

»Du wirst nach Spanien zurückkehren«, sagte er nun mit der Stimme des Geschäftsmannes.

Isabel glaubte, sich verhört zu haben, und sah ihn fragend an. Es schien ihm nicht leichtzufallen, weiterzusprechen. War etwas Schlimmes passiert? Noch bis zum Vortag wäre sie ihm vermutlich um den Hals gefallen, doch nun kollidierte ein Traum mit einem anderen.

»Du wirst Rafael Fourrat Vargas heiraten. Was für ein Glück. Du kannst nach Hause und wirst ein Leben wie eine Prinzessin führen.«

Isabel verschlug es die Sprache. Genauso gut hätte Vater ihr auch eine schallende Ohrfeige verpassen können. Heiraten? Auch noch ihren Cousin? Diesen unverschämten Bengel, der ihr und den anderen Mädchen in ihrer Klasse unentwegt Streiche gespielt hatte? Er war auch noch fünf Jahre älter als sie. Und selbst als er nicht mehr an ihrer Schule gewesen war, hatte er sie getriezt, wann immer sie sich auf Festen oder am Strand begegnet waren.

Ihr Vater musterte sie streng. »Du solltest dich darüber freuen, Isabel.«

»Freuen?«, krächzte sie.

»Du wirst bei den Fourrats leben, genau wie deine Mutter. Ana hat dort eine glückliche Kindheit und Jugend verbracht. Außerdem gehören die Fourrats zu den einflussreichsten Familien. Und zu den wohlhabendsten. Andere Frauen würden alles dafür geben.«

»Er ist ein Scheusal.«

»Er hat euch dumme Streiche gespielt wie alle Jungs in diesem Alter.«

Isabel überraschte, dass sich Vater überhaupt daran erinnerte. Davon, dass er der älteren Schwester ihrer Freundin heimlich beim Baden im Font Salada, einem mit warmem und schwefelhaltigem Wasser gespeisten Tümpel in der Nähe ihres Hauses, zugesehen und an sich herumgespielt hatte, wusste Vater sicher nichts. Und erst Rafaels überhebliches Gehabe, nur weil er der Sohn eines Rosinenbarons war, aber in der Schule keine Leuchte, wie sie vom Bruder ihrer Freundin wusste. Isabel konnte nur auf ihn herabblicken.

»Aber warum?«, schleuderte sie ihm verzweifelt entgegen.

»Es wird Zeit, dass du eine Familie gründest.«

»Aber du brauchst mich doch hier.« Dagegen konnte er sich wohl kaum stemmen.

»Mir ist dein Glück wichtiger«, kam dann, klang aber wenig überzeugend.

»Eine Verbindung unserer Familien ist sicherlich auch in geschäftlicher Hinsicht ein Glück«, konnte sich Isabel mit aufsteigendem Zorn nicht mehr verbeißen.

»Ich muss schon bitten, Isabel.«

»Hat er um meine Hand angehalten? Du hast seit Jahren keinen Kontakt mehr zu den Fourrats. Wieso um alles in der Welt soll ich Rafael heiraten?«

»Aus ihm ist ein stattlicher Mann geworden. Sehr attraktiv und gebildet, habe ich mir sagen lassen. An nichts wird es dir mangeln.«

Außer an Liebe, dachte sich Isabel im Stillen, denn sie brachte nun keinen Ton mehr heraus. Aus der Traum. Unter diesen Umständen brauchte sie ihm nicht mehr mit der Kunstakademie zu kommen. Sie erhob sich wortlos und wandte sich zum Gehen.

»Ich werde es heute Abend beim Dinner bekannt geben. Um sieben. Komm bitte etwas früher in den Salon.«

In Isabels Augen lösten sich Tränen des Zorns und der Verzweiflung. Sie drehte sich nicht einmal mehr um, als sie sein Arbeitszimmer verließ.

»Isabel. Dein Geschenk«, rief er ihr nach.

Es interessierte sie nicht mehr. Sollte er die Pralinen doch selbst essen, am besten mit Cheddar Cheese.

Isabel wischte sich die Tränen erst aus dem Gesicht, als sie die Tür zu ihrem Zimmer hinter sich zugezogen hatte. Hoffentlich ließ Vater sie in Ruhe. Sie konnte immer noch kaum glauben, was er ihr vorhin aufgetischt hatte. Der Gedanke, jemanden heiraten zu müssen, den sie verabscheute, noch dazu ihren Cousin, verursachte nun auch noch Übelkeit und Schwindel. Selbst den Kontakt zu den Fourrats abbrechen und dann auf den Gedanken kommen, sie mit dem Sohn von Salvador Fourrat zu verheiraten. Vater musste der Teufel reiten.

Isabel ließ sich auf ihr Bett fallen und starrte wie gelähmt auf eines ihrer gerahmten Werke, ein Aquarell aus der Heimat, das an der gegenüberliegenden Wand hing. Den kilometerweiten Strand und das grüne Hinterland mit dem Montgó zu sehen, gab ihr unter normalen Umständen Halt und ein heimeliges Gefühl. Nun schien die Wirkung des Gemäldes ins Gegenteil umzuschlagen. Die Heimat würde zum Gefängnis werden, gefangen in einer Ehe, die bestenfalls einen goldenen Käfig in einem angenehmen Klima zu bieten hatte. Immerhin ein Leben in der Heimat, aber zu welchem Preis? Künftig bei den Fourrats leben? Wie konnte Mutter an der Seite ihres Bruders Salvador und ihres Neffen Rafael in deren Haus glücklich gewesen sein? Vater hatte sicher einen guten Grund gehabt, den Kontakt zu Salvador abzubrechen. Man sagte doch, „wie der Vater, so der Sohn" – und Rafael kannte sie zur Genüge. Ob Vater diese Entscheidung auch getroffen hätte, wenn Mutter noch am Leben wäre? Warum nur war sie so früh, als Isabel noch nicht einmal zwei Jahre alt gewesen war, verstorben? Der Gedanke daran trieb ihr erneut Tränen in die Augen. Sie ließ es geschehen.

Irgendwo da hinten inmitten der grünen Hügel lag ihres Wissens das Anwesen der Fourrats. Ihr Vater hatte einem ihrer geladenen spanischen Geschäftskontakte aus Valencia, dessen Onkel ebenfalls Moscatel anbaute und Rafaels Vater kannte, vor noch nicht allzu langer Zeit nach ein paar Gläsern Wein bei Tisch erzählt, dass er und Salvador Fourrat Vives einst eng befreundet gewesen waren, von einer gemeinsamen

Wildschweinjagd, Reisen nach Valencia, um mit Exporteuren zu verhandeln. Hatte sie der Neid ihres Vaters entzweit? Soweit ihre Kindheitserinnerungen zurückreichten, hatten sie sich nicht mehr gesehen. Vater hatte damals einen recht kleinen Moscatelanbau betrieben und sich seinen Rosinenhandel aufgebaut, zunächst als Exporteur. Er war mittlerweile als Importeur sehr erfolgreich und Salvador belieferte sie sogar mit einem Teil seiner Ernte – obwohl sie sich entzweit hatten. Neid konnte es also nicht sein. Isabel fand einfach keinen plausiblen Grund, warum Vater sie Salvadors Sohn nach so langer Zeit urplötzlich zum Fraß vorwerfen wollte. So schlimm fühlte sich das gerade an.

Isabel vernahm ein zaghaftes Klopfen an der Tür. Erst als sie Harriets Stimme vernahm, regte sie sich wieder.

»Liz?«

Es klopfte erneut. Isabel wischte sich tapfer die Augen trocken. Noch bevor sie Harriet hereinbitten konnte, ging die Tür auch schon auf.

Harriet lugte herein. »Darf ich reinkommen?«

Isabel nickte.

Zweifelsohne sah Harriet ihr an, dass etwas nicht in Ordnung war.

»Du hast es ihm gesagt«, mutmaßte Harriet, nachdem sie die Tür hinter sich zugezogen hatte.

Isabel schüttelte den Kopf, was Harriet sichtlich irritierte.

»Dabei könnte er stolz auf dich sein. Weshalb bist du dann so traurig?« Harriet seufzte und setzte sich zu Isabel aufs Bett.

»Ausgerechnet an meinem Geburtstag«, sagte Isabel in Gedanken.

»Was ist passiert?«, fragte Harriet sichtlich besorgt.

»Ich soll heiraten.«

»Was?« Harriet fuhr regelrecht zusammen.

Isabel nickte.

»Und wen?«

»Meinen spanischen Cousin.«

»Deinen Cousin? Ist das ein schlechter Scherz?«

Isabel schüttelte betrübt den Kopf.

»Wie kommt er denn darauf?«

»Ich weiß es nicht. Ich weiß es einfach nicht.«

Harriet griff nach Isabels Hand und hielt sie fest. »Kennst du ihn?«

Die Frage ließ Isabels Tränen aufs Neue fließen.

»So schlimm?«

»Er ist ...« Isabel rang nach Worten und musste erst tief Luft holen, bevor sie in der Lage war, weiterzusprechen. »Er ist ein Scheusal. Ich kenne ihn aus meiner Kindheit. Er heißt Rafael und ist ein richtiger Unsympath. Schon als Kind war er das ... Das macht Vater doch nur aus geschäftlichen Gründen.«

»Ist die Familie wohlhabend?«

Isabel nickte.

»Aber dein Vater macht doch hier gute Geschäfte. Er macht doch allein schon mit den vielen Mietshäusern ein halbes Vermögen.«

Isabel teilte Harriets Einschätzung. »Deshalb verstehe ich es ja auch nicht. Was ist nur in ihn gefahren?«

»Hast du ihm gesagt, dass du diesen Rafael so verabscheust?«

»Er weiß es«, erwiderte Isabel. »Wie kann man nur so kaltherzig sein?«

»Und wenn du noch einmal mit ihm redest?«

»Was soll das bringen? Du kennst ihn doch.«

»Dein Vater ist kein Unmensch. Und er hat es dir bisher an nichts fehlen lassen.«

Damit hatte Harriet recht.

»Vielleicht hat er sich geändert, dieser Rafael.« Harriet sagte es so, als würde sie selbst nicht so recht daran glauben.

Isabel zuckte die Schultern.

»Du wärst wieder in Spanien.«

»Und was wird aus der Akademie? Ausgerechnet jetzt?«

Harriet seufzte. In ihre Augen legte sich ein trüber Schleier der Traurigkeit. »Ich hatte jahrelang Angst vor diesem Moment, dass du eines Tages zurückgehst. Und als der Brief heute kam. Ich habe mich nicht nur für dich gefreut, verstehst du? Ich mag gar nicht daran denken, wenn du nicht mehr hier wärst«, gestand Harriet mit gebrochener Stimme ein.

»Er will es heute beim Dinner bekannt geben.«

Harriet schüttelte fassungslos den Kopf.

»Warum ausgerechnet heute?«, überlegte Isabel laut.

»Vielleicht, weil du nun volljährig bist? Irgendetwas muss doch vorgefallen sein. Man verheiratet doch nicht aus heiterem Himmel seine Tochter. Ob er es schon länger geplant hat? Habt ihr nie darüber gesprochen, über eine Heirat?«

»Kein einziges Mal. Kein Wort darüber, dass es Zeit wäre, mir einen Ehemann zu suchen. Kein Wort über einen Nachfahren. Noch nicht einmal, als ich ihm kürzlich von der Heirat einer meiner Mitschülerinnen erzählt habe.«

»Esteban ist anscheinend nicht mehr ganz bei Trost. Er hat mich nicht einmal bemerkt, als ich die Treppen hochging. Sitzt in seinem Büro wie immer. Ordnet Papiere. Als ob nichts vorgefallen wäre«, sagte Harriet.

Isabel schloss daraus, dass für ihren Vater das Thema abgeschlossen war. Er hatte sie zu einer Zwangsehe verurteilt, ihren Traum zerstört und auch ihr Vertrauen in ihn. Ihr Geburtstag hätte schlimmer nicht sein können.

Kapitel 2

Das Dinner als furchtbar zu bezeichnen, wäre Isabels Ansicht nach noch untertrieben. Ihr Vater hatte bis dahin kein weiteres Wort über die Eheschließung verloren. Sie wusste noch nicht einmal, für wann sie geplant war. Ihn danach zu fragen, wäre ein Eingeständnis gewesen, sich damit abgefunden zu haben. Nach dem Gespräch mit Harriet waren ihre Augen zwar wieder trocken, ihre Seele war dennoch tief verletzt. Anscheinend war sich Vater gar nicht bewusst, was er angerichtet hatte. Er glaubte womöglich tatsächlich, dass er ihr etwas Gutes tat und sie sich auf die alte Heimat freute. Dass er der Eheschließung zudem keine überragende Bedeutung zumaß, wie es jeder Vater tun würde, beschäftigte Isabel. Als ob es eine Bagatelle wäre, nichts Besonderes und schon gar nichts, worüber man mit der Tochter ausführlich sprach. Seine Frachtpapiere und Rechnungen durchzugehen, war ihm bis eine Stunde vor dem Dinner wichtiger gewesen.

Isabel hingegen hatte den restlichen Nachmittag auf ihrem Zimmer verbracht und unzählige Male den Brief der Akademie gelesen. Sie hatte Talent! Die Aufnahme in die Akademie bescheinigte ihr das, doch was würde ihr das noch nützen? Den Ehemann mitsamt seinem Vater portraitieren, damit das

Gemälde eines Tages in deren Haus hing und sie sich damit brüsten konnten? Ein bisschen malen zwischen Herd und Wiege? Lähmende Gedanken, schon bevor das Dinner überhaupt begonnen hatte, und schmerzhafte noch dazu.

Warum hatte James Ferrel, der etwas früher als verabredet gekommen war, auch nach dem Landschaftsgemälde vom malerischen Hinterland Dénias fragen müssen, das gerahmt über dem Kamin ihres Salons hing? Vaters Prahlerei, wie gut seine Tochter doch malen konnte, war wie ein Messerstich gewesen. Isabel kannte Ferrel von einigen Besuchen in ihrem Büro unweit ihres Wohnhauses. Er war seines Zeichens Agent, den Vater beauftragt hatte, neue Abnehmer für seine Rosinen zu finden. Stets elegant gekleidet, nicht unattraktiv und mit guten Umgangsformen gesegnet, wirkte der sommersprossige blonde Hüne, der fast einen Kopf größer war als sie, dennoch wie ein Offizier der britischen Armee, der einen Stock verschluckt und es verlernt hatte, zu lächeln.

Isabel war heilfroh gewesen, dass nach einem kurzen Umtrunk und gottlob nur geschäftlichen Gesprächen über die Erschließung neuer Absatzkanäle in Schottland die Masons eingetroffen waren. Davon erfahren hatte sie erst, nachdem sie sich wunschgemäß eine Viertelstunde vor sieben im Salon bei Vater eingefunden hatte. Henry Mason sei ein wichtiger Anwalt, der sich auf internationale Verträge spezialisiert habe. Seine Frau, Mercedes, käme aus Valencia. Erst kürzlich hätten sich die beiden das Jawort gegeben. Mercedes war auf den ersten Blick eine äußerst liebenswerte Frau. Isabel schätzte sie auf Ende zwanzig. Ihr waren gleich ihre ausdrucksstarken braunen Augen aufgefallen. Dass sie ihr schulterlanges Haar offen trug, zeugte zudem von einer gewissen Souveränität, denn dies entsprach nicht der hiesigen Mode oder Gepflogenheiten beim Dinner. Isabel glaubte, dass sie sich das herausnehmen konnte, weil sie eine starke Frau war. Vaters Ausführungen nach war sie vor ihrer Heirat mit Henry die stellvertretende Leiterin eines der Warenhäuser in Gandia gewesen, in denen Rosinen für die Auktionen und den Export gelagert wurden. Dort habe sie auch ihren Mann kennengelernt – ebenfalls, wie Isabel befand, ein sympathischer Zeitgenosse und sicher älter als Mercedes. Oder waren es nur sein schütteres Haar und der gezwirbelte Schnurrbart, die ihn älter erscheinen ließen?

Isabel betrachtete die Landsmännin fortan als Rettungsanker. Sie saß gottlob während des Dinners neben ihr. Vater am Tischende. Je größer die Distanz, desto besser. Ferrel und Henry Mason saßen ihr gegenüber. Schon während des Verzehrs des ersten Ganges, der Gazpacho, einer Kaltsuppe, die für die englischen Gäste auf Vaters Wunsch hin warm zu servieren war, hatte sich die Konversation in Männer- und Frauengespräche aufgeteilt. Vater gefiel sich in der Rolle des geistreichen Gastgebers. Ferrel spielte ihm einen Ball nach dem anderen zu. Manchmal schoss er damit allerdings über das Ziel hinaus.

»Man sagt den Pesos ja nach, dass sie die besten Spaniens seien«, tönte er. Henry und Mercedes tauschten daraufhin amüsierte Blicke.

»Pasas. Pesos, das ist die Währung Mexikos«, erlaubte Isabel sich, ihn zu berichten, was ihr Vaters missmutigen Blick einhandelte.

Ferrel saß da wie ein kleiner Schuljunge, der beim Unterschleif erwischt wurde. Er errötete, was Vater nicht daran hinderte, weit auszuholen, wie üblich, wenn man ihm die Gelegenheit dazu gab.

»Das Wort kommt aus dem Lateinischen. Pandara – in der Sonne ausgebreitet.«

»Das wusste nicht einmal ich«, sagte Mercedes anerkennend.

Auch ihr Mann nickte beeindruckt. Balsam für Vaters stets nach Anerkennung heischender Seele. Dass nun gleich noch der Exkurs über die Geschichte der Moscateltrauben kam, den sie schon zigmal gehört hatte, überraschte Isabel nicht. Erneut durfte sie sich anhören, dass sie ursprünglich aus dem Zweistromland zwischen Tigris und Euphrat kämen und schon viertausend vor Christus in alten Schriften erwähnt worden seien. Ferrels Bewunderung war Vater sicher.

»Von Valencia bis fast nach Alicante hat die Moscateltraube die idealen Bedingungen. Es war naheliegend, sie dort anzusiedeln«, ergänzte Henry, der damit Vater die Show stahl.

Ferrel schien dankbar für seine Ausführungen zu sein. Anscheinend war er noch nie zuvor in Spanien gewesen. Und so etwas wollte ein Agent für Moscateltrauben sein, sagte Isabel sich.

»Es ist das mediterrane Klima. Der Moscatel braucht viele Sonnenstunden, doch auch kühlende Fallwinde, denn zu große Hitze würde die Traube nicht vertragen.« Mercedes' letzter Beitrag zur Männerrunde. Fortan erzählte sie Isabel viel lieber tête-à-tête von der Heimat. Sie musste wohl gespürt haben, dass dies bei ihr auf fruchtbareren Boden als nachfolgende übliche Tischgespräche über das Wetter, Gärten oder das Kulturleben in London stieß.

»Manchmal vermisse ich die Zeit im Warenhaus. Gerade nach der Ernte hat man so viele interessante Menschen kennengelernt«, sagte Mercedes schmunzelnd und mit einem Seitenblick zu ihrem Mann, der den Faden prompt aufgriff.

»Ich habe mich sofort unsterblich in Mercedes verliebt«, gab Henry mit melancholisch verklärtem Blick zum Besten. Seine Äußerung war für Isabel angesichts der ihr bevorstehenden Konvenienzehe wie pures Gift. Es gab also auch Paare, die die Liebe zueinanderführte. Vaters irritierter Blick sprach Bände.

Isabel fragte sich in dem Moment, ob ihre verstorbene Mutter ihn aus Liebe geheiratet hatte. Darüber hatte er nie etwas verlauten lassen. Sie wusste ja nicht einmal, unter welchen

Umständen sie sich kennengelernt hatten. Hatte er sie am Ende nur geheiratet, weil sie die Schwester von Salvador Fourrat gewesen war, aus rein geschäftlichen Erwägungen?

Ferrel hatte nun auch das Thema Liebe für sich entdeckt. Möglicherweise lag das aber auch nur daran, weil Harriet gerade den zweiten Gang servierte. Hähnchenbrust in mit Rosmarin verfeinerter Zitronensauce und Kartoffeln. Küche aus der Heimat.

»Die Liebe hat vermutlich viele Gesichter. Geht sie nicht auch durch den Magen? Wenn das Hähnchen so gut wie diese Gazpacho ist, mache ich Ihnen noch einen Heiratsantrag«, schwärmte er.

Vater schüttelte sich vor Lachen. Isabel rang es sich ab. Mercedes schmunzelte dezent, genau wie Harriet.

»Eigentlich wollte ich bis nach dem Dessert damit warten, aber wo wir schon einmal beim Thema sind«, sagte Vater so bedeutungsvoll, dass sich die Aufmerksamkeit aller Anwesenden auf ihn richtete.

Isabel spürte ihren Magen flau werden.

»Isabel wird bald heiraten«, kündigte er prompt an.

»Das ist ja großartig. Meine Glückwünsche«, kam von Henry.

»Wer ist denn der Glückliche?«, fragte Ferrel sichtlich agitiert.

»Rafael Fourrat Vargas«, sagte Vater voller Stolz.

»Fürwahr eine gute Partie.« Henry zeigte sich beeindruckt.

Mercedes hingegen sah Isabel nur konsterniert an. Sie war die Einzige, die mitbekam, dass Isabel mittlerweile bleich wie die Wand war und vor Anspannung bebte.

»Was für eine Überraschung.« Ferrel war wohl nicht so erfreut. Kein Wunder, bei den Avancen, die er ihr bereits bei seinen Besuchen in ihren Büroräumen gemacht hatte.

»Wann ist es denn so weit?«, wollte er dann wissen.

»In zwei Wochen. Isabel wird auf dem Seeweg mit der George II direkt nach Dénia reisen.«

»Eine Direktverbindung?«, hakte Ferrel gleich nach.

Isabel wusste, dass sie selten waren. Anscheinend hatte Vater die Hochzeit schon seit Längerem geplant. Diese Erkenntnis sorgte bei ihr für Übelkeit. Es kostete sie die letzte Kraft, überhaupt noch aufrecht zu sitzen.

»In zwei Wochen? Das Dampfschiff nach Valencia? Um ein Haar hätte ich Sie auf dieser Reise begleitet«, sagte Henry, was Vater sichtlich traf.

»Sie fahren nicht mehr mit?«, fragte Vater vom Donner gerührt.

»Nein. Ich musste das Ticket leider stornieren. Geschäftliche Angelegenheiten hier in London, die sich leider nicht aufschieben lassen.«

Isabel musterte ihren Vater. Hatte er etwa geplant, dass sie auf demselben Schiff war? Mit Henry? Damit sie nicht auf sich allein gestellt die lange Reise antreten musste?

»Das ist jammerschade, wirklich jammerschade«, sagte Henry.

»Sie wollen Miss Elizabeth unter diesen Umständen doch nicht etwa allein verreisen lassen«, sagte Ferrel an ihren Vater gewandt.

»Nun ja. Ich denke, eine Überfahrt erster Klasse auf einem Passagierdampfer wie der George II ist für eine junge Dame sicher. Und bestimmt angenehmer, als mit der Fähre nach Frankreich überzusetzen, um dann mit der Bahn aufgrund der vielen Umstiege wesentlich länger unterwegs zu sein als auf dem Seeweg«, führte Vater aus.

»Ich habe vorhin wieder einmal festgestellt, wie wenig ich über das Produkt weiß, mit dem ich handle. Offen gestanden war ich noch nie in Spanien. Mir wäre es das größte Vergnügen, Miss Elizabeth zu begleiten«, bot Ferrel sich heldenhaft an.

Isabel versteifte. Ihr Vater hingegen ließ sich diesen Gedanken anscheinend durch den Kopf gehen.

»Das wäre sicher eine gute Idee. Auch an Bord eines Passagierdampfers wie der George II kann sich zwielichtiges Gesindel herumtreiben, in der zweiten oder dritten Klasse«, sagte Henry.

Isabel saß mittlerweile stocksteif da. Auf einmal spürte sie Mercedes' Hand, die nach ihrer tastete. Isabel blickte zu ihr. Sie wirkte sichtlich aufgewühlt. Was für ein einfühlsamer Mensch musste sie sein.

»Nun denn ...«, sagte Vater.

»Sollten wir nicht unser Glas erheben? Auf die künftige Braut?«, schlug Henry gut gelaunt vor und griff nach dem Glas Weißwein.

»Auf Elizabeth«, forderte Vater die Runde auf.

Isabels Hand zitterte so sehr, dass sie Mühe hatte, den Wein nicht zu verschütten. Anstatt auf ihren Geburtstag anzustoßen, nun das. Ihren Geburtstag hatte Vater ihnen bewusst verschwiegen, um keinen der Gäste in Verlegenheit zu bringen, ohne ein Geschenk zum Dinner erschienen zu sein.

Die Gläser erklangen.

Isabel bemerkte, dass auch Mercedes' Hand zitterte.

»Wir sollten uns nun aber wirklich diesem vorzüglich duftenden Gericht widmen. Ich möchte doch unbedingt herausfinden, ob ich um Harriets Hand anhalten muss.« Ferrels Bemerkung sorgte für Amüsement, allerdings nur bei Henry und ihrem Vater, der nun die Kasserolle öffnete und sich von Ferrel den Teller reichen ließ.

»Wo kann ich Sie treffen? Unter vier Augen.« Mercedes nutzte den unbeobachteten Moment, um Isabel zuzuflüstern.

Isabel sah sie zunächst nur fragend an. »Morgen nach der Arbeit«, gab Isabel dann ebenfalls im Flüsterton zurück.

»Ich hole Sie vom Büro ab. Gegen zwölf?«

»Was ist mit deinem Teller, Elizabeth?«, fragte Vater.

Sie reichte ihn ihm und war sich sicher, dass sie von Harriets Hähnchen nicht viel herunterkriegen würde.

Sich von Vaters Gästen mit aufgesetztem Lächeln zu verabschieden, war die reine Tortur gewesen. Mercedes' fester Händedruck und ihr Blick, aus dem Isabel gelesen hatte, dass sie auf ihrer Seite stand, obwohl noch gar nicht klar war, warum, ein kraftspendender Motor.

Auch Harriets ermutigende Worte, dass alles gut würde, an sich eine Floskel, hatten ihr gutgetan. Vaters Schweigen, nachdem die Gäste gegangen waren, hatte Isabel jedoch schlimmer als einen Streit empfunden. Er war wortlos in sein Arbeitszimmer entschwunden, hatte dort zunächst das Licht angeknipst und sich dann aber ins Bad begeben. Vermutlich drückte nach dem vielen Wein die Blase.

Isabel überlegte, gleich zu Bett zu gehen oder noch einmal mit ihm zu sprechen. Sie entschied sich für Letzteres und begab sich in sein Arbeitszimmer. Weil dort noch das Licht brannte, ging sie davon aus, dass er zurückkommen würde. Isabel steuerte auf den großen Sessel neben seinem Sekretär zu und war schon dabei, sich hinzusetzen, als sie einen Briefumschlag auf dem Boden unter seinem Schreibtisch erspähte. Das war typisch Vater. Er überlud den Tisch mit allerlei Dokumenten. Kein Wunder, dass dabei etwas nach unten segelte, das er dann verzweifelt suchte. In ihren Büroräumen war das nicht anders.

Isabel hob den Briefumschlag auf und stutzte. Der Brief war vergilbt und trug einen Poststempel von 1883. Der Absender war eine Carmen Cabrera aus Dénia. Sie musste dort wohl ein Lokal führen, das sich Carmens Bar nannte. Sollte sie hineinsehen? Der Briefumschlag war bereits geöffnet. Isabel konnte der Neugier nicht widerstehen. Sie zog den Brief heraus und begann, ihn im Licht der Schreibtischlampe zu lesen. Den Brief in der einen, den Umschlag in der anderen Hand.

> *Hochgeschätzter Esteban,*
> *wie geht es Isabel? Du hast mir seit Wochen nicht mehr geschrieben. Kann sie schon laufen? Ist sie immer noch so fröhlich und wohlauf? Es wäre mir die größte Freude, von dir zu hören, und hoffe, dass dein Schweigen nichts damit zu tun hat, dass ich keine monatlichen Zuwendungen mehr von dir ...*

»Was machst du da?«, blaffte Isabels Vater sie an.

Isabel erschrak so sehr, dass sie den Umschlag auf den Schreibtisch fallen ließ.

Als er näher kam, fiel sein Blick darauf.

»Spionierst du mir jetzt etwa nach?« Er nahm ihr den Brief aus der Hand und griff auch nach dem Umschlag.

»Er lag auf dem Boden. Ich habe das Datum gelesen und dachte ...«

»Er ist an mich adressiert. Was geht dich das an?«

Isabel nickte einsichtig. Sie merkte ihrem Vater an, wie aufgewühlt er war. Weiß wie die Wand. Er bekam mit, dass sie ihn taxierte, auch dass sie erneut auf den Brief lugte, bevor er ihn geschwind mit zittrigen Händen an sich nahm und dann in der Schublade seines Sekretärs verschwinden ließ.

Isabel nahm sich vor, gleich das Thema zu wechseln und ihn auf diesen furchtbaren Abend anzusprechen, wie er mit ihr als Künstlerin und der bevorstehenden Hochzeit geprahlt hatte – auf ihre Kosten –, und natürlich auf Henrys Schiffspassage. Die Neugier, wer diese Carmen Cabrera war, überwog dann aber doch. Einen Streit würde es so oder so geben.

»Hast du etwa den ganzen Brief gelesen?«

Isabel überraschte, dass er von sich aus damit anfing. »Nein. Nur dass sie nach mir gefragt und Zuwendungen erhalten hat.«

»Dann weißt du ja schon alles.«

»Was soll ich wissen? Wer war diese Carmen?«

Vater vermied, ihr in die Augen zu sehen. Er starrte stattdessen auf die Schublade, in der nun der Brief lag. Er schloss sie ab und steckte den Schlüssel in seine Westentasche.

»Carmen war dein Kindermädchen. Sie hat sich um dich gekümmert, nachdem deine Mutter gestorben war. Als sie nicht mehr bei uns arbeiten konnte, stand sie auf der Straße. Mittellos. Ich habe sie unterstützt, weil sie mich seinerzeit unterstützt hat. Allein ein Kind großzuziehen, ist nicht einfach. Ein Zeichen von Dankbarkeit.«

»Hast du immer noch Kontakt zu ihr?«

»Isabel. Das ist Jahre her. Ich weiß ja nicht einmal, ob sie noch lebt.«

»Wie lange war sie denn unser Kindermädchen? Ich kann mich nur an Rosa erinnern.«

»Rosa … Ja, wann war das?« Vater geriet ins Schlingern.

»Sie war doch schon immer mein Kindermädchen.« Isabel kramte in den Schubladen ihrer Erinnerung. Es kam kein anderes Gesicht als das von Rosa zum Vorschein.

»Du warst noch klein … Natürlich erinnerst du dich nicht mehr an Carmen.«

Isabel hielt dies für plausibel, wunderte sich dennoch darüber, dass Vater mit ihr in Kontakt geblieben war und sie über ihre Zeit als Kindermädchen hinaus finanziell unterstützt hatte. Andernfalls hätte sie sich ja wohl kaum nach ihrem Befinden erkundigt.

»Sonst noch irgendwas? Ich bin müde und möchte mich hinlegen«, sagte er.

»Nein. Gute Nacht, Vater.« Isabel war die Lust auf einen Streit vergangen. Viel zu sehr beschäftigte sie, dass der Name Carmen noch nie zuvor gefallen war. Um dem nachzugehen, brauchte sie Ruhe. Erschöpft von diesem Abend war sie ohnehin.

Die Albträume der letzten Nacht saßen Isabel noch am nächsten Morgen in den Knochen. Es war erneut einer dieser Träume gewesen, in denen die Farbe Rot ihr Angst einflößte. Rosa, ihr Kindermädchen, war ihr im Traum erschienen. Sie hatte auf dem Weg zu Isabels Wiege rote Fußabdrücke auf einem weißen Boden hinterlassen. Das Baby auf ihrem Arm, Isabel, bettete sie auf ein weiches Kissen. Und aufs Neue tauchte dieser mit einem Smaragd gefasste Ring auf. Er wirkte an Rosas Händen so riesig. Blut tropfte daraus hervor. Immer wieder dieses viele Blut. Dass die Farbe Rot sie in ihren Träumen heimsuchte, war nichts Neues, ebenso wenig die damit einhergehenden dumpfen Schmerzen in der rechten Schulter.

Isabel hatte schon seit Langem aufgegeben zu ergründen, warum es dort so schmerzte, als ob sie jemand an dieser Stelle gekniffen hätte, ebenso weshalb sie diese Aversion gegen Rot hatte, auch in der Malerei.

Es konnte gar nicht sein, dass Rosa sie als Baby im Arm gehalten hatte, weil Carmen in dieser Zeit anscheinend ihr Kindermädchen gewesen war. Vater hatte Isabels Ansicht nach keinen Grund, sie diesbezüglich zu belügen. Ihre Erinnerungen an Rosa reichten naturgemäß nicht so weit zurück. Bis zum sechsten Lebensjahr, wenn überhaupt. Es waren auch nur Fragmente oder einzelne Ereignisse. Lediglich daran, dass Rosa ihr einmal ein Prinzessinnenkleid für einen Maskenball genäht hatte, konnte sie sich sogar noch sehr genau erinnern. Sie wusste sogar noch, dass sie sich das Kleid beim Versuch, in Fernandos Baumhaus zu klettern, aufgerissen hatte. Das musste kurz bevor sie nach England gezogen waren gewesen sein, also im Alter von zehn Jahren.

Ob diese Carmen wohl noch lebte? Warum hatte Vater ihren Namen nie erwähnt, obwohl sie ihm doch so wertvoll gewesen war, dass er sie finanziell unterstützt hatte? Und wieso hatte Carmen irgendwann aufgehört, für ihre Familie zu arbeiten, und war auf der Straße gestanden? Vielleicht war sie an irgendetwas Schlimmem erkrankt. Das würde erklären, warum Rosa sich danach um sie gekümmert hatte. Fragen über Fragen, aber was half es, in der Vergangenheit zu kramen? Die Probleme der Gegenwart lasteten schwerer auf Isabels Schultern.

Sie fühlte sich auf dem Weg ins Büro immer noch ermattet und schwermütig. Da nützte es auch nichts, dass die Sonne vom Himmel lachte. Vater war früher als sonst zur Arbeit gegangen, wie Harriet ihr beim Frühstück berichtet hatte. Dass er mit einer Angestellten, auch wenn aus ihr im Laufe der Jahre fast schon ein Familienmitglied geworden war, nicht über die bevorstehende Hochzeit sprach, war nicht überraschend. Wenngleich er annehmen musste, dass Isabel sie darüber ins Bild gesetzt hatte. Laut Harriet war kein Wort über den gestrigen Abend gefallen. Sich früher als sonst zu verdrücken, war für Vaters Verhältnisse allerdings schon ungewöhnlich, weil sie an Arbeitstagen meistens gemeinsam das Frühstück zu sich nahmen. Hatte er etwa Angst vor einer Konfrontation? Harriets Aussage, dass er wegen eines Termins schon so früh auf den Beinen war, schien Isabels Vermutung allerdings zu widersprechen.

Als sie das Backsteingebäude, das keine zehn Minuten zu Fuß von ihrem Haus entfernt lag, betreten hatte, war nichts von Missstimmung zu spüren. Vater hatte sich gerade von einem jungen Mann in Anzug und Krawatte verabschiedet. Sie standen sich an der Tür zu seinem Büro gegenüber, schüttelten die Hände und begrüßten sie mit einem Lächeln, wobei das von Vater bei genauerer Betrachtung aufgesetzt war.

»Darf ich vorstellen? Meine Tochter Elizabeth. Collin Duncan. Er ist aus Schottland und vertritt eine große Handelsgruppe, die unsere Rosinen im Norden vertreiben will.«

»Freut mich sehr«, sagte Duncan und reichte ihr die Hand.

»Ganz meinerseits.« Isabel gelang es sogar zu lächeln. Der sympathische junge Mann konnte schließlich nichts für ihre schlechte Stimmung.

Normalerweise erklärte Vater an dieser Stelle, dass sie für die Buchhaltung und Korrespondenz verantwortlich war. Meist reichte er der Kundschaft auch eine ihrer Visitenkarten. Das blieb heute aus. Isabel nickte höflich und begab sich ins Zimmer neben Vaters Büro – ihrem Arbeitsplatz –, wobei an Arbeit heute sicher nicht zu denken war. Sie hörte noch mit halbem Ohr, wie ihr Vater Mr Duncan zur Tür geleitete. Seine Schritte zurück vernahm sie auch.

»Na, Isabel? Du bist heute spät dran«, sagte er, als er zu ihr ins Büro schaute.

Sie kommentierte es mit einem Schulterzucken.

»Der Abend war gestern anstrengend. Es sei dir zugestanden.«

»Das ist aber sehr großzügig von dir«, konnte sich Isabel einfach nicht verbeißen. War er so empathielos und sich tatsächlich keiner Schuld bewusst? Konnte man überhaupt von Schuld reden, wenn ein Vater einen attraktiven und wohlsituierten Ehemann für seine Tochter auserkor?

»Was ist nur mit dir los? Anstatt dich zu freuen, ziehst du beim Dinner ein Gesicht wie zehn Tage Regenwetter.«

»Ach, das ist dir doch aufgefallen?«

Ihr Vater baute sich vor ihr auf und musterte sie argwöhnisch. Was sicherlich auch daran lag, dass er Widerrede, und sei es nur eine ironische Bemerkung aus ihrem Mund, nicht gewohnt war.

»Du wirst schon sehen. Die Hochzeit mit Rafael wird dir völlig neue Perspektiven im Leben eröffnen. Ich kann nicht nachvollziehen, warum du dich nicht darauf freust.«

»Auf Rafael Fourrat Vargas freuen?«

»Diese ganzen albernen Kinderstreiche. Nur weil er dich damals aus Jux im Schweinestall des Nachbarn eingesperrt hat. Ich erinnere mich noch an die ganzen Geschichten. Das ist doch nicht der Rede wert. Du solltest ihm zumindest eine Chance geben.« Vater hatte leicht reden. Er wusste ja nicht alles über seinen Traumschwiegersohn.

»Weißt du, ob er sich geändert hat? Vielleicht sperrt er mich im Haus ein?«

Vater schnaubte entnervt.

»Jetzt ist mir auch klar, warum du Henry und seine Frau zum Dinner eingeladen hast. Damit Henry mich begleiten kann, habe ich recht?«

»Henry ist ein hervorragender Anwalt und wir brauchen ihn.«

»Der zufällig mit der Direktverbindung nach Valencia eine Schiffspassage gebucht hat, von der du wusstest.«

»Das kam mit hinzu. Isabel. Ich habe für dich Tickets erster Klasse erstanden. Die Fahrt auf diesem Dampfer ist wie eine Urlaubsreise.«

»Ferrel wirst du jetzt wohl auch eines kaufen müssen. In der zweiten Klasse kann er ja schlecht auf mich aufpassen.«

»Das werde ich.«

»Darf ich erfahren, für wann genau die Hochzeit vorgesehen ist? Du hattest beim Dinner etwas von zwei Wochen erwähnt. Denkst du nicht, dass ich ein Recht darauf habe, über den genauen Tag in Kenntnis gesetzt zu werden?«

»Eine grobe Schätzung. Diese Hochzeit steht schon seit Längerem im Raum und es besteht letztlich keine Eile für eine kirchliche Trauung. Die Planung liegt in der Hand der Fourrats.«

»Ist das der Grund, weshalb du mich nicht begleitest?«

»Es kann noch Wochen dauern. Salvador wird mich informieren.«

»Also hattet ihr doch Kontakt in den letzten Jahren?«

Vater nickte zögerlich. Anscheinend hatten sie sich geschrieben.

»Warum erfahre ich das erst gestern? Noch dazu an meinem Geburtstag?«

»Ich wollte dir damit eine Freude machen.«

»Eine Freude? Wie kann man sich darüber freuen? Es ist doch mein Leben, Vater.«

»Möchtest du auf ewig hier in London bleiben? Jahrelang wolltest du zurück in die Heimat. Wie oft haben wir darüber gesprochen. Und jetzt auf einmal …«, echauffierte Vater sich.

Isabel sah nun keinen Grund mehr, ihm nicht bezüglich ihres geplatzten Traums reinen Wein einzuschenken. »Die Royal Academy of Arts. Sie nimmt mich auf. Ab Herbst. Ich habe gestern das Schreiben bekommen.«

»Du hast dich für ein Studium der Malerei beworben?« Vater fiel aus allen Wolken. »Und mir nichts davon gesagt?«

»Brotlose Kunst. Das waren doch deine Worte. Oft genug sind sie gefallen. Ich habe selbst nicht daran geglaubt, dass sie mich aufnehmen. Und gestern? Ich wollte es dir sagen, habe gehofft, dass du vielleicht sogar stolz auf mich sein würdest, doch dann …« Isabels Groll schlug mit einem Mal in Verzweiflung um. Sie schlug ihre Hände vor das Gesicht und hoffte, die aufsteigenden Tränen unterdrücken zu können.

»Isabel. Du weißt doch, wie es hier in England ist. Wir gehören nicht dazu, zur feinen Gesellschaft. Das wird sich nie ändern. Was willst du nach so einem Studium machen? Als Künstlerin spanischer Abstammung. Auf der Straße in Soho

Reisende portraitieren?« Vaters abfällige Worte, die sie nicht so im Raum stehen lassen konnte, brachten Isabel dazu, sich wieder zu fangen.

»Aber ich könnte es doch zumindest versuchen.«

»Komm zur Vernunft, Kind.«

»Ich war mein ganzes Leben lang vernünftig, habe alles getan, um dir gefällig zu sein, und nun schickst du mich weg, willst mich mit einem Mann, den ich in meiner Kindheit schrecklich fand, verheiraten und zerstörst meine Träume!«

»Ich will nichts mehr davon hören.«

»Wie herzlos du doch bist! Ich wünschte, meine Mutter wäre noch am Leben. Sie hätte das nie zugelassen«, schleuderte sie ihm entgegen.

Das traf ihn. Seine Lippen fingen an zu beben. Noch nie hatte sie ihn derart aufgewühlt erlebt. Ihr Vater verließ dann wortlos nicht nur ihr Zimmer, sondern auch noch das Büro. Lag das an ihrer Widerrede, an ihrer Verzweiflung oder weil sie den Tod ihrer Mutter mit ins Spiel gebracht hatte? Wenigstens hatte Mutter sich ein Leben an der Seite dieses Mannes erspart. Noch nicht einmal eine Fotografie von ihr hatte er aufbewahrt. Isabel fühlte sich ihr in Momenten wie diesen trotzdem nah, genau wie in ihren Gebeten. Ob ein Gebet diesmal helfen würde, war allerdings fraglich.

Für den Fall, dass Vater vor ihrem vereinbarten Treffen mit Mercedes zurück ins Büro kam, hatte Isabel sich bereits eine Ausrede zurechtgelegt. Er hatte beim Dinner schließlich miterlebt, dass sie sich gut verstanden und sie kürzlich in den Stand der Ehe getreten war. Das reichte als Begründung, um sich mit ihr mittags zu verabreden. Sich diese Ausrede zu überlegen, hätte Isabel sich aber ersparen können, weil ihr Vater sich den ganzen Vormittag nicht mehr im Büro hatte blicken lassen.

Unter normalen Umständen würde Isabel sich Sorgen um ihn gemacht haben. Heute nicht. Die Aussicht, Mercedes zu treffen, hatte ihr sogar den für die dröge Arbeit notwendigen Elan verliehen, um das übliche Arbeitspensum eines Vormittags zu erledigen.

Mercedes erschien pünktlich um zwölf vor dem Bürogebäude, wo Isabel Gewehr bei Fuß stand. Ihr Lächeln war so einnehmend wie am Vortag, als sie sich zum Dinner begrüßt hatten. Isabel konnte es sich nicht erklären, doch diese Frau fühlte sich an wie eine gute Freundin, obwohl sie sich kaum kannten.

»Hola, Isabel.« Endlich einmal wieder unbeschwert auf Spanisch zu sprechen und von jemandem mit ihrem spanischen Vornamen angesprochen zu werden, tat gut.

»Wie geht es Ihnen? Ich habe mir gestern Sorgen um Sie gemacht«, sagte Mercedes.

»Mein Vater hat mir erst wenige Stunden vor dem Dinner von den Heiratsplänen erzählt. Ich hatte keine Ahnung.«

Mercedes nickte.

»Und er glaubt auch noch, dass es das Beste für mich ist und ich allen Grund dazu habe, mich darüber zu freuen«, fuhr Isabel fort.

»An sich hätten Sie sogar allen Grund dazu und offen gestanden ist er wirklich eine gute Partie. Rafael ist reich, sehr attraktiv und hat gute Umgangsformen.«

»Sie kennen ihn?« Isabel konnte das kaum glauben.

Mercedes nickte. »Lassen Sie uns ein bisschen spazieren gehen, dort hinüber zum Park vielleicht?«, schlug sie vor.

Isabel ahnte, dass der weitere Gesprächsverlauf es erfordern würde, sich nicht auf offener Straße, noch dazu vor einem Bürogebäude mit Publikumsverkehr, zu unterhalten. Sie folgte ihr zum kleinen Park an der Straßenecke, wo sie sicher ungestört sein würden.

»Rafael und gute Umgangsformen? Das habe ich anders in Erinnerung«, sagte Isabel, als sie den Gehweg im Park erreicht hatten.

»Ich auch … Ich meinte vorhin eher sein allgemeines Erscheinungsbild und Auftreten in der Gesellschaft.«

»Wie gut kennen Sie ihn?«, wollte Isabel wissen.

»Er kam ins Warenhaus nach Valencia, um Preise für seine Rosinen auszuhandeln. Überraschenderweise war er dann auch bei den Lieferungen mit dabei. Normalerweise werden die Rosinen ja von Arbeitern gebracht. Wir sind uns daher öfters begegnet und haben bei der Gelegenheit ein paar Worte gewechselt. Es war offensichtlich, dass er sich für mich interessiert. Das merkt man ja, wenn ein Mann einem den Tick zu lange in die Augen sieht. Seinem Charme kann man sich kaum entziehen. Ich weiß nicht, wie viele der Frauen im Warenhaus für ihn schwärmten.«

»Er hat Ihnen also Avancen gemacht?«

»Und ich den Fehler, darauf einzugehen. Nach einer Schachtel Pralinen mit einer Rose darauf. Dazu ein Kärtchen, auf dem er von der schönsten Frau des ganzen Warenhauses schrieb«, gestand Mercedes kopfschüttelnd.

»So viel Romantik klingt nicht nach dem Rafael, den ich kenne.«

»Damit haben Sie zweifelsohne recht. Aus heutiger Sicht würde ich ihn als von Grund auf schlechten Menschen bezeichnen. Man muss sich vor so einem Mann in Acht nehmen.«

»Was ist passiert?«, fragte Isabel.

»Ein gemeinsamer Spaziergang am Strand, ein Ausritt auf dem Land. Er hat mich ins Theater nach Valencia ausgeführt, zum Essen. An dem Abend hat er mich in seiner Kutsche geküsst.« Die Art, wie Mercedes Letzteres gesagt hatte, ließ Isabel erahnen, dass dies für sie wohl ein besonders schöner Moment gewesen war.

»Er hat mich glauben lassen, dass er einer Frau wie mir noch nie begegnet sei und mir sein Herz schenken würde. Sie glauben gar nicht, wie sehr mich das damals berührt hat.«

Isabel glaubte es ihr aufs Wort.

»Das Herz schenken.« Mercedes gab einen abfälligen Laut von sich, bevor sie weitersprach. »Er ist wohl sehr spendabel, wenn es um das Verschenken seines Herzens geht«, fuhr sie fort.

»Er hat Sie betrogen?«

»Eine der Chinesinnen, die das Warenhaus nach Dienstschluss reinigen, war erst seit kurzer Zeit bei uns. Auch sie kannte Rafael.«

»Er hat auch ihr Avancen gemacht?« Isabel konnte das kaum glauben.

»Nein. Er ist über sie hergefallen wie ein Tier. Vor ihrer Tätigkeit im Warenhaus hat sie in einem der Bordelle in Dénia gearbeitet. Dort ist er wohl Stammgast.«

Isabel stockte der Atem. Auch Mercedes wühlte das Gespräch so auf, dass sie direkt auf die nächstgelegene Parkbank zusteuerte und darauf Platz nahm.

»Sie hat sich umgehört. Er war auch nach unserem ersten Kuss im Bordell gewesen. Rafael ist ein Lebemann, der sich nimmt, was er will. Auf rauschenden Festen gibt er gern sein Stelldichein. Und wenn man einmal anfängt, sich umzuhören, dann kommt er nicht gut weg. Ein Machtmensch ist er, wie sein Vater. Setzt kleinere Plantagenbesitzer unter Druck, damit sie ihren Grund verkaufen. Diesen Mann dürfen Sie unter keinen Umständen ehelichen«, legte sie Isabel eindringlich nahe.

Isabel brauchte eine Weile, um diese Neuigkeiten zu verdauen, auch wenn sie in das Gesamtbild passten. All das traute sie dem Rafael von früher zu.

»Aber was kann ich denn nur tun? Mich heimlich davonschleichen und mich fortan mittellos durch England betteln? Ich könnte nicht einmal an der Kunstakademie studieren.«

»An der Londoner Kunstakademie?« Mercedes war sichtlich beeindruckt.

»Sie haben mich aufgenommen, aber Vater würde das nicht zulassen. Er schmeißt mich sicher raus und entzieht mir finanzielle Mittel.«

»Ich könnte Ihnen fürs Erste Geld leihen. Für ein Zimmer. Sind die Gemälde in Ihrem Elternhaus von Ihnen?«

Isabel nickte.

»Ich beneide Sie um Ihr Talent, aber ich fürchte, es dauert eine Weile, bis man sich als Künstlerin einen Namen gemacht hat. Von Straßenkunst kann man mehr schlecht als recht leben.«

Mercedes schätzte die Situation richtig ein.

»Und wenn Sie nach Spanien fahren? Damit entzögen Sie sich dem Zugriff Ihres Vaters. Niemand kann Sie zwingen, Rafael zu heiraten.«

»Und von was soll ich dann dort leben?«

»Bald ist die Haupterntezeit. Mitte August. Harte Arbeit, aber nicht schlecht bezahlt, und wer gut ist, der findet sogar eine Anstellung in den Warenhäusern. Sie sprechen Englisch. Die dortigen englischen Geschäftsleute kein Spanisch oder nur sehr wenig …«

Mercedes' Gedankenspiele waren nicht von der Hand zu weisen.

»Meinen Sie, Ihrem Vater geht es nur um rein geschäftliche Interessen? Seine Geschäfte laufen doch sicher gut, wenn ich recht informiert bin. Henry meint, er sei der wichtigste Importeur für Pasas. Und warum ausgerechnet Rafael? Warum tut Ihr Vater Ihnen das nur an?« Mercedes sprach aus, was Isabel tief in ihrem Herzen am meisten bewegte. Sie wusste es nicht.

Mercedes' Frage hallte auf dem Weg zu einem Ort des Friedens nach, von dem Isabel sich erhoffte, die aufgewühlten Wogen der Seele zu glätten. Zur Westminster Cathedral in der Victoria

Street war es gut eine halbe Stunde zu Fuß. Sie gehörte zu einer der wenigen römisch-katholischen Kirchen, die erst vor noch gar nicht so langer Zeit in England legalisiert worden waren. Es gab bislang nur wenige katholische Gotteshäuser in London. Diese Kathedrale gehörte Isabels Meinung nach aber zu den schönsten.

Naturgemäß wurde sie rege von den spanischen Einwanderern, von denen so gut wie niemand Protestant war, zum Gebet aufgesucht. So auch von Vater, der sie, seit sie nach England gezogen waren, dorthin zum sonntäglichen Gottesdienst mitgenommen hatte.

Mit seinem in den Himmel ragenden Glockenturm war es ein ausgesprochen schönes Gebäude, auch wenn Isabel die Fassade aus rotem Backstein im Wechsel mit weißen Portlandsteinen Unbehagen verursachte. Das Rot wirkte zu dominant. Im Bogenfeld über dem imposanten Eingang thronten Jesus in der Mitte, Simon Petrus mit den Himmelsschlüsseln und die Jungfrau María zu seiner Linken. Josef und Eduard, der Bekenner, in Königsrobe zu seiner Rechten. Darüber stand die Inschrift, dass Jesu Blut alles heilte. Hoffentlich auch ihren Kummer, denn was Mercedes ihr über Rafael erzählt hatte, wirkte auf sie so, als würde das Fegefeuer auf sie warten.

Isabel ging hinein und durchquerte die weite Mittelschiffhalle mit hoher Kuppel und ihre anhängigen Seitenschiffe mit Altären. Sie begab sich stets in den hinteren Bereich, in dem sich Seitenkapellen befanden. Die Sakramentskapelle war besonders liebevoll verziert, die Decken mit Engeln und einer Musterung aus goldschimmernden Rauten bestückt. Sie erinnerte sie zudem an die Heimat, was sicher nicht zuletzt am Erkerschmuck der Rundbogenfenster lag. Dort rankten gemalte Weinreben nach oben.

Es waren nicht nur diese eigenwillige Architektur, das Spiel der Farben, die Stille und der Geruch von Weihrauch, die sie an diesem Ort so schätzte. Hier fühlte sie sich ihrer Mutter nah, bat sie um Rat oder suchte Trost – schon seit ihrem ersten Besuch. Kein Bild von ihr vor ihrem geistigen Auge zu haben, war früher schwer für Isabel gewesen. In ihrer Vorstellung hatte Mutter über die Jahre die Gesichtszüge der Jungfrau María auf dem Eingangsportal angenommen. Es war ein Gefühl von Wärme, das sie wohlig umhüllte, wann immer sie in dieser Kapelle niederkniete, um zu beten.

»Bitte, Mutter, weise mir den richtigen Weg.« Mehr fasste Isabel nicht in Worte. Sie kniete mit gefalteten Händen in der ersten Reihe der Kirchenbank und versuchte, die gewohnte Wärme in sich aufzunehmen. Es gelang. Ob Mutter sich wohl tatsächlich gegen ihren Gatten gestellt hätte, um ihrer Tochter Beistand zu leisten? Vater hatte kaum etwas von ihr erzählt. Warmherzig sei sie gewesen und eine intelligente Frau. Was sollte man damit schon anfangen? Auf so viele Fragen gab es keine Antworten, doch ganz plötzlich manifestierte sich in ihr ein Gedanke, der sie überraschte. Isabel glaubte, vernommen zu haben, dass sie sich auf diese Reise begeben sollte, in die Heimat. Sie empfand zugleich ein in seiner Intensität nur selten erlebtes Gefühl von Geborgenheit. Und dennoch war es anders als bisher in dieser Kapelle Erlebtes. Es fühlte sich so an, als ob es nicht ihre Mutter wäre, mit der sie in Verbindung stand. Isabel schob diese merkwürdige Empfindung darauf zurück, dass sie im Moment mehr als nur angespannt war. Dieses Gefühl riss dann auch sofort ab.

Isabel bekreuzigte sich, stand auf und fasste den Entschluss, zügig zurück ins Büro zu gehen. Als sie den Ausgang der Seitenkapelle erreichte, traute sie ihren Augen nicht. Vater? Er steuerte auf die vorderen Bänke des Mittelschiffes zu. Isabel ging ein paar Schritte in Richtung des Hauptaltars und versteckte sich hinter einer der wuchtigen Säulen. Dort wartete sie für eine Weile, bis sie sicher sein konnte, dass er sich zu einer Kirchenbank seiner Wahl begeben hatte und sich niederließ. Dann trat sie zur Seite, um den vorderen Bereich des Hauptschiffes im Blick zu haben. Und wie sie es sich gedacht hatte, kniete er in der ersten Bankreihe. Vater schien zu beten. Plötzlich verlor sich seine aufrechte Haltung. Er sank förmlich in sich zusammen und begann zu weinen. Kein Zweifel. Sie hörte ihn schluchzen. Eine ältere Dame, die auf der anderen Seite der Bankreihe saß, wurde ebenfalls darauf aufmerksam und sah besorgt zu ihm hinüber. Fiel ihm der bevorstehende Abschied so schwer? Bereute er etwa, die Ehe mit Rafael eingefädelt zu haben? Was um Himmels willen bedrückte ihn so sehr? Isabel hatte ihn noch nie weinen sehen. Was war so schlimm, dass er seine Gefühle wie sonst üblich nicht mehr im Griff hatte? Unter anderen Umständen hätte sie ihn darauf angesprochen, wäre zu ihm geeilt. Nun eilte sie aus der Kathedrale.

»Er hat geweint?«, fragte Harriet wie vom Donner gerührt, während sie die Pfanne mit den Lammkeulen vom Herd nahm. Isabel hatte ihr abends, gleich nachdem sie vom Büro zurückgekommen war, von ihrer Beobachtung erzählt.

»Ist irgendetwas Schlimmes passiert? Hast du ihn darauf angesprochen?«, wollte sie wissen. Um ein Haar wäre Harriet noch das Essen angebrannt.

»Nein, aber ich habe ihn heute Vormittag im Büro zur Rede gestellt, ihm von der Kunstakademie erzählt. Auf dem Ohr war er taub. Ich habe nichts anderes erwartet.«

Harriet nickte wissend.

»Und nachmittags hatten wir noch zwei Termine mit Lieferanten. Ich habe meine Arbeit erledigt. Er seine. Und kein weiteres Wort über unseren Streit.«

Harriet schüttelte ungläubig den Kopf und stieß einen abfälligen Laut aus.

Dann kamen die Lammkeule, Kartoffeln und Gemüse auf zwei Teller, die sie gleich auf den Küchentisch stellte, auf dem bereits Besteck lag.

»Einen guten Appetit.« Harriet setzte sich und fing gleich an zu essen.

Isabel nahm ihr gegenüber Platz. Sie starrte in Gedanken an das merkwürdige Verhalten ihres Vaters auf das Essen, als würde sie dort Antworten auf die vielen Fragen finden, die ihr durch den Kopf gingen.

»Jetzt iss schon. Lamm schmeckt nicht, wenn es kalt wird.«

Isabel nickte und griff dann doch zu Messer und Gabel.

»Es ist eine Schande. Wir haben immer gemeinsam zu Abend gegessen. Und nun? Er geht dir doch aus dem Weg, hab ich recht?«

»Im Büro hat er auch nur das Notwendigste mit mir gesprochen.«

»Wahrscheinlich ist es ihm gerade zu viel, wenn ich bei Tisch dabei bin. Ich muss mich sowieso schon zusammenreißen, um ihm nicht die Leviten zu lesen, auch wenn mir das als Bedienstete in keiner Weise zusteht.«

»Du bist viel mehr. Ohne dich wären wir verloren. Außerdem gehörst du zur Familie.«

Harriet aß mittlerweile genau wie Isabel mit wenig Appetit.

»Mittags hab ich mich mit Mercedes getroffen. Du weißt schon, die Frau von Henry.« Auch das wollte sie Harriet nicht vorenthalten.

»Ach. Wie schön. Sie ist ja wirklich eine ganz reizende Person«, sagte Harriet.

»Sie kennt Rafael. Ich meine, sie kennt ihn gut.«

»Gut?« Harriet hielt mit der Gabel in der Luft inne und sah sie fragend an.

»Er hat ihr Avancen gemacht, sie ausgeführt und dann fallen gelassen wie eine heiße Kartoffel. Und von einer Mitarbeiterin des Warenhauses, in dem sie arbeitet, hat sie erfahren, dass er sich in Bordellen herumtreibt.«

Harriet legte das Besteck zur Seite. »Und mit dem will dich dein Vater verheiraten? Das muss man sich mal vorstellen. Ins Bordell. Der fängt sich doch früher oder später noch die französische Krankheit ein.«

»Am liebsten würde ich Vater das alles sagen, aber Mercedes hat mich nach unserem Gespräch darum gebeten, Stillschweigen zu bewahren.«

»Er würde dann vielleicht seine Meinung ändern«, sagte Harriet.

»Glaubst du wirklich? Vater würde davon ausgehen, dass er sich zurückhalten würde, sobald er unter der Haube ist.«

Harriet ließ sich das durch den Kopf gehen. »Da magst du recht haben. Auszuschließen ist es nicht. Ich frage mich nur immer noch, was er in der Kirche gemacht hat. Er ging in letzter Zeit doch nur noch sporadisch zum Sonntagsgottesdienst.«

»Aber auch nur, weil er wusste, dass dort Kundschaft ist oder Leute, die ihm vorgestellt werden konnten. Da musste ich ihn auch noch begleiten.«

»Glaubst du, er bereut seine Entscheidung?«, fragte Harriet.

»Wenn das so wäre, hätte er mir im Büro doch etwas sagen können.«

»Mercedes hat mir geraten, von hier zu verschwinden, in eine andere Stadt zu gehen, oder gleich nach Spanien zu fahren. Hauptsache weg von hier.«

»Einfach davonlaufen? Und wovon willst du leben? Dich als Tagelöhnerin in einer Fabrik durchschlagen? Aber das mit Spanien, vielleicht ist das gar keine so schlechte Idee, auch wenn ich hier vor Kummer vermutlich eingehen werde. Du könntest dir diesen Rafael ja einmal ansehen. Weißt du, es wird viel geredet. Wer weiß, ob Mercedes dir das nur erzählt hat, weil sie eifersüchtig auf dich ist. Frauen und Eifersucht. Das ist ein Thema für sich. Du solltest dir selbst ein Bild machen.«

»Und dann? Schön, Sie kennengelernt zu haben, auf Wiedersehen?«

»Was kann schon passieren? Er kann dich schließlich nicht mit Gewalt zum Traualtar zerren. Du könntest zurückkommen, deinem Vater von Rafaels Eskapaden berichten und dann hier dein Studium aufnehmen.« Aus Harriets Mund klang das so einfach.

»Glaubst du wirklich, dass Rafael mich dann ziehen lässt? Allein schon der Gedanke, ihn zu sehen, verursacht mir Übelkeit. Und Vater? Er will diese Hochzeit doch. Anscheinend auf Teufel komm raus. Er würde meine Beweggründe nicht verstehen.«

Harriet verfiel in nachdenkliches Schweigen. Isabel hing für einige Augenblicke auch ihren Gedanken nach.

»Andererseits. Es stimmt schon. Ich würde lieber in der Heimat leben. Die Sonne, das Meer. Das Lächeln der Menschen. Die gewisse Unbeschwertheit, doch dazu müsste ich mir Rafael nicht genauer ansehen, um ihn und Vater dann schlussendlich vor den Kopf zu stoßen«, sagte Isabel mehr zu sich.

»Sieh es als eine Art Heimaturlaub. Mal raus aus dem Regenwetter. Und wenn er gar nicht so übel ist, dieser Kerl? Du wärst versorgt«, sagte Harriet brottrocken. Sie dachte vermutlich wie die meisten Frauen. Eine Liebesheirat war hierzulande wie andernorts eher eine Seltenheit und in Harriets Generation erst recht.

»Ich könnte mich über kurz oder lang auch selbst versorgen. Dazu brauche ich keinen Mann, dem ich dann ein Leben lang zu Diensten sein darf.«

Harriet seufzte und nickte dann doch, allerdings schweren Herzens.

»Ich möchte mich in einen Mann verlieben, verstehst du?«

»Und ihm dann zu Diensten sein? Kinder mit ihm haben? Eine Familie gründen? Das ist doch letztlich das Gleiche.«

»Aus Liebe, Harriet. Und mit gegenseitigem Respekt.«

»Ob man das von einem Mann überhaupt erwarten kann? Nicht alle Männer sind so respektvoll wie dein Vater.«

»Vater?« Seine Entscheidung, sie zu verheiraten, sprach nicht gerade dafür, dass er sie respektierte.

»Zu mir war er immer gut.«

»Hat er dir je von meiner Mutter erzählt?«, kam Isabel in den Sinn. Ob er sie wohl respektiert hatte?

Die Frage überraschte Harriet offensichtlich. Sie musste aber nicht lange überlegen. »Nein. Wie kommst du darauf?«

»Du bist doch schon so lange hier.«

»Er spricht nicht gern über private Dinge. So ist er nun mal.«

Nichts anderes hatte Isabel erwartet. Ihr graute vor der Zeit bis zur Abfahrt, in der sie mit ihm nur noch über geschäftliche Dinge zu reden gedachte, ganz nach seiner Wesensart. Oder doch vorher von hier weggehen? Isabel wusste nicht, was richtig war.

Kapitel 3

Es gab vieles, das dafürsprach, Mercedes' Angebot, sie finanziell fürs Erste zu unterstützen, anzunehmen und sich in einem der Londoner Vororte zu verkriechen. Isabel hatte auch keine Angst davor, sich irgendwie durchzuschlagen. Mit etwas Glück könnte sie neben dem Studium, das sicher sehr viel Zeit in Anspruch nahm, an einer der privaten Sprachschulen Spanisch unterrichten. Das Problem dabei war allerdings, dass ihr Verdienst wahrscheinlich nicht einmal reichen würde, um die Kosten für das Studium zu decken, geschweige denn für Miete, Kleidung und Lebensmittel. Was sollte es also bringen, diesen Weg einzuschlagen? Das Studium der Malerei konnte sie vergessen.

Es sprach zugleich einiges für die Schiffspassage. Einfach nur weg von hier und von ihm, ihrem Vater. Die letzten beiden Wochen waren schier unerträglich gewesen. Das machte sich Isabel während der Kutschfahrt zum Hafen in aller Deutlichkeit bewusst. Nebeneinanderher zu leben war zermürbend und hatte dazu geführt, dass er ihr fremd geworden war. Vor Bekanntgabe seiner Entscheidung hatten sie sich sehr wohl auch über Themen unterhalten, die nicht geschäftlicher Natur waren – über Alltägliches und wenn es nur das Wetter war oder

Neuigkeiten von Bekannten. Nichts dergleichen. Dabei gab er sich auch noch freundlich. Selbst am gestrigen Abend, als sie ihre Koffer gepackt hatte und die Zeichen auf Abschied gestanden hatten, war kein Wort mehr über diese Eheschließung und zu allem, was damit zu tun hatte, gefallen. Weil ihm der Abschied schwerfiel?

Isabel hatte langsam das Gefühl, dass er die Stunden bis zur Abfahrt des Schiffes gezählt haben musste. Floskeln, nichts als Floskeln hatte er während der Fahrt für sie übrig, und das nach einem tränenreichen Abschied von Harriet. Aus Unsicherheit? Aus Verlegenheit? Oder hatte er doch ein schlechtes Gewissen? Isabel war es mittlerweile gleichgültig.

»Die erste Klasse soll auf der George II eine der besten sein. Henry ist die Strecke mit ihr schon einmal gefahren und schwärmt von der guten Küche.« Die Floskelei hörte einfach nicht auf. Vater sprach mit ihr wie mit einem seiner Geschäftspartner. Triviale Konversation nannte man das.

»Schön zu hören.« Was sonst sollte man darauf sagen? Die Fahrtroute, die er ihr am Vorabend und gleich nach Besteigen der Kutsche mitgeteilt hatte, kannte sie sowieso schon auswendig. Über den Ärmelkanal, an der französischen und spanischen Atlantikküste entlang, durch die Straße von Gibraltar, die manchmal etwas stürmisch sein konnte, um dann in nördlicher Richtung an der Mittelmeerküste entlangzufahren. Auch das hätte Vater sich sparen können, denn die Landkarte Europas kannte Isabel bereits seit ihrer Schulzeit.

Isabel war froh, dass der Hafen nun in Sicht war. Sie kannte nur den Teil für Frachter und hatte die Molen für die Passagierschifffahrt bisher nur aus der Ferne gesehen. Hier herrschte reges Treiben. Zahlreiche Kutschen tummelten sich an der Anlegestelle, wo die George II bereits auf sie wartete. Vater hatte in der Tat nicht zu viel versprochen. Der Dampfer, ein Ungetüm aus Stahl, war imposant und die Passagiere, die aus den Kutschen stiegen und sich die Koffer an Bord tragen ließen, gehörten wohl nicht zur Unterschicht. Die stieg woanders ein – weiter hinten und nicht über eine Passagierbrücke, sondern über eine tiefer gelegene Einstiegsluke.

Noch bevor Vater die Kutsche verlangsamte, um sich hinter die anderen Gefährte einzureihen, entdeckte Isabel James Ferrel. Er wartete in der Nähe des Einstiegs und hielt bereits nach ihnen Ausschau. Ferrel sah so aus, als würde er eine Expedition nach Indien unternehmen. So einen beigefarbenen Anzug trugen auch Soldaten in den Kolonien. Fehlte nur noch der Tropenhelm. Anscheinend hielt er Spanien für mindestens so exotisch wie die britische Kronkolonie im indischen Ozean.

»Da wären wir.« Vater stieg als Erstes ab, umrundete die Kutsche und reichte ihr die Hand zum Ausstieg. Dann holte er ihre zwei Koffer von der hinteren Ladefläche. Eine leichte Kiste mit ihren Malutensilien und ein paar Dingen aus ihrer Kindheit, an denen sie hing, nahm sie selbst aus dem vorderen Bereich. Fernandos Glücksschweinchen begleitete sie selbstverständlich auf der Reise.

Ferrel war auch schon im Anmarsch. Er strahlte wie ein Honigkuchenpferd. Kein Wunder, denn er bekam von Vater eine Fahrt erster Klasse bezahlt.

»Guten Morgen, Esteban. Elizabeth.«

Sie erwiderte den Gruß und machte sich in dem Moment klar, dass es noch einen weiteren Vorteil gab, England zu verlassen. Daheim würde sie niemand mehr Elizabeth nennen.

»Ist das nicht ein traumhaftes Wetter für so eine Schiffsreise?«, merkte Vater an.

»In der Tat. Sind Sie schon aufgeregt, Elizabeth?«, fragte Ferrel.

»Nein. Nicht sonderlich«, gab sie brottrocken zurück.

Ferrel und Vater sagten nichts darauf.

»Für mich ist das die erste Schiffsreise. Und dann gleich auf so einem fantastischen Dampfer.« Ferrels Augen funkelten wie bei einem Kind kurz vor der weihnachtlichen Bescherung.

»Für Sie ist es auch die erste Reise nach Spanien?« Isabel kannte die Antwort, doch ihn das zu fragen, war besser, als Vaters Ringen um weitere nichtssagende Worte zu ertragen.

»Das erste Mal.«

»Sie werden begeistert sein. Um die Zeit ist es schon sehr warm. Hochsommerliche Temperaturen. Ich hoffe, Sie haben sich mit ausreichend luftiger Kleidung eingedeckt«, sagte Isabel.

»Das habe ich mir sagen lassen. Ich hoffe, dass die Kleidung passend ist.«

Das Schiffshorn übertönte das Stimmengewirr am Kai und setzte einige der Passagiere sofort in Bewegung. Küsschen, Umarmungen, schnell die Koffer zur Landebrücke bringen, wo sie die uniformierte Bordbesatzung sogleich entgegennahm.

»Es ist Zeit«, sagte Vater kurz angebunden.

Isabel musterte ihn. Seine in den letzten beiden Wochen wie eingefrorene Miene geriet nun, im Moment des Abschieds, ins Wanken. Seine Mundwinkel zuckten. Er vermied direkten Blickkontakt. Isabel konnte ihm ansehen, dass er mit sich kämpfte. Nur gegen wen oder was? Etwa aufsteigenden Abschiedsschmerz? Würde er nach ihrer Abfahrt wieder in die Westminster Kathedrale gehen und dort Krokodilstränen vergießen?

»Leb wohl, Vater«, gab sie ebenso knapp zurück. Das entsprach nicht nur ihrer aktuellen Gefühlslage, sondern all dem, was sich in ihr die letzten beiden Wochen angestaut hatte.

»Ich werde Ihnen von unserer Fahrt berichten. An jedem Hafen wird es doch wohl einen Briefkasten geben«, sagte Ferrel.

Würde jeder sich sorgende Vater nicht auch darum bitten, dass seine Tochter ihm schrieb? Ob sie gut angekommen sei? Wie es ihr in der alten Heimat erging? Isabel stellte sich in seine Blickrichtung und sah ihren Vater bewusst fragend an. Er konnte ihrem Blick kaum standhalten und war kreidebleich.

»Wirst du zur Hochzeit anreisen?«, fragte Isabel. Sie rechnete nicht damit, doch vielleicht stellte er die Hochzeit seiner einzigen Tochter doch über seine Geschäfte. Bisher hatte er sich dazu nicht geäußert, außer, dass ihn Salvador über den Hochzeitstermin in Kenntnis setzen würde.

»Das wird sich zeigen«, erwiderte er knapp, was Isabels Vermutung bestätigte.

»Ich nehme Ihre Koffer. Meine sind ja schon an Bord. Und ich sage dem Schiffsjungen Bescheid, dass er noch Ihre Kiste holen soll«, sagte Ferrel.

»Die kann ich allein tragen. Sie ist nicht so schwer«, erwiderte Isabel, nahm die Kiste an sich und setzte dazu an, Ferrel zu folgen.

»Es ist nur zu deinem Besten. Glaub mir, Isabel, eines Tages wirst du mir dankbar dafür sein«, kam dann völlig überraschend.

Isabel drehte sich noch einmal zu ihrem Vater um und gab einen höhnischen Laut von sich. In dem Moment hoffte sie inständig, dass sie ihn nie wiedersehen würde. Hatte er das etwa auch in ihrem Blick gelesen? Vater stand da, als hätte sie ihm eine schallende Ohrfeige verpasst. Er schien urplötzlich von einer unendlichen Traurigkeit erfüllt zu sein. Isabel las Schmerz in seinen Augen. Warum lässt du dann zu, dass ich dieses Schiff besteigen muss, Vater? Auch diese unausgesprochene Frage schien er zu spüren. Es war eine Anklage. Du hast mein Leben zerstört und meine Träume in Stücke gerissen.

Isabel ließ ihn stehen, drehte sich um und ging zur Landebrücke. Sie spürte seinen Blick auf sich lasten und zwang sich dazu, sich nicht mehr umzudrehen. Zugleich verabschiedete sie sich von England. Sie hätten nie hierherkommen dürfen, denn sie waren nach so vielen Jahren letztlich nie so richtig angekommen. Fremde in einer Gesellschaft, die Menschen nach Klassenzugehörigkeit beurteilte. Isabel erschrak über diesen Gedanken und entlarvte ihn als puren Selbstschutz. Sie hätte alles dafür gegeben, an der Akademie studieren zu können. Das Leben wollte es anders. Vater wollte es so. Vielleicht war es aber auch das Schicksal. Das spielte keine Rolle mehr. Isabel beschloss, gleich auf ihre Kabine zu gehen, um das Schiff nicht auslaufen zu sehen. Wahrscheinlich fiel ihr der Abschied von ihren Träumen dann nicht so schwer.

Wenigstens eine Aussage ihres Vaters hatte sich als richtig erwiesen: Der Passagierdampfer gehörte anscheinend wirklich zu den besten, die die englische Schifffahrt zu bieten hatte. Die Kabine war geräumig, verfügte über edles Mobiliar aus feinen, auf Hochglanz polierten Hölzern und sogar ein Badezimmer. Noch nie hatte Isabel so gut geschlafen und dies trotz eines beim Durchqueren des Ärmelkanals heftigen Wellengangs.

Der Service an Bord war einer ersten Klasse würdig. Frühstück in der Kabine, Reinigung der Kleidung, die selbstverständlich perfekt gebügelt zurückkam, und am Ende des Gangs Tag und Nacht verfügbares Personal, das versuchte, einem jeden Wunsch zu erfüllen, und seien es nur Gelüste nach etwas Süßem vor dem Schlafengehen.

Das einzig Dumme an dieser Kabine war, dass Ferrel die danebenen bewohnte. Isabel hatte bereits damit gerechnet, dass er ihr auch hier an Bord schöne Augen machen und ihre Gesellschaft, wann immer es nur ging, suchen würde. Er sah sich offenbar als persönlicher Aufpasser in Vaters Diensten, was nach Isabels Einschätzung und Erfahrung schon nach den ersten Stunden an Bord überhaupt nicht notwendig gewesen wäre. Selbst die männlichen Passagiere der dritten Klasse, überwiegend spanische Arbeiter, die nach Hause fuhren, sahen nicht so aus, als ob sie über sie herfallen oder sie ausrauben würden. Die

Frage stellte sich ohnehin nicht, weil die Klassen voneinander getrennt waren und sich an Deck nicht vermischten.

Mitreisende kennenzulernen, um ein wenig zu plaudern, sich die Zeit damit zu vertreiben, erwies sich als schwierig, weil wohl jeder annahm, Ferrel wäre ihr Ehegatte. Paare blieben auf so einer Reise wohl eher für sich. Das Wetter auf der Fahrt entlang der französischen Küste tat sein Übriges. Dauerregen machte einen Spaziergang an Deck unmöglich. Die gut sortierte Schiffsbibliothek half, die Zeit in der Kabine zu überbrücken. Wenigstens dort war sie vor Ferrel sicher. Seine Versuche, sie außerhalb der Speisezeiten zu einem Bingo im Gesellschaftsraum oder zu einem Drink einzuladen, waren gescheitert. Ein gemeinsames Mittagessen oder Dinner hingegen ließ sich nicht umgehen, weil ihr und Ferrel stets derselbe Tisch zugewiesen wurde.

An sich war er ein sehr umgänglicher Kerl, zwar etwas steif, frei von Humor, aber immerhin höflich, bemüht und man saß sich nicht unentwegt schweigend gegenüber. Was Isabel aber missfiel, war, dass er jede sich bietende Gelegenheit nutzte, um ihr ein Kompliment zu machen. Das war zu viel des Guten und bestärkte Isabels Verdacht, dass er mit ihr anbandeln wollte, obwohl er doch wusste, dass sie einem Spanier versprochen war. Das alles wäre noch erträglich, doch vergangene Nacht waren Geräusche von der Nachbarkabine an ihr Ohr gedrungen, die man als Frau nicht unbedingt hören wollte. Hatte er ihr beim Dinner zuvor zu lange in den Ausschnitt ihres Kleides gesehen? Das Kleid zum heutigen Dinner war dementsprechend hochgeknöpft. Wollüstiger Kerl! Vor ihm musste sie sich in Acht nehmen, nicht vor einem Mann aus der dritten Klasse. Einen Stuhl am Tisch zurechtgerückt zu bekommen, war hingegen eine von Ferrels Annehmlichkeiten.

»War die Ente nicht köstlich?« Wie üblich kommentierte er das Essen.

»Ganz vorzüglich. Mir wäre es nie in den Sinn gekommen, eine Orangensauce dazu zu servieren.« Isabel fühlte sich wie bei einem Dinner in London.

»Mit etwas Cognac versetzt, wie mir scheint.«

»Wer weiß, vielleicht gibt es hier französische Köche an Bord. Soviel ich weiß, schätzen die Franzosen die Zugabe von Weinen bei diversen Gerichten. Haben Sie schon einmal Coq au Vin probiert?«, fragte Isabel ganz unbefangen. Kaum ausgesprochen, kam ihr der Verdacht, dass sie ihn damit brüskieren könnte.

»Kocko-was?«, kam wie befürchtet.

»Hühnchen in Rotweinsauce. Eigentlich ertränken sie das Hühnchen darin.« Isabel versuchte Ferrels fehlende Allgemeinbildung mit Humor zu retten.

Er lachte, was sicher davon ablenken sollte, dass er kein Mann von Welt war, den er gern mimte. Sein Blick wanderte dann unruhig umher. Ein sicheres Anzeichen dafür, dass er versuchte, ein neues Tischgesprächsthema zu finden, denn ansonsten würde Isabel sich seiner leidlichen Erfahrung nach mit dem letzten Schluck ihres Gläschens Wein entschuldigen und in ihre Kabine zurückziehen. Das Wetter hatte er bereits kommentiert. Ebenso das Tagesgeschehen, das die Bordzeitung jeden Tag mit Ausschnitten aus der englischen Presse fütterte.

»Angeblich hat das Schiff in Brest morgen ein paar Stunden Aufenthalt«, sagte er.

»Ich war noch nie dort. Liegt die Stadt nicht in der Bretagne?«

»Fürwahr. Am Hafen soll es eine schöne Festung geben. Vielleicht könnte ich Sie dorthin begleiten. Die Aussicht von oben soll sehr schön sein.«

Isabel überlegte bereits, wie sie es am besten anstellte, sich dieser Einladung zu entziehen, ohne ihn vor den Kopf zu stoßen.

»Die Gelegenheit, mal wieder festen Boden unter den Füßen zu spüren, werden wohl viele Passagiere nutzen«, sagte er sicherlich in vorausschauender Weise. Zu oft hatte sie ihm bereits auch an Bord einen Korb gegeben, wegen Unpässlichkeit oder weil der Roman, den sie gerade las, so packend sei, dass sie ihn unbedingt weiterlesen müsse.

»Eine hervorragende Idee.« Hauptsache nicht mit ihm allein.

»Möchten die Herrschaften noch ein Dessert?«, fragte ihr uniformierter Ober.

»Für mich keines mehr. Die Ente war sehr reichlich.«

»Und für Sie, mein Herr?«

»Danke. Heute nicht.« Dass er nun auch keines mehr wollte, damit hatte Isabel gerechnet. Am Vorabend hatte er sie aus diesem Grund nämlich nicht zurück zur Kabine begleiten dürfen. Sie war allein zurückgegangen, und da auch ihm mittlerweile klar geworden sein dürfte, dass einer Frau in der ersten Klasse nichts passierte, ohne Widerspruch, allerdings mit sichtlicher Enttäuschung ins Gesicht geschrieben. Die Mousse au Chocolat hatte er allein verzehren müssen.

»Im Gesellschaftsraum spielt heute eine Violinistin aus Wien. Sie soll sehr gut sein.«

Wie war das anstrengend, sich diese Klette vom Leib zu halten.

»Ich fürchte, das schwere Essen fordert seinen Tribut. Ich sollte mich wohl besser hinlegen«, sagte sie ihm.

»Sie haben recht. Bei mir stellt sich auch schon Müdigkeit ein.«

Es gab kein Entrinnen. Den kurzen Spaziergang an Bord vom Restaurant bis zum Kabinentrakt wollte er sich allem Anschein nach nicht entgehen lassen.

Isabel stand auf und nahm sich vor, es tapfer über sich ergehen zu lassen, die Höflichkeit und das Gesicht wahrend.

»Die frische Luft tut gut«, merkte Ferrel an, nachdem sie das Promenadendeck erreicht hatten.

»In der Tat und gottlob regnet es nicht mehr«, erwiderte Isabel.

»Was für ein schöner Sternenhimmel. Haben Sie in London jemals so viele gesehen?«

Isabel fiel das ebenfalls auf und sie führte es auf den Umstand zurück, dass auf offener See keine Lichter der Stadt mit den Sternen konkurrierten. Sie folgte ihm an die Reling und ließ genau wie er ihren Blick nach oben wandern.

»Wir haben Neumond. Das begünstigt die Helligkeit der Sterne«, sagte sie.

»Darin kann man sich verlieren.« Auch damit hatte er recht. Entgegen Isabels Vorsatz, sich möglichst schnell zurück zu ihrer Kabine zu begeben, erlag auch sie nun der Magie dieses Augenblicks. Zu allem Überfluss gesellte sich noch ein Paar keine zwei Meter neben sie. Ferrel bemerkte sie offenbar auch. Die beiden durften nur unwesentlich älter sein. Sie hielten sich an den Händen. Der Mann nahm seine Frau dann auch noch in den Arm. Ein romantischer Moment. Das turtelnde Paar entfachte in Ferrels Augen zum wiederholten Mal jene sehnsuchtsvolle Begierde, die Isabel unangenehm war.

»Dieser Rafael kann sich glücklich schätzen, bald eine Frau wie Sie an seiner Seite zu haben«, kam dann unvermittelt, gefolgt von einem aus tiefster Seele kriechenden Seufzer.

»Ob ich mich genauso glücklich schätzen kann, steht nicht einmal in den Sternen«, erwiderte Isabel. Sie fragte sich, wie viel Ferrel wusste. Hatte Vater ihm von ihrer Abneigung gegenüber Rafael erzählt? Isabel ertappte sich dabei, dass ihr die Bemerkung just aus diesem Grund herausgerutscht war.

»Es ist bestimmt nicht leicht für Sie, jemanden zu heiraten, den Sie nicht gut genug kennen«, sagte er, was Isabels Verdacht bestätigte. Dass er es feinfühlig sagte, rechnete sie ihm an.

»Ich kenne ihn. Aus Kindertagen.«

An seiner Mimik konnte Isabel ablesen, dass Vater ihm dies verschwiegen hatte.

»Kein sehr angenehmer Zeitgenosse. Charakterlich betrachtet. Der Grundcharakter eines Menschen scheint sich schon in der Kindheit zu festigen«, sagte sie. In dem Moment überlegte Isabel, ob es nicht sogar dienlich wäre, Ferrel mehr über Rafael zu erzählen. Ihr war nämlich bereits der Gedanke gekommen, sich aus dem Staub zu machen, sobald sie den Zielhafen erreicht hatten. Ferrel würde sie auf Vaters Wunsch hin vermutlich bis zum Haus der Fourrats begleiten. Wenn er wüsste, wie schlimm diese Heirat für sie sein würde, täte er das vielleicht nicht. Andererseits würde dies womöglich Fantasien seinerseits wecken und seinen Wunsch verstärken, um sie zu werben. Sie beließ es dabei. Einen Mann heiraten zu müssen, der sich in Bordellen herumtrieb, war schon beschämend genug. Das musste Ferrel nicht auch noch wissen. Anscheinend ratterte es sowieso schon aufgrund des bisher Gesagten in seinem Hirn.

»Es ist jammerschade, dass Sie bereits vergeben sind«, sagte er. Jetzt war es raus. Der Sternenhimmel, so schön er auch war und so gern sie ihn noch länger betrachtet hätte, war nun zweitrangig. Zurück zur Kabine, und zwar ohne ihn. Nicht, dass es noch zu einem Moment unguten Schweigens bei der Verabschiedung vor ihrer Kabinentür kam.

»Mich fröstelt ein wenig. Genießen Sie ruhig noch diese Sternenpracht. Die paar Meter zurück zu meiner Kabine finde ich mich auch allein zurecht«, sagte sie und ging.

Ferrel nickte und machte ausnahmsweise keine Anstalten, sie doch noch zu begleiten. Der Aufpasser in Vaters Diensten. Er hatte ihm sicher nicht ohne Grund gesteckt, dass sie von dieser Heirat nicht begeistert war. Wieder um eine Erkenntnis reicher, dachte Isabel sich, als sie die Tür ihrer Kabine hinter sich schloss.

Dem Landgang zuzustimmen, hatte sich als kluge Entscheidung erwiesen. Sie waren nicht die einzigen Passagiere, die sich die direkt am Hafen gelegene Festung von Brest ansehen wollten. Ein imposantes Bauwerk, das sich zu erkunden lohnte. Zudem kein allzu beschwerlicher Aufstieg, um dann von oben einen Blick auf das Hafenbecken und die Altstadt zu erhaschen. Im Pulk mit anderen Passagieren würde Ferrel keine Gelegenheit haben, ihr seine in Wallung geratene Gefühlswelt erneut auszubreiten.

Isabel hatte zudem das Bedürfnis, sich mit anderen Passagieren auszutauschen. Mehr als Wortfetzen auf der Reling oder im Speisesaal aufzuschnappen, war bisher unmöglich gewesen. Dabei befanden sich interessante Zeitgenossen an Bord. Damit meinte sie nicht die Männerwelt. Überwiegend Geschäftsleute, sofern sie ihrer Menschenkenntnis trauen konnte. Sie kannte den pfeiferauchenden Typus, der jeden Morgen die Bordzeitung in der Hand hielt. Die wenigen Paare waren mit sich beschäftigt. Isabel hielt daher bereits auf dem Weg zur Landebrücke Ausschau nach Damen, die nicht in männlicher Begleitung waren. Eine stach ihr sofort ins Auge. Die ältere Frau hatte sie einmal im Vorbeigehen freundlich gegrüßt und ihr dabei ein einnehmendes Lächeln geschenkt. Isabel schätzte sie auf um die sechzig und sie reiste allein, was hier an Bord für eine Frau ungewöhnlich war. Noch ein Lächeln ihrerseits, als sie an der Landebrücke anstanden, das die ältere Dame erwidert hatte, eine beiläufige Bemerkung, wie sehr sie auf die Festung gespannt sei, und schon war Isabel in guter Gesellschaft.

Sie hieß Margarete Collins, eine Irin und Witwe eines englischen Versicherungsmaklers, mit Reiseziel Málaga in Andalusien, wo sie seine Erbschaft anzutreten und abzuwickeln gedachte. Ihrer Kleidung und des Schmucks nach zu urteilen, gehörte sie sicher zur Oberschicht, allerdings nicht zur Upper

Class. In England würde man sie als neureich bezeichnen, da sie keine Blaublütige war. Wer sich Ohrringe mit Diamanten und eine mit ebensolchen bestückte Brosche leisten konnte, die Suite in der ersten Klasse, der stand möglicherweise sogar besser da als so mancher Abkömmling eines Herzogs. Margarete war altersbedingt nicht mehr gut zu Fuß und hätte das hohe Schritttempo von Ferrel, den Isabel als Reisebegleitung vorgestellt hatte, nicht mithalten können. Was lag da näher, als ihn zu bitten, keine Rücksicht auf sie zu nehmen? Schließlich wollte er vornehmlich die Altstadt in Beschau nehmen und möglichst viel französische Luft schnuppern.

»Ich bin das erste Mal in der Bretagne«, sagte Margarete, als sie sich im Pulk mit den anderen Passagieren zum Weg zur Festung begaben. Ferrel marschierte derweil nach links in Richtung Altstadt.

»Da geht es Ihnen so wie mir«, erwiderte Isabel.

»Ich werde diese Festung im Tempo einer Weinbergschnecke erklimmen. Sind Sie sicher, dass Sie sich nicht doch noch Ihrem Begleiter anschließen wollen?«, fragte sie und lachte. Eine richtige Frohnatur, wie die meisten Iren, die Isabel bisher hatte kennenlernen dürfen.

»Ganz im Gegenteil. Ich habe nicht vor, in die Altstadt zu hetzen, und bevorzuge es, Dinge in Ruhe auf mich wirken zu lassen. Das geht langsameren Schrittes viel besser«, erklärte Isabel.

Margarete hatte anscheinend eine gute Menschenkenntnis. Sie musterte sie und lächelte dabei süffisant. Isabel sah sie daraufhin nur fragend an.

»Ab und zu müssen wir Frauen auch mal allein sein. Fred war schlimmer als unser Hund, ein Labrador, der am liebsten auch noch mit mir auf das stille Örtchen gegangen wäre. Wenigstens das hat Fred nicht gemacht. Gott hab ihn selig. Und jetzt? Wo er nicht mehr da ist, vermisse ich ihn«, plapperte sie vor sich hin. »Mr Ferrel scheint ähnlich veranlagt zu sein«, merkte Margarete an, als sie die erste Kurve auf dem Weg nach oben erreicht hatten.

»Wie kommen Sie darauf?«

»Er himmelt Sie an. Das konnte ich beim Essen schon sehen, und offenbar himmeln Sie ihn nicht an.«

Auch das war typisch für die Iren. Sie redeten im Gegensatz zur Londoner High Society nicht um den heißen Brei herum.

»Ich wüsste auch nicht, warum ich seine offenbar für alle Welt ersichtlichen Avancen erwidern sollte.«

»Sie gefallen mir. Aufrichtigkeit und vor allem der Mut dazu sind zwei Tugenden, die den Menschen heutzutage abhandengekommen sind.«

Isabel nickte. Da musste sie nur an unzählige Geschäftsessen und die damit verbundene anstrengende triviale Konversation denken, ein Meer von falschen Komplimenten und Bauchpinselei.

»Wohin geht die Reise bei Ihnen? Auch nach Andalusien? Das wäre zu schön, um wahr zu sein«, wollte Margarete wissen.

»Wir gehen in Dénia von Bord.«

»Ist das nicht ein kleiner Ort auf halber Strecke zwischen Valencia und Alicante?«

»Sie kennen die Gegend?«

»Nur den Hafen. Mein verstorbener Mann und ich waren jedes Jahr in Andalusien, wegen des Klimas. Er hatte auch viel geschäftlich dort zu tun. Einmal habe ich ihn mit dem Schiff nach Valencia begleitet. Der Segler hielt im Hafen von Dénia. Sind Sie von dort?«

»Es waren die glücklichsten Jahre meines Lebens. Bis zu meinem zehnten Lebensjahr und dann ging Vater nach England. Er importiert Rosinen.«

»Es wird sicher schön, wieder die Heimat zu sehen.«

Isabel nickte wohl mit zu wenig Zuversicht.

»Auch ein Todesfall?« Margarete wirkte besorgt.

»Eine Heirat.«

»Oh, eine spanische Hochzeit. Fred und ich haben zwei spanische Hochzeiten miterleben dürfen. Das waren rauschende Feste mit Flamenco-Tanz und reichlich Wein. Wer ist denn der Glückliche?«

Isabel schluckte, was Margarete nicht entging. Sollte sie sich ihr offenbaren? Das musste sie gar nicht.

»Sie lieben den Mann nicht?«

Isabel schüttelte den Kopf.

»Ach, meine Liebe. Was wir Frauen alles mit uns machen lassen müssen«, sinnierte sie.

»Sie und Fred …?«

»Natürlich, aber ich hatte Glück. Anfangs dachte ich, es sei das Ende der Welt. Verliebt war ich in einen Bäckersjungen, doch mein Vater hätte mir den Hals umgedreht, wenn er das auch nur geahnt hätte. Er wollte, dass ich Fred heirate, um versorgt zu sein. Nun, mit der Zeit gewöhnt man sich aneinander, und ob Sie es glauben oder nicht, ich habe gelernt, ihn zu lieben, und jetzt, wo er nicht mehr da ist … Jede Nacht denke ich an ihn. Er war ein feiner Mann. Ja, das war er.«

Isabels Laune hellte das nicht so recht auf. Margarete hatte wohl Glück gehabt.

»Wissen Sie, manchmal denke ich, dass alles von oben gelenkt wird. Eine gewisse Schicksalhaftigkeit.«

»Sie glauben an die Vorhersehung?«

»Was heißt glauben? Ich spreche aus Erfahrung. Es passieren immer wieder schlimme Dinge. Man denkt, die Welt geht unter und Jahre später … Das Leben ging trotzdem weiter. Manch Schlimmes entpuppte sich im Nachhinein erstaunlicherweise als glücklicher Umstand oder ergab zumindest Sinn. Ich will damit nicht sagen, dass ich froh bin, meinen Fred nicht mehr zu haben, aber ich habe seit seinem Ableben so viele

Menschen kennengelernt, die mir an seiner Seite nie begegnet wären. Sogar dem Bäcker, meinem großen Schwarm, nur um dann letztlich entgegen zeitlebens gehegter Zweifel doch festzustellen, dass meine Ehe mit Fred die richtige Entscheidung gewesen war. Rein zufällig sind wir uns in der Oxford Street begegnet. Vermutlich ist das Schicksal der Quell des Lebens. Es stellt uns vor Aufgaben, vor Herausforderungen. Man hat die Wahl, sie anzunehmen oder einen anderen Weg einzuschlagen.«

»Das ganze Leben wäre dann ja vom Zufall bestimmt«, überlegte Isabel laut.

»Im Leben gibt es keine Zufälle.«

»Dann ist unsere Begegnung sicher auch keiner«, resümierte Isabel.

»Und wer weiß, wozu diese Reise für Sie gut ist. Jetzt lassen Sie uns nicht mehr über Männer und das Schicksal reden. Es gibt Interessanteres im Leben und ich möchte den Turm da oben noch erreichen, bevor das Schiffshorn uns wieder zurückbläst«, sagte sie mit so viel Elan, dass Isabel ihr gleich den Arm anbot, um sich einzuhängen. Sie traf den Nagel auf den Kopf. Es gab Interessanteres als Männer, nur dummerweise waren sie es, die über das Schicksal der Frauen entschieden.

Kapitel 4

Die Aussicht von der gemeinsam mit Margarete erklommenen Festung versüßte Isabel den Tag. Der Blick von ganz oben, auf die Reede am Ende eines Flusslaufs hin zum Meer mit all den Fischerbooten und ihrem Passagierdampfer, wirkte auf sie wie ein Gemälde. Ebenso die Aussicht auf das Landesinnere mit seinen landestypischen Steinhäusern. Hier baute man mit Granitgestein, das es in dieser Gegend Margaretes Wissens im Überfluss gab. Schätzungsweise waren diese Häuser besser gegen Wind und Wetter gefeit als die in der Heimat. Margarete hatte sich zudem tapfer geschlagen und sich, oben am Turm der Festung angekommen, ihren Worten nach gefühlt wie nach einer erfolgreich gemeisterten Bergbesteigung. Die alte Dame so glückselig zu sehen, hatte überraschenderweise dafür gesorgt, dass Isabel in der Lage gewesen war, die belastenden Gedanken der letzten Tage tatsächlich für ein paar Stunden beiseitezuschieben.

Wahrscheinlich lag das aber auch daran, dass Ferrel durch Abwesenheit geglänzt hatte. Andernfalls hätte er sie in seiner Rolle als Aufpasser unaufhörlich an ihr bevorstehendes Schicksal erinnert. Isabels gute Laune lag aber auch an Margaretes

Geschichten aus ihrem Leben und von ihrer Heimat, Irland, die Isabel eine gewisse Unbeschwertheit schenkten.

Den restlichen Nachmittag hatten sie in einem der Cafés verbracht. Margaretes Fundus an Gesprächsthemen war schier unerschöpflich. Isabels Frohsinn verschwand jedoch, als Ferrel mit dem zweiten Ton des Schiffhorns zwangsläufig wieder an der Anlegestelle auftauchte. Isabel und Margarete waren bereits an Bord. Sie winkte ihm von der Reling aus zu und begab sich genau wie Margarete gleich in die Kabine, um sich für das Dinner frisch zu machen. Um halb sieben klopfte es auch schon gegen ihre Tür, wie auch an den Abenden zuvor. Ferrel wollte sie sicher wie üblich zum Dinner begleiten. Kaum auf dem Gang und die Kabinentür hinter sich geschlossen, legte er auch schon los.

»Hatten Sie einen schönen Tag? Ein Jammer, dass Sie keine Gelegenheit hatten, die Altstadt zu sehen. Die Franzosen wissen zu leben. Wer hätte das gedacht? Ich habe den besten Käse meines Lebens gegessen und dazu Brot, das allzu köstlich war. Sie nennen es Baguette.«

»Dann war es wohl die richtige Entscheidung, Sie vom Leben der Franzosen kosten zu lassen.«

»Und Sie? Was haben Sie gemacht?«

»Margarete hat unendlich viel aus ihrem Leben zu erzählen. Es war interessant, ihr zuzuhören. Es kommt mir so vor, als hätten in Irland Frauen letztlich mehr zu sagen als in England.« Auch darüber hatte sich Margarete ausgelassen.

»Das hielte ich für keine so gute Idee«, sagte Ferrel.

»So, und warum nicht?«

Ferrel wusste darauf zunächst nichts zu sagen, bis er sich räusperte. »Gewisse Privilegien sind nun einmal Männern vorbehalten. Forschung und Lehre zum Beispiel. Das Wirtschaftsleben. Die Politik.«

»Vielleicht ändern sich die Zeiten eines Tages«, gab Isabel zurück.

Ferrel kommentierte es mit einem Achselzucken, was ihn in ihren Augen gleich noch unsympathischer machte. Zumal er sicher nicht zu dem Typus Mann gehörte, der sich mit selbst erworbener Kompetenz in seinem Berufsfeld brüsten konnte.

Isabel atmete auf, als der Speisesaal in Sicht kam. Ferrel öffnete ihr wie immer galant die Tür. Isabels Blick fiel sofort auf Margarete, die sich bereits an ihrem Tisch eingefunden hatte. Isabel wusste aus ihren Gesprächen, dass sie ungern allein speiste. Ihr war bereits die Tage zuvor aufgefallen, dass Margarete als eine der Ersten aus dem Speisesaal verschwand. Sie aß für gewöhnlich wenig und das eher schnell. Isabel ging gleich zu ihr, die Klette an ihrer Seite.

»Ich hoffe, der Aufstieg zur Festung war nicht zu anstrengend für Sie«, sagte Ferrel, als er Margaretes Tisch erreichte.

»Ganz und gar nicht. Ich sollte mich öfters mehr bewegen«, erwiderte sie.

»Hätten Sie Lust, heute mit uns zu speisen? Mr Ferrel und ich würden uns freuen, wenn Sie uns Gesellschaft leisten«, sagte Isabel und warf Ferrel zugleich einen auffordernden Blick zu. Was blieb ihm anderes übrig, als ihren Wunsch abzunicken?

Margarete reagierte aber erst darauf, als er »Es wäre uns ein Vergnügen« von sich gab, was selbstverständlich gelogen war, doch Margarete kaufte es ihm anscheinend ab. Vielleicht tat sie es aber auch nur deshalb, weil sie mitbekommen hatte, dass Isabel ihn eher als lästig empfand.

Schon stand sie auf und begleitete sie zu ihrem Tisch, was auch der Ober sogleich registrierte.

»Es geht doch in Ordnung, wenn ich heute mit den Herrschaften speise?«, wollte Margarete sich beim Ober vergewissern. Er nickte gefällig.

»Mr Ferrel, Isabel hat erzählt, dass Sie im Rosinenhandel tätig sind. Was wäre England ohne Rosinen?«

Ferrel genoss die Aufmerksamkeit, die ihm Margarete schenkte. Soviel Isabel von ihrem Vater wusste, hatte er keine Ahnung von Rosinen, aber gute Kontakte. Hauptsache, es brachte Geld.

»Es ist meine Leidenschaft. Und die Rosinen aus den Moscateltrauben sind an Süße nicht zu übertreffen.« Zumindest das wusste er.

»Haben Sie die Trauben schon einmal gleich nach der Ernte probiert?«, fragte Isabel in der Absicht, ihn zu brüskieren. Isabel hatte Margarete bereits erzählt, wie unbefleckt er in diesem Business war. Von wegen »meine Leidenschaft«.

»Dazu hatte ich leider noch keine Gelegenheit.«

»Sie waren noch nie vor Ort?«, hakte Margarete gleich nach, nachdem sie alle am Tisch Platz genommen hatten.

»Das werde ich nachholen. Ich freue mich darauf«, sagte er etwas irritiert von Margaretes hochgezogenen Augenbrauen. »Dass die Franzosen solche Festungen zu bauen imstande sind, hätte ich nicht gedacht«, kam dann. Ferrel ritt sich mit seinem abrupten Themenwechsel immer tiefer in Ungemach.

»Sie wurde von den Römern erbaut, schon im Mittelalter«, erklärte Margarete ihm. »Castellum Romanum«, fügte sie noch hinzu.

Ferrel nickte dankbar für die Aufklärung.

»Ah, da ist ja wieder die Marquise de Blois«, sagte Margarete und ließ ihren Blick zu einer etwa dreißigjährigen Frau schweifen, die eben den Speisesaal betrat.

Isabel hatte sie die Abende zuvor ebenfalls wahrgenommen, weil sie genau wie Margarete allein im Speisesaal das Dinner zu sich nahm.

»Sie kennen sie?«, fragte Isabel unbedarft nach.

»Wir haben ein paar Worte an Deck gewechselt. Ihr Englisch ist hervorragend. Françoise ist nach Andalusien unterwegs.«

»Geschäftlich?«, fragte Ferrel. Auch Isabel hatte sich diese Frage gestellt.

Margarete holte tief Luft und wirkte für einen Moment in sich gekehrt. »Die Arme hat es nicht leicht«, sagte sie dann.

»Wie meinen Sie das?«, wollte Ferrel wissen.

Margarete nickte zum Gruß in Richtung der Marquise und sprach erst weiter, als sie sich ein paar Tische weiter gesetzt hatte. »Sie hatte plötzlich Tränen in den Augen und dann hat sie mir ihr Herz ausgeschüttet. Die Marquise war nicht glücklich in ihrer Ehe. Ihr Mann hat sie unentwegt betrogen, ging ins Bordell und hat sich die Lustseuche zugezogen. Unter diesen Umständen war es für sie unmöglich, diese Ehe weiterzuführen. Die Lues ist schließlich hochansteckend. Einige überleben sie, andere tragen lebenslange Schäden davon. Nicht wenige versterben. Ihr Mann hat es ihr erst gestanden, als sie die ersten Geschwüre an seinem Körper entdeckt hatte«, sagte Margarete mit betretener Miene.

»Die Ärmste. Wahrscheinlich hat sie sich bei ihm auch noch angesteckt«, überlegte Isabel mit Schaudern.

»Ihr Mann versucht mit Quecksilbersalbungen wieder gesund zu werden. Er nimmt es auch ein, doch es schlägt nicht an. Sie hatte Glück. Es heilte von allein bei ihr aus.«

»Und warum reist sie nach Andalusien?«, fragte Ferrel nach.

»Sie hat dort einen Onkel und sucht bei ihm Zuflucht.«

»Vor ihrem Mann?« Ferrel gedachte anscheinend, der Sache auf den Grund zu gehen.

»Er hat gedroht, sie umzubringen, wenn sie ihn verlässt«, sagte Margarete im Flüsterton.

Ferrel verzog überrascht die Augenbrauen.

Isabel sah zu ihr hinüber. In sich eingesunken und mit traurigen Augen saß die Marquise an ihrem Tisch.

Das Schicksal der Frau wühlte Isabel derart auf, dass sie kaum ihren Blick von ihr abwenden konnte – Rafaels Bordellbesuche vor Augen.

»Die Herrschaften. Was darf ich Ihnen heute servieren? Das Rinderfilet in Rotweinsauce oder bevorzugen Sie eher den frischen Hummer?«, wollte ihr Ober wissen.

»Ich nehme den Hummer.« Ferrel zeigte sich ungerührt von Margaretes Ausführungen.

Isabel spürte ihren Magen flattern, der aufgrund des eben Gehörten vermutlich weder das eine noch das andere vertragen würde. »Für mich bitte nur die Beilagen«, sagte sie.

»Fühlen Sie sich nicht wohl, werte Elizabeth?«, hakte Ferrel nach.

»Nein. Nein. Mir ist heute nur nicht nach Rind und ich weiß nicht so recht mit einem Hummer umzugehen«, gab Isabel vor. Wenn sie doch nur schon wieder in ihrer Kabine wäre.

Das schwere Schicksal der Marquise de Blois hatte bei Isabel für einen schrecklichen Albtraum gesorgt, in dem sie sich mit aufblühenden Geschwüren der Franzosenkrankheit im Bett liegen sah. Die Vorstellung, der Hochzeit mit Rafael nicht zu entkommen und zu enden wie die Marquise, war schier unerträglich und befeuerte zudem den Groll auf ihren Vater. Sie musste sich all dem entziehen und dafür gab es nur eine Möglichkeit. Der Dampfer würde heute Nachmittag in San Sebastian anlegen, im Baskenland. Sie war dann in Spanien und könnte versuchen, sich von dort bis nach Alicante oder Valencia durchzuschlagen.

Doch wie sollte sie es nur anstellen zu verschwinden, ohne dass Ferrel es bemerkte? Sie müsste ihre Koffer an Bord lassen. Dies erschien Isabel das geringste Problem. Das Notwendigste wie Unterwäsche und Strümpfe konnte sie in ihrer Ledertasche verstauen. Sie hatte genug Geld dabei, um sich fürs Erste durchzuschlagen. Noch vor dem Frühstück war die Entscheidung gefallen und die Tasche gepackt. Ihr blieb keine andere Wahl, als von Bord zu gehen, koste es, was es wolle. Das Problem dabei war Ferrel. Er würde sie nie im Leben allein an Land gehen lassen. Mittlerweile war Isabel sich sicher, dass Vater ihn nicht nur dazu beauftragt hatte, zu ihrer Sicherheit an ihrer Seite zu sein, sondern auch dafür zu sorgen, dass sie bei den Fourrats ankam. Wie weit er dabei gehen würde, ließ sich schlecht einschätzen, doch allein die Möglichkeit, Zwang auf sie auszuüben, bereitete ihr Sorge.

Margarete einzuweihen, damit sie ihn später irgendwie davon abhielt, an Land zu gehen, konnte sie ihr nicht zumuten. Eventuell könnte Margarete sich aber beim Frühstück zu ihnen an den Tisch setzen und ihn in Beschlag nehmen, sodass er ihr nicht gleich zurück zu den Kabinen folgte. Ferrel würde sich trotzdem nicht davon abhalten lassen, ihr wie ein Hund hinterherzudackeln, noch dazu, wenn das Schiff mit heruntergelassener Passagierbrücke an einem Hafen lag. Er klopfte schon wieder an ihrer Tür. Nicht einmal zum Frühstück ließ er sie allein gehen. Isabel zwang sich dazu, Ruhe zu bewahren und sich nicht anmerken zu lassen, dass sie bereits überlegte, wie sie sich seiner in San Sebastian entledigen konnte.

»Guten Morgen, Elizabeth. Haben Sie nicht gut geschlafen?« Isabels Augenringe waren ihm anscheinend nicht entgangen.

»Ich fürchte, ich habe die vielen Zwiebeln im Gemüse nicht vertragen«, erklärte sie ihm und schloss die Kabinentür hinter sich ab.

»Ein Kamillentee wird's schon richten«, meinte er.

Isabel war da anderer Meinung. Richten konnte es nur ein geglückter Landgang.

Isabel hatte den Kamillentee über sich ergehen lassen. Der Preis für ihre Notlüge. Ebenso die Neuigkeiten aus England, die Ferrel ihr bevorzugt aus der Bordzeitung zum Frühstück kredenzte. Als er dann noch angefangen hatte, aus dem landeskundlichen Spanienführer, einer Leihgabe aus der Bordbibliothek, darüber zu referieren, wie sehenswert San Sebastian sei, wurde Isabel angst und bange. Dies deutete nämlich darauf hin, dass er bereits geplant hatte, wohin sie gehen würden. Das mussten nicht zwangsläufig Orte sein, die es ihr ermöglichen würden, ihn unterwegs abzuschütteln.

»Wir haben zwei Stunden zur Verfügung«, tönte er. Auch das noch. Isabel hatte gehofft, länger in San Sebastian verweilen zu können.

»Die Stadt grenzt direkt an den Hafen. Wir sollten uns trotzdem sputen. Die Landebrücke ist bestimmt schon geöffnet«, fuhr er fort.

»Na gut. Wir können.«

Auch Ferrel trank seinen Tee aus.

»Ich muss nur noch schnell meine Tasche holen. Warten Sie an der Landebrücke auf mich?«

»Eine Tasche?«

»Hier soll man gut und günstig einkaufen können.« Isabel saugte sich das aus den Fingern. Ferrel konnte man alles erzählen, da er noch nie hier gewesen war und einer Spanierin zutrauen musste, dass sie das wusste.

Isabel eilte zurück zur Kabine und schaute noch einmal in ihre Tasche. Wäsche, Geld. Mehr brauchte sie nicht. Dann fiel ihr Blick auf das kleine Glücksschweinchen. Glück konnte sie momentan gut gebrauchen. Sie steckte es mit ein. Sie hatte keine Zeit mehr zu verlieren. Isabel verschloss die Kabinentür und überlegte, ob sie sich noch von Margarete verabschieden sollte. Sie frühstückte meist etwas später und war sicher noch in ihrer Kabine, doch dafür blieb keine Zeit. Isabel hastete stattdessen an Deck.

Ferrel wartete dort bereits auf sie. »Sie haben es aber eilig.«

Dass sie außer Atem war, ließ sich nicht verbergen. »Wir haben doch nur zwei Stunden«, gab Isabel zurück.

Schon als sie die Landebrücke herunterschritten, ließ Isabel ihren Blick umherwandern. Läden gab es hier zur Genüge, doch die gedachte Isabel nicht aufzusuchen, um dort etwas zu kaufen.

»Wirklich beeindruckend.« Ferrel blieb an der Mole stehen und besah sich die dem Hafen gegenüberliegende Bucht, die die Einheimischen, wie Isabel wusste, Concha, also Muschel nannten, weil die Bucht mit ihrem Badestrand wie eine aussah. Sie reichte vom Hafenbecken, hinter dem sich ein Häusergewirr aus vielen Gässchen verbarg, bis hin zu einem bewaldeten Berg. Der Strand mit seinem hellen Sand lud an diesem sonnigen Tag nicht wenige zu einem Bad im Meer ein. Malerischer konnte ein Ort kaum sein. Allein schon wieder die von der Heimat gewohnte kräftige Sonne auf der Haut zu spüren und nicht nur Baskisch, sondern auch Kastilisch von vorbeischlendernden Passanten zu vernehmen, bestärkte Isabels Entschluss.

»Suchen Sie etwas Bestimmtes?«, wollte Ferrel wissen.

»Nein.« Isabel log, denn ihr Blick streifte bereits über die vor ihr liegenden Häuser. Ob es hier wohl auch Hotels gab? Die hatten meistens einen zweiten Ausgang. In welche Richtung sollte sie gehen? Von der Strandpromenade aus zweigte ein größerer Boulevard ab. Aus der Distanz wirkten die Gebäude wie Wohnhäuser mit darunterliegenden Geschäften. Dort fuhr eine Straßenbahn. Der Boulevard war belebt und einsehbar. Sich dort seinen Blicken zu entziehen, war nahezu unmöglich. Hinter dem Stadttor am Hafen lagen sicher kleine verwinkelte Gässchen, die Isabel für ihr Vorhaben geeigneter vorkamen.

»Sie wirken etwas unentschlossen«, merkte Ferrel ungeduldig an.

»Ich war noch nie hier, aber die Altstadt wirkt einladender, finden Sie nicht auch?« Isabel hatte sich eben dazu entschlossen, dort ihr Glück zu versuchen. Viel Zeit blieb ihnen nicht.

Ferrel nickte und schloss sich ihr auf dem Weg durch einen Torbogen an, der mitten ins Getümmel der belebten Gässchen führte.

Um den Schein zu wahren, steuerte Isabel auf das nächstbeste Schaufenster zu. Die Kleidung, die hier verkauft wurde, war wohl eher für den Hausgebrauch gedacht, also nichts, was sich eine feine Dame kaufen würde. Isabel blieb dennoch vor dem Schaufenster stehen.

»Vielleicht sollten wir doch in den modernen Teil der Stadt gehen? Dort gibt es bestimmt ein Kaufhaus mit größerer Auswahl«, sagte Ferrel. Die prächtigen mehrstöckigen Gebäude sprachen dafür.

»Oft findet man schöne Dinge, wo man sie am wenigsten vermutet«, gab sie zurück und ging unbeirrt weiter. Wenn es hier wenigstens eine Pension gäbe, doch hatten die mehrere Ausgänge? Nichts dergleichen war in Sicht. Ein Geschäft reihte sich an das andere. Überwiegend Haushaltswaren, Lebensmittel, ein Metzger, ein Schuhmacher und dazwischen eher kleine Bars, in denen Tapas, die sich hier Pintxos nannten, serviert wurden. Der Weg vor ihnen war besonders belebt, was vermutlich an der hohen Dichte an Restaurants lag. Einige wirkten wie Spelunken und waren zu klein für ihre Zwecke. Zu ihrer Erleichterung erspähte Isabel vor sich ein Restaurant, das an einer Ecke lag. Und es hatte zwei Eingänge. Hier wurde anscheinend gern Wein getrunken, wie sich unschwer durch die großen Vitrinen erkennen ließ. Männer in Anzügen saßen an kleinen Tischen vor einem Gläschen zu ihren Pintxos.

»Im Baskenland gibt es den besten Wein Spaniens«, merkte Isabel an. Das war glatt gelogen. Wenn überhaupt, dann war die Gegend für eine gute und vor allem reichhaltige Küche bekannt. Weil über dem Restaurant ein Schild aus Metall mit einem Traubenmotiv hing, war ihr nichts Besseres eingefallen, um Ferrel hineinzulocken.

»Ich dachte, Sie wollten einkaufen?«

»Ein Gläschen Wein kann doch nicht schaden.«

»Wie Sie wünschen«, sagte er, folgte ihr und hielt ihr die Tür auf.

Es gab nur noch zwei kleine freie Tische. Einer direkt an der Fensterfront neben dem Eingang. Der andere lag seitlich in der hintersten Ecke.

»Nehmen wir den dort vorn? Dann können wir das Treiben auf der Straße beobachten«, schlug Ferrel vor.

»Ach, doch lieber den anderen. Dort ist es ruhiger.« Auch das nahm Ferrel ihr ab, denn gottlob unterhielten sich die Männer an den Tischen der Fensterfront recht laut. Der andere Tisch war besser für ihre Zwecke geeignet, weil sie von dort die Räumlichkeiten besser im Auge hatte und sich somit überlegen konnte, wie sie es am besten anstellte, von hier zu verschwinden. Dort nahm sie dann auch Platz.

»Können Sie einen bestimmten Wein empfehlen?«, fragte Ferrel.

»Grundsätzlich den Hauswein«, erwiderte Isabel in Gedanken. Sie hatte bereits die Toiletten im Blick. Daneben befand sich der zweite Eingang. An sich hatte sie vorgehabt, sich in einem Hotel auf die Toilette zu begeben, um ihn dann vergeblich in der Lobby auf sie warten zu lassen. Dies hier zu bewerkstelligen, war riskanter, dürfte aber möglich sein, sofern er sitzen blieb. Die Theke verdeckte den Blick zu den Toiletten und war hüfthoch. Zudem stand eine gut einen halben Meter hohe Glasvitrine darauf, in der die Pintxos auf kleinen Tellern lagen. Zwei Männer saßen daneben. Sofern er nicht genau dort hinsah, müsste es möglich sein, unbemerkt aus dem Restaurant zu huschen. Isabel stand bereits kalter Schweiß auf der Stirn, als der Ober, ein untersetzter Mittvierziger, zu ihnen kam, um die Bestellung entgegenzunehmen.

»Was darf ich Ihnen bringen?«, fragte er auf Spanisch.

»Zwei Gläser von dem Hauswein«, bestellte sie. »Sie trinken doch ein Gläschen mit?«, fragte sie Ferrel.

Er nickte eifrig.

In dem Moment bemerkte sie einen jungen Mann zwei Tische weiter vorn, dem ein Stück Sardine vom Brot auf seine Hose gefallen war. Und wie er fluchte. Sein Fluch war ein Segen, denn sein Malheur brachte Isabel auf eine Idee, auf etwas, das machbarer erschien.

»Ist es nicht gemütlich hier drin?«, schwärmte Isabel und deutete auf die Fischernetze, die der Wirt aus rein dekorativen Zwecken von der Decke hängen ließ.

Ferrel gab sich unschlüssig. »Schade, dass wir schon gefrühstückt haben. Diese kleinen Leckereien sehen zu köstlich aus«, sagte er, die Vitrine im Visier. Gut, dass sie ihren Plan geändert hatte, denn wie sie ihn einschätzte, würde er just davorstehen, wenn sie die Toiletten aufsuchte.

»Ja, jammerschade.«

Isabels innere Anspannung stieg ins Unermessliche, als der Ober mit zwei gut gefüllten Gläsern zurückkam und sie auf den Tisch stellte. Dazu gesellten sich zwei Schälchen mit Oliven, eine Flasche Olivenöl und ein Korb mit Weißbrot.

Isabel begann vor Aufregung zu zittern, was sich in diesem Fall aber als nützlich erwies. Sie griff ungeschickt nach dem Brotkorb, sodass sich der Wein auf Ferrels Anzughose ergoss.

Ferrel sprang wie von der Tarantel gestochen auf und besah sich das Malheur.

»Oh Gott. Ich bin untröstlich. Die schöne Hose«, sagte Isabel.

»Könnten Sie den Ober nach einem sauberen Tuch fragen?«, verlangte er nicht in bester Laune.

Isabel stand sofort auf und begab sich an den Tresen. »Entschuldigung. Mir ist ein kleines Malheur passiert. Der gute Wein. Ich habe ihn auf die Hose des Herrn verschüttet. Könnten Sie mir ein oder zwei Tücher geben?«

Er nickte, verschwand in einem Nebenraum und kam dann keine Minute später mit zwei Leinentüchern zurück, die er ihr reichte.

Isabel ging damit zu Ferrel, der damit gleich auf seiner Hose herumtupfte. »Hinter der Bar ist eine Toilette. Dort können Sie den Fleck auswaschen und etwas abtrocknen«, schlug sie ihm vor.

Ferrel hielt für einen Moment inne und musterte sie, was Isabel irritierte.

»Die Leute schauen schon. Ihre Beine sind bestimmt klatschnass. Sie können hier doch nicht die Hosen herunterlassen«, legte sie ihm nahe.

Ferrel nickte einsichtig und ging dann zu den Toiletten. Isabel wartete, bis er die Tür hinter sich zuzog, schnappte sich ihre Tasche und ging zur Bar.

»Sagen Sie dem Herrn bitte, dass ich zurück zum Hafen zu unserem Schiff gegangen bin.« Dann kramte sie nach ihrer Geldtasche. »Ich habe nur englische Pfund.«

Der Ober überlegte für einen Moment und winkte vermutlich angesichts des Malheurs ab. Vielleicht auch nur, weil sie sich auf Spanisch mit ihm unterhielt und einen recht verstörten Eindruck machte.

»Danke.«

Dann eilte Isabel aus dem Lokal und schlug genau die entgegengesetzte Richtung ein als die, aus der sie gekommen waren, doch kaum ein paar Meter gelaufen, vernahm sie seine Stimme.

»Elizabeth!« Sie fror förmlich ein, als sie ihn vor der Tür des Lokals bemerkte, mit immer noch patschnassen rot gefleckten

Hosen. Es hatte keinen Sinn zu versuchen, davonzurennen. Mit der geschulterten Tasche würde er sie sicher einholen. Sie blieb stehen. Ferrel lief zu ihr.

»Das haben Sie sich ja fein ausgedacht. Einfach auf und davon. Mir den Wein auf die Hose zu schütten«, wetterte er, nachdem er Isabel erreicht hatte.

»Ich … es tut mir leid … Ein Versehen«, stammelte sie, in der Hoffnung, ihn wenigstens noch davon zu überzeugen, dass sie den Entschluss, das Lokal zu verlassen, spontan gefasst hatte. Weitere Lügen, wie etwa jemanden auf der Straße gesehen zu haben, von dem sie glaubte, ihn zu kennen, waren zwecklos.

Ferrel griff nach ihrer Tasche und zog sie schneller von ihrer Schulter, als Isabel reagieren konnte.

»Soll ich sie öffnen? Warum haben Sie Unterwäsche und Strümpfe in Ihrer Tasche? Ich habe mich schon gewundert, warum Sie mit einer vollen Tasche einkaufen gehen wollen.«

Isabel starrte ihn fassungslos an.

»Ja, ich habe reingesehen, als Sie am Tresen waren.«

Isabel überlegte, ob sie einen der Passanten auf Spanisch um Hilfe bitten sollte. Ferrel würde kein Wort verstehen, wenn sie es tat und vorgab, dass dieser Mann sie belästigen würde. Es würde vermutlich in einer Prügelei enden, bei der nicht einmal sicher war, dass Ferrel als Verlierer daraus hervorgehen würde.

»Bekommen Sie Geld von meinem Vater? Für die Begleitung?«, fragte sie ihn stattdessen, was ihn überraschte. Angriff, wenngleich nur mit Worten, schien Isabel momentan die beste Verteidigung zu sein.

»Gewisse Privilegien. Einen Exklusivvertrag. Das gestehe ich ganz offen ein, aber diese Dinge sind mir nicht so viel wert wie Ihr Glück.«

Isabel sah ihn fassungslos an.

»Ich sehe doch. wie sehr Sie unter dieser bevorstehenden Heirat leiden. Warum haben Sie nicht offen mit mir darüber gesprochen, Elizabeth? Nur ein Wort von Ihnen und wir könnten beide verschwinden. Ein neues Leben beginnen, fernab von England. Ich verfüge über genügend finanzielle Mittel und ...« Sein Appell klang wie ein Flehen.

»Sprechen Sie nicht weiter, James.« Er musste doch inzwischen mitbekommen haben, dass sie die Gefühle, die er für sie offenkundig hegte, nicht erwidern konnte.

Ferrel nickte niedergeschlagen und holte tief Luft. »Dann sollten Sie mit mir zurück zum Schiff gehen.«

»Wenn Ihnen so viel an meinem Glück liegt, warum lassen Sie mich dann nicht gehen?«, fragte sie.

Er blieb ihr eine Antwort schuldig. Die Tasche mit ihrem Geld und der Kleidung hielt er fest in der Hand. Es gab für Isabel keine Möglichkeit, sie ihm zu entreißen, und selbst wenn es gelingen würde, käme sie damit nicht weit. Auch wenn er nichts mehr sagte und nur in die Richtung deutete, aus der sie gekommen waren, glaubte sie in seinem Gesicht die Antwort auf ihre Frage lesen zu können. Es lag ihm etwas an ihrem Glück, aber nur am Glück an seiner Seite. Im Moment hatten seine Exklusivverträge wohl mehr Gewicht.

Zurück an Bord und wieder auf hoher See entlang der spanischen und einen Tag später der portugiesischen Atlantikküste saß Isabel der gescheiterte Fluchtversuch noch immer in den Knochen. Zum einen, weil die Unabwendbarkeit ihres Schicksals mit jeder Seemeile, die sich der Dampfer ihrem Ziel näherte, spürbarer wurde. Zum anderen, weil Ferrel ihr sein Innerstes nun vollends offenbart hatte. Ob ihr Vater ihn als Begleitung akzeptiert hätte, wenn ihm bewusst gewesen wäre, dass Ferrel sie nicht nur für attraktiv befand, sondern darüber hinausgehende Absichten hegte? Er sogar bereit wäre, Verrat an ihm zu begehen, nur um mit ihr zusammen zu sein? Sie fragte sich allerdings auch, was wohl schlimmer wäre: ein Leben im goldenen Käfig an der Seite von Rafael oder eines mit Ferrel, den sie nicht als jemanden einschätzte, der es in einem fremden Land zu etwas bringen würde. Sie hatte sich dennoch ausgemalt, wie wohl ein Leben an seiner Seite aussehen würde.

Jemand wie Ferrel mit all seinen Unvollkommenheiten und seiner ihrer Einschätzung nach geringen Bildung wäre vermutlich einfacher zu ertragen, weil sie sich Freiräume verschaffen könnte und er nicht in einer Position war, sie an ein familiäres Rosinenimperium zu ketten. Kaum zu Ende gedacht, hatte sie dieses Gedankenspiel auch gleich wieder verworfen.

Das einzig Gute an ihrem gescheiterten Fluchtversuch war, dass sie sich ihm aufgrund seiner in San Sebastian an Erpressung grenzenden Avancen fortan entziehen konnte, auch zu den gemeinsamen Mahlzeiten, weil Passagiere der ersten Klasse sich das Dinner auch in die Kabine bringen lassen konnten. Es hatte genügt, ihm nach Rückkehr an Bord klarzumachen, dass sie künftig allein zu speisen gedachte. Akzeptierte er es aus Rücksichtnahme? Aus Scham? Spekulierte er vielleicht darauf, dass sie eventuell doch noch ihre Meinung änderte, weil er sie nicht mehr bedrängte? Den Aufpasser brauchte er an Bord sowieso nicht mehr zu spielen.

Ferrel hatte auch ihren Wunsch, außerhalb der Mahlzeiten für sich zu sein, geschluckt. Vermutlich tat er das aber auch nur, weil er wusste, dass ein Schiff auf hoher See ihr keine Möglichkeit gab, erneut zu versuchen, sich davonzustehlen.

Lediglich als der Dampfer auf ihrem weiteren Weg in Porto und Lissabon gehalten hatte, um Proviant und Kohle zu laden, Passagiere zusteigen und von Bord gehen zu lassen, hatte er es sich nicht nehmen lassen, sie im Auge zu behalten. Vielmehr die Landebrücke, und zwar solange der Dampfer im Hafen lag. Am liebsten hätte sie Margarete gleich nach der Abfahrt von San Sebastian von ihrem gescheiterten Fluchtversuch erzählt, doch sie war ihr weder am Vorabend noch am darauffolgenden Tag an

Deck begegnet. Sie litt unter einer Magen-Darm-Verstimmung, wie Isabel auf Nachfrage beim Etagenpersonal erfahren hatte. Heute Morgen hatte sie gegen ihre Kabinentür geklopft, obwohl am Türgriff das Schild mit dem Hinweis »Bitte nicht stören« gehangen hatte – ohne Erfolg. Isabel ging davon aus, dass sie Ruhe brauchte. Wie schade. Margaretes Humor fehlte ihr, aber auch ihr Beistand. Es waren dennoch nahezu erholsame Tage an Bord gewesen, sofern man in Anbetracht ihrer Situation von Erholung sprechen konnte. Zumindest in körperlicher Hinsicht, was an den steigenden Temperaturen entlang der portugiesischen Küste lag. Spaziergänge an Deck ohne ihn eröffneten die Gelegenheit, sich mit Mitreisenden zu unterhalten, und wenn es nur ein paar Wortwechsel über das Wetter oder das Essen an Bord waren. Auch das tat gut.

Lediglich mit einem irischen Stoffhändler mit Ziel Valencia hatte sie die Gelegenheit gehabt, sich länger zu unterhalten. Er war geschäftlich bereits mehrere Male dort gewesen, um seine Waren an Großhändler zu verkaufen. Was sich in den letzten elf Jahren alles in ihrer Heimat verändert hatte, verblüffte sie. Er kannte wohl auch Dénia wie seine Westentasche. Eine blühende Stadt sei sie geworden. Und es würden immer mehr Engländer kommen, um dort Handel zu betreiben, vor allem im Rosinengeschäft. Eine gewisse Animosität zwischen den Einheimischen und den Engländern sei zu spüren, was Isabel überraschte, wobei sie sich einräumen musste, dass Kinder die Welt nun einmal mit anderen Augen sahen und es gut möglich war, dass es derartige Spannungen auch schon früher gegeben hatte.

Sie hätte gern noch etwas länger mit ihm gesprochen, doch Ferrels Auftauchen an Deck hatte dies verhindert. Isabel war zurück in ihre Kabine gegangen, ohne ihn eines Blickes zu würdigen. Er sollte ruhig spüren, dass sie sich mittlerweile wie eine Gefangene fühlte und er Söldnerdienste für ihren

Vater verrichtete. Als der Dampfer Kurs auf Gibraltar nahm, war die Begegnung an Deck mit ihm jedoch unvermeidbar. So gut wie niemand an Deck wollte sich den Moment entgehen lassen, wenn das Schiff dem afrikanischen Kontinent zum Greifen nahe kam. Gutes Wetter und eine sanfte Brise mit leichtem Wellengang waren in diesen Gewässern zudem eine Seltenheit. Die Stelle, an der das Mittelmeer und der Atlantik zusammentrafen, galt als eine der stürmischsten weltweit. Das Deck füllte sich daher mit immer mehr Passagieren. Dies hatte den Vorteil, dass es bestimmt niemandem auffiel, sie am vorderen Teil des Passagierdecks stehen zu sehen und ihn auf der anderen Seite, umgeben von anderen Schaulustigen. Ferrel trieb sicher nicht nur die Neugier auf die engste Meeresstelle zwischen zwei Kontinenten nach oben. Der Dampfer lief in einen Hafen ein, um dort Passagiere von Bord gehen zu lassen und neue aufzunehmen.

Ein längerer Aufenthalt war zwar nicht geplant, doch daraus ergab sich natürlich eine erneute Fluchtmöglichkeit. Ferrel behielt sie diesmal genau wie an den beiden portugiesischen Häfen zuvor im Auge. Hier von Bord zu gehen, auf britischem Boden, würde ihr aber nicht weiterhelfen. Gibraltar lag außerdem zu weit weg von der Heimat, wo sie sich auskannte und eventuell unterkommen würde, vorausgesetzt Ferrel ließ sie gehen oder sie konnte sich seiner irgendwie entledigen. Isabel schob all diese Gedanken zur Seite und besah sich stattdessen wie alle anderen Passagiere auch den vor ihr liegenden Felsen, gespickt mit Häusern, die rein architektonisch gesehen nicht aus einem Guss waren. Prächtige Gebäude im viktorianischen Baustil reihten sich an weiß getünchte mauretanisch anmutende Bauwerke, wie man sie vermutlich auch in Casablanca vorfand. Wie sie alle nebeneinander an dem Felsen klebten, war dennoch ein einzigartiger Anblick.

Vater hatte vor Jahren einen Geschäftsmann zum Essen eingeladen, der ihnen Gibraltar als einen geschichtsträchtigen Ort beschrieben hatte, als einen Fels zwischen zwei Kontinenten, an dem Araber, Mauren, Genuesen und Portugiesen, aber auch die Engländer architektonische Spuren hinterlassen hatten. Seit Jahrhunderten umkämpft und viele Male den Besitzer gewechselt. Wenn sie sich recht erinnerte, war der Felsen sogar einmal in den Händen von Piraten gewesen. Eine Festung hoch auf dem Felsen zeugte davon. Die spanische Krone hatte den Felsen schließlich an die englische verloren und somit auch die Kontrolle über den wichtigen Seeweg.

Das Hafenbecken selbst, weitläufig und so groß, dass darin eine ganze Armada an großen Schiffen Platz finden würde, lag an der zum Atlantik ausgerichteten Seite. Die George II legte mit Getöse aus dem Maschinenraum an einem der langen Hafenmolen an. Immer wieder ein faszinierendes Schauspiel. Um mitzuerleben, wie der Dampfer sich an den Kai schmiegte, musste Isabel zwangsläufig in die andere Richtung schauen. Ferrels und ihr Blick kreuzten sich. Zwei eiserne Mienen, die sich für einige Augenblicke nur anstarrten. Am liebsten wäre sie zu ihm hingegangen, um ihm zu sagen, dass sie nicht beabsichtigte, hier von Bord zu gehen, doch dieser Gedanke verflüchtigte sich so schnell, wie er gekommen war. Weil Margarete, die nicht unweit von Ferrel im Pulk der Passagiere auftauchte, sie erspähte und ihr zuwinkte. Sie trafen sich auf halbem Weg.

»Margarete. Wie geht es Ihnen? Ich erfuhr von unserem Etagenmädchen, dass Sie seekrank geworden sind. Einmal habe ich an Ihre Kabinentür geklopft, aber Sie haben mich wohl nicht gehört.«

»Halbtote hören und sehen nichts«, sagte Margarete und lachte.

»So schlimm?«

»Fragen Sie besser nicht. Es war nicht das erste Mal. Schon als ich mit meinem Mann auf dem Segler unterwegs war. Damals habe ich mir geschworen, nie wieder eine Seereise zu unternehmen, aber wer rechnet denn damit, dass das auch auf einem so riesigen Dampfer passieren kann?«

»Ist wieder alles in Ordnung?«, wollte Isabel sich vergewissern.

»Das Frühstück ist noch drin. Ich habe mir Eier und Speck auf die Kabine bringen lassen. Wenn man das verträgt, dann geht's aufwärts.«

Isabel schenkte ihr ein zuversichtliches Lächeln.

»Haben Sie Streit mit Ihrem Begleiter?«

Isabel überraschte ihre Frage.

Margarete drehte sich nach Ferrel um. Er stand immer noch wie angewachsen unweit der Landebrücke und hatte sie im Visier.

»So wie er Sie vorhin angesehen hat. Und Sie ihn.«

»So könnte man es nennen«, gestand Isabel ein.

»War es ihm etwa nicht recht, dass ich mich zu Ihnen an den Tisch gesetzt habe? Oder wegen des Tages in Brest, den wir ohne ihn verbracht haben? Ich hoffe, das war nicht der Grund für die Verstimmung.«

Isabel schüttelte den Kopf.

»Lassen Sie uns ein paar Schritte gehen«, schlug Margarete vor, nachdem sie sich versichert hatte, dass Ferrel immer noch hersah. Isabel nickte. Themen dieser Art besprach man nicht mit erhobener Stimme und umgeben von immer mehr Passagieren, die sich zu ihnen an die Reling gesellten.

»Was macht er denn die ganze Zeit dort? Will er beobachten, wer von Bord geht und wer zusteigt? Wartet er auf jemanden?«

Erst als sie das Ende des bogenförmig verlaufenden Passagierdecks erreicht hatten, beschloss Isabel, ihr von ihrem gescheiterten Fluchtversuch zu erzählen. Hier am Heck des

Dampfers waren sie zudem ungestört, weil es von hier aus nur die offene See zu sehen gab.

»Er will sicherstellen, dass ich nicht von Bord gehe«, gestand sie ein.

Margarete musterte sie zunächst irritiert. »Doch nicht etwa wegen der bevorstehenden Heirat?«, fragte sie feinfühlig nach.

Isabel nickte.

»Aber welches Interesse hat er daran?«

»Er hat meinem Vater versprochen, mich dort wie ein Paket zuzustellen, und bekommt dafür gewisse Privilegien.«

»Das ist ja furchtbar, mein Kind«, stellte Margarete kopfschüttelnd fest.

»In San Sebastian, als wir an Land waren, habe ich versucht, ihm zu entkommen, aber das hat nicht geklappt.«

»Unglaublich. Er kann Sie doch nicht wie eine Gefangene behandeln.«

»Genauso komme ich mir vor. Ich habe mir die letzten Tage bereits überlegt, ihn irgendwie loszuwerden, wenn wir am Ziel sind. Er spricht kein Spanisch. Ich könnte am Hafen in Dénia oder später unterwegs jemanden zu Hilfe rufen, vorgeben, dass der Mann mich belästigt, doch wer weiß, vielleicht ergibt sich dazu gar keine Gelegenheit. Davonlaufen? Bei einer Rast während einer Kutschfahrt? Er ist schneller und würde mich sicher einholen. Gewalt anwenden? Das könnte ich nicht.« In dem Moment gestand sich Isabel ein, dass eine erneute Flucht vermutlich nicht gelingen würde und sie sich an diesen Strohhalm, eine Mischung aus Hoffnung und Wunschdenken, gar nicht mehr zu klammern brauchte. Sie hatte es sich eingeredet, um die weiteren Tage an Bord zu überstehen. Das war doch die bittere Wahrheit.

»Um Himmels willen. Was für eine schreckliche Situation.«

»Am liebsten wäre ich tot«, sagte Isabel von purer Verzweiflung getrieben. Auch der Gedanke war ihr nach ihrem gescheiterten Fluchtversuch bereits gekommen. Ihn in Margaretes Gegenwart auszusprechen, manifestierte ihn als Möglichkeit, worüber Isabel erschrak.

»Das lässt sich machen«, kam trocken zurück. Isabel sah Margarete dementsprechend irritiert an.

Sie lächelte nur geheimnisvoll. Isabel wurde daraus nicht schlau.

»Ich habe Ihnen doch von meinem Mann erzählt.«

Isabel nickte und glaubte sich daran zu erinnern, dass er im Versicherungsgeschäft tätig gewesen war.

»Was glauben Sie, wie viele Versicherungspolicen er schon an Hinterbliebene von auf See Verschollenen ausbezahlt hat? In zwei Fällen waren die Leute aber gar nicht tot.«

»Nicht tot?« Isabel verstand nicht, worauf Margarete hinauswollte.

»Inszeniert. Wie in einem Theaterstück«, erklärte Margarete.

»Den eigenen Tod inszenieren? Soll ich etwa einen Schlaftrunk zu mir nehmen wie in Romeo und Julia?«

Margarete lachte. »Wir sind an Bord eines Ozeanriesen. Manche Menschen sind so verzweifelt, dass sie von Bord springen«, deutete sie an.

Isabel überlegte fieberhaft, wie sie es anstellen sollte, diesen Anschein zu erwecken.

Margarete sah sich am Heck um. »Hier wäre doch eine recht gute Möglichkeit«, sinnierte sie.

»Aber wie soll das gehen, sodass jeder glaubt …«

»Sehen Sie das Eisengestänge an der Reling? Dort könnte sich beim Sprung doch Ihr Kleid verhakt haben und gerissen sein.«

Margarete ließ ihren Blick über die Reling schweifen. Dann fixierte sie das an der Bordwand befestigte Ende.

»Schauen Sie. Hier wäre es ideal.« Margarete deutete darauf.

Isabel bemerkte, dass die Eisenstangen der Absperrung an dieser Stelle nicht nur vertikal im Gestänge verschraubt waren, sondern auch seitlich.

»Wenn Sie mit einem längeren Kleid auf die andere Seite der Absperrung wollen, könnte sich der Stoff hier an einer der Schrauben verheddern, ohne dass man es merkt. Bei einem Sprung würde der Stoff einreißen. Es wäre auch plausibel, weil Sie hier beim Rüberklettern am Gestänge der Bordwand Halt finden würden.«

»Ich soll dort einen Fetzen von meinem Kleid anbringen?«

»Sie nicht. Sie müssen ja von Bord.«

»Und wie soll das gehen?« Auch diese Frage schien Isabel unbeantwortbar.

»Ich übernehme das. Sie reißen sich ein Stück von einem Ihrer Kleider ab und bringen mir den Stofffetzen in meine Kabine. Beim nächsten Hafen verschwinden Sie kurz nach dem Anlegen über die Frachtluke. Mir sind zwei Fälle bekannt, bei denen das jemand versucht hat. Letztlich war es aber ein gänzlich unnützes Unterfangen gewesen, weil Nachforschungen ergaben, dass sie jemand dabei beobachtet hat. Die Versicherungssumme wurde daher nicht ausbezahlt. Doch in Ihrem Fall wird es wohl kaum penetrante Nachforschungen seitens einer Lebensversicherung geben«, erklärte Margarete.

Isabel ließ sich das durch den Kopf gehen. Vielleicht war es tatsächlich machbar.

»Das Schiff soll morgen früh in Málaga anlegen. Würde Ihnen das etwas nützen?«

»Auf jeden Fall«, bestätigte Isabel.

»Wenn ich mich recht erinnere, gibt es Zugverbindungen nach Alicante und von dort müssten Sie nach Dénia kommen«, sagte Margarete.

»Aber Sie gehen doch in Málaga von Bord.«

»Die Zeit habe ich. Verzagen Sie nicht, meine Teuerste. Einen Versuch ist es doch wert.«

»Und wenn ich es schaffe, über den Frachtraum von Bord zu gehen, und er Verdacht schöpft?«

»Er ist, glaube ich, nicht gerade der Hellste. Sie schreiben natürlich noch einen Abschiedsbrief, den man in Ihrer Kabine vorfinden wird.«

»Ihr Erfindungsreichtum ist beeindruckend«, sagte Isabel.

»Ich lese viele Kriminalromane.« Margarete schmunzelte.

»Und bis wir dort sind?«

»Machen Sie weiter wie bisher. Sie werden sehen. Es wird klappen. Dessen bin ich mir sicher.«

Margaretes Worte in Gottes Ohr.

Kapitel 5

Aus Margaretes Mund hatte alles so einfach geklungen, doch das war es nicht. Isabel wusste, dass ihre Flucht von vielen Umständen abhängen würde, die den gesamten Plan über den Haufen werfen könnten. Es mussten dementsprechende Vorbereitungen getroffen werden, um möglichst viele unvorhersehbare Ereignisse vorhersehbarer zu machen. Margarete einen Stofffetzen ihres blauen geblümten Kleides zukommen zu lassen, noch während der Dampfer an der Hafenmole von Gibraltar lag, war dabei die leichteste Übung gewesen. Niemand hatte Isabel dabei beobachtet, als sie zu Margaretes Kabine gegangen war, auch nicht, als sie sie verlassen hatte. Das Stück Stoff sah tatsächlich so aus, als wäre es abgerissen. Margarete gedachte, es so anzubringen, dass es sich zwischen den Verschraubungen verhakte. Alles andere wäre sinnlos, weil der Fahrtwind ein auf dem Boden liegendes Stück Stoff eventuell sogar über Bord wehen würde. Man sollte es ja just an dieser Stelle finden.

Problem Nummer zwei war die Frachtluke. Isabel hatte bisher nie so genau darauf geachtet. Sie wusste lediglich, dass sie sich im vorderen Teil des Schiffes nahe der Wasserlinie befand. Dort wurde be- und entladen. Wenn das Schiff an einem Hafen anlegte, ging ihrer Erinnerung nach immer zuerst die Frachtluke auf, auf alle Fälle bevor die Landebrücke für Passagiere an der Reling andockte. Um die Zeit war Ferrel sicher noch nicht an Deck, um sicherzustellen, dass sie das Schiff nicht verließ. Doch wie sollte sie es anstellen, unbeobachtet zusammen mit der Fracht das Schiff durch die Ladeluke zu verlassen? In den beiden Fällen, von denen Margarete ihr berichtet hatte, schien dies problemlos möglich gewesen zu sein. Allerdings, wie Isabel nun von Margarete wusste, waren dies Frachtschiffe gewesen, die nur wenige Passagiere aufgenommen hatten. Eine Landebrücke hatte es Margaretes Erinnerungen nach nicht gegeben.

Niemand durfte sie beim Verlassen des Schiffes sehen. Isabel beschloss daher, noch vor dem Mittagessen den Frachtraum in Beschau zu nehmen. Dazu musste sie sich zunächst in die unteren Bereiche der zweiten Klasse begeben. Niemand hielt sie auf. Es stand jedem Passagier der ersten Klasse frei, auf die unteren Decks zu gehen. Umgekehrt war das nur in Ausnahmefällen und mit Genehmigung des Bordpersonals möglich. Von dort führte eine weitere Treppe nach unten. Margarete hatte ihr geraten, vorzugeben, nach ihrem Gepäck sehen zu wollen. Alles ließ sich nicht in der Kabine unterbringen. Daher sei der Gepäckraum auch frei zugänglich. Margarete täuschte sich nicht. Dort waren zwei Matrosen zugange, die anscheinend bereits dabei waren, die Entladung für den nächsten Tag zusammenzustellen. Sie schleppten Kisten und Säcke auf riesige Karren und nahmen keine Notiz von ihr. Isabel ging zielstrebig zu einer Sektion, in der große Reisekoffer standen, letztlich halbe Kleiderschränke, in denen feine Robe, ohne sie zu zerknittern, transportiert wurde. Das würde keinen Verdacht erregen.

Dort in der Ecke entzog sie sich den Blicken der beiden Matrosen, hatte aber die Frachtluke nur wenige Meter von sich entfernt. Wie um alles in der Welt sollte sie da im Morgengrauen herauskommen, ohne gesehen zu werden?

Die Fläche unmittelbar davor war notgedrungen frei. Zwar standen gestapelte Kisten daneben, aber selbst wenn sie sich dahinter versteckte, müsste sie hervortreten, um das Schiff zu verlassen. Es bestand zwar die Möglichkeit, einen günstigen Moment abzuwarten, sodass sie niemand der Matrosen bemerkte, doch am Ende der Laderampe wurden die Ladungen vom Hafenpersonal entgegengenommen. Spätestens draußen würde sie auffallen.

Ein knallendes Geräusch ließ Isabel zusammenfahren. Sie lugte zwischen den Gepäckstücken hervor und bekam mit, dass die beiden Matrosen eine wohl ziemlich schwere Kiste auf die Ladefläche eines der Transportkarren gehoben hatten. Sie war nahezu doppelt so hoch wie die anderen und ragte nun mittig wie ein kleiner Turm umgeben von anderen Kisten und Hausrat hervor. Sie versuchten, sie zu zweit etwas weiter nach hinten zu schieben, was mit größter Kraftanstrengung gelang. Dann ging einer der Männer zu einer anderen Kiste, aus der er eine Stoffplane holte. Er schlug sie wie Bettwäsche aus. Sein Kollege packte das andere Ende, bestieg die Ladefläche und zog die Plane quer darüber. Die Enden band er mit einem Seil an Haken fest, die an den Seitenwänden des Karrens befestigt waren. Der andere ging zu einem Pult, zog dort ein Etikett aus der Schublade und beschriftete es. Dann brachte er es am Ende der Ladefläche an einem Metallring an.

Isabel fiel ein, dass sie bereits einige dieser Ladungen gesehen hatte. Vermutlich spannten sie eine Plane darüber, weil die Ladung mit Hausrat versehen war. Die Rampe hinunter zur Mole war steil. Die gespannte Plane sollte gewiss verhindern, dass etwas herunterfiel, bis der Eigentümer die Ladung im Empfang nahm. Und wenn sie sich unter der Plane verkroch? Niemand würde dort noch einmal hineinsehen, sobald auch das andere Ende des Leinentuchs gespannt war. Die turmhohe Kiste würde es ihr ermöglichen, sich auf die davorliegenden Kisten zu legen, sodass niemand sie unter dem Stoff bemerkte. Isabel sah keine andere Möglichkeit, von diesem Schiff zu kommen.

> *Werter Vater,*
> *es blutet mir das Herz, diesen Brief nicht mit der Anrede zu beginnen, die mir vor Deinem Entschluss, mich mit Rafael zu verheiraten, als Erstes in den Sinn gekommen wäre und die Dir sicherlich, wenn ich auf meine Kindheit zurückblicke, gebühren würde. Liebster Vater kommt mir nicht mehr aus der Schreibfeder. Was Du mir in vielleicht aus Deiner Sicht guten Absichten angetan hast, lässt sich kaum noch in Worte fassen. Liebster Vater wäre auch angemessen, wenn ich nur noch einen Hauch von Liebe Dir gegenüber verspüren würde, doch mein Herz ist vor Schmerz dumpf und kalt geworden. Es sehnt sich nur noch nach Erlösung von einem Schicksal, das Du mir aufgebürdet hast. Ich kann nur mutmaßen, warum Du es getan hast. Wegen einer Verbindung, die Dir geschäftlich von Nutzen sein könnte? Ist dies wert, das Herz der Tochter zu brechen, es an einen Mann zu ketten, ein Scheusal, das sich, wie ich nun weiß, mit leichten Mädchen in Bordellen vergnügt und in mir nur eine Dirne sehen würde, die er sich hält, nur um genau wie Du gute Geschäfte zu machen? Ich wäre bestenfalls ein Schmuckstück an seiner Seite, so wie ich es bei vielen Gelegenheiten an Deiner Seite gewesen war, eingesperrt in einen goldenen Käfig, dessen Gitterstäbe ich nicht zu durchbrechen mag, weil mir irgendwann die Kraft fehlen würde, es auch nur zu versuchen.*

Was habe ich Dir angetan, dass Du mir all das zumutest? Was, dass Du mir meine Träume genommen hast? Die letzten Funken meiner Seele verglühen und mit ihr der Wille, all das zu ertragen. Wenn nur Mutter noch am Leben wäre. Sie hätte das niemals zugelassen. Sie ruft nach mir, jede Nacht. In ihren Armen finde ich Schutz und Zuflucht. In der anderen Welt, einer besseren Welt. Wie sehr sehne ich mich nach dem Licht, in dem sie auf mich wartet und mich tröstend in die Arme nimmt. Diese Welt ist eine bessere als das, was mich erwarten würde. Nur ein kurzer Schmerz, mich sinken lassen in die Tiefe, um die Schmerzen meiner Seele für immer zu stillen und bei ihr zu sein.
Isabel

Isabel erschauderte, nachdem sie die Schreibfeder zur Seite gelegt und die Zeilen noch einmal gelesen hatte. Sie erschrak über ihre anklagende und kraftvolle innere Stimme, die die Feder in ihrer Hand geführt hatte. Harte Worte, wenngleich berechtigt, weil das zu Papier Gebrachte den Zorn auf ihren Vater widerspiegelte. Allerdings klang es nach dem glaubwürdigen Abschiedsbrief einer verzweifelten Selbstmörderin. Die Zeilen brachten ihre Gemütslage zudem dermaßen auf den Punkt, dass sie sich für einen Moment lang sogar überlegte, tatsächlich von Bord zu springen, um in den Fluten des Mittelmeers Erlösung zu finden. Würde sie dann nicht bei ihrer Mutter sein? Wäre das nicht wunderschön?

Ein zweiter Gedanke stach Isabel mitten ins Herz. Die arme Harriet. Isabel mochte sich gar nicht ausmalen, was in ihr vorging, wenn sie von ihrem Tod erfuhr. Dass ihr diese Überlegung mehr zusetzte, als sich vorzustellen, wie sehr dieser Brief Vater treffen würde, bestärkte sie darin, diesen Schritt zu gehen. War es nicht stets Harriet gewesen, die sich für Isabel wünschte, dass sie glücklich wurde? Auch das erleichterte ihr bis vorhin bleischweres Gewissen. Sie hatte keine andere Wahl, als zumindest zu versuchen, auf diese Weise der Hochzeit mit Rafael zu entgehen, ein neues Leben anzufangen und vielleicht sogar irgendwann wieder von Hoffnung erfüllt glücklich zu sein.

Isabel legte den Brief zur Seite und starrte durch das Bullauge ihrer Kabine auf das vom Mond beschienene Meer. Allein die Vorstellung, sich diesen Fluten zu übergeben und ihre Lunge mit beißendem Salzwasser zu füllen, darin einen Todeskampf zu führen, war schier unerträglich. Nein! Es war ihr Leben und sie wollte leben. Vater hatte es ihr genommen und Ferrel würde alles daransetzen, sie ins Verderben zu stürzen. Sollten beide doch zur Hölle fahren. Ferrel war nach dem Essen sicher auf seiner Kabine. Zumindest hoffte Isabel das. Gegen fünf Uhr früh, so hatte Isabel es mit Margarete vereinbart, sollte sie versuchen, von Bord zu gehen. Ihre Kabine lag auf dem Weg zu den Treppen, die nach unten in den Frachtraum führten, doch bis sie sich von ihr verabschieden konnte, lagen noch Stunden des Wartens vor ihr. An Schlaf war dabei nicht zu denken. Isabel lag mal auf dem Bett, mal ging sie in der Kabine auf und ab.

Nach dem Essen hatte es im Gesellschaftsraum ein Klavierkonzert gegeben. Das wäre eine sinnvolle Beschäftigung gewesen, um sich auf andere Gedanken zu bringen, die unentwegt um die bevorstehende Flucht kreisten und darum, was alles schieflaufen könnte. Eine Selbstmörderin begab sich aber nicht unter Menschen, um einem Klavierspieler zu lauschen – und schon gar nicht, wenn die Gefahr bestand, dabei Ferrel zu begegnen. Normalerweise las sie nach dem Essen ein Buch, doch der Versuch, auch nur eine Seite aus Janes Austens

Emma, einem Werk aus der Bordbibliothek, zu lesen, scheiterte, obwohl sie sich darin schon gut einhundert Seiten an den Tagen zuvor vorangelesen hatte.

Isabel stand, von der stundenlangen Warterei mittlerweile ermüdet, erneut vor dem Bullauge und schaute hinaus. Die schwarze Silhouette, die sich gegen das vom hellen Mondlicht in fahles Grau getauchte Meer abhob, musste das spanische Festland sein. Andalusien. Bisher war sie noch nie dort gewesen und hoffte, dass sich Margarete nicht täuschte und es tatsächlich eine Zugverbindung gab, die sie in die Heimat bringen würde. Ein Blick auf die Standuhr auf ihrer Kommode trieb ihren Puls nach oben. Zehn vor fünf. Es wurde Zeit zu gehen. Isabel überlegte, wie viel Geld sie sich mitnehmen durfte. Wenn alle Scheine in ihrer Geldtasche fehlten, würde ihr Selbstmord schnell in Zweifel gezogen werden. Aber all ihre Ersparnisse, die sie vom Lohn der letzten Jahre hatte zur Seite legen können, hierlassen? Isabel zog die gebündelten englischen Pfund heraus und hielt sie nachdenklich in der Hand. Ein hoher Preis für die Freiheit, sagte sie sich und entschied sich dazu, nur so viel mitzunehmen, wie sie brauchte, um sich für ein paar Tage durchzuschlagen. Nachgezählt würde Ferrel ihre Barmittel ja nicht haben. Sie steckte ein paar Scheine in ihre Rocktasche. Ihr Gepäck blieb hier. Das nahm man nicht mit ins Jenseits. Das Glücksschweinchen? Isabel ging davon aus, dass er es noch nicht bewusst wahrgenommen haben konnte, und steckte es daher ebenfalls in ihre Rocktasche. Ein großes Tuch, in das sie sich hüllen konnte, falls es unterwegs durch das Gebirge kühler wurde, lag ebenfalls bereit, ihr Abschiedsbrief auf dem kleinen Sekretär drapiert. Auch wenn sie sicher war, dass Ferrel schlief, öffnete und schloss sie die Kabinentür so leise wie möglich. Ihre Schritte auf dem Gang würde niemand hören, weil der dort ausgelegte Teppich jedes Geräusch schluckte.

Isabel eilte zur Kabine von Margarete. Sie musste gar nicht dagegenklopfen. Die Tür war nur angelehnt und Margarete öffnete sie, als Isabel dort ankam.

»Ach, Isabel. Sie werden mir fehlen«, sagte Margarete, als sie sich gegenüberstanden.

»Sie mir auch, liebste Margarete.«

»Aber nichts auf der Welt würde mich glücklicher machen, als wenn es Ihnen gelingt.« Dann nahm sie eine Visitenkarte von der Ablage neben der Tür und reichte sie ihr. »Ich nehme an, dass Sie nicht mehr nach England zurückkehren werden, aber versprechen Sie, mir zu schreiben.«

»Ganz sicher werde ich das tun«, versprach Isabel.

»Offiziell sind Sie jetzt schon bei den Fischen«, scherzte Margarete.

»Sie haben den Stoff schon angebracht?«

»In einer halben Stunde legt das Schiff an«, erklärte Margarete.

»Hoffentlich wird das nicht zu früh entdeckt.«

»Es war niemand am Heck«, versicherte Margarete, trat aus der Kabine und schloss die Tür hinter ihr. »Es wird Zeit.«

Isabel nickte.

»Hoffentlich hat mich der Steward richtig informiert«, sagte Margarete.

Das hoffte Isabel auch. Margarete hatte sich bei ihm nach Isabels Bericht über die Situation vor Ort im Frachtraum erkundigt, ob auch nachts darauf geachtet würde, wer in den Passagierraum ging, um sich Zugang zu Gepäckstücken zu verschaffen. Einer der Matrosen sei immer anwesend, hatte es geheißen. Hoffentlich auch in dieser Nacht nur einer. Margarete ging voraus und legte ein Tempo vor, dass man meinen könnte, sie hätte vor, das Schiff zu verlassen.

Auf den Treppen nach unten kam ihnen wie erwartet zu so unchristlicher Morgenstunde niemand entgegen, auch nicht auf dem Gang, der zur Tür des Frachtraums führte. Dort hielt Margarete inne. Isabel schlug vor Aufregung bereits das Herz bis zum Hals.

Sie nahm Isabel dann in den Arm und drückte sie innig.

»Viel Glück! Ich werde nachher auch an Deck sein. Winken kann ich leider nicht. Sie würden es unter der Plane nicht sehen, aber wenigstens wissen Sie, dass meine Gedanken bei Ihnen sein werden.«

Isabel löste sich aus der Umarmung. Für einen Moment sahen sich beide noch in die Augen. Margarete hatte offenbar nicht den geringsten Zweifel, dass Isabel die Flucht gelingen würde, öffnete die Tür und ging hinein. Isabel blieb draußen stehen und lugte durch den Türspalt, um zu sehen, ob Margaretes Plan aufging. Sie entdeckte einen Matrosen, der an einem Tisch schräg gegenüber des Eingangs saß und anscheinend eine Liste der zu entladenden Dinge durchging. Margarete schritt auf ihn zu. »Junger Mann. Ich bräuchte Ihre Hilfe.«

Sofort saß er kerzengerade da.

»Mir ist entsetzlich kalt. Vermutlich habe ich mir eine Erkältung eingefangen. In meinem Gepäck ist eine warme Pelzjacke. Ich fürchte, ich komme ohne sie nicht mehr aus. Könnten Sie mir bitte helfen, meinen großen Reisekoffer ausfindig zu machen?«, versuchte sie ihm klarzumachen.

»Gnädige Frau. Wir kommen gleich am Hafen an. Hat das denn nicht noch Zeit, bis wir angelandet sind?«

Margarete rieb die Hände so aneinander, dass der Eindruck entstand, sie würde jeden Moment erfrieren.

»Als Passagier der ersten Klasse hat man mir versichert, dass ich jederzeit alle Dienste des Personals in Anspruch nehmen kann«, machte sie ihm deutlich.

Der Matrose nickte einsichtig. In seinem Gesicht stand trotzdem geschrieben, dass er die hysterische Alte verfluchte. Er stand auf und ging zu ihr.

»Wo ist Ihr Koffer?«

Margarete blickte auf das andere Ende des Frachtraums. Dort hatte Isabel große Koffer gesehen.

»Nun, dann wollen wir mal. Wenn Sie mir bitte folgen würden.«

Das war der Moment, in dem Isabel es wagte, den Raum zu betreten. Hier war das Geräusch der Dampfkessel so laut, dass sie sich nicht darum scheren musste, möglichst leise zu dem Lastkarren zu kommen, unter dessen Plane sie sich zu verstecken gedachte. Es gelang.

»Ach, die sehen ja alle gleich aus«, hörte sie Margarete sagen.

»Sie erkennen Ihren Koffer nicht?«

»Lassen Sie uns doch einmal dahinter nachsehen. Ich glaube mich zu erinnern, dass er dort steht«, wies sie ihn an.

Isabel öffnete inzwischen den ersten Knoten des Seiles, der die Plane hielt. Schnell stieg sie auf die Ladefläche und band den Knoten wieder zu. Dann kroch sie über zwei Kisten und ließ sich unmittelbar neben der großen in die Höhe ragenden Kiste nieder.

Das Schiffshorn übertönte sogar das brummende Geräusch der Dampfkessel.

»Es tut mir leid, Madame. Wir legen gleich an.«

»Hey, was treibst du dich da hinten herum? Hast du die Ladung überprüft?« Isabel vernahm eine zweite männliche Stimme.

»Na gut. Ich werde nachher wiederkommen. Vielleicht ist es in Málaga ja etwas wärmer«, lenkte Margarete ein, was Isabel trotz der widrigen Umstände und reglos auf einer Kiste kauernd schmunzeln ließ.

Ein Ruck ging durch das Schiff. Isabel kannte das. Es verlangsamte die Fahrt. Hoffentlich ging das gut, sagte sie sich immer wieder, bis keine zehn Minuten später erneut ein Ruck das Schiff erschütterte. Er war so stark, dass eine der Kisten verrutschte und das gespannte Tuch etwas nach außen drückte. Isabel kroch etwas nach vorne und versuchte, die offenbar etwas leichtere Kiste vom Rand der Ladefläche wegzuziehen, um sicherzustellen, dass niemand mehr diese Plane öffnete.

Nur kurze Zeit später vernahm sie ein Ächzen von Metall und ratternde Ketten. Das musste die Ladeluke sein, die heruntergelassen wurde. Dazu gesellten sich Stimmen.

»Der Wagen zuerst«, hörte sie einen der Matrosen rufen. Neben ihr knarrte etwas. Anscheinend schoben sie den ersten Wagen nach draußen.

»Habt ihr ihn?«, wollte er wissen.

»Langsam«, kam auf Spanisch zurück.

Das Geräusch der Dampfkessel war kaum noch vernehmbar. Dafür noch mehr Stimmen. Das Schiff wurde entladen. Dann spürte sie einen Ruck an ihrem Wagen. Sie krallte sich an den Kisten fest, weil sich sein Inneres nun bewegte. Isabel spürte, wie sie ihn herunterrollten.

»Wo kommt der hin?«, hörte sie jemanden auf Spanisch fragen, als der Wagen das Schiff verlassen hatte. Isabel wagte es nun, die Plane etwas anzuheben und durch den Spalt nach draußen zu spähen. Vor ihr lag die Hafenmole.

»An die Seite. Die Eigentümer sind noch nicht da«, vernahm sie. Isabel war froh darüber, dass der Lastkarren tatsächlich seitlich an der Mole zum Stillstand kam. Jetzt hieß es, keine Zeit zu verlieren. Margarete sah jetzt bestimmt von oben zu. Sie wusste ja, unter welcher Plane sie sich verbergen würde. Die Stimmen entfernten sich. Isabel kroch zum Ende der Ladefläche und öffnete den Knoten. Dann verschaffte sie sich einen Überblick. Reges Treiben vor dem Schiff. Am Ende des Stegs war so gut wie niemand. Sie wartete so lange, bis die Männer sich alle abermals zur Ladeluke begaben, um den nächsten Karren über die Rampe nach unten zu bringen. Dann kletterte sie vom Wagen und verschanzte sich sofort dahinter. Er stand so dicht am Rand der Kais, dass sie sich an der Kante des Karrens entlanghangeln musste, um nicht ins Wasser zu fallen. Einmal umrundet, verhüllte sie sich mit dem Umhang und ging, ohne sich umzudrehen, zum Ende der Mole, an dem bereits einige Kutschen auf Passagiere und Fracht warteten. Du bist ab heute tot, für Vater, Ferrel und für Rafael, sagte sie sich. Endlich frei. Der Hölle entkommen und auf dem Weg in den Himmel auf Erden.

Mit der aufgehenden Sonne schlich sich Hoffnung in Isabels Leben. Die vielen spanischen Stimmen und fröhliche Gesichter auf ihrem Weg vom Hafen durch die Innenstadt mit ihren prächtigen Häusern, aber auch die Palmen, die nicht nur entlang der Küste wuchsen, taten ihr Übriges. Sie war noch nie in Málaga gewesen und staunte über die Größe der in ein hügeliges grünes Hinterland gebetteten Stadt, die eine imposante Kathedrale im Zentrum zierte.

Große Plätze, in deren Mitte Palmen gepflanzt waren, und weitläufige belebte Straßen, in der unzählige Kutschen und Passanten unterwegs waren, gaben Málaga ein großstädtisches Flair, das sie nur von London kannte. Sogar eine elektrifizierte Straßenbahn gab es hier. In der Calle Marqués de Larios sollten sich mehrere Bankhäuser befinden, wie ihr einer der Passanten, der wie ein Geschäftsmann ausgesehen hatte, auf Nachfrage erklärt hatte. Dreistöckige Häuser mit verzierten Erkern verliehen dieser Straße einen besonderen Charme. Die kleinen an jedem Fenster angebrachten Balkone mit schmiedeeisernen Geländern, die typisch für spanische Stadthäuser waren, ebenfalls.

Endlich wieder das Gefühl, dort zu sein, wohin ihr Herz gehörte, auch wenn Andalusien noch Hunderte von Kilometern von Dénia entfernt war. Als Allererstes hatte Isabel eines der Bankhäuser aufgesucht und, nachdem sie bis acht Uhr fast eineinhalb Stunden davor gewartet hatte, ihre englischen Pfund in Peseten eingetauscht. Daneben befand sich ein Café, in dem Churros serviert wurden. Heiße Schokolade serviert mit länglichem Gebäck, das in heißem Öl frittiert und mit Zucker bestreut wurde. Es wärmte von innen. Die Sonne gewann an Kraft. Den Umhang brauchte Isabel nun nicht mehr. Das schöne Gefühl, hier zu sitzen und auf das rege Treiben der Stadt zu schauen, machte die Strapazen und nervliche Anspannung der letzten Tage an Bord wett. Tot war sie und nun doch so quicklebendig. Nie mehr nach England einreisen. Das ging als Toterklärte sowieso nicht. Ob jemand an Bord mittlerweile bereits den Stofffetzen entdeckt hatte? Isabel nahm es an, denn das Personal an Bord hatte sicher den Abschiedsbrief in ihrer Kabine gefunden, Ferrel informiert und nach ihr suchen lassen.

Während sie ihre heiße Schokolade genoss, überlegte Isabel, wie sie es am besten anstellte, so schnell wie möglich Arbeit und eine Bleibe zu finden. Ihre finanziellen Mittel würden gerade einmal für eine vorübergehende Unterkunft und Nahrung reichen. Vielleicht konnte sie sich damit wenigstens für ein paar Tage über Wasser halten. Ob ihr Fernandos Familie wohl dabei helfen konnte, in der alten Heimat Fuß zu fassen? Sie kannten sie von Kindesbeinen an, doch mittlerweile waren elf Jahre vergangen. Ob er und seine Familie sie überhaupt wiedererkennen würden, war fraglich. Einen Versuch wäre es allemal wert, zumal sie auch neugierig auf Fernando war. Hatte er die Schreinerei seines Vaters übernommen? Ging es ihm gut? War er am Ende schon verheiratet? Ein unerwartet verstörender Gedanke, musste Isabel sich eingestehen. Mit ihm hatte sie ihre halbe Kindheit verbracht – gegen den Willen ihres Vaters, denn ein junges Mädchen hatte gefälligst mit anderen Mädchen Puppen zu spielen und sich nicht mit einem Jungen aus der Nachbarschaft herumzutreiben, noch dazu mit einem, den Vater nicht als standesgerecht erachtete. Ihre beiden Väter waren sich nicht grün gewesen. Den Puigs konnte sie daher uneingeschränkt vertrauen. Niemand aus Fernandos Familie würde Vater schreiben, dass sie noch am Leben war, wenn sie sie darum bat.

Isabel musste unwillkürlich an das Baumhaus unter der Krone der großen Pinie auf dem Grundstück seiner Eltern denken. Das gab es bestimmt nicht mehr. Sie war das einzige Mädchen gewesen, das dort hatte hinaufklettern dürfen, was vermutlich nur daran gelegen hatte, dass Fernando in sie verliebt gewesen war. »Eines Tages werde ich dich heiraten«, hatte er dort oben zwischen der Baumkrone geschworen, just als die Sonne dabei gewesen war, ihr goldenes Licht auf die Weinberge im Hinterland zu werfen. Rückblickend ein hoffnungslos romantischer Moment.

Die Gedanken an ihre Kindheit woben Isabel in einen Kokon aus Glück. Die Zeit in Dénia. Doch wie dorthin gelangen – wirklich mit dem Zug? Sie wusste, dass es Schiffsverbindungen von Málaga entlang der Küste bis nach Valencia gab, Segler und Passagierdampfer, die dort hielten. Dies war zweifelsohne der schnellste Weg. Für eine Kutsche wäre der Weg viel zu weit. Sie wären Tage unterwegs. Ob heute ein Dampfer in Richtung ihrer Heimat fuhr? Isabel bezahlte ihre Churros und ließ sich vom Ober den Weg zum Bahnhof erklären, um sich dort Auskünfte über den Fahrplan einzuholen. Isabel machte sich daraufhin sofort auf den Weg.

Der Bahnhof lag etwas südlich des Zentrums und in Hafennähe – ein kurzer Spaziergang. Die Anlegestelle für die Passagierschifffahrt von Weitem zu sehen, erfüllte Isabel mit Unbehagen. Was, wenn Ferrel doch heller war, als Margarete ihn einschätzte? Am Ende hatte er doch in ihre Geldtasche gesehen und nachgezählt. Er würde feststellen, dass etwas fehlte, und die richtigen Schlüsse daraus ziehen. Isabel versuchte, den Gedanken zu verdrängen. Falls dem so wäre, würde er zwangsläufig annehmen, dass sie ausgerechnet in ihre Heimat fuhr?

Dorthin, wo sie eine Heirat erwarten würde, der sie aus dem Weg gehen wollte? Und falls er das täte, würde er nicht eher an den Hafenbüros nach ihr Ausschau halten und sich nach einer Frau erkundigen, die sich ein Ticket für eine Schiffspassage gekauft hatte? Mit der Eisenbahn dürfte die Anreise länger dauern, mögliche Umstiege und Warten auf Anschlusszüge miteingerechnet, doch das musste Isabel in Kauf nehmen. Sicherheitshalber einstweilen in Andalusien bleiben? Der Verstand bejahte diese Frage. Hier würde sie wahrscheinlich auch über kurz oder lang Arbeit finden, aber ihr Herz verneinte sie. Isabel nahm an, dass sie in ihrem Heimatort sicherer wäre als irgendwo sonst. Das lag in erster Linie daran, dass sie die Gegend kannte. Die Gefahr, Rafael in die Arme zu laufen, bestand, doch er würde sie nicht erkennen und nach einer Toten sowieso nicht Ausschau halten.

Als Isabel den Bahnhof erreichte, war sie sich sicher, die richtige Entscheidung getroffen zu haben. Sie hatte nicht damit gerechnet, ein so großes Bauwerk vorzufinden. Von so einem Bahnhof gingen sicher Züge in alle großen Städte Spaniens. Das Gebäude erweckte den Eindruck, erst vor kurzer Zeit erbaut worden zu sein. Die Gleise waren überdacht und wurden von zwei zweistöckigen Gebäuden mit makellos hellen Steinfassaden flankiert, über denen zwei Turmuhren angebracht waren. In ihr keimte sogar die Hoffnung auf, dass es wider Erwarten eine schnelle Verbindung in den Osten Spaniens gab.

Am Fahrkartenschalter wurde Isabel dann aber eines Besseren belehrt. Der erste Zug ging nach Auskunft des Mannes hinter dem verglasten Tresen von Málaga nach Córdoba ins Landesinnere. Es gäbe zwar auch eine Verbindung nach Granada, aber von dort kein Weiterkommen. In Córdoba müsste sie umsteigen. Immerhin dann in einen Zug, der gen Osten nach Linares fuhr, seine Fahrt dann aber in nördlicher Richtung bis Alcázar de San Juan fortsetzte. Dort würde sie erneut umsteigen müssen, um nach Albacete zu gelangen.

Gottlob lag dieser Ort in östlicher Richtung und würde sie zum nächsten Umstieg führen, den Zug nach Alicante, der auf halbem Weg die Möglichkeit bot, in Xàtiva erneut umzusteigen. Der Anschlusszug würde in Dénia halten. Was blieb Isabel anderes übrig, als sich die Fahrkarten für diese Strecken, die auch noch von unterschiedlichen Gesellschaften betrieben wurden, zu kaufen – und reichlich Proviant, der im Bahnhofsgebäude erhältlich war. Abfahrt des ersten Zuges in einer halben Stunde hatte es geheißen. Er fuhr pünktlich in den Bahnhof ein. Von Ferrel war keine Spur am Gleis. Die Erleichterung darüber war so groß, dass Isabel es nicht mehr so sehr vor der schier endlos langen Fahrt graute.

Bisher war Isabel nur ein einziges Mal in ihrer Heimat mit der Eisenbahn gefahren – mit dem Rosinenexpress, der die Städte Dénia mit Gandia verband, und in Begleitung ihres Vaters. Was für ein aufregender Tag war das gewesen, sich im Waggon von einem qualmenden schwarzen Ungeheuer an der Küste entlangfahren zu lassen. Eines der Dinge, die ihr aus ihrer Kindheit in Erinnerung geblieben waren. Es war vermutlich der blühende Rosinenhandel gewesen, dem die Menschen diese Strecke zu verdanken hatten, und zudem, soviel sie wusste, eine der ersten in Spanien. Nur kurze Streckenabschnitte in Madrid und Barcelona waren drei Jahre früher fertiggestellt worden, wie Isabel aus einem kürzlich in der Zeitung erschienenen Artikel über die Geschichte der spanischen Eisenbahn gelesen hatte. Das musste vor gut fünfzig Jahren gewesen sein.

Die Reise in den Norden als traumhaft zu bezeichnen, wäre noch untertrieben. Die Strecke verlief mitten durch hügeliges Hinterland und schließlich durch Berglandschaften mit tiefen Tälern, an deren Flussläufen Pappeln, Weiden und Mandelbäume wuchsen. Es ging vorbei an kleinen malerischen Bergdörfern, die sich die Hänge mit Föhren, Latschenkiefern und Mischwäldern aus Ahornbäumen, Eschen und Buchen teilten.

Die Fahrt in nördlicher Richtung endete in Córdoba. Dort sollte ihres Wissens eine Moschee aus der Zeit der Mauren stehen, doch für eine Besichtigung war keine Zeit mehr geblieben. Eine Weiterfahrt durch das eher karge Landesinnere stand an. Es verzauberte jeden Reisenden mit seinem kontrastreichen Farbenspiel aus Felsen, Steppe und Nadelhölzern. Mal allein im Abteil, mal in Begleitung Mitreisender. Der von Madrid kommende Anschlusszug war gut gefüllt gewesen, sodass Isabel gar nichts anderes übrig geblieben war, als sich beim Zustieg in Alcázar de San Juan zu einem Geschäftsmann, den sie auf Mitte vierzig schätzte, zu gesellen. Warum eine junge Dame allein unterwegs war, stieß natürlich auf jedermanns Neugier. Auch ihm erklärte sie, dass sie Verwandtschaft in Dénia besuchen würde. Die Reisezeit verflog, als er anfing, von seinen Träumen als junger Mann zu erzählen.

Ein großer Dirigent habe er werden wollen, doch seine Eltern hätten ihm nicht erlaubt, an der Musikakademie zu studieren. Isabel konnte nur allzu gut nachvollziehen, wie sich das anfühlte. Letztlich sei er auf Wunsch seines Vaters Kaufmann geworden und arbeite für eine Firma, die es sich zur Aufgabe gemacht habe, die Elektrifizierung der Städte voranzutreiben. Eine nicht allzu undankbare Arbeit, tue er doch damit etwas Gutes.

Isabel fragte sich infolge seiner Schilderungen, ob das Schicksal nicht auch irgendeine neue Aufgabe für sie parat hielt. Das Musizieren hatte ihm niemand verbieten können. Er tat es an den Wochenenden und dirigierte nun einen Kirchenchor. Ein Quell der Freude, wie er ihr glaubhaft versicherte. Die Malerei konnte ihr auch niemand nehmen – eine wohltuende Erkenntnis aus dem Gespräch über Gott und die Welt, das leider in Albacete mit Einbruch der Nacht zu einem Ende kam.

In der kleinen Wartehalle des dortigen Bahnhofs war sie nicht die Einzige, die sich auf die harten Bänke legte, um die dreistündige Wartezeit auf den Anschlusszug zu nutzen. Eine Tortur, genau wie die Weiterfahrt in einem Zug mit ungepolsterten Sitzen. An Schlaf war bei dem Gerumpel und der Schaukelei in ihrem Abteil nicht zu denken. Die Anschlusszüge in Richtung Westen hatten sich nicht als bequemer erwiesen, doch was machte das schon, wenn die Dämmerung einsetzte und die letzte Strecke bis Xàtiva vor einem lag. Zurück in der Heimat und nur noch einen Umstieg von Dénia entfernt. Das hielt wach. Isabel sah die ersten Weinberge, das immerwährende Grün des Hinterlands und, was ihr Herz noch viel höher schlagen ließ, das Meer mit seinem leuchtenden Blau, das sich am Horizont mit den Rebstöcken der Moscateltraube vereinigte.

Sie hatte all das so oft in ihren Träumen gesehen. Im August war Erntezeit. Die Trauben mussten getrocknet werden. Die Warenhäuser brauchten Frauen, die beim Aussortieren und Verpacken der Rosinen halfen. Vielleicht fand sie dort Arbeit. Isabel fasste den Plan, sich nach Ankunft in Dénia erst einmal eine Pension zu suchen und gleich am nächsten Morgen zu den Puigs, Fernandos Eltern, zu fahren. Sie wussten sicher, wo es Arbeit für sie gab.

Als der Zug sich mit nur einer halbstündigen Verspätung um halb eins dem kleinen zweistöckigen Bahnhofsgebäude näherte, die Burg am Fuße des Montgó und die vielen Häuser, die sie noch aus ihrer Kindheit kannte, an ihr vorbeizogen, konnte sie es kaum glauben, endlich am Ziel zu sein. Die Stadt war in den letzten Jahren gewachsen, doch das Zentrum sah nahezu unverändert aus. Ebenso der Bahnhof, ein die gesamte Zuglänge umspannendes und innen ansprechend ornamentiertes Gebäude, über dem ein großes, gut belüftetes Gewölbe thronte, das die Hitze des Tages von den Passagieren abhielt. Isabel zelebrierte das Aussteigen am Bahnsteig. Endlich heimatlichen Boden unter den Füßen. Von nun an wurde alles gut, dessen war sie sich sicher.

Als Erstes kaufte Isabel sich noch vor Verlassen des Bahnhofs eine Tageszeitung zwecks der Stellenangebote, aber auch, um sich einen Überblick über das gesellschaftliche Leben der Stadt zu verschaffen. So viele Fragen kreisten in ihrem Kopf. Der irische Stoffhändler an Bord der George II hatte ihr Dénia in den schillerndsten Farben als Metropole von Spaniens Südosten geschildert. Ob es wohl wirklich so viele neue Theater gab? Über was sprachen die Leute? Was ging hier vor? Politik und Wirtschaft. Als Kind hatte sie das naturgemäß nie interessiert. In London nur gelegentlich durch eine Zeitung geblättert. Jetzt interessierte sie nahezu alles, was dort gedruckt stand.

Der Kutschstand lag direkt vor dem Ausgang. Und es überraschte sie nicht, dass sich dort, wie an jedem Bahnhof üblich, eine kleine Schlange gebildet hatte. Isabel reihte sich geduldig ein und vertrieb sich die Zeit damit, in der Zeitung zu blättern.

»Wie ich sehe, kann man sich auf die Pünktlichkeit spanischer Züge verlassen. Das hätte ich nicht gedacht.«

Isabel fuhr zusammen, als sie die Stimme vernahm. Ferrel! Vor Schreck fiel ihr die Zeitung aus der Hand.

Er bückte sich, um sie ihr aufzuheben. »Wie war die Fahrt? Sich solchen Strapazen auszusetzen. Mit dem Schiff geht es doch viel schneller.« Ein überraschend einnehmendes Lächeln umspielte seinen Mund. Er wirkte so, als wäre gar nichts vorgefallen.

Isabel brachte keinen Ton heraus. Sie überlegte, ob sie davonrennen sollte, doch Ferrel packte sie bereits am Arm.

»Sie können sich gar nicht vorstellen, welche Sorgen ich mir gemacht habe.«

Die nächste freie Kutsche hielt vor zwei Geschäftsleuten, die sie sofort bestiegen. Isabel sah sich nahezu panisch um. Sollte sie um Hilfe schreien, es hier am Bahnhof zu einem Eklat kommen lassen? Würde ihr überhaupt jemand helfen? Ein elegant gekleideter Mann, der sie anlächelte und mit sanfter Stimme zu ihr sprach, stellte in den Augen Dritter sicher keine Bedrohung da. Wer würde ihr glauben, dass sie in Bedrängnis war?

»Ist Ihnen nicht gut?«

Sie bebte am ganzen Körper.

Die nächste Kutsche fuhr vor.

Isabel rührte sich nicht von der Stelle.

»Wenn Sie sie nicht nehmen wollen?«, beschwerte sich ein Geschäftsmann mit Halbglatze, der hinter ihnen anstand.

»Sie können die Kutsche haben«, sagte Ferrel, untermalt mit einer einladenden Geste.

Isabel sah ihn fragend an.

»Ich habe eine eigene Kutsche. Kommen Sie. Nach der strapaziösen Reise müssen Sie sich erst einmal ausruhen.«

Isabel kam sich vor wie in einem Albtraum. Er geleitete sie, ohne dass sie noch dazu in der Lage gewesen wäre, Widerstand zu leisten, zu einer Kutsche, die auf der anderen Straßenseite stand.

»Möchten Sie vielleicht erst etwas trinken? Oder etwas essen?«

Isabel sah nur noch Schemen von Menschen auf der Straße vor sich, die ihren Weg kreuzten oder vor den Schaufenstern der Läden standen.

»Sie müssen sich keine Sorgen mehr machen. Jeder an Bord glaubt, dass Sie nicht mehr leben«, sagte er.

Isabel nahm es auf, doch konnte sich keinen Reim darauf machen. Wieso hatte er es nicht geglaubt? Erst als sie seine Kutsche erreichten, sorgte just diese Frage dafür, dass sie wieder zu sich fand und in der Lage war, die schier lähmende Angst abzuschütteln.

»Wie haben Sie es herausgefunden?«

»Sie dürfen mir glauben, dass Sie mich mit dieser Aktion in einen Zustand schlimmster Verzweiflung gestürzt haben. Ich gab mir mit die Schuld. In dem Moment begriff ich vollumfänglich, wie schlimm der Gedanke für Sie gewesen sein muss, diese Ehe zu schließen. Ich verweilte in Ihrer Kabine, in dem irrigen Glauben, dass Sie vielleicht doch noch auftauchen würden. Das Zimmermädchen sah nach mir. Die ganze Crew stand unter Schock. Sie brachte mir einen Tee zur Stärkung. Ich hatte kein Trinkgeld zur Hand und da fiel mir Ihre Geldtasche ins Auge. Ich gab ihr Trinkgeld und ...«

»Woher wussten Sie, dass Geld fehlt? Haben Sie es etwa gezählt, bevor Sie mir die Tasche zurückgaben?« Eine andere Erklärung gab es nicht.

Sein bisher aufgesetztes Lächeln verschwand. Er nickte beschämt. »Natürlich hätte es auch jemand vom Bordpersonal stehlen können, doch in der kurzen Zeit und noch dazu in der ersten Klasse? Ich hielt das für ausgeschlossen«, fuhr Ferrel fort.

Sein missliches Verhalten sorgte dafür, dass sie die Angst vor ihm gänzlich verlor.

»Woher wussten Sie, dass ich den Zug hierher nehme?«

»Der Gedanke kam mir erst, als ich bereits hier war.«

»Als Sie hier waren? Was wollten Sie sonst in Dénia?«

»Sie gelten als tot. Ich habe es Ihrem Vater noch von der George II aus telegrafieren lassen, aber Rafael musste es noch erfahren, und zwar persönlich.«

»Sie hätten ihm doch auch ein Telegramm schicken können oder meinen Vater darum bitten.«

»Es fühlte sich nicht richtig an. Meine Aufgabe war es, Sie dorthin zu begleiten.«

Isabel sah ihn fragend an. Sie glaubte ihm kein Wort.

»Na schön. Ihr Vater hat mich auch darum gebeten.« Das sah Ferrel schon ähnlicher.

»Sie haben Rafael also tatsächlich getroffen?«

»Und ich darf Ihnen versichern, dass ich Sie nun noch viel besser verstehe. Er hat keinen guten Eindruck bei mir hinterlassen.«

»Wie meinen Sie das?«

»Ich hatte das Gefühl, dass ihn die Nachricht Ihres Todes nicht sonderlich berührte. Ja, er schien fast erleichtert zu sein.«

»Erleichtert?«

»Er wollte, dass ich noch zum Lunch bleibe. Ich habe das abgelehnt, aber ein Glas Wein konnte ich ihm nicht ausschlagen. Er hat mir sein Anwesen gezeigt. Damit geprahlt. Kein weiteres Wort über Sie. Keine Trauer. Keine Nachfrage. Er hat es einfach zur Kenntnis genommen.«

»Was haben Sie ihm gesagt?«

»Erst, dass Sie über Bord gegangen sind. Ein Unfall. Ihr Vater wollte es so. Rafael konnte das kaum glauben und hat mich gar bezichtigt, nicht auf Sie achtgegeben zu haben. Ich habe ihm daraufhin notgedrungen die Wahrheit gesagt und Rafael auch Ihren Abschiedsbrief ausgehändigt. Ich fand, er sollte ruhig wissen, in welch verzweifelte Lage Ihr Vater Sie gebracht hat und dass Sie ihn nicht zu ehelichen gedachten. Natürlich nur, nachdem er mir versprochen hatte, dieses Wissen für sich zu behalten.«

Isabel schüttelte ungläubig den Kopf. Selbst ihr Tod brachte ihren Vater nicht davon ab, sich um sein gesellschaftliches Ansehen zu sorgen. Wenigstens war Rafael nun im Bilde.

»Und dann dachten Sie sich, dass ich den Zug hierher genommen habe?«

»Es war nur so eine Idee. Ihr Vater hat oft genug davon erzählt, wie sehr Sie die Heimat vermissen. Ich habe mir hier am Bahnhof die Zugverbindungen zeigen lassen. Es gab nur zwei mögliche Ankunftszeiten. Da hatte ich wohl Glück«, sagte Ferrel.

Sein Glück war ihr Unglück, dachte sich Isabel im Stillen.

»Sind Sie sicher, dass Sie nichts zu sich nehmen möchten?« Seine Frage klang aufrichtig besorgt.

Isabel schüttelte den Kopf. Sie würde momentan, so aufgewühlt wie sie war, keinen Bissen herunterkriegen.

»Wohin möchten Sie, dass ich Sie fahre?«

Isabel stutzte. War das Ferrel? Ihr Aufpasser? Der Söldner? Einer, der nun nichts mehr zu tun hatte. Zeigte er sich deshalb von seiner guten Seite? Um ein Haar hätte sie ihm vorgeschlagen, sie gleich zu den Puigs zu bringen, doch sie verwarf den Gedanken sofort wieder. Es fühlte sich nicht richtig an, zumal sie Ferrel nicht über den Weg traute.

»Vielleicht eine Pension, um sich auszuruhen?«

Das war ihr ursprünglicher Plan gewesen, doch es war ihr jetzt nicht mehr wichtig. »Fahren Sie mich zum Grab meiner Mutter«, sprudelte aus ihr heraus. Dieser Wunsch wurde mit jedem Atemzug stärker.

»Zum Friedhof?« Ferrel sah sie irritiert an und zu Recht, denn Isabel konnte sich zunächst auch nicht erklären, warum ihr das eben in den Sinn gekommen war. Ihre Mutter schien ihr im Moment der einzige Halt zu sein, etwas, woran sie sich klammern konnte.

»Nun gut. Dann steigen Sie ein.«

Ferrel half ihr auf die Kutsche. Verstand er etwa, warum sie dorthin wollte? Er stellte jedenfalls keine weiteren Fragen und stieg ebenfalls auf.

»Ich glaube, ich weiß, wo der Friedhof in Dénia ist. Ich bin heute Morgen mit der Kutsche daran vorbeigefahren«, sagte Ferrel.

»Nein. Sie wurde nicht dort beerdigt.«

Ferrel hielt schon die Zügel in der Hand.

»Ihr Grab ist auf dem englischen Friedhof. Der liegt am Meer in Richtung Xàbia«, erklärte sie ihm.

»Auf dem englischen Friedhof? Ich dachte, Ihre Mutter sei eine Spanierin?«, hakte Ferrel verwirrt nach.

»Als Mutter starb, wütete hier die Cholera. Es gab keinen Platz mehr bei der katholischen Ruhestätte. Auf dem Friedhof der Engländer werden sonst nur Protestanten und Konfessionslose bestattet.« Isabel gab das wieder, was Vater ihr erzählt hatte.

Ferrel ließ das vor die Kutsche gespannte Pferd die Leinen spüren und fuhr los.

Der Gedanke, ihrer Mutter nah zu sein, überlagerte im Moment alles.

Kapitel 6

Isabel ließ auf der Fahrt vom Zentrum zu den Außenbezirken Dénias, wo sich der Friedhof der Engländer befand, ihre Gedanken zurück in ihre Kindheit schweifen. Sie hatte diese Ruhestätte damals gemeinsam mit ihrem Vater besucht. Aber auch klammheimlich nach der Schule war sie allein hergekommen, weil sie geglaubt hatte, ihrer Mutter hier besonders nah zu sein. Bis heute wusste Vater nichts davon. Für Isabel ein trostspendender Ort, obwohl hier Gevatter Tod regierte.

Ferrel hielt die Kutsche vor der Steinmauer unmittelbar am Eingang. »Wann ist Ihre Mutter verstorben?«, fragte er feinfühlig genug, um ihm diese Frage auch zu beantworten.

»Ich war noch keine zwei Jahre alt«, erklärte sie.

»Sie hieß Ana, oder?«

»Woher wissen Sie das?« Ihrer Erinnerung nach war der Name ihrer Mutter in ihrem Elternhaus in Ferrels Beisein nie gefallen. Selbst Vater sprach nicht mehr von ihr.

»Als Salvador über Sie sprach. Die Tochter von Ana, hat er gesagt.«

»Sie haben auch Rafaels Vater kennengelernt?«

»Er stieß zu uns auf die Veranda, nachdem Rafael nach ihm beim Personal verlangt hat. Die Nachricht von Ihrem Tod hat ihm im Gegensatz zu Rafael sichtlich zugesetzt. Er musste sich setzen und brauchte eine Weile, bis er wieder zu sich fand.«

Isabel konnte sich Salvadors Reaktion nicht erklären.

»Überrascht Sie das? Er ist immerhin Ihr Onkel.«

»Auf dem Papier. Soviel ich weiß, hat mein Vater den privaten Kontakt zu Salvador nach Mutters Tod abgebrochen. Salvadors Firma hat uns trotzdem mit Rosinen beliefert. Ich habe ihn daher noch nie zu Gesicht bekommen, jedenfalls nicht, soweit ich mich zurückerinnern kann.«

»Ungewöhnlich … Normalerweise sucht man doch Trost bei der Familie, auch wenn sie angeheiratet ist«, sagte Ferrel in Gedanken.

»Es muss ein Zerwürfnis zwischen Salvador und meinem Vater gegeben haben. Mein Vater hat nie mit mir darüber gesprochen, warum er nichts mehr mit ihm zu tun haben wollte. Zumindest privat, denn Salvadors Rosinen verkauft er nach wie vor.«

»Ich frage mich nur, warum Ihr Vater dann auf die Idee kam, Sie mit Salvadors Sohn zu verheiraten.«

»Wenn ich das wüsste.«

»Vielleicht, um etwas gutzumachen? Eine Ehe, um Frieden zu schließen?«, überlegte Ferrel laut.

Isabel brauchte eine Weile, um diesen Gedanken zu verinnerlichen. Denkbar wäre es, doch dass ihr Vater irgendetwas tat, was ihm nicht zu Diensten war, glaubte sie ausschließen zu können.

»Salvador sprach dann noch von der Schicksalhaftigkeit Ihres Todes. Man könne es nicht erzwingen. Damit meinte er vermutlich die Heirat. Das waren Salvadors Worte gewesen. Er wirkte dann aufgebracht, als ob er mit dem Schicksal hadern würde.«

»Aber sagten Sie nicht, mein Tod hätte ihn betroffen gemacht?«

Ferrel überlegte für einen Moment, bevor er ihr antwortete. »Es war keine Trauer. Eher ein Bedauern und dennoch schien ihn die Nachricht zunächst tief getroffen zu haben. Ein merkwürdiger Kauz, dieser Salvador.«

»Und was hat Rafael dazu gesagt? Was meinte Salvador mit dieser Schicksalhaftigkeit?«, überlegte Isabel laut.

»Rafael hat keinen Hehl daraus gemacht, dass sein und Ihr Vater die Ehe arrangiert haben, um einer beidseitigen nützlichen Geschäftsbeziehung willen. Salvador glaubt wohl, dass das Schicksal ihm einen Strich durch die Rechnung gemacht hat«, sagte Ferrel.

Isabel konnte sich keinen Reim darauf machen. Ein geplatztes Geschäft – schicksalhaft? Ebenso wenig konnte sie sich erklären, warum die beiden Streithähne nach so vielen Jahren plötzlich auf den Gedanken gekommen waren, sich zu versöhnen und dies mit dem Bund der Ehe ihrer beiden Kinder zu besiegeln.

Ferrel stieg von der Kutsche.

Isabel ließ sich von ihm herabhelfen. »Ich möchte allein sein«, gab sie ihm zu verstehen.

Ferrel nickte.

Alles andere hätte sie ihm übel genommen. Er war zudem der letzte Mensch, den sie nun an ihrer Seite gebrauchen konnte. Sie schritt durch das Eisengatter und hielt dann für einen Moment inne. So hatte Isabel den Eingang in Erinnerung. Was sollte sich auch großartig an einem Friedhof verändern? Eigentlich war er eher ein kleiner Park, ein Pinienwäldchen, das dafür sorgte, dass es hier im Sommer angenehm kühl war. Die salzhaltige Luft vom Meer mischte sich mit dem Duft der Nadelbäume. Genau wie damals, überlegte Isabel, während sie durch die Grabreihen schritt, um zur letzten Ruhestätte ihrer Mutter zu gelangen. Blumen schmückten das eine oder andere

Grab, auch einen ungefähr in der Mitte des Friedhofs stehenden Monolithen, der alle anderen Gräber überragte.

Sie hatte den Eindruck, dass in den letzten Jahren nur wenige Grabsteine hinzugekommen waren, was vermutlich an der geringen Größe des Friedhofs lag. Zwischen den Bäumen kam das Meer in Sicht. Isabel erinnerte sich daran, am Ende des Weges auf der Mauer gesessen zu haben, um auf den Horizont zu blicken. Es waren nur noch ein paar Schritte bis zum Grab ihrer Mutter. Sie hatte ihr immer Blumen mitgebracht. Manchmal auch nur eine, die sie auf dem Weg hierher in der Natur oder aus Gärten der Häuser, an denen sie vorbeigekommen war, gepflückt hatte.

Isabel traute ihren Augen nicht, als sie eine Blumenschale am Grab ihrer Mutter bemerkte. Zur Freude über den schönen Grabesschmuck gesellte sich die Frage, wer ihn dort hingelegt haben konnte. Sie ging in die Hocke und besah ihn sich näher. Nur wenige Blüten der Begonien waren dabei zu verwelken. Hatte Vater etwa ohne ihr Wissen einen Gärtner beauftragt? Kamen die Blumen von Salvador, Mutters Bruder? Sie waren jedenfalls wunderschön. *In Gedenken an meine Frau Ana Fourrat Vives.* Isabel las die Inschrift auf dem Grabstein, obwohl sie sie bereits kannte. Wenn du doch nur noch hier wärst, sagte sie ihr in Gedanken und sprach ein stilles Gebet. Genau wie früher verharrte Isabel noch für eine Weile vor dem Grab, in der Hoffnung, etwas in Gedanken zu vernehmen, was ihr Trost und Kraft spenden würde. Nichts dergleichen geschah. Sie spürte nicht einmal die altvertraute Wärme in sich hineinkriechen, die sich für gewöhnlich in ihrem ganzen Körper ausbreitete und ihr das Gefühl gab, dass ihre Mutter bei ihr war.

Isabel erklärte sich diesen überraschenden Zustand mit den Strapazen, die hinter ihr lagen, und dennoch war heute irgendetwas anders als bei früheren Gebeten in der Kirche. Als Kind hatte sie hier um die Mutter getrauert, als Erwachsene mit ihr am Altar im Seitenschiff der Londoner Kathedrale gesprochen, in ihr fast schon eine Heilige gesehen. Nun vor dem Grab zu stehen und nichts mehr zu empfinden, ließ Isabel mit einem Gefühl der Leere zurück.

Schon auf den letzten Metern zurück zum Friedhofseingang hatte sich Isabel die Frage gestellt, was Ferrel nun zu tun beabsichtigte. Offiziell war sie für tot erklärt worden. Seine ihm übertragenen Aufgaben hatte er erfüllt. Nur aus purer Neugier, ob sie tatsächlich den Zug genommen hatte, war er sicher nicht am Bahnhof gewesen. Dann fiel ihr ein, dass er noch ihre Geldtasche haben musste.

Ferrel saß auf dem Kutschbock und blätterte in der Zeitung, die sie am Bahnhof gekauft hatte.

»Ich hoffe, ich habe Sie nicht zu lange warten lassen«, sagte Isabel und ging zu ihm.

»Keineswegs. Ich wünschte, ich wäre des Spanischen mächtig. Ein paar Wörter verstehe ich. Für die einen eine Zeitung, für mich wohl eher ein Bilderbuch«, erwiderte Ferrel.

»Können Sie mich zurück in die Stadt fahren? Ich sollte mir eine Pension suchen.«

»Ich habe mich in einer eingemietet. Sie ist recht günstig und liegt am anderen Ortsrand.«

Isabel hatte Mühe, ihr wachsendes Unbehagen zu verbergen. Mit Ferrel in einer Pension? Am besten noch im Nebenzimmer. Das hatte sie schon an Bord der George II erlebt.

»Na, irgendwo müssen Sie doch unterkommen.« Ferrel merkte, dass es ihr nicht recht war. »Nun steigen Sie schon ein«, forderte er sie auf und reichte ihr die Hand.

»Sie haben sicher noch meine Geldtasche«, sagte sie ihm, noch bevor er losfuhr.

»Aber sicher doch. Ich habe sie in der Pension gelassen.« Es klang so, als würde er sie nicht belügen.

»Was haben Sie vor? Wie lange werden Sie hier in der Gegend bleiben?« Insgeheim hoffte Isabel, dass er, einmal in Spanien, beabsichtigte, sich Land und Leute anzusehen. Nachholbedarf hatte er ja, wie sie wusste.

»Ich weiß es noch nicht. Das hängt von den Umständen ab.« Isabel ahnte, welche Umstände er meinte. Anders ließ sich sein Tonfall nicht interpretieren. Und die hatten zweifelsohne mit ihr zu tun. Dass er für eine Zeit lang nichts mehr von sich gab, wertete sie als Bestätigung ihres Verdachts.

»Wenn Sie sich als Agent für Moscatel und im Rosinenhandel einen Namen machen wollen, müssen Sie sich die Felder ansehen, die Warenhäuser aufsuchen, die Märkte. Alicante und Valencia sollte man in einer Position wie der Ihren kennen. Die Häfen. Vielleicht gelingt Ihnen sogar ein nützlicher Geschäftskontakt, sodass Sie nicht mehr gänzlich auf meinen Vater angewiesen sind.« Isabel brach das ungute Schweigen und versuchte, seine Interessen fürs Geschäft zu wecken. Das zog bei Männern doch immer.

»Sie haben vollkommen recht, doch wie soll ich das anstellen, ohne der Landessprache mächtig zu sein?«

Isabel machte sich in dem Moment bewusst, dass sie besser ihren Mund gehalten hätte.

»Vielleicht könnten Sie mich begleiten? Mir etwas unter die Arme greifen? Sie kennen sich aus im Rosinenhandel. Sie sprechen Spanisch. Ich könnte Ihnen eine Provision zahlen«, kam dann prompt.

Alles, bloß das nicht. Auf gar keinen Fall wollte Isabel sich in irgendeine Abhängigkeit begeben. Nicht in die eines Mannes und schon gar nicht in die von Ferrel. Zudem bestand dabei die Gefahr, dass Vater über kurz oder lang erfahren würde, dass sie noch am Leben war. Momentan erschien es Isabel aber noch viel schlimmer, Ferrel erneut auf der Pelle zu haben, wie auf dem Dampfer. Und auf eine Provision war sie nicht angewiesen, sofern er ihr das Ersparte zurückgab.

»Ich fürchte, das wird nicht gehen. Ich möchte gern hierbleiben und mir eine passende Arbeit suchen«, versuchte sie, ihm nahezubringen.

»Verstehe.« Enttäuschung und Verärgerung schwangen in seinem Tonfall mit.

Das daraufhin einsetzende unangenehme Schweigen setzte sich fort, bis sie die belebte Küstenstraße in Hafennähe erreicht hatten. Dort lagen zwei große Segler und ein Dampfschiff an der Mole. Hafenarbeiter waren mit dem Ent- und Beladen beschäftigt. Die palmengesäumte Straße mit ihrer der See gegenüberliegenden bunten Häuserfront war schön anzusehen, was Isabel die Gelegenheit gab, ihren Blick umherschweifen zu lassen.

Als sie den Ortsrand von Dénia erreichten und einer Straße folgten, die sich quer durch den Weinanbau pflügte, hielt es Isabel für angemessen, das Schweigen zu brechen. »Wie weit außerhalb ist diese Pension denn?«, wollte sie wissen. Missmut und Ungeduld in ihrem Tonfall konnte sie nicht verbergen.

»Es ist nicht mehr weit«, kam dann kurz angebunden zurück.

Isabel musterte Ferrel. Die bis zu ihrem Besuch auf dem Friedhof dargelegte freundliche Miene war verflogen. Es war zwar gut möglich, dass Dénia in den letzten Jahren bis ins Hinterland gewachsen war, doch wenn sie die Richtung beibehielten, landeten sie mitten im Grünen. Dort konnte es bestenfalls nur Privatunterkünfte geben.

»Ist es ein Gästehaus von privat?«, fragte sie daher nach.

»Ja. Das ist günstiger als ein Hotel.« Seine Aussage klang plausibel, aber irgendwo da draußen wäre sie ihm ausgeliefert. Dass ihnen bereits zwei Kutschen entgegengekommen waren, beruhigte sie nicht wirklich.

»Hören Sie, Mr Ferrel. Mir wäre es lieber, in der Stadt zu bleiben. Dort bin ich nicht auf eine Kutsche angewiesen.«

»Da meint man es gut.« Es klang wie ein Vorwurf. Die Kutsche hielt er trotzdem nicht an. »Sie könnten sich ruhig dankbarer zeigen. Ich habe Rafael entgegen des Wunsches Ihres Vaters von Ihrem Selbstmord erzählt. Ich hätte auch andeuten können, dass er nur inszeniert war. Ich kümmere mich um eine Unterkunft. Und Ihr Erspartes habe ich auch aufbewahrt.«

»Dafür bin ich Ihnen dankbar.«

»Sehen Sie denn nicht, welche Möglichkeiten es für uns gäbe? Hier. Wir könnten gemeinsam viel erreichen. Im Rosinengeschäft.«

Nun war es raus. Isabels ungute Vorahnung bestätigte sich und das beängstigte sie, je weiter sie sich von der Ortschaft entfernten.

»Vor einer Ehe mit diesem Mann habe ich Sie bewahrt. Was habe ich Ihnen denn getan, dass Sie mich so verabscheuen?«

Als Isabel das hörte, fuhr ihr ein kalter Schauer über den Rücken. »Nichts … ich …«

»Nichts. Nichts«, äffte er sie nach.

Sich ihm in seinem Zustand nun zu erklären und zu versuchen, klarzumachen, dass man Liebe und Zuneigung nicht erzwingen konnte, hatte wohl keinen Sinn. »Bitte halten Sie an!«

»Und was ist mit Ihrem Geld? Sie wollen es doch, oder etwa nicht?«

»Wir könnten uns morgen in der Stadt verabreden«, schlug Isabel vor. Zu mehr war sie nicht bereit.

»Ich gebe es Ihnen noch heute. In der Unterkunft.«

Angesichts seiner wachsenden Aggression war ihr das Ersparte nun egal. Ob die Finanzen für wenige Tage oder ein paar Wochen für Unterkunft und Essen reichten, spielte letztlich keine allzu große Rolle. Sie musste sich so oder so eine Arbeit suchen und verhungern würde sie schon nicht.

»Halten Sie an!«

Er dachte nicht daran.

Isabel fasste in die Leinen und zügelte das Pferd. Sie sprang von der Kutsche noch während sie verlangsamt fuhr.

»Was soll das? Elizabeth.«

Isabel ignorierte seinen Zuruf und ging schnellen Schrittes schnurstracks den Weg zurück, auf dem sie gekommen waren. Dass er von der Kutsche gestiegen war und ihr nun hinterherlief, konnte sie hören.

»Elizabeth. Was geht nur in Ihnen vor? So seien Sie doch vernünftig.«

Was ein Ferrel unter Vernunft verstand, konnte sie sich lebhaft vorstellen.

Er packte sie am Arm, riss sie herum und baute sich vor ihr auf.

»Nur ein Wort von mir und ...«

»Nun zeigen Sie ja doch noch Ihr wahres Gesicht«, schleuderte sie ihm entgegen.

Ferrel schnaubte. Seine Wut schlug dennoch von jetzt auf gleich in Verzweiflung um. »Sagen Sie mir, was ich tun soll, damit Sie eines Tages meine Gefühle für Sie erwidern.«

»Bis vor gut einer Stunde hätte ich mir sogar noch vorstellen können, Sie zu begleiten. Möglicherweise auch eine gute Bekanntschaft. Wie soll ich Zuneigung für jemanden empfinden, der sich als Söldner meines Vaters vor den Karren hat spannen lassen?«

»Aber das habe ich doch nur getan, um Ihnen nah zu sein.«

Endlich die Wahrheit, aber das machte es noch viel schlimmer. Für so einen Mann auch nur Empathie empfinden? Niemals! »Ich möchte gehen«, sagte sie in einem bestimmten Ton.

»Nur einen Kuss ... Nur ein einziges Mal und Sie werden mich nie wiedersehen.«

Isabel glaubte nicht, was sie da hörte. Darauf wusste sie nicht einmal mehr etwas zu sagen. Sie riss sich los und machte auf dem Absatz kehrt, doch kaum einen Schritt gegangen, packte er sie erneut unsanft am Arm.

»Was fällt Ihnen ein?«

In seinen Augen stand nichts Gutes. Es war eine Mischung aus Wut und Begierde. Ferrel starrte sie an wie ein wildes Tier, das kurz davorstand, seine Beute zu erlegen. Er zog sie brutal an sich heran. So nah, dass sie seinen schweren Atem spüren konnte. Dann drängte er sie vom Weg in Richtung der Weinstöcke. Was das zu bedeuten hatte, konnte Isabel sich ausmalen. Mit aller Kraft befreite sie sich aus seinem Griff. Er setzte ihr nach. Isabel geriet ins Straucheln und fand gerade noch Halt an einem der Weinstöcke. Erneut versuchte er, sie in seine Arme zu schließen. Isabel griff in die Erde und schleuderte sie ihm ins Gesicht. Sie wusste, dass sie in den Augen brannte.

Ferrel schrie wütend auf. Während er damit beschäftigt war, sich den Dreck aus den Augen zu wischen, rappelte sich Isabel auf und versuchte erneut, ihm zu entkommen. Sie lief, so schnell es nur ging, die Straße entlang. Warum konnte jetzt nicht eine Kutsche vorbeikommen?

Ferrels Schritte kamen näher. Sie sah sich bereits, während sie lief, nach irgendetwas um, womit sie sich wehren könnte. Ein Stück Holz, das die Weinstöcke stützte? Sie waren alle mit Draht festgebunden. In dem Moment warf Ferrel sich auf sie. Isabel ging zu Boden. Der Sturz raubte ihr für einen Moment den Atem. Das Gewicht seines Körpers ebenso. Er drehte sie mit Gewalt um und setzte sich auf ihr Becken.

Seine geröteten Augen, die wie die des Leibhaftigen aussahen, versetzten sie in Panik.

Ferrel hielt sie mit seinem Gewicht auf dem Boden und unternahm den Versuch, ihre Arme zu packen. Ihr linker Arm lag bereits fest in seinem Klammergriff. Isabel bekam aus dem Augenwinkel mit, dass neben ihr ein Stein lag.

»Dir werd ich's zeigen, du undankbares Luder«, fuhr er sie an und wollte gerade seinen Gürtel öffnen.

Mit aller Kraft schlug sie ihm mit der noch freien Hand ins Gesicht. Dann tastete sie nach dem Stein und bekam ihn zu fassen. Isabel dachte gar nicht mehr nach und schlug blindlings zu. Der Stein traf ihn an der Schläfe. Er schrie auf vor Schmerz. Isabel nutzte die Gelegenheit, um ihn von sich zu stoßen und wieder auf die Beine zu kommen.

Ferrel versuchte ebenfalls, sich aufzurichten, doch hielt dann mitten in der Bewegung inne. Er kämpfte mit dem Gleichgewicht und suchte Halt an einem der Rebstöcke, doch vergeblich. Mit einem gurgelnden Laut ging er zu Boden. In dem Moment vernahm Isabel die Geräusche einer sich nähernden Kutsche. Ausgerechnet jetzt! Sie beugte sich über Ferrel. Er rührte sich nicht mehr. Blut rann aus der klaffenden Wunde, die sie ihm am Kopf zugefügt hatte. Wenn man sie in seinem Beisein fand, würde man sie des Mordes bezichtigen.

Panische Angst stieg in ihr auf. Vor ihr lagen die Weinstöcke. Gerade als sie dort hineinlief, schoss die Kutsche auch schon um die Straßenbiegung. Dass sie anhielt, konnte sie noch hören. Isabel schlug einen Haken nach links. Bergab. In dieser Richtung ging es zurück zur Küste. Das Ende der Weinstockreihen war bereits in Sicht. Dort musste die Hauptstraße sein, die sie zurück nach Dénia führen würde. Die Luft drohte, ihr wegzubleiben. Sie ignorierte das heftige Seitenstechen. Isabel verlangsamte ihre Schritte, kurz bevor sie die Straße erreicht hatte, und blieb schließlich stehen. Ihre Beine schmerzten, doch das war es nicht, was sie auf die Knie sacken ließ. Sie hatte einen Menschen auf dem Gewissen. Was hatte sie nur getan?

Das Bett der kleinen Pension namens Aire de Mar ganz in der Nähe des Hafens war noch bequemer als das in der ersten Klasse des Dampfers, was Isabel am Vorabend, als sie das kleine Zimmer unter dem Dach betreten hatte, erst gar nicht für möglich gehalten hätte. Mehr als einen Spind, einen Schrank sowie einen Tisch mit Stuhl gab es in der einfachen Unterkunft nicht. Das einzige Bad in der oberen Etage war für vier Zimmer gedacht. Dafür war die Unterkunft günstig und wer bar zahlte, dem stellte man keine Fragen. Dafür stellte sich diese Isabel umso mehr. Sie konnte sich nicht sicher sein, dass sie von den Insassen der Kutsche nicht doch gesehen worden war. Die Rebstöcke waren zumindest im vorderen Bereich noch nicht so hoch gewachsen und daher einsehbar. Die Polizei würde sicher Ferrels Identität feststellen und herausfinden, wie er nach Spanien gekommen war. Damit einher ging die Gefahr, dass man sie mit ihm in Verbindung brachte, denn er war nicht allein gereist. Sie kam sich vor wie eine Mörderin auf der Flucht. Mit diesem verstörenden Gedanken einzuschlafen, war unmöglich – trotz der weichen Federn.

Es wurde bereits hell draußen. Normalerweise fiel es ihr nicht schwer, mit den ersten Sonnenstrahlen aufzustehen. Heute Morgen lag sie jedoch wie an der Matratze angekleistert da und starrte auf einen Ventilator – und das bereits seit Stunden, von Ängsten und immer wieder aufkeimenden Schuldgefühlen geplagt, einen Menschen auf dem Gewissen zu haben.

Da half es auch nichts, sich die Umstände vor Augen zu halten. Ferrel war über sie hergefallen. Es war nichts anderes als Notwehr gewesen. Der Stein ihre einzige Rettung. Doch würde man ihr glauben? Auch dass Ferrel vielleicht gar nicht tot war, sondern nur das Bewusstsein verloren hatte, geisterte durch ihren Kopf. Einerseits wünschte sie sich, dass er noch lebte. Die Vorstellung, einen Menschen getötet zu haben, konnte schlimmer kaum sein. Andererseits würde er sie in diesem Fall beschuldigen, versucht zu haben, ihn umzubringen, um einer Eheschließung mit Rafael Fourrat zu entgehen. Ihr inszenierter Selbstmord würde ebenfalls auffliegen, was in diesem Fall aber das kleinere Übel wäre. Isabel wusste genau, wem man vor Gericht mehr Glauben schenkte – dem Mann. Ihr waren bereits in London Fälle zu Ohren gekommen, bei denen die Frau als die wahre Schuldige, die den Mann mit ihren Reizen verführt habe, hingestellt worden war.

Es klopfte an der Tür. Isabel fuhr zusammen.

»Sind Sie da? Ich möchte Ihr Zimmer machen.« Die weibliche Stimme klang freundlich, aber ein gewisser Nachdruck war nicht zu überhören.

Ein Blick auf die Uhr auf dem Spind beantwortete, warum. Es war bereits nach zehn. Bis zehn hatte es gestern geheißen.

»Sie können gleich rein«, rief Isabel, stand auf und schlüpfte in ihr Kleid. Es half ja alles nichts. Sie konnte nicht ewig hier drin bleiben. Sie zog ihre Schuhe an und ging dann ins Bad auf dem Gang. Dort wusch sie sich zumindest das Gesicht, bevor sie die Treppe nach unten nahm. Standen Überfälle oder Schlimmeres nicht immer in der lokalen Tageszeitung? Selbst in einer so großen Stadt wie London wurden solche Vorfälle aufgegriffen. Isabel musste sich Gewissheit verschaffen. Sie gab ihren Schlüssel an der Rezeption ab und verabschiedete sich von dem älteren Grauhaarigen, der ihr das Zimmer gestern Abend gegeben hatte.

»Haben Sie gut geschlafen?«, wollte er sich noch vergewissern. Der Mann sah sie etwas besorgt an.

Ihre Augenringe waren Isabel bereits bei der Katzenwäsche aufgefallen. Sie nickte nur und verließ die Pension. Ihrer Erinnerung nach gab es ganz in der Nähe einen Laden, der Zigaretten und Zeitungen verkaufte. Daneben war ein Café. Obwohl sich nun an der frischen Luft ein Hungergefühl einstellte, ging sie zuallererst zum Zeitschriftenladen. Sie kaufte sich gleich zwei Lokalzeitungen. Am liebsten hätte sie gleich darin geblättert, doch weder der Verkäufer noch weitere Kundschaft, zwei junge Männer am Tresen, sollten mitbekommen, dass ihre Hände bereits vor Aufregung zitterten. Isabel eilte zum Café nebenan, suchte sich einen sonnigen Platz an einem der Tische in einem Bereich, wo weniger Leute saßen. Sie schlug die Zeitung auf und blätterte darin, bis sie den Lokalteil vor sich hatte. Nach der Meldung zum Überfall eines Engländers namens Ferrel brauchte sie nicht lange zu suchen. *Blutiger Überfall am Ortsrand von Dénia* hieß es in der Überschrift.

»Sie wünschen?«, fragte sie ein junger Ober in schwarzer Hose und weißem Hemd.

»Churros mit heißer Schokolade«, bestellte sie mit angeschlagener Stimme. So wie ihre Hände gerade zitterten, brauchte sie etwas Pappsüßes.

Isabel las den Artikel erst weiter, als der Ober zum Nachbartisch gegangen war. Ferrel war tot. Isabel erstarrte und musste die Zeitung für einen Moment zur Seite legen. Es war Notwehr, sagte sie sich wieder und wieder. Du hast einen Menschen getötet, auch das hielt sie sich vor. Diese beiden Gedanken schienen miteinander zu konkurrieren. Isabel riss sich zusammen, setzte ihre Lektüre fort. Von anhaltenden Spannungen zwischen hier ansässigen Engländern und Einheimischen war die Rede. Schon der dritte Überfall in drei Monaten sei dies gewesen. Man würde sie also nicht verdächtigen. So ähnlich stand es auch in der anderen Zeitung. Noch bevor der Ober die Churros servierte, fiel Isabel siedend heiß ein, dass sie sich einen neuen Namen geben musste. Und wie sie sich fortan nennen würde, stach ihr in einem zweiten Artikel aus dem Lokalteil ins Auge. Dort war die Rede von einer jungen Cellistin, die kommende Woche im Theater auftreten würde. María Cervantes. Der Vorname gefiel ihr und nachdem der Familienname ihrer verstorbenen Mutter geläufig war, hing sie

Cervantes als den Namen mütterlicherseits an. María Mengual Cervantes – die Mörderin? Isabel rang diesen erneut aufkeimenden und zersetzenden Gedanken mit aller Gewalt nieder. Ein Unfall war es gewesen. Nichts als ein Unfall. María Mengual Cervantes hatte in Notwehr gehandelt. Und die sollte sich nun schleunigst eine Arbeit suchen, nahm Isabel sich nach dem ersten stärkenden Biss in das in Schokolade getränkte Gebäck vor.

KAPITEL 7

Die Nacht in der Pension hatte Isabel die Hälfte der Geldreserven gekostet, die sie auf der Flucht hatte mitnehmen können. Sich nun eine Kutsche zu leisten, die sie zum Hof von Fernandos Eltern bringen würde, kam nicht mehr infrage. Die Sonne schien. Gut eine Stunde zu Fuß unterwegs zu sein, tat nach der gestrigen Aufregung und wenig Schlaf gut. Um das Haus zu erreichen, gab es zwei Möglichkeiten. Quer durch die Weinberge zu gehen oder am Meer entlang. Isabel hatte sich für Letzteres entschieden, allein schon, weil sie sich an die belebende Kraft eines Spaziergangs am Strand erinnerte. Er begann unmittelbar am Stadtrand, der sich kilometerweit in den Norden bis nach Valencia erstreckte und stellenweise zur Dünenlandschaft wurde, aus der kleine blühende Sträucher und Gräser ragten. Isabels Meinung nach die schönere Seite der Küste. Weiter südlich wurde es steiniger und der Nachbarort Xàbia war nur über das die beiden Orte trennende Gebirge erreichbar. Daher erhoffte sie sich, in der Gegend um Dénia bei einem der Weinbauern Arbeit zu finden. Barfuß durch den Sand zu laufen, die Schuhe in der Hand, und sich von der sanften Brandung die Füße umspülen zu lassen. Was konnte schöner sein? Wie sehr hatte sie das im kalten London vermisst.

Schon von Weitem erspähte sie ein kleines Steinhäuschen, das zu einem dahinterliegenden Weingut gehörte und an die Dünen grenzte. Bereits in ihrer Kindheit hatte es Isabel als Orientierungspunkt gedient. Von dort führte ein kleiner Weg zwischen zwei Weingütern direkt zum Haus von Fernandos Eltern, das unweit der Hauptstraße lag. Isabel überlegte, ob aus dem quirligen Jungen von damals wohl auch ein Tischler geworden war. Söhne von Handwerkern übernehmen meist den Betrieb, vor allem, wenn er gut lief. Davon war auszugehen, denn der Rosinenhandel blühte und Fernandos Vater fertigte die Kisten, in denen die Rosinen verpackt und dann an die Warenhäuser geliefert wurden.

Ob er wohl schon eine Liebste hatte? Isabel musste bei diesem Gedanken unwillkürlich schmunzeln, denn im zarten Kindesalter war sie seine Liebste gewesen. Schon auf halbem Weg entlang des Trampelpfads, der an der Grenze zweier Weingüter verlief, sah sie die große Pinie, die wie damals hinter dem Dach des zweistöckigen Steinhauses hervorragte. Das Baumhaus hätte sie von hier aus sehen müssen. Es existierte nicht mehr. Dem feuchten und recht kühlen Klima in den Wintermonaten hielten Holzbauten auf Dauer nicht stand.

Als sie durch das Gatter schritt, fiel ihr auf, dass sich im Vergleich zu früher nicht viel verändert hatte, sah man von neuem Mobiliar, das auf der Terrasse stand, einmal ab. Sie überlegte gerade, sich bemerkbar zu machen, als die Tür zur Veranda auch schon aufging. Heraus trat ein Mann, den Isabel auf um die fünfzig schätzte. Fernandos Vater? Das konnte nicht sein. Der Mann trug zwar auch einen Vollbart, aber seine Statur war anders, als sie Fernandos Vater in Erinnerung hatte. Er war eher kräftiger gebaut gewesen. Der Mann, der ihr entgegenkam, war schmal und schlank.

»Suchen Sie jemanden?«, rief er ihr zu. Anscheinend hatte er von drinnen bemerkt, dass sie sich umgesehen hatte.

»Ich hatte gehofft, die Puigs hier vorzufinden«, erklärte sie sich.

»Da kommen Sie leider einige Jahre zu spät«, erwiderte der Mann mit trauriger Stimme.

»Die Puigs wohnen nicht mehr hier?«

»Das könnte man so sagen. Die wohnen jetzt auf dem Friedhof. Sind vor Jahren gestorben.«

Isabel erstarrte. Die einzigen Menschen, denen sie sich hätte anvertrauen können. Tot?

Der Mann ging zu ihr und reichte ihr die Hand.

»Ich bin Thiago. Und Sie sind?«

»María.« Isabel beließ es bei ihrem Vornamen.

»Kommen Sie. Setzen wir uns auf die Veranda. Ich bringe Ihnen was zu trinken.«

Isabel folgte ihm und nahm auf sein Geheiß hin in einem der Korbsessel Platz. Während er nach drinnen verschwand, betrachtete Isabel die Pinie, die von der Veranda aus in ihrer vollen Pracht zu sehen war. Es hing noch ein verwitterter Balken des Baumhauses von damals im Geäst.

Thiago trat mit einem Glas und einer Karaffe gefüllt mit Wasser heraus und schenkte ihr ein.

»Was ist mit den Puigs passiert?«, wollte Isabel wissen.

»Das kann ich Ihnen nicht genau sagen. Ein Unfall auf hoher See, hab ich gehört. Miguel und seine Frau sind zum Fischen rausgefahren. Ein Unwetter zog auf. Die Küsten im Norden sind rau. Das Haus stand zum Verkauf. Was soll ich sagen …?«

»Und ihr Sohn? Fernando?« Isabel hoffte inständig, dass er noch am Leben war.

»Der kam ins Waisenhaus. Ab und zu sehe ich ihn in der Stadt.«

»Wo ist er? Was macht er?«

»Da fragen Sie mich zu viel. Aber jetzt trinken Sie doch erst einmal was.«

Isabel nahm einen kräftigen Schluck, doch noch mehr stärkte sie der Gedanke, dass Fernando noch am Leben war.

»Und was führt Sie hierher?«

»Ich suche Arbeit.«

Thiago sah sie erstaunt an. »Was haben Sie gelernt?«

»Ich habe in der Buchführung gearbeitet. In England.«

»In England?«

»Mich hat es in die Heimat gezogen.«

»Allein?«

»Ich bin eine Waise wie Fernando.« Isabel erhoffte sich keine weiteren Nachfragen.

»Wird nicht einfach, wenn Sie nur mit der englischen Kontierung vertraut sind.«

Das wusste Isabel. Mal ganz davon abgesehen, dass sie in der Zeitung im Café bereits nach entsprechenden Stellenanzeigen geschaut hatte und ihr keine untergekommen waren, bräuchte sie wohl einige Zeit, um sich da einzuarbeiten.

»Ich könnte bei der Ernte helfen.«

Thiago nickte nachdenklich und besah sie sich von Kopf bis Fuß. Sie sah in seinen Augen wohl nicht wie jemand aus, der harte Arbeit zu leisten imstande war.

»Wenn Sie jemanden kennen ...« Isabel signalisierte dennoch Interesse.

»Sie trauen sich das zu? Die Arbeit auf den Feldern ist hart. Sehr hart.«

»Das ist mir klar.« Isabel erinnerte sich an die Erntezeit aus ihrer Kindheit.

Das überraschte ihn. Er nickte anerkennend. »Ich könnte meinen Bruder fragen. Der hat ein Weingut etwas nördlich von hier. Wenn Sie den Weg immer geradeaus gehen, gelangen Sie zu einem Wasserturm. Dort zweigt eine kleine Straße in östlicher Richtung ab. Folgen Sie ihr etwa einen halben Kilometer. Wenn Sie sagen, dass Sie von mir kommen, wird er Sie sicher einstellen.«

»Ich bin Ihnen wirklich sehr dankbar. Es ist schwer, sich durchzuschlagen, allein …«

»Damit haben viele zu kämpfen. Meine Frau ist vor zwei Jahren gestorben. Sie hatte es an der Lunge, und was glauben Sie, wie viele Witwen sich auf den Feldern ihr Brot verdienen?«

Harte Feldarbeit. Damit würde sie sich fürs Erste durchschlagen können.

Bei der Ernte der Moscateltrauben und deren Weiterverarbeitung zu Rosinen gab es ab Mitte August stets genug Arbeit. Das war heute nicht anders als früher. Isabel hatte es daher nicht überrascht, sich bei Thiagos Bruder, einem Mittvierziger namens Jorge, für die Erntezeit ihr Brot verdienen zu dürfen. Die Arbeit war nicht sonderlich gut bezahlt, doch dafür gab es Kost und Logis in einem Anbau hinter dem Gebäude, in dem die geernteten Moscateltrauben die Nacht vor dem Blanchieren eingelagert wurden. Man nannte diese Lager Riuraus, Gebäude mit arkadenbestückter Fassade – seitliche Rundbögen für ausreichend Belüftung, die breit genug sein mussten, um mit den Gestellen hereinzukommen, auf denen die Trauben zum Trocknen lagen. Sie hatten Dächer aus zweiseitigen Dachziegeln, die die Trauben vor Regen und Sturm schützen sollten. Die Wände waren aus Ziegelstein und das Dachgebälk aus mit Mörtel befestigtem Pinienholz. Ihre Bauweise war charakteristisch für die hiesigen Weinanbaugebiete. Das von Jorge war eines der größten. Man nannte es daher Señorito.

Der unmittelbar an den Riurau anschließende Anbau, der sich Naja nannte, sah fast genauso aus, nur dass er keine offenen Rundbögen hatte, dafür allerdings Öffnungen unter dem Dach, sodass die heiße Luft nach draußen entweichen konnte.

Isabel teilte sich dort einen Raum mit drei Arbeiterinnen. Sie kamen aus umliegenden Dörfern, um hier genau wie sie bei der Ernte zu helfen. Einige der Männer schliefen gar im Riurau, und zwar mit den Füßen nach außen, um mitzubekommen, wenn es anfing zu regnen. Jorge hatte ihr bei der Einweisung erklärt, dass dies das Schlimmste wäre, was passieren könnte. Die getrockneten Rosinen würden unbrauchbar werden. Zog eine Regenfront an, würden die Kirchenglocken der umliegenden Ortschaften läuten. Dieser Fall war während der letzten drei Tage, in denen Isabel bei Thiagos Bruder gearbeitet hatte, gottlob nicht eingetreten. Und jeder Tag schien gleich zu verlaufen.

Morgens wurde Isabel vom monotonen Gesang der Zikaden geweckt und mit dem Zirpen der Grillen schlief sie schwer wie ein Stein ein, was sicherlich auch am reichhaltigen Abendessen lag, meist geröstete Zwiebeln, Auberginen, Kartoffeln und Paprika. Wurst und Fleisch gab es selten, dafür ab und an Rührei, manchmal aber auch Fisch und Süßkartoffeln. Dazu ein Stück Mandeltorte. Allein schon die gute Verpflegung sorgte für gute Stimmung. Die Männer beschwerten sich trotzdem jeden Tag, dass sie nicht genug Fleisch zu essen bekamen. Jorge hatte es ihnen damit erklärt, dass die Tiere als Nutzvieh nützlicher seien.

Seine Moscateltrauben hatten eine besonders dicke Haut und waren daher fruchtiger und vollmundiger im Geschmack. Sie galten als die süßesten weit und breit, was an ihrem hohen Zuckergehalt lag. Je nach Süße, das wusste Isabel bereits, ließen sich höhere Preise auf dem Markt erzielen. Die hohe Nachfrage nach Rosinen war schon lange nicht mehr nur der Schifffahrt geschuldet, die auf haltbare Lebensmittel auf hoher See angewiesen war. Die von Jorge waren allerdings für die feinen Küchen und Backstuben weltweit bestimmt. Wahrscheinlich zahlte er deshalb sogar mehr Lohn als die umliegenden Weinbauern.

Isabel stellte fest, dass man sich an die harte Arbeit gewöhnte. Die Rückenschmerzen vom vielen Bücken waren seit heute Mittag so gut wie weg. Sie war es auch nicht gewohnt, so schwer zu tragen. Wie jeden Morgen hatte sie dabei geholfen, die Trauben von den Rebstöcken zu pflücken. Sie wurden geerntet, kurz bevor sie komplett reif waren. Schon kurz nach Sonnenaufgang hatten alle Strohhüte auf. Anders war die Hitze nicht zu ertragen. Isabel nahm ihn für gewöhnlich nur während der Mahlzeit zu Mittag ab, wenn alle unter einem von Jorges Oliven- und Mandelbäumen saßen – Relikte aus einer Zeit, in der hier noch nicht so gut wie alle Bäume dem Moscatelanbau zum Opfer gefallen waren.

Während sie Brot mit Sardinen und etwas Wein zu sich nahm, zog ihr der würzige Geruch von Brennholz in die Nase. Er mischte sich mit dem süßlichen Aroma der Moscateltraube, wenn die Männer die Lese in einen zylinderförmigen Behälter aus Eisen mit einem Fassungsvermögen von zweihundert Litern füllten. Das Blanchieren war reine Männerarbeit. Sie heizten die beiden Kessel auf und gaben alkalische Salze oder Sodium Hydroxid hinzu – eine Wissenschaft für sich, die viel Erfahrung voraussetzte. Auf die exakte Menge des Bleichsuds kam es an. Nahm man zu wenig, platzte die Haut der Trauben nicht auf. Wurde zu viel zugesetzt, würden sie auseinanderklaffen. Das Ganze diente dem Zweck, dass sie schneller in der Sonne trockneten und nicht so viel an Süße verloren. Es dauerte dennoch ein paar Tage.

Die Trockenflächen gleich vor dem Riurau, sie nannten sich Bous, waren voll davon. Jorge teilte sie sich mit dem benachbarten Weingut. Damit es zu keiner Verwechslung kam, legten die Arbeiter farblich markierte Steine auf Metallgestelle, die mit geflochtenen Matten aus ungebleichtem Palmgras versehen waren. Nach dem Mittagessen begann der anstrengendere Teil der Arbeit. Die blanchierten Trauben wurden in Holzeimer gefüllt und mussten nun auf den Matten verteilt werden. Sich unentwegt in der Hitze zu bücken und mit den Händen oder

Holzschaufeln, die wie riesige Kochlöffel aussahen, diese vielen Trauben so zu verteilen, dass jede genug Sonne abbekam, beschäftigte die Arbeiterschaft auf Stunden. Isabel hatte schon damit gerechnet, dass sie jede einzelne Beere später von Hand wenden mussten, doch das machte heutzutage niemand mehr. Jorge konnte sich schmalmaschige Eisengitter leisten, die er auf die Gestelle anbringen ließ. Das hatte den Vorteil, alle Trauben auf einmal wenden zu können, damit auch ihre andere Seite der Sonne ausgesetzt war. »Nur« war natürlich relativ. Die ineinander verschraubten Gestänge waren so schwer, dass es ein halbes Dutzend Männer brauchte, um sie anzuheben und so zu wenden, dass der Inhalt nicht verrutschte.

Isabel schleppte sich auch an diesem Abend nach dem Essen wohlig erschöpft in ihr Quartier, wo auf sie eine nicht allzu bequeme, aber zweckdienliche Pritsche wartete. Es wurde dann kaum noch geredet, höchstens ein paar Worte über das Essen oder die sengende Hitze gewechselt. Niemand stellte hier Fragen, ein Umstand, der Isabel entgegenkam. Die anderen beiden Frauen, mit denen sie sich den Raum teilte, wussten nur, dass sie eine Waise war, die sich irgendwie durchs Leben schlug und María hieß. Jorge schätzte, dass sie noch gut eine Woche benötigen würden, um alle Trauben zu verarbeiten. Dann halfen nur noch stille Gebete, dass die Unwetter, die sich meist in der letzten Augustwoche zusammenbrauten, noch auf sich warten ließen, denn die Riuraus waren voll und nur die erste Ernte bereits auf dem Weg zu Händlern nach Valencia. Ob sie dort ihr Glück in einem der Warenhäuser versuchen sollte, überlegte Isabel, doch sie nahm auch diesen Gedanken vor Erschöpfung schnell mit in den wohlverdienten Schlaf.

Isabel war sich sicher, dass sie den Duft der Trauben, die der Öfen und des Suds, der auf Jorges Gut tagsüber in der Luft hing, vermissen würde. Ende August war die Ernte eingebracht, blanchiert und nur noch ein kleiner Teil wartete darauf, gewendet zu werden. Für die Frauen gab es nichts mehr zu tun. Die letzten beiden Wochen waren so anstrengend gewesen, dass sie keine Zeit gehabt hatte, darüber nachzudenken, wie es weitergehen sollte. Jorges Weingut war eine Welt für sich, eine, in der sie sich sicher gefühlt hatte. Weitab von ihrem alten Leben. Ihre Haut war mittlerweile von der Sonne noch viel dunkler als sonst. Aus Isabel war María geworden. Sie hatte den Namen bereits verinnerlicht, stand er doch für ein neues Leben in Freiheit. Der Lohn, den Jorge ihr eben auf der Veranda seines Hauses in einem Briefumschlag überreichte, würde ihr Auskommen für die nächsten Wochen sichern.

»Sie haben gut gearbeitet. Ich habe Ihnen den Lohn für zwei Tage mehr gegeben«, sagte Jorge. Damit hatte Isabel gerechnet, denn auch den anderen beiden Frauen hatte er mehr gegeben. Sie waren vorher bei ihm gewesen und hatten ihr davon berichtet.

»Ich danke Ihnen. Ich werde das alles hier vermissen. Vor allem die Mandeltorte«, gestand Isabel ein.

»Sie können ja nächstes Jahr wiederkommen, doch ich fürchte, bis dahin werden Sie bereits eine feste Anstellung gefunden haben.«

»Ihr Wort in Gottes Ohr. So schnell wird das aber nicht gehen. Gibt es anderweitig noch etwas hier zu tun? Im Haus?«

»Meine Frau und ich kommen gut zurecht. Wir haben zwei fest angestellte Arbeiter, aber unter Umständen finden Sie auf einem der anderen Höfe eine Anstellung. Jemand, der Kinder hat. Oder in der Stadt. Soviel ich weiß, werden dort immer Gouvernanten gesucht. Sie sprechen Englisch. Das könnte von Vorteil sein. Oder geben Sie Unterricht.« An Letzteres hatte Isabel bereits gedacht, doch das würde sich vermutlich herumsprechen. Niemand durfte Rückschlüsse auf ihre wahre

Identität ziehen. Dass sie aus England kam, wussten nur Thiago und Jorge. Hoffentlich behielten sie es für sich.

»In den Cafés gibt es oft Aushänge oder in den Tabakläden. Jemand, der so attraktiv ist wie Sie, findet bestimmt auch eine Anstellung als Kellnerin. Oder vielleicht als Platzanweiserin im Theater? Sie sollten in Dénia Ihr Glück versuchen.«

»Und in einem der Warenhäuser?«

Er schüttelte nachdenklich den Kopf. »Die sind schon am Verpacken und rekrutieren das Personal Wochen vorher.«

»Und in der Verwaltung?«

»Da gibt es festangestelltes Personal. Bewerben Sie sich, sprechen Sie vor, und bis eine Stelle frei wird, arbeiten Sie in Dénia. Wissen Sie was? Ich muss nachher sowieso in die Stadt. Ich nehme Sie mit, wenn Sie möchten.«

Isabel nickte und sah sich noch einmal um. Ein letzter Blick auf seine Weinstöcke, auf den Kessel, aus dem es nun nicht mehr dampfte, und auf die letzten Rosinen, die bereits eine kräftig braune Färbung hatten. Der Abschied fiel ihr schwer, doch es war Zeit, sich noch vor Einbruch der kühleren Jahreszeit sowohl eine Anstellung als auch eine dauerhafte Bleibe zu suchen.

Das Erste, was Isabel in der Stadt zu tun gedachte, war, sich neu einzukleiden. Zwar hatte sie bei Jorge die Möglichkeit gehabt, ihre Kleidung zu waschen, was kein Problem darstellte, denn bis sie aus der Dusche, einem Holzverhau hinter dem Anbau, in ein Handtuch gewickelt herausgekommen war, hatte sie Unterwäsche und Strümpfe bereits von der Leine nehmen können. Eine Viertelstunde später auch das Kleid. Harte Feldarbeit hinterließ an Kleidung allerdings Spuren.

Ihrer Erinnerung nach gab es in der Calle Pedro Esteve zahlreiche Bekleidungsgeschäfte, und zwar für jeden Geldbeutel. Rein theoretisch könnte sie ihren gesamten Lohn in eine neue Ausstattung investieren. Das wurde Isabel besonders klar, als sie an einem Laden vorbeischlenderte, in dessen Auslage feinste Mode aus Paris feilgeboten wurde. Die kam natürlich nicht infrage, dennoch stellte Isabel sich vor, wie sie darin wohl aussehen würde. Die Zeiten, in denen sie sich mit feiner Gesellschaft umgeben musste, waren vorbei. Sie ließ den Laden daher links liegen, auch wenn sie zu gern in eines dieser Kleider geschlüpft wäre, nur um sich darin im Spiegel zu sehen. Mit dem ausgewaschenen Kleid und dem notdürftig geflickten Riss, den sie sich eingefangen hatte, weil sich der Stoff an einem der Gitter zum Trocknen der Rosinen verfangen hatte, konnte sie sich in so einem vornehmen Laden sowieso nicht sehen lassen.

Ihr Haar wirkte strohig, und obwohl sie einen Sonnenhut bei der Arbeit getragen hatte, erweckte Isabel gerade den Eindruck einer vom fahrenden Volk. Sie ging aus den gleichen Gründen an einem weiteren Laden vorbei. Sie hoffte, dass es noch wie früher günstigere Bekleidungsgeschäfte am Ende der Einkaufsstraße gab. Dort hatte Vater sie als Kind eingekleidet und sich selbst gelegentlich auch einen Anzug gekauft. Schon als sie das Schaufenster erreicht hatte, wusste Isabel, dass sie hier fündig werden würde. Hier schien die Zeit stehen geblieben zu sein. Einfache, praktische und vor allem preisgünstige Kleidung für Frauen und Männer, soweit sich dies aufgrund der Auslage und den drei mit Alltagsmode ausstaffierten Schaufensterpuppen beurteilen ließ.

Isabel betrat den Laden und traute ihren Augen nicht. Die Dame am Tresen kannte sie. Sie hieß Estella, wenn sie sich recht erinnerte. Vater hatte all ihre Kleidung dort gekauft. Um elf Jahre älter, um einige Falten reicher, der Dutt nun grau und die Gläser ihrer Brille dicker.

»Guten Tag, meine Schöne, wie kann ich Ihnen dienlich sein?« Isabel irritierte die Begrüßung. »Meine Schöne« hatte Señora Estella sie bereits als Kind genannt. Sie konnte sie unmöglich erkennen und nannte vermutlich jede Dame so.

»Ich bräuchte ein Kleid, einen Rock und zwei Blusen. Unterwäsche und Strümpfe«, erklärte sie sich.

Estella musterte sie für eine Weile. Sie hatte einen Blick für die richtige Größe. Vater hatte sich bereits damals darüber gewundert, dass sie im Gegensatz zu den Verkäuferinnen in anderen Läden kein Maßband zur Hand nahm.

»Haben Sie an etwas Bestimmtes gedacht? Ich habe gestern neue Röcke hereinbekommen. Aus Madrid. Wie man sie heute trägt.« Flink zog sie einen Rock aus dem Regal und hielt ihn Isabel hin. »Schauen Sie nur, wie schön der Stoff fällt.«

Isabel konnte dem nur zustimmen. Die glockige Form gefiel ihr, auch die Länge passte nach Augenmaß.

»Dazu vielleicht diese Bluse?« Estella zog eine heraus und breitete sie auf dem Tisch in der Mitte des Raums aus. »Die Puffärmel sind jetzt wieder in Mode. Elegant und doch nicht übertrieben.«

»Ich werde sie anprobieren«, versicherte Isabel ihr. Doch dann fiel ihr ein Kleid ins Auge, das an einem Bügel neben dem Schaufenster hing. Es war beige und an der oberen Knopfleiste mit Stickereien versehen. Man konnte es zu jedem Anlass tragen.

Isabel ging gleich hinüber und fuhr über den Stoff.

»Es ist aus Baumwolle, luftig und leicht«, schwärmte Estella.

Isabel stellte sich gerade vor, wie sie darin aussehen würde.

»Ich nehme es für Sie ab. Probieren Sie es an.«

Isabel nickte, doch dann verfing sich ihr Blick auf der gegenüberliegenden Straßenseite. Ein junger Mann kam aus dem Stoffladen, zugleich Schneiderei, den es damals auch schon gegeben hatte. Der Kerl sah so aus, wie sie sich Fernando als ausgewachsenen Mann vorgestellt hatte. Das konnte doch nicht sein.

»Soll ich es abnehmen?« Estella fragte nach, weil Isabel ihr zu diesem Zweck im Weg stand.

Der junge Mann legte ein kleines Päckchen auf den Kutschbock und stieg dann auf. Hatte Fernando damals seine Mütze nicht auch immer schief getragen? Isabel musste sich Gewissheit verschaffen.

»Entschuldigen Sie mich.« Dann eilte sie zur Tür. Eine Kutsche kam von der anderen Straßenseite und versperrte ihr den Weg. Sie wollte schon nach ihm rufen, doch der junge Kerl fuhr davon und bog schon um die Ecke. Sollte sie ihm nachlaufen und lauthals »Fernando« brüllen? Wohl eher nicht. Sie ging wieder zurück in den Laden und sagte sich, dass sie sich wahrscheinlich getäuscht hatte. Andererseits hatte Thiago ihn doch bereits in der Stadt gesehen.

»Kennen Sie den jungen Mann?« Estella hatte wohl mitbekommen, dass ihr Kleid zur Nebensache geworden war.

»Er sieht jemandem ähnlich«, erwiderte Isabel.

»Nach ihm kann man die Uhr stellen. Er kommt jeden Freitag gegen vier und bringt Gonzalo Schnitzereien.«

»Schnitzereien?«

»Er fertigt Puppenhäuser. Zumindest hat er mir das gesagt.«

»Bei Ihnen kauft er auch ein?«

»Nein. Ich gebe ihm Stoffreste, die gelegentlich beim Ändern übrig bleiben. Ich wüsste nichts damit anzufangen.«

»Wissen Sie, wie er heißt?«

»Fernando«, kam wie aus der Pistole geschossen.

Isabel hatte sich also nicht getäuscht. Seinen Namen aus Estellas Mund zu hören, füllte ihr Herz mit überbordender Freude.

»Wohnt er hier im Ort?«

»Das glaube ich nicht. Vermutlich außerhalb. Er kommt ja immer mit der Kutsche. Offen gestanden weiß ich es nicht.«

Isabel schaute noch einmal hinüber zur anderen Straßenseite, wo sie ihn erspäht hatte.

»Möchten Sie das Kleid anprobieren?«

»Sicher ...«, gab Isabel kurz zurück und nahm sich vor, gleich nach dem Einkauf beim Schneider drüben zu fragen, ob er wusste, wo Fernando aufzufinden war.

Isabel hatte sich noch in Estellas Laden überlegt, das neue Kleid gleich anzubehalten, sich dann aber dagegen entschieden. Heute Morgen hatte sie keine Gelegenheit mehr gehabt, sich zu duschen. So verschwitzt, wie sie war, lohnte es sich nicht, frische Sachen anzuziehen. Die waren jetzt fein säuberlich eingewickelt und in eine Papiertüte gepackt. Sie freute sich bereits darauf, sie am nächsten Tag zu tragen, noch viel mehr aber auf ein Wiedersehen mit Fernando, spätestens nächsten Freitag. Estella hatte sich nicht getäuscht. Er suchte die Schneiderei tatsächlich immer am gleichen Wochentag gegen vier auf, wie ihr der Schneidermeister Gonzalo Roca vorhin bestätigt hatte. Warum Fernando jede Woche kam, beschäftigte sie bei ihrem Spaziergang zurück ins Zentrum, wo sie in einem der dortigen Restaurants etwas zu sich nehmen wollte.

Fernando ließ sich Stoffe auf Puppenmöbel ziehen. Ein junger Mann und Puppenmöbel? Isabel konnte sich noch genau daran erinnern, dass er es früher albern gefunden hatte, wenn Mädchen mit Puppen spielten, ihnen die Haare kämmten oder Kleider anzogen. Da schien er seine Meinung aber gewaltig geändert zu haben. Er schnitzte anscheinend Sofas und Stühle für Puppenhäuser. Das wiederum bestätigte Isabels Vermutung, dass er den Beruf seines Vaters erlernt hatte, ob als Schreiner oder Tischler. Vielleicht verdiente er sich damit seinen Unterhalt? Ein Spielzeugmacher? Aber warum arbeitete er dann auf einem Bauernhof bei Cristóbal Moreno? Sein Hof musste in einem Tal südlich von Xàbia direkt am Meer liegen. Die genaue Adresse kannte Gonzalo nicht.

Der Name Moreno war Isabel kein Begriff, was sie auch nicht verwunderte, weil Vater seinerzeit nur mit Weinbauern der besseren Gesellschaft zu tun gehabt hatte und sie nur selten in der bergigeren Küstengegend unterwegs gewesen waren. Wo genau Fernando wohnte, gedachte sie gleich morgen bei der Stadtkämmerei in Xàbia in Erfahrung zu bringen, weil Cristóbal Moreno als Landwirt mit Bodenbesitz fraglos Steuern zahlte. Auf einem der Märkte könnte er auch bekannt sein. Isabel wusste, dass die meisten Bauern ihre Produkte nicht nur an Großhändler, sondern an bestimmten Tagen auch auf lokalen Märkten verkauften. Irgendjemand musste den Hof von Moreno doch kennen.

Sie nahm sich auch vor, herauszufinden, ob Carmen Carrera noch lebte, und falls dies der Fall war, wo Isabel sie finden konnte. Ihr damaliges Kindermädchen war sicher willens, ihr einen Rat zu geben, wie man am besten an eine Stelle in einem Haushalt kam – auch das schloss Isabel nicht aus. Hauptsache, sie fand eine Arbeit, die sie über Wasser hielt. Eine Bar in Dénia ausfindig zu machen, die Carmens Namen trug, müsste machbar sein. Ob es sie noch gab, stand allerdings in den Sternen.

Nachdem der Einkauf bei Estella günstiger gewesen war als gedacht, überlegte Isabel, in einem der gemütlichen Fischrestaurants in den verwinkelten Gässchen der Innenstadt unweit von Estellas Laden einzukehren. Ein Blick durch das Fenster des ersten Restaurants, an dem sie vorbeikam, ergab, dass drinnen noch viele Plätze frei waren, was sie gegen sechs Uhr abends auch nicht verwunderte. Denn hierzulande ging man im Sommer für gewöhnlich erst gegen acht, wenn nicht sogar noch später zum Dinner. Es war eines der feineren Restaurants, was sich am edlen Mobiliar und an der Kleidung der wenigen Gäste, die sich bereits darin eingefunden hatten, ablesen ließ. Isabel ging hinein und wartete am Eingang darauf, einen Platz zugewiesen zu bekommen. Ein auf einem Eisenständer angebrachtes Schild wies sie auf Spanisch, Valencianisch und Englisch darauf hin. Es dauerte auch nicht lange, bis ein Ober in Frack und mit gesteiftem Hemdkragen zu ihr kam. Er musterte sie auf befremdliche Weise.

»Guten Abend. Ich möchte gern hier essen. Hätten Sie einen Tisch am Fenster?«, fragte sie freiheraus.

»Tut mir leid, gnädiges Fräulein. Wir haben leider nichts mehr frei«, kam in einem Tonfall, der Isabel übel aufstieß.

»Aber dort sind doch noch so viele freie Tische«, wandte sie ein.

»Die sind alle reserviert.«

»Für jetzt, um zehn nach sechs?« Die Uhrzeit las sie von der Standuhr des Restaurants neben der Bar ab.

»In der Tat.«

Isabel war sich sicher, dass er ihr nicht die Wahrheit sagte. So angewidert, wie er sie angesehen hatte, konnte sie sich denken, warum alles »reserviert« war. Die Kleidung der Gäste und der Schmuck, den die Damen trugen, sprachen Bände.

»Tut mir leid. Ich habe zu tun. Einen schönen Abend.« Er machte auf dem Absatz kehrt und ließ sie einfach stehen.

Isabel vernahm englische Stimmen und fühlte sich sofort an die feine englische Gesellschaft erinnert. Klein-London. Der Appetit war ihr vergangen. Es hatte keinen Sinn, hier einen Eklat heraufzubeschwören. Sie verließ das Restaurant und ging gleich zur Straße, die zum Hafen führte. Ihrer Erinnerung nach gab es dort auch kostengünstigere Restaurants. Sie würde Geld sparen, insofern grämte sie sich nicht mehr über die Abfuhr. Hier tummelte sich das Fußvolk, überwiegend männlich, was Isabel nun doch nachdenklich stimmte. Es lag auf der Hand, dass dort eher Matrosen von den an der Mole liegenden Schiffen einkehrten. Isabels Magen knurrte. Es war noch hell und sie gedachte, dort nur eine Kleinigkeit zu sich zu nehmen und dann zurück zur Pension zu gehen, in der sie bereits nach ihrer Ankunft in Dénia eine Nacht verbracht hatte.

Zwei Hafenspelunken, leider verdienten sie diese Bezeichnung, standen zur Auswahl. In der größeren von beiden wurde wohl bereits am frühen Abend viel getrunken. Das Gegröle der Matrosen war bis nach draußen zu vernehmen. In der anderen, wie ein Blick durch das Fenster ergab, saßen die meisten Gäste beim Essen. Tische waren auch noch frei und zu ihrer großen Erleichterung entdeckte sie eine weibliche Bedienung. Isabel ging gleich hinein. Als einzige Frau – neben der Bedienung – hatte sie sofort einige neugierige Blicke der Matrosen, aber auch anderer männlicher Gäste auf sich lasten. Sie ignorierte es geflissentlich und suchte sich einen Tisch, der etwas abseits lag. Die Bedienung wirkte gepflegt und begrüßte sie mit einem freundlichen Lächeln. Es war eine junge rothaarige Frau, die unter der Schürze ein Kleid trug, das man in so einem Restaurant gar nicht erwarten würde.

»Guten Abend. Was darf ich Ihnen zu trinken bringen?«

»Haben Sie leichten weißen Hauswein?«

»Einen sehr guten sogar. Soll ich Ihnen die Karte bringen? Wir haben aber keine große Auswahl.«

»Was empfehlen Sie mir?«

»Fischfilet mit Reis und Möhren.«

»Das klingt doch gut. Ich nehme es.«

»Gern.«

Isabel hoffte, dass das Essen so schnell kam, wie sie die Bestellung aufgegeben hatte, denn zwei Männer an den Tischen beim Fenster sahen unentwegt zu ihr her. Sie betrachtete demonstrativ die an der Wand hängenden Fischtrophäen und Landschaftsgemälde. Zumindest der Wein kam unverhofft schnell.

»Zum Wohl. Das Essen wird nicht lange dauern«, sagte ihr die Bedienung, die noch zwei Weingläser auf ihrem Tablett balancierte und hinüber zu den Tischen am Fenster brachte. Isabel traute ihren Augen nicht. Einer der Männer, der sie vorhin bereits im Visier gehabt hatte, fasste der Bedienung ans Hinterteil. Sie klatschte ihm nur auf die Finger und lachte. Erneut lastete der Blick des Mannes auf ihr. Er trank von seinem Wein, stand auf und ging in ihre Richtung. Isabel starrte das Ölgemälde vom Montgó an, als wäre es ein Gemälde von Diego Velázquez. Aus den Augenwinkeln bekam sie mit, dass er weiterging und hinter einer Schwingtür verschwand. Dort mussten die Toiletten sein. Es dauerte nicht lange, bis er den gleichen Weg zurückkam. Obwohl Isabel ihn nicht beachtete, blieb er an ihrem Tisch stehen und musterte sie.

»Na. Was treibt eine so hübsche Frau in diese Spelunke?«, fragte er so laut, dass sein Kumpan darauf aufmerksam wurde und anfing, lauthals loszulachen.

»Ich möchte hier in Ruhe essen«, sagte Isabel nur. Der Mann roch nach Schweiß und Wein. Sein schulterlanges, nach hinten gekämmtes Haar wirkte speckig. So ein Widerling.

»Hey, Chico. Lass die Dame in Ruhe«, rief ihm die Bedienung vom Tresen aus zu.

»Man wird sich doch noch unterhalten dürfen«, sagte er und rührte sich nicht von der Stelle.

»Würden Sie bitte gehen?«

»Nur ein kleiner Plausch.«

Isabel verzog das Gesicht, weil sie erneut seine Weinfahne abbekam.

Er lachte dreckig.

»Chico. Hast du nicht gehört?«

»Die Dame will sich mit mir unterhalten, stimmt's?« Erneut lachte sein Tischnachbar.

Die Bedienung fackelte nicht lange, eilte zu Isabels Tisch und baute sich vor dem aufdringlich gewordenen Gast auf.

»Hey, hey, hey«, grölte sein Kumpan.

»Ich geb euch gleich ein Hey, hey, hey. Setz dich auf deinen Platz, sonst gibt es hier nichts mehr zu saufen.«

Der schneidenden Stimme der Bedienung zollten beide Respekt. Der Widerling trollte sich.

»Tut mir wirklich leid, aber ich fürchte, unser Restaurant ist wohl nicht der beste Platz für junge Damen«, sagte sie.

»Ach. Ich möchte hier nur schnell etwas essen«, erwiderte Isabel.

»Sind Sie von dem Dampfer da drüben?«, fragte die Rothaarige, obwohl Isabel momentan nicht fein gekleidet war. Allem Anschein nach verirrte sich sonst keine der einheimischen Frauen hierher.

Isabel schüttelte den Kopf. Dass die beiden Männer nun Ruhe gaben, aber sie immer noch musterten, entging auch der Bedienung nicht. Sie verdrehte die Augen.

»Wenn Ihnen das unangenehm ist, das ist hier nun mal so. Aber ich kann die Bestellung noch zurücknehmen. Hier in der Nähe gibt es viele Restaurants und Weinbars, die leckere Tapas anbieten. Ich kenne sie alle und könnte Ihnen eines empfehlen, in dem Sie nicht belästigt werden.«

»In dem Aufzug? Ich hatte keine Zeit mehr, mich umzuziehen. Ein Restaurant meiner Wahl im Zentrum hat mich bereits abgewiesen«, erklärte Isabel.

Die Bedienung musterte sie und nickte wissend.

»Sie sagten, Sie kennen hier alle Lokale. Gibt es hier noch Carmens Bar?«

»Carmens Bar? Was wollen Sie denn dort?«, fragte die Rothaarige erstaunt nach.

»Carmen war mein Kindermädchen, als ich noch klein war, und ich würde sie gern besuchen.«

Die Bedienung brauchte eine Weile, um das sacken zu lassen. Anscheinend erstaunte es sie, dass jemand den Wunsch hatte, sein Kindermädchen zu besuchen. Warum sie nun fast schon abfällig schmunzelte, irritierte Isabel ebenfalls.

»Da gehen Sie durch die Geschäftsstraße mit den Läden immer geradeaus, bis zum Ortsrand. Rechter Hand. Das Haus liegt direkt neben einem Weingut.«

Isabel konnte ihr Glück kaum fassen.

»Ich mache in der Küche Dampf, damit Sie schnell zu Carmen kommen«, sagte sie augenzwinkernd.

Eine wirklich nette Person. Nun störten Isabel die Blicke der beiden Männer auch nicht mehr. Die Aussicht, schon bald gemeinsam mit Carmen in den Schubladen ihrer Erinnerung zu stöbern, überstrahlte momentan einfach alles.

Kapitel 8

Nach dem reichhaltigen Essen von Müdigkeit befallen, hatte Isabel sich eigentlich vorgenommen, gleich zur unweit gelegenen Pension zu gehen, um dort noch ein Zimmer für die Nacht zu bekommen und Carmen lieber morgen früh einen Besuch abzustatten. Es erschien ihr aber unwahrscheinlich, dass im Aire de Mar kein Zimmer mehr frei sein würde, wenn sie erst später dort ankam, weil das Haus sicher nicht zur ersten Adresse Dénias gehörte. Es war noch hell und der Beschreibung der Bedienung nach lag Carmens Bar nur einen Katzensprung von der Einkaufsstraße entfernt. Isabel war zudem der Typ Mensch, der Dinge gern gleich erledigte.

Es war in der Tat nur ein kurzer Spaziergang entlang der Einkaufsmeile, in der auch Estellas Laden lag. Nur gut einhundert Meter weiter erreichte sie den Ortsrand. Die mannshohen Mauern des letzten Grundstücks grenzten an schier endlose Weinstockreihen. Das musste es sein. Isabel betrachtete sich das über die Mauerung hinausragende zweistöckige Haus von der gegenüberliegenden Straßenseite aus. Es hatte eine kaminrote Fassade, die kleine Balkone zierten. Das breite Eisengitter der Einfahrt stand offen und erlaubte einen genaueren Blick auf das Gebäude. Über dem Eingang baumelte an Eisenketten befestigt ein Schild, auf dem das Motiv von Weintrauben nebst Carmens Namen zu sehen war. Anscheinend eine der vielen Bars, in denen Wein aus der Region serviert wurde. Die Fenster im Erdgeschoss und im ersten Stock waren vergittert. Vermutlich schützte man sich hier in dieser guten Gegend auf diese Weise vor Gesindel, das wusste, wo etwas zu holen war.

Isabel erspähte noch einen prächtigen Palmengarten. Auch Pinienkronen und Zypressen ragten dort hoch hinauf in die abendliche Dämmerung. Carmen musste es wohl weit gebracht haben, um eine Bar in einem so herrschaftlich anmutenden Haus zu betreiben. Gerade als Isabel dazu ansetzte, die Straße zu überqueren, fuhr eine edle Kutsche heraus und bog in Richtung Innenstadt ab. Anscheinend gehörte diese Bar zu einer der ersten Adressen. Isabel wusste, dass die Reichen hier tief in die Tasche griffen, um erlesene Weine in geselliger Runde zu trinken. Sie ging zum Haus und folgte dem Weg, der direkt zum Eingang und einer kreisrunden Zufahrt führte, deren Mitte ein Springbrunnen zierte. Drei daran angebrachte Fischskulpturen aus Stein spien Wasser. Etwas weiter hinten glaubte sie, im fahlen Streulicht einer Gaslaterne einen Anbau zu erkennen, der vermutlich für gesellschaftliche Ereignisse genutzt wurde. Vier Kutschen parkten davor. Wie Carmen wohl reagierte, wenn sie plötzlich vor ihr stand?

Die Veranda vor ihr wirkte mit ihren Möbeln aus Korbgeflecht sehr einladend. Ein Ort, an dem man sich rundum wohlfühlen konnte. Während sie die Treppen nach oben schritt, fragte Isabel sich, ob es für einen Besuch nicht schon zu spät war. Andererseits öffnete eine Bar, die auf Wein spezialisiert war, doch erst abends die Pforten. Sie riskierte es und klopfte gegen die Tür. Es dauerte nicht lange, bis Isabel Schritte von drinnen vernahm. Es waren nicht die einer älteren Dame. Dazu waren sie zu schnell. Isabel täuschte sich nicht. Eine Frau, die etwa in ihrem Alter war, öffnete die Tür. War ihre Haut von der

Sonne so gebräunt? Oder war sie nicht vor hier? Sie wirkte auf Isabel wie jemand, der aus einer Mischehe mit einem Afrikaner hervorgegangen war. Ihre Augen waren dunkel und wirkten eingetrübt, ihr Haar war stark gelockt. Wie es sich für so ein Anwesen gehörte, war sie elegant gekleidet. Sie trug ein blaues Kleid, das ihre Taille betonte. Es war sicher aus Seide, so wie es schimmerte.

»Guten Abend. Mein Name ist María Mengual Cervantes. Ich würde gern mit Carmen Cabrera sprechen«, stellte Isabel sich vor.

»Carmen ist noch in der Stadt, aber vielleicht kann Señor Salort dir auch behilflich sein.«

Isabel wunderte sich darüber, dass sie die Frau duzte, trug es ihr aber nicht nach. Sie überlegte, ob sie nicht doch lieber morgen noch einmal vorbeischauen sollte, entschied sich aber dagegen.

»Ich bin Imani. Komm doch rein.«

»Du bist nicht von hier, oder?«, fragte Isabel und folgte ihr nach drinnen.

»Und wie heißt du?«

»María«, stellte Isabel sich vor. »Du bist nicht von hier, oder?«

»Ich habe afrikanische Wurzeln. Carmen ist sehr weltoffen«, sagte sie und lachte. »Nimm doch auf der Couch Platz. Ich gebe Biel Bescheid, dass du hier bist.«

»Biel?«

»Señor Salort.«

Isabel folgte ihr in den Eingangsbereich und hatte sofort den Kronleuchter über ihr im Blick. Und die kostbaren Mosaike auf dem Boden. Ihr Blumenmuster war sehr schön anzusehen. Eine geschwungene Treppe aus dunklem Holz führte nach oben. Im Salon hing ein noch viel größerer Kronleuchter. Die Wände zierten Gemälde, allesamt golden umrahmt. Kostbar wirkende Orientteppiche, edles Mobiliar, Palmen und Farne in Lehmtöpfen und der Duft nach Jasmin verliehen dem Raum eine besondere Note. Carmen hatte offenbar Geschmack und auch eine Vorliebe für die Aktmalerei. Das große Bild über dem Kamin zeigte badende Elfen, so wie Gott sie schuf. Noch nicht einmal ein Feigenblatt trugen sie vor ihrer Scham. Isabel wunderte sich darüber, dass sie hier mit Imani allein war, und vermutete, dass sich die Gäste im Anbau aufhielten, denn dieser Raum erweckte nicht den Eindruck einer Bar. Es fehlten Tische für die Gäste. Im hinteren Bereich befand sich lediglich eine kleine Theke. Dahinter Weinregale und Vitrinen mit Gläsern.

Isabel nahm auf einer mit einem golden schimmernden Stoff bezogenen Couch Platz. Imani verschwand hinter einer Tür, die wahrscheinlich zum Anbau führte. Es dauerte nicht lange, bis sie Schritte aus dieser Richtung vernahm. Heraus kam ein adretter Mann, den Isabel auf Mitte dreißig schätzte. Er trug einen Leinenanzug, in dessen Revers eine Rose steckte. Anscheinend war er Carmens Geschäftspartner. Oder ihr Lebensgefährte? Dafür war er eigentlich zu jung. Sein Lächeln wirkte charmant, als er zu ihr kam und ihr die Hand reichte.

»Imani hat mir erzählt, dass Sie Carmen sprechen wollen?«, fragte er.

Isabel nickte. Es lag ihr schon auf der Zunge, ihm den Grund ihres Besuchs zu erklären, aber zum einen kam ihr das etwas albern vor und zum anderen ging ihn ihre Verbindung zu Carmen nichts an.

»Das ist ein günstiger Zeitpunkt. Wir suchen gerade Verstärkung«, sagte er und setzte sich auf den Stuhl gegenüber.

Isabel sah ihn fragend an. »Sie suchen jemanden? Tatsächlich?«

»Ich nehme an, deshalb sind Sie hier.«

Isabel fiel es schwer, sich vorzustellen, in einer Weinbar zu arbeiten. »Eigentlich war ich auf der Suche nach einer

Arbeit in einem Warenhaus. Ich kann kontieren und war im Rosinenhandel tätig.«

Salort musterte sie auf merkwürdige Weise. Anscheinend nahm er ihr das aufgrund ihrer gebräunten Haut, den strähnigen Haaren und dem verwaschenen Kleid nicht so ganz ab.

»Ich glaube, dass es sehr schwer sein wird, momentan eine Anstellung dieser Art zu finden. Die Ernte ist zudem vorbei.«

Isabel nickte. Sie wusste das nur allzu gut.

»Sie haben bei der Ernte geholfen?«

Dieser Salort schien über gute Menschenkenntnis zu verfügen. Es war keine Schande, auf den Felder zu arbeiten, daher bejahte sie seine Frage.

»Auf dem Gut Ihrer Eltern?«

»Nein. Es ist eine gut bezahlte Arbeit, für die auch Frauen gebraucht werden.«

Salort nickte wissend. Wahrscheinlich schloss er daraus, dass sie allein hier war, und malte sich aus, ihr eine Tätigkeit in seinem Haus schmackhaft zu machen.

»Offen gestanden, weiß ich nicht so recht, ob eine Weinbar für mich das Richtige ist.«

»Hier verkehrt, was Rang und Namen hat. Wer weiß, vielleicht tut sich ein interessanter Kontakt auf«, sagte Salort.

»Ich habe keine Erfahrung als Kellnerin.«

»Das lernt man schnell. Ihr Äußeres ist zudem sehr ansprechend. Und denken Sie an die Trinkgelder. Die fließen hier reichlich.«

Isabel gefiel der Blick des Mannes nicht. Er taxierte sie wie Vieh auf dem Markt. Ein untrügliches Zeichen dafür, dass Gäste hier Wert darauf legten, von gut aussehenden Damen bedient zu werden. Imani gehörte auch dazu.

»Ach, vielleicht sollte ich das doch besser mit Carmen besprechen.«

»Wie Sie wünschen. Sie können hier auf Sie warten«, sagte er und stand auf. »Möchten Sie vielleicht eine Kleinigkeit trinken? Ein Gläschen Wein? Wenn Sie schon einmal hier sind?«

Isabel hätte es als unhöflich empfunden, diese gastfreundschaftliche Geste abzulehnen. »Gern.«

Salort ging zur Theke am anderen Ende des Salons, die teilweise von einer Fächerpalme verdeckt wurde. Isabel bekam mit, dass er eine der Flaschen aus dem Regal zog und sie öffnete. Was machte er da so lange? Obwohl die Weingläser oben in einem Regal standen, suchte er sie offenbar darunter. Dann vernahm sie das gluckernde Geräusch des Weines, der sich in zwei Gläser ergoss. Isabel hoffte, dass Carmen bald zurückkam, denn sie fühlte sich in Gesellschaft dieses Mannes nicht wohl.

»Carmen liebt den Wein und natürlich den Moscatel«, erklärte Salort lächelnd, nachdem er zurückgekommen war und ihr ein halb gefülltes Glas reichte. »Zum Wohl.« Salort hob das Glas.

Isabel ließ ihre Nase zuerst von der Blume dieses Weins kosten. Wirklich ein exzellenter Wein. Dann nahm sie einen kleinen Schluck.

»Der Wein ist einzigartig. Vom letzten Jahrgang. Beim ersten Schluck entfaltet er eine eher süße Note. Trinkt man ein paar Schluck mehr, spürt man die erdige. Versuchen Sie es mal«, forderte er sie auf und machte es ihr vor.

Isabel schmeckte der Wein. Neugierig geworden, nahm sie ein paar Schluck.

Der Wein war schwer, schmackhaft und süffig.

»Ein guter Moscatel belebt den Geist. Carmen wird beglückt sein, wenn sie sieht, dass er Ihnen schmeckt«, sagte er und trank sein Glas gleich halb aus.

Isabel vernahm ein Geräusch an der Eingangstür und dann Schritte im Eingangsbereich. Gespannt auf Carmen schaute sie in diese Richtung. Dort tauchte eine in Schwarz gekleidete Frau mit wachem Blick auf. Ihr Haar trug sie zu einem Dutt gebunden. Die edelsteinbesetzten Ringe an ihren Händen funkelten im Licht. Der blaue Stein an ihrer Halskette ebenfalls. Obwohl sie nicht lächelte, sondern sie nur neugierig musterte, als sie näher kam, strahlte die Frau eine gewisse Wärme aus. Isabel schätzte sie auf um die fünfzig. Isabel starrte sie an. Sie konnte sich naturgemäß nicht an ihr Gesicht erinnern.

»Carmen. Darf ich dir vorstellen? María. Sie sucht Arbeit.«

Isabel lächelte verlegen. Warum reichte Carmen ihr nicht die Hand, sondern sah sie mit einem fast schon mitleidsvollen Blick an. Der, den sie Salort zuwarf, war kaum einzuordnen. Sie taxierte ihn irritiert.

»Ich finde, wir könnten sie hier gut gebrauchen.«

Isabel spürte Carmens Anspannung fast körperlich. Warum nur sah sie sie mit so viel Mitgefühl an? Wieso sprach sie nicht mit ihr?

»Ich habe ihr von unserem besten Wein gegeben«, sagte Salort. Sein Lächeln wirkte diabolisch.

Carmens Miene hingegen erstarrte.

Isabel wurde heiß. Sie starrte auf das Weinglas. Und dann verschwammen seine Konturen. Isabel stellte es auf dem Tisch vor ihr ab und rieb sich die Augen. Auch die Konturen von Salort und Carmen schienen zu zerfließen. Dann befiel sie Schwindel. Isabel suchte Halt an der Armlehne des Sofas. Vergeblich, denn in ihren Armen war keine Kraft mehr.

»Ist sie nicht wunderschön?«, war das Letzte, was Isabel von Salort vernahm, bevor es ihr schwarz vor Augen wurde.

Isabel hatte das gleiche Gefühl, wie aus einem schlimmen Albtraum zu erwachen, als sie die Augen aufschlug und der Raum im Halbdunkel langsam Form annahm. Sie sah das Bettende aus Holz, einen Schrank, einen Tisch mit zwei Stühlen und eine Garderobe. Dann schaute sie nach rechts zum Fenster. Die Morgendämmerung setzte ein. Auf dem Stuhl hing ihre

Kleidung. Daneben lag die Tüte mit den Sachen, die sie bei Estella gekauft hatte. Was war geschehen? War etwas mit dem Moscatel nicht in Ordnung gewesen? Sie versuchte, sich aufzurichten, was nicht auf Anhieb gelang, weil sie erneut Schwindel befiel. Erst im zweiten Anlauf schaffte Isabel es, sich aufrecht auf das Bett zu setzen.

Sie holte tief Luft, stand dann auf und ging zum Fenster. War sie immer noch im Haus dieser Frau? Carmen? Hatten sie sie auf dieses Zimmer gebracht, weil sie unpässlich geworden war? Der Blick aus dem im zweiten Stock unvergitterten Fenster bestätigte ihre Vermutung. Vor ihr lagen Reih an Reih die Rebstöcke, die an die Bar grenzten. Isabel trug nur ihre Unterwäsche und beschloss, sich ihr Kleid überzuziehen. Ihre Hand streifte dabei die eingenähte Tasche, in der sie ihr Geld aufbewahrt hatte. Isabel fuhr vor Schreck zusammen. Es war weg. Panisch griff sie in die andere Tasche. Sie war ebenfalls leer. Auch das Glücksschweinchen war weg. Dann öffnete sie die Tüte. Die neue Kleidung lag noch darin. Was ging hier vor? Isabel beschloss, Carmen, oder wen auch immer sie hier antraf, zur Rede zu stellen. Sie schlüpfte in ihre Schuhe und ging dann zur Tür. Sie war verschlossen. Isabel bekam es mit der Angst zu tun. Warum hatte man sie hier eingesperrt?

»Hallo? Ist da jemand?« Isabel rief, so laut sie nur konnte, und hämmerte gegen die Tür. Keine Minute später vernahm sie Schritte. Sie hörte, wie ein Schlüssel gegen das Türschloss stieß und sich darin bewegte. Isabel trat mit bis zum Hals pochendem Herzen einen Schritt zurück.

Dann stand Carmen in der Tür. Ihr Gesichtsausdruck war der gleiche wie bei ihrer ersten Begegnung, als wollte sie ihr sagen, wie leid es ihr täte.

»Warum bin ich hier? Was ist passiert? Wieso haben Sie mich hier eingesperrt?« Isabels Stimme überschlug sich.

»Beruhigen Sie sich.«

»Wie soll ich mich beruhigen? Mein Geld ist auch noch weg.«

Das überraschte Carmen sichtlich. »Wo hatten Sie es?«

»In der Tasche meines Kleides.«

»Dieser Bastard!«, entfuhr es ihr.

»Bastard? Sprechen Sie von Biel Salort?«

Carmen nickte nachdenklich. »Setzen Sie sich«, wies sie Isabel an und rückte ihr einen Stuhl zurecht. Sie selbst nahm auf dem anderen Platz. Isabel tat es, weil sie spürte, dass von Carmen keine Gefahr ausging.

»Wieso wollten Sie mich sprechen?«, wollte Carmen dann wissen.

»Sie sind doch Carmen Cabrera.«

Ihr Gegenüber nickte.

»Ich hatte mir Hilfe erhofft, weil ich eine Arbeit suche und …«

»Und?«

Isabel fasste sich ein Herz. »Ich war auch neugierig darauf, wie Sie aussehen, weil ich mich nicht mehr an Sie erinnern konnte.«

»Sind wir uns denn schon einmal begegnet?«, fragte Carmen irritiert nach.

»Mein Vater hat mir gesagt, dass Sie mein Kindermädchen waren, als ich noch klein war, aber ich konnte mich nur an Rosa erinnern.«

»Was reden Sie da? Ich habe nie als Kindermädchen gearbeitet.«

»Aber Sie haben meinem Vater doch Briefe geschrieben … Er hat Sie finanziell unterstützt.«

Carmens Gesichtszüge froren ein. »Wie heißen Sie?«

»María … Eigentlich Isabel, aber … das ist eine lange Geschichte … Ich … Vielleicht erinnern Sie sich an meinen Vater. Esteban Mengual Ripoll …«

»Esteban«, stieß Carmen aus. Es klang wie eine Verwünschung.

Isabel konnte sich nun sicher sein, dass sie ihn kannte. Carmen holte tief Luft. »Die Briefe. Haben Sie sie gelesen?«

»Nein. Mir fiel rein zufällig einer in die Hände. Nur ein paar Zeilen. Vater wollte das nicht.«

Carmen gab einen abfälligen Laut von sich. »Er hat Ihnen gesagt, dass ich Ihr Kindermädchen war?«

»Ja ... stimmt das etwa nicht?«

Isabel konnte Carmen ansehen, dass tausend Gedanken durch ihren Kopf rasten. Mit einer Antwort ließ sie sich Zeit.

»Doch ... in gewisser Weise ...«

Was meinte sie damit?

»Isabel ...« Carmen musterte sie für eine Weile, bevor sie weitersprach. »So eine schöne Frau ist aus dir geworden«, sagte sie mit mittlerweile wässrigen Augen.

Dass Carmen sie nun duzte, verwunderte Isabel nicht. Vermutlich hatte sie jetzt das Kind vor Augen, um das sie sich gleich nach Isabels Geburt gekümmert hatte.

»Wie lange waren Sie bei uns? Ich kann mich nicht an Sie erinnern.«

»Nicht lange. Es ist schon so lange her ...«, erwiderte Carmen mit angeschlagener Stimme.

Sie schien gedanklich weit in die Vergangenheit abgetaucht zu sein. Nach einem tiefen Atemzug richtete sie sich auf und wirkte gefasster.

»Du hast dir einen anderen Namen gegeben? Warum?«

Isabel saß ihr stocksteif gegenüber. Sollte sie sich Carmen wirklich offenbaren? Ihr Verstand sagte nein, ihr Herz drängte sie förmlich dazu.

»Mein Vater wollte, dass ich den Sohn eines Rosinenbarons heirate. Ich kenne Rafael Fourrat Vargas schon seit meiner Kindheit. Ich wollte das nicht.«

»Rafael?«

»Sie kennen ihn?«

Carmen nickte. »Bist du von zu Hause weggelaufen? Dein Vater weiß nicht ...?«

»Er glaubt, ich sei tot.«

»Tot?«

»Ich ließ es ihn glauben. Er denkt, ich hätte mich von Bord des Dampfers, der mich hierherbrachte, in die Fluten gestürzt.«

Isabel konnte ihr ansehen, wie sehr sie mit ihr litt. Und das ließ sie darauf vertrauen, dass sie ihr Geheimnis vor ihrem Vater bewahren würde.

»Und du kamst zu mir, um Arbeit zu finden?«

»Ich habe mir erhofft, dass Sie mir vielleicht einen Rat geben könnten, wo es Arbeit für mich gibt. In einem privaten Haushalt.«

Carmen nickte nachdenklich.

»Das ist keine normale Weinbar. Habe ich recht?«, fragte Isabel.

Carmen lächelte bitter. »Manche kommen auf Empfehlung oder weil sie Geld brauchen. Er liest Frauen am Hafen auf, von der Straße. Frauen in Not. Frauen, die niemanden haben. Durchreisende ...«

»Ich verstehe das alles nicht. Ich wollte nur mit Ihnen sprechen und plötzlich ... der Wein ...«

»Darin war ein Schlafmittel.«

»Ein Schlafmittel?« Isabel stand abrupt auf.

»Wenn ich früher zurückgekommen wäre. Ich hätte es nicht zugelassen.« Carmen spielte nervös mit dem Anhänger ihrer Halskette.

»Es ist doch Ihr Haus. Sie hätten mich doch auch in ein Hospital bringen lassen können, anstatt mich hier einzusperren.«

»Es gehört nicht mir. Ich verwalte es.«

»Ein Freudenhaus?« Isabel sprach nun ihren Verdacht aus.

»Ein Bordell ist es, nichts weiter. Für die Reichen, Männer ohne Seelen, ohne Liebe, die glauben, sich mit Geld alles erkaufen zu können, und für die Einsamen, die nur etwas Nähe suchen. Alle finden hier, was sie brauchen«, sagte Carmen verbittert. Es klang weniger nach einer Rechtfertigung, sondern eher nach einer Selbstanklage.

»Ich werde auf der Stelle gehen«, sagte Isabel und schnappte sich bereits die Tüte.

»Er ist unten. Er würde dich nicht gehen lassen.«

Isabel hielt mitten in der Bewegung inne.

»Ich möchte dir ersparen, was er anderen jungen Frauen angetan hat, die gegen seinen Willen von hier wegwollten.«

Isabels Wut schlug in Verzweiflung um. Kraftlos ließ sie sich zurück auf den Stuhl sinken.

»Einer hat er Säure ins Gesicht geschüttet. Einer anderen eine Narbe zugefügt. Quer durch die Wange.«

»Aber warum gehen Sie denn nicht zur Polizei?«

»Sie verkehrt hier auch … Man konnte es ihm nicht nachweisen. Und wer glaubt schon einer Frau vor Gericht?«, erklärte Carmen.

»Lassen Sie mich gehen. Das Haus muss doch noch einen anderen Ausgang haben.«

Carmen schüttelte den Kopf.

»Ich soll hierbleiben und mich fremden Männern hingeben?«, fragte Isabel entsetzt.

»Es gibt eine Möglichkeit. Es wird vielleicht ein oder zwei Tage dauern, aber ich verspreche dir, dass du von hier wegkommst.«

»Und in der Zwischenzeit?« Isabel war außer sich.

»Es mag im Moment für dich alles schrecklich aussehen, aber mein Haus ist kein gewöhnliches Freudenhaus.«

»Was dann? Wenn hier Männer verkehren?«

»Die beste Gesellschaft. Nicht wenige suchen nur eine Begleitung oder jemanden, bei dem sie ihr Herz ausschütten können.«

»Lieber würde ich in einer der Fabriken Rosinen zählen, als mich ...«

Carmen legte in einer fast mütterlich anmutenden Geste ihre Hand auf die von Isabel. »Vertrau mir. In allerspätestens zwei Tagen.«

»Warum tun Sie das? Warum arbeiten Sie für jemanden wie ihn?« In Isabels Stimme lag pure Verzweiflung.

»Ich habe keine andere Wahl.«

»Hat er Sie in der Hand?«

»Man kennt mich, sogar weit über die Grenzen dieser Stadt hinaus. Jeder weiß, wer ich bin. Ich würde außerhalb dieser Mauern keine Arbeit finden. Und wenn ich das Haus verlasse ... Wer passt dann auf die Frauen auf? Ich kümmere mich darum, dass es ihnen gut geht.«

Isabel nahm ihr die Sorge ab. »Wie viele Frauen arbeiten hier?«

»Ein gutes Dutzend. Aus den unterschiedlichsten Gründen. Ich werde dafür sorgen, dass es dir an nichts fehlt. Auch dein Geld bekommst du wieder. Er wird dir nichts tun, wenn du dich fügst ... Bitte glaub mir.«

»Ich soll mich fügen? Sie wollen mich zu einer Dirne machen?« Isabel rang um Fassung.

»Du musst mitspielen, sonst kann ich nicht dafür garantieren, dass du von hier mit heiler Haut herauskommst.«

»Fügen ...«, sagte Isabel verbittert und überlegte, ob sie nicht doch die Flucht wagen sollte. Und wenn es durch das Fenster war. Doch dann kamen ihr Zweifel, die nichts mit Salort zu tun hatten. Sie konnte ja nicht einmal zur Polizei gehen und dort um Schutz ersuchen. Sie würden ihre Identität feststellen wollen. Die Wahrheit, dass sie ihren Tod inszeniert hatte, brauchte sie der Polizei nicht aufzutischen, da dies eine Straftat war. Würde man Ferrels Tod dann nicht auch mit ihr in Verbindung bringen? Thiago und Jorge wussten, dass sie aus England kam. Am Ende hatte sie sogar jemand in der Stadt mit Ferrel gesehen, im Zug oder am Bahnhof? Die Polizei könnte sowieso nichts für sie tun. Eine Fahrkarte konnte sie sich, mittellos, wie sie nun war, ohnehin nicht kaufen. Isabel hatte Mühe, all das zu verarbeiten. Sie wusste nur, dass sie in der Falle saß, aus der es vorerst kein Entrinnen gab.

Nun wusste Isabel, weshalb die Fenster im ersten Stock und Erdgeschoss vergittert waren, ebenso die Eingangstür sowie die zum Nebentrakt, die in den mit Mauern umschlossenen parkähnlichen Gartenbereich führte. Mit einem Schutz vor Diebstahl hatte das wohl weniger zu tun. Hier kam man nur heraus, wenn man einen Sprung aus dem zweiten Stock aus einem Gebäude mit hohen Zimmerwänden wagte. Mit anderen Worten gar nicht. Carmen hatte sie angewiesen, sich zum Frühstück in den Aufenthaltsraum zu begeben, der ihrer Beschreibung nach linkerhand hinter der Tür liegen sollte, aus der Salort gestern herausgekommen war. Es bestünde kein Grund zur Eile. Isabel beeilte sich dennoch, sich zu waschen und anzuziehen. Was sollte sie ewig in diesem Zimmer verweilen, das für hoffentlich wirklich nur maximal zwei Tage ihres sein würde, wie Carmen ihr zu verstehen gegeben hatte? Mit ihrem Schicksal hadern? Fluchtpläne schmieden, die sowieso aussichtslos waren, ohne Gefahr zu laufen, das Gesicht entstellt zu bekommen? Dann lieber den Waschraum auf dem Gang zwei Zimmer weiter nutzen. Es gab warmes Wasser, und sogar ein Bad könnte sie sich hier einlassen. Feinster Marmor auf dem Boden und geschmackvoll gefliest. Angeblich sei es nur für die Frauen, die im zweiten Stock untergebracht seien. Salort würde im ersten Stock wohnen. Das erklärte, warum ihr eine Begegnung mit ihm bisher erspart geblieben war.

Isabel verließ fertig angezogen das Bad. Sie hatte sich bewusst nicht für das schöne neue beige Kleid, sondern den Rock mit einer der beiden gerüschten Blusen entschieden. Allein die Vorstellung, sich am Ende künftig für Männeraugen gefällig kleiden zu müssen, ließ ihr einen kalten Schauer über den Rücken laufen. Aus der Traum von einer interessanten Arbeit im Warenhaus oder bei einem Händler. Aus dem war über Nacht ein Albtraum geworden.

Es war für Isabel unvorstellbar, dass sich Frauen Carmens Worten nach freiwillig in diese Hölle begaben. Ihr graute vor dem Frühstück, bei dem sie bestimmt nicht allein zugegen sein dürfte. Die stilvolle Einrichtung des gesamten Trakts, das edle Mobiliar, die sicherlich sehr kostspieligen Teppiche, die elektrifizierten Kronleuchter auf dem Gang, der zur Treppe nach unten führte, all das war nicht mehr als Blendwerk.

Während sie nach unten ging, drängte sich ihr der Gedanke auf, ob die Heirat mit Rafael nicht das kleinere Übel gewesen wäre als das, was ihr hier blühte. War das etwa die Strafe dafür? Oder weil sie Ferrel niedergeschlagen hatte? Einen Menschen getötet? Erneut zwang Isabel sich dazu, aufsteigende Schuldgefühle kraft ihres Verstandes, der ihr die Umstände vor Augen hielt, wie es dazu gekommen war, niederzuringen. Isabel fand darauf keine Antwort, durchquerte den Raum, wo sie Imani am Vorabend empfangen hatte, und blieb für einen Moment vor der Tür stehen, die zum Gemeinschaftsraum führte. Isabel hoffte, Salort nicht zu begegnen, und öffnete die Tür.

Vor ihr lag ein langer Gang, aus dem sie weibliche Stimmen vernehmen konnte. Sie kamen aus dem Gemeinschaftsraum für gefallene Mädchen. So nannte man sie doch. Sie gehörte von heute an wohl dazu, sagte Isabel sich, bevor sie den Raum betrat. Es waren nur zwei Frauen anwesend. Das überraschte Isabel nicht, weil vermutlich bis in die Nacht gearbeitet wurde.

Imani stand am Herd und schüttete Milch aus einer Flasche in einen Topf. Eine bildhübsche Frau mit rotem Haar saß an der Tafel für verdorbene Frauen. Daran fand das »gute Dutzend«, wie Carmen ihr gesagt hatte, sicher Platz.

»Guten Morgen.« Isabel begrüßte die beiden und rang sich ein Lächeln ab.

»Neu hier?«, wollte die Rothaarige wissen. Sie verzehrte gerade ein Rührei mit Brot und hatte sich einen in Scheiben geschnittenen Apfel auf einen kleinen Teller danebengelegt.

Isabel nickte.

»Unfreiwillig«, kam von Imani. Sie drehte sich zu ihr um und sah ihr direkt in die Augen. »Es tut mir leid.« Imani musste die Umstände, aufgrund derer Isabel hier war, wohl mitbekommen haben.

Isabel wusste nicht so recht, wie sie darauf reagieren sollte.

»Ein Schlaftrunk?« Der Rothaarigen war diese Art der Rekrutierung, so wie es aussah, nicht neu.

»Er ist für Gäste gedacht, die die Regeln des Hauses missachten. Wenn sie ausfallend werden oder anfangen herumzupöbeln«, erklärte sie.

»Offenbar nicht nur«, gab Isabel zurück. »Wie viele von euch sind freiwillig hier?« Das interessierte Isabel am brennendsten.

»Freiwillig?« Die Rothaarige lachte auf. »So würde ich das nicht nennen.«

»Hat er dir etwa auch den Wein gepanscht?«, fragte Isabel.

Ihr Gegenüber schüttelte den Kopf. »Ich hatte die Wahl zwischen dem Armenhaus und hier«, sagte sie.

»Was ist passiert?« Isabel setzte sich zu ihr an den Tisch.

»Willst du auch etwas Milch?«, fragte Imani.

Isabel nickte.

»Meine Eltern sind an der Grippe verstorben. Die Bank hat uns den Hof genommen. Ich hatte kurz danach eine Fehlgeburt. Habe mich auf einen Arbeiter bei uns eingelassen. Der wollte nichts mehr von mir wissen, als ich ihm sagte, dass ich ein Kind von ihm erwarte. Wollte nur sein Vergnügen. Hier zahlen sie dafür. Keine Gefühle. Du hast sie in der Hand. Ihr Trieb macht sie zu willenlosen Kreaturen. Ich heiße Laura und du?«

Isabel fuhr das Geständnis in die Knochen. Sie brauchte eine Weile, bis sie sich als María vorstellen konnte.

Imani stellte zwei Tassen auf den Tisch und schenkte Isabel und sich selbst heiße Milch aus dem Topf ein.

»Gut die Hälfte ist nicht freiwillig hier. Er hat den Instinkt eines Bluthunds. Streift durch die Gegend. Sucht nach Frauen, die allein sind, in Schwierigkeiten geraten«, erklärte Laura.

»Er soll zur Hölle fahren«, sagte Imani.

»Woher kommst du?«, wollte Laura wissen.

»Aus dem Norden. Ich bin eine Vollwaise und …«, mehr gedachte Isabel nicht preiszugeben.

»Wie Magdalena«, warf Imani ein.

»Das Merkwürdige ist, dass meines Wissens bisher nur zwei versucht haben, von hier wegzukommen. Der Hurensohn hat sie in der Stadt erwischt. Eine hat eine Narbe im Gesicht und die andere hat nur noch ein halbes. Säure. Es gibt immer wieder Frauen, die von hier wegwollen. Aber sie bleiben dann doch«, sagte Laura nachdenklich.

»Aus Angst vor ihm?«

»Man denkt irgendwann nicht mehr darüber nach«, sagte Imani.

»Besser als Feldarbeit ist es allemal, und sind wir doch einmal ehrlich: Als Ehefrau bist du doch auch nur die Mätresse. Hier zahlen sie gut dafür. Halbe-halbe. Carmen verwaltet unser Geld.« Lauras Ausführungen klangen nicht danach, als ob sie sich ihr Dasein schönreden wollte.

»Seid ihr hier immer eingesperrt?«

»Nein. Wer sich als zuverlässig erweist, der darf an freien Tagen das Haus verlassen. Du bekommst Geld für Einkäufe, aber was du dir erarbeitet hast, bleibt im Safe«, sagte Laura.

»Wenn du zu alt dafür bist, stehen dir die Türen offen. Bleibt die Nachfrage aus, muss man gehen. Andere bleiben freiwillig, solange sie der Arbeit gewachsen sind«, ergänzte Imani.

»Nachfrage?« Isabel wurde flau im Magen, weil ihr bewusst wurde, dass aus ihr Handelsware geworden war.

»Einige Männer kommen immer zur Selben, bis sie ihrer überdrüssig sind. Die anderen wollen ständig Abwechslung. Frisches Fleisch.«

Isabel starrte regungslos auf die dampfende Tasse Milch.

»Trink was. Ich mach dir ein Rührei. Wir haben auch Porridge und frisches Obst«, bot Imani ihr an.

»Und alle Männer wollen … dass man sich ihnen hingibt?« Hatte Carmen nicht auch von Gesellschafterinnen gesprochen?

Laura musterte sie. Dass in Isabels Gesicht die nackte Angst stand, war sicher nicht zu übersehen.

»Du bist nicht sehr erfahren, habe ich recht?«, fragte Laura.

Isabel nickte beschämt, auch wenn sie eigentlich stolz darauf sein sollte, sich noch an keinen Mann verschenkt zu haben.

»Wenn du willst, zeige ich dir nach dem Frühstück die Zimmer und weise dich ein«, schlug Laura vor.

»Die meisten sind so betrunken, dass sie ihn dir nur zwischen die Beine stecken und es noch nicht einmal merken.« Imanis Bemerkung, sicher gut gemeint, trieb Isabel die Tränen in die Augen.

Imani und Laura tauschten besorgte Blicke.

»Ich zeige dir auch, wie du dich schützen kannst, gegen die französische Krankheit und vor Empfängnis«, fuhr Laura fort.

»An jedem Bett gibt es einen Knopf. Carmen hört dann einen Ton in ihrem Zimmer. Falls ein Mann dich nicht gut behandelt, drück ihn«, fügte Imani noch hinzu.

Isabel schlug die Hände vors Gesicht. Lieber tot sein, als all das über sich ergehen lassen zu müssen.

Kapitel 9

Isabel war für Lauras sogenannte »Einweisung« trotz alledem dankbar. Sie wusste nun, wo sich der Knopf befand, um sich im Notfall eines Freiers zu entledigen, wo die Schublade mit den Präservativen. Angeblich kamen sie aus Frankreich, weshalb jeder hier von Parisern sprach. Kunden solle sie dazu verleiten, noch mehr zu trinken. Am besten Champagner, der dann auf die Rechnung gesetzt werde. Trinkgelder in unbegrenzter Höhe seien erlaubt. Carmen werde sie zuverlässig genau wie die anderen Einnahmen auf der Bank einzahlen. In der Regel seien die Männer höherer Stellung, was allein schon daran liege, dass sich der Pöbel einen Besuch in Carmens Etablissement gar nicht leisten könne. Sie seien sauber. Sollten sie es nicht sein, was Laura bisher nur ein einziges Mal passiert sei, solle Isabel sie höflich fragen, ob sich der Herr nicht etwas frisch machen wolle. Nach jedem Besuch seien die Bettlaken zu wechseln. Dies hatte Isabel besonders hellhörig gemacht, deutete es doch darauf hin, dass den Frauen hier an manchen Abenden gleich mehrere Besuche bevorstanden. Insbesondere sei bei bestimmten Praktiken auf Mundhygiene zu achten. Ein weiterer Hinweis, den Isabel zwar zur Kenntnis nahm, aber nicht verinnerlichte, weil sie sich diese Praktiken nicht einmal vorstellen wollte. Die meisten Männer würden etwa eine Stunde bleiben, höchstens für zwei. In der Regel seien sie über dreißig, nicht wenige aber auch wesentlich älter. Sie riet ihr an, den Kunden mit einem Lächeln zu begrüßen und ihn zunächst zu bitten, es sich mit ihr auf dem Sofa bequem zu machen. Auf gar keinen Fall seien persönliche Fragen zu stellen. Besonders hohe Trinkgelder gebe es, wenn man ihnen Komplimente machte. Sei es die männliche sonore Stimme, die schönen Hände oder die Augen. Jeder Mann habe irgendetwas an sich, was ein Kompliment wert sei. Das würde sie entspannen. Die meisten Männer wüssten, dass es nicht erlaubt sei, die Frauen zu küssen. Es liege aber in Isabels persönlichem Ermessen. Sie war sich jetzt schon sicher, dass dies jenseits ihres Ermessens liegen würde. Allein schon die Vorstellung, sich mit einem Mann auf dieses Bett zu legen und ihn auch noch berühren zu müssen, verursachte ihr Übelkeit.

Laura sah es ihr offenkundig an. Sie setzte sich auf das Bett und bedeutete Isabel, neben ihr Platz zu nehmen.

»Und du hast wirklich noch nie …?«

Isabel schüttelte den Kopf.

»Du weißt, dass es beim ersten Mal wehtun könnte?«

Das wusste Isabel allerdings.

»Man kann es sich auch selbst machen.«

Isabel starrte nur noch auf den neben dem Bett angebrachten großen Spiegel. Sie kam sich darin vor wie ein geprügelter Hund.

Laura legte tröstend ihren Arm um sie. »Du musst dir immer sagen, dass es nichts zu bedeuten hat. Ich bin seit einem Jahr hier. Es ist ungewohnt, anfangs, doch irgendwann denkst du nur noch an dich. An das Geld, an ein neues Leben, das du in einer anderen Stadt beginnen kannst.«

Lauras Worte prallten an Isabel ab.

»Manche Männer sind interessant. Andere schütten dir ihr Herz aus, weil sie mit ihren Frauen zu Hause nicht reden können. Sie erzählen dir alles. Ihre intimsten Geheimnisse. Mir gibt es das Gefühl, gebraucht zu werden. Zumindest manchmal. Und dann gibt es Männer, an die du dich nach ein paar Tagen nicht einmal mehr erinnern kannst. Ich liege da, starre auf den Kronleuchter und denke nur an das Geld.«

Isabel dachte im Moment eher daran, sich zur Bar im Salon zu begeben und sich noch vor dem Abend das ganze Fläschchen mit dem Schlafmittel in ein Getränk zu füllen, um die Nacht nicht mehr zu erleben. Da half es auch nichts, sich an Carmens Versprechen zu erinnern, dass in zwei Tagen alles vorbei sei.

»Was möchtest du machen, wenn du mal von hier wegkannst?«, fragte Laura.

»Eine anständige Arbeit.«

»Hast du etwas gelernt?«

Isabel nickte.

»Du hast einen Beruf erlernt?«

Gemessen daran, wie überrascht sich Laura zeigte, war dies bei den Frauen in Carmens Haus wohl nicht die Regel.

»Buchhaltung ... Wir hatten ein Geschäft.« Isabels Erinnerungen schweiften zurück an ihre Zeit in London. Damit einher ging ein dumpfer Schmerz, denn auch an die Aufnahme an die Kunstakademie erinnerte sie sich jetzt. Das alles schien in einem anderen Leben passiert zu sein.

Ein Geräusch an der Tür ließ beide zusammenfahren.

Salort klopfte nicht einmal an, bevor er eintrat. »Ah. María. Wie ich sehe, machst du dich bereits mit deiner neuen Arbeitsumgebung vertraut.«

Isabel legte Verachtung und Abscheu in ihren Blick. Er hielt ihm stand. Wie durchtrieben und abgebrüht dieser Mann sein musste. Er brachte es nicht nur fertig, darüber hinwegzugehen, sondern lächelte auch noch amüsiert.

»Gefällt es dir hier etwa nicht?«

Nun überspannte er den Bogen. Isabel war in der Lage, die Starre eines Opfers, das dem Raubtier gegenüberstand, abzuschütteln, weil bisher nicht gekannter Zorn in ihr aufstieg.

»Was sollte einer Frau daran gefallen, wenn sie arglistig in eine Falle gelockt wird?«

Für einen Moment irritierte ihn Isabels Gegenrede. Das war er offenbar nicht gewohnt.

»Du hast doch das, wonach du gesucht hast. Eine lukrative Arbeit«, gab er trocken zurück.

Laura gab daraufhin einen höhnischen Laut von sich.

Sofort fixierte er sie aus zusammengekniffenen Augen. Ein Janusgesicht. Als er sie empfangen hatte, ein Gentleman, und hier der Mann, der Frauen Säure ins Gesicht schüttete, wenn sie nicht nach seiner Pfeife tanzten.

»Du hast ihr alles erklärt?«

Laura nickte.

»Dann zeig mal, was du kannst, heute Abend«, sagte Salort, kam näher und musterte sie.

Isabel wandte sich angewidert ab.

»Du musst lächeln. Die Kundschaft erwartet das. Lektion eins. Lächeln. Das hast du ihr doch gesagt, Laura?«

Er ließ seine Hand unter Isabels Kinn wandern und schob es nach oben, sodass sie ihn direkt ansehen musste. Isabel versteifte.

»Du lächelst ja immer noch nicht.«

»Lass sie doch in Ruhe, Biel. Sie braucht Zeit«, sagte Laura.

»Zeit ist Geld. Euer Geld. Mein Geld. Wieso braucht unsere María Zeit? Hat sie etwa noch nie von den Freuden der Liebe gekostet?« Salort hörte nicht auf, sie am Kinn zu streicheln.

Isabel bebte innerlich, weil sie wusste, was ihr blühen würde, wenn sie ihn jetzt von sich stoßen würde – nichts würde sie lieber tun.

»Ist sie etwa noch Jungfrau, unsere María? Es gibt Kunden, die legen ein halbes Vermögen ...« Biel labte sich schier daran, dass Isabel nun am ganzen Körper zitterte. »Das können wir ändern. Ich verstehe mich auf körperliche Liebe, nicht wahr, Laura?«

»Schluss jetzt, Biel!« Carmens Stimme war schneidend.

Isabel bemerkte erst jetzt, dass sie in der Tür stand.

Salort ließ sofort von Isabel ab.

»Ich entscheide, was hier in diesem Haus vor sich geht.«

»Du?«

»Ja, ich!«

»Dann triffst du hoffentlich die richtigen Entscheidungen.«

Die beiden standen sich feindselig gegenüber.

Salort gab einen höhnischen Laut von sich und ging zur Tür. »Du solltest deine Position nicht überschätzen«, sagte er ihr von Angesicht zu Angesicht.

Carmen sagte nichts darauf und lächelte nur milde.

Isabel schloss daraus, dass er auf sie angewiesen war. Ohne Carmen schien es wohl nicht so einfach zu sein, dieses Freudenhaus zu einem lukrativen Geschäft zu machen. Isabel atmete auf, als er endlich verschwunden war.

»Lass mich mit ihr allein«, forderte Carmen Laura auf.

Sie stand daraufhin auf und verließ das Zimmer.

Carmen trat ein und setzte sich zu ihr aufs Bett, nachdem Laura die Tür hinter sich zugezogen hatte. »Eine bedauernswerte Kreatur«, stellte Carmen fest.

Wie recht sie damit hatte.

»Vertrau mir. Sieh mich an.«

Isabel tat wie geheißen. In Carmens Augen stand nichts Böses, keine Arglist. Eher Fürsorge.

»Nur diese eine Nacht«, sagte Carmen

»Ich kann mir im Moment nichts Schlimmeres vorstellen«, gestand Isabel offen ein.

»Glaub mir. Es gibt Schlimmeres. Du hast bisher vermutlich nur von der Schokoladenseite des Lebens gekostet. Das Leben kann so grausam sein.« Isabel merkte, wie ihr Blick für einen Moment ins Leere glitt. »Du wirst dich nicht mit den anderen im Foyer aufhalten, wenn sie kommen.«

»Im Foyer?«

»Dort tummeln sich nachts die Männer, die ein schnelles Abenteuer suchen, doch es gibt auch andere …«

»Aber Biel …«

»Ich weiß, wie man mit bissigen Straßenkötern umgeht. Zeig ihm niemals, dass du Angst hast. Er nährt sich davon. Lass ihn verhungern.«

Isabel nickte, auch wenn sie sich nicht zutraute, so stark zu sein.

»Du findest dich hier ein. Eine Viertelstunde vor neun.«

Isabel sah sie flehend an.

»Ich sagte dir doch. Vertrau mir. Und wenn du mich brauchst – mein Büro ist hinter dem Aufenthaltsraum oder ich bin oben auf meinem Zimmer im ersten Stock. Die erste Tür rechts gleich neben der Treppe.« Carmen erhob sich und verließ ohne ein weiteres Wort den Raum.

Isabel fühlte sich wie in einer Todeszelle, eine Gefangene, die auf ihre Hinrichtung gegen Viertel vor neun wartete.

Sich den ganzen Tag in ihrem Zimmer zu verschanzen und auf den Abend zu warten, hatte Isabel nicht mehr ertragen, weil sie nur noch an den bevorstehenden Schrecken, der nachts auf sie warten würde, denken musste. Sie war sogar auf den verwegenen Gedanken gekommen, sich aus dem Fenster zu stürzen, als die Sonne sich dem Horizont genähert hatte. Also »sich fügen«.

Einen Spaziergang durch den Garten zu unternehmen, auf kleinen beschatteten Wegen, die durch Bereiche mit Zypressen, Pinien- und Olivenbäumen führten, war die bessere Alternative gewesen – eine ohne Fluchtmöglichkeit, denn das Gelände war von einer hohen Mauer umgeben. Die Bäume waren weder dazu geeignet, sie zu erklimmen, noch standen sie dicht genug am Mauerwerk. Mitansehen zu müssen, dass zwei der Frauen tatsächlich das Gelände hatten verlassen dürfen, warf die Frage auf, warum sie überhaupt wiederkamen. Stumpfte man etwa so ab, dass es einem irgendwann egal war, sich fremden Männern hinzugeben? War es wirklich nur das Geld? Gab es am Ende Frauen, die sogar Freude dabei empfanden? Laura schien jedenfalls nicht dazuzugehören. Sie war nachmittags im Park zu ihr gestoßen, mit drei anderen Frauen, die älter als Isabel waren. Denen ging es nur um Peseten. Sie würden sich hier aber auch sicher fühlen, gut aufgehoben. Dachte man sich die allabendlichen Pflichten weg, war das nachvollziehbar.

Carmen war also nicht nur für das seelische Wohlbefinden verantwortlich, sondern auch für das körperliche. Sie bekochte die Frauen. Es gab ein Mittagessen und ein leichteres, meist Gemüse, wie Laura ihr erzählt hatte, zum Abendbrot. Isabel hatte abends trotzdem kaum etwas zu sich nehmen können. Bei den Mahlzeiten waren ihr auch weitere Frauen des »guten Dutzend« begegnet – alle in ihrem Alter oder jünger.

Die siebzehnjährige Selina tat Isabel besonders leid. Ihr Vater hatte sie missbraucht, wie Laura wusste. Sie sah in Männern seither verachtenswerte Kreaturen. Selina war ein bildhübsches Mädchen, das wusste, wie man mit seinen Reizen spielte. Kurz bevor Isabel sich nach dem gemeinsamen Abendessen auf ihr Zimmer begeben hatte, war sie ihr auf dem Weg zum Seitentrakt erneut begegnet. Was sie anhatte, entsprach Isabels Vorstellung von einem Freudenmädchen. Sie trug kein Kleid über der gerüschten Korsage. Ihre Lippen waren so rot wie Blut und sie duftete wie eine Rose. Sich zu parfümieren, galt ebenfalls als Pflicht. Dementsprechend füllte sich der Anbau bereits mit allerlei blumigen Düften, die bis hinauf ins Treppenhaus zogen.

Isabel saß gegen acht wie versteinert auf dem Holzstuhl ihres Zimmers. Auf dem Bett fand sie eine Korsage vor, die ihr Carmens Ansicht nach passen würde. Rouge, Puder und ein Fettstift, mit dem sie sich die Lippen rot färben konnte, lagen ebenfalls bereit. Isabel starrte lange Zeit darauf, unfähig, sie auch nur anzufassen. Immerhin musste sie sich nicht in derart aufreizender Kleidung wie fast alle anderen in den Salon begeben – zur abendlichen Fleischbeschau. Nichts anderes war es doch. Die besten Pferde im Stall, um es mit Lauras Worten zu sagen, hatten Stammkundschaft. Es klopfte an ihre Tür. Hoffentlich war es nicht Salort.

Zu ihrer Erleichterung kam Carmen herein. »Du bist ja noch gar nicht umgezogen?« Es klang wie eine sanfte Rüge.

Isabel seufzte. Ihr Blick verriet offensichtlich, was sie davon hielt.

»Ich helfe dir«, bot Carmen an.

Isabel nickte einsichtig. Was blieb ihr anderes übrig? Sich vor Carmen zu entblößen, um die Korsage anzulegen, war schon schlimm genug. Die Vorstellung, sie vor einem wildfremden Mann ausziehen zu müssen, raubte ihr fast den Verstand.

Carmen war wohl geübt im Anlegen dieser aufreizenden Kleidung.

»Manche mögen das gar nicht. Sie haben spezielle Wünsche. Wir haben sogar ein Brautkleid für einen Stammkunden.«

Isabel schluckte, während Carmen die Korsage stramm zog.

»Was erwartet mich?«, fragte Isabel mit angeschlagener Stimme.

»Ein Stammgast.«

»Hat er denn keine bevorzugte Dame?«

»Nein. Er überlässt es mir.«

»Wer ist er?«

»Ein pensionierter Geschäftsmann. Er ist Engländer.«

Tausend Gedanken schossen Isabel durch den Kopf. Ein alter Mann also. Und ein Stammgast. Was wollte er mit ihr anfangen?

»Er gibt viel Trinkgeld.« Auch das konnte Isabel nicht aufmuntern.

»Dreh dich mal um«, forderte Carmen sie auf.

Isabel tat es, vermied dabei aber den Blick in den in den Schranktüren eingelassenen Spiegel.

»Du siehst wunderschön aus. Sieh dich an.«

Isabel wagte es nun doch, sich die Dirne anzusehen, die der Spiegel ihr offenbarte. Carmen hatte recht. Das Erschreckende war, dass ihr diese aufreizende Kleidung stand.

»Bürste dein Haar. Er mag es offen. Nur etwas Lippenstift und etwas Puder. Und beeil dich.«

Isabel nickte mechanisch.

»Ich muss wieder runter in den Salon. Wir erwarten weitere Gäste.« Carmen wandte sich zum Gehen, drehte sich dann aber noch einmal um. »Nur diese eine Nacht. Ich habe alle Vorbereitungen getroffen.«

»Welche denn?«

»Das kann ich dir nicht sagen. Es gibt nur einen Weg, dich von hier wegzubringen. Morgen. Gedulde dich, Isabel«, sagte sie und fuhr ihr in einer zärtlichen Geste über die Wange.

Carmen verließ dann das Zimmer. Isabel stand wie in Stein gehauen vor dem Spiegel. Etwas Puder und den Lippenstift anlegen. Sie tat es eigentlich nur, um sich so zu entstellen, dass sie sich selbst nicht mehr wiedererkannte. Vor ihr stand keine fünf Minuten später eine Mätresse mit weißem Teint. Es fehlte nur noch eine Perücke. So sahen die Frauen am Hofe des Sonnenkönigs aus.

Isabel fröstelte, obwohl es in dem Raum, auf dem sie auf den Freier wartete, nicht kalt war. Und das lag nicht an ihrer spärlichen Bekleidung. Ein Umhang aus Seide verhüllte ihre Reize, doch er spendete weder Wärme noch das Gefühl, angezogen zu sein. Sie fuhr zusammen, als sie Schritte vor der Tür vernahm. Lächeln! Doch wie sollte das gehen, wenn sich der Magen zusammenkrampfte und sie sich wünschte, auf der Stelle tot umzufallen?

»Mary ... Miss Mary?« Isabel vernahm die heisere Stimme eines älteren Mannes. Dann klopfte er an. Gerade weil er nicht einfach hineinstürmte, schaffte sie es, sich zu erheben und sich zur Tür zu begeben. Noch nie hatte es sie so viel Kraft abverlangt zu lächeln. Stocksteif stand sie da, nachdem sie dem Mann die Tür geöffnet hatte. Isabel schätzte ihn auf um die sechzig. Sein Gesicht war eingefallen und fahl. Er hatte nur noch wenige Haare auf dem Kopf, die er sich zu einem Scheitel gekämmt hatte.

»Guten Tag, Mary. Ich heiße Arthur.« Seine Stimme klang nun wieder gefestigt. Er sah sie fasziniert an.

Sein Lächeln war so warm, dass es Isabel dazu ermutigte, ihm ebenfalls eines zu schenken. »Kommen Sie doch herein.« Das kam ihr weniger schwer über die Lippen als erwartet. Sie sprach auf Englisch mit ihm. Sie wusste ja bereits, dass er Engländer war.

Das überraschte ihn sichtlich. »Sind Sie von hier?«, fragte er verunsichert.

»Ich habe Englisch in der Schule gelernt«, gab sie vor.

Er nickte, trat dann ein und blieb regungslos mitten im Raum stehen, nachdem sie die Tür hinter sich geschlossen hatte.

»Möchten Sie etwas trinken? Vielleicht ein Glas Champagner?«

»Gern.«

Während sie die Champagnerflasche aus dem Kühleimer zog, beruhigte Isabel sich mit dem Gedanken, dass bisher nichts Schlimmes passiert war. Er war ein höflicher und netter älterer Herr, älter als ihr Vater. Die Vorstellung, sich von seinen knochigen Fingern, über die sich durchscheinende Haut spannte, berühren zu lassen, war dennoch unerträglich. Sie starrte darauf, als sie ihm das befüllte Glas reichte.

»Ich bin neu hier«, sprudelte aus ihr heraus. Aus purem Selbstschutz. Nicht, dass er sich aufgrund ihrer Unerfahrenheit über sie bei Salort beschwerte.

»Das hat mir Carmen gesagt.« Seine sanfte Stimme war beruhigend. Sie sah ihm in die wasserblauen Augen. Daraus sprach eher Neugier als Wollust.

»Ich habe noch keine Spanierin getroffen, die so gut Englisch spricht wie Sie. Man könnte meinen, Sie seien aus London. Ich habe dort lange gelebt«, sagte er und setzte sich auf das Sofa.

Isabel ging bewusst nicht darauf ein. Dass er nicht über sie herfiel oder gleich verlangt hatte, sich vor ihm zu entblößen, wertete sie als gutes Zeichen. Isabel setzte sich daher fast schon unbeschwert zu ihm auf das Sofa. Sie redete sich ein, das hier wäre wie Besuch zu Hause, wenn ihr Vater ihr Geschäftskontakte vorstellte.

»Leben Sie jetzt hier? Gefällt es Ihnen in Spanien?«, fragte sie.

»Meine Frau und ich. Gott hab sie selig. Wir haben uns in dieses Land verliebt. Auf Reisen. Ich war im Eisenbahnbau tätig. War in der ganzen Welt. Zuletzt in Siam. Dort haben wir zusammen mit den Deutschen die Eisenbahn für den König gebaut. Ich war einer der Ingenieure. Aber das Klima dort ist unerträglich schwül. Und hier? Hier scheint auch die Sonne. Die Luft ist aber viel angenehmer und die Menschen sind so herzlich. Darauf sollten wir anstoßen, finden Sie nicht?«

Nichts tat Isabel im Moment lieber. Hatte ihr Carmen diesen Mann deshalb als ersten Kunden geschickt? Weil er höflich war und ihm der Sinn anscheinend eher nach einer Konversation stand?

Er trank aus und stellte sein Glas auf dem kleinen Holztisch vor der Couch ab. »Ich bin viel allein, wissen Sie. Noch vor Jahren hätte ich mir nicht im Traum vorstellen können, in ein Haus wie dieses zu gehen. Davon gab es in Siam viele. Meine Männer gingen dort ein und aus, obwohl sie verheiratet waren. Ich habe sie dafür verachtet und jetzt ...«

Isabel wusste nicht, was sie darauf sagen sollte. Er klagte sich gerade selbst dafür an, hier zu sein. Nicht zu Unrecht und doch verstand sie ihn. Er tat ihr leid.

»Wie lange sind Sie schon allein?«

»Seit fünf Jahren. Man kommt nicht darüber hinweg. Und doch ... Als Mann, verstehen Sie? Das Alleinsein zermürbt, und einen Alten wie mich, den will doch keine mehr haben. Einfach nur ein bisschen Nähe ... In den Arm genommen werden.«

Sein flehender Blick sprach Bände. Isabel fiel es zu ihrem Erstaunen nicht schwer, seiner indirekt ausgesprochenen Bitte nachzukommen. Arthur schmiegte sich an ihre Schulter und sie schloss ihre Arme um ihn. Wie sehr er ihre Berührung genoss, konnte sie ihm ansehen.

»Darf ich Sie berühren?«, fragte er nach einer Weile. Seine kalte Hand glitt auf ihren Bauch, bereit für mehr.

Isabel versteifte.

Das entging Arthur nicht. »Ich verstehe schon. Sie sind ja neu hier und ... ein alter Mann wie ich.«

»Nein. Das ist es nicht. Ich ...« Isabel lag schon auf der Zunge, ihm zu gestehen, dass sie nicht freiwillig hier war, doch das hätte ihr Schwierigkeiten eingehandelt, dessen war sie sich sicher. »Ich bin noch nicht sehr erfahren im Umgang mit diesen Dingen«, sagte sie stattdessen.

Er nickte und zog seine Hand zurück. Isabel erklärte sich seine Reaktion damit, dass sie sich mit ihm in seiner Muttersprache unterhielt. Für ihn war sie ein englisches Fräulein. Ob er sich bei einem spanischen Mädchen wohl genauso verhalten hätte?

»Ist es für Sie in Ordnung, wenn ich mich berühre?«

Isabel nickte zögerlich und sah mit an, wie er sich in den Schritt fasste und die Knöpfe seiner Hose öffnete.

»Halten Sie mich einfach nur.«

Isabel tat es. Sie schloss in dem Moment die Augen, als er seine Männlichkeit aus dem Hosenschlitz zog und seine Hand daran auf und ab bewegte, zunächst ohne auch nur einen Laut von sich zu geben. Dann stöhnte er auf, mit jeder schnelleren Bewegung seiner Hand, die sich auf ihren Körper übertrug, ein bisschen mehr. Bis zum kleinen Tod. Erschöpft ließ er sich in ihre Arme fallen.

Isabel wagte es nicht, sich zu bewegen. Für einen Moment regte er sich nicht mehr. Entspannt und mit dem Blick gegen die Decke gerichtet.

»Manchmal schäme ich mich dafür«, sagte er.

»Das müssen Sie nicht.« Isabel sagte es, weil sie es in dieser Situation für angebracht hielt, nicht weil sie seine Ansicht teilte. Sie war es, die sich nun schämte. Sie fühlte sich zudem beschmutzt, weil ein Fleck seines Samens nun auf ihrem Korsett war.

Sie reichte ihm eines der auf dem Tisch bereitliegenden Tücher.

»Ich bin gleich wieder da«, sagte sie, stand auf und holte sich ein Handtuch von der Anrichte, um sich ebenfalls zu reinigen. Aus dem Augenwinkel konnte sie sehen, dass er sich anzog. Isabel nahm es mit Erleichterung zur Kenntnis.

»Wir haben noch etwas Zeit. Wollen Sie sich mit mir noch ein wenig unterhalten?«, fragte er höflich.

»Erzählen Sie mir von Ihrer Zeit in Siam«, schlug Isabel vor, worüber er dankbar zu sein schien. Sie schenkte ihm etwas Champagner nach und hoffte, dass er sich nicht über sie beschweren würde. Wahrscheinlich nicht.

Isabel hoffte inständig, dass Salort nicht auf den Gedanken kam, ihr nach bestandener Feuerprobe noch einen weiteren Gast zu schicken. Gleich nachdem Arthur sich höflich verabschiedet und sie ihre Korsage noch mal gründlich mit Wasser gereinigt hatte, war eine große Last von ihren Schultern gefallen. Vor dem Treffen mit Arthur hatte sie vor Aufregung kaum etwas zu sich genommen. Im Aufenthaltsraum gab es stets Brot, Käse und frisches Obst. Isabel war danach, sich nun zu stärken. Anscheinend war sie mit diesem Wunsch nicht allein. Sie vernahm Stimmen, die von dort bis auf den Gang drangen. Isabel stutzte, als der Name »Arthur« fiel. Sie verlangsamte ihre Schritte, als sie noch etwas vernahm, was sie hellhörig werden ließ.

»Der gibt immer doppelt so viel Trinkgeld, wenn du ihn in den Mund nimmst. Der war heut da. Hat doch schon vor drei Tagen angefragt. Und wer kriegt ihn? Die Neue.« Isabel erkannte die Stimme nicht, aber die von Laura, die sie offenkundig in Schutz nahm.

»Es ist für sie das erste Mal. Carmen weiß schon, was sie tut. Sie wollte sie halt nicht gleich ins kalte Wasser werfen.«

»Auf mich hat damals auch niemand Rücksicht genommen«, beschwerte sich die andere.

»Auf mich auch nicht. Wo war sie überhaupt? Habt ihr María im Salon gesehen?« Auch die zweite Stimme gehörte einer der Frauen, mit denen sie sich noch nicht bekannt gemacht hatte, was eine Zuordnung ihrer Stimme unmöglich machte.

»Die ist bestimmt was Besseres. Spricht perfekt Englisch.«

Was war Isabel anderes übrig geblieben? Ihr Englisch etwa für einen Engländer verstellen, es Spanisch einzufärben?

»Woher weißt du das?«, hörte Isabel Laura fragen.

»Ich war vorhin im Salon. Ihr hättet ihn hören sollen, als er Carmen bezahlt hat. Er hat geglaubt, sie sei aus England, und hat in den höchsten Tönen von ihr geschwärmt«, erklärte die Frau, die wohl für Arthur eingeplant gewesen war.

»Vielleicht ist sie das ja, aus England?«, fragte die andere.

»Unsinn. Keine Engländerin spricht so gut Spanisch. Das hört man doch. Sie ist nicht freiwillig hier, wie du ja anfangs auch. Hört auf, so über sie zu reden«, wies Laura die anderen zurecht.

»Ist ja nicht böse gemeint«, kam dann noch.

»Die hält sich Biel jetzt sicher für die englische Kundschaft. Für die Besseren«, setzte eine der Frauen dennoch nach.

»Und selbst wenn es so wäre. An Arbeit mangelt es uns doch nicht, oder?«

Isabel war der Appetit auf ein Stück Brot mit Käse vergangen. Sie wagte es nicht einmal mehr, an der offen stehenden Tür vorbeizugehen, um zum Treppenhaus zu gelangen, geschweige denn Carmen im hinter dem Aufenthaltsraum liegenden Büro aufzusuchen. Wozu? Um ihr von ihrem ersten Kunden zu berichten? Ihr danken, dass sie ihr diesen alten Mann geschickt hatte, der ihr Schlimmeres erspart hatte? Auch dafür fehlte Isabel nun die Kraft. Zurück zum Raum, der ihr vorhin all ihren Mut abverlangt hatte? Ein Ding der Unmöglichkeit.

Isabel gab sich einen Ruck und huschte, so schnell sie konnte, an der Tür zum Aufenthaltsraum vorbei, ein Stoßgebet auf den Lippen, dass sich im dahinterliegenden Salon gerade keine weiteren Kunden aufhielten und sie nicht auch noch Biel in die Arme lief. Ihr Drang, so schnell wie möglich zurück in den zweiten Stock und auf ihr Zimmer zu gelangen, beschleunigte ihre Schritte. Vorbei an zwei Frauen, die sich an der Bar räkelten und mit einem Mann in Anzug bei einem Glas Champagner unterhielten. Sie warfen ihr nur einen kurzen Blick zu. Biel war nicht hier. Isabel eilte die Treppen nach oben und im zweiten Stock angekommen rannte sie, so schnell sie nur konnte, zu ihrem Zimmer. Tränen lösten sich in ihren Augen, noch bevor sie den Türgriff in der Hand hatte. Sie wollte nur noch allein sein und sich unter der Bettdecke verkriechen in der Gewissheit, dass ihr nichts anderes übrig blieb, als Carmen zu vertrauen. Eine andere Möglichkeit gab es vorerst sowieso nicht, um von hier wegzukommen.

Kapitel 10

Isabel fühlte sich am nächsten Morgen so leblos und schwach, als hätte ihr dieses Haus die Seele ausgesaugt. An die meisten Albträume, die sie mehrfach aus dem Schlaf gerissen hatten, konnte sie sich nicht mehr erinnern. Nur an den letzten, der dafür gesorgt hatte, dass sie schweißgebadet im Bett lag. Das Kissen und der obere Teil des Lakens waren patschnass. Im Traum war Arthur über sie hergefallen. Biel hatte danebengestanden und ihm Anweisungen gegeben. Isabel versuchte, diese Erinnerung mit dem Gedanken an Carmens Versprechen zu verdrängen. Sie überlegte, die Bettdecke und das Kissen zu drehen, um wenigstens im Trockenen zu liegen, doch ließ es sein. Sich im Bett zu verkriechen, würde ihr nicht weiterhelfen.

Sie beschloss, aufzustehen, obwohl es ihr schwerfiel, sich auch nur aufzusetzen. Die wenigen Meter zur Waschschüssel neben ihrem Spind strengten so an, als ob sie Blei in ihren Beinen hätte. Besser doch ein heißes Bad nehmen? Es wären nur ein paar Schritte bis zum Badezimmer, doch selbst die waren ihr zu viel. Isabel besah sich im Spiegel über der Waschschüssel. Vor sich sah sie eine Fremde. Konnte man über Nacht um Jahre altern? Ihre Augen waren verschwollen. Die Mundwinkel hingen.

Isabel füllte Wasser aus dem Krug in die Schüssel. Es war angenehm kühl und tat seine Wirkung, nachdem sie sich damit das Gesicht gewaschen hatte. Es fühlte sich so an, als hätte es den Schmutz dieses Traums, der an ihrer Seele gehaftet hatte, weggespült. Ihr Blick fiel auf die Korsage, die Uniform der gefallenen Mädchen. Sie lag auf dem Stuhl neben dem Bett. Isabel hatte sie sich gestern förmlich vom Leib gerissen. Ein Stück des Stoffs hing daher am unteren Ende in Fetzen. Isabel ertrug es nicht einmal mehr, das Kleidungsstück zu sehen. Sie öffnete die Schranktür und warf es achtlos ins obere Regal. Sie schloss den Schrank und stand dann für einen Moment unentschlossen mitten im Zimmer. Dem Stand der Sonne nach zu urteilen, musste es schon nach acht sein. Ein Blick auf die Uhr auf dem Spind bestätigte ihre Einschätzung. Bis zum Abend hier zu verharren, kam nicht infrage. Carmen war sicher schon auf. Zu erfahren, wie diese es sich vorgestellt hatte, wie Isabel das Haus verlassen könnte, ohne dabei Biel in die Arme zu laufen oder zu riskieren, dass er ihr nachstellte, brachte sie dann doch dazu, sich endlich anzuziehen und nach unten zu begeben.

Im Gang war es mucksmäuschenstill. Der Teppich schluckte Isabels Schritte. Nur aus dem Badezimmer vernahm sie das Geräusch von fließendem Wasser. Sie schloss daraus, im Aufenthaltsraum oder im Salon nicht allein zu sein. Von Biel keine Spur, doch Imani kam ihr im Salon mit einem Tablett, auf dem benutzte Champagnergläser standen, entgegen. Sie trug ein einfaches Kleid aus Leinen, über dem eine weiße Küchenschürze hing.

»Guten Morgen, María.«

Imanis Lächeln war einnehmend, doch es konnte Isabel nicht aufmuntern. Das entging Imani natürlich nicht.

»So schlimm?«, fragte sie nur.

Isabel nickte.

»Wirst sehen, schon beim zweiten Mal macht es dir viel weniger aus. Ich habe gehört, er hat dir viel Trinkgeld gegeben.«

Isabel zuckte mit den Schultern. Das war allemal das Letzte, was sie interessierte. »Ist Biel da?«, wollte Isabel stattdessen wissen.

»Nein. Er macht Besorgungen in der Stadt«, sagte Imani, während sie zwei weitere Champagnergläser aufklaubte und auf das Tablett stellte. So geschickt, wie sie das tat, könnte man meinen, sie wäre eine erfahrene Kellnerin. Zu wissen, dass er nicht im Haus war, kam Isabel wie ein unerwartetes Geschenk an diesem Morgen vor.

»Warte, ich helfe dir«, schlug Isabel vor. Es standen noch Gläser auf dem kleinen Beistelltisch neben der Couch, die sie sogleich einsammelte und auf Imanis Tablett stellte. Dafür erntete sie ein dankbares Lächeln.

»Die Mädchen reden über dich«, sagte Imani dann unvermittelt.

»Das ist mir gestern nicht entgangen«, gestand Isabel offen ein.

»Denk dir nichts dabei. Anscheinend hat Carmen einen Narren an dir gefressen«, sagte Imani.

»Wie kommst du darauf?« Isabel war gespannt darauf zu hören, was noch so alles über sie geredet wurde. Sie hatte gestern ja nur einen kleinen Teil davon mitbekommen.

»Du warst nicht im Salon. Die Mädchen glauben, dass du nur die guten Kunden bekommst. Die Engländer mit Geld. Paloma regt sich darüber am meisten auf«, sagte Imani.

»Der Mann, der gestern bei mir war ... Hätte sie normalerweise ...?«

»Der nicht. Den kriegt mal die eine, mal die andere. Es geht um heute Abend.«

Isabel stutzte. Heute Abend? Hatte Carmen ihr nicht zugesichert, dass sie dafür Sorge tragen würde, heute von hier wegzukommen? »Davon weiß ich nichts.«

Das wiederum überraschte Imani. »Carmen hat dir nichts gesagt?«

»Jemand hat dich gebucht, den ganzen Abend und über Nacht. Er wird dich abholen. Paloma wäre an der Reihe gewesen. Sie ist wütend, weil ihr Geld durch die Lappen geht. Das ist so viel wie der Verdienst für eine Woche.«

»Ist Carmen da?«

»Vorhin habe ich sie noch gesehen. Sie müsste im Büro sein.«

Isabel hatte sich eigentlich vorgenommen, noch eine Kleinigkeit zu sich zu nehmen, doch ein Gespräch mit Carmen war nun wichtiger. »Den ganzen Abend und über Nacht«, hallte besorgniserregend in ihr nach.

Es war Isabel mittlerweile gleichgültig, dass sich gleich sechs Augenpaare auf sie richteten, als sie den Aufenthaltsraum betrat und grußlos auf die Tür neben der Fensterfront zusteuerte. Wieso hatte Carmen ihr noch nichts von ihrem »Glück«, der Buchung über Nacht, gesagt? Sie von hier wegzubringen, hatte anders geklungen. Das passte doch alles nicht mehr zusammen. Isabel malte sich bereits aus, dass Carmen ihr mit irgendeiner Ausrede daherkommen würde und es noch nicht klappen würde, von hier zu verschwinden. Vielleicht hatte Biel Druck auf sie ausgeübt. Isabel schwirrte der Kopf. Resolut klopfte sie an Carmens Tür. Das Stimmengewirr der Frauen war mittlerweile einer unerträglichen Stille gewichen.

»Herein«, war deutlich zu vernehmen.

Isabel trat ein und schloss die Tür hinter sich.

»Guten Morgen, Isabel. Ich habe mir schon gedacht, dass du heute etwas länger schläfst. Ich wollte dich nicht wecken.«

Carmens warmes Lächeln nahm Isabel sofort den Wind aus den Segeln.

»Hast du denn schon gefrühstückt? Du bist so blass. Setz dich doch.« Carmen bedeutete ihr, auf dem Sofa, das neben ihrem Schreibtisch an der Wand stand, Platz zu nehmen. »Ich kann es mir leider nicht leisten, lange in den Federn zu liegen. Du siehst ja … Rechnungen über Rechnungen. Ich muss das alles prüfen und später Biel zur Unterschrift vorlegen.«

Carmens ausladender Schreibtisch war voll davon. Isabel war bisher davon ausgegangen, dass sie sich nur um die Frauen und die Abläufe hier im Haus zu kümmern hatte. Biel spannte sie anscheinend auch für andere Dinge ein.

»Wie geht es dir? Ich hatte gehofft, wir würden uns gestern Abend noch sehen, aber du warst schon auf deinem Zimmer.«

»Wie soll es mir schon gehen?«

Carmen nickte, erhob sich vom Schreibtisch und setzte sich zu ihr auf das Sofa.

»Ich war mir sicher, dass Arthur dich in den siebten Himmel loben würde. Biel hat sich nach dir erkundigt. Arthur, er war wichtig, um keinen Argwohn zu wecken.«

»Und doch soll ich mich heute Abend von einem Kunden abholen lassen? Auch noch für die ganze Nacht?« Isabel kam gleich zum Punkt.

Carmen lächelte geheimnisvoll, was Isabel irritierte.

»Wunderbar. Es hat sich also schon herumgesprochen.«

»Ich weiß nicht, was daran wunderbar sein soll.«

»Ich wollte, dass es sich herumspricht. Paloma hat sich sogar schon bei Biel beschwert. Das kam mir sehr entgegen. Wie soll ich dich sonst hier aus dem Haus kriegen?«

Isabel versuchte, sich einen Reim darauf zu machen. Es gab nur eine Erklärung dafür.

»Das heißt, der Mann, der mich heute Abend abholen wird, ist gar kein Kunde?«

»Das habe ich nicht gesagt.«

»Wer ist es? Jemand, bei dem ich mich verstecken kann, der mich beschützt? Wo werde ich hingebracht?«

Die vielen Fragen schienen Carmen nun doch zuzusetzen. »Er wird dich beschützen. Dafür lege ich meine Hand ins Feuer«, sagte sie mit ernster Miene.

Isabel glaubte ihr und dennoch beunruhigte es sie, dass sie sich so bedeckt hielt. »Und Biel?«

»Ich habe ihm gesagt, dass der Kunde auf dir besteht, weil du fließend Englisch sprichst und er eine Gesellschafterin für heute Abend braucht. Für einen Empfang, auf dem auch englische Geschäftsleute zugegen sind.«

»Ein Empfang?« Isabel fiel aus allen Wolken.

»Natürlich kein Empfang, Isabel. Das musste ich ihm erzählen. Du bist die Einzige, die so einer Aufgabe gewachsen wäre, verstehst du? Der Preis hat Biel dann überzeugt. Das Doppelte wie für eine Nacht üblich.«

Isabel schlug die Hände vors Gesicht.

»Du solltest dich freuen. Ich garantiere dir, dass es klappen wird.« Carmens Stimme klang gefestigt.

Isabel fiel es im Moment schwer, obwohl sie Carmen Glauben schenkte.

»Und Biel? Wenn ich morgen nicht zurückkomme?«

»Er wird es nicht wagen, sich mit diesem Mann anzulegen.«

»Warum sagen Sie mir nicht, wer es ist?«

»Das kann ich nicht.« Carmens Miene wollte sich einfach nicht mehr aufhellen. Sie sah sie nur an. Ein trauriger Schimmer lag darin.

»Ich wünschte, wir hätten uns auf eine andere Art und Weise kennengelernt«, sagte Carmen dann mit Wehmut in ihrer Stimme.

»Wenn ich mich doch nur an Sie erinnern könnte. Ich weiß, dass das unmöglich ist, weil ich noch zu klein war. Ich habe nur noch Rosa vor Augen, mein Kindermädchen, das mich viele

Jahre meines Lebens begleitet hat. Aber noch nicht einmal ein vager Hauch einer Erinnerung und doch …«

»Was?«, hakte Carmen nach.

»Ich weiß es nicht. Ein Gefühl des Vertrauens, auch wenn ich vorhin daran gezweifelt habe, Ihnen vertrauen zu können.«

Carmen nickte nachdenklich.

»Wie war ich als Kind? Ich meine, als ich noch ganz klein war?«, sprach Isabel ihre Gedanken aus.

Carmen schaute aus dem Fenster. Ein Lächeln löste sich in ihrem Gesicht. »Ein Püppchen. Wenn du einen mit deinen Kulleraugen so angesehen hast. Und deine Händchen nach meiner Hand gegriffen haben. Ich habe dir vor dem Einschlafen immer ein Wiegenlied gesungen. Es …« Carmen konnte nicht weitersprechen. Ihr Lächeln verlor sich abrupt. In ihren Augen schimmerten Tränen, als sie sich von Isabel abwandte.

Isabel wusste nun, dass sie ihr uneingeschränkt vertrauen konnte. Sie musste sie sehr geliebt haben.

»Warum sind Sie denn nicht bei uns geblieben?«

Carmen wischte sich die Augen trocken. »Es waren die Umstände. Widrige Umstände«, erklärte sie mit gebrochener Stimme.

Isabel machte sich in dem Moment klar, dass Carmen nicht darüber sprechen wollte. Es hatte keinen Sinn, nachzubohren und sie mit ihren Fragen zu quälen.

»Haben Sie meine Mutter schon gekannt, bevor sie verstorben ist?« Auch das interessierte Isabel brennend.

Carmen sah sie irritiert an. »Hat dein Vater dir das nicht erzählt?«

Was ging nur gerade in Carmens Kopf vor? Sie musterte Isabel mit Argwohn.

»Tut mir leid. Ich wollte Ihnen nicht zu nahe treten … Ich …«

»Ja«, sagte Carmen knapp.

»Es gab so viele Momente, in denen ich es mir so sehr gewünscht habe, Mutter an meiner Seite zu haben. Vater ist sehr streng und manche Dinge kann man eben nur mit einer Mutter besprechen. Warum nur musste sie so früh sterben? Das Leben ist so ungerecht«, sagte Isabel. Sie blinzelte die aufsteigenden Tränen tapfer weg.

Es dauerte eine Weile, bis Carmen sich wieder gefangen hatte. »Du hast recht. Das Leben ist ungerecht.«

Isabel hatte den Eindruck, dass Carmen es eher zu sich sagte. In dem Moment klopfte es an der Tür. Imani wartete gar nicht erst darauf, hereingebeten zu werden. Dass Isabel sich an ihren Augen herumtupfte, war ihr wohl nicht entgangen.

»Entschuldigt die Störung. Der Weinlieferant ...«

Carmen erhob sich. »Ich komme gleich.«

Imani nickte und verließ Carmens Büro.

»Versprich mir, dass du dich um Punkt sieben unten im Salon einfindest. Hast du noch etwas anderes zum Anziehen? Der Rock und die Bluse ... Sie sind schön, aber Biel würde sich wundern ...«

»Ich verstehe schon. Ich habe noch ein Kleid. Es ist neu und sehr elegant.«

»Zieh es an. Ich bin heute tagsüber im Büro. Du siehst ja, wie viel zu tun ist. Wir sehen uns heute Abend. Komm vorher nicht mehr hierher. Das wäre ungewöhnlich und würde Verdacht erregen. Und kein Wort zu den anderen. Sei einfach pünktlich da«, sagte Carmen.

»Danke.« Isabel hoffte, dass sie sich nicht zu früh für eine Rettung aus dieser Hölle bedanken würde.

»Nun geh schon. Ich habe zu tun.«

Isabel ging nicht, bevor sie ihr noch ein dankbares Lächeln geschenkt hatte.

Die Tatsache, um sieben von einem unbekannten Mann abgeholt zu werden, der sie hier rausholen würde, war schier unvorstellbar für Isabel. Ihre Anspannung wuchs mit jeder Minute. Carmen musste über weitreichende Beziehungen verfügen, doch reichten sie wirklich, um einen einflussreichen Mann dazu zu kriegen, eine Frau aus einem Bordell zu holen und dann auch noch dafür zu sorgen, dass sie von einem Zuführer wie Salort nicht mehr belästigt wurde? Anscheinend gab es in gewissen Kreisen Wohltäter dieser Art, doch wusste derjenige, auf was er sich einließ? War irgendjemand Carmen noch etwas schuldig? Hatte sie jemanden in der Hand? Isabel tippte auf Letzteres. Angeblich würden Männer den Frauen im Bordell doch ihr Herz ausschütten. Alkohol löste zudem die Zunge. War es das? Wusste Carmen etwas, das sie nun ausspielte?

Isabel tröstete sich damit, in wenigen Stunden eine Antwort auf all diese Fragen zu erhalten. Das war es aber nicht allein, was sie derart aufwühlte und so unruhig machte, dass sie ständig in Bewegung bleiben musste. Erst im Garten, in dem sie mehrere Runden gedreht hatte, dann sogar auf ihrem Zimmer. Auf und ab, wie ein wildes Tier, das man im Zoo in einen Käfig gesperrt hatte. Nur um dann doch wieder hinunter in den Garten zu gehen und das Haus erneut zu umrunden. Was sie dann aber aufgegeben hatte, weil sich auch einige der anderen Frauen im Garten eingefunden hatten, um dort frische Luft zu schnappen. Isabel war nicht in der Stimmung, sich mit ihnen zu unterhalten, höchstens mit Laura oder Imani, doch die beiden waren wohl auf ihren Zimmern. Die Blicke der Frauen, die ihr im Garten begegnet waren, als feindlich zu bezeichnen, wäre übertrieben, doch sie gaben ihr das Gefühl, nicht erwünscht zu sein. Damit konnte Isabel leben, denn nichts wünschte sie sich so sehr, als unbeschadet diese Mauern für immer hinter sich zu lassen.

Halb sieben. Isabel trug bereits das neue Kleid. Eigentlich hatte sie es sich nur gekauft, weil es ihr gefiel und sich für viele Anlässe eignete. Einem Mann darin zu gefallen, daran hatte sie allerdings nicht gedacht. Noch am Vortag war es ihr schwergefallen, sich etwas Puder aufzulegen. Heute tat sie es mit Hingabe und legte sogar noch etwas Rouge auf. Nicht übertrieben. Es spendete dem aufgehellten Teint wieder etwas Leben. Der rote Fettstift für die Lippen durfte nicht fehlen. Reichte das aus, um bei Salort den Eindruck zu erwecken, dass sie sich für einen Kunden ausstaffiert hatte? Isabel hatte keine Gelegenheit mehr, darüber nachzudenken. Es war Zeit, hinunterzugehen.

Der Gang zum Treppenhaus verlor nun seinen Schrecken, auch der ersten Etage schenkte sie keine Beachtung mehr. Sie erreichte den Salon, in dem bereits ein Herr im Anzug an der Bar stand und sich von einer der Frauen umgarnen ließ. Sie kannte nicht einmal ihren Namen. Zwei Frauen lungerten auf der Couch herum, eine saß in einem der Sessel neben der Bar. Sie warteten auf Kundschaft. Sie tuschelten sicherlich, weil sich herumgesprochen hatte, dass María an diesem Abend den großen Reibach machen würde.

Imani war ebenfalls bereits für den Abend hergerichtet. Sie saß mit übereinandergeschlagenen Beinen auf einem der gepolsterten Sessel, rauchte eine Zigarette und musterte sie.

»Paloma würde vor Neid erblassen«, flüsterte sie ihr zu, als Isabel sie erreicht hatte und neben ihr auf einem Stuhl Platz nahm.

Es musste doch schon kurz vor sieben sein. Isabel sah unentwegt zum Eingang. Wenn Carmen nur schon hier wäre! Stattdessen kam Salort die Treppe herunter. Er besah sich kurz das Treiben im Salon und ging zu ihr.

»Richtig hübsch gemacht hast du dich. Das gefällt mir«, sagte er und ging dann hinüber zur Bar.

Wo blieb denn nur Carmen? Isabel starrte auf die Tür, die zum Anbau führte. Da tat sich nichts, doch sie bemerkte, dass eine Kutsche vorfuhr. Isabel wurde augenblicklich heiß. Sie wartete darauf, dass der Mann, der sie abholen würde, an der Tür klingelte. Nichts dergleichen geschah. Die Tür ging trotzdem auf. Carmen trat in Begleitung eines attraktiven Mannes im Frack ein. Hatte sie etwa draußen auf ihn gewartet? Die beiden Frauen auf der Couch fingen erneut an zu tuscheln, als der Mann ins Licht trat. Sein Blick verfing sich bei den beiden. Augenscheinlich war er hier bekannt. Doch dann richtete sich seine ganze Aufmerksamkeit auf Isabel. Sie musterte ihn ebenfalls. Er musste irgendwo zwischen Mitte und Ende zwanzig sein und wirkte gepflegt. Sein dunkles Haar war zu einem perfekt sitzenden Scheitel gekämmt. Eine goldene Taschenuhr steckte in der Weste seines Anzugs. Die Art, wie er sie ansah, war ihr unheimlich.

»Das ist María«, stellte Carmen sie vor, als die beiden sie erreichten.

Er nickte nur höflich und reichte ihr die Hand.

Aus den Augenwinkeln bekam Isabel mit, dass Biel sie im Blick hatte.

»Es ist mir ein Vergnügen. Carmen hat viel Gutes über Sie erzählt.«

Seine sonore Stimme hatte etwas Einnehmendes. Sein Blick passte aber nicht zu den höflichen Worten. War er etwa deshalb so angespannt, weil er dabei war, ein Pferd aus Biels Stall zu stehlen?

Dann reichte er ihr den Arm.

Isabel stand erst auf, als Carmen ihr zunickte.

»Ich begleite Sie noch hinaus«, sagte Carmen dann.

Isabel hängte sich bei ihm ein. Er ging zur Tür, ohne sie auch nur eines Blickes zu würdigen, öffnete sie und führte sie hinaus.

Carmen folgte ihnen nach draußen. »Leb wohl, Isabel«, sagte sie mit angeschlagener Stimme. Ihr standen die Tränen in den Augen.

Am liebsten hätte Isabel sich aus den Armen des Mannes gelöst, um sich gebührend von Carmen zu verabschieden, doch ihr Begleiter hatte es anscheinend eilig.

Erst jetzt schoss Isabel durch den Kopf, dass Carmen sie zum Abschied nicht María genannt hatte. Kannte der Fremde etwa ihren Namen? Was wusste der Mann?

»Es wird Zeit«, sagte er. Dann führte er sie zu seiner geschlossenen Kutsche, vor die zwei Pferde gespannt waren. Ein etwa dreißigjähriger Kutscher mit Zylinder stieg ab und öffnete die Türen des Gefährts.

Der Mann reichte ihr dann galant die Hand, um ihr beim Einsteigen zu helfen, und stieg dann ebenfalls zu. Isabel warf durch das Fenster der Kutsche noch einen Blick zurück zum Haus. Carmen wischte sich die Tränen aus den Augen. Sie schluchzte so laut, dass Isabel es durch die geschlossene Tür hören konnte.

»Willkommen daheim«, sagte der Fremde neben ihr, als die Kutsche Fahrt aufnahm.

Isabel sah ihn fragend an. Was ging hier vor?

»Daheim? Ich dachte, Sie bringen mich von hier weg.«

»Das tue ich auch.«

Isabel bekam es mit der Angst zu tun. Es war die Art, wie er sie ansah. Aus seinen Augen sprach Wut, zugleich aber auch Neugier und eine gewisse Faszination.

»Aus dir ist eine bemerkenswert attraktive Frau geworden«, sagte er.

»Wer sind Sie?« Isabels Stimme überschlug sich.

»Der Mann, den du heiraten wirst. Erkennst du mich denn nicht mehr?«

Isabel erstarrte. Seine Augen. Diese dunklen Augen. Der ambivalente Blick, den man nicht einschätzen konnte. Und das Vergnügen, Macht auszuüben. Nur diesmal war es kein Jungenstreich. Vor ihr saß Rafael Fourrat Vargas.

Isabel ertrug es nicht mehr, dass Rafael sie so anstarrte, als wollte er jeden Winkel ihrer Seele ergründen. Alles umsonst. Die Flucht, Ferrels Tod – einfach alles. Warum hatte Carmen ihr das nur angetan? Sie verraten? An ihn? An dieses Scheusal?

»Uns hat die Nachricht von deinem Tod sehr getroffen. Die ganze Aufregung war für Vater zu viel. Er hat es am Herzen. Und dein Vater? Hast du denn an ihn gedacht? Wir haben ihm telegrafiert, dass du dich in die Fluten gestürzt hast. Was mag wohl in dem Moment in deinem Vater vorgegangen sein? Trauer, Scham? Vermutlich beides«, sagte er.

Isabel konnte es sich lebhaft vorstellen. Es berührte sie dennoch weniger als der Gedanke, wie schlimm diese Nachricht für Harriet gewesen sein musste. Rafael hingegen nahm sie seine angebliche Betroffenheit, nach dem, was sie von Ferrel wusste, nicht ab. Überrascht wird er gewesen sein, mehr auch nicht. Er rechnete wohl damit, sie mit dieser Bemerkung mürbe zu machen. Diesen Gefallen tat sie ihm nicht.

»Ist es nicht auch eine Schande für deine Familie, dass jemand lieber seinen Tod vortäuschen wollte, als dich zu heiraten?«, fragte sie.

»Niemand weiß davon. Nur der Tod von Ferrel stand in der lokalen Zeitung. Auch das haben wir deinem Vater telegrafisch mitgeteilt. Esteban nimmt jetzt wohl an, dass er überfallen wurde, wie es in dem Artikel stand.« Diese Bemerkung ging Isabel noch viel tiefer unter die Haut. Ferrel. Ihr brach der Schweiß aus, weil sie ihn mit der klaffenden Wunde an seiner Schläfe vor ihrem geistigen Auge sah. Hoffentlich zog Rafael nicht die richtigen Schlüsse. Isabel überlegte bereits, die Tür der

Kutsche aufzureißen und davonzulaufen, doch das hätte keine Aussicht auf Erfolg. Selbst wenn sie bei dem hohen Fahrtempo unbeschadet herauskäme, würden sein Kutscher oder er sie erwischen.

»Lass mich gehen. Du kannst Biel ja sagen, dass ich davongelaufen bin«, verlangte sie verzweifelt. Lieber fliehen und sich vor Biel verstecken, als mit ihm vor den Traualtar zu treten, denn das war es doch, was ihr blühen würde. Warum sonst hätte er sie aus dem Bordell geholt?

»Wo willst du denn hin, Isabel? So ein Spiel mit uns zu treiben! Dabei kennst du mich doch gar nicht.«

Seine Stimme war nun überraschend sanft. Der Mann, der ihr gegenübersaß, war nicht mehr der kleine Junge, der ihr Streiche gespielt hatte, und doch war es jene Erinnerung an die damalige Zeit, die es ihr nun ermöglichte, sich ihm nicht wie ein Opferlamm auszuliefern.

»Offenbar kennen dich die Damen in diesem Freudenhaus besser«, hielt sie ihm vor.

»Ein alleinstehender Mann hat das Recht dazu, auch moralisch gesehen«, rechtfertigte er sich.

»Mercedes hat mich vor dir gewarnt. Du erinnerst dich noch an sie? Oder war sie nur eine von vielen?«

Rafael ließ sich nicht aus der Ruhe bringen. »Es war eine schöne Zeit mit ihr, doch unsere Wege haben sich getrennt.«

»Vielleicht erlebst du noch viele schöne Zeiten an der Seite von anderen Frauen. Ich bin nicht die Richtige für dich und du weißt das.«

Rafaels Mimik verriet ihr, dass ihn dieser Punkt nun doch beschäftigte.

»Lass mich einfach gehen, Rafael. Bring mich zum Hafen.«

»Mein Vater will nach wie vor, dass wir diese Ehe schließen. Esteban ebenfalls. Er hat uns telegrafiert, nachdem wir ihm mitgeteilt hatten, dass du noch lebst. Erst tot, dann lebendig. Mich hat fast der Schlag getroffen, als Carmen bei uns aufgetaucht ist und um eine Unterredung in einer dringlichen Angelegenheit bat. Ich möchte auch nicht wissen, was in deinem Vater vorgegangen ist, als er die Nachricht erhielt. Ich habe offen gestanden damit gerechnet, dass er dich zurück nach London zitiert, aber er hat um einen schnellstmöglichen Termin für die Vermählung gebeten.«

»Wäre dir das nicht auch lieber gewesen? Die Hochzeit abzublasen?« Isabel erinnerte sich an Ferrels Bericht.

»Wir sollten uns beide nicht dagegen sträuben. Ich sträube mich jedenfalls nicht. Du hast mir damals schon gefallen.«

»Und deshalb hast du mich in den Stall gesperrt? Zu den Schweinen?«

Rafael lachte auf. »Das war damals vermutlich meine Art, Zuneigung auszudrücken. Isabel. Ich war noch ein Junge.«

»Und jetzt?«

»Ein Mann, der Verantwortung trägt und eine Frau vor sich sieht, um deren Zuneigung es sich zu kämpfen lohnen würde.«

»Ich werde dich niemals lieben können«, sagte sie ihm aus vollem Herzen.

»Lieben … Was für ein großes Wort. Aber vielleicht schätzen, oder ist es dir lieber, wenn wir zurückfahren? Soll ich Biel sagen, dass ich unzufrieden mit dir war? Oder wollen wir gleich zur Polizei gehen, damit du ihnen erzählst, wie du von Bord gegangen bist und aller Welt glauben gemacht hast, du seist tot? Und was ist mit deiner Begleitung? Ferrel? Wir hatten ihn zusammen mit dir erwartet. Er wurde tot aufgefunden, nachdem er bei uns gewesen war. Wurde er zudringlich? Wolltest du ihn loswerden? Hast du ihn erschlagen? Auch die Polizei könnte sich diese Fragen stellen. Bei mir bist du aber sicher, Isabel, vor Biel und vor der Polizei. Ist das nicht ein Mindestmaß an Wertschätzung, um nicht zu sagen Dankbarkeit wert?«

Isabel starrte ihn fassungslos an. Das Schlimme daran war nicht nur, dass er alles, was geschehen war, wusste, sondern es ihr auch noch mit Fug und Recht vorhielt.

»Würdest du einem Mann, der über all das hinwegsieht, nicht zumindest die Möglichkeit einräumen, ihn eines Tages zu schätzen? Dich aus diesen unglücklichen Umständen zu befreien, dir ein Leben in Wohlstand und der besten Gesellschaft zu ermöglichen? Ist das kein Beweis für die Ernsthaftigkeit meiner Absichten?«

Isabel wusste es nicht. Nur eines war ihr klar: Rafael hatte sie in der Hand.

Kapitel 11

Isabel war ihrer Erinnerung nach noch nie auf dem Anwesen der Fourrats gewesen. Sie wusste lediglich, dass diese Familie zu den reichsten dieser Gegend gehörte und sie insbesondere der Anbau von Moscatel groß gemacht hatte. Ihre Ländereien, überwiegend Weinberge, reichten vom Hinterland bis zur Küste. Die restliche Fahrtzeit, eine gute Viertelstunde landeinwärts, hatte sich Isabel in Schweigen gehüllt, obwohl Rafael versucht hatte, ein Gespräch vom Zaun zu brechen. Wie sie überhaupt auf so einen verrückten Gedanken gekommen sei, ein Stück Stoff an der Brüstung der Reling anzubringen, hatte er wissen wollen und zugleich zugegeben, dass es ihr an Einfallsreichtum wohl nicht fehle. Von Margarete wollte sie ihm erst recht nicht erzählen, allein schon, um sie nicht in die Sache mit hineinzuziehen.

»Du willst nicht reden. Na gut. Ich akzeptiere das«, war das Letzte, was er von sich gegeben hatte, bis die Kutsche in eine Zuwegung bog, die zu einem wahrlich herrschaftlichen Anwesen führte. Die Sonne schickte ihre letzten Strahlen über die Bergketten des Hinterlands. Es war gerade noch hell genug, um das auf einem Hügel liegende Haus zu begutachten. Es war dreistöckig und ähnelte eher einem Stadtpalast als einem der hiesigen von der Bauweise der Riuraus inspirierten

Landgüter. Jedes Fenster zierte ein kleiner Eisenbalkon und über dem Eingang ragte eine Terrasse hervor, die sicher einen herrlichen Ausblick über die Weinberge bis hinunter zur Küste ermöglichte.

Isabel entdeckte rechterhand einen Pavillon, in dessen Mitte ein Springbrunnen stand. Ein gepflegter Garten schloss sich ihm unmittelbar an. Pinkfarbene Bougainvilleen rankten bis hinauf zum Eisengitter der Terrasse.

Die Kutsche hielt unmittelbar vor dem Gebäude.

»Es wird dir hier gefallen«, sagte Rafael.

Isabel erwiderte nichts darauf, ließ sich vom Kutscher die Tür öffnen und stieg als Erste aus. So eine schöne Hausfassade hatte sie noch nirgendwo gesehen. In den Stein gehauene Weinblätter, Reben und Trauben über den Fenstern und zwischen den Stockwerken unterstrichen den Eindruck des Palasts eines Rosinenbarons, wie Vater Salvador bezeichnet hatte.

»Hinter dem Haus haben wir einen Garten und eine kleine Orangerie. Im Frühjahr ist es hier am schönsten. Der Duft der Orangenblüten ist betörend«, sagte Rafael, nachdem er sich zu ihr gesellt hatte.

»Es ist beeindruckend«, gab Isabel zurück, und es stimmte: Dieser Ort war wunderschön. Gleichzeitig würde er zu ihrem goldenen Käfig werden. Ob Rafael sie wohl genau wie Biel auch einsperren würde? Sie traute ihm alles zu.

»Komm. Ich zeige dir das Haus.«

Isabel nickte. Was blieb ihr anderes übrig? Immerhin schenkte er ihr ein einladendes Lächeln. Er bot ihr sogar den Arm an, um sich bei ihm einzuhängen. Isabel ignorierte die Geste geflissentlich.

»Du machst es einem wirklich nicht leicht, Isabel.« Er seufzte, ging vor und öffnete die massive Holztür, die zu einem Foyer führte, von dem aus eine wuchtige Holztreppe in die oberen Stockwerke führte.

»Ich habe das schönste Zimmer für dich ausgesucht. Im ersten Stock. Du hast dort eine eigene Terrasse«, sagte er.

Isabel nahm es zur Kenntnis und nickte. Ihr Blick schweifte über die Gemälde an der Wand und hinauf zum Kronleuchter.

»Wir haben ihn aus Italien kommen lassen«, erklärte Rafael.

Isabel rechnete bereits mit einer mehrstündigen Führung, um ihr das Leben hier schmackhaft zu machen. Was nützte all der Prunk, wenn ihr Herz sich so leer anfühlte?

Eine Tür rechts der Treppe ging auf. Heraus kam eine Frau mit Küchenhaube und Schürze, die Isabel auf um die vierzig schätzte. Sie trug einen leeren Holztrog und war wohl gerade auf dem Weg zu einer seitlich am Treppenaufgang befindlichen Tür, die wahrscheinlich in den Keller führte.

»Das ist Alba. Sie ist unsere Köchin und kümmert sich ums Haus. Sie wird dir jeden Wunsch von den Lippen ablesen. Und das ist Isabel, meine künftige Ehefrau.«

Alba grüßte sie mit einer dezenten Kopfbewegung und schenkte ihr ein Lächeln. Isabel erwiderte es, obwohl ihr seine Bemerkung in Sachen »künftige Ehefrau« im Magen lag.

»Ist Vater oben?«, fragte er.

»Er ist im Wintergarten und liest«, erwiderte Alba.

»Nein. Das ist er nicht.« Isabel vernahm eine sonore Stimme aus Richtung der Tür links des Eingangs, die wohl zum Salon führte.

»Du kennst Vater vermutlich noch nicht«, sagte Rafael.

»Von den Toten auferstanden.« Mehr hatte der vollbärtige Mann, der Isabel in einer Mischung aus Verachtung und Neugier musterte, nicht zu sagen.

»Ich zeige Isabel das Haus.« Rafael brach den Moment unguten Schweigens zuerst.

Er kam Isabel wie ein kleiner Junge vor, der sich vor seinem Vater rechtfertigte.

»Du kommst eher nach deinem Vater. Hast seine Augen«, stellte Salvador fest. Obwohl er ihr Onkel war, empfand Isabel es als unangenehm, von ihm geduzt zu werden, von einem für sie Fremden. Sie versuchte, dieses Gefühl zu unterdrücken, nahm sich aber vor, ihn nicht ebenfalls zu duzen, allein schon, um eine gewisse Distanz zum Ausdruck zu bringen.

Er stand noch immer an der Tür zum Salon und wandte seinen Blick nicht mehr von ihr ab.

Isabel konnte ihm ansehen, dass ihn die Begegnung mit ihr innerlich aufwühlte. War es der Zorn darüber, dass sie ihren Tod inszeniert hatte, um seinem Sohn zu entgehen? Irgendetwas arbeitete in ihm.

»Ich hoffe, du findest dich hier schnell ein.« Es klang wie ein Befehl. »Führ sie herum. Vielleicht denkt sie dann darüber nach, warum die Vorstellung für sie so unerträglich war, im Geburtshaus ihrer Mutter zu verweilen«, sagte er, drehte sich um und ging ohne ein weiteres Wort zurück in den Salon.

»Er trägt es dir nach. Die ganze Aufregung war wohl etwas zu viel für ihn«, erklärte Rafael ihr mit leiser Stimme, als sein Vater den Salon in Richtung eines angebauten Wintergartens halb durchquert hatte.

War das nicht typisch für Maulhelden? Kleine Mädchen einsperren und daheim kuschen? »Du wolltest mir doch mein Zimmer zeigen«, sagte Isabel.

Erstaunt zog er die Augenbrauen hoch, bevor er ihr in einer einladenden Geste auf der Treppe den Vortritt ließ.

»Ich hoffe, es gefällt dir.« Mit diesen Worten öffnete Rafael die Tür zu ihrem Zimmer und knipste die Deckenbeleuchtung an, natürlich ebenfalls ein Kronleuchter, der sicher ein halbes Vermögen gekostet haben musste. Auch wenn er sich noch so sehr um sie bemühte, seine unverhohlenen Drohungen während der Fahrt hierher hallten nach. Auch sein Lächeln und eine mittlerweile sanfte Tonlage konnten diese Missklänge nicht übertönen.

Vor ihr lag ein großer Raum mit hoher Decke, der mit allem ausgestattet war, was man sich nur wünschen konnte. Ein Himmelbett, über dem sich ein Moskitonetz spannte. Isabel wusste, wie nützlich das war. Edles Mobiliar. Eine gepolsterte Couch mit dunkelgrünem Bezug, der farblich gut zu den lindgrünen und mit Blättermotiven verzierten Tapeten passte. Ein Sekretär, ein Spiegeltisch, ein geräumiger Schrank und eine Anrichte, auf der ein Grammofon stand, könnten einladender nicht sein.

»Die Tür führt zu deinem eigenen Badezimmer. Und da vorne geht es zur Terrasse. Soll ich sie dir öffnen?«

Isabel schüttelte den Kopf und sah sich lieber um. An der Wand hing das Gemälde einer wunderschönen Frau. Sie trug ein langes grünes Kleid. Ihr dunkles Haar reichte bis hinab auf ihre Schultern.

»Wer ist diese Frau?« Das interessierte Isabel mehr als ein Blick über das Anwesen.

»Vater hat es hier aufhängen lassen, um dir eine Freude zu machen. Es ist deine Mutter, Ana.«

Isabel stockte der Atem. Endlich ein Bild vor Augen. Isabel trat näher und konnte ihren Blick nicht mehr davon lösen.

»So habe ich sie in Erinnerung«, sagte Rafael, der sich neben Isabel begab und sich anscheinend auch von der Magie dieses Gemäldes davontragen ließ.

»Aber wahrscheinlich auch nur, weil ich dieses Gemälde schon so oft gesehen habe. Es hing bisher in Vaters Büro. Ich war sieben, als sie gestorben ist.«

»Ana ... meine Mutter. Ich habe sie noch nie zuvor gesehen.« Isabels Herz pochte bis zum Hals.

»Esteban hatte kein Bild von ihr, auch keine Fotografie?«

Isabel schüttelte den Kopf. »Gibt es noch mehr Bilder von ihr? Hat dein Vater Fotografien?«

»Soviel ich weiß, nein.«

»Ich möchte allein sein«, verlangte Isabel.

»Das ist verständlich. Alba wird das Abendessen für halb neun zubereiten. Es wäre schön, wenn du Vater und mir Gesellschaft leisten würdest.«

Isabel nickte, ohne ihn anzusehen. Aus dem Augenwinkel bekam sie mit, wie er ihr Zimmer verließ. Er zog die Tür leise hinter sich zu. Isabel setzte sich auf das Bett, das Bildnis ihrer Mutter vor Augen. Sie entsprach nicht der Vorstellung, die sie sich von ihr gemacht hatte, was sicherlich auch an Vaters Beschreibungen lag. Ana hatte hohe Wangenknochen. Die Frau in ihrer Vorstellung war zuletzt von Marienstatuen geprägt gewesen. Warum spürte sie keine Nähe, wie sie sie immer beim Gebet in der Londoner Kathedrale empfunden hatte? Wie eine Fremde kam sie ihr vor.

Dann verfing sich ihr Blick auf Anas Hand, an der sie einen in Gold gefassten Smaragdring trug. Isabel stand auf und besah ihn sich näher. Das konnte doch gar nicht sein. Wieso kam ihr dieser Ring so vertraut vor? Ein eiskalter Schauer lief ihr über den Rücken. Der Traum. Dieser schreckliche Traum. Alle paar Monate überfiel er sie. Der Ring und diese schlanken Hände kamen darin vor. Sie kannte sie, obwohl sie sie gar nicht kennen konnte. Welche Erinnerung hatte man schon mit gerade einmal zwei Jahren? Sie verblassten doch sofort. Und doch kannte sie den Ring.

Isabel schloss die Augen und versuchte, in sich zu gehen. Sie fragte sich, ob sie sich das nur einbildete. Ihre Träume von diesem Ring mussten doch einen Grund haben. Hatte Vater ihn vielleicht aufbewahrt und sie hatte ihn irgendwo im Haus gesehen? In einer Schatulle? War es das? Urplötzlich hatte Isabel die Farbe Rot im Sinn, die ihrer Erinnerung nach meist mit diesen Träumen einherging. Waren solche Ringschatullen nicht mit rotem Samt ausgekleidet? Rot und dieser Smaragd. Rot und das leuchtende Grün dieses Steins. Erst kürzlich hatte sie wieder davon geträumt.

Isabel zwang sich, aufzustehen. Ihr Kopf schmerzte. Sie ging zur Terrassentür, öffnete sie und trat hinaus in die Stille des Abends. Wie sie es sich gedacht hatte, konnte man von hier oben bis zum Meer sehen, ein in der Abenddämmerung silbern glitzernder Streifen am Horizont. Wenn nur die Umstände andere wären, sagte sie sich. Ein Leben in diesem Haus war an sich etwas, wovon man nur träumen konnte.

Isabel horchte in sich hinein und fragte sich, ob sie Rafael nicht doch eine Chance geben sollte. War sie zu voreingenommen gewesen? Konnte sie ihm vorwerfen, dass er ihr auf der Kutschfahrt Vorhaltungen gemacht und ihr zu verstehen gegeben hatte, dass sie keine andere Wahl hatte, als ihn zu ehelichen, ohne in noch tieferes Unglück zu stürzen? Am Ende waren ihre Ansprüche zu hoch gewesen. Sie wusste doch, wie viele Ehen nur auf dem Papier Bestand hatten, dass nicht nur Männer sich auf Abwege begaben und sich Geliebte hielten. Lieben würden sie ihn nicht können. Und das lag nicht an den Erinnerungen aus ihrer Kindheit, doch gestand sie sich ein, dass gegenseitiger Respekt vielleicht möglich war. Am Ende sogar eine Art freundschaftliches Verhältnis.

Der Blick in die Ferne erinnerte sie an eines ihrer Landschaftsbilder, die sie gemalt hatte. Sie war wieder hier, in ihrer Heimat. Das spendete Trost. Auf einmal hatte sie Margaretes Worte im Ohr. Die Schicksalhaftigkeit als Quell des Lebens, und dass sich als schlimm erscheinende Umstände im Nachhinein als gut erweisen würden. Es ging um Entscheidungen, um Wege, die man einschlug oder nicht. Isabel holte tief Luft und beschloss, die nächsten Tage unvoreingenommener auf sich zukommen zu lassen und die Träume eines jungen Mädchens von der großen Liebe zu begraben.

Isabel kam sich vor wie an einem von Vaters Dinner-Abenden, nur dass sie den Umständen geschuldet wesentlich angespannter war, der Salon größer und die Tischordnung so, als wäre sie am spanischen Königshof zu Gast. Salvador saß am Tischende einer Tafel, an der gut und gern zwei Dutzend Gäste Platz finden würden. Isabel sollte Rafael wohl gegenübersitzen, weil dort für eine dritte Person gedeckt war, allerdings in gebührendem Abstand zum »König«. Was Isabel aber auch recht war, denn noch konnte sie Salvador nicht einschätzen. Menschen mit so harten Gesichtszügen kamen ihr von je her suspekt vor. Ein Spanier, der nicht lächelte und so griesgrämig aus der Wäsche schaute, war sowieso eine Seltenheit. Lediglich Rafael schien sich darüber gefreut zu haben, dass sie pünktlich zum Abendessen heruntergekommen war. Sie schloss es aus seinem einnehmenden Lächeln und weil er gleich von seinem Platz aufgesprungen war, um ihr den Stuhl zurechtzurücken. Eine Geste, die Salvador, seinem fragenden Blick nach zu urteilen, wohl als überflüssig empfand.

»Ich hoffe, du hattest etwas Zeit, um dich auszuruhen. Albas hervorragende Küche lockt mich selbst nach einem harten Arbeitstag an den Tisch. Ist es nicht so, Vater?«

Isabel durchschaute Rafaels Versuch, seinen Vater gleich dazu zu ermuntern, sich einem harmlosen Tischgespräch anzuschließen.

Er nickte nur.

Isabel nahm Platz und besah sich den Salon. Eine Hälfte des Raums war für die Tafel reserviert. Vor einer Bücherwand am anderen Ende standen Stühle und eine Chaiselongue einem offenen Kamin gegenüber. Abgesehen von einigen Ölgemälden an den Wänden war der Raum eher karg eingerichtet. Auf dem

Kaminsims stand eine leere Vase. Es fehlten Accessoires, die einem Raum nicht nur Leben, sondern auch eine persönliche Note einhauchten. Der Umstand, dass es keine Frau mehr an Salvadors Seite gab, andernfalls hätte sie dem Essen beigewohnt, war wohl der Grund.

»Wir haben Esteban telegrafisch darüber informiert, dass du noch am Leben bist«, sagte Salvador unvermittelt. Er war offenbar ein Mann, der ohne Umschweife gleich zur Sache kam.

Isabel nickte schweigend. Rafael hatte sie bereits darüber in Kenntnis gesetzt. Ihr graute vor der Richtung, die dieses Tischgespräch zu nehmen drohte.

»Der Schreck wird ihm noch in den Knochen sitzen. Und die Schande. Den eigenen Tod zu inszenieren …«, sagte Salvador fassungslos.

Er musterte sie dann für eine Weile. Isabel sah ihm an, dass noch etwas durch seinen Kopf geisterte.

»Er wird sich sicher auch gefragt haben, warum sich seine Tochter lieber in einem Bordell herumtreibt, als in eine angesehene Familie einzuheiraten. Ist das etwa besser als eine Ehe?«

Rafael warf ihm einen vorwurfsvollen Blick zu.

»Was hat Carmen denn erzählt? Etwa, dass ich freiwillig dort war?«, wollte Isabel von Rafael wissen.

»Angeblich hat dich dieser Biel Salort in die Fänge bekommen«, sagte Rafael.

»Carmen war mein Kindermädchen. Ich dachte, ihr wüsstet das. Was ist so verwerflich daran, dass ich sie besuchen wollte? Salort hat mir einen Schlaftrunk in den Wein getan«, stellte Isabel klar.

»Hat er das?«, wunderte sich Salvador.

»Carmen? Dein Kindermädchen?«, wunderte auch Rafael sich.

»Willst du uns einen Bären aufbinden?«, hakte Salvador nach.

»Sie hat sich wohl um mich gekümmert, als ich noch klein war. Vater hatte noch jahrelang Briefkontakt. Ich dachte, sie könnte mir helfen, hier Fuß zu fassen. Da habe ich mich wohl getäuscht.«

In Salvador schien es zu arbeiten. »Nun. Dann wird es wohl so gewesen sein. So was. Vom Kindermädchen zur Chefin eines Bordells. Die Wege des Herrn sind unergründlich«, sagte er dann.

Isabel war froh, dass Alba nun mit einem Tablett hereinkam. Sie stellte es in der Mitte des Tisches ab und hob die Metallglocke, unter der sich eine Schale mit Kartoffeln und duftenden Lammkeulen mit grünen Bohnen verbarg.

»Ich wünsche allseits einen guten Appetit«, sagte sie und ließ sich zuerst Isabels Teller reichen, was Salvador sichtlich irritierte.

Er hatte seinen schon in der Hand. Alba hingegen beherzigte die feine englische Art des »Ladies first«. Vielleicht war es aber auch die hierzulande übliche Gastfreundschaft.

»Wie das duftet.« Isabel sagte es nicht nur, um eine gewisse Normalität bei Tisch einkehren zu lassen.

Alba strahlte jedenfalls, bevor sie zurück zur Küche ging.

»Auch etwas Wein?«, fragte Rafael.

Isabel nickte und ließ sich etwas vom Weißwein einschenken.

»Was ist so schrecklich an dieser Familie, dass du so viele Mühen auf dich genommen hast, dich einer Ehe zu entziehen, die jede andere Frau glücklicher nicht stimmen könnte?« Salvador handelte sich berechtigterweise einen vorwurfsvollen Blick von Rafael ein.

»Vielleicht, weil ich andere Vorstellungen von Glück habe.«

Salvador lachte auf. »Und welche wären das, wenn ich fragen darf?«

Isabel sah keinen Grund, ihm nicht reinen Wein einzuschenken. »Ich wollte Malerei studieren. Die Londoner Academy of Arts hat mich aufgenommen.«

»Tatsächlich?«, kommentierte Salvador.

»Du verstehst dich auf die Malerei?«, fragte Rafael interessiert nach.

»Ich hätte mich noch viel besser darauf verstanden, wenn die Pläne meines Vaters meine nicht durchkreuzt hätten. Waren es auch Ihre Pläne? Die Nachricht dieser Heirat traf mich überraschend. Vater hat mir nie auch nur eine Andeutung gemacht.« Wenn sie schon einmal beim Thema waren, gedachte Isabel, nun auch diesen Punkt zu klären.

»Schon seit Langem. Eine Verbindung unserer Familien ist naheliegend und hat ihre Wurzeln in Vergangenem. Auch in geschäftlicher Hinsicht. Esteban importiert. Wir exportieren.«

Salvador warf seinem Sohn einen bedeutsamen Blick zu, aus dem Isabel nicht schlau wurde. Den geschäftlichen Aspekt hatte Salvador sicher nur so dahergesagt, denn sie verkauften seine Ernte ja bereits. Erhoffte Salvador sich etwa mehr Profit? Dass Vater ihm dann mehr zahlte? Auch das konnte nicht sein, denn der Markt diktierte die Preise. Irgendetwas stimmte hier nicht.

»Meines Wissens hatte mein Vater seit Jahren keinen privaten Kontakt mehr zu Ihnen. Wie kommt es dann, dass diese Heirat nach so langer Zeit noch im Raum stand?«, wollte Isabel von Salvador wissen.

Salvadors Miene verfinsterte sich. Offensichtlicher konnte es kaum sein, dass er die Frage nicht zu beantworten gedachte.

»Ein Eheversprechen zwischen Ehrenmännern verliert auch nach Jahren nicht an Bedeutung«, sagte er zu Isabels Überraschung dann doch. »Wir sollten uns jetzt dem Essen widmen. Lamm sollte man genießen, solange es noch warm ist«, fuhr er fort.

Isabel war sich sicher, dass er irgendetwas vor ihr verbarg.

»Vater hat recht. Mir knurrt schon der Magen«, sagte Rafael.

Isabel hatte keinen großen Appetit, zwang sich dann aber doch dazu, ein Stück vom Lamm und etwas von den Beilagen zu sich zu nehmen. Die heiklen Themen waren nun voraussichtlich sowieso vom Tisch, insofern gab es keinen Grund mehr, allein schon Albas Kochkunst zuliebe, das Gericht zu verschmähen.

Isabel hatte eigentlich vorgehabt, sich nach dem Abendessen gleich auf ihr Zimmer zurückzuziehen. Es war aber letztlich doch angenehmer verlaufen als gedacht. Salvador ließ bei ihren weiteren Gesprächsthemen die Vergangenheit ruhen, weil es vieles gab, das sie wissen musste, um sich in ihrem neuen Zuhause zurechtzufinden. Das fing mit den Räumlichkeiten an und hörte bei den Gepflogenheiten auf, wann sie in der Regel die Mahlzeiten einnahmen. Wohin die Schmutzwäsche zu bringen sei. Welche Aufgaben Alba übernehme. Dass sie zweimal pro Woche die Zimmer grundsätzlich vormittags reinige und am Freitag Waschtag sei. Einmal pro Woche sei ein Gärtner zugegen, der die Pflanzen pflege. Der Kutscher führe zugleich Reparaturarbeiten am Haus aus und sei für die Stallungen zuständig. Ab und an würden Gäste zu Besuch ins Haus kommen, Salvadors und Rafaels geschäftliche Kontakte, was natürlich die Frage aufgeworfen hatte, wann sie in die Stadt fahren würden, damit sie sich einkleiden konnte. Anscheinend hatten sich die beiden in vielerlei Hinsicht weitreichende Gedanken über das neue Familienmitglied gemacht.

Isabel fühlte sich dennoch wie ein Fremdkörper in diesem Haus. Rafaels Vorschlag, diese laue Sommernacht zu nutzen, um einen kleinen Verdauungsspaziergang im Garten zu unternehmen, hatte sie auch aus diesem Grund angenommen.

Draußen, inmitten der Olivenbäume, Zypressen und der Bäume, die Zitrusfrüchte trugen, fühlte sie sich wohler und mehr daheim als in ihrem grünen Zimmer, wie Rafael es nannte. Erhoffte er sich, vielleicht einen romantischen Moment zu erhaschen? Der gepflegte Garten und der Pavillon, auf den sie zuspazierten, wäre an sich ein geeigneter Rahmen.

»Ich gehe oft nach dem Essen noch hier raus. Es ist so still. Die Hitze des Tages hat sich gelegt. Am liebsten sitze ich dort drüben und lausche dem Plätschern des Wassers, bis ich müde werde.« Er meinte damit den Pavillon und den in seiner Mitte stehenden Springbrunnen. Sein Geplätscher konnte man bis zum Haus vernehmen. Es hatte in der Tat etwas Beruhigendes an sich.

»Woher kommt das Wasser?«, fragte sie.

»Weiter vorne verläuft ein Bach. Er speist auch unsere Wassertonnen«, erklärte Rafael.

Isabel nickte stumm. Ihr Kopf schwirrte bereits von den vielen Dingen, die das Haus betrafen.

»Wenn du irgendwelche Pflanzen oder Blumen besonders magst, unser Gärtner wird dir jeden Wunsch erfüllen«, versprach er, nachdem Isabel sich eine blühende Riesenstrelitzie genauer angesehen hatte, die neben dem Weg zum Pavillon wuchs.

»Sie ist voller Anmut und einer gewissen Eleganz«, sagte sie mehr zu sich. Isabel entdeckte noch weitere Strelitzien, die wie Farbtupfer zwischen den Palmen und Büschen hervorstachen.

»Meine Mutter hat sie pflanzen lassen. Sie mochte sie sehr«, sagte Rafael.

»Wann ist sie gestorben?«

»Kurz nach dem Tod meiner Tante. 1885. Die Cholera. Die Zeit war sehr schwer für uns, vor allem für meinen Vater. Erst verliert er seine Schwester, dann auch noch seine Frau.«

»Ist er deshalb so verhärmt?«

»Seither denkt er nur noch an Geschäfte. Sie geben ihm Halt und Sicherheit. Man hat sie selbst in der Hand und erlebt nur in den seltensten Fällen herbe Enttäuschungen.«

Es hörte sich fast so an, als würden sie über ihren Vater sprechen. Wie es schien, waren er und Salvador aus demselben Holz geschnitzt. »Und du?«

»Ich kann ihn verstehen«, sagte er, als sie den Pavillon erreichten. Er ließ sich auf die Steinbank sinken und starrte auf den Springbrunnen, in dessen Mitte sich von unten nach oben verjüngende Teller das Wasser auffingen und plätschernd in das darunterliegende Becken entließen.

Isabel tat es ihm gleich. Sie überlegte, ob sie diesen Ort genauso oft aufsuchen würde, wie er es tat. Zugleich erschrak sie bei dem Gedanken. Hatte sie sich bereits damit abgefunden, ein Mitglied der Familie zu werden? Sich ihn als Ehegatten vorzustellen, fiel ihr schwer, auch wenn er sich, seitdem sie hier waren, von seiner besten Seite gezeigt hatte. Dass sie ihn nun nachdenklich musterte, hatte er wohl aus dem Augenwinkel mitbekommen.

»Was sagst du? Hältst du mich immer noch für ein Scheusal?«

Das Geplätscher des Brunnens verlor augenblicklich seine beruhigende Wirkung.

»Ich habe deinen Abschiedsbrief gelesen. Ferrel hat ihn uns ausgehändigt«, erklärte er.

Isabel gestand sich ein, dass er ihr in den letzten Stunden keinen Anlass mehr dazu gegeben hatte, dieses Wort in den Mund zu nehmen. Sie schüttelte den Kopf, was Rafael aufatmen ließ.

»Vielleicht war ich eines. Früher mal«, sinnierte er.

Isabel überlegte, ob seine damalige rüpelhafte Art am Ende daran gelegen hatte, ab seinem siebten Lebensjahr ohne Mutter aufgewachsen zu sein.

»Ich meinte das so, als ich sagte, dass du mir schon damals gefallen hast«, kam dann.

Isabel versuchte, in seinen Augen zu lesen, ob er das ehrlich meinte. Es schien tatsächlich so zu sein. »Ich kann dir keine Versprechungen machen«, sagte sie in der Hoffnung, dass er ihre Aufrichtigkeit schätzte. Irgendetwas an ihm stieß sie nach wie vor ab, wenngleich er ihr als Mann gefiel.

Rafael nickte.

Sie konnte nicht so recht einschätzen, was gerade in ihm vorging.

»Lass uns reingehen. Wir haben morgen viel vor«, sagte er und erhob sich. Er reichte ihr die Hand, um ihr aufzuhelfen. Er hielt sie länger, als dafür vonnöten war. Isabels irritierter Blick genügte, um von ihr abzulassen.

Wo kommt das viele Blut auf dem weißen Boden her? Es wird immer mehr und berührt ihre nackten Füße. Es fühlt sich warm an. Sie weicht zurück. Inmitten eines Sees aus Rot beginnt plötzlich etwas zu funkeln. Ein grünes Licht. Wie ein Punkt inmitten des Rots. Ein Schmerz an der rechten Schulter geht damit einher. So viel Leid. Es wird unerträglich.

Isabell lag schweißgebadet im Bett und gab einen gurgelnden Laut von sich, als sie aus dem Traum erwachte. Ihr Herz raste. Sie zwang sich zu tiefen Atemzügen, um sich zu beruhigen. Die ersten Sonnenstrahlen fielen durch das Fenster herein und vertrieben die Schrecken der Nacht. Isabel richtete sich auf. Der gleiche Traum. Immer wieder diese Farbe, von der sie annahm, dass es Blut war. Ihr Blick verfing sich erneut auf dem Smaragdring an der Hand ihrer Mutter auf dem Gemälde. Sie war sicher, dass sie ihn schon einmal gesehen hatte, nur wo?

Es hatte aber keinen Sinn, weiter in sich hineinzulauschen. Es führte erfahrungsgemäß zu nichts. Sie stand auf, ging zum

Fenster, um frische Luft in das Zimmer zu lassen. Es bedurfte gleich mehrerer tiefer Atemzüge, um diesen schrecklichen Traum gänzlich abzuschütteln.

»Isabel. Guten Morgen.« Sie vernahm Rafaels Stimme. Isabel suchte den Garten nach ihm ab und entdeckte ihn in der Nähe des Pavillons.

»Hast du gut geschlafen? Es ist Zeit fürs Frühstück. Und wir müssen in die Stadt fahren. Du brauchst doch neue Kleider.«

»Ich beeile mich«, sicherte sie ihm zu und ging gleich ins Badezimmer. Als ihre nackten Füße die weißen Fliesen betraten, fuhr ein kalter Schauer über ihren Rücken. Das Weiß. Genau wie im Traum. Für einen Moment starrte sie nachdenklich auf den Boden, doch da war sonst nichts, was sie mit ihren Träumen in Verbindung bringen konnte.

Sie ließ Wasser aus dem Hahn in das Waschbecken ein. Eigentlich hatte sie sich vorgenommen, vom Luxus eines Badezimmers mit fließendem Wasser zu profitieren und gleich ein Bad zu nehmen, doch dafür reichte die Zeit nicht mehr. Es war nichts dagegen einzuwenden, sich neue Kleidung kaufen zu lassen, auch wenn es sicherlich nur dem Zweck diente, sich mit der künftigen Gattin in der Öffentlichkeit sehen lassen zu können. Die aufkeimende Vorfreude auf einen Besuch in der Stadt und darauf, wahrscheinlich nun doch in den schicken Läden nach Kleidern Ausschau halten zu können, verflüchtigte sich so schnell, wie sie gekommen war, weil sie an den Preis dafür dachte: die bevorstehende Heirat.

An der Seite eines Mannes, der sie aufrichtig liebte und sie ihn, könnte ein Tag kaum schöner beginnen – zumindest was die äußeren Umstände betraf und auch nur rein hypothetisch. Die Sonne stand noch nicht so hoch am Himmel. Die morgendliche Frische des hügeligen Hinterlandes hielt sich während ihrer Fahrt in einer offenen Kutsche dank der vielen schattenspendenden

Nadelbäume bis hinunter zum Meer. Schon beim gemeinsamen Frühstück mit Rafael, das ihnen Alba zubereitet hatte, war Isabel auf den Gedanken gekommen, dass sie hier in der Tat alles hätte, was man sich nur wünschen konnte. Eventuell könnte sie sogar in Valencia Malerei studieren, doch würde Rafael dies zulassen? Sein Bemühen, dass sie sich wohlfühlte, war allerdings unverkennbar.

Es hatte Eier mit Speck zum Frühstück gegeben. Dazu Würstchen und frisch gepressten Orangensaft. Selbst Porridge hatte Rafael für sie besorgen lassen, in der Annahme, dass sie es aufgrund ihrer englischen Essensgewohnheiten in Spanien vermissen würde. Alles schön und gut, doch sosehr sich Rafael auch bemühte und obwohl Isabel all diese Kleinigkeiten zu würdigen wusste, wollte sich nicht mehr als Sympathie für diesen Mann einstellen. Isabel gewann während der Kutschfahrt sogar den Eindruck, dass er generell etwas unbeholfen im Umgang mit dem weiblichen Geschlecht war. Zwar stets bemüht, ihr Herz zu erobern, doch der Art und Weise, wie er das versuchte, war eine gewisse Zwanghaftigkeit anzumerken. Auf dem Weg entlang der Küste konnte selbst sein zur Schau gestelltes Interesse für die Malerei dies nicht überdecken. Es war ein Frage- und Antwortspiel zu Maltechniken und ihren bisherigen Arbeiten gewesen, um zu zeigen, dass er sich für ihr Leben interessierte. Es war ihm allerdings anzumerken, dass er von der Malerei keine Ahnung hatte. Er verstand nicht, wie schwierig es war, mit wenigen Strichen das Wesentliche an einem Portrait oder einer Landschaft festzuhalten. Das konnte sie ihm nicht zum Vorwurf machen. Es fehlte ihm wohl der Zugang dazu.

»Wir sollten eines schönen Tages eine Reise nach Madrid unternehmen. Ich war dort vor einigen Jahren. Kennst du das Museo Real de Pintura y Escultura?«

Isabel hatte vom königlichen Museum für Malerei und Bildhauerei gehört. Vater hatte ihr erzählt, dass es mit den

Sammlungen des Dreifaltigkeitsmuseums zusammengelegt worden war und wie die Pinakothek des Louvre einzigartige Werke spanischer Kunst ausstellte.

»Das wäre sehr schön«, gab Isabel gefällig zurück. Natürlich wäre es das, aber am liebsten allein. Isabel erschrak über diese Einsicht, denn konnte man von einem Mann denn mehr erwarten, als dass er sich derart bemühte, ja fast schon verbog, um auf die Interessen einer Frau einzugehen?

»Auch die Architektur des Museums ist beeindruckend«, fügte er hinzu.

Alles Kopfgeburten. Hatte er denn keine Augen für all die schönen Dinge um sie herum? Sie waren an zwei Reihern bei den schilfbewachsenen Sümpfen vorbeigefahren. Sie fütterten ihre Jungen. Wie possierlich anzusehen! Kein Wort dazu. An einem streitenden Paar, vermutlich Bauern, die sich anblafften, nur um sich dann doch in die Arme zu nehmen, nachdem sie ihm eine Kopfnuss verpasst hatte. Isabel hatte das belustigt, er lediglich verwundert zur Kenntnis genommen. Stattdessen schwang er Reden über aus seiner Sicht interessante Dinge, über Dénia, die Theater, die sie gemeinsam besuchen könnten, die besten Restaurants und bevorstehende gesellschaftliche Ereignisse – sehr zu Isabels Verdruss, die sich vorkam wie ein Gast, dem man möglichst viel zeigen wollte.

»Erinnerst du dich noch an den Hafen, als wir Kinder waren? Wir sind damals zur Mole gelaufen, wenn ein großer Segler von Übersee ankam. Und jetzt wimmelt es nur so von Dampfern am Hafen.«

Isabel bestätigte auch das.

Rafael kam ihr vor wie ein Schüler, der es dem Lehrer recht machen wollte. Lag das vielleicht daran, dass er das Wesen einer Frau nicht kannte oder gar nicht kennen wollte? Er hatte bisher nur Liebeleien gehabt und war ins Bordell gegangen. War es da ein Wunder, dass er das Herz einer Frau nicht zu erobern wusste?

Als sie den Stadtrand von Dénia erreichten und der Hafen in Sicht kam, hatte Isabel sofort jene schreckliche Nacht vor Augen, das Essen in der Hafenspelunke, den Schlaftrunk und das böse Erwachen am nächsten Tag. Diese Erinnerung lag wie ein dunkler Schatten auf der Stadt, der das Bild, das sie sich aus ihrer Kindheit bewahrt hatte, verdunkelte.

»Wird Biel nicht nach mir suchen lassen?«, fragte sie unvermittelt.

»Er wird es nicht wagen, sich mit uns anzulegen. Ein Wort von meinem Vater an der richtigen Stelle und die Bar kann ihre Pforten schließen«, erwiderte Rafael.

Obwohl Isabel dies einerseits beruhigte, registrierte sie mit Schrecken, dass Rafael sich eben so gegeben hatte, wie er vermutlich war. Seine Augen, auf der ganzen Fahrt eher leblos, trugen nun Glanz. Im Rausch der Macht, der Selbstverliebtheit und darauf vertrauend, dass er sich mit dem Einfluss und Reichtum seines Vaters wahrscheinlich alles kaufen konnte.

»Du musst dir wirklich keine Sorgen machen, Isabel. Es wird dir an meiner Seite nichts geschehen.«

»Und wenn ich allein in die Stadt fahre?« Sie fragte es nicht, weil sie um ihre Sicherheit besorgt war.

»Auch dann«, sagte er, was Isabel erleichterte.

Irgendwann würde sie aus dem goldenen Käfig ausbrechen können. Um eigene Wege zu gehen? Um zu fliehen? Zugleich stellte Isabel sich die Frage, ob sie dann überhaupt noch die Kraft dazu hätte. Spätestens nach einer Eheschließung würde sie sich ihrem Schicksal fügen, sagte sie sich, doch dann regte sich in ihr Widerstand. Es war ihr Leben und sie nicht sein Eigentum, auch wenn er das vermutlich so sah.

Als die Kutsche in die Einkaufsstraße bog, zeigte sich Dénia wieder von seiner schönen Seite. Isabel vermutete, dass Rafael gleich eine der edlen Bekleidungsgeschäfte am Anfang der Einkaufsstraße ansteuern würde. Er tat es nicht, was wohl daran lag, dass dort bereits Kutschen standen und es keine Möglichkeit gab, seine dort abzustellen. Erst weiter hinten waren freie Plätze am Straßenrand. Dorthin lenkte der Kutscher das Gefährt.

Isabel erspähte Estellas Laden und den von Gonzalo, dem Stoffhändler und Schneider, schräg gegenüber. Freitags wäre Fernando dort. Dieser Gedanke ließ sie für einen Moment alles andere vergessen. Sie würden sich wiedersehen. Das nahm sie sich fest vor.

»Wie ich sehe, freust du dich auf unseren Einkaufsbummel.«

Ihr Lächeln war ihm nicht entgangen.

»Vielleicht gibt es hier auch ein Geschäft für Malereibedarf. Für Künstler. Ich sollte dir eine Staffelei kaufen«, sagte er, als er die Kutsche vor einem der Läden halten ließ, die Isabel bereits ins Auge gefallen waren, doch mangels ausreichend finanzieller Mittel nicht betreten hatte.

Rafael half ihr beim Aussteigen und ließ sich vom Schaufenster des Bekleidungsgeschäftes in Beschlag nehmen.

»Schöne Abendkleider. Sie würden dir stehen«, kommentierte er die Auslage.

»Aber sollten wir nicht erst etwas Alltagstaugliches suchen?«, wandte sie ein.

»Auch, doch ich hatte gehofft, dass du mich heute Abend auf den Empfang im Turmhaus begleiten würdest.«

»Im Turmhaus?«

»Bei Elena, Cecilia und María Bosch. Ihnen gehört der Torre de los Suárez-Riera. Die Feste der drei Schwestern sind legendär. Wir sollten uns das nicht entgehen lassen«, sagte Rafael.

Isabel war der Name Suárez-Riera ein Begriff. Vater hatte ihn des Öfteren erwähnt. Es war eine einflussreiche Familie, die ihre Finger nicht nur im Rosinenexport nach Großbritannien hatte.

»Ja, das wäre schön«, sagte Isabel. Ihr Blick war dabei auf Gonzalos Laden gerichtet. Freitags. Jeden Freitag wäre Fernando dort.

Kapitel 12

Zwei geschlagene Stunden hatten sie in zwei Läden verweilt und nun war sie um sieben Kleider reicher. Dazu hatten sie noch eine blaue Abendrobe aus Seide erstanden. Isabel hatte nicht gewagt, danach zu fragen, wie viele Peseten Rafael dafür über den Tresen hatte wandern lassen. Ursprünglich hatte er ein rotes Kleid für sie vorgeschlagen. Es war sicherlich sehr hübsch und er hatte recht, dass es zu ihrem dunkelblonden Haar passte, doch sie mochte die Farbe auch an Kleidung nicht. Die Farbe ängstigte sie. Sie trug deshalb meist Kleidung in Beigetönen, Schwarz oder dunkles Blau. Das ließ sich leicht mit anderen Farben kombinieren und betonte ihren Teint sowie ihr Haar gleichermaßen. Die Kleidung lag mittlerweile in Papier eingewickelt in der Kutsche.

Rafael hatte dem Kutscher die Anweisung gegeben, noch zum Strand zu fahren, was Isabel sofort das ungute Gefühl gegeben hatte, dass er erneut versuchen würde, sich bei ihr lieb Kind zu machen. Auf der Herfahrt hatte sie ihm von ihren Strandspaziergängen und ihrem Vergnügen, sich das Wasser um die Füße spülen zu lassen, erzählt. Immerhin hatte Rafael es sich gemerkt.

Er ließ die Kutsche direkt am Ende eines Feldweges halten, umgeben von meterhohem Schilf, das die Küste von den kilometerweiten Sandstränden trennte.

»Ich weiß gar nicht, wann ich das letzte Mal hier war«, sagte Rafael und zog noch in der Kutsche seine Schuhe aus. »Und barfuß im Sand gelaufen bin. Das habe ich zuletzt als Kind gemacht«, gestand er ein.

»Dann lass uns spazieren gehen«, schlug Isabel vor. Sie war neugierig darauf, ob er wie ein Storch im Salat am Strand entlanggehen oder sich vergnügt weiter in die Brandung hineinwagen würde. Ersteres war der Fall, als die Wellen auf ihre Füße schwappten. Er zierte sich. Hatte er Angst, dass die Wellen bis hinauf zu seinen hochgekrempelten Hosenbeinen reichen würden? Isabel scheute sich nicht, ein paar Meter weiter in das ohnehin flache Gewässer hineinzuwaten.

»Wage dich lieber nicht zu weit hinaus«, sagte er.

»Ach was. Was soll mir denn hier im flachen Wasser passieren?«, rief sie, doch da hatte Isabel sich getäuscht. Eigentlich hätte sie darüber nicht überrascht sein dürfen, denn hier gab es Untiefen, die nicht zu verachten waren, dazu die Wellen. Fünf Schritte knöcheltief im Wasser und plötzlich bis zur Hüfte versunken. Isabel erschrak und versuchte, paddelnd ihr Gleichgewicht zu finden. Es misslang. Sie platschte ins Wasser und versank darin, bis sie wieder Halt unter den Füßen hatte.

Rafael lief in Panik zu ihr.

»Isabel!«

Sie lachte nur und schmiss sich gleich noch einmal voller Absicht in die Fluten. Ob Rafael es ihr gleichtun würde? Mitnichten. Er stand hüfttief im Wasser und reichte ihr die Hand.

»Es ist herrlich!«, ermunterte sie ihn.

Rafael stand konsterniert da. Aus dem Helden war ein begossener Pudel geworden. Sie griff dennoch nach seiner Hand und stand nun wieder aufrecht in der Brandung.

»Gott sei Dank. Ich dachte schon, du würdest ertrinken.«
»Ich und ertrinken? Ich bin wie ein Fisch im Wasser.«
»Einer der schönsten, die das Meer je an Land gespült hat. Oder eine Meerjungfrau«, sagte er.

Täuschte Isabel sich oder sprach aus ihm ein Hauch von Romantik? War es Rafael, der das sagte? Er sah ihr direkt in die Augen. War es gar ein verliebter Blick, der auf ihr lag? Isabel musterte ihn mehr als nur irritiert.

»Isabel ... ich ... ich kenne mich selbst nicht wieder ... Ich ...«

Und nun hatte es ihm auch noch die Sprache verschlagen?
»Was, Rafael?« Isabel hielt ihre gegenwärtige Lage zwar nicht für ideal, um seinen anscheinend frisch aufgekeimten Gefühlen auf den Grund zu gehen, weil jede weitere Welle beide um das Gleichgewicht kämpfen ließ, doch der Moment war zu wertvoll, um ihn nutzlos verstreichen zu lassen.

»Ich hätte nicht gedacht, dass ...«

Isabel sah ihn nur fragend an, darum bemüht, von der nächsten Welle nicht auch noch in seine Arme gespült zu werden.

»Mich hat diese Heirat auch unvorbereitet getroffen. Aus heiterem Himmel. Aber Vater wollte es so und jetzt ...?«

»Nun sag schon«, forderte sie ihn auf, obwohl sie mit einem Liebesschwur rechnete, den sie eigentlich gar nicht hören wollte.

»Nun stehe ich vor einer Frau, die so schön und so begehrenswert ist.«

Isabel versicherte sich in seinen Augen, dass er es auch so meinte.

»Wenn ich dich doch nur einmal berühren dürfte.« Schon wurde aus einer Hand, die ihr bis eben lediglich Halt gespendet hatte, eine, die mit dem Daumen sanft über ihren Handrücken fuhr. Eine Geste, die Isabel nicht als unangenehm empfand.

»Versuch doch wenigstens, in mir nicht mehr das Scheusal zu sehen«, sagte er mit gebrochener Stimme, die Isabel an ihm erstaunte. »Nur ein Kuss.«

Isabel schrak zurück und hoffte darauf, dass sie die nächste Welle zurück in die Fluten spülen würde.

»Nur auf die Wange. Wir sind doch bald Mann und Frau.«

Isabel versteifte, doch Rafaels Flehen ließ sie nicht kalt. Ein Scheusal konnte sie nicht so verliebt ansehen. Der gleiche Blick wie in den Läden, nachdem sie aus den Umkleidekabinen gekommen war. Zu einer gewissen Faszination und Begeisterung gesellte sich nun aber noch so etwas wie tiefe Zuneigung.

Isabel blieb ihm eine Antwort schuldig. Er interpretierte es wohl als Zustimmung, zog sie näher zu sich, wie ein Bollwerk gegen die Brandung. Dann näherte er sich ihr. Isabel überraschte seine Annäherung so sehr, dass sie den Kuss auf ihre Wange über sich ergehen ließ.

Rafael schien diese kurze Berührung überglücklich zu machen.

»Jeden Tag ein bisschen mehr Nähe. Lass es uns versuchen. Ich lege dir den Himmel zu Füßen, Isabel«, schwor er.

Was für ein schönes Versprechen, doch mehr als eine gewisse Irritation, wenngleich kein ungutes Gefühl damit einhergegangen war, hatte dieser Wangenkuss nicht in ihr hervorgerufen. Weder Leidenschaft entfacht noch den Wunsch in ihr aufkommen lassen, der Vermählung mit Wonne entgegenzusehen.

»Wir sollten zurückfahren und uns für den Empfang fertig machen. Es wird dir dort gefallen«, versprach er.

Isabel nickte, hängte sich bei ihm ein und ließ sich zurück zum Ufer begleiten. Rafael, der Rüpel, hatte ja doch manierliche, um nicht zu sagen romantische Seiten an sich. Doch Isabel, die Meerjungfrau, fühlte sich in seiner Gegenwart genauso, wie sich die Meeresbewohnerin wohl fühlen würde, wenn man sie an Land brachte – herausgerissen aus ihrem bisherigen Leben und dazu verdammt, eines zu führen, das sie nicht wollte.

Das Turmhaus, von den Einheimischen Torre de los Suárez-Riera genannt, nur als Symbol für das mondäne Leben Dénias zu bezeichnen, wäre maßlos untertrieben. Das ergab sich schon aus dem Anwesen selbst. Es lag zentrumsnah in Meeresnähe – die wohl beliebteste Lage in der Stadt. Ein vor dreißig Jahren fertiggestellter eigenwilliger Palast im mittelalterlichen Stil, den zugleich architektonische Merkmale aus der viktorianischen Zeit prägten. Das dreistöckige und festungsgleich von einer hohen Mauer umgebene Haus bestand aus einem markanten und von Weitem ersichtlichen Turm, der aufgrund seiner Zinnen mit dahinterliegendem Wehrgang wie eine Festung daherkam. Nur dass aus der Mitte noch ein überdachter Bau mit normalem Schrägdach und einem riesigen Fenster herausragte. Eine wuchtige Steintreppe durchbrach die das Grundstück umgebenden hohen Mauern und führte hinauf zum Eingang.

Rafael hatte sie auf dem Weg hierher wissen lassen, dass ein englischer Architekt für das Gebäude verantwortlich zeichnete und es im Besitz der Reederfamilie Riera sei, die auf dem riesigen Grundstück einen botanischen Garten hatte anlegen lassen. Mit Pflanzenarten aus aller Welt, die ihre Schiffe aus fernen Ländern hierhergebracht hatten – auch exotische Tiere. Das Kreischen von Papageien und die Rufe der Pfaue hörte man schon von Weitem. Angeblich sei es ein Sommerhaus, in dem drei Riera-Schwestern aber permanent lebten, wohingegen sich die männlichen Familienmitglieder, überwiegend der Seefahrt verschriebene Kapitäne, meist auf den sieben Weltmeeren herumtrieben.

Rafael war offenbar gut mit den drei Hausherrinnen, Elena, Cecilia und María, bekannt. Die drei Frauen waren elegant gekleidet und hatten sich so gekonnt hergerichtet, dass sich ihr

Alter kaum schätzen ließ. Jünger als dreißig sah jedoch keine der Schwestern aus. Sie hatten bei ihrer Ankunft wie bei einem Staatsempfang Spalier gestanden, um Rafael und seine Braut in spe genau wie alle anderen Gäste mit ein paar höflichen Worten zu begrüßen. Ein schrecklicher Moment, denn Isabel war nichts anderes übrig geblieben, als gute Miene zum bösen Spiel zu machen. Ob es wirklich so böse war?

Isabel fühlte sich wohl in ihrem blauen Abendkleid, dekoriert mit einer Perlenkette aus dem Bestand seiner Großmutter, die ihr Rafael noch vor der Abfahrt angelegt hatte. Eine besondere Geste und letztlich auch Verpflichtung, sich an diesem Abend gefällig zu zeigen. Das fiel ihr auch nicht schwer, denn alle fünf Minuten war sie am Händeschütteln und, wie sie es von geschäftlichen Empfängen her gewohnt war, ein »Erfreut« oder »Angenehm« verlauten zu lassen. Isabel war sich sicher, dass die meisten Gäste, denen Rafael sie vorgestellt hatte, ihren Namen spätestens nach fünf Minuten vergessen hatten.

Selbstverständlich gab es Moscatel vom Feinsten, ebenso kulinarische Freuden mit allem, was die Gegend zu bieten hatte. Frischer Fisch und ein Spanferkel, das über einem offenen Feuer garte, gehörten dazu. Ein Tenor gab, nachdem sich die meisten Gäste bereits am Buffet gelabt hatten, sein Stelldichein, was es Isabel ermöglichte, in Ruhe zu speisen und sich nicht weiter mit trivialer Konversation in erster Linie über diesen gelungenen Abend verausgaben zu müssen.

Sich bei Rafael einzuhängen, wann immer sie sich durch das Gelände bewegten, wäre ihr vor dem Empfang nicht im Traum eingefallen, doch wie eine Fremde neben ihm herzulaufen, hätte sicherlich für Aufsehen und Gerede gesorgt. Es fühlte sich an diesem Abend auch nicht wie ein Zwang an, seinen einladenden Arm anzunehmen. Das Gerede blieb trotzdem nicht aus. Isabel war es bereits aufgefallen, als sie angekommen waren.

Gleich zwei Frauen, ebenfalls in feiner Abendrobe und ungefähr in ihrem Alter, hatten Rafael bemerkt und sodann angefangen zu tuscheln. Isabel hatte Mercedes' Ausführungen über ihn noch im Ohr. Am liebsten hätte sie ihn gleich darauf angesprochen, doch Rafael hatte es eilig gehabt, alle möglichen Leute zu begrüßen und sie bei dieser Gelegenheit vorzustellen. Dem Augenschein nach war er so bekannt wie ein bunter Hund. Sein Vater vermutlich auch, doch der hatte beschlossen, sich früh zu Bett zu begeben. Seine Müdigkeit hatte Isabel ihm nicht so recht abgenommen. Sicher wollte er, dass sein Sohn allein mit ihr auf das Fest ging. Allein war aber relativ, denn unentwegt winkten ihn Rafaels Bekannte her oder traten an ihn heran.

»Mr und Mrs Halliburton.« Rafael stellte sie einem englischen Paar vor.

Sie gab den beiden artig die Hand. Hatte Mrs Halliburton ihn nicht vorhin auch im Visier gehabt? Dem gedachte Isabel gleich nachzugehen, und zwar in Rafaels Gegenwart. Das tat sie allerdings erst, nachdem Mrs Halliburton ihr ihren Verlobungsring, einen rubinbesetzten Goldring, unter die Nase gehalten hatte. Sie prahlte damit.

»Was für ein wunderschöner Ring. Ein Zeichen wahrer Liebe«, sagte Isabel, auch wenn sie der Ring aufgrund seiner Farbe abstieß. Ein zweiter Grund für ihre Bemerkung war, dass sie ihn auch Rafael voller Stolz und Genugtuung in ihren Augen präsentiert hatte.

»John lässt sich nicht lumpen«, gab Mrs Halliburton amüsiert von sich.

»Rot ist die Farbe der Liebe«, ereiferte sich ihr Verlobter.

»So findet doch jeder irgendwann sein Glück.« Rafaels Kommentar, der sichtlich an Mrs Halliburton gerichtet war, bestätigte Isabels Verdacht, dass eine zweite Mercedes vor ihr stand. Eine von seinen Geliebten, der er überdrüssig geworden war.

»Dass unser guter Rafael auch eines Tages in den Hafen der Ehe einlaufen wird. Wer hätte das wohl gedacht?«, sagte Mrs Halliburton, was Isabel nicht mehr überraschte.

»Dazu braucht es nur die richtige Frau«, erwiderte er, was Mrs Halliburton sichtlich traf, auch wenn sie versuchte, es sich nicht anmerken zu lassen.

»Ein ersprießlicher Abend. Finden Sie nicht auch?«, gab Mr Halliburton, um einen Themenwechsel bemüht, zum Besten. Wusste er etwa, dass seine Frau und Rafael sich mehr als nur kannten?

»Sie sagen es. So viele illustre Gäste. Wie jedes Jahr«, schwärmte Rafael, nickte den Halliburtons freundlich zu und nahm Reißaus in Richtung des Buffets, an dem es nicht nur Kuchen, sondern auch die Getränke gab.

»Wie gut kennst du Mrs Halliburton?«, fragte Isabel keck.

»Sie ist von hier. Eine Bankangestellte.«

»Vermutlich von eurer Hausbank, habe ich recht?«

»Tatsächlich ist es so.«

»Ob sie wohl in ihrer Ehe glücklich wird? Mir scheint, dass sie dich immer noch attraktiv findet.«

Rafael ließ das Glas Wein, zu dem er gerade greifen wollte, stehen.

»Nimmst du es mir übel?«

»Nein. Es wirft nur Fragen auf.«

Rafael nickte.

Schwer von Begriff war er wenigstens nicht.

»Wir sind uns auf einem Empfang der Bank begegnet«, versuchte er, sich zu rechtfertigen.

»Du wirst noch vielen Frauen auf unzähligen Empfängen begegnen«, erwiderte sie.

»Aber keine der Frauen ist so schön wie du.«

Isabel verschlug es die Sprache. Nicht weil sie der Wortlaut berührte. Er war nichts weiter als eine Schmeichelei, sondern weil sie spürte, dass es von Herzen kam.

»Isabel. Ich kann mich ändern. Glaub es mir doch …«

Isabel schwieg und nahm sich nun selbst ein Glas.

»Was soll ich tun, damit du mir glaubst, dir treu zu sein?«

Diese Frage ließ Isabel nicht nur notgedrungen unbeantwortet, weil sich ein Mann in Frack, der in Rafaels Alter war, zu ihnen gesellte und seine Schulter tätschelte.

»Rafael. Wie geht es dir? Lange nicht mehr gesehen.«

»Pedro. Was für eine Überraschung. Darf ich vorstellen? Isabel. Meine künftige Braut.«

Pedro besah sie mit Neugier und erachtete sie vermutlich als Rafaels Beute. Weil er bereits mit dem Gleichgewicht zu kämpfen hatte, vermutete Isabel, dass der Moscatel an ihm seine Wirkung zeigte.

»Es freut mich sehr«, kam dann dennoch, gefolgt von einem Händedruck. »Dass du mal unter die Haube kommst. Wer hätte das gedacht«, sagte Pedro.

Rafael stand ins Gesicht geschrieben, wie unangenehm ihm diese Äußerung war.

»Ich werde mich noch ein wenig im Haus umsehen. Ihr habt sicher viel zu bereden«, sagte Isabel, ging in das Hauptgebäude und dort direkt zum großen Saal. Hier tummelte sich die feine Gesellschaft, die sie an ihr Pendant in London erinnerte. Nichtssagende Gespräche, die die Tiefe einer Pfütze hatten. Komplimente, die nur manchmal ernst gemeint waren. Allein schon Wortfetzen mitzubekommen, während sie den großen Salon durchquerte, reichte, um ihren ersten Eindruck zu bestätigen.

»Wie bezaubernd Sie heute aussehen.« Eine ältere Dame mit federbestücktem Hut begrüßte eine andere im gleichen Alter – federlos, aber dafür so gold- und edelsteinbehangen, dass sie mit jeder Bewegung im Licht der Kronleuchter an den Händen, den Ohren und im Dekolleté funkelte. Eine schillernde Welt. Und doch war sie zugleich so abstoßend. Eine Meute von Heuchlern und Speichelleckern.

Sie nahm auf einem der Stühle am anderen Ende des Salons Platz und besah sich die Anwesenden. Es lag sicher nicht an ihrem zweiten Glas Wein, an dem sie nippte, dass ihr dieses Sammelsurium der reichen und einflussreichen Gesellschaft wie eine Theaterinszenierung vorkam, in der jeder bemüht war, möglichst gut dazustehen. Auch Rafael war Teil dieses Ensembles. Er unterhielt sich draußen anscheinend immer noch mit Pedro, wer immer das auch sein mochte. Vielleicht ein Geschäftskontakt? Ein Freund? Isabel interessierte es nicht einmal mehr. Künftig Bestandteil dieser nichtssagenden Welt zu sein, die Frau eines Rosinenbarons, war nicht das, was sie sich für ihr weiteres Leben vorstellte.

»Was für ein schöner Abend.« Rafaels Resümee des rauschenden Fests, das er gezogen hatte, nachdem sie gegen Mitternacht aufgebrochen waren, traf es aus Isabels Sicht nicht ganz. Obwohl es keinen Zweifel daran geben konnte, dass es, betrachtete man sich nur den äußeren Rahmen, eines der schönsten Feste gewesen war, dem sie jemals hatte beiwohnen dürfen. Allein schon durch einen tropisch anmutenden Garten zu spazieren und Papageien aus der Nähe zu betrachten, war ein einmaliges Erlebnis. Einmalig war allerdings auch der Kraftakt gewesen, unentwegt bei allen möglichen Leuten als künftige Braut angepriesen zu werden und sich dabei ein Lächeln abringen zu müssen. Ebenso erstaunte Blicke zu ernten, irritierte oder gar mitleidige darüber, dass sie die Frau an der Seite eines Lebemannes werden sollte.

Rafael schien während der Kutschfahrt nach Hause den Abend gedanklich auch Revue passieren zu lassen – durch seine Brille, nämlich der geschäftlichen. Isabel kam es wie die

Nachbearbeitung einer Besprechung vor. Rafael war es wichtig, dass sie möglichst viele Namen der Gäste, die er ihr vorgestellt hatte, und das, was sie beruflich taten, im Kopf behielt.

Spätestens als die Kutsche in den Weg gebogen war, der zum Anwesen der Fourrats führte, bestätigte sich ihre Ansicht.

»Agustín war sehr angetan von dir. Das wird die geschäftlichen Bande zwischen ihm und deinem Vater stärken.«

Isabel nickte in Gedanken. Agustín Catalá Arnauda war einer der reichsten Großgrundbesitzer im benachbarten Xàbia, der natürlich auch Trauben anbaute, obwohl seine große Leidenschaft der Viehzucht galt. Rafael hatte sie mit ihm bekannt gemacht, leider nicht nur mit ihrem Vornamen, was unweigerlich dazu geführt hatte, ihr und Rafael zu dieser vorzüglichen Verbindung beider Familien zu gratulieren. Aller Voraussicht nach sprach sich die geplante Hochzeit nun noch schneller herum. Vater hätte an diesem Empfang wohl seine Freude gehabt, überlegte Isabel.

»Kaum zu glauben, dass er eine Stierkampfarena in Xàbia bauen will. Vater will sicher alles darüber wissen. Agustín ist wahrscheinlich der Einzige, den mein Vater mag. Kein Wunder. Sie teilen ein schweres Schicksal«, sagte Rafael, als die Kutsche vor das Haus fuhr.

»Ein schweres Schicksal?«

»Agustíns Bruder hat sich umgebracht. Erhängt. Und meine Tante … Das weißt du ja sicher.«

Isabel sah ihn irritiert an.

»Du sprichst von meiner Mutter?«, wollte Isabel sich versichern.

Er nickte stumm.

»Was hat sie mit Agustíns Bruder gemein?«

»Sie hat sich doch auch das Leben genommen. Das meinte ich.«

»Was? Was redest du da? Mutter war schwer krank. An der Lunge.«

»Das hat dir Esteban erzählt?«, wunderte Rafael sich.

Isabel fühlte Schwindel in sich aufsteigen. Was ging hier vor? »Warum sollte er mich belügen?«, fragte Isabel der Verzweiflung nah.

Rafael musterte sie für eine Weile. »Ich kann mir nur einen Grund denken.«

»Einen Grund? Mein Vater hat doch keinen Grund, mich zu belügen.«

»Ich fürchte, Isabel, den hat er.«

»Rafael … Was geht hier vor? Ich verstehe nicht …«

»Aus Scham.«

»Wofür sollte er sich schämen? Nun sprich doch endlich, Rafael.«

»Vater und ich … Als wir erfuhren, dass du von Bord gesprungen bist. Wir glaubten, dass dich die gleiche Schwermut befallen hat wie sie.«

Isabels Herz pochte bis zum Hals. Ihre Beine drohten zu versagen, als sie von der Kutsche stieg. Sie schleppte sich gerade noch zur Bank vor dem Haus, was nur gelang, weil Rafael sie geistesgegenwärtig stützte. Sie ließ sich darauf nieder und schlug die Hände vors Gesicht.

Rafael setzte sich zu ihr. »Soll ich dir ein Glas Wasser holen? Einen Arzt rufen?«

»Warum? Warum hat mein Vater mir das erzählt?« Isabel war kaum noch in der Lage zu verarbeiten, was Rafael ihr da aufgetischt hatte. »Aber warum soll sie sich das Leben genommen haben?«, fragte sie mit angeschlagener Stimme.

»Vater glaubt, dass sie unglücklich an seiner Seite war.«

»Wie kommt er darauf?«

»Sie hat sich meiner Mutter anvertraut, ihr geschrieben, dass er sie bedrängt hat. Die Briefe sind mir erst Jahre später zufällig in die Hände gefallen. In einer von Vaters Schubladen, als er krank im Bett lag und mich darum bat, Unterlagen aus seinem Sekretär zu holen. Esteban wollte unbedingt einen Erben, doch so viel ich aus einem der Briefe weiß, hat es sehr lange gedauert, bis sie dich empfangen hat. Darin stand, dass das in der Familie läge. Mein Vater wollte auch mehrere Kinder, doch nur ich kam zur Welt. Esteban muss sie dazu gezwungen haben, sich ihm an fruchtbaren Tagen hinzugeben.«

»Vater?« Isabel schüttelte fassungslos den Kopf. Andererseits würde sie es ihm zutrauen, musste sie sich eingestehen.

»Esteban und Ana sind dann nach England gereist, geschäftlich. Vater und Esteban wollten sich den Umweg über Agenten ersparen. Sie planten, einen Exporthandel in London zu gründen. Ana war dann lange weg, über ein Jahr. Und in England muss sie dich dann wohl empfangen haben. Sie kamen zurück, mit dir, doch Mutter hat mir erzählt, dass Ana sich verändert hatte. Schwermütig sei sie geworden. Mutter und Ana hatten sich vor ihrer Abreise oft gesehen. Dann nur noch wenige Male bis zu ihrem Tod. Vater glaubt, dass Esteban nicht wollte, dass sie sich sehen. Er gab ihm die Schuld an Anas Zustand. Sie sind in Streit geraten. Und dann …«

»Dann hat sie sich das Leben genommen?« Isabel konnte es einfach nicht glauben.

Rafael nickte sichtlich schweren Herzens.

»Wie hat sie …?« Isabel konnte nicht weitersprechen.

»Vielleicht ist es besser, wenn du es nicht weißt, Isabel.«

»Ich muss es wissen.«

Rafael brauchte eine Weile, bis er weitersprechen konnte. »Man hat sie tot im Badezimmer aufgefunden. Sie hat sich die Pulsschlagadern geöffnet.«

Isabel begann innerlich zu beben. Das Blut. Rot. Der Smaragdring am Ringfinger ihrer Mutter. Isabels Füße auf weißen Fliesen – im Blut. Fragmente ihrer Träume fügten sich blitzartig zu einem Ganzen zusammen. Sie vernahm in ihrer Erinnerung einen gurgelnden Laut, Wimmern und Schluchzen. Es kam aus dem Badezimmer nebenan. Vor ihrem geistigen Auge sah Isabel ihre Kinderhände, wie sie die Bettdecke aufschlugen. Mitten in der Nacht. Es war dunkel. Sie stieß mit ihren kleinen Füßchen, die sie erst seit wenigen Wochen trugen, gegen die Bettpfanne. Es schepperte so laut, dass sie erschrak. Dann vernahm sie Vaters schlaftrunkene Stimme. »Isabel?« Licht aus dem Badezimmer drang aus dem Gang. Sie eilte sich, vernahm Schritte hinter sich. Der Boden war feucht. Sie spürte es an den Fußsohlen. Die weißen Fliesen. Alles rot. Mutters Arm hing über dem Badewannenrand. Daraus floss kein Blut mehr. Der grüne Ring, der sie anfunkelte.

»Sieh nicht hin!« Die Stimme ihres Vaters. Er riss sie herum. Es schmerzte an ihrer rechten Schulter. Ein stechender Schmerz.

»Nur ein böser Traum. Nur ein böser Traum«, hatte er gesagt und sie in seine Arme geschlossen.

»Isabel? Kannst du mich hören?« Rafaels Stimme klang weit weg. Er schüttelte sie.

Isabel schrie den Schmerz in die Stille der Nacht hinaus, dann überfiel sie starker Schwindel.

»Isabel!«

Sie sackte in sich zusammen und spürte nur noch, wie sich seine Arme unter ihre Knie und hinter ihren Rücken schoben und er sie anhob. Über ihr funkelten für einen kurzen Moment die Sterne, bevor es schwarz vor ihren Augen wurde.

Das Gemälde ihrer Mutter war das Erste, was Isabel sah, nachdem die ins Zimmer fallende Helligkeit des anbrechenden Tages sie aus einem traumlosen Schlaf geweckt hatte. Sie überlegte für einen Moment, sich noch einmal umzudrehen, doch im Nu geisterte ihr all das, was Rafael am Vorabend von sich gegeben hatte, durch den Kopf. Und die Erinnerung an die damaligen Geschehnisse. Der Ring. Das Blut. Ihre Füße auf dem Fliesenboden. All das ergab nun Sinn. Isabel war nicht in der Lage, sich von dem Gemälde loszureißen. Sie fragte sich, wie es möglich war, sich daran zu erinnern, wenn ihre sonstigen Erinnerungen an ihre Kindheit höchstens bis zu ihrem sechsten Lebensjahr zurückreichten.

Sie musste knapp zwei Jahre alt gewesen sein, als sich ihre Mutter das Leben genommen hatte. Wie konnte sie ihrem Vater nur geglaubt haben, dass alles nur ein böser Traum gewesen sei? War Carmen um diese Zeit bei ihnen gewesen? Das alles lag im Verborgenen einer Kinderseele. Isabel horchte in sich hinein und versuchte sich zu erinnern, wann Vater ihr die Lüge, dass ihre Mutter an einer Lungenerkrankung verstorben war, aufgetischt hatte. Isabel wusste es nicht. Wie oft musste eine Lüge wiederholt werden, bis ein Kind sie glaubte? Wann fing ein Kind an, Fragen zu stellen? Etwas zu begreifen? Hatten sie gar nicht mehr über jene Nacht gesprochen? In stiller gegenseitiger Übereinkunft? Um den Schmerz zu begraben – seinen und ihren? Bis sie älter war und die Lüge Fuß fassen konnte, weil die Erinnerung an die frühe Kindheit dann verblasste, sich aus purem Selbstschutz verkroch und jene schlimme Nacht sich in ihre Träume geflüchtet hatte? Isabel erschien dies die einzig mögliche Erklärung zu sein - auch für ihre Aversion gegen die Farbe Rot. Und diesen reißenden Schmerz an ihrer rechten Schulter, wenn sie mit dieser Farbe in irgendeiner Form konfrontiert war.

»Was hat er dir nur angetan?«, flüsterte Isabel dem Portrait ihrer Mutter zu. Das beschäftigte sie am meisten, denn soweit sie sich zurückerinnern konnte, war ihr Vater kein Mensch, der anderen etwas Böses wollte. Ein harter Geschäftsmann war er. Eine gewisse Strenge in der Erziehung hatte sie oft genug zu spüren bekommen. Es fiel ihr schwer, sich vorzustellen, dass er ihre Mutter so schlecht behandelt haben konnte, dass sie keinen anderen Ausweg als den Freitod mehr gesehen hatte. Eine Mutter, die ein Kind zur Welt gebracht hatte, nach dem sich beide so sehr gesehnt hatten.

Nun war ihr auch klar, warum man sie auf dem englischen Friedhof begraben hatte. Er war für Protestanten, Konfessionslose und Menschen gedacht, die sich das Leben genommen hatten. Früher hatte man sie hierzulande im Wald verscharrt oder ins Meer geworfen. In den Augen der Kirche waren es Sünder, die das Geschenk Gottes ablehnten und sich anmaßten, ihren Tod selbst zu bestimmen. Was für ein schrecklicher Gedanke.

Wahrscheinlich war das der Grund gewesen, warum Vaters Verhältnis zu Salvador ab diesem Moment zerrüttet gewesen war. Isabel überlegte, Salvador direkt darauf anzusprechen. Es lag noch so viel im Dunkeln.

Sie setzte sich auf und beschloss, sich den Morgenmantel überzuziehen und hinunter in die Küche zu gehen, um sich dort eine Kanne Tee zuzubereiten. Sie könnte sie mit auf ihr Zimmer nehmen. Es war erst kurz nach sechs. Um die Zeit war sicher noch niemand auf und selbst wenn, würde sich sicherlich niemand daran stören, wenn sie im Morgenmantel und barfuß nach unten in die Küche huschte. Doch da täuschte sie sich. Isabel hatte schon auf den ersten Treppenstufen Stimmen vernommen. Sie kamen aber entgegen ihrer Erwartung nicht aus der Küche, sondern aus dem Salon, dessen Tür einen Spalt offen stand. Isabel eilte auf Zehenspitzen hinunter.

»Was machst du dich verrückt? Soll sie doch ruhig wissen, dass Esteban ihre Mutter auf dem Gewissen hat. Lungenkrank. Unfassbar. Zu Grabe getragen auf dem verfluchten Friedhof der Gottlosen und dann noch die eigene Tochter belügen.« Salvadors Organ war so laut, dass sie jedes Wort hören konnte.

»Er wird die Schande nicht ertragen haben.« Auch Rafaels Stimme war klar zu vernehmen.

»Ein Lügner ist er. Esteban ist noch niederträchtiger, als ich dachte«, hörte sie Salvador sagen.

Sie ging auf leisen Sohlen zur Tür und lugte durch den Spalt in den Raum hinein. Sowohl Salvador als auch Rafael trugen Morgenmäntel. Dies deutete darauf hin, dass die beiden auch keinen Schlaf mehr gefunden hatten.

»Warum nur erzählt er ihr so einen Humbug?«, ereiferte sich Salvador, der aufgeregt im Salon auf und ab lief, während Rafael in einem der Sessel vor der Bücherwand saß.

»Vielleicht wollte er ihr den Schmerz ersparen. Es ist einfacher für ein Kind, damit zu leben.« Rafael traf es Isabels Ansicht nach auf den Punkt.

»Nein. Nur aus Scham. Er hat auch allen Grund, sich zu schämen. Ohne die Mitgift und Anas Vermögen hätte er das Geschäft in London nicht hochziehen können. Und seine lukrativen Mietshäuser, die hätte er auch nicht. Er verdankt uns Fourrats sein ganzes Vermögen, aber das bekommen wir ja jetzt mit der Heirat zurück.« Was Salvador sagte, ließ Isabel hellhörig werden. Von einer Mitgift, die ihre Mutter seinerzeit bekommen hatte, hörte sie heute zu ersten Mal.

»Vater. Das macht Ana auch nicht mehr lebendig.«

»Soll ihr Tod etwa ungesühnt bleiben? Glücklich machen wollte er sie. Auf Händen tragen. Alles nur Geschwätz. Sie war so glücklich an seiner Seite, dass sie sich umgebracht hat. Er soll den gleichen Schmerz spüren wie wir. Er hat mir meine geliebte Schwester genommen und dir deine Tante. Jetzt verliert er seine Tochter. Um das geht es, Sohn. Gerechtigkeit.«

Isabel stockte der Atem, als sie das hörte.

»Er hätte sich nicht an sein Versprechen halten müssen. Vielleicht will er Frieden schließen. Ich dachte, dass mit dieser Heirat seine Schuld getilgt ist. Er hat sein Versprechen gehalten. Anstand scheint Esteban nicht abhandengekommen zu sein.«

»Anstand? Die Schuld. Es ist die Schuld, die er auf sich geladen hat. Verflucht habe ich ihn«, wetterte Salvador.

»Wenn du ihn so hasst, Vater, warum hast du all die Jahre noch mit ihm Geschäfte gemacht?«, fragte Rafael.

»Um ihn an seine Schuld zu erinnern. An die Heimat. Jede Ladung der Rosinen, die wir ihm schicken, trägt diese Schuld. Isabel wird alles erben. Mit der Eheschließung gehört uns eines Tages alles. Du gehst nach seinem Ableben mit Isabel nach London und wirst die Geschäfte weiterführen.« Isabel war fassungslos. Was für ein perfider Plan. Zurück nach London? Mit Rafael?

»Ich kann mir nicht vorstellen, dass sie das tun würde«, sagte Rafael, was Isabel überraschte.

»Du bist ihr Mann. Sie hat das zu tun, was du entscheidest.«

Rafael sagte nichts darauf. Isabel lugte daher noch einmal in den Raum hinein. Sie hatte den Eindruck, dass es in Rafael arbeitete. Er war wohl nicht besonders glücklich darüber. Auch das erstaunte sie.

»Was schaust du jetzt so belämmert? Es war von Anfang an so geplant. Esteban hat dir deine Tante genommen. Vergiss das nicht. Hast du dich etwa in die liebreizende Isabel verliebt?«, fragte Salvador ketzerisch. Er baute sich vor seinem Sohn auf und musterte ihn.

»Sie ist eine wunderschöne Frau, und vielleicht ändert sich ja eines Tages etwas zwischen uns. Sie ist erst kurze Zeit hier. Wir kennen uns noch gar nicht richtig«, sagte Rafael in Gedanken.

»Eine wunderschöne Frau. Wenn ich das schon höre! Lebe deine Triebe im Bordell aus, wie bisher auch, und hör auf zu träumen. Wie kann sie dich jemals unter diesen Umständen lieben? Meinst du, sie hat ihren Tod aus purem Vergnügen inszeniert? Sie verabscheut dich. Daran wird sich nichts ändern.«

»Vielleicht braucht alles nur seine Zeit.«

»Wie oft hast du dich schon verliebt? In spätestens einem Jahr bist du ihrer überdrüssig. Ich kenne dich und deine Weibergeschichten doch.«

Rafael saß da wie ein geprügelter Hund. Für einen Moment tat er ihr leid, doch zugleich stieg Wut in ihr auf. Sein Vater kannte ihn. Isabel hatte zwar keinen Grund, daran zu zweifeln, dass er von einer gewissen Verliebtheit ergriffen war, doch was hatte das schon zu sagen? Wohin das führte, hatte Mercedes ihr vor Augen gehalten. Sie hatte genug gehört und eilte, so leise sie nur konnte, die Treppe nach oben. Einen schönen Plan hatten die beiden da ausgeheckt. Isabel nahm sich vor, ihn zu durchkreuzen.

Kapitel 13

Wie heimtückisch und niederträchtig Salvador und sein Sohn doch waren. Machten gute Miene zum bösen Spiel. Und das schon beim Frühstück, eine Stunde nachdem sie die Unterredung der beiden mit angehört hatte. Es war Isabel schon klar gewesen, dass sie keiner von beiden auf den Inhalt ihrer frühmorgendlichen Unterredung ansprechen würde. Doch mit welcher aufgesetzten Fröhlichkeit sie sich mit ihr über den wunderschönen Freitagmorgen, Albas ausgezeichnetes Frühstück und im Nachgang über den Empfang im Turmhaus mit ihr unterhalten hatten, bewies Isabel, die richtige Entscheidung getroffen zu haben.

Kein Wort mehr über seine gestrigen, den Tod ihrer Mutter betreffenden Eröffnungen, als sie noch allein bei Tisch gewesen waren. Immerhin hatte er angeblich tief in der Nacht und noch ein zweites Mal vor Sonnenaufgang nach ihr gesehen, um sich zu vergewissern, dass sie tief und fest schlief. Schlaf sei ja die beste Medizin. Ein Glück für die beiden, dass sie am Vortag keinen Arzt hatten rufen müssen, weil sie auf ihrem Zimmer wieder zu sich gekommen war. Das wäre nicht so einfach unter den Tisch zu kehren gewesen wie eine kurze und der Aufregung geschuldete Unpässlichkeit.

Die beiden hatten ja keine Ahnung, wie sehr sie die Wahrheit über den Tod ihrer Mutter getroffen hatte, und nicht minder Vaters Lüge. Auf diesem fruchtbaren Boden war ihr Entschluss gediehen, erneut einen Fluchtversuch zu wagen. Es gereichte ihr nun zum Vorteil, dass sie ihr Spiel durchschaute. Dazu gehörte, die beiden in Sicherheit zu wiegen. Isabel gab sich daher geschmeidig und hatte sogar die eine oder andere wohlwollende Bemerkung über das Haus bei Tisch fallen lassen, um den beiden zu suggerieren, dass sie sich langsam, aber sicher an ihre neuen Lebensumstände gewöhnte. Dazu gehörte das überschwängliche Lob für Albas Frühstück ebenso wie ihr Vorschlag, ein paar tropische Pflanzen in ihrem Garten setzen zu lassen, weil ihr der Park im Turmhaus so gefallen hätte. Dies musste für die beiden darauf hindeuten, dass sie ihre Zukunft hier im Haus sah.

Insofern war es auch nicht verwunderlich, dass Rafael auf ihren Vorschlag eingegangen war, sie in die Stadt zu begleiten. Isabel hatte ihnen beim Frühstück auch den Bären aufgebunden, für ihr Zimmer grüne Übervorhänge nähen zu wollen, die das Licht etwas mehr abhielten. Sie würde sonst jeden Morgen zu früh wach. Beim Kleiderkauf im Zentrum sei ihr das Schaufenster eines Stoffladens mit riesiger Auswahl aufgefallen. Zu Isabels Glück kannte Rafael Gonzalos Geschäft sogar. Sie gedachte, um kurz vor fünf dort zu sein. Nicht früher, nicht später. Ausreden, um einen sofortigen Aufbruch zu verhindern, gab es zur Genüge. Es dauerte schließlich eine Weile, um sich zwecks der neuen Vorhänge Gedanken zu machen und im Garten zu flanieren, um sich zu überlegen, wo die eine oder andere Pflanze einen schönen Platz finden würde.

Isabel hatte in dieser Zeit Mühe gehabt, die wachsende Aufregung zu verbergen. Eine Frage hämmerte nämlich bereits seit Stunden in ihrem Kopf. Konnte man nach Fernando, wie Señora Estella gesagt hatte, wirklich die Uhr stellen? Es gab keine andere Möglichkeit für Isabel, sich von anderen außer ihm Hilfe zu erhoffen, denn wen hatte sie noch? Thiago und sein Bruder Jorge würden sich bestimmt nicht mit den Fourrats anlegen. Versuchen, davonzulaufen? Sie käme nicht weit. Da mittellos, konnte sie sich weder eine Zugfahrkarte noch eine Schiffspassage kaufen.

Gegen drei Uhr waren sie endlich in die Stadt aufgebrochen. Nur nichts anmerken lassen, lächeln, sich vergnügt zeigen und Rafael das Gefühl geben, dass er mit ihr leichtes Spiel hatte. Sich während der Fahrt im Nachklang zum Empfang erneut erzählen zu lassen, welche Namen sie sich unbedingt merken musste, war ein probates Mittel, um die Zeit bis Dénia zu überbrücken. Wenn es um geschäftliche Dinge ging, hörte Rafael nicht auf zu reden. Außerdem unterstrich eine solche Unterhaltung ihr reges Interesse, an seiner Seite zu bleiben.

»Es ist so schön, wieder in der Heimat zu sein. Ich liebe diese Straße.« Wenigstens das ging Isabel leicht über die Lippen, als die Kutsche in die Einkaufsstraße gebogen war. Sie hielt nach der Uhr an der Fassade der Bank Ausschau. Zehn vor fünf. Sie lagen gut in der Zeit. »Was denkst du, was in meinem Zimmer besser aussehen würde? Ein einfaches dunkles Grün, ohne Musterung? Oder würden bunte Blumen das Zimmer nicht etwas lebendiger gestalten? Vielleicht sollte ich einen gelben Stoff nehmen. Einfarbig oder eher mit einem grünen Muster? Was denkst du, Rafael?« Isabel wusste, dass Männer nichts so sehr hassten, als sich mit Dingen dieser Art zu beschäftigen. Ihr Vater hatte sich aus diesem Grund in jedem Bekleidungsgeschäft zu Tode gelangweilt und ihr völlig freie Hand gelassen.

»Das ist schwer zu sagen«, kam erwartungsgemäß.

»Ich fürchte, ich werde aus dem Laden nicht so schnell herauskommen. Vielleicht finde ich auch noch den einen oder anderen Stoff für neue Kissenbezüge.«

»Neue Bezüge?«

»Für die Veranda. Ist dir nicht aufgefallen, dass sie von der Sonne schon etwas verblasst sind? Ich sehe schon, es war höchste Zeit, dass eine Frau ins Haus kommt«, sagte sie augenzwinkernd. Sie hoffte, dass sie den Bogen damit nicht etwas überspannte. Sein zufriedenes Lächeln signalisierte das Gegenteil. Wie einfältig diese Art von Männern doch war.

»Da drüben ist ein Café. Ich komme im Laden schon allein zurecht«, schlug sie dann vor.

»Und wie willst du bezahlen?«, kam dann, als er die Kutsche vor Gonzalos Laden gegenüber von Estellas Bekleidungsgeschäft anhalten ließ.

»Ich hole dich, wenn ich fertig bin. Stoffe kosten nicht die Welt.«

»Und selbst wenn sie die Welt kosten würden«, sagte er mit einem verträumten Blick, der Isabel in Unkenntnis des morgendlichen Gesprächs zwischen ihm und seinem Vater wahrscheinlich sogar berührt hätte.

Sie ließ sich noch nicht einmal mehr vom Kutscher beim Aussteigen helfen, so eilig hatte sie es, zu dem Laden zu kommen. Isabel winkte Rafael vergnügt zu, bevor sie so tat, als würde sie die Auslage im Schaufenster in Beschlag nehmen. Es ging ihr letztlich nur darum, darin zu sehen, ob er auch ausstieg und zu diesem Café auf der anderen Straßenseite ging. Er tat es. Isabel atmete auf und betrat den Laden.

»Señorita María.«

Isabel verblüffte, dass sie der Schneidermeister noch erkannte. Gonzalo Roca hatte offenbar ein ausgezeichnetes Personengedächtnis. Er ging gleich zu ihr und musterte sie, während sie sich, interessierte Kundschaft mimend, einige der vielen Stoffe in den Fächern der Regalwand ansah.

»Sind Sie wegen Fernando hier oder interessieren Sie die Stoffe mit dem Blumenmuster?«, fragte er amüsiert lächelnd.

Offenbar war es ihm nicht entgangen, wie sehr sie gestrahlt hatte, als sie das erste Mal in seinem Geschäft gewesen war, um sich nach Fernando zu erkundigen.

»Er müsste doch gleich kommen, oder?«

Gonzalo drehte sich um und sah zur Wanduhr über seinem Arbeitsplatz, einem ausladenden Holztisch, auf dem zwei Stoffballen, ein Metermaß aus Holz und eine Schere lagen.

»Ich schätze, in einer Minute. Erlauben Sie mir meine Indiskretion. Rechnet er mit Ihrem Besuch? Ich habe mich eben gefragt, warum Sie ihn nicht bei Cristóbal aufsuchen.«

»Ich hatte bisher noch keine Gelegenheit dazu.«

»Verstehe.«

Isabels Blick war sehnsüchtig auf die verglaste Eingangstür gerichtet.

»Ein netter junger Mann und sehr begabt.«

»Sie meinen die Puppenhäuser?«

»Wahre Meisterwerke. Er sollte in die Spielwarenindustrie gehen.«

»Und Sie beziehen Puppenmöbel?«

»Normalerweise nicht, aber es ist ja für einen guten Zweck. Fernando fertigt die Sachen für das Waisenhaus in Gandia.«

»Sagen Sie. Gibt es hier auch einen Hinterausgang?« Isabel ging davon aus, dass sich Rafael an die ausladenden Fenster des Cafés setzen würde. Nicht notwendigerweise, weil er Grund zu der Annahme hatte, dass sie versuchen würde, sich aus dem Staub zu machen. Sondern weil sie ihn so einschätzte, dass er sich stets den besten Platz sicherte.

Gonzalo sah sie überrascht an. »Genügt Ihnen ein Eingang nicht?«

Isabel überlegte, ob es nicht klug wäre, Gonzalo darauf vorzubereiten, was sie Fernando zu sagen hatte. Er würde es ja so oder so im Laden mitbekommen.

»Hören Sie. Ich werde von einem Mann gegen meinen Willen festgehalten, heiße auch nicht María. Unsere Väter haben beschlossen, dass ich ihn heiraten soll. Ich will das aber nicht. Er ist jetzt im Café dort drüben. Ich kenne Fernando aus meiner Kindheit. Er ist der Einzige, dem ich vertraue und der mir helfen kann. Verstehen Sie?«

Gonzalo zog die Augenbrauen hoch. Er brauchte eine Weile, um das zu verdauen, und nickte nur zögerlich. »Der Mann, von dem Sie sprechen, ist aber nicht bewaffnet?«, fragte er ängstlich nach.

»Nein. Ich fürchte nur, dass seine Kutsche mit den zwei Pferden sehr schnell ist, und noch weiß ich ja nicht einmal, ob Fernando mir helfen wird.«

Gonzalo betrachtete sich die Kutsche, von der Isabel sprach. »Fernandos Kutsche ist alt. Er hat nur ein Pferd davorgespannt.«

Kaum ausgesprochen, vernahm Isabel auch schon das Geräusch einer herannahenden Kutsche. Ihr Herz fing heftig an zu pochen, als sie Fernando auf dem Kutschbock erkannte. Er stieg mit einem Leinenbeutel in der Hand ab, betrat den Laden und schloss die Tür hinter sich. Dieselben strahlenden großen braunen Augen. Sein lockiges Haar, das unter der Mütze hervorlugte, schien dunkler geworden zu sein, die ebenen Gesichtszüge markanter und seine Arme kräftiger. Der Stoppelbart gab ihm etwas Verwegenes.

»Du trägst die Mütze ja immer noch schief«, sagte sie – etwas, mit dem sie ihn in ihrer Kindheit oft aufgezogen hatte.

Fernando starrte sie für eine Weile ungläubig an.

»Isabel?« Seine Stimme überschlug sich vor Freude.

Dass sie über beide Ohren strahlte, nahm er als ein »Ja«.

Fernando ließ den Leinenbeutel auf eines der Regale fallen und eilte zu ihr.

»Das gibt's doch nicht. Isabel.« Der Ausruf ihres Namens klang wie ausgelassener Jubel. Schon schlangen sich seine Arme um sie. Er drückte sie, als gäbe es kein Morgen. Wie früher. Ein impulsiver Kindskopf und es fühlte sich so an, als ob sie sich erst gestern zuletzt gesehen hätten.

»Lass dich ansehen«, sagte er nach einer gefühlten Ewigkeit in seinen Armen.

Isabel war überwältigt vom Glanz in seinen Augen, seinem Lächeln und der Freude, die er ausstrahlte.

»Ich dachte, wir sehen uns nie wieder. Bist du auf Besuch? Wie lange bleibst du hier? Hast du etwas Zeit? Du musst mir erzählen, wie es dir in England ergangen ist.«

»Das werd ich, aber ...«

»Ich nehm den Leinensack gleich mal an mich. Sind es wieder Stühle?«, fragte Gonzalo.

Fernando nickte beiläufig. »Ich habe jetzt frei. Lass uns ins Café dort drüben gehen oder spazieren, oder was du willst.«

»Ich fürchte, dieses Café wäre nicht die beste Idee«, warf Gonzalo ein, was ihm einen irritierten Blick von Fernando einhandelte.

»Fernando. Ich brauche deine Hilfe.«

Das irritierte ihn noch mehr, sicherlich auch, weil Isabel ihr Lächeln verloren hatte.

»Ich muss von hier weg, aber er wird mich nicht gehen lassen.«

»Wer? Dein Mann? Hast du etwa geheiratet?«

»Er will mich heiraten. Unsere Väter haben das so vereinbart, aber ich kann ihn nicht heiraten. Ich bin mittellos ... Und ich kenne hier doch niemanden mehr. Und als ich von Estella gegenüber erfahren habe, dass du jeden Freitag ...«

Isabel musste ihm gar nichts mehr sagen. Er schien ihre tiefe Verzweiflung nicht nur gehört zu haben, sondern sie auch zu spüren.

»Du musst nicht mehr zu diesem Mann«, versprach er ihr mit ernst gewordener Miene.

»Er wartet dort drüben auf mich.«

»Lass uns gleich fahren. Ich bringe dich an einen sicheren Ort«, versprach er und nahm ihre Hand, an der Isabel Halt fand.

»Das wird aber nicht so einfach sein, meine Lieben«, mischte sich Gonzalo erneut mit ein und schaute hinaus auf die Straße. »Wenn er dich mit ihr auf deine Kutsche steigen sieht. Nun, seine Kutsche ist ein Zweispanner, aber ich denke, das Problem lässt sich in den Griff kriegen.«

Isabel und Fernando tauschten fragende Blicke.

»Bewegt euch nicht vom Fleck«, sagte er und verschwand in einem Nebenraum.

»Seit wann bist du schon hier?«

»Erst seit Kurzem, aber das ist eine lange Geschichte. Ich weiß gar nicht, wo ich anfangen soll.«

»Wer ist der Mann? Ein Engländer?«

»Nein. Mein Cousin.«

»Dein Cousin? Etwa Rafael?« Fernando wirkte fassungslos.

Isabel nickte. Es überraschte sie nicht, dass er ihn kannte. Sie waren alle auf derselben Schule gewesen. Auch über ihre Familienverhältnisse wusste er von Kindesbeinen an Bescheid.

»Warum tut dein Vater dir das an? Ich könnte Rafael den Hals umdrehen. Der soll sich ja nicht bei uns blicken lassen.«

»Du hast mit ihm zu tun?« Ein äußerst beunruhigender Gedanke. Andererseits hatten die Fourrats wohl überall ihre Finger mit im Spiel. Ob es in Dénia überhaupt jemanden gab, der nicht mit ihnen zu tun hatte?

»Ich nicht, aber Cristóbal. Bei ihm lebe ich. Das ist auch eine lange Geschichte«, sagte er kopfschüttelnd.

»So, da wäre ich wieder«, sagte Gonzalo. Er hatte einen dunklen Anzug und einen Hut in der Hand. »Ich schlage vor, Sie ziehen sich schnell um. Der Anzug ist für einen sehr schlanken Kunden. Er wollte ihn in einer Woche abholen und müsste

Ihnen passen.« Er hielt ihn Isabel hin. »Fernando, du musst mir versprechen, dass ich ihn bis nächsten Dienstag spätestens zurückbekomme. Unbeschädigt!«, fuhr er fort.

»Ich soll mich als Mann verkleiden?«, fragte Isabel.

»Nun. Sehen Sie eine andere Möglichkeit? Hinter dem Vorhang können Sie sich umziehen.«

»Ich bin schon gespannt, wie du als Mann aussiehst. Wir sollten ihr noch einen Schnurrbart aufs Gesicht malen«, schlug Fernando amüsiert vor. »Jetzt mach schon«, forderte er sie auf.

Isabel nahm den Anzug und verschwand hinter dem Vorhang, um sich, so schnell es ging, umzuziehen.

»Ihr Kleid packe ich ein«, hörte sie Gonzalo sagen. »Wohin wirst du sie bringen? Zu Cristóbal?«

»Dort ist sie sicher. Wenn Rafael auftaucht. Ich schwöre dir, dass Cristóbal ihm eine Ladung Schrot verpasst«, sagte Fernando.

»Die hätten er und sein Vater auch verdient«, rief Isabel den beiden von hinter dem Vorhang zu. Ihr schöne Augen machen und Verliebtheit vorspielen. Dabei hatte er genau wie sein Vater von Anfang an geplant, sich Mutters Mitgift und ihr in die Ehe eingebrachtes Vermögen zurückzuerobern. Am besten zwei Schrotladungen, eine für ihn und eine für seinen verabscheuungswürdigen Vater.

»Na, gut, dass Cristóbal nicht hier ist«, sagte Gonzalo.

»Und was werden Sie Rafael sagen, wenn er kommt und nach mir fragt?«, wollte Isabel wissen, nachdem sie nun auch in die Anzugjacke geschlüpft war und den Vorhang zur Seite gezogen hatte.

»Sie haben sich umgeschaut und dann den Laden verlassen«, sagte er süffisant lächelnd.

»Du siehst gut aus, auch als Mann«, sagte Fernando anerkennend.

»Den Hut würde ich an Ihrer Stelle aber noch aufsetzen, damit man Ihr Haar nicht sieht«, empfahl ihr Gonzalo.

Isabel reichte ihm ihr Kleid. Er nahm sich Papier aus einem der Regale, wickelte es ein und begann, eine Schnur um das Päckchen zu wickeln.

Isabel besah sich im großen Spiegel neben dem Vorhang. Die Hose war lang genug, um ihre Schuhe zu bedecken. Auf die Entfernung würde niemand bemerken, dass sie keine Herrenschuhe trug.

»Hier, Ihr Kleid. Ja, was will ich weiter sagen, als Ihnen viel Glück zu wünschen?«, meinte Gonzalo.

»Das kann ich gebrauchen«, erwiderte Isabel.

Fernando reichte ihr die Hand. »Komm, lass uns gehen.«

»Ich bin ein Mann«, sagte sie mit demonstrativem Blick auf seine ausgestreckte Hand. Das würde auf der Straße Aufsehen erregen.

Fernando lachte so unbeschwert, wie sie es an ihm kannte. Er nahm sie trotzdem bei der Hand.

»Wenn wir draußen sind, lass ich dich los«, sagte er.

Gonzalo begleitete sie noch zur Tür.

»Danke für alles. Ich weiß gar nicht, was ich sagen soll«, sagte Isabel an ihn gewandt.

»Vielleicht komme ich dafür eines Tages in den Himmel«, sagte Gonzalo schulterzuckend und öffnete ihnen dann die Tür. »Und beehren Sie mich irgendwann wieder. Vor allem du, Fernando. Denk an den Anzug!«, sagte Gonzalo noch.

Obwohl Isabel sich nun sicher sein konnte, dass Rafael sie auf die Entfernung zum Café nicht erkennen würde, hielt sie den Kopf gesenkt. Sie stieg, so schnell sie nur konnte, auf den Kutschbock. Fernando saß schon oben, gab ein schnalzendes Geräusch von sich, das sein Pferd sofort in Bewegung setzte.

»Und jetzt erzähl mir einfach alles. Wir sind gut eine Stunde unterwegs«, sagte er.

Isabels Zunge löste sich erst, als sie sicher sein konnte, dass sie nicht mehr in Rafaels Sichtweite waren.

Die alte Vertrautheit aus Kindheitstagen war ein Band, das die lange Zeit, die sie weit entfernt voneinander verbracht hatten, nicht zu zerschneiden in der Lage war – auch wenn nun nicht mehr der süße Fratz neben ihr auf dem Kutschbock saß, sondern ein stattlicher junger Mann, der sich trotz ihrer gemeinsamen Vergangenheit zugleich fremd anfühlte. Sie befand ihn für äußerst attraktiv. Das war das Befremdende, weil ihr solche Gedanken in ihrer Kindheit naturgemäß nicht in den Sinn gekommen waren.

Isabel hatte ihm auf ihrer Fahrt durch das bergige Hinterland in Richtung Süden alles erzählt, was es zu erzählen gab. Angefangen von ihrer Tätigkeit im Büro ihres Vaters, der unverhofften Aufnahme in die Londoner Kunstakademie, von Vaters Heiratsversprechen und sogar von Ferrel, den sie auf dem Gewissen hatte. Letzteres war ihr dennoch schwergefallen, weil es die Erinnerung an den Moment, als er zudringlich geworden war, zum Leben erweckte. Damit einher ging ein dumpfes Gefühl der Schuld, das ihr Fernando aber sogleich ausgeredet hatte. Er wusste vom Tod des Fremden aus der Zeitung und war, wie fast alle hier in der Gegend, davon ausgegangen, dass er dem schwelenden Streit zwischen Engländern und den Hiesigen zum Opfer gefallen war. Einige seien sich sogar sicher, dass man ihn überfallen habe, um ihn zu berauben.

Auch dass ihre Mutter nicht an einer Lungenkrankheit verstorben war und sie ihr Vater belogen hatte, kam zur Sprache. Was den heikleren Rest der Geschichte betraf, die kurze Zeit in Carmens Freudenhaus, war das nicht so einfach zu vermitteln gewesen, weil Isabel Scham befiel, auch nur daran zu denken. Es wunderte sie auch nicht, dass Fernando nachhakte, was man ihr dort angetan hatte.

»Carmen war gut zu mir. Sie wollte mich beschützen. Ich habe mich ihr anvertraut. Und was war der Dank dafür? Sie hat mich verraten. Ausgeliefert.«

»Es ist ja nicht auszuschließen, dass sie darin die einzige Möglichkeit sah, dich von diesem Biel Salort loszueisen, ohne sich dabei selbst in die Bredouille zu bringen.«

»Aber warum hat sie ausgerechnet Rafael kontaktiert?«

»Du hast doch selbst gesagt, dass er dort verkehrte. Sie kannte ihn.«

»Sie kennt auch andere. Viele andere, die sehr einflussreich sind.«

»Aber ihm warst du versprochen. Wer hätte dich denn sonst da rausgeholt? Sieht man von mir ab, aber ich gehöre nicht zu Carmens Kunden«, sagte er.

»Du warst noch nie …?«

»In einem Bordell? Du stellst Fragen. Um mir die französische Krankheit einzufangen und einen Monatslohn für ein kurzes Glück zum Fenster hinauszuschmeißen? Außerdem habe ich dir doch versprochen, dass wir eines Tages heiraten werden«, sagte er augenzwinkernd.

»Du wirst mir doch nicht erzählen, dass du in den letzten Jahren auch nur ein einziges Mal an mich gedacht hast.«

»Ich habe erst kürzlich wieder von dir geträumt.«

»Du wusstest doch gar nicht, wie ich aussehe als junge Dame.«

»Ich konnte es mir vorstellen.«

»Und du hast natürlich keinem anderen Mädchen hinterhergeschaut. In all den Jahren?«

»Nachschauen ist doch erlaubt.«

»Es gab keine Dame deines Herzens?«

Er schüttelte den Kopf.

»Auch kein kleines Abenteuer?«

Fernando wand sich. »Wolltest du nicht erst von dir erzählen?«, kam zurück.

»Du weichst mir aus.«

»Sie hieß Sara und hat für einen Sommer auf dem Hof gearbeitet.«

Isabel nickte wissend. Der Ruf der Natur.

»Sie lebt jetzt in Madrid und hat einen Kaufmann geheiratet. Und du?«

Isabel schüttelte den Kopf.

»Und bei Carmen?«

Was sollte sie ihm darauf nur sagen? Sie hatte ihm Details erspart, schon allein deshalb, um sich diese eine Nacht nicht in Erinnerung zu rufen. Bisher wusste er nur, dass man sie dort festgehalten hatte.

Fernando hatte sich wohl seine Fähigkeit, in einen anderen Menschen hineinschauen zu können, bewahrt. Es genügte, sie nur anzusehen.

»Du musst es mir nicht sagen. Ich hätte nicht fragen dürfen. Tut mir leid.« Fernando schaute in die Ferne.

Was ihm gerade durch den Kopf ging, konnte Isabel sich vorstellen. Vielleicht malte er sich die schlimmsten Dinge aus. Sie beschloss, ihm auch diesbezüglich reinen Wein einzuschenken, auch wenn es ihr schwerfiel.

»Ich hatte mich auszustaffieren wie die anderen. Eine Korsage tragen, Puder, Lippenstift. Carmen wollte es so, zum Schein, damit Salort keinen Verdacht schöpft.«

»Zum Schein?«

Isabel hatte nun doch jene Nacht vor ihrem geistigen Auge. Sie hatte den süßlich blumigen Geruch des Bordells in der Nase und spürte jenes beklemmende Gefühl, auch die Angst vor der Begegnung mit ihrem Kunden in jenem Zimmer.

»Es war ein alter Mann. Er wollte erst nur mit mir reden. Einsam sei er. Er tat mir direkt leid … aber dann … Er hat mich berührt. Ich wollte das nicht … und … dann hat er sich vor mir entblößt und sich befriedigt. Ich musste das tun, damit Biel mit mir zufrieden ist und glaubt, dass ich mich füge.« In Isabels Augen lösten sich Tränen.

Fernando zog die Leinen und brachte die Kutsche zum Stehen, bevor er sie fest in die Arme schloss. »Dir wird nie wieder jemand wehtun. Ich verspreche es dir.«

Isabel ließ sich von ihm halten und hoffte, dass er dieses Versprechen auch einlösen konnte.

Nachdem Fernando ihr auf dem weiteren Weg zu Cristóbals Hof auch von seinem bisherigen Leben erzählt hatte, wurde Isabel klar, dass auch ihm das Schicksal nicht gerade wohlgesonnen gewesen war. Als Kind beide Eltern bei einem tragischen Unglück auf hoher See zu verlieren und fortan in einem Waisenhaus leben zu müssen, musste furchtbar gewesen sein.

In der Zeit hatte er angefangen zu schnitzen. Puppenhäuser aus Kisten, die sein Vater für den Transport von Rosinen gezimmert hatte. Aber zunächst nicht, wie Isabel vermutet hatte, für andere Waisenkinder, sondern für sich selbst. Ein Zuhause, ein Haus, das nur ihm gehörte, in dem er Zuflucht finden würde. Sein Vater hatte ihm beigebracht, wie man mit einem Messer aus weichen Hölzern wahre kleine Kunstwerke zauberte.

»Wenn ich ein Stück Holz in der Hand halte, denke ich an die vielen Abende mit ihm, oder als wir nach der Arbeit in den Wald gegangen sind, auch an Sonntagen. Wir hatten immer die Schnitzmesser dabei, und wenn wir heimkamen, hat meine Mutter uns geschimpft.«

»Geschimpft? Etwa weil ihr zu lange weggewesen wart oder zu spät zum Essen gekommen seid?«

»Sie wusste nicht mehr, wohin mit dem ganzen Zeug. Tiere, kleine Häuser, alles Mögliche haben wir aus dem Holz gemacht.« Die Erinnerung daran erfüllte ihn offensichtlich mit Freude.

»Und jetzt machst du es für die Kinder?«

»Das Waisenhaus war sehr gut zu mir. Aber es hat nicht genug Mittel für Spielsachen. Für die Jungen schnitze ich andere Dinge. Soldaten, Ritter, Schwerter, Tiere, aber am liebsten mache ich Puppenmöbel. Wenn Gonzalo sie mit Stoff bezieht, sehen sie aus wie kleine Kunstwerke.«

»Einmal hast du ja auch für mich etwas geschnitzt«, deutete Isabel an.

»Du erinnerst dich noch daran?«

»Das Glücksschwein. Ich habe es sogar mit nach Spanien genommen.«

»Weil es dich an mich erinnert hat?«

»Vielleicht.« Isabel zierte sich, ihm die volle Wahrheit zu sagen, dass sie sich auch an sein Heiratsversprechen erinnert hatte, und so beließ sie es bei der halben: »Ich habe mir eingeredet, dass es wirklich Glück bringt …«

»Aber das tut es doch. Du musst Rafael nicht mehr heiraten, bist wieder hier in deiner Heimat und das Schicksal hat uns zusammengeführt.«

Isabel musste unwillkürlich lachen.

»Ist es etwa nicht so?«

»Wozu doch alles zu etwas gut ist«, sagte sie mehr zu sich, weil sie sich an Margaretes Worte erinnerte. Ob der geschnitzte Talisman ihr weiterhin Glück bringen konnte, war fraglich, denn sie hatte das Schweinchen bei Carmen lassen müssen.

»Seit wann bist du bei Cristóbal?«, wollte sie dann wissen.

»Mit sechzehn haben sie mich aus dem Heim gehen lassen. Ich habe Arbeit gesucht, bei Tischlern, aber sie brauchten damals niemanden. Also habe ich in einer Schreinerei angefangen. Wenigstens hatte ich mit Holz zu tun. Wir haben wie Vater

Kisten für die Pasas gemacht, aber das ist tagein, tagaus immer das Gleiche.«

»Und wie bist du an Cristóbal gekommen?«

»Purer Zufall. Ich war am Strand und er war mit einem kleinen Segelboot zum Fischen rausgefahren. Und als er das Netz eingeholt hat, ging er über Bord. Er hat sich im Netz verfangen. Ich habe ihn aus dem Wasser gezogen. Er wäre sonst vermutlich ertrunken, genau wie meine Eltern. Und seither arbeite ich für ihn«, erzählte er.

»Hat er Familie?«

»Nein. Er lebt allein, hat keine Kinder. Ich glaube, er sieht in mir einen Sohn, den er nie hatte.«

»Baut er auch Trauben an?« Einen anderen Zusammenhang mit Rafael konnte sie sich nicht denken.

»Er hat den besten Boden dafür, aber bewirtschaftet nur ein paar Weinstöcke. Wir haben auf dem Hof so ziemlich alles, was hier schon immer wächst. Gemüse, Obst. Wir bauen sogar Reis an. Am liebsten mag ich aber unsere Zitronen- und Orangenbäume, vor allem im Frühjahr, wenn ihr Duft durch das Tal zieht.«

»Und was hat er mit Rafael zu tun? Verkauft er ihm etwa die Trauben?«

»Die Trauben interessieren Rafael nicht. Er ist scharf auf das Stück Land. Er und sein Vater. Und das schon seit Jahren. Cristóbal denkt aber nicht daran, ihm sein kleines Paradies zu verkaufen.«

»Und deshalb sind sie in Streit geraten?«

»Streit? Ich würde es eher einen Krieg nennen. Rafael hat letztes Jahr dafür gesorgt, dass wir keinen neuen Kredit bekommen, um das Haus auszubauen. Dabei hatte Cristóbal nur noch eine kleine Restschuld von einem alten Darlehen. Er hat regelmäßig die Raten bezahlt. Es war reine Schikane. Auf einmal durften wir unser Gemüse nicht mehr auf dem Markt in Jesus

Pobre verkaufen. Er und sein Vater halten so viele Fäden in der Hand, doch Cristóbal lässt sich davon nicht unterkriegen.«

»Er will ihn also in den Ruin treiben, damit er das Grundstück kaufen kann?«

»Das wird ihm aber nicht gelingen«, sagte Fernando fest entschlossen. Warum Fernando sich so kämpferisch gab, erschloss sich Isabel, nachdem sie von der Hauptstraße abgebogen waren und sich die Kutsche talabwärts begab.

Das kleine Paradies, wie Fernando es genannt hatte, lag nun vor ihnen. Eine Serpentinenstraße führte durch das felsige Hinterland talabwärts zu einem zweigeschossigen Holzhaus, umgeben von bewirtschafteten Feldern, Obst-, Oliven- und Mandelbäumen. Auch Rebstöcke, die weiter hinten am Hang bis zum Meer hinunterreichten, konnte sie aus der Ferne erkennen. Das große Grundstück lag eingebettet in eine Talsenke, die schroffes Gestein umgab. Mutter Natur hatte es auf diese Weise eingezäunt. Isabel kannte die Gegend südlich von Xàbia mit ihren felsigen, schön anzusehenden hohen Steilküsten, die Zwergpalmen und Tamarisken zierten. Diese Ecke sah sie heute aber zum ersten Mal. Ein fruchtbares Kleinod inmitten der von Gräsern und Nadelbäumen dominierten Steinlandschaft.

An Cristóbals Haus rankten lilafarbene Bougainvilleen, davor standen Oleandersträucher und flankiert wurde es von Dattelpalmen und Orangenbäumen mit hohen Kronen, die orangefarbene Tupfer auf ein Anwesen zauberten, das wie gemalt aussah.

»Solche Orangenbäume hab ich noch nie gesehen. Die Früchte wachsen ja so weit oben, dass man sie nur mit einer Leiter ernten kann«, merkte Isabel an, kurz bevor die Kutsche das Haus erreichte.

»Es ist eine spezielle Sorte. Man kann sie zwar essen, aber sie sind sehr bitter. Cristóbal macht leckere Marmelade daraus. Die Engländer reißen sie ihm aus der Hand. Hinter dem Haus haben wir noch mehr davon und natürlich noch jede Menge andere Orangenbäume«, erklärte Fernando.

Isabel entdeckte sie am Rand des Grundstücks. »Die tragen jetzt noch Früchte?«, wunderte sie sich.

»Wir haben verschiedene Arten und können das ganze Jahr über ernten.«

Isabel beeindruckte die Vielfalt von Cristóbals Hof, die hier in der Gegend, vor allem an der Küste, unüblich war. Hier wurde sonst nur die Moscateltraube angebaut.

»Cristóbal wird vielleicht Augen machen«, sagte Fernando, bevor er von der Kutsche stieg und Isabel dann herunterhalf.

»Vielleicht sagst du ihm besser, dass ich Arbeit suche?«, überlegte Isabel laut.

»Er soll ruhig wissen, dass du vor einer Ehe mit Rafael davonläufst.«

»Aber am Ende darf ich dann nicht hierbleiben. Er hat doch schon genug Ärger mit ihm.«

»Den scheut er nicht. Glaub mir. Außerdem sind Rafaels Feinde unsere Freunde«, gab er ihr zu verstehen. Dann rief er Cristóbals Namen.

Ein drahtiger grauhaariger alter Mann mit von Sonne und Wind gegerbter Haut trat zwischen einer Reihe von Bäumen mit großen Blättern hervor. Er hielt zwei grüne Früchte in der Hand, die Isabel nicht kannte. Allem Anschein nach erntete er sie gerade.

»Hast du Besuch mitgebracht? Ich komme gleich. Wir haben frisch gepressten Orangensaft. Macht es euch auf der Veranda bequem«, rief er Fernando zu, bevor ihn die Blätter aufs Neue verschluckten.

»Was ist das für eine Frucht?«, wollte Isabel wissen.

»Eine Avocado.«

Isabel sah ihn fragend an.

»Sie kommt aus Südamerika. Ihr Fruchtfleisch ist sehr nahrhaft«, erklärte er ihr.

Hier gedieh ja alles, was Platz unter der Sonne hatte. Kein Wunder, dass Rafael sich diesen Ort unter den Nagel reißen wollte.

Kapitel 14

Als Cristóbal zu ihnen auf die Terrasse trat, stutzte er, denn Isabel hatte sich den Hut vom Kopf gezogen. Ein Mann im Anzug mit schulterlangem Haar, der die Gesichtszüge einer Frau trug, war ihm wahrscheinlich auch noch nicht untergekommen.

»Darf ich vorstellen? Isabel«, sagte Fernando.

»Ich dachte …«

»Es sollte auch jeder denken, dass Isabel ein Mann ist«, sagte Fernando.

Cristóbals Stirn legte sich in Falten.

»Isabel soll Rafael Fourrat heiraten«, fing Fernando an, woraufhin sich Cristóbal erst einmal setzen musste.

»Es war ein Heiratsversprechen unserer Väter, aber ich kann diesen Mann nicht heiraten. Ich liebe ihn nicht und … Rafael ist …« Isabel suchte nach Worten.

»Verachtenswert?«, fragte Cristóbal.

Isabel nickte.

»Sie sind eine kluge Frau«, merkte Cristóbal an.

»Als ich mir Kleidung in der Stadt gekauft habe, bekam ich mit, dass Fernando jeden Freitag zu Gonzalo fährt. Wir kennen uns seit Kindertagen. Ich wusste nicht, wer mir sonst helfen könnte.«

»Und dann haben Sie diesen Anzug angezogen?«

»Es war Gonzalos Idee, damit Rafael sie nicht aus dem Laden kommen sieht.«

»Er hat im Café gegenüber auf mich gewartet«, führte Isabel noch aus.

»Das sind ja Geschichten …«, sinnierte Cristóbal amüsiert.

»Kann Isabel hierbleiben? Sie weiß ja sonst nicht, wohin. Rafael weiß auch nicht, dass sie hier ist«, erläuterte Fernando.

»Und selbst wenn er es wüsste. Machen Sie sich keine Sorgen. Hier sind Sie in Sicherheit«, versicherte Cristóbal ihr. Dann schenkte er sich auch vom frischen Orangensaft aus der Karaffe ein.

»Ich könnte mich im Haus nützlich machen oder auf dem Feld«, bot Isabel an.

»Jede helfende Hand ist willkommen«, sagte er, dann musterte er Fernando. »So verliebt, wie du Isabel ansiehst, bekomme ich es mit der Angst zu tun. Da hört man ja schon die Hochzeitsglocken läuten«, amüsierte er sich.

Fernando errötete, was wiederum Isabel feixen ließ.

»Sie sind hier also aufgewachsen?«, wollte Cristóbal von ihr wissen.

»Bis zu meinem zehnten Lebensjahr. Mein Vater ist dann mit mir nach England ausgewandert. Vielleicht kennen Sie ihn. Esteban Mengual Ripoll.«

»Ich erinnere mich. Er hat hier Trauben angebaut und ist dann unter die Händler gegangen. Hat er nicht eine Fourrat geheiratet?«

»Meine Mutter. Sie ist nicht mehr am Leben.« Isabel hoffte, dass er nicht weiter nachhakte.

»Dann war der Wunsch der beiden Väter wohl eher geschäftlicher Natur. Was tun diese Leute nicht alles aus Habgier, des Teufels bestes Seelenfutter. Die Fourrats werden eines Tages noch daran ersticken.«

»Fernando hat erzählt, dass die Fourrats dieses Stück Land haben wollen.«

»Natürlich wollen sie das. Es wird dem Parasiten, der bereits alle Weinstöcke in Frankreich und Andalusien zerstört hat, widerstehen, weil unser Grund hier vor ihm geschützt ist.«

»Ein Parasit?«

»Die Reblaus«, erklärte Fernando.

»Händler haben sie mit befallenen Setzlingen aus Amerika importiert. Es ist nur noch eine Frage der Zeit, bis sie auch unsere Felder hier befällt, getragen vom Wind. Sie haben Flügel. Selbst bei totaler Windstille gelangen sie von Weinstock zu Weinstock, und wenn Sie hier aufgewachsen sind, wissen Sie ja, wie eng hier die Weingüter beieinanderliegen.«

»Aber das wäre ja furchtbar. Die Leute hier leben doch vom Weinanbau und den Rosinenexporten.« Isabel wunderte sich, warum sich der Reblausbefall noch nicht bis zu ihrem Vater herumgesprochen hatte. Vermutlich, weil er die Trauben nur von hier bezog und die englische Presse sich eher dafür interessierte, was im British Empire vor sich ging.

»Ohne Moscatel fließt kein Geld. Das Leben würde hier zum Stillstand kommen. Die Menschen würden verarmen. Die Arbeiter, die Schreiner, die Händler, die Schifffahrt. Eine ganze Industrie hängt daran. Dénia und Xàbia verdanken ihren Reichtum nur dieser Traube.«

»Die Felsen und die Lage des Grundstücks schützen das kleine Feld, und alle anderen Pflanzen und Früchte sind gegen die Reblaus resistent«, sagte Fernando.

»Aber selbst wenn Rafael den Grund erwerben würde. Die Fläche ist groß, aber sie reicht doch nicht, um den gesamten Bedarf an Rosinen zu decken«, sagte Isabel an Cristóbal gerichtet.

»Natürlich nicht, aber der Moscatel ist begehrt, die Traube und ihr Wein noch viel mehr als die daraus gewonnenen

Rosinen. Wenn er der Einzige wäre, der noch hiesigen Moscatel anbieten kann … nun, dann kann er den Preis auf dem Markt so hoch ansetzen, wie es ihm beliebt.«

»In Andalusien brennen sie schon die Felder ab. Sie haben keine Setzlinge mehr«, sagte Fernando.

»Verstehe. Und die hätte er dann hier«, schlussfolgerte Isabel.

Cristóbal leerte sein Glas und blickte gedankenverloren auf seine Felder und Plantagen.

»Was Sie hier sehen, war früher normal. Es wurde alles angebaut, was die Menschen zum Leben brauchen. Sie haben so viele Bäume gefällt, um noch mehr Wein anzubauen. Berauscht vom süßen Duft der Reben, wenn sie blühen und reiche Ernte versprechen. Anscheinend hat ihnen das den Verstand geraubt. Dabei weiß doch jeder, dass Böden mehr Ertrag erbringen, wenn man nicht immer das Gleiche pflanzt. Wer sich mit Mutter Natur anlegt, steht auf verlorenem Posten. Das wird sich bitter rächen, glauben Sie mir. Die Leute hier werden nicht einmal mehr etwas zu essen haben.«

»Aber wenn doch bekannt ist, was die Reblaus für Schäden angerichtet hat, warum trifft man keine Vorsichtsmaßnahmen? Die Bauern könnten ihre Felder schützen, Gräben ziehen, sie mit gespannten Tüchern vor dem Wind schützen.«

»Natürlich ist es bekannt. Es steht ja sogar gelegentlich in der Zeitung, aber sie glauben nicht, dass es die Reblaus bis hierher schaffen wird. Doch wenn sie mal hier ist, dann helfen auch solche Tücher nichts mehr. Die Bauern müssten jetzt bereits einen Teil der Felder opfern, um Obst, Getreide und Gemüse anzubauen, oder Weideland für die Viehzucht schaffen. Niemand will auf mich hören. Die sind alle nur aufs schnelle Geld aus«, sagte Cristóbal.

Nun wurde Isabel auch klar, warum er hier so viele unterschiedliche Dinge anbaute. Wenn es hart auf hart kam, so wie er glaubte, würde er sich um sein Überleben wohl keine Sorgen machen müssen.

Isabel hatte ein elegantes grünes Zimmer mit exquisiten Möbeln gegen eines eingetauscht, das eher ein Flickwerk aus Farbe und Formen war. Das Eisengestell ihres Betts war etwas angerostet, das Moskitonetz so löchrig, das es keine einzige Stechmücke abhalten würde. Der Schrank knarrte und ließ sich nicht mehr ganz schließen. Vorhänge gab es hier oben im ersten Stock keine. Der Tisch wackelte und die gepolsterten Holzstühle waren so durchgesessen, dass man nicht mehr von Polsterung sprechen konnte. Und dennoch erschien es Isabel im Moment wie die beste Unterkunft der Welt. Fernando hatte es zudem noch leer räumen müssen, da es seit Jahren eher als Rumpelkammer gedient hatte. Sein Angebot, Zimmer zu tauschen, kam unter den gegebenen Umständen nicht infrage. Am liebsten hätte sich Isabel erst einmal ein wenig ausgeruht. Die bequeme Matratze des Betts lud dazu ein, doch sie hatte Cristóbal versprochen, ihm beim Zubereiten des Abendbrots in der Küche zu helfen. Der feine Anzug, den ihr Gonzalo geliehen hatte, war bereits ordentlich verpackt. Endlich wieder in ihrem Kleid. Cristóbal staunte nicht schlecht, als sie die Holztreppe herunterkam und er sie im Gang bemerkte.

»Ich fürchte, in diesem schönen Kleid werden Sie hier nicht glücklich«, sagte er, während er Möhren schälte.

»Damit muss ich wohl vorerst leben.«

Cristóbal legte das Messer zur Seite und musterte sie für eine Weile. »Können Sie nähen?«

»Ich glaube, ich kann ganz gut mit Nadel und Faden umgehen.«

»Ich habe die Sachen meiner Frau aufgehoben. Sie war etwas größer, aber von der Statur her …«

»Sie lebt nicht mehr?«

Cristóbal schüttelte den Kopf. »Das ist schon zehn Jahre her. Der Typhus hat hier viele Opfer gefordert. Ich hab's überlebt. Sie hatte nicht das Glück.«

»Das tut mir leid. Hier ganz allein.«

»Ich bin nicht mehr allein. Fernando ist ja da. Ein feiner Kerl.«

Isabel nickte, ging zum Küchenfenster und hielt nach ihm Ausschau. Angeblich wollte er noch Kartoffeln vom Feld holen, doch wie Isabel bemerkte, lagen schon welche auf dem Küchentisch, neben den Möhren und den Zucchini. Fernando saß neben einem Holzscheit und schnitzte. Vermutlich tat er das nur, weil er wusste, dass sie Cristóbal in der Küche half.

»Er sollte etwas aus seinem Talent machen.« Er deutete dann auf einen wohl auch von ihm geschnitzten Esel, der auf einem Regal über dem Esstisch in der Küche stand. »Er hat ihn mir zum Geburtstag geschenkt. Ein Andenken an Teo. Wir hatten bis vor zwei Jahren einen Esel. Ich hing sehr an ihm«, sagte Cristóbal.

»Hat er schon versucht, seine Sachen zu verkaufen?«

»Gelegentlich. Auf den Märkten. Bei mir verdient er sich ja nur ein Taschengeld.«

»Ich glaube, er ist trotzdem glücklich hier.«

»Hat er das gesagt?«, fragte Cristóbal, nahm das Messer wieder an sich und widmete sich den Möhren.

»Nein, aber das spürt man doch.« Isabel sah erneut hinaus aus dem Fenster. Als ob Fernando einen sechsten Sinn hätte, sah er zu ihr her und schenkte ihr ein Lächeln, das nichts anderes ausdrückte, als dass er glücklich war.

Cristóbal reichte ihr nun auch ein Messer. Die Kartoffeln mussten geschält werden. »Er könnte mehr verdienen. In der Spielzeugindustrie. Und sich einen Namen machen.«

»Vielleicht will er das gar nicht.«

»Und das gleiche Leben führen wie ich? Ein Einsiedlertum. Lange Jahre. In der Stadt sind wir nicht gern gesehen.«

»Gab es Streit? Wegen Rafael?«

»Er ist nur einer von vielen. Wer nicht mit dem Strom schwimmt, ist immer ein Außenseiter. Und mich halten sie für einen Aufwiegler, obwohl ich gestehen muss, mir in dieser Rolle zu gefallen.«

»Einen Aufwiegler?«

»Ich sage meine Meinung, kläre die Menschen auf. Manchmal mit Erfolg. Zwei der Weinbauern pflanzen nun Gemüse. Das passt den anderen natürlich nicht. José hab ich dazu überredet, mit mir in den Süden zu fahren. Einige der kleineren Weinberge sind bereits befallen. Ich habe ihm die Rebstöcke gezeigt. Verdorrte Wurzeln. Braune Blätter. So wie dort wird es hier auch bald aussehen. Und die Rosinenbarone glauben, dass ich ihnen das Geschäft kaputtmache. Angst verbreite und Investoren verschrecke. Dass dann kein neues Warenhaus gebaut wird und der Ausbau der Eisenbahnlinien ins Stocken kommt. Am meisten fürchten sie jedoch, dass die Arbeiter Wind davon bekommen und sich um neue Anstellungen bemühen. Wer klug ist, der macht sich schon jetzt auf die Suche. Aber Josés Arbeiter sind geblieben.«

»Mein Vater hat auch noch kein Wort über die Reblausplage verloren. Dabei liest er ab und an auch spanische Zeitungen, sofern sie in London erhältlich sind. Anscheinend berichten sie nicht darüber, oder er hat ausgerechnet diese Ausgaben verpasst. Es gab auch noch keine Engpässe bei den Lieferungen«, erklärte sie.

»Alle verdrängen das Problem. Sie bilden sich ein, dass die Moscateltraube resistent dagegen ist und uns das Klima hier begünstigt. Und die spanische Presse wagt es nicht, offen darüber zu berichten. Sie hängen am Tropf der Reichen. Die Agenten sind auch gegen mich, weil sie befürchten, dass sich immer mehr vom Weinanbau abwenden. Da verlieren sie Provision.«

»Es geht nur ums Geld. Das ist wohl überall auf der Welt so.«

»Und was sind Ihre Pläne? Für die Zukunft?«, wollte Cristóbal wissen.

»Ich wollte ursprünglich für die Warenhäuser arbeiten. Bei meinem Vater habe ich die Buchhaltung gelernt. Ich fürchte, wenn es bald keine Rosinen mehr gibt, wird das dort dann wohl nicht mehr möglich sein.«

»Die Warenhäuser werden irgendwann andere Produkte verkaufen. Demnächst soll ich einen Vortrag in Dénia halten. Für englische Investoren. Die sind meinen Ideen gegenüber aufgeschlossener als die hier Ansässigen. Sie könnten mich begleiten. Vielleicht ergibt sich der eine oder andere Kontakt«, bot er ihr an.

»Sehr gern.«

»Und Fernando? Sie haben nur über die beruflichen Pläne gesprochen.«

»Er ist … ein guter Freund.« Isabel fragte sich in dem Moment, ob sie es nur gesagt hatte, um sich selbst auf die Probe zu stellen.

»Für ihn sind Sie mehr. Das sieht doch ein Blinder.«

Isabel sah es auch, als sie erneut aus dem Fenster schaute. Fernando drehte sich in dem Moment zu ihnen. Er hielt ihr einen fast fertig geschnitzten Sessel hin. Nachschub für das Waisenhaus.

»Als Kind hat er mir versprochen, dass er mich heiratet.«

»Glauben Sie mir, Isabel, was Fernando verspricht, das hält er auch.« Cristóbal lachte und legte die geschälten Möhren in einen mit Wasser gefüllten Topf.

Isabel hatte dieses Versprechen bisher noch nie so richtig ernst genommen. War er wirklich nur ein guter Freund und der

Held, der sie vor Rafael gerettet hatte? Darüber hatte sie sich im Trubel der Ereignisse der letzten Stunden noch gar keine Gedanken gemacht. Doch sie musste sich einräumen, dass sie Fernando inzwischen mit anderen Augen sah.

Isabel konnte es sich nicht erklären, warum sie sich ausgerechnet in Cristóbals Haus bereits nach einer Nacht wie zu Hause fühlte. Während eines morgendlichen Bads, nachdem sie bis in die Puppen ausgeschlafen hatte, ging sie diesem Gefühl nach – umnebelt von Lavendelduft und Jasmin, zwei von Cristóbals selbst destillierten Ölen. Es hatte sich bereits am Vorabend eingestellt, als sie in der Küche gemeinsam gegessen hatten. Cristóbals Fundus an Geschichten aus seinem Leben war schier unerschöpflich. Mit seinen dreiundsechzig Jahren kannte er Dénia schon aus einer Zeit, in der die Welt seiner Ansicht nach noch in Ordnung gewesen war. Er erinnerte sich an den Zusammenhalt der Familien bei der Rosinenernte. Jeder arbeitete auf den Feldern der anderen. Erst nach und nach habe sich die Habgier nach mehr Reichtum und Macht in die Herzen der Menschen geschlichen und sich schlimmer verbreitet als der Parasit. Die Reblaus war seiner Meinung nach ein Zeichen dafür, dass Mutter Natur sich ohne Gnade rächen werde, wenn der Mensch sie nicht respektiere.

Er erinnerte sich an die vielen Wälder, die den Rebstöcken hatten weichen müssen und dafür Sorge getragen hatten, dass es bei starkem Regen zu keinen Erdrutschen gekommen war. Und Dénia selbst? Ein kleines beschauliches Fischerdorf sei es gewesen. Und nun gelte es vor allem bei den hier lebenden Ausländern als Stadt der Vergnügungen mit unzähligen Weinbars, Theatern, Cafés und Bordellen.

Isabel konnte davon ein Lied singen, hatte es aber unterlassen, ihm von ihren wenigen Tagen dort zu erzählen, allein schon, um die Erinnerung daran nicht wieder hochkommen zu lassen. Ganz Spanien habe er nach dem Tod seiner Eltern bereist, auch Italien, Portugal Marokko und sogar Südamerika. Dabei sei ihm klar geworden, wie bunt und vielfältig das Leben sei und wie der Horizont der hier Lebenden immer enger werde. Das mache einen Menschen zum Sonderling, weil man mit einem solchen Erfahrungsschatz anfange, alles Mögliche infrage zu stellen. Das gelte insbesondere für die Landwirtschaft.

Vermutlich waren die vielen Reisen auch der Grund dafür, warum bei ihm so eine Vielfalt an Pflanzen und Bäumen zu finden war. Und genau wie bei Fernando und Isabel habe er seine Frau bereits aus Kindertagen gekannt. Die Tochter einer Schneiderin sei sie gewesen.

Isabel war Fernandos Leuchten in den Augen nicht entgangen, als Cristóbal von seiner großen Liebe erzählt hatte. Es konnte keinen Zweifel daran geben, dass auch er sie nun nicht mehr nur als Freundin aus der Kindheit betrachtete. Schon als er sie am Vorabend nach oben auf ihr Zimmer begleitet hatte, war ihr das in aller Deutlichkeit bewusst geworden. Der Blick in ihre Augen, als sie sich eine gute Nacht gewünscht hatten, war länger als normal gewesen. Sonst so unbefangen und ungestüm und auf einmal war ihm eine gewisse Schüchternheit anzumerken, auch heute Morgen, als er ihr die Duftöle gebracht hatte. Eine fürsorgliche Ader schien er auch für sie entwickelt zu haben. Wasser draußen im Kessel erhitzen und dann kübelweise hoch in das Badezimmer schleppen? Das machte nicht jeder Mann. Zwar war Isabel ein heißes Bad in London gewohnt, doch wozu brauchte man das, wenn es draußen selbst in den Morgenstunden schon warm war? Sein Bemühen um ihr Wohlbefinden rührte sie trotzdem.

»Isabel. Wie lange bist du noch im Bad? Ich mach uns Frühstück«, rief er ihr von der anderen Seite der Badezimmertür zu.

Isabel musste unwillkürlich schmunzeln. In einem guten Hotel konnte der Service nicht besser sein. »Ich komme gleich. Fünf Minuten.«

»Begleitest du mich nachher ins Waisenhaus? Gonzalo hat die Möbel schon bezogen.«

»Warum nicht? Hast du ihm den Anzug zurückgebracht?«

»Ja. Ich soll dich von ihm grüßen. Eier mit Speck? Das mögt ihr Engländer doch.«

»Mach mir ein spanisches Frühstück.«

»Also doch Eier mit Speck. Ich mag das auch.«

Isabel lachte und stieg aus der Wanne. Sie war gespannt darauf, das Waisenhaus zu sehen, in dem er seine Kindheit verbracht hatte.

»Hast du Gonzalo gefragt, ob Rafael bei ihm war?«, fragte sie Fernando, als sie beim Frühstück in der Küche zusammensaßen. Isabel rechnete fest damit.

Fernando nickte, schlang aber erst das Ei mit Brot herunter, bevor er ihr antwortete.

»Er hat ihm gesagt, dass du aus dem Laden gegangen bist. Mehr wüsste er nicht. Dann hat Rafael noch nachgefragt, ob du dir Stoffe angesehen hättest. Gonzalo hat das bejaht«, sagte Fernando.

»Er hätte ihm sagen sollen, dass Sie Richtung Hafen gegangen sind«, schaltete sich Cristóbal ein, der sich zum Frühstück nach der frühmorgendlichen Feldarbeit zu ihnen gesellt hatte.

»Er wird mich überall suchen. Allein schon wegen der Schande, auf dem Empfang der Rieras großspurig seine baldige Vermählung anzukündigen und dann ohne Braut dazustehen«, sagte Isabel.

»Aber dich nicht finden«, sagte Fernando.

»Oh. Da wäre ich mir nicht so sicher. Ich kenne diese Kutsche«, sagte Cristóbal bedeutungsvoll.

Nun hörte sie das Geräusch von draußen auch. Isabel folgte Cristóbals Blick aus dem Küchenfenster. Sie kannte diese Kutsche auch und wer auf dem Kutschbock saß, war durch die Scheibe und selbst auf Distanz nur unschwer zu erkennen. Neben ihm saß niemand, doch wer wusste schon, ob nicht noch jemand in der Kutsche saß.

»Aber woher weiß er …?« Isabel schlug das Herz bis zum Hals.

Cristóbal war sich anscheinend auch nicht sicher, ob Rafael allein war. Er stand auf und ging zu einem Schrank neben dem Eingang. Isabel stockte der Atem, als er daraus eine Schrotflinte zog.

»Gonzalo hat ihm sicher nichts verraten«, sagte Fernando.

»Am besten, Sie bleiben hier drin. Ich regle das auf meine Art«, wies Cristóbal sie an und ging hinaus.

»Woher weiß er es?«, überlegte Isabel laut.

»Vielleicht besinnt er sich, jetzt, wo seine Hochzeit nicht stattfinden wird, wieder auf die Geschäfte. Es ist ja nicht das erste Mal, dass er hier aufkreuzt«, sagte Fernando.

»Ich sollte mich dennoch von hier wegsetzen.« Am Tisch vor dem Fenster war sie nicht zu übersehen. Isabel stand auf und begab sich zum zweiten Fenster neben dem Eingang, das ein Vorhang vor ungewünschten Blicken schützte. Von dort aus konnte sie die Zufahrt sehen. Fernando gesellte sich zu ihr und schaute ihr über die Schulter.

Cristóbal baute sich mit der Waffe im Arm vor dem Haus auf. Dies beeindruckte Rafael nicht sonderlich. Er fuhr vor und stieg in aller Seelenruhe ab.

»Was willst du hier? Mir wieder ein Kaufangebot machen? Ich habe dir schon mal gesagt, dass du keinen Fuß auf mein Land setzen darfst«, fuhr ihn Cristóbal an.

»Deshalb bin ich nicht hier.«

Isabel konnte jedes Wort mithören.

»Was willst du?«

Isabel glaubte, die Antwort zu kennen.

»Wo ist Isabel? Sie ist doch hier, oder?«

»Isabel? Ich kenne keine Isabel.«

»Und Fernando? Wo ist der?«

»Was willst du von ihm?«

»Ich habe Grund zu der Annahme, dass sich Isabel bei ihm aufhält. Sie ist meine Braut.«

»Du hast vor, zu heiraten? Welche Frau gibt sich wohl mit dir ab?«

»Ich weiß, dass sie hier ist.«

»Hast du das geträumt?«

»Sie hat in einem Bekleidungsgeschäft nach Fernando gefragt. Es liegt gegenüber vom Schneider Gonzalo. Dort habe ich sie gestern zuletzt gesehen. Und Fernando war auch dort, wie mir Estella versichert hat.«

»So ein Zufall«, sagte Cristóbal lakonisch.

Isabel und Fernando tauschten Blicke.

»Ich hätte daran denken müssen, Estella einzuweihen«, warf er sich vor.

»Sie bricht ein Eheversprechen. Sie gehört Fernando nicht«, wettete Rafael.

»Und dir gehört sie? Königin Isabel hat die Sklaverei doch schon seit langer Zeit abgeschafft«, gab Cristóbal keck zurück.

»Wirst du mich erschießen, wenn ich mich hier nach ihr umsehe?«

»Darauf kannst du Gift nehmen.«

»Ich kann auch die Polizei informieren und mit ein paar Männern zurückkommen.«

»Tu das. Und jetzt verschwinde.« Cristóbal legte die Waffe an.

»Er weiß es sowieso«, sagte sie nur, fasste sich ein Herz und verließ das Haus, noch bevor Fernando sie zurückhalten konnte.

»Da schau einer an. Wenigstens hast du den Mut, dich nicht hinter einem alten Mann mit Schrotflinte zu verstecken«, sagte er.

Cristóbal ließ die Waffe sinken.

Isabel ging ohne Umschweife zu ihm. Aus den Augenwinkeln bekam sie mit, dass Fernando ebenfalls aus dem Haus kam.

»Lass mich in Ruhe und geh. Ich werde dich nicht heiraten.«

»Mir so ein Theater vorzuspielen. Wie wohl du dich im Haus fühlst. Vorhänge kaufen …«

»Und was ist mit eurem Schmierentheater? Man heiratet keine Frau aus Rache. Deine Tante wird davon nicht wieder lebendig. Deine Worte. Und schon gar nicht, um sich eine vor vielen Jahren gezahlte Mitgift und das Vermögen meiner Mutter zurückzuholen. Hast du ernsthaft geglaubt, dass ich mit dir zurück nach London gehe, damit du nach Vaters Ableben sein Geschäft weiterführen kannst?«

Das kaufte Rafael den Schneid ab. Daran hatte er zu schlucken.

»Ich habe euer Gespräch mit angehört. Es hat selbst den Hauch einer zweifelsohne gewachsenen freundschaftlichen Zuneigung und zumindest die Überlegung, mit dir eine Vernunftehe einzugehen, auf einen Schlag zunichte gemacht«, fuhr sie fort.

»Aber auf dem Empfang … Du warst doch gern dort und … der Kuss am Strand. Ich dachte, du würdest es nicht dabei belassen. War das alles Teil deines falschen Spiels?«

Isabel sagte nichts darauf. Sie hatte sehr wohl auch noch in Erinnerung, dass Rafael zumindest im Ansatz versucht hatte, sich seinem Vater entgegenzustellen. Auch dass er wohl Gefühle für sie entwickelt hatte, trotz des perfiden Plans seines Vaters.

»Isabel. Was willst du hier? Ich kann dir ein besseres Leben bieten.«

»Ein besseres Leben?« Fernando schritt vor und stellte sich an Isabels Seite. »Was weißt du schon, was für Isabel am besten ist?«

»Wenn du Reichtum damit meinst, tust du mir leid. Ich brauche kein besseres Leben, aber ein glücklicheres als das, was ich an deiner Seite erdulden müsste.« Isabel hoffte, dass er sich damit zufriedengab.

Fernando griff nach ihrer Hand. Auch diese Geste müsste Rafael verstehen. Isabel war dankbar, Fernando an ihrer Seite zu haben.

»Du hast gehört, was dir Isabel zu sagen hatte.«

Rafael nickte. »Du machst einen schweren Fehler«, drohte er dennoch, was Cristóbal gleich dazu veranlasste, die Waffe erneut gegen ihn zu richten.

»Ausgerechnet hier bei diesem Pack. Die ganze Stadt ist gegen ihn«, sagte Rafael in abfälligem Ton. »Und deine lächerliche Schrotflinte … Geh damit zur Hasenjagd. Eines Tages bringen sie dich sowieso um.«

»Wer? Etwa du? Salvador? Oder wen meinst du?«, fragte Cristóbal.

Rafael lächelte nur abfällig und machte auf dem Absatz kehrt.

Isabel atmete auf, als er seine Kutsche bestieg.

»Die Tür steht dir offen. Nach wie vor«, sagte er, bevor er den Pferden die Leinen gab.

Für einen Moment begegneten sich ihre Blicke. In seinen Augen lag nicht nur Zorn, sondern auch Bedauern. In ihren las er sicher Mitleid für einen Mann, der es seinem Vater zu verdanken hatte, so zu sein, wie er war. Hin- und hergerissen zwischen Mammon und der leisen Stimme seines Herzens, die sich gegen das Gebrüll seines Vaters wohl nie durchsetzen würde.

Isabel hatte keine Sekunde gezögert, ihr Versprechen einzulösen, Fernando zum Waisenhaus nach Gandia, das nördlich von Dénia lag, zu begleiten. Allein schon, um auf andere Gedanken zu kommen. Die Begegnung mit Rafael hallte nach, anscheinend auch bei Fernando, der sich schon beim Beladen der Kutsche mit Gemüse und Obst etwas wortkarg gezeigt hatte. Dass auch Cristóbal das Waisenhaus mit dem, was sein Hof hergab, unterstützte, überraschte Isabel nicht. Er hatte ein großes Herz und offenbar auch noch am rechten Fleck.

»Bringst du den Kindern dann auch jede Woche neue Spielsachen?«

»Nein. Ich habe nicht immer Zeit zum Schnitzen.« Mehr sagte er nicht.

Isabel hatte erwartet, dass er von sich aus etwas mehr über seine Besuche dort erzählen würde. Stattdessen stierte er auf die Straße.

»Darf ich sie sehen?«

Fernando nickte nur.

Isabel nahm den Leinensack von der Ladefläche und schaute hinein. Wahre Kostbarkeiten lagen darin. Ein Sessel hatte es ihr besonders angetan. Fernando schnitzte keine Möbel, wie sie Isabel aus ihrer Kindheit kannte, als sie selbst noch ein Puppenhaus gehabt hatte. Er war im Gegensatz zu ihren fein gearbeitet und verziert. Gonzalo hatte den Sessel nicht nur mit Stoff bezogen, sondern auch noch etwas darunter getan, was ihn so aussehen ließ, als wäre er gepolstert.

»Was macht er da rein?«

»Stoffreste«, kam kurz angebunden zurück.

Keine weiteren Details, wenn es um seine Arbeit ging? Isabel merkte ihm an, dass etwas durch seinen Kopf geisterte.

»Was ist mit dir los?«

»Nichts. Was soll mit mir los sein?«

»Du hast doch was. Wegen Rafael? Ich frage mich auch, ob er mich jetzt in Ruhe lässt. Meinst du, er kreuzt noch einmal auf? Mit der Polizei?«

»Vielleicht. Er scheint sich ja in dich verliebt zu haben.« Es klang fast wie ein Vorwurf.

»Ich spreche ihm die Fähigkeit ab, überhaupt jemanden zu lieben. Ins Bordell gehen kann er. Mehr aber auch nicht.«

»Küssen anscheinend auch.«

Nun rückte er also doch damit heraus, was ihm auf der Seele lag. »Er hat mich auf die Wange geküsst.«

»Am Strand.«

Auch das hatte er sich gemerkt. Isabel nickte.

»Um ihn in Sicherheit zu wiegen?«

Isabel überlegte, ob sie seine Frage einfach nur bejahen sollte, doch sie brachte es nicht fertig, ihn zu belügen.

»Ich dachte, dass mir nichts anderes übrig bleiben würde, als ihn zu heiraten. Er hat sich wirklich sehr um mich bemüht. Ich habe ihn nicht wiedererkannt.«

»Und dich dann küssen lassen?«

»Auf die Wange …«

»Und er wollte nicht mehr?«

»Doch. Jeden Tag ein bisschen mehr Nähe, hat er gesagt.«

»Wenn du das Gespräch zwischen ihm und seinem Vater nicht mit angehört hättest. Wäre es dazu gekommen?«

»Ich weiß es nicht. Er wollte mir Zeit geben und hat darauf gehofft, dass ich mich an das Leben als seine Frau gewöhne. Ich glaube, er hätte alles dafür gegeben.«

»Also hat er dir auch gefallen, oder eher das Leben dort in dem schönen Haus. In der feinen Gesellschaft.«

Isabel horchte in sich hinein, um herauszufinden, was sie ihm antworten sollte. Einerseits wollte sie ihm die Wahrheit sagen, ihn andererseits aber auch nicht verletzen. Dass er ihr weniger an Materiellem zu bieten hatte als der Sohn eines Rosinenbarons, schien an ihm zu nagen.

»Er hat sich um mich bemüht, mir schöne Kleider gekauft, mich auf einen Empfang mitgenommen. Ich habe es wirklich nur für einen Moment in Erwägung gezogen, mich damit abzufinden. Und weißt du was? Der Empfang war furchtbar. Eine einzige Schlangengrube. Die Kleider können mir gestohlen bleiben, genau wie sein Haus.«

Fernando sah ihr nun direkt in die Augen, als ob er sich vergewissern wollte, dass sie es auch so meinte.

»Du hast keinen Grund, eifersüchtig auf ihn zu sein«, wagte Isabel dann doch zu sagen.

»Doch, den habe ich.«

Isabel sah ihn fragend an.

»Du hast dich küssen lassen.« Fernando fand sein lausbübisches Lächeln wieder.

Isabel fackelte nicht lange und hielt ihm demonstrativ ihre Wange hin. »Auf was wartest du?«, forderte sie ihn auf.

Das ließ er sich nicht zweimal sagen. Ein flüchtiger Kuss. Fernando strahlte dennoch. Sie innerlich auch. Herzklopfen gesellte sich dazu und verstärkte sich, als er ihr einen verliebten Blick zuwarf.

Das Waisenhaus lag am Stadtrand von Gandia, abseits des geschäftigen Lebens. Es war ein zweistöckiges weißes Gebäude, von dem Farbe und Putz bereits von den Wänden blätterte. Soweit Isabel von Fernando wusste, lebte es ausschließlich von Spenden, seien es Lebensmittel von Händlern der Stadt oder finanzielle Zuwendungen weniger gutsituierter Bürger, die es teils aus Hilfsbereitschaft, teils, um ihr Gewissen zu erleichtern, unterstützten. Ihre Ankunft blieb nicht unbemerkt. Eines der Mädchen auf dem Hof vor dem Gebäude rief Fernandos Namen. Seilspringen wurde sofort zur Nebensache. Ebenso der Fußball, den einige Jungen auf dem Hof umherkickten. So schnell konnte Isabel gar nicht schauen, wie die Kleinen ihre Kutsche umringten.

»Fernando. Fernando!«, kam aus so vielen Kehlen unterschiedlichen Alters.

»Was hast du uns heute mitgebracht?«, fragte eines der Mädchen mit lockigem Haar. Sie sah aus wie ein Püppchen und war höchstens fünf.

Fernando zeigte ihnen den Leinensack. Die Augen der Kinder leuchteten wie zu Weihnachten. Aus dem Haus kam dann eine ältere Frau, die Isabel auf Ende fünfzig schätzte – ihr graues Haar im Dutt, ihr Lächeln herzlich und einnehmend. Sie trug eine bunte Schürze über ihrem grauen Kleid und hielt ein kleines Mädchen auf dem Arm, das noch keine drei Jahre alt sein dürfte.

»Das ist Tere. Eine der beiden Frauen, die sich hier um die Kinder kümmern. Sie war schon zu meiner Zeit hier«, sagte Fernando. Er stieg ab und wurde sofort von den Kleinen umringt. Den Beutel hielt er hoch, was unweigerlich dazu führte, dass sich die Kinder nach ihm streckten und reckten.

»Was hast du heute dabei?«, bedrängte ihn ein Junge.

Tere setzte das kleine Mädchen ab. Sie gesellte sich sofort zu den anderen Kindern.

»Wart ihr überhaupt brav? Alle rechtzeitig zu Bett gegangen? Alles aufgegessen?«, fragte Fernando augenzwinkernd.

Tere amüsierte sich darüber.

»Ja. Ja!«, riefen die Kinder.

»Na gut, dann wollen wir mal nachsehen, was da alles so drinsteckt.«

Fernando zog ein geschnitztes Krokodil aus dem Leinensack.

»Ein gefährliches Krokodil. Und was es für scharfe Zähne hat. Wer von euch hat keine Angst vor diesem Tier?«

»Ich … Ich …« Drei der Jungs streckten ihre Arme danach aus.

»Aber es ist bissig und muss dressiert werden.«

»Ich … Ich …«

Fernando tat so, als würde das Krokodil die drei Jungen angreifen, und stieß ein Knurren aus. Zwei der Mädchen erschraken, was die Jungen natürlich belustigte. Er reichte es dann dem Kleinsten.

»Das ist doch gar kein böses Krokodil«, stellte der Junge fest.

»Ich will es auch halten«, quengelte der andere.

Dann zog Fernando den gepolsterten Sessel hervor.

»Der ist für euer Puppenhaus. Wir suchen uns einen schönen Platz dafür. Kommt mit«, forderte er die Mädchen auf. »Aber erst muss ich die Kisten in die Küche tragen.«

»Geh nur. Das mach ich«, sagte Tere.

»Ich helfe Ihnen«, bot Isabel an.

Fernando nickte und verschwand mit den Kindern im Inneren des Hauses.

»Ich bin Isabel.«

Auch Tere stellte sich vor. So wie Tere sie musterte, überlegte sie wohl gerade, warum sie in Fernandos Begleitung war.

»Wir kennen uns aus unseren frühen Kindertagen. Ich bin nach England gezogen und er …« Tere nickte und stellte zu Isabels Überraschung keine weiteren Fragen.

»Der gute Fernando. Die Kinder lieben ihn abgöttisch. Sie sollten sich das Puppenhaus einmal ansehen. Ein wahres Kunstwerk. Anscheinend spricht sich das herum. Erst letzte Woche kam der Bruder einer der Geschäftsleute, die uns finanziell unterstützen, aus der Stadt. Er wollte es sich ansehen und hat dann tatsächlich gefragt, ob er es uns abkaufen kann. Ich habe natürlich abgelehnt. Es würde den Kindern das Herz brechen«, sagte sie.

»Wie war er so, Fernando, als er hier war?«, fragte Isabel.

»Das erste Jahr war kaum ein Wort aus ihm herauszukriegen. Der Verlust beider Eltern ist für ein Kind schwer zu ertragen.«

Isabel nickte. Sie konnte sich das nur allzu gut vorstellen.

»Jetzt weiß ich, wer die geheimnisvolle Isabel ist«, sagte Tere dann.

»Er hat von mir erzählt?«

»Vermutlich hat er auch sehr darunter gelitten, dass Sie plötzlich nicht mehr da waren.«

Das von Tere zu hören, erstaunte Isabel allerdings.

»Ich habe das seinerzeit gar nicht ernst genommen, als er sagte, dass er seine Isabel eines Tages heiraten würde.«

»Das hat er erzählt?«

Tere nickte. »Und jetzt sind Sie hier …«, sagte Tere und sah sie dabei fragend an.

»Wer weiß …«, erwiderte Isabel schmunzelnd.

»Ich glaube, er wünscht sich nichts so sehr wie eine Familie. Das ist bei den meisten Waisen so.«

Isabel zweifelte nicht daran. Und wahrscheinlich noch eine mit vielen Kindern.

»Aber eine Heirat will wohlüberlegt sein, gerade für uns Frauen«, riet Tere ihr.

»Genügt es nicht, jemanden zu lieben?«

»Die Liebe hat so viele Gesichter. Ein ganzes Leben miteinander zu verbringen, verlangt einem viel ab. Da geht es nicht nur um die Liebe. Die meisten Frauen begnügen sich damit, dass der Mann für sie sorgt. Das hat mir schon immer widerstrebt. Man muss gemeinsame Ziele haben und sich ergänzen. Mein Mann arbeitet in der Bank. Er hat nur Zahlen im Kopf, und wenn man ihn nicht ab und zu daran erinnert, das Leben zu genießen, würde er vermutlich keinen Schritt vor die Tür setzen. Und umgekehrt ermutigt er mich, bei Firmen vorzusprechen und um Gelder für das Waisenhaus zu bitten. Verstehen Sie, was ich meine?«

Isabel nickte nachdenklich.

»Wir sollten jetzt die Sachen reintragen. Runter in den kühlen Keller.«

Isabel nahm sich gleich die Kiste mit dem Obst, Tere die mit dem Gemüse.

»Wenn ich noch jünger wäre …«, deutete Tere an und lachte.

Isabel wunderte das nicht. Welche Frau träumte nicht davon, so einen attraktiven Kerl abzukriegen, doch an eine Heirat war im Moment nicht zu denken, denn damit würde ein Leben auf dem Hof einhergehen, überlegte Isabel. Würden sie davon leben können? Zu zweit vielleicht, doch reichte es auch, um eine Familie zu ernähren? Sie musste sich eine Arbeit suchen. Fernando ebenso. Es fühlte sich für Isabel auch noch nicht richtig an, weil sie das Gefühl hatte, dass ihr noch etwas fehlte, was sie im Leben nach vorne zog, so wie es die Aussicht auf ein Studium an der Kunstakademie bewerkstelligt hatte.

Kapitel 15

Isabel hätte es nicht für möglich gehalten, doch noch Vorhänge zu nähen und Gonzalo so schnell wiederzusehen. Der Grund dafür lag auf der Hand. Fernando hatte ein neues Puppenhaus aus den Kisten gezimmert, die für den Transport von Moscateltrauben bestimmt waren. Er bezog sie von einer Schreinerei in Dénia, die sie ihm schenkten, weil sie für einen guten Zweck gedacht waren. Das Mobiliar seines neuen Hauses hatte Gonzalo bereits mit Stoffen bezogen, doch ihm fehlten Isabels Ansicht nach Vorhänge, die es erst so richtig wohnlich machten. Isabel war das bereits aufgefallen, nachdem sie sich die zu einem riesigen Haus übereinandergestapelten Kisten im Spielzimmer des Kinderheims angesehen hatte – mit der unweigerlichen Konsequenz, sich bei Gonzalo mit Stoffverschnitt einzudecken, als sie Fernandos bezogene Puppenmöbel abgeholt hatten.

Der eine schnitzte, die andere nähte – zumindest am Abend, wenn die Arbeit auf dem Feld und im Haus erledigt war. Nach zahlreichen Regenfällen in den letzten beiden Wochen, die für den September üblich waren, ging die Arbeit bei moderateren Temperaturen leichter von der Hand.

Die Tätigkeiten auf Cristóbals Hof waren abwechslungsreicher und sowieso weniger anstrengend, als in brütender Hitze und gebückter Haltung Trauben zu zupfen oder auf den Knien Rosinen auf Gittern zu verteilen. Eine merkwürdige Vertrautheit mit Cristóbals Haus hatte sich in dieser Zeit eingestellt, was Isabels Ansicht nach aber auch daran lag, dass sich Rafael bisher noch nicht wieder hatte blicken lassen und somit Ruhe in ihr Leben eingekehrt war. Ruhe trotz der Gewissheit, dass Rafael ihren Vater wohl über die jüngsten Ereignisse informiert und die Hochzeit abgeblasen haben dürfte. Es war ihr letztlich gleichgültig geworden, zumal sie glaubte, sicher sein zu können, dass ihr Vater unter den gegebenen Umständen nicht anreisen würde, um sie doch noch zu einer Ehe mit Rafael zu bewegen. Es konnte auch keinen Zweifel mehr daran geben, dass Fernandos Blick nun der eines Mannes war, der eine Frau begehrte. Sie merkte es auch an Kleinigkeiten, zufälligen Berührungen und einer gewissen damit einhergehenden Irritation, die seinerseits mit einem schüchternen Lächeln begleitet wurde.

Ihr erging es nicht anders. Ihn mit entblößtem Oberkörper beim Holzhacken zu beobachten und sich dabei vorzustellen, ihn zu berühren, war ein untrügliches Zeichen dafür. Die viele Arbeit ließ aber keinen Raum, um solchen Gefühlen nachzugehen. Vermutlich hatte Fernando vor allem deshalb vorgeschlagen, einen Ausflug nach Gandia zu unternehmen. Samstags war dort Markt und mit der Kutsche stand ihnen eine schöne Fahrt entlang der Küste bevor. Es gab aber noch einen zweiten Grund, weshalb Fernando dort hinwollte, und das war der Spielzeugladen in der Innenstadt. Ab und an würde es ihn dorthin ziehen, um sich für seine Schnitzereien inspirieren zu lassen. Fernando fehlte es Isabels Ansicht nach weder an Talent noch an Fleiß, jedoch an Geschäftssinn, wie sie ihm vor einer Woche klargemacht hatte. Er brauchte Geld für neues Werkzeug und eine vernünftige Werkzeugbank.

»Warum verkaufst du deine Arbeiten nicht?« Isabels Frage bei Tisch war erst, nachdem Cristóbal dies ebenfalls für eine gute Idee befunden hatte, bei ihm auf fruchtbaren Boden gefallen. Sah man von ihren Vorhängen und den Möbeln ab, die Gonzalo künftig gegen Obolus – da waren sie sich einig – so gestaltete, dass sie wie Miniaturen von edlem Mobiliar aussahen, fehlte den Räumen aber noch einiges an Accessoires, die jeder in seiner Wohnung stehen hatte. Wie Vasen, Lampen und natürlich ein Ofen, über dem Töpfe und Pfannen hingen. Alles, was ein Haus belebte und ihm einen unverwechselbaren Charakter verlieh. Solche Dinge selbst zu fertigen, war aber nahezu unmöglich. Im Spielzeugladen würde es sie allerdings geben. Ein Grund mehr, um dort hinzufahren. Zu einem wohnlichen Haus gehörten aber auch Bilder und für ein Puppenhaus dementsprechend kleine Gemälde. Die Rahmen hierfür hatte er schnell geschnitzt. Wasserfarben gab es in der Stadt. Die letzten Abende hatten sie daher damit zugebracht, aus einer der Rosinenkisten ein Haus mit Mobiliar, Vorhängen und Gemälden an der Wand fertigzustellen, dem es nur noch an diesen wohnlichen Kleinigkeiten gefehlt hatte.

Eine Woche bis in die Nacht daran zu arbeiten, strengte an. Isabel musste sich auf der Kutschfahrt nach Gandia aber einräumen, dass sie die Zeit genossen hatte. Gemeinsam mit ihm am Küchentisch schweigend und in die Arbeit vertieft zu sitzen, empfand sie als sehr angenehm. Nicht minder erquickend war es, wieder einen Pinsel in der Hand zu halten. Winzige Motive so auf kleine Leinwände von wenigen Zentimetern Umfang zu zaubern, dass man sie auch erkannte, war dabei eine ganz besondere Herausforderung. Fernandos große Augen und Staunen über ihr Talent waren eine ganz besondere Belohnung. Stillleben von Blüten in Vasen für die ganz kleinen Rahmen und sogar ein Segler, der vor einem Hafen vor Anker lag, für einen etwa handspannengroßen Rahmen schmückten sein neues

Puppenhaus. Es war wunderschön und stand nun in Papier verpackt auf der Ladefläche seiner Kutsche. Es stand symbolisch für den Aufbruch in etwas Neues. Das galt für Isabel und Fernando gleichermaßen.

Hatten sie sich in den letzten Wochen bei allen möglichen Gelegenheiten aus dem Fundus ihres bisherigen Lebens erzählt, so drehten sich ihre Gedanken nun eher um den Alltag und diese Geschäftsidee. Das machte Vergangenes weniger wichtig und erzeugte ein Gefühl von Verbundenheit, von Vertrauen. Es stärkte ihre Hoffnung, hier in ihrer Heimat glücklich zu werden – an seiner Seite. Fernando schien es genauso zu ergehen. Mittlerweile kannte sie ihn gut genug, um selbst kleine Gesten deuten zu können, und sei es nur ein Lächeln oder ein Blick, den er ihr zukommen ließ. Was für ein schönes Gefühl, sich an seine Schulter zu lehnen, die Fahrt nach Gandia in der Sonne unbeschwert zu genießen und darüber zu sinnieren, was sie alles tun konnten, um die Puppenhäuser noch besser auszustatten. Angefangen von Innenverkleidungen der Wände mit Putz, Tapeten oder kleinen Teppichen, für die sie sich lediglich einen nicht hoch gewobenen Seidenteppich in der Stadt besorgen mussten, um ihn dann in kleinere Teile zu zerschneiden und mit Säumen zu versehen. Am Ende würde daraus noch ein lukratives Geschäft. Dies war allerdings nur Isabels Meinung. Fernando konnte es sich wohl noch nicht so recht vorstellen.

»Was denkst du, wie viel ich dafür verlangen kann?«, fragte Fernando, als sie den Marktplatz, wo sich der Spielwarenladen befand, erreicht hatten.

»Zeig es ihm doch erst einmal.«

»Aber lohnt sich das denn überhaupt? Er hat auch Puppenhäuser.«

»Die sind aber bestimmt nicht so schön.«

Isabel merkte ihm an, dass er zusehends nervöser wurde. Andere wurden zapplig, er wurde eher ruhig und träge.

Normalerweise wäre er schon längst von der Kutsche gesprungen. Nun saß er wie angenagelt da und starrte auf den Laden, vor dem die Kutsche hielt.

»Ich verstehe mich nicht so auf das Verkaufen«, räumte er dann ein.

»Dann überlass es mir«, sagte sie keck und kniff ihn in die Seite. »Wenn wir hier sitzen bleiben, verkaufen wir es jedenfalls nicht.«

In Fernando fuhr wieder Leben.

Isabel fühlte sich wie vor einem geschäftlichen Termin, wie sie ihn mit ihrem Vater wahrgenommen hatte. Eine gewisse Anspannung gehörte dazu.

Der Spielwarenladen von Alfonso Cardona war eine Welt für sich. Eine voller Magie, genau, wie Fernando es ihr beschrieben hatte. Die erste Adresse für Spielwaren jeder Machart. Isabel hatte noch nie zuvor ein Dreirad für Kinder gesehen. Ein kleiner Junge saß darauf. Seine Eltern begutachteten das Gefährt. Ein ganzer Gang voller Porzellanpuppen ließ Isabel für einen Moment vergessen, warum sie überhaupt hier waren. Sie hatte noch nie so schöne Kleider an Puppen gesehen. Feinste Seide, Stickereien. Ein Traum.

»Die sind aber viel zu groß für meine Häuser«, merkte Fernando zu Recht an. »Was wir suchen, ist im Regal dahinter.«

Isabel riss sich vom Anblick dieser traumhaft schönen Puppen los und folgte ihm. Dort standen Puppenhäuser und dazugehörige Ausstattung, angefangen von daumengroßen Püppchen bis hin zu einigen Möbeln. Isabel atmete auf, denn die klobigen Puppenhäuser, aus massivem Holz gezimmert, erinnerten sie eher an Vogelhäuser. Ihnen fehlte es an Raffinesse.

»Findest du nicht auch, dass dieser Ofen dort gar nicht reinpassen würde? Er ist so fein gearbeitet. Und die Möbel?

Holzklötze.« Isabel inspizierte einen der Kachelöfen im Regal vor ihr, aus dem sogar ein eiserner Kamin ragte.

»Stimmt schon«, sagte er.

»Guten Tag, die Herrschaften. Wie ich sehe, interessieren Sie sich für die Hausminiaturen. Soll es ein Geschenk sein oder habe ich das Glück, auf jemanden getroffen zu sein, der meine Sammelleidenschaft für diese schönen Dinge teilt?«

Fernando, der die in einen Sack gepackte Puppenhauskiste und den Leinenbeutel mit seinen Miniaturmöbeln hielt, brachte keinen Ton heraus.

Isabel nahm kurzerhand den Miniaturofen und stellte ihn in das Schlafzimmer des »Vogelhäuschens«, das noch nicht einmal über eine Küche verfügte. Alle darin stehenden Möbel, auch das Bett und der Schrank aus Holz, wirkten dagegen plump. Gar kein Vergleich zu Fernandos Arbeiten.

»Sie haben ein gutes Auge. Ich würde ihn, glaube ich, auch in der Ecke platzieren.«

»Ein wunderschönes Accessoire, aber finden Sie nicht auch, dass es viel zu schade wäre, es dort abzustellen? Er ist fein gearbeitet. Mit viel Liebe zum Detail.«

Alfonso Cardona ließ sich das kurz durch den Kopf gehen, bevor er nickte.

»Fernando war schon einige Male hier …«

Der Ladenbesitzer musterte ihn und schien sich dann zu erinnern.

»Und ihm ist aufgefallen, dass die Puppenhäuser, sagen wir, etwas grob in der Ausarbeitung sind. Und all die schönen Sachen, die Sie hier verkaufen, gar keinen so rechten Platz darin finden würden.«

»Ich müsste lügen … Sie haben recht.«

Isabel warf Fernando einen bedeutsamen Blick zu, doch der lächelte nur betreten.

»Nun. Fernando ist gelernter Schreiner und passionierter Zimmermann. Er kam auf die Idee, etwas Passenderes für diese erlesenen Accessoires zu erschaffen.«

Cardona musterte ihn so, als würde er es ihm gar nicht zutrauen.

»Ja. Ich …« Endlich stellte er das Puppenhaus auf dem Boden ab und befreite es von der Umhüllung.

»Da vorne ist etwas Platz«, sagte Isabel und deutete auf einen Kistenstapel, der wohl die einfacheren Modelle, die daneben ausgestellt waren, beinhaltete. Fernando hob sein Puppenhaus auf und stellte es darauf.

»Donnerwetter!«, sagte Alfonso Cardona sichtlich beeindruckt.

In Fernandos Gesicht löste sich ein entspanntes Lächeln.

Isabel schnappte sich kurzerhand den Ofen und platzierte ihn in Fernandos Puppenhaus, dort, wo die Schlafzimmermöbel stehen würden, die noch im Leinensack versteckt waren.

»Und diese possierlichen Gemälde«, schwärmte Cardona. Er steckte sein an einer Kette befestigtes Monokel ans rechte Auge, um das Innenleben gebührend zu bewundern.

»Die sind von Isabel.«

»Von Ihnen?«, fragte Cardona erstaunt nach.

Isabel nickte. »Wir haben noch etwas …« Sie öffnete den Leinensack und holte gleich das größte Teil heraus. Das Bett, auf dem ein wunderschöner rosafarbener Bettbezug lag. Sie stellte es in das Schlafzimmer des Puppenhauses und rückte es in Position.

»Die Vorhänge. Sie haben denselben Farbton«, schwärmte Cardona, der zweifelsohne bereits Feuer gefangen hatte.

Nun fuhr Leben in Fernando. »Sie erlauben?«

Cardona trat zur Seite und sah das Innenleben von Fernandos Haus vor seinen Augen entstehen. Er nahm Fernando gleich einen der Stühle aus der Hand.

»Der ist ja sogar gepolstert«, stellte er fest, nachdem er mit seinem Daumen darübergefahren war.

»Und nun stellen Sie sich noch all die schönen Sachen darin vor, die Sie als Zubehör verkaufen.« Isabel nahm sich eine Miniaturvase aus Porzellan aus dem Regal daneben und stellte sie auf den kleinen Wohnzimmertisch.

»Ich gratuliere, Herr Zimmermann. Sie sind ja ein richtiger Künstler«, sagte Cardona, woraufhin Fernando strahlte, doch nur, um Komplimente zu hören, waren sie nicht hier.

»Würde sich das nicht gut in Ihrem Laden machen?«

»Sie wollen es verkaufen?«

Fernando nickte.

»Können Sie mehr davon machen?«

Isabel wusste, dass sie ihn an der Angel hatten.

»Was stellen Sie sich preislich vor?«

»Machen Sie uns doch ein Angebot.« Auch das hatte sie von ihrem Vater gelernt. Mache niemals das erste Angebot und stelle bloß keine Zahl in den Raum.

»Dreißig Peseten«, schlug Cardona vor.

»Dreißig? Das sind ja schon allein die Gemälde und kostbaren Vorhänge wert. Vierzig?« Feilschen war etwas, das ihr im Blut lag.

»Das ist aber eine ordentliche Summe für …«

»Ein Kunstwerk dieser Art. Ihre Kundschaft wird sich darum reißen. Sie können dafür fünfzig und sogar mehr verlangen«, sagte Isabel.

»Nun gut, sagen wir fünfunddreißig. Was sagen Sie dazu, mein Herr?«

Fernando warf Isabel einen fragenden Blick zu, um sich rückzuversichern.

Isabel hielt ihm daraufhin unverzüglich die Hand hin.

Cardona schlug ein. »Lassen Sie das gleich hier?«

»Aber natürlich.«

»Warten Sie. Ich hole das Geld.«

Fernando bekam seinen Mund erst wieder auf, als Cardona gegangen war.

»Fünfunddreißig Peseten?« Er strahlte vor Glück.

Isabel zuckte mit den Schultern, als ob das Geschäft nur reine Routine für sie gewesen wäre. Er fiel ihr trotzdem um den Hals, ungestüm, wie sie ihn kannte. Das war eines der Dinge, die er hoffentlich nie ablegte.

Zurück in Dénia am frühen Abend sprach nichts dagegen, Fernandos Einladung anzunehmen, sie zu einem opulenten Dinner auszuführen, um den erfolgreichen und vor allem ersten Geschäftsabschluss seines Lebens gebührend zu feiern. Im Gegensatz zu Isabels erstem Besuch der Restaurantmeile am Hafen war sie diesmal adrett für die feinsten Lokale gekleidet. Kleine Shrimps und Champignons in Knoblauchsauce als Vorspeise, knusprige feine Scheiben vom iberischen Schwein mit Bohnen in Zitronensauce als Hauptgericht und ein Stück Käsekuchen mit Marmeladenguss zum Dessert. Ein guter Moscatel durfte dabei selbstredend nicht fehlen. Einfach köstlich und dem Anlass entsprechend ein würdiger Rahmen, mit dem Fernando aber anfangs etwas zu kämpfen hatte. Er war noch nie zuvor in einem der feineren Restaurants gewesen und tat sich daher schwer mit der Etikette zu Tisch.

Die Stoffserviette steckte man sich hier nicht in den Hemdkragen, sondern legte sie auf den Schoß. Den Wein durfte man immer erst einmal probieren. Fernando hatte den Ober glatt gefragt, warum er ihm nur so wenig in sein Glas schenkte.

Dennoch schien er auf den Geschmack gekommen zu sein, sich ab und zu etwas zu gönnen, auch wenn man sich dazu in einen gesellschaftlichen Rahmen begeben musste, der weder ihm noch Isabel sonderlich lag. Isabel war diese Welt hingegen hinreichend vertraut. Man sprach leise und mit unbewegter

Miene, zumindest galt das für die meisten englischen Gäste, die hier anwesend waren. Man erkannte sie bereits an der konservativen und meist bis oben zugeknöpften Kleidung, sofern Frauen mit am Tisch saßen. Farbenfroher zeigten sich die Gemahlinnen der Spanier, doch auch sie zügelten ihr Temperament – ganz im Gegensatz zu Fernando. Er lachte heiter und einmal hatte Isabel ihn sogar einbremsen müssen, seine nach dem Glas Moscatel aus ihm heraussprudelnden Ideen nicht zu laut von sich zu geben. Die Konkurrenz hörte stets mit, wie Vater immer zu sagen pflegte.

Eigentlich hätte sich Isabel zur Feier des Tages mit diesem Dinner begnügt, doch beim Verdauungsspaziergang einmal um den Block war ihnen vor dem Teatro Principal ein älteres Ehepaar entgegengekommen, das zwei Opernkarten an den Mann hatte bringen wollen, weil Schwester und Schwager influenzageschuldet nicht zur Aufführung kommen konnten. Zum halben Preis. So ein Angebot abzulehnen, wäre töricht gewesen, auch wenn weder Isabel noch Fernando wussten, um was es in Jacques Offenbachs Operette vom Blaubart überhaupt ging.

Das Teatro Principal war ein imposantes dreistöckiges Gebäude im neoklassischen Stil, obwohl es im Grunde genommen von Weitem betrachtet wie ein gewöhnliches Wohnhaus daherkam – sah man von den vielen aneinandergereihten Eingängen ab. Drinnen gab es Platz für knapp über eintausend Zuschauer. Isabel und Fernando hatten einen der acht Logenplätze ergattern können. Wer sich eine Eintrittskarte dafür leisten konnte, der wurde anscheinend auch ohne Abendkleidung, Frack für die Männer und edle Roben für die Damen, eingelassen.

Eine berauschende Darbietung, die die Geschichte einer jungen Hirtin namens Hermia erzählte, die eigentlich eine verstoßene Prinzessin war und sich einen Decknamen gegeben hatte. Isabel hatte dabei unwillkürlich an ihr eigenes

Versteckspiel denken müssen, das aus ihr eine María gemacht hatte – letztlich auch eine »Prinzessin« aus gutem Hause, die sich auf dem Feld ihr Brot verdiente, genau wie die Heldin auf der Bühne. Die Aufführung hielt ihr das eigene Schicksal vor Augen, fand der Kammerherr des Königs doch heraus, wer sie wirklich war, um sie dann zurück an den Königshof zu bringen.

Isabel hatte die Tage auf Rafaels »königlichem« Anwesen noch gut in Erinnerung. Es gab aber noch eine Parallele, die Isabel erst durch den Kopf geisterte, als sie das Theater verlassen hatten. Die Hirtin hatte sich nämlich in einen Hirtenjungen namens Saphir verliebt und war untröstlich gewesen, dass er ihr noch keinen Heiratsantrag gemacht hatte. Bei Ersterem fand sie sich wieder. Was den Heiratsantrag betraf, so hätte sie nichts dagegen, wenn er irgendwann aus Fernandos Munde käme. Aus dem kam momentan aber gar nichts. Er gähnte und wirkte etwas abwesend. Wahrscheinlich war die gut zweieinhalbstündige Aufführung zu anstrengend für ihn gewesen.

»Diese hohen Stimmen. Königin Clementine. Mir klingen immer noch die Ohren. Man könnte meinen, da wird eine Sau auf der Bühne abgestochen«, sagte er.

Isabel lachte. »Du meinst die Sopranistin.«

Fernando zuckte nur die Schultern. »Wollen wir noch runter zur Uferpromenade spazieren? Ist ja nicht weit.«

»Du meinst, damit das Rauschen der Wellen deine Ohren wieder beruhigt?«

Fernando nickte und griff nach ihrer Hand. »Die arme Hermia, aber am Ende wurde ja doch noch alles gut«, sagte er dann.

»Weil sie ihren Saphir bekommen hat?«

Fernando nickte erneut und ging eine Weile schweigend neben ihr her. »Die Prinzessin hat ihren Prinzen bekommen«, sagte er dann.

»Sie wusste das ja nicht, als sie sich in ihn verliebt hat. Ihr Vater wollte, dass sie einen heiratet, und sie hatte eben Glück, dass der Mann sich als Prinz entpuppt hat.«

»Da hatte Hermia wohl mehr Glück als du«, erwiderte er mit nachdenklicher Miene.

»Weil mein Vater wollte, dass ich Rafael heirate, und der Krug an mir vorüberging?«

»Nein … Weil ich kein Prinz bin.«

Isabel glaubte, einen Hauch von Traurigkeit aus seiner Stimme herauszuhören. Sie sah ihn fragend an und überlegte, was wohl gerade in ihm vorging. Glaubte er sich etwa nicht gut genug für sie, weil sie sich im Gegensatz zu ihm besser in der guten Gesellschaft zurechtfand und die Operette aus vollen Zügen genossen hatte?

»Ich kann ja nicht einmal zwischen dem Besteck für die Vor- und Hauptspeise unterscheiden.«

Auch dieses Malheur war ihm bei Tisch passiert. Isabel hatte ihn darüber aufgeklärt, dass man das Besteck von außen nach innen nahm. »Glaubst du etwa, darauf kommt es an?«

»In manchen Kreisen schon. Und wer weiß, was ich noch alles nicht weiß oder kann.« Mittlerweile sprach er mit dem Trottoir.

Isabel blieb abrupt stehen. »Schau mich an«, verlangte sie. »Du kannst mehr als diese ganze aufgeblasene feine Gesellschaft. Also erklär mir, warum du damit haderst, kein Prinz zu sein.«

Fernando schluckte.

»Na?«

»Ich habe manchmal Angst, dass ich dir vielleicht nicht genüge … Eines Tages.«

Isabel verdrehte die Augen. »Du glaubst also ernsthaft, dass ich mich irgendwann in einen dieser Männer in Frack verlieben könnte? Aber mein Herz ist doch schon vergeben.« Isabel fasste den Mut, ihm das zu sagen.

»Meines gehört dir doch schon immer«, brachte er erst heraus, nachdem er tief Luft geholt hatte.

Stocksteif stand er nun neben ihr. Das änderte sich erst, als Isabel ihm ein warmes Lächeln schenkte.

»Du meinst, eines Tages könnten du und ich heiraten? Ich würde es mir so sehr wünschen, Isabel«, kam dann doch.

Warum sah er ihr nicht an, dass sie nur darauf wartete, von ihm geküsst zu werden? Zögerte er etwa, weil gerade ein älteres Paar an ihnen vorbeiging? Er tat es. Endlich! Und wie schön war der Moment, als sich ihre Lippen berührten, er dann seine Arme um sie schlang und nicht mehr aufhörte, sie zu küssen. Isabel sagte sich in dem Moment, dass sie es sogar besser getroffen hatte als Prinzessin Hermia.

»Die junge Liebe«, hörte sie die Frau des Paares sagen.

»Du sagst es. Nichts ist schöner«, erwiderte wohl ihr Mann. Isabel konnte den beiden nur zustimmen.

Cristóbal schien nicht mitbekommen zu haben, dass sie erst mitten in der Nacht zurückgekehrt waren. Sein Zimmer lag im Parterre neben der Küche und aus dem drangen unmissverständliche Schnarchgeräusche, die Isabel manchmal sogar nachts oben in ihrem Zimmer hörte. Fernando schloss die Tür leise hinter sich. Anscheinend war ihm daran gelegen, dass Cristóbal weiterhin im Land der Träume blieb.

Was doch ein erlösender Kuss alles bewirken konnte! Arm in Arm auf der Kutsche. Noch ein endlos langer Kuss auf gerader Strecke, die man während der Fahrt nicht im Auge behalten musste. Nachdem sie angekommen waren und er sie von der Kutsche gehoben hatte, standen sie wie festgewachsen für eine halbe Ewigkeit davor, eng umschlungen. Ein Blick in seine Augen, als sie die Haustür erreichten, und Isabel war klar, dass es in dieser Nacht nicht dabei bleiben würde. Fernandos Schüchternheit hatte der Fahrtwind wohl verweht. Er nahm sie bei der Hand und führte sie zur Treppe. Seinen Arm um ihre Hüfte geschlungen, als sie nach oben gingen. Ein Kuss auf ihren Rücken. Einen an ihren Hals. Nun war Isabel es, die ein Gefühl von Schüchternheit befiel – im Wechsel mit dem Verlangen nach ihm, nach weiteren Küssen, nach Berührungen und dem Wunsch, ihn zu erkunden, wie sie es sich schon so oft vorgestellt hatte. Isabel wusste, dass es für ihn nicht das erste Mal war. Für sie jedoch schon.

»Wir müssen nicht …«, flüsterte er, als sie vor der Tür zu ihrem Zimmer standen. Er sah ihr dabei direkt in die Augen. Aus ihnen strahlte so viel Liebe. Sie öffnete die Tür und nahm nun ihn an der Hand. Ob es sich schickte, vor der Ehe einem Mann so nahe zu kommen, war ihr spätestens gleichgültig geworden, nachdem er die Tür hinter sich geschlossen hatte und sie mit seinen kräftigen Armen hochhob und zum Bett trug, wo er sie sanft niederließ und sich zu ihr legte.

»Du bist so schön. Das warst du schon immer. Meine Schöne …« Das war das Letzte, was er von sich gab, bevor ihre Lippen erneut zueinanderfanden und er begann, sie am ganzen Körper zu streicheln. Sein Atem wurde schwer, als auch sie begann, ihn zu berühren, nachdem er sein Hemd ausgezogen hatte und nun dabei war, ihr Kleid aufzuknöpfen. Isabel schloss die Augen. Nur noch fühlen, ihn riechen, schmecken und sich dem Gefühl hingeben, das ihren Körper zum Glühen gebracht hatte, noch bevor er ihre Scham berührte und sie seine Männlichkeit spüren konnte.

»Fernando?« Cristóbals laute Stimme riss Isabel aus dem Schlaf. »Isabel?« Auch nach ihr hörte sie ihn rufen.

Fernando lag noch immer eng an sie geschmiegt neben ihr und wurde erst wach, nachdem Cristóbal erneut nach ihnen beiden gerufen hatte. Isabel schaute auf die Uhr auf der Kommode. Es war bereits halb acht. Normalerweise stand sie schon um sechs, spätestens um halb sieben auf. Kein Wunder, dass Cristóbal bereits nach ihnen Ausschau hielt.

Isabel versuchte, sich aufzusetzen, doch Fernando zog sie wieder an sich.

»Nur noch fünf Minuten«, säuselte er ihr ins Ohr und fing dann an, daran verspielt zu knabbern.

»Ich komme gleich«, rief sie nach unten.

»Sagen Sie Fernando, dass es Zeit ist, aufzustehen«, kam dann.

Isabel und Fernando sahen sich fragend an.

»Er wird schon oben gewesen sein, um nach mir zu sehen«, sagte er und fing an zu lachen.

Isabel versteifte in seinen Armen. Cristóbal schien sich also seinen Teil zu denken. Ihr fiel ein, dass Fernando mit Sara, der Aushilfe hier am Hof, ja bereits vom süßen Kelch der Liebe gekostet hatte.

»Hat Cristóbal nichts gesagt, als du mit dieser Sara …?«
»Doch.«
»Was hat er gesagt?«
»Ist ja eine tüchtige junge Frau.«
»Mehr nicht?«
»Er hat mir auf die Schulter geklopft und gelacht.«

Diese Information entspannte Isabel keineswegs.

»Meine Isabel«, sagte Fernando nur. Die Art, wie er sie ansah, fegte das unangenehme Gefühl hinfort, weil sie in wenigen Minuten Cristóbal von Angesicht zu Angesicht gegenüberstehen würde.

Isabel begab sich dann noch einmal in Fernandos Arme. Eine ganze Flut an Bildern und Gefühlen der letzten Nacht drohten, sie wieder in jenen Liebestaumel zu stürzen, der sie alles hatte vergessen lassen.

Fernando seufzte, ließ schweren Herzens von ihr ab und räkelte sich erst, als er sie erneut geküsst hatte.

»Wenn Sie mit in die Stadt fahren möchten, dann müssen Sie sich beeilen, Isabel«, rief Cristóbal herauf. Er stand wohl direkt unter ihrem Fenster.

»In die Stadt?«

»Ich treffe die Engländer in einer Stunde.«

Isabel fiel siedend heiß ein, dass er ihr letzte Woche versprochen hatte, sie zum Treffen mit englischen Investoren mitzunehmen, und es auch die Tage zuvor noch einmal erwähnt hatte. Schnell ins Badezimmer!

»Ich liebe dich«, sagte Fernando unvermittelt. Gab es etwas Schöneres und vor allem Belebenderes, um sich mit Elan aus den Federn zu erheben?

»Ist ja ein tüchtiger Kerl.« Cristóbals Bemerkung nach ihrer Entschuldigung, sich zum Frühstück verspätet zu haben, hatte Isabels Befürchtung, sich einem peinlichen Moment aussetzen zu müssen, im Nu verweht. Um ein Haar hätte sie darüber gelacht, weil Fernando sich seinerzeit das Gleiche hatte anhören dürfen. Kein weiteres Wort mehr und noch nicht einmal ein bedeutsamer Blick, als Fernando sich zu ihnen zum Frühstück gesellt hatte. Isabel freute sich auf das Treffen und war froh darüber, dass sie mit Cristóbal nun allein mit der Kutsche nach Dénia fuhr, während Fernando auf den Feldern zugange war. Es wäre ihr schwergefallen, sich in seiner Begleitung gedanklich auf geschäftliche Dinge einzulassen. An die neue Situation, nun ein Liebespaar im Haus zu haben, musste Cristóbal sich vermutlich auch erst einmal gewöhnen.

Was ihren bevorstehenden Termin im Stadthaus eines Weinhändlers betraf, nutzte Cristóbal die Fahrtzeit in die Stadt, um ihr die Hintergründe zu schildern, weshalb man ihn gebeten hatte, mit den englischen Investoren zu sprechen. Cristóbal hatte wirklich den Mut eines Löwen. Obwohl er nicht dazu eingeladen worden war, hatte er sich die Freiheit genommen, im Frühjahr an einem Vortrag über die Entwicklung des Exports von Moscateltrauben teilzunehmen. An sich eine geschlossene Veranstaltung im Rathaus, doch just José, der Weinbauer, den er bereits dazu hatte bringen können, fortan nicht nur ausschließlich auf die Traube zu setzen, hatte ihn – das rote Tuch aller hiesigen Weinbarone – hineingeschmuggelt. Weil Cristóbal und José erst nach Beginn der Veranstaltung hinzugestoßen waren und zu diesem Zeitpunkt bereits einer der ausländischen Investoren eine Rede gehalten hatte, war dem Veranstalter nichts weiter übrig geblieben, als ihn zu dulden. Ein Fehler – jedenfalls aus Sicht der Rosinenbarone, denn Cristóbal hatte es gewagt, ausgerechnet im Beisein englischer Investoren über die Reblausplage in Frankreich und Andalusien zu sprechen. Verdorrte Wurzeln zur Hand, hatte das wenig überraschend für Verstimmung gesorgt, allerdings nicht bei jedem, denn einige der englischen Investoren waren offenbar so sehr von seinem Auftritt beeindruckt gewesen, dass sie ihn um eine private Unterredung gebeten hatten. Bevor Cristóbal mit Nachdruck dazu aufgefordert worden war, den Saal zu verlassen.

Isabel wusste, dass er sie nicht nur dabeihatte, weil sie zweisprachig war. Es lag ihm offenbar am Herzen, sie mit Landsleuten bekannt zu machen, die ihr eine Stelle verschaffen konnten. Denn an Sprachkenntnissen des Spanischen mangelte es zumindest dem Herrn, der Cristóbal eingeladen hatte, nicht. Er hieß Albert Wentworth, seines Zeichens Exporteur, der seine Finger in vielen Geschäftsbereichen hatte.

»Sie werden ihn mögen. Ein wacher Geist. Er war bei der Versammlung damals der Einzige, der es gewagt hat, nach den befallenen Feldern zu fragen. Ihn hat man natürlich nicht hinausgebeten«, erklärte Cristóbal, als er die Fahrt verlangsamte und anhielt.

»Ist das das Haus?«, fragte Isabel und nickte in Richtung des schmucklosen Gebäudes, das nicht danach aussah, als ob es von einer wohlhabenden Familie bewohnt würde.

»Es sind von hier nur ein paar Meter um die Ecke. Die Straße ist so eng, dass ich die Kutsche dort nicht abstellen kann«, erklärte er.

Isabel stieg aus und begleitete ihn zum zweistöckigen Haus der Familie Edward, die neben dem Weinhandel ebenfalls im Rosinengeschäft tätig und gut mit Wentworth befreundet war. Die Tür stand offen. Isabel vermutete, dass dies nur deshalb der Fall war, weil die Hausherren mehrere Gäste erwarteten.

Das Innenleben des Gebäudes erinnerte sie an ein englisches Herrenhaus. Es roch zudem nach Geld. Das gesamte Erdgeschoss wirkte mit seinen diagonal verlegten schwarzen und weißen Fliesen wie ein schier endloses Schachbrett, das sich sogar über die Treppe fortsetzte. Einbauschränke und Mobiliar aus hochpoliertem Mahagoni verliehen ihm edlen Glanz. Die Kronleuchter und wertvoll anmutenden Gemälde an den Wänden durften in so einem Haus nicht fehlen. Dem Eingang gegenüber führte eine Tür zu einem mit Weinstöcken begrünten Atrium. Die Musik spielte aber im Nebenraum gleich rechterhand neben dem Eingang, denn daraus schritt ein in dunklem Anzug gekleideter grauhaariger Herr. Ein typischer englischer Geschäftsmann, der Cristóbal gleich die Hand reichte. Er wirkte trotz seiner kühlen blaugrauen Augen und strengen Gesichtszüge aufgrund seines einnehmenden Lächelns äußerst sympathisch.

»Señor Wentworth. Was für eine Freude«, begrüßte Cristóbal ihn.

»Ganz meinerseits.«

»Darf ich vorstellen? Isabel Mengual Fourrat. Sie hat viele Jahre in England gelebt und bot mir ihre Dienste als

Übersetzerin an.« Den viel wichtigeren Grund, weshalb sie mit dabei war, behielt Cristóbal noch für sich.

»Dann erspare ich mir die Arbeit. Willkommen bei unserer kleinen Tafelrunde, Miss Mengual.« Auch sein Humor war britisch. Er bat sie herein und stellte sie den vier ebenfalls adrett gekleideten Geschäftsleuten vor.

»Meine Herren. Ich habe Ihnen ja bereits von Señor Moreno berichtet. Er kennt wie kein anderer die Gegend und wird uns beraten. Und Miss Mengual. Sie kann mir unter die Arme greifen, falls mich meine Spanischkenntnisse verlassen«, erklärte Wentworth in seiner Landessprache. »Nehmen Sie doch Platz.« Er deutete auf freie Plätze am Ende des Tisches.

»Jeremy Cooper, Richard Brandon, Thomas Redding und unser werter Gastgeber Hugh Edward.«

Die Genannten nickten ihnen freundlich zu. Allesamt Herren in feinen Anzügen und mit ergrautem Haar, bis auf den Hausherren, Mr Edward, der gar kein Haar mehr auf seinem Haupt trug.

»Wie ich schon sagte, hat mich Cristóbal auf die Gefahr hingewiesen, dass hier der Rosinenhandel bald einbrechen könnte«, erklärte der den Anwesenden. »Wissen Sie etwas Neues? Hat sich der Parasit schon weiter verbreitet?«, wollte er dann von Cristóbal wissen.

»Bis nach Murcia und das schon in den wenigen Wochen«, erklärte Cristóbal. Isabel übersetzte es.

»Es wird also höchste Zeit, zu handeln. Würden Sie uns wirklich anraten, keinen Centimo mehr in die hiesigen Rosinenindustrie zu investieren? Jeremy müsste sein Feld verkaufen?«, fragte Wentworth auf Spanisch.

»Was das Rosinengeschäft angeht, so gibt es Auswege, um zumindest größere Einbußen zu verhindern. Es müsste möglich sein, die Moscatelreben zu retten, indem man sie auf einen gegen die Reblaus resistenten Wurzelstock pfropft. Das ist im

Prinzip genau wie Aufpfropfen von Kernobst auf zum Beispiel einen Mandelbaum. Die Erträge werden anfangs nicht mehr so hoch sein, aber es wäre einen Versuch wert.«

Isabel übersetzte auch Wentworths Frage und was Cristóbal gesagt hatte.

»Das hat hier noch niemand probiert, nehme ich an«, wollte Cooper wissen.

Cristóbal schüttelte den Kopf.

»Es gäbe aber viel bessere Möglichkeiten und gewinnbringendere«, sagte Cristóbal in die Runde, was ihm sofort volle Aufmerksamkeit bescherte.

»Wenn hier der gesamte Rosinenhandel zusammenbricht, verlieren viele ihre Arbeit. Unternehmen müssen ihre Pforten schließen. Dabei gäbe es eine Lösung für alle. Zurück zum Obst- und Gemüseanbau, denn unsere Böden sind seit Menschengedenken dafür ideal. Ein gemischter Anbau auf den Feldern sichert höhere Erträge, weil die Böden dann nicht so schnell ermüden. Nur ein solcher Anbau sichert das Überleben der Landwirtschaft und ist gewinnbringend für den Export«, führte Cristóbal aus. Dafür erntete er betroffene Gesichter.

»Soviel ich gehört habe, sind die Deutschen schon dabei, sich umzuorientieren. Die Ferchen-Brüder erwägen in Dénia den Bau einer Fabrik zur Herstellung von Metallspielzeug. Mr Johannes Ferchen hat hier Moscatelfelder, aber sein Bruder Heinrich glaubt wohl auch nicht mehr ans Überleben der Moscatelindustrie«, führte Wentworth aus.

»So schnell können die doch gar nicht umsteigen. Nur die Räumlichkeiten ließen sich nutzen«, sagte Richard Brandon, ein Mann mit Wohlstandsbauch, der genüsslich an einer Zigarre zog.

Cristóbal nickte, nachdem Isabel es ihm ebenfalls übersetzt hatte.

»Vielleicht halten wir ja noch wenigstens ein Jahr durch. Ich glaube, wir brauchen jetzt erst einmal einen Drink, meine Herren«, schlug ihr Gastgeber, Hugh Edward, vor. Er erhob sich und hielt auf dem Weg nach draußen an der Anrichte am Fenster inne.

Isabel waren die dort drapierten Formlets, nach spanischen Motiven bunt bedruckte Schachteln, in denen erlesene Rosinen in Premiumqualität angeboten wurden, bereits aufgefallen, als sie den Raum betreten hatten.

Edward nahm eine an sich, öffnete sie und stellte sie zum Verzehr in die Tischmitte.

»Wir haben etwas Neues ausprobiert. Die Rosinen sind gesalzen. Ein schönes Zusammenspiel im Gaumen. Ideal zum Wein. Komischerweise verkaufen sich die einfachen Rosinen ohne diese aufwendige Verpackung besser«, sagte er.

Isabel besah sich das Motiv auf der Schachtel. Es war eine schlecht gezeichnete Flamencotänzerin und die eines Stiers. Es sah alles andere als ansprechend aus.

»Vielleicht liegt es daran, dass die Leute den Druck nicht so attraktiv finden, wenn ich mir die Bemerkung erlauben darf«, wagte sie sich diesbezüglich zu äußern.

»So?« Edward sah sie verdutzt an. »Was gefällt Ihnen daran nicht?«

»Der Stier hat nichts mit Wein zu tun und die Gesichtszüge der Frau ... Sie sieht nicht wie eine Spanierin aus. Es wirkt auf mich wie naive Malerei, fast wie der Druck für ein Kinderbuch. Auch die Farben sind zu blass und der monochrome Hintergrund ... Olivgrün. Damit assoziiert man weder Trauben noch Rosinen.«

Nun war Wentworth es, der es Cristóbal auf Spanisch erklärte. Er nickte daraufhin eifrig.

Auch die anderen Herren am Tisch besahen sich die Schachtel nun genauer.

»Wahrscheinlich haben Sie recht. Sie scheinen sich gut in diesen Dingen auszukennen«, konstatierte Edward.

»Sie wurde an der London Academy of Arts aufgenommen«, warf Cristóbal ein. Allein schon der Name erhellte Edwards, aber auch Wentworths Miene.

»Sie können also malen? Auch so etwas?«

Isabel nickte.

»Nun ... Warten Sie ...« Edward zog eine Visitenkarte aus seiner Westentasche und reichte sie ihr. »Gute Leute mit Talent und Geschmack können wir gebrauchen. Vielleicht kriegen wir die gesalzenen Rosinen dann noch los, bevor hier diese gottverdammte Reblaus alles dem Erdboden gleichmacht. Ich lass uns jetzt erst einmal etwas Wein bringen«, sagte er in seiner Muttersprache und verließ den Raum.

»Danke für Ihre offenen Worte, Cristóbal ... Aber nehmen Sie sich in Acht. Was ich so höre, sind sehr viele nicht gut auf Sie zu sprechen. Man glaubt, Sie reden die Krise herbei«, sagte Wentworth.

»Ich weiß, aber ich kann nicht mitansehen, wie die Menschen blind in ihr Verderben laufen«, erwiderte er.

Wentworth nickte und legte seine Hand in einer freundschaftlichen Geste auf Cristóbals Schulter. Von den Anwesenden hatte Cristóbal sicher nichts zu befürchten, sagte Isabel sich. Dann besah sie sich kurz Edwards Visitenkarte. Es hatte sich gelohnt, mitzufahren. Das sah Cristóbal offenbar genauso, denn er zwinkerte ihr zu.

KAPITEL 16

Margaretes Worte, dass sich selbst schlimme Lebensumstände im Nachhinein betrachtet oft als gut erweisen würden, schienen sich erneut zu bewahrheiten. Alles war momentan sogar zu schön, um wahr zu sein – Isabels Fazit, nachdem sie sich bei der in Alicante ansässigen englischen Firma Davenport, an der Edward Anteile hielt, vorgestellt hatte. Für solche Zwecke wäre ihre Zeichenmappe nützlich gewesen, denn was gut genug für eine Aufnahme an der Londoner Kunstakademie war, reichte sicher auch, um den Nachweis zu liefern, in der Lage zu sein, ansprechende Zeichnungen für die Verpackungen von Rosinen zu Papier zu bringen. Dummerweise lag die Mappe in London. Wer hätte auch damit rechnen können, sie eines Tages als Referenz zu brauchen? Isabel tröstete sich damit, dass sie die Zeichnungen sowieso nicht hätte mitnehmen können, als sie von Bord gegangen war.

Anscheinend genügte es aber, eine gewisse Kompetenz in Sachen Malerei, sei es das Zusammenspiel von Farben oder Fachwissen über Maltechniken, an den Tag zu legen, um jemanden von ihrer Qualifikation für das Design von Verpackungen aller Art zu überzeugen. Sie konnte Besseres entwerfen als die ihrer Meinung nach verunglückten

Schachtelmotive der Premiumrosinen, die ein englischer Künstler verbrochen hatte.

Wie Frederic Davenport, ein äußerst sympathischer Mittvierziger mit rotem Haar und sommersprossenübersätem Gesicht, nicht umhingekommen war, ihr während ihres Vorstellungsgesprächs in seinem Büro im Zentrum Alicantes einzugestehen. Ihre Landeskenntnis war Isabel dabei natürlich zugutegekommen, ihr »spanisches Blut«, hatte er wörtlich gesagt. Es ging schließlich darum, spanische Produkte zu verkaufen und Sehnsüchte nach dem Land zu wecken, nach dem sich vor allem sonnenvernachlässigte britische Kunden sehnten.

Darüber zu reden, war eine Sache, etwas zu erschaffen, was Davenport überzeugen würde, eine andere. Er hatte sie daher bei ihrem ersten Treffen gebeten, drei Entwürfe zu erstellen, die ihrer Meinung nach zu höheren Verkäufen führen würden. Keine leichte Aufgabe, doch eine mit Aussicht auf lukrative Einnahmen und vielleicht sogar eine Anstellung. Denn Davenport war nicht nur für die Vermarktung von Rosinen im Geschäft, wenngleich er damit bis dato den größten Teil seines Umsatzes erzielte, wie er sie hatte wissen lassen.

Die Frage war, welche Maltechnik sie dafür verwenden sollte. In Öl? Ohne ausreichende Erfahrung wäre das ein Wagnis und schien sich auch nicht so recht dafür zu eignen, das Liebliche der getrockneten Trauben und der hiesigen Kultur einzufangen. Aquarellfarben hatte sie sowieso zu Hause. Es fehlte nur noch geeignetes Papier, das saugfähig und mit rauer Textur versehen war, doch zugleich glatt genug, um präzise Pinselstriche zu setzen. Am besten mit Pinseln aus Rotmarderhaar, weil die es ermöglichten, dass die Spitze für feine Striche in Form blieb. Außerdem konnten sie viel Farbe aufnehmen. Beides gab es in einem Geschäft in Dénia.

Was lag näher, als einen Riurau inmitten eines Weinbergs unter strahlend blauem Himmel zu malen? Im Vordergrund eine Arbeiterin mit Strohhut, die Rosinen handverlesen auf die Gitter legte. In Variation dazu noch ein Werk, auf dem Kisten gefüllt mit Rosinen zu sehen waren. Eine Frau, deren Haupt ebenfalls ein Strohhut bedeckte, griff mit ihrer Hand hinein und lächelte zufrieden. Für die gesalzenen Premiumrosinen von Edward ließ sich Isabel etwas gänzlich anderes einfallen: ein schick gekleidetes junges Paar, das an einem Tisch inmitten eines Weinguts vor zwei halb gefüllten Weingläsern und einer Schale mit jenen gesalzenen Rosinen saß, die Isabel in den Vordergrund zeichnete. Erst lasiert, um die Bildhintergründe zu gestalten, von hell nach dunkel gemalt, punktiert und mit wenigen Pinselstrichen hier und da Akzente und Schatten gesetzt, genau so, wie sie es sich über die Jahre angeeignet hatte.

Die Ergebnisse von zwei Tagen Arbeit lagen nun auf dem Schreibtisch von Mr Davenport. Isabel war mehr als nur zufrieden mit ihren Werken, doch ob es Davenport auch war, stand auf einem anderen Blatt. Er wirkte überrascht, um nicht zu sagen etwas überrumpelt, weil ihre Zeichnungen gänzlich anders waren als die vermutlich in Öl oder mit Acrylfarben erstellten Werke, die er gewohnt war – entweder schwulstige Gemälde hiesiger Landschaften mit ihren Bewohnern in Tracht, die sich eher für die Ausstellung in einem Museum eigneten. Oder einfach nur schlecht gezeichnete Motive spanischer Kultur, wenn nicht gar nur einen Korb gefüllt mit Trauben.

»Ihre Arbeiten sind ...«

Isabel sah ihm an, dass er nach Worten suchte. Dass sich seine angespannten Gesichtszüge etwas legten und sich nun sogar ein Lächeln auf seinen Lippen andeutete, konnte doch nur Gutes heißen. Hoffentlich täuschte sie sich nicht, denn ihr Herz schlug sowieso schon bis zum Hals.

»Anders und doch ... Mrs Mengual, ich muss schon sagen. Wunderschön. Und dieses Lächeln der Frau auf dem Feld. Es ist einfach bezaubernd.«

»Man sieht, wie die Rosinen gemacht werden. Woher sie kommen. Und spürt die Arbeit, die dahintersteckt. Das erzeugt sicherlich ein gewisses Wertempfinden. Der Riurau ist charakteristisch für diese Gegend, auch die Kleidung der Frau und der Strohhut. Die Weinberge, die Sonne. Ein Aquarell erzeugt eine gewisse romantische Stimmung und lässt Raum zum Träumen«, plapperte Isabel gedankenverloren vor sich hin, weil sie sich genau das beim Malen gedacht hatte.

»Und bei dem anderen. Am liebsten würde ich gleich mit den beiden Herrschaften tauschen und mitten in diesem malerischen Weinberg unter diesem schattigen Dach aus Weinreben sitzen.«

»Man weiß auch gleich, wozu Mr Edwards gesalzene Rosinen gut passen, und bekommt Lust, in das Schälchen zu greifen. Es macht neugierig. Die Engländer verwenden Rosinen ja meist nur zum Kuchenbacken«, fügte Isabel noch hinzu.

»Nun. Gute Arbeit. Wirklich gute Arbeit. Und in Ihnen steckt offensichtlich auch eine Verkäuferseele. Die wenigsten machen sich solch weitreichende Gedanken. Wenn Sie wollen, zeige ich Ihnen unsere gesamte Produktpalette. Wir fertigen Verpackungen für vieles und ich könnte mir vorstellen, dass das eine oder andere mit einer Verpackung aus Ihren Händen profitabler an den Mann zu bringen ist. Das setzt natürlich voraus, dass der Hersteller das möchte.«

»Es wäre mir eine Freude.«

Davenport musterte sie für einen Moment nachdenklich, bevor er weitersprach: »Wissen Sie was? Kommen Sie doch einfach zum Empfang der Vereinigung der Exporteure. Er findet übermorgen in Dénia statt. Sie wohnen doch ganz in der Nähe, wenn ich mich recht erinnere. Ich könnte Ihnen ein paar meiner Kunden vorstellen. Möchten Sie allein kommen oder in Begleitung?«

Davenport hatte Isabel kalt erwischt. Sie wusste, dass sich Fernando in der Welt der Schönen und Reichen nicht sonderlich wohlfühlte. Andererseits bestand nun berechtigte Hoffnung zu der Annahme, dass er sich zukünftig daran gewöhnen musste.

»In Begleitung«, sagte sie.

»Ausgezeichnet. Ich lasse Ihnen die Einladungskarten per Boten zustellen und natürlich einen Scheck für Ihre hervorragende Arbeit.«

Isabel konnte ihr Glück kaum fassen. Ihre Werke würden tausendfach mit einer Steindruck-Schnellpresse lithografisch gedruckt und auf den Packungen in die ganze Welt verteilt werden. Welcher Künstler erreichte so ein großes Publikum? Die Kunstakademie gegen eine Arbeit einzutauschen, die sie fordern würde und bei der sie zugleich die Gelegenheit hatte, sich weiterzuentwickeln, dabei auch noch Geld zu verdienen, schien ihr daher das Beste zu sein, was ihr hätte passieren können. Ein Geschenk des Schicksals und sicher mehr als nur Zufall. Die schlimmen Zeiten waren vorbei, sagte sich Isabel, als sie in den Zug zurück nach Dénia stieg. Sie wagte es, in die Zukunft zu blicken, und die zeichnete sich in den schillerndsten Farben am Horizont ab.

Fernando zog auf dem Weg zum Schneider ein Gesicht, als würde ihm die größte Tortur seines Lebens bevorstehen. Wie hatte er sich nach dem verständlichen Freudentaumel, als sie aus Alicante zurückgekommen war und ihm von ihrem Gespräch mit Davenport berichtet hatte, zunächst dagegen gesträubt, Isabel auf den Empfang zu begleiten. Das war nun einmal seine Art, doch Isabel hatte ihm klargemacht, dass er in diesem Fall in den sauren Apfel beißen musste.

Cristóbal kannte ihn und hatte gewusst, wie man ihn zu etwas bewegen konnte. In diesem Fall mithilfe der in den Raum gestellten Gefahr, dass sich einer der reichen Herren in so eine bezaubernde und talentierte junge Dame verlieben könnte oder sie gar während des Empfangs bedrängen würde. Dagegen hatte Fernando natürlich nichts vorbringen können und letztlich begleitete er sie wahrscheinlich nur ihr zuliebe zu Gonzalo, um ihm einen für so eine Gelegenheit geeigneten Anzug zu verpassen.

Stillzuhalten, während Gonzalo ihm die Frackärmel mit Nadeln passgenau absteckte, entsprach auch nicht seinem quirligen Naturell, was nicht nur Isabel amüsierte.

»Autsch.«

Wehleidig war Fernando also auch noch. Gonzalo hatte ihn eben in die Schulter gepikst.

»Der Stoff fühlt sich an wie eine Ritterrüstung«, beschwerte er sich.

»Das bildest du dir nur ein«, gab Gonzalo zurück.

»Und bei der Hitze. Muss man zu der Jacke wirklich auch noch diese Weste tragen?«

»Unbedingt. Ein Mann von Welt trägt sie mit Würde, bei jeder Temperatur.«

»Ich bin aber kein Mann von Welt«, jammerte er.

Isabel feixte. Sie hatte die Prozedur in abgespeckter Form bereits hinter sich und sich bei Estella ein beigefarbenes Kleid aus mehrteiliger Seide ausgesucht, das lediglich eines Abnähers an der Hüfte bedurfte.

»Warte erst, bis du das Hemd anhast. Und die Fliege. Kannst du überhaupt eine Fliege binden?«

Fernando schüttelte den Kopf.

»Ich bin geübt darin«, erklärte Isabel, da sie das oft genug für ihren Vater erledigt hatte.

»Ausgezeichnet.«

»Aber bitte ein Hemd mit weitem Kragen.«

»Wir nehmen eines, das passt. Er darf keine Falten werfen.«

Fernando sah in dem bereits nahezu komplett angestückelten Frack aus wie das Leiden Christi.

»Du musst dich gerade hinstellen«, forderte ihn Gonzalo auf.

Fernando tat es.

»Hast du schwarze Strümpfe und passendes Schuhwerk?«, wollte Gonzalo wissen.

Fernando schüttelte den Kopf.

»Nun ja. Am Anfang der Straße findet ihr einen Schuster. Und dann brauchst du noch Manschettenknöpfe. Sieht er nicht schon wie ein feiner Herr aus?«, fragte Gonzalo.

»Ich werde den ganzen Abend sowieso nur irgendwo herumsitzen und mich am Wein gütlich halten.«

»Untersteh dich!«

»Ich weiß ja nicht einmal, über was ich mich mit den Leuten unterhalten soll. Und da sind doch bestimmt auch Engländer auf dem Empfang«, unkte Fernando.

»Du kannst kein Englisch?«

»Doch, aber nicht sehr viel. Cristóbal hat mir einen Sprachkurs gezahlt. Das war vor Jahren.«

»Das wird schon reichen, denn es ist immer das Gleiche. Triffst du auf einen Briten, redest du mit ihm über das Wetter und über Gärten. Die paar einfachen Wörter hast du doch sicher gelernt. Ihr habt einen Garten. Ein unerschöpflicher Fundus, mit dem du jeden Briten für dich gewinnen kannst. Kein Wort über Politik, über Geld. Das mögen die Briten nicht. In die Verlegenheit wirst du dann ja nicht kommen, wenn dein Englisch nicht so gut ist«, riet Gonzalo ihm.

»Und die feinen Herren von hier?«

»Das sind keine feinen Herren. Die haben nur solche Anzüge an wie du.«

»Nicht?«

»Es sind Bauern, die mit dem Weinanbau reich geworden sind. Glaubst du, einer von denen war je auf einer höheren Schule? Nur die allerwenigsten. Wenn sie hier sind, reden sie über Wein, Weib und Gesang, wo sie die beste Paella gegessen haben und natürlich prahlen sie mit ihren Frauen, die sie so mit Schmuck behängen, dass sich eine Ritterrüstung dagegen ausnimmt wie Flaum.«

Isabel teilte Gonzalos Ansicht.

Endlich konnte Fernando seine Mundwinkel wieder nach oben bewegen. Er lachte, was allerdings dazu führte, dass ihn erneut eine Nadel in der Armgegend stach.

»Wird er bis morgen fertig?«, wollte sich Isabel rückversichern.

»Ich habe ja keine andere Wahl«, meinte Gonzalo.

Nachdem alle Frackteile angesteckt waren, führte er Fernando zum großen Ankleidespiegel.

»Wie gefällst du dir?«

Fernando zierte sich, doch Isabel konnte er nichts vormachen. Natürlich gefiel er sich darin. Ein attraktiver junger Mann in Frack. Isabel stellte sich jetzt noch das weiße Hemd mit Fliege und die polierten Schuhe vor. Eben doch ein Mann von Welt.

Das Herrenhaus La Rota de Zaro lag ganz in der Nähe des Friedhofs für Engländer direkt an der Küste und gehörte zu den wenigen Häusern Dénias, die in gleicher Bauart auch in England zu finden waren. Man könnte es sogar als typisch für den Baustil ansehen, der in den letzten Jahren von Queen Victorias Herrschaft üblich gewesen war. Erker mit halbkreisförmigen Balkonen waren in der hiesigen Architektur unbekannt, ebenso blau gemusterte Keramikfliesen unter dem Dach und an der Fassade. Letztlich waren es nur die Palmen und Pinien des Gartens, die dafür sorgten, dass man sich nicht in England glaubte – vom milden Sommerabend, der wie gemacht für diesen Empfang war, ganz abgesehen.

Isabel konnte sich des Eindrucks nicht erwehren, dass Fernando sich in seinem nagelneuen Frack zusehends wohlfühlte. Machten Kleider Leute oder waren es die nicht zu übersehenden Blicke der Damenwelt, als sie ihr Stelldichein gegeben und sich in die Schlange vor einem kleinen Tisch am Eingang eingereiht hatten, um dort einem jungen Herrn die Einladungskarten vorzuzeigen?

»Und was zu essen gibt's auch«, stellte Fernando begeistert fest. Er hatte bereits das Buffet im Garten im Visier.

Isabel hingegen Mr Davenport, dem sie gleich zuwinkte. Sie reichte dann dem jungen, ebenfalls in Frack gekleideten Herrn ihre Einladungskarte.

»Ich wünsche einen vergnüglichen Abend«, sagte er.

Davenport war bereits auf dem Weg zu ihnen, was nicht so einfach war, weil er hier jeden Gast kannte und nicht darum herumkam, die Neuankömmlinge zu begrüßen.

»Ist das der Mann, dem du die Einladung zu verdanken hast?«, fragte Fernando.

Isabel nickte.

»Und wenn er fragt, wer ich bin?«

Isabel kam gar nicht mehr dazu, Fernandos Frage zu beantworten, weil sich Davenport zu ihnen vorgearbeitet hatte.

»Mrs Mengual. Schön, dass Sie kommen konnten.«

»Mr Davenport. Fernando Puig. Er wohnt wie ich auf dem Hof von Cristóbal«, stellte Isabel ihren Begleiter vor.

Auch ihm reichte Davenport begleitet von einem warmen Lächeln die Hand. »Freut mich sehr. Sind Sie auch im Rosinengeschäft?«, fragte Davenport. Anscheinend hielt er Fernando aufgrund seines äußerst ansprechenden Äußeren für einen Geschäftsmann.

»Nein. Ich bin gelernter Schreiner und Tischler«, erwiderte er. Sein Englisch hatte einen süßen spanischen Akzent.

»Na endlich mal jemand, der nichts mit Rosinen am Hut hat«, erwiderte Davenport.

Fernandos bis jetzt spürbare Anspannung fiel von ihm ab.

»Indirekt ja schon. Er fertigt Puppenhäuser aus den Transportkisten. Für das Waisenhaus und für einen Spielzeughändler in Gandia.«

»Oh. Was für eine großartige Idee. Gerade in diesen schwierigen Zeiten. Möchten Sie sich vielleicht erst etwas am Buffet stärken? Ich werde wohl noch einige Zeit brauchen, um alle Gäste zu begrüßen. Außerdem sind erfahrungsgemäß die besten Leckereien schnell weg.« Schon hatte Davenport einen Mann im Blick. »Das heißt. Warten Sie. Sehen Sie den Herrn mit dem grauen Zylinder?«

Isabel machte ihn im Pulk der ankommenden Gäste aus.

»Johannes Ferchen. Er ist Deutscher, spricht aber hervorragend Englisch und Spanisch. Vor sechs Jahren hat er hier in den Rosinenhandel investiert, aber er erkennt den Wandel der Zeit. Sein Bruder Heinrich kam vor drei Jahren nach Dénia. Er plant, eine Spielzeugfabrik aufzubauen. Soviel ich weiß, will er hier Spielsachen aus Zinn mit Gussformen aus seiner Heimat fertigen lassen. Wer weiß, vielleicht ein interessanter Kontakt. Ich werde Sie nachher miteinander bekannt machen«, sagte Davenport und ging zu dem Mann, der ihm zugewinkt hatte.

»Wahrscheinlich wirst du hier noch bessere Geschäfte machen«, sagte Isabel augenzwinkernd.

»Ist dann ja doch gut, dass ich mitgekommen bin«, gestand Fernando nun ein. »Und nicht nur in geschäftlicher Hinsicht«, fuhr er fort und deutete mit dem Kinn in Richtung zweier junger Männer. Die beiden neben den Tischen mit all den Leckereien fielen ihr nun auch auf. So wie sie Isabel musterten und dann auch noch tuschelten, war es sicher gut, nicht allein auf diesen Empfang gegangen zu sein. Isabel hängte sich daher demonstrativ bei ihm ein, als sie zum Buffet schritten.

»Mrs Mengual.« Isabel vernahm die Stimme von Mr Wentworth und der eilte gleich auf sie zu.

Fernando nickte zum Gruß, nachdem ihn Isabel namentlich vorgestellt hatte.

»Davenport hat mir erzählt, Sie fertigen Puppenhäuser? Einfach großartig«, sagte er.

Wie schnell sich doch hier alles herumsprach. Anerkennung dieser Art tat Fernando gut.

»Was für ein hübsches Paar und eine echte Bereicherung für diesen hoffentlich ersprießlichen Abend. Wir haben Glück mit dem Wetter. Letztes Jahr hat es auf dem Empfang geregnet«, sagte Wentworth.

»Das Wetter hier spielt Ende September verrückt. Manchmal regnet es nur ein wenig und dann tagelang.« Fernando übte sich in trivialer englischer Konversation. Sein Wortschatz reichte, um Wentworths volle Aufmerksamkeit zu erhaschen, genau wie Gonzalo es vorausgesehen hatte.

»Ich sage immer, dass wir uns darüber nicht beschweren dürfen, sosehr ich das sonnige Klima hier auch schätze. Wäre es sonst hier so grün?«, erwiderte Wentworth.

»Ein Garten ohne Regen. Dann ist nichts mehr grün«, erwiderte Fernando.

Isabel hatte Mühe, nicht loszufeixen. Wentworth hielt Fernando nun sicher für einen sehr gebildeten und manierlichen Mann.

»Wie wahr … Und sagen Sie, Mrs Mengual, ist es wahr, dass Sie für Mr Davenport tätig sein werden?«

»Das habe ich Ihnen zu verdanken.«

»Nein. In erster Linie Ihrem Talent. Sie hätten ihn hören sollen, wie er von Ihren Arbeiten geschwärmt hat«, sagte Wentworth. Dann entdeckte er augenscheinlich auch einen der

Gäste, die er noch begrüßen musste. »Mr und Mrs Fairchild … Sie entschuldigen mich. Am Buffet gibt es auch französischen Champagner. Ich finde, Sie haben allen Grund zu feiern«, sagte er und empfahl sich mit höflichem Diener.

»Über was reden Deutsche so? Auch über das Wetter und Gärten?«, fragte Fernando.

»Du bist unverbesserlich. Du erzählst ihnen von deinen Puppenhäusern, machst ihnen den Mund wässrig. Fragst nach Zubehör aus Zinn gegossen.«

Fernando nickte zögerlich. Wahrscheinlich war es besser, wenn sie ihm etwas unter die Arme griff, sofern sich eine Gelegenheit ergab, auch Ferchen an diesem Abend zu sprechen.

Lag es nur am Gläschen Champagner, dass Fernando so aus sich hatte herausgehen können? So wie er sich bei Johannes Ferchen präsentiert hatte, könnte man glauben, er hätte zeitlebens nichts anderes gemacht, als sich in der feinen Gesellschaft zu bewegen. Außerdem lernte er schnell. Der Verlauf des Abends hätte sich auch für Isabel nicht besser gestalten können. Davenport hatte sein Versprechen gehalten und ihr gleich drei mögliche Auftraggeber vorgestellt, die sich für ihre Arbeit interessierten – kein Wunder bei dem Lob, das er ihr im Beisein zweier Weinbauern, die nicht nur Rosinen, sondern auch ihren Moscatel im Ausland vertrieben, und eines Hoteliers hatte zukommen lassen.

Die Möglichkeit, ein Gemälde für das Gran Hotel Fornos, die erste Adresse vor Ort, fertigen zu dürfen, könnte beflügelnder kaum sein. Es sollte die Rosinenernte in Aquarell zeigen. Fernando erging es wohl ähnlich, weil ihm Ferchen in Aussicht gestellt hatte, sobald die Fabrik von seinem Bruder hier fertiggestellt sein würde, speziell für Fernandos Puppenhäuser Zubehör zu fertigen und mit ihm zu kooperieren.

Es war wohl die Leidenschaft, in ihrem Fall für die Malerei, in Fernandos die für seine Schnitzereien, die es ermöglichte, überzeugend aufzutreten. Aus dem Leiden Christi in Gonzalos Schneiderei war ein Pfau mit geschwollener Brust geworden. Und der stolzierte mit ihr nun durch den Salon, nachdem Davenport sich erneut verabschiedet hatte. Man konnte auch nicht erwarten, dass er den gesamten Abend mit ihnen verbrachte. Das Innenleben dieses schönen Hauses zu erkunden, diente Fernando wahrscheinlich als Inspiration. Isabel hingegen bewunderte die Gemälde an der Wand, die die Familie wohl auf Reisen gesammelt haben musste, worauf die abgebildeten Landschaften, die sie Frankreich und Italien zuordnete, schließen ließen.

»Eine Chaiselongue. Ob ich so etwas auch hinkriege?«, überlegte Fernando laut und nahm gleich auf dem wunderschönen Möbelstück Platz.

»So einen Stoff zu bekommen, wird schwer sein«, merkte Isabel an. Taubenblaue Seide mit weißem Blumenmuster passte zu diesem Möbelstück, das auch in einem englischen Schloss stehen könnte.

»Das ist bestimmt aus zwei Teilen gezimmert. Ich schau mir das mal an.« Fernando stand auf, bückte sich, um zu inspizieren, wie der Holzrahmen des Möbelstücks gearbeitet war. Für ihn musste der Salon eine wahre Fundgrube sein. Auch ein Sofa, bei dem man nicht nebeneinander, sondern sich gegenübersaß, war sicherlich nicht einfach zu fertigen. So ein Möbelstück eignete sich ideal zum Parlieren, was das Paar, das auf ihm saß, auch tat. Ein Herr, den sie aufgrund seines grau melierten Haares auf um die vierzig schätzte, und eine viel jüngere Frau mit rotem Haar, die ihr den Rücken zuwandte.

Fernando erhob sich. Er hatte aufgrund seiner Inspektion des Möbelbodens bereits neugierige Blicke einiger im Salon Anwesender auf sich gezogen. Der Fernando, mit dem sie hierhergekommen war, hätte derlei sicher nicht gewagt. Er lächelte über das Getuschel hinweg und setzte sich wieder zu ihr.

»Einfach verschraubt. Wir könnten doch auch ein kleines Schlosszimmer einrichten«, schlug er vor.

»Gonzalo und Estella werden sich freuen. Die Stoffe kriegst du nie im Leben. Und sie zu bestellen ...« Isabel geriet ins Stocken, als sich die junge Frau mit rotem Haar nun auch nach ihnen umdrehte.

»Meinst du, Gonzalo kann sie uns bestellen?«

Isabel reagierte nicht auf seine Frage, denn auf dem eigenwillig geformten Sofa saß zweifelsohne Paloma. Sie musterte sie mit scharfem Blick.

»Isabel?«

»Lass uns rausgehen«, sagte sie schnell.

»Aber ich möchte mir noch das da vorn ansehen.«

»Auf gar keinen Fall.«

»Was ist los mit dir?«

»Sieh jetzt bitte nicht dort hinüber. Steh einfach auf und begleite mich nach draußen.«

Fernando wirkte irritiert, stand dennoch auf und reichte ihr den Arm.

»Die Rothaarige. Sie arbeitet für Carmen«, erklärte sie, kurz bevor sie die Terrasse, die zum Garten führte, erreicht hatten.

»Was? Jemand von diesem Haus?«

Isabel nickte.

»Bist du dir ganz sicher?«

»So wie sie mich angesehen hat.«

»Hoffentlich erzählt sie jetzt nicht herum, woher sie dich kennt«, sagte Fernando.

»Ich nehme an, dass sie außer mit diesem Herrn sonst mit niemandem reden wird.«

»Das mag schon sein, aber der Mann, der dort mit ihr sitzt, der hat sich vor einer halben Stunde mit Wentworth unterhalten. Der kennt Davenport und ihm hast du erzählt, dass du bei Cristóbal wohnst«, stellte Fernando fest.

Isabel wurde heiß, obwohl sie die kühle Terrasse erreicht hatten. »Du meinst, sie erzählt ihm, dass sie mich kennt?«, fragte Isabel.

»Nein, nicht unbedingt, aber sie könnte ihren Begleiter nach dir fragen oder ihn bitten, sich bei Wentworth über dich zu erkundigen.«

Fernandos Gedankenspiel verursachte Isabel ein flaues Gefühl im Magen. Ausgerechnet Paloma, der sie einen lukrativen Abend genommen hatte.

»Andererseits. Was hätte sie davon?«, überlegte sie laut.

Isabel inhalierte die würzige Luft, die die Pinien verströmten, und sagte sich, dass sie vielleicht schon Gespenster sah.

»Sie könnte deinen Ruf anschwärzen, aber wer hört schon auf das Gerede von so einer? Dann müsste sie sich ja als Freudenmädchen zu erkennen geben. Das wird sie nicht wagen, weil sie damit ihren Begleiter diskreditieren würde«, versuchte Fernando, sie zu beruhigen.

Er hatte recht. Sie hoffte, dass es bei dem bösen Blick bleiben würde.

Isabel fiel es nach der Begegnung mit Paloma schwer, den Abend noch in irgendeiner Form zu genießen. Sie hatte sich bereits überlegt, ob es nicht besser wäre zu gehen, doch damit würde sie nicht nur Davenport enttäuschen, sondern sich auch noch der Möglichkeit berauben, weitere wertvolle Kontakte zu knüpfen. Davenport nahm sein Versprechen ernst und hielt bereits am Buffet nach ihr Ausschau, wie sie von der Parkbank unter einer Pinie, auf die sie sich zurückgezogen hatten, bemerkte.

»Du kannst dich doch nicht den ganzen Abend vor ihr verstecken. Sie ist ein leichtes Mädchen. Du bist dabei, eine erfolgreiche Geschäftsfrau zu werden. Isabel, selbst wenn sie dir noch einmal über den Weg läuft, dann ignorierst du sie einfach. Du solltest Mr Davenport nicht warten lassen.«

Isabel nickte und ließ sich von Fernando aufhelfen. Kaum aus dem Blickschutz des Dunkels hervorgetreten, kam ihnen Davenport auch schon entgegen. Bis eben stand er neben einem Mann, der nicht im Frack daherkam, sondern nur einen schlichten beigefarbenen Leinenanzug trug. So leger gekleidet waren hier die wenigsten. Isabels Neugier war geweckt. Sie ging zu ihm.

»Ich muss Ihnen unbedingt Juan Bautista Sanz vorstellen. Er ist der Direktor der Dénia Republicana«, sagte er ihnen, während er sie zum Zeitungsdirektor geleitete, der nur ein paar Schritte weitergegangen war, um sich ein Glas Wein vom Tablett eines Obers zu angeln. Isabel kannte die Zeitung. Sie war eine der beiden, in der sie nach Informationen über Ferrel gesucht hatte. Das einnehmende Lächeln des Zeitungsdirektors, als sie ihn erreichten, vertrieb die finstere Erinnerung daran.

»Sie müssen Fernando sein. Wir haben schon nach Ihnen Ausschau gehalten, und Sie Isabel«, begrüßte der Mann sie und reichte erst ihr, dann Fernando die Hand. »Hugh hat mir von Ihren Puppenhäusern erzählt. Ich finde es großartig, was Sie für das Waisenhaus tun. Wenn Ihnen das recht wäre, würde ich gern über Ihre Arbeit etwas schreiben lassen. Noch ein oder zwei Fotos von glücklichen Kindern vor Ihren Puppenhäuschen … Das lenkt die Aufmerksamkeit auf das Waisenhaus. Vielleicht kommt der eine oder andere meiner Leserschaft dann auch auf den Gedanken, sich für die Kinder einzusetzen, und Werbung für Sie wäre es allemal«, eröffnete er.

Fernando schien das Angebot zu überrollen. Isabel musste sich auch erst von ihrer Überraschung erholen, dass Davenport diesmal nach Fernando Ausschau gehalten hatte. Sie gönnte es Fernando von ganzem Herzen.

»Das wäre großartig«, sagte Fernando, der anscheinend erst jetzt realisierte, welche weitreichenden Folgen das für ihn haben könnte.

»Ausgezeichnet.« Juan Bautista Sanz reichte ihm seine Karte. »Kommen Sie bei mir vorbei, wann immer es Ihnen beliebt.«

»Ich würde mich sehr freuen, wenn Sie Ihren Verlobten begleiten würden. Wenn ich recht gehört habe, sind Sie eine talentierte Illustratorin.«

Davenport lächelte süffisant. Fernando wurde also bereits als ihr Verlobter gehandelt. Isabel musste sich einräumen, dass die Art, wie sie sich gegeben hatten, keine anderen Rückschlüsse zuließ.

»Gern«, sagte sie etwas konsterniert, denn ob sie sich auch auf Illustrationen für Zeitungen verstand, wusste anscheinend nur Davenport.

»Sie entschuldigen mich. Und bis hoffentlich recht bald.« Das übliche Spiel. Auch Juan Bautista Sanz hatte den nächsten Gast im Visier.

Fernando besah sich die Visitenkarte und schüttelte den Kopf. Was so ein Abend doch für Möglichkeiten mit sich brachte.

»Wo haben Sie denn den ganzen Abend gesteckt? Kommen Sie, ich muss Sie unbedingt Isabel und Fernando vorstellen.« Isabel folgte der Blickrichtung Davenports und fror ein. Davenport winkte den Mann zu sich, den sie am liebsten zeit ihres Lebens nicht mehr zu Gesicht bekommen wollte. Rafael Fourrat Vargas. Auch er sah aus, als hätte ihn der Blitz getroffen.

»Ich habe mich etwas verspätet«, erklärte er an Davenport gerichtet, nachdem er sich von seiner Überraschung erholt hatte. Dann fixierte er Isabel, was Davenport sichtlich irritierte.

»Was für eine Überraschung«, sagte Rafael nonchalant.

»Oh. Wie ich sehe, kennen Sie sich bereits?«, stellte Davenport fest.

»Die Welt ist klein«, bestätigte Rafael.

Isabel suchte Halt an Fernandos Hand.

»Dann muss ich Sie vermutlich nicht mehr mit Isabels Talenten langweilen.«

»Da haben Sie ja einige Ihrer Talente vor mir verborgen«, sagte Rafael an Isabel gerichtet.

»Sie haben noch gar nicht zusammengearbeitet? Das sollten Sie aber schleunigst nachholen. Nach diesem Abend wird Isabel zur begehrtesten Illustratorin von hier bis Valencia«, schwärmte Davenport. »Dann lasse ich Sie mal allein.« Er spürte bestimmt, dass etwas Privates und Unausgesprochenes in der Luft lag, und zog sich mit einem höflichen Lächeln zurück.

»Eine Illustratorin? In Kunst machst du jetzt also.«

»Ich wüsste nicht, was Sie das angeht«, sagte Fernando in scharfem Ton.

»Sieh an. Der Bauernbursche als feiner Herr, der seine Angebetete vor dem bösen Wolf beschützen will.«

»Rafael. Es reicht. Lass uns in Ruhe«, sagte Isabel in höflichem, aber bestimmtem Ton, auch wenn sie innerlich bereits vor Aufregung bebte.

»Ich zeig dir gleich, was der Bauernbursche mit Wölfen macht«, drohte Fernando.

Rafael lächelte provokant darüber hinweg. »Ohne Gewehr? Ihr werdet es noch brauchen. Cristóbal hört ja nicht auf, die Leute aufzuwiegeln. Und ihr scheint ihn dabei tatkräftig zu unterstützen, was man so hört. Seht euch um. Sieht so eine Trauerfeier aus? Ein Abgesang auf unsere Wirtschaft? Die Rosinen-Apokalypse, die Cristóbal in seiner Verblendung herbeireden will?«

»Mit gutem Recht«, konterte Fernando.

Isabel konnte ihm ansehen, dass er innerlich vor Wut kochte.

»Oh. Ein Spezialist für den Weinanbau bist du also auch.«

Fernando packte ihn kurzerhand am Kragen. »Verschwinde, oder ich verpass dir eine vor all den Leuten, ob Eklat oder nicht«, gab er Rafael unverblümt zu verstehen.

Zwei der geladenen Gäste, ein älteres Paar, beobachtete sie bereits verwundert. Fernando ließ ihn daraufhin los.

»Das wird euch noch leidtun. Dir kann es jetzt schon leidtun, Isabel. Du stehst auf der falschen Seite.«

Jetzt reichte es Isabel. Auch in ihr stieg Wut hoch, die sie nicht mehr im Zaum halten konnte. »Und du? Du stehst wohl auf der richtigen? Das wird die Zukunft zeigen. Was bist du überhaupt für ein Mann, der auf die Dienste von Bordellen angewiesen ist, weil er einer starken Frau nicht gewachsen ist?«

Ein Schlag von Fernando hätte Rafael wohl nicht schlimmer treffen können. Rafael vor Wut nun auch beben zu sehen, erfüllte Isabel mit Genugtuung.

»Wir haben noch zu tun und du doch sicher auch. Wer zu spät kommt, für den bleibt nichts mehr vom Kuchen«, sagte sie mit dem gleichen süffisanten Lächeln, mit dem er ihnen anfangs entgegengetreten war. Dann hing sie sich bei Fernando ein. Dieser warf ihm einen eher mitleidsvollen und zugleich angewiderten Blick zu, bevor sie ihn einfach stehen ließen.

»Was meinte er damit? Mit dem Gewehr und dass wir es noch brauchen würden?«, fragte Isabel, nachdem sie ein paar Schritte in Richtung Garten gegangen waren.

»Das ist doch nur eine leere Drohung. Es geht schon seit Jahren so. Sie hassen Cristóbal, weil sie es nicht ertragen, der Wahrheit ins Gesicht zu sehen.«

»Wir sollten gehen. Was denkst du?«

»Ist wohl besser so«, erwiderte Fernando, der sie dann zu sich herzog und ihr direkt in die Augen sah. »Ich lasse nicht zu, dass dir irgendetwas passiert«, sagte er und fuhr ihr sanft durchs Haar.

»Vielleicht sollten wir ganz von hier weggehen«, sagte Isabel, weil sie sich vorstellen konnte, dass die Reichen dieser Stadt zu allem fähig waren.

»Ich könnte Cristóbal nicht allein lassen.«

Isabel nickte. Sie wusste, dass Cristóbal daran zerbrechen würde.

Kapitel 17

Über mangelnde Arbeit konnte sich Isabel nicht beklagen. Zwar hatte Cristóbal ihr angeboten, künftig nicht mehr beim Bestellen und Ernten der Felder mitzuhelfen, weil er weder ihrer noch Fernandos Zukunft im Weg stehen wollte. Und es bisher, bevor sie zu ihnen gekommen war, auch geklappt hatte, den Hof am Laufen zu halten. Doch Isabel brachte es einfach nicht übers Herz, nur noch zu nähen oder an immer ausgefeilteren Miniaturbildern für Fernandos Puppenhäuser zu arbeiten. Auch an einem großen Gemälde, das eine romantische Abendstimmung vor einem Riurau einfing, versuchte sie sich in der Hoffnung, dass es dem Hotelier gefiel. Diese Tätigkeiten verschob sie jedoch in die Nacht, denn tagsüber war zumindest der Haushalt zu erledigen.

Mitanzusehen, dass sich Cristóbal oder Fernando auch noch an den Herd stellten oder sich um die Wäsche kümmerten, kam nicht infrage, zumal insbesondere Letzteres zeitaufwendig war. Allein schon die Waschtrommel mit heißem Wasser zu befüllen. Es dauerte bereits eine halbe Stunde, bis sie es auf dem Holzofen in der Küche erhitzt hatte. Cristóbals und Fernandos Sachen waren oft so verschmutzt, dass sie trotz Zugabe von reichlich Kernseife eine gute Stunde brauchte, um sie sauber zu bekommen – und das strengte an, weil die löchrige Trommel unentwegt mit einer Handkurbel, mal links- mal rechtsherum, bewegt werden musste. Diese beschwerliche Arbeit lag nun hinter ihr.

Die Sonne stand mittlerweile hoch genug, um dafür zu sorgen, dass die nasse Wäsche, die sie in einem Korb nach draußen schleppte, um sie auf der vor dem Haus zwischen einem Balken der Veranda und zwei Pfählen gespannten Leine aufzuhängen, trocknete. Es hing noch nicht einmal ein Wäschestück auf der Leine, als sie das Geräusch einer sich nähernden Kutsche vernahm. Normalerweise sah man Ankömmlinge bereits aus der Ferne, weil es keine andere Möglichkeit als den Serpentinenweg hinunter zu ihrem Hof gab, doch das letzte Stück, ein Kiesweg, lag uneinsehbar hinter Büschen und Bäumen. Isabel hängte noch das erste von Fernandos Hemden auf und ließ dann von der Wäsche ab.

Die Kutsche nahm die letzte Kurve. Isabel traute ihren Augen nicht, als sie erkannte, wer darauf saß. Kein Zweifel. Es war Carmen. Obwohl es sie zugleich erleichterte, dass sie offenbar allein kam, wurde aus Anspannung im Nu Herzrasen. Fernando war bei den Feldern unten am Meer und Cristóbal außer Sichtweite. Sollte sie nach ihnen rufen? Isabel sagte sich, dass von Carmen keine Gefahr ausging. Leider rief sie aber jene zwei Tage in ihrem Freudenhaus in Erinnerung und das damalige Gefühl des Ausgeliefertseins.

Carmen hielt die Kutsche vor dem Haus. Isabel beruhigte sich etwas, weil sie ihr ein warmes Lächeln schenkte, nachdem sie abgestiegen war.

»Schön zu sehen, dass du wohlauf bist«, sagte Carmen und sah sich um.

»Carmen. Was wollen Sie hier? Woher wissen Sie überhaupt, dass ich hier bin?«

»Viel schlimmer ist, dass Biel es jetzt weiß«, sagte Carmen, als sie sie erreicht hatte. Isabels Herz begann wie wild zu pochen.

»Paloma hat dich auf einem Empfang gesehen und sich umgehört. Der Mann, mit dem sie dort war, hat dann schließlich in Erfahrung gebracht, wo du dich aufhältst«, erklärte Carmen.

»Sind Sie deshalb hier, um mich vor Biel zu warnen?«

»Solange du bei Rafael warst, waren ihm die Hände gebunden. Stell dir vor, nachdem du unser Haus verlassen hast … ich hatte damit gerechnet, dass er tobt, doch er hat mich nur danach gefragt, warum ich dich ausgerechnet an Fourrats Sohn vermittelt habe. Anscheinend hat er mir nicht geglaubt, dass Rafael auf dich bestand, weil du fließend Englisch sprichst und er eine Gesellschafterin für den Abend suchte. Warum du dann nicht wieder hier wärst, wollte er wissen. Was sollte ich ihm da schon sagen? Es ist ja nicht das erste Mal, dass sich ein Kunde in eine unserer Frauen verliebt hat. Doch nun weiß er, dass aus der Hochzeit nichts geworden ist und du hier bist. Ich kenne ihn. Er wird versuchen, dich aufzuspüren, und wer weiß, zu was er dann fähig ist, verstehst du?«

Isabel konnte sich das nur allzu lebhaft vorstellen.

»Bist du hier in Sicherheit?«

Isabel nickte, obwohl sie die, bis Rafael ihnen auf dem Empfang unverhohlen gedroht hatte, empfundene Gewissheit darüber nun infrage stellen musste.

»Wenn du in die Stadt fährst, sei auf der Hut und fahr niemals allein. Cristóbal soll dich begleiten oder der junge Mann, mit dem du auf dem Empfang warst.« Carmen war bestens im Bilde. Das wunderte Isabel nicht, denn um die Fähigkeiten der Frauen, die bei ihr tätig waren, Freiern alles Mögliche zu entlocken, wusste sie.

»Er weiß nicht, dass ich hier bin. Das gereicht dir nun zum Vorteil«, sagte Carmen dann noch.

Auch das leuchtete Isabel ein. Die Sorge, die in Carmens Gesicht stand, setzte ihr noch mehr zu als das Wissen, fortan auf der Hut sein zu müssen.

»Ich weiß, es geht mich nichts an, aber bist du glücklich hier?«

Isabel nickte.

»Und der junge Mann? Paloma hat mir erzählt, dass ihr ein Paar seid. Wer ist er? Hat er oder seine Familie gesellschaftlichen Einfluss?«

»Er arbeitet hier. Für Cristóbal.«

»Du solltest von hier fortgehen«, sagte sie dann.

»Mich ein Leben lang vor ihm verstecken?«

»Biel schreckt vor nichts zurück. Das war auch der Grund, weshalb ich Kontakt mit Rafael aufgenommen habe. Ich wusste, dass du darin einen Verrat sehen würdest, doch es gab keine andere Möglichkeit, dich unbeschadet aus dem Haus zu bekommen, an einen Ort, wo du sicher vor ihm bist.«

»Das hätten Sie mir auch sagen können.«

»Wärst du dann mit Rafael mitgefahren?«

Isabel schüttelte den Kopf.

»Ich habe noch etwas für dich«, sagte Carmen dann, ging zu ihrer Kutsche und holte daraus Isabels Tasche und einen Leinensack hervor. Sie öffnete zuerst die Tasche und zog einen Briefumschlag daraus hervor. »Darin ist das Geld, das er dir abgenommen hat.«

»Wird er das nicht merken?«

Carmen schüttelte den Kopf und gab ihr dann den Leinensack. Isabel sah hinein. Darin lagen ihr Rock und die Blusen, die sie sich bei Estella gekauft hatte, darunter auch ihr Glücksbringer, das Schweinchen aus Holz, und sogar der Zettel, auf dem Margarete ihre Adresse notiert hatte.

»Danke«, sagte Isabel nur.

»Hast du von deinem Vater gehört?«

»Nein. Warum wollen Sie das wissen?«

Carmen erweckte für einen Moment den Eindruck, dass sie nach einer Ausrede suchte. »Glaubt er immer noch, dass du Rafael ehelichen wirst?«

»Er weiß, dass ich noch am Leben bin. Vermutlich haben ihn die Fourrats über die jüngsten Entwicklungen informiert.«

»Schreibst du ihm?«

Isabel verwunderte Carmens Interesse.

»Warum sollte ich? Was Vater getan hat, ist unverzeihlich.«

Carmen nickte nachdenklich. Isabel hatte das Gefühl, dass sie ihre Beweggründe verstand.

»Isabel.« Sie vernahm Cristóbals Stimme. Sie kam aus Richtung der am Hang zur Küste hin gepflanzten Apfelbäume. Schon sah sie ihn mit einem Korb in der Hand. »Alles in Ordnung?«, rief er ihr zu.

Isabel nickte.

»Ich gehe besser wieder. Wenn du Hilfe brauchst, egal, was es ist. Schreibe mir oder lass jemanden nach mir schicken.«

»Wenn Vater wüsste, dass Sie auch heute noch auf mich aufpassen«, sprudelte aus Isabel heraus.

»Es ist besser, wenn er es nicht weiß.«

»Aber warum?« Isabel konnte sich keinen Reim darauf machen.

Carmen ging nicht auf ihre Frage ein. »Finde dein Glück, Isabel. Und pass auf dich auf«, sagte sie stattdessen. Sie wandte sich von ihr ab und ging zur Kutsche. Bevor sie einstieg, sah sie noch einmal zu ihr. Isabel hatte den Eindruck, dass Carmen sie aus feuchten Augen ansah. Dann fuhr sie los.

Cristóbal erreichte Isabel, als die Kutsche in den Kiesweg nach oben bog und wieder hinter den Büschen verschwand.

»Wer war das?«, fragte er.

»Carmen.«

»Carmen? Welche Carmen?«, hakte Cristóbal erstaunt nach.

Eigentlich hatte sie sich vorgenommen, Cristóbal nicht alles über die Umstände zu erzählen, die dazu geführt hatten, dass sie bei ihr gewesen war. Er hatte auch nie nachgefragt und sich damit zufriedengegeben, zu wissen, dass Fernando Isabel aus seiner Kindheit kannte und sie vor einer Eheschließung mit Rafael bewahrt hatte.

»Carmen Cabrera.«

»Sie kennen sie?« So erstaunt, wie er fragte, kannte er das Freudenhaus auch.

»Das ist eine lange Geschichte …«

Cristóbal schien gespannt darauf zu sein.

»Waren Sie etwa auch dort?«, wagte Isabel zu fragen.

»Ich kenne sie von früher.«

Das wiederum überraschte Isabel.

»Sie hat mit ihren Eltern in der Nähe meines Elternhauses gewohnt. Ein bildhübsches Mädchen. Sie hatten einen Hof mit Kühen und Mastvieh. Ihre Eltern wurden schwer krank und sind gestorben. Sie hat um den Hof gekämpft, aber irgendwann aufgegeben. Und auf einmal haben wir eine Zeit lang nichts mehr von ihr gehört. Jahre später erfuhr ich, dass sie in diesem Haus arbeitet. Ich verstehe bis heute nicht, warum sie den Hof aufgegeben hat. Aber jetzt erzählen Sie mir mal, woher Sie sie kennen«, sagte er und reichte Isabel einen der frisch gepflückten Äpfel.

Isabel biss gleich hinein. Mit vollem Mund sprach man nicht. Das gab ihr etwas Zeit, um sich zu überlegen, wie sie es ihm schonend beibringen konnte.

Die Frage, die sich nach Carmens Besuch stellte, war, ob sie künftig nur noch bewaffnet in die Stadt fahren konnten. Cristóbal bestand darauf, nachdem Isabel ihm die Umstände geschildert hatte, wie sie von Bord der George II gegangen und in Carmens Bar gelandet war. Mit einem Mann wie Salort sei nicht zu spaßen. Unter diesen Umständen war klar, dass auch Fernando die Angelegenheit nicht auf die leichte Schulter nahm. Sich hier zu verstecken, kam Isabel jedoch nicht in den Sinn, zumal sich ihr Gefühl, hier in Sicherheit zu sein, eingetrübt hatte. Es half alles nichts.

Fernando hatte mittlerweile drei Möbelstücke fertig geschnitzt – Nachschub für Gonzalo. Isabel brauchte neue Stoffe für Vorhänge. Außerdem gefiel ihr Fernandos Idee, ein Schloss zu bauen. Auch dafür brauchte man Stoffe. Sie nahm sich daher vor, auch Estella einen Besuch abzustatten. Dann eben bewaffnet. Auch Isabel hielt dies mittlerweile für eine gute Idee, nach unruhiger Nacht erst recht. Sicher konnte man sich auch verrückt machen, wie Cristóbal ihr zu verstehen gegeben hatte. Doch sie war nach wie vor felsenfest davon überzeugt, nach Einbruch der Dunkelheit Geräusche auf dem Kiesweg vernommen zu haben. Man hörte das ja bis zum Haus.

Zu ihrer Beruhigung hatte Fernando nachgesehen und festgestellt, dass dort niemand gewesen war. Ein Fuchs auf der Jagd? Ein streunender Hund? Fernandos Erklärung war denkbar. Isabel hielt dies sogar für möglich, doch dass ein Tier ausgerechnet am Vorabend diesen Weg gekreuzt haben sollte, wo ihr die vielen Nächte zuvor nichts dergleichen zu Ohren gekommen war, war Grund genug gewesen, die Nacht unruhig zu schlafen. Cristóbals Erklärung, dass man auf solche Geräusche normalerweise gar nicht achtete, leuchtete ihr allerdings ein. Cristóbals Gewehr lag nun auf dem Kutschbock – und zwar griffbereit neben Fernando.

»Nur sicherheitshalber«, hatte er ihr bei Fahrtbeginn zu ihrer Beruhigung erklärt und kein weiteres Wort mehr über Carmens Besuch, Biel oder die nächtlichen Geräusche verloren.

»Meinst du wirklich, dass sich so ein Puppenschloss verkaufen lässt?«

Fernando war in Gedanken woanders und das war gut so, lenkte es Isabel doch von ihrer wachsenden inneren Unruhe ab. Ihr war nämlich aufgefallen, dass ihnen, seitdem sie vom Serpentinenweg auf die Hauptstraße gefahren waren, eine Kutsche in gebührendem Abstand folgte. Bisher war das noch nie der Fall gewesen.

»Du musst dafür kein Schloss bauen. Das wäre viel zu aufwendig. Einzelne Zimmer fürs Erste«, sagte Isabel.

»Stimmt. Wir bräuchten Erker und Türme. Ich müsste die Kisten zuschneiden oder kleinere zimmern.«

Isabel konnte es nicht lassen, sich erneut umzudrehen. Sie hatten bereits den Ortsrand Dénias erreicht und unzählige Möglichkeiten, nach links oder rechts abzubiegen, hinter sich gelassen. Die Kutsche fuhr ihnen immer noch hinterher.

»Isabel. Jetzt mach dich nicht verrückt. Du siehst ja schon Gespenster. Das ist eine alte Frau auf dem Kutschbock. Die Kutsche ist beladen. Vermutlich eine Bäuerin, die ihre Sachen zum Verkauf in die Stadt fährt.«

Isabel nickte und holte tief Luft. Bestimmt hatte er recht, was die Bäuerin aber nicht daran hinderte, ihnen auf den Fersen zu bleiben. Erst als Fernando die Kutsche vor Gonzalos Laden hielt, fuhr sie vorbei, jedoch nicht ohne dass Isabel einen kritischen Blick auf sie geworfen hatte. Die Frau trug ein Kopftuch und saß in gekrümmter Haltung auf dem Kutschbock. Vermutlich war sie tatsächlich schon älter. Die harte Arbeit auf den Feldern ging nicht spurlos an den Frauen vorbei. Die Ladefläche war vollgestellt mit Kisten. Ein Teil mit einem Leinentuch abgedeckt. Hauptsache, sie war in die Seitenstraße abgebogen.

»Was ist? Willst du hier Wurzeln schlagen?«, fragte Fernando, der bereits abgestiegen war und ihr vom Kutschbock helfen wollte.

Isabel stieg ab.

»Wir müssen nachher noch in der Schreinerei Kisten besorgen. Geh du schon mal zu Estella. Ich geb die Sachen bei Gonzalo ab. Ich werde ihn fragen, ob er edle Stoffe, wie man sie damals in Schlössern hatte, besorgen kann, und komme dann rüber.«

Eigentlich war vereinbart gewesen, dass sie keinen Schritt allein tat, doch Estellas Laden lag unmittelbar gegenüber. Was sollte da schon passieren?

Isabel nickte, gab Fernando einen Kuss und überquerte die Straße, nicht ohne sich noch einmal nach links und rechts umzusehen, sogar, nachdem sie bereits vor Estellas Laden stand. Sie ging dann sogleich hinein.

»Hola Isabel. Wie geht's? Ich fürchte, ich kann heute nicht mit allzu viel Auswahl beim Verschnitt dienen. Sie waren ja erst letzte Woche da«, sagte Estella, nachdem Isabel sie begrüßt hatte.

»Wir haben auch noch genug.«

»Suchen Sie etwas für sich? Vielleicht ein Kleid? Ich habe neue Ware hereinbekommen.«

»Wir haben vor, ein Schlosszimmer einzurichten. Sie kennen doch sicher die alten Möbel in Schlössern. Oliv- oder mintfarbene Töne, royales Blau, Gelb, Gold, auch Altrosa käme infrage.«

Estellas Stirn legte sich in Falten. »Mal sehen … Aber ich muss Sie vorwarnen. Kleider in solchen Farben werden nicht so häufig gekauft. Warten Sie. Ich seh mal im Lager unten im Keller nach. Vielleicht habe ich da was. Ich könnte es Ihnen zum Einkaufspreis abgeben«, sagte Estella und begab sich dann in den Nebenraum, von dem aus eine Treppe nach unten führte.

Isabel besah sich derweil die aktuellen Kleider, die an einer Kleiderstange neben dem Verkaufstresen hingen. Es waren schöne Sachen dabei. Das Beste stellte Estella jedoch immer im Schaufenster aus. Isabel drehte sich um und erstarrte. Die Bäuerin, die die ganze Zeit hinter ihnen gefahren war, huschte am Schaufenster vorbei. Isabel hatte sich so sehr erschrocken, dass ihre Hände anfingen zu zittern. Sie ging ein paar Schritte zum Schaufenster, um sich zu vergewissern, dass sie weg war. Die Frau war nicht mehr zu sehen, doch ihre Kutsche stand nun schräg vor Estellas Laden. Hier stimmte etwas nicht. Isabel bekam es mit der Angst zu tun. Sie musste zu Fernando, und zwar sofort.

»Ich komme gleich wieder«, rief sie in Richtung der Kellertreppe.

»Machen Sie nur. Ich brauche noch eine Weile«, kam zurück.

Isabel hatte kaum einen Schritt vor die Tür gesetzt, als sich die Leinenabdeckung der Kutsche anhob, als ob ein Geist vor ihr erscheinen würde. Doch es war kein Geist, sondern Biel, der sich auf sie stürzte und ihr mit Chloroform getränkte Watte unter die Nase hielt. Isabel spürte, wie ihre Beine nachgaben. Aus den Augenwinkeln bemerkte sie, wie die Bäuerin auf sie zuschnellte und an den Beinen packte. Sie spürte noch den harten Aufprall auf dem Kutschenboden und dass sich das Gefährt in Bewegung setzte. Dann verlor sie die Besinnung.

»Bleib stehen oder ich knall dich ab!« Isabel glaubte, Fernandos entschlossene Stimme zu vernehmen, als sie zu sich kam. Ihr Kopf schmerzte noch mehr als ihr Rücken und die Schulter, die unentwegt gegen die steinharte Ladefläche stieß. Die Kutsche musste in schneller Fahrt über eine schlechte Straße fahren. Isabel bekam das Leintuch über ihr zu fassen und zog es zur Seite. Sie schnappte nach Luft und richtete sich trotz rasender Kopfschmerzen auf. Sie hatte sich nicht getäuscht. Fernandos Kutsche fuhr hinter der von Biel und sie kam immer näher. Sie hörte hinter sich eine Reitpeitsche knallen. Das Wiehern des Pferdes, doch Fernando holte unaufhaltsam auf.

»Sie ist wach«, hörte sie eine weibliche Stimme sagen.

»Verdammt!«, fluchte Biel. Er sprang auf die Ladefläche und packte Isabel am Arm. Sie war zu schwach, um ihn abzuschütteln.

In dem Moment löste sich ein Schuss und dann noch einer. Die Frau schrie und verriss die Leinen. Die Kutsche driftete vom Weg ab und ratterte über Steine. Isabel hatte Mühe, sich auf den Beinen zu halten.

Biel geriet ins Straucheln. Isabel versuchte, diesen Moment zu nutzen und sich loszureißen, um das andere Ende der Ladefläche zu erreichen. Doch er setzte nach und bekam sie an den Füßen zu fassen.

»Lass sie los!«, brüllte Fernando. Biel dachte nicht daran. Als die Kutsche am Straßenrand ruckartig zum Stehen kam, löste sich sein Klammergriff. Isabel kam frei und versuchte, herunterzuspringen.

Biel warf sich auf sie und drückte sie mit seinem Körpergewicht zu Boden. Der Aufprall verursachte Isabel solche Schmerzen an den Rippen, dass sie für einen Moment kaum noch Luft bekam und benommen liegen blieb. Irgendetwas zog er aus seiner Westentasche. Er ließ dabei kurz von ihr ab, stand auf und packte sie dann unsanft am Haar, um sie dazu zu bewegen, sich aufzurichten.

Fernando sprang mit vorgehaltenem Gewehr vom Kutschbock und richtete das Gewehr auf ihn. »Lass sie von der Kutsche oder ich blase dir eine Kugel in den Schädel«, drohte er.

»Wenn du das tust, ist deine schöne Isabel zeit ihres Lebens entstellt.« Erst jetzt bemerkte Isabel, dass er ein geöffnetes Fläschchen in der Hand neben ihr Gesicht hielt. Was darin war, konnte sie sich denken.

»Er hat Säure«, rief sie Fernando mit bebender Stimme zu.

»Nun. Was ist dir lieber? Mich erschießen und Isabels Gesicht bis auf die Knochen freizulegen oder dich zu verdrücken?«, sagte er eiskalt.

»Du hast versprochen, dass du ihr nichts antust«, vernahm sie die weibliche Stimme von vorn. Isabel sah aus den Augenwinkeln nun, von wem sie kam: Paloma.

»Halt deinen verhurten Mund«, blaffte er sie an.

»Warum tust du das, Paloma? Warum?«, rief Isabel ihr zu.

»Er hat mir versprochen, mich gehen zu lassen, oder meinst du, ich habe Lust auf dieses beschissene Leben?«

»Ich hab gesagt, du sollst deinen Mund halten.«

»Er wird dich nicht gehen lassen«, versuchte Isabel, ihr klarzumachen.

Fernando hielt immer noch die Waffe auf Biel gerichtet. Isabel überlegte schon, ihm zuzurufen, dass er einfach schießen soll. Vielleicht gelang es ihr ja, sich blitzschnell abzuwenden, sodass die Säure nicht ihr Gesicht traf. Doch selbst wenn sie nur ihre Kleidung erwischte, würde sie schlimme Verletzungen davontragen.

Fernando richtete die Waffe nun auf Paloma.

»Das wagst du nicht.« Biels Augen blitzten vor Zorn auf.

»Ist sie nicht dein bestes Pferd im Stall? Mit guten Kunden? Sie bringt Geld, aber nicht mehr lange, wenn du Isabel nicht gehen lässt. Du verlierst Paloma. Ist das einen Tausch wert? Das beste Pferd gegen ein unerfahrenes Fohlen?«

Isabel verabscheute die Art, wie Fernando sprach, doch sie schien zu wirken.

»Du lässt mich doch gehen?«, wollte sich Paloma anscheinend vergewissern. Fernandos Argumente waren nicht von der Hand zu weisen.

»Ich soll dich gehen lassen? Fernando hat recht. Mein bestes Pferd im Stall. Du kannst Isabel noch einiges beibringen«, sagte Biel siegessicher.

Fernando legte den Finger auf den Abzug.

Dann hörte Isabel die Peitsche knallen. Sie traf Salort unvermittelt ins Gesicht.

Isabel riss sich los, als die Peitsche ein zweites Mal auf ihn eindrosch.

Salort geriet ins Taumeln, als er versuchte, die Riemen zu fassen zu bekommen. Er ging zu Boden und schrie auf.

Isabel sah mit Schrecken, wie sich die Säure über den unteren Teil seiner Wange ergoss und begann, sich durch die Haut und das Fleisch bis auf die Knochen zu fressen. Er schrie wie am Spieß.

Paloma stieg vom Kutschbock und rannte panisch querfeldein. Isabel erkannte den Stadtrand von Dénia in der Ferne.

Sie sprang dann von der Kutsche und lief Fernando in die Arme.

Salort schrie sich die Seele aus dem Leib. Der Inhalt des am Boden liegenden Fläschchens fraß sich dampfend in den Holzboden der Ladefläche.

»Steig auf. Schnell. Lass uns von hier verschwinden.«

Das musste er ihr nicht zweimal sagen. Als sie auf dem Kutschbock saß, hatten die Weinstöcke Paloma bereits verschluckt. Salort war verstummt. Er lag bewusstlos auf der Ladefläche.

»Sieh nicht mehr hin. Ich hoffe, dass dieses Schwein elendig krepiert«, sagte Fernando. Er gab den Pferden die Leinen und fuhr los.

Isabel zitterte immer noch am ganzen Leib. Daran änderte auch die Genugtuung nichts, dass Salort nun genau das erfuhr, was er anderen Frauen angetan hatte.

Cristóbals Miene sprach Bände, als sie am Mittagstisch zusammensaßen. Einem Menschen, der von Grund auf herzensgut war, fiel es natürlich schwer nachzuvollziehen, was in jemandem wie Biel Salort vorgehen mochte. War es der Wunsch, Rache zu üben, weil er sich einbildete, jemand hätte ihm sein Eigentum weggenommen? Cristóbals Mutmaßung traf Isabels Meinung nach vielleicht zu, doch nachdem, was sie von Carmen wusste, ging damit sicherlich auch ein Gefühl der Allmacht einher. Bisher war er mit allem durchgekommen und hatte mit den Frauen machen können, was er wollte. Mit ihr im Bordell Geld zu verdienen, schied Isabels Ansicht nach aus, denn an Nachschub armer Seelen, die in seinen Armen landeten, mangelte es ihm sicher nicht.

»Ich darf gar nicht daran denken, dass er das anderen Frauen angetan hat«, sagte Isabel mit Schaudern. Sein von Säure zerfressenes Gesicht bekam sie vermutlich nie wieder aus ihrem Gedächtnis.

»Sind die armen Frauen denn nicht zur Polizei gegangen?«, fragte Fernando.

»Wie will man es ihm denn nachweisen? Sie hatten bestimmt Angst, dass ihnen Schlimmeres widerfährt, wenn sie den Mund aufmachen«, sagte Isabel.

»Wenn diese Paloma klug ist, verlässt sie so schnell wie möglich diese Gegend.«

Isabel teilte Fernandos Meinung. Paloma kannte Biel gut genug, um zu wissen, was ihr blühen würde, wenn er sie in die Finger bekam, sofern er überhaupt noch am Leben war. Isabel hoffte insgeheim, dass er den Verletzungen erlag, auch wenn das aller Voraussicht nach nicht eintreten würde.

»Ihr beide solltet nach Alicante oder Valencia gehen. Ich weiß nicht, ob es hier für euch noch sicher ist«, schlug Cristóbal mit betrübter Miene vor.

»Auf gar keinen Fall«, stellte Isabel klar.

»Eure Zukunft liegt nicht hier. Bei mir. Du kannst deine Schnitzereien auch woanders machen, Fernando, und du Isabel auch deine Malerei.«

»Wir bleiben hier, bei dir.« Auch Fernando wirkte fest dazu entschlossen.

Cristóbal rührten diese Worte. Sein Lächeln spiegelte Erleichterung wider. Ohne Fernando würde er wahrscheinlich bald nicht mehr in der Lage sein, den Hof zu bewirtschaften. Schwere Arbeiten nahm er ihm ja bereits ab.

»Dann müssen wir hier für mehr Sicherheit sorgen«, schlug Cristóbal vor.

Er erntete dafür sowohl Isabels als auch Fernandos fragende Blicke.

»Wir haben noch Holz in der Scheune. Schneide es zu, damit wir innen an der Tür einen Balken anbringen können. Auch unten an den Fenstern.«

Fernando nickte. Für ihn war das sicher ein Kinderspiel.

»Ihr meint, Salort wird hier auftauchen?«, fragte Isabel.

»Vorerst wohl nicht. Wenn sich die Säure bis zu den Wangenknochen gefressen hat, ist er ein paar Tage außer Gefecht, aber dann … Er scheint ein von Zorn getriebener Mensch zu sein. Paloma hat sich aus dem Staub gemacht, also bleibt ihm ja nur noch eine Möglichkeit, seine Wut auszulassen. An euch beiden«, schlussfolgerte Cristóbal.

Isabel nickte nachdenklich. Sie teilte seine Ansicht. Von jetzt an hieß es, noch mehr auf der Hut zu sein.

Kapitel 18

Der Oktober war Isabels liebste Jahreszeit in ihrer Heimat. Es gab kaum Regenfälle und die Temperaturen sanken nicht nur nachts auf ein erträgliches Maß, was auch am Wind vom Meer lag, der im Herbst in heftigen Böen sein Stelldichein gab. Man schlief einfach besser, wenn es nachts etwas abkühlte.

Seitdem die Türen und Fenster während der Nacht mit Balken verriegelt waren, hatte sie dennoch nur selten durchgeschlafen, was Isabel von sich überhaupt nicht kannte. Bei jedem noch so kleinen Geräusch wachte sie neuerdings auf. Statt nachts ruhelos im Haus herumzugeistern, hatte sie die Zeit genutzt, um Margarete einen mehrseitigen Brief zu schreiben, eigentlich schon einen halben Roman, so viel war in den letzten Wochen geschehen. Ob Margarete ihre Erbangelegenheit in Andalusien bereits abgewickelt hatte, stand in den Sternen. Irgendwann würde sie den Brief, der nach Irland adressiert war, bestimmt lesen. Um ein Haar hätte Isabel auch einen Brief an Harriet verfasst, sich dann aber doch für das Umhergeistern im Haus und vom Bett aus die Decke anzustarren entschieden. So leid es ihr auch tat, Isabel hielt es für zu gefährlich, weil die Möglichkeit bestand, dass ihrem Vater das Schreiben in die Hände fiel. Isabel fand nicht einmal mehr die Muße, an dem Landschaftsbild für den Hotelier weiterzuarbeiten. Schon die kleinen Bilder für die Puppenhäuser strengten mehr an als sonst. Und sich noch bei weiteren Firmen vorzustellen oder sich mit Davenports ganzer Produktpalette bekannt zu machen, musste warten.

Fernando vertraute offenbar seinen festungsgleichen Balken, die ein unbemerktes Eindringen unmöglich machten. Leider erschweren sie auch den Gang von drinnen nach draußen. Sie waren sperrig und der an der Eingangstür so schwer, dass Isabel sich jeden Morgen mit Kraft dagegenstemmen musste, um ins Freie zu gelangen.

Das war heute Morgen nicht anders. Erst nach einem kräftigen Fluch löste sich der Balken aus dem Scharnier. Sie stellte ihn neben die Tür und verließ das Haus, um sich einen Eimer Wasser vom Brunnen bei der Scheune zu holen. Sie ließ den an einem Seil befestigten Eimer hinunter, bis sie es aus dem Schlund des Brunnens platschen hörte. Isabel spürte am Gewicht des Eimers, wenn er vollgelaufen war. Zeit, ihn hochzuziehen, doch dann ging die Scheunentür knarrend auf. Isabel erschrak so sehr, dass sie das Seil losließ. Der Eimer fiel zurück in den Schacht. Ihr Blick war gebannt auf das Scheunentor gerichtet, während sie den Eimer wieder hochzog. Gerade als sie sich überlegte, zurück zum Haus zu rennen, riss eine vom Meer kommende Bö das Tor noch weiter auf. Da fiel ihr ein, dass sie gestern zuletzt darin gewesen war, um Kartoffeln aus der Scheune zu holen. Isabel ging in sich und überlegte, ob sie vergessen hatte, es zu schließen. Wohin hatte sie gestern ihre Gedanken spazieren geführt? Es fiel ihr wieder ein. Sie hatte oben auf der Straße eine Kutsche dort stehen gesehen, wo sie den Hang hinunter zu Cristóbals Haus abzweigte. Sie war gleich ins Haus gerannt, um Fernando Bescheid zu geben, und dabei darüber hinweggekommen, das Tor zu schließen. Diese andauernde Angst. Sie war zermürbend.

Isabel hatte noch nicht einmal den Eimer auf der Terrasse abgestellt, um die Haustür zu öffnen, als sie erneut zusammenfuhr. Sie vernahm das Geräusch der Räder einer ankommenden Kutsche im Kies. Dabei gab es keinen Grund dazu, denn Isabel wusste, dass um die Zeit die Postkutsche vorbeikam. Sie trug den Eimer schnell in die Küche, stellte ihn auf dem Tisch neben dem Herd ab und ging wieder hinaus. Natürlich war es nur Pepe, der Cristóbal jeden Tag die aktuelle Ausgabe der Dénia Republicana vorbeibrachte. Ein Luxus, den sich Cristóbal gönnte, aber ein verständlicher, weil er sonst so gut wie gar nichts vom lokalen Geschehen mitbekommen würde.

Pepe, ein Mittfünfziger mit Rauschebart und in Uniform der spanischen Post, grüßte sie schon von Weitem. »Guten Morgen, Isabel. Schon so früh auf?«

Normalerweise legte er die Zeitung auf die Türschwelle.

»Ich konnte nicht mehr schlafen und es ist heute Morgen einfach herrlich. Die klare Luft treibt einen aus den Federn.«

»Mich treibt der Wecker aus den Federn«, sagte er und lachte. Er stieg ab und reichte ihr die Zeitung. »Sie werden es nicht glauben. Heute stand etwas über Cristóbal darin.«

»Über Cristóbal?«

»Man soll ja nicht alles glauben, was die Presse schreibt.«

Isabel faltete die Zeitung gleich auf.

»Auf Seite elf oder zwölf, wenn ich mich nicht täusche.«

Isabel blätterte durch. Pepe deutete dann auf einen halbseitigen Artikel mit der Überschrift *Ist unser Moscatel wirklich in Gefahr?*.

»Jemand scheint Cristóbal nicht sonderlich zu mögen«, sagte Pepe dann.

Isabel überflog die Zeilen und schnappte dabei auf, dass er angeblich Stimmung gegen den Moscatelanbau mache, was zu wirtschaftlichem Schaden führen würde. Sie nahm sich vor, den Artikel drinnen in Ruhe zu lesen.

»Heute schreiben sie so, morgen so. Cristóbal hat doch recht. Bald werden überall von Valencia bis Xàbia die Felder brennen.«

Anscheinend wusste das jeder, der hier lebte. Nur diejenigen, die den Moscatel anbauten, wollten es wohl nicht wahrhaben.

»Einen schönen Tag. Bis morgen«, sagte er, schenkte ihr ein aufmunterndes Lächeln und stieg dann auf die Kutsche.

Isabel starrte auf den Artikel. Halbseitig und in einer der größten Tageszeitungen, die von hier bis nach Valencia gelesen wurde. Hoffentlich bekam Cristóbal nicht noch mehr Schwierigkeiten.

Auf nüchternen Magen einen Artikel dieser Art zu lesen, war bestimmt keine gute Idee. Isabel hatte daher, noch bevor Cristóbal in die Küche gekommen war, einen stärkenden Kräutertee zubereitet. Die gute Absicht verpuffte im Nichts, denn die Tasse stand noch unberührt vor ihm. Lediglich Fernando, der kurz danach zu ihnen gestoßen war, trank von seiner und schmierte sich ein Brot mit Butter.

»›Experten der Moscatel-Industrie sind sich einig, dass es die besondere Lage der Weinanbaugebiete erlaubt, optimistisch in die Zukunft zu sehen. Fallwinde aus den Bergen und deren geografische Beschaffenheit bieten Schutz vor der Ausbreitung des Schädlings‹«, zitierte Cristóbal aus dem Artikel. »Experten. Selbst ernannt.«

»Die wollen sich ihr Geschäft nicht kaputtmachen«, spekulierte Isabel.

»Aber es wird zugrunde gehen«, protestierte Cristóbal.

»Ihr meint, sie wollen noch so lange weitermachen, wie es nur irgendwie geht?«, fragte Fernando.

»Natürlich. Die Kuh so lange melken, bis sie tot umfällt.«

»Ich möchte wissen, wer dieser Kerl ist, der das geschrieben hat, dieser Rodríguez Pestaña, und vor allem warum. Wenn ich das schon lese: ›Cristóbal Moreno scheint es ein Anliegen zu sein, möglichst vielen Investoren davon abzuraten, in den Anbau von Moscatel zu investieren. Damit schädigt er nicht nur den Handel, sondern auch die gesamte anhängige Industrie. Fraglich ist zudem, woher er seine kruden Ansichten bezieht, um apokalyptische Verhältnisse herbeizureden.‹« Cristóbal war mittlerweile vor Aufregung weiß wie die Wand.

»Trink doch einen Schluck. Das wird dir guttun.«

Cristóbal griff nach der Tasse. Seine Hände zitterten, als er sie an den Mund führte und etwas davon trank.

»Woher kommen die eigentlich darauf, dass wir hier nur Reis, Obst und Gemüse anbauen?«, fragte Fernando sich.

»Damit nicht der Eindruck entsteht, dass ich Ahnung von dem habe, was ich sage«, ereiferte sich Cristóbal. »Aber das Beste ist ja, dass man mich als einen Aufwiegler hinstellt.«

»Wer hat diesen Artikel veranlasst und warum ausgerechnet jetzt?«, überlegte Isabel laut.

»Vermutlich, weil die Engländer vermehrt in andere Bereiche investieren. Das erzeugt Unruhe«, erklärte Cristóbal.

»Aber das eine hat doch nichts mit dem anderen zu tun. Es kann doch nichts schaden, wenn hier auch noch andere Geschäfte betrieben werden«, sagte Fernando.

»Natürlich tut es das. Die Rosinenbarone sehen ihre Felle davonschwimmen. Wo Geld ist, ist Macht und Einfluss. Sie haben nur ihre Trauben. Wie einfältig diese Menschen doch sind und wie bösartig. Irgendjemand muss behauptet haben, dass ich die Seuche herbeireden würde, um meine Ideen durchzusetzen. Am Ende werfen sie mir noch vor, dass ich die Setzlinge einschleppe, nur weil ich ein paar der befallenen Wurzeln aus dem Süden habe und sie jedem zeige, der wissen will, was die Reblaus anrichtet.«

»Das ist üble Nachrede«, sagte Isabel. Sie hatte den Abschnitt noch im Kopf. Als Fantast, der die hiesige Landwirtschaft wieder zu dem machen wolle, was sie vor fünfzig Jahren gewesen sei, rückständig und unproduktiv, hatte man ihn auch noch bezeichnet.

»Ich werde mit Juan Bautista Sanz sprechen. Gleich heute Nachmittag. Ihm gehört die Zeitung ja schließlich«, schlug Isabel vor.

»Willst du dich etwa über diesen Artikel beschweren?«, fragte Fernando.

»Nein, ich möchte herausfinden, was diesen Rodríguez dazu getrieben hat, und auf wessen Geheiß.«

»Er wird dich nicht einmal empfangen«, wandte Cristóbal ein.

»Doch, das wird er«, erklärte Fernando ihm.

»Ich habe ihn auf dem Empfang der Exporteure kennengelernt. Er möchte über Fernandos Spenden für das Waisenhaus berichten«, erklärte Isabel.

»Wenn das so ist. Aber was soll das schon bringen?« Cristóbals Stimme klang angeschlagen. So kannte Isabel ihn gar nicht.

»Du kannst das doch nicht auf dir sitzen lassen«, protestierte Fernando.

Cristóbal nickte, aber eher nachdenklich. Isabel konnte sich vorstellen, was gerade in ihm vorging. Ein Kampf gegen Windmühlen war ihm bisher nicht zu schwer gewesen und nun erweckte der Artikel den Eindruck, als hätten sich alle gegen ihn verschworen.

Die Zeiten hatten sich aber geändert und je näher dieser Parasit den Weinfeldern kam, desto gefährlicher wurde er in den Augen einiger. Woher nur die Kraft nehmen? Wenn sie nicht mehr reichte, war es sicher von Vorteil, sie zielgerichtet einzusetzen. Die Windmühlen mussten ein Gesicht bekommen.

Eigentlich hatte Isabel sich ihren Besuch bei der Dénia Republicana in Fernandos Begleitung anders vorgestellt. Juan Bautista Sanz wusste noch nichts von seinem Glück, sich unangenehmen Fragen aussetzen zu müssen, anstatt sich über das Waisenhaus in Gandia zu unterhalten. Jederzeit vorbeikommen, wie er ihr auf dem Empfang angeboten hatte, hieß natürlich nicht, einfach in sein Büro zu schneien. Aber immerhin war er bereit, sie zu sprechen, wie die Empfangsdame im Erdgeschoss sie auf Rückfrage beim Herrn Direktor hatte wissen lassen. Der Zeitung musste es gut gehen. Das dreistöckige Gebäude unweit des Rathauses wirkte von außen in Schuss. Einen frischen Anstrich, der aufgrund der salzhaltigen feuchten Luft vom Meer alle paar Jahre fällig war, konnte sich nicht jeder leisten, noch nicht einmal in der Geschäftsstraße. Das Mobiliar entsprach dem Eindruck von außen. Zwei schwere elegante Ledersessel standen der Rezeption gegenüber. Ein Gemälde von der hiesigen Festung in Öl und ein messingfarbener Kronleuchter rundeten den stilvollen Eindruck des Empfangsbereichs ab. Isabel und Fernando saßen dort nun schon eine gute halbe Stunde, die Zeitung auf dem Schoß gebettet, was sie zusehends nervöser machte. Schon auf der Fahrt hierher hatte sie sich überlegt, wie sie es am besten anging. Ihn gleich mit dem Artikel zu konfrontieren, wäre bestimmt keine gute Idee. Er würde sie womöglich noch hinausschmeißen.

»Am besten, du erzählst erst einmal von deinen Puppenhäusern und dem Waisenhaus. Er war ja sowieso mehr daran interessiert als an mir«, wies sie Fernando an. Von der Idee schien er nicht sonderlich begeistert zu sein. Er war eher ein Mann der Tat und nicht des Wortes.

»Meinetwegen, aber ...« Weiter kam er nicht, denn die ältere Dame an der Rezeption, ebenfalls passend zum Ambiente schick gekleidet und mit goldenen Ohrringen dekoriert, kam zu ihnen. »Señorita Mengual, Señor Puig. Der Direktor hat jetzt Zeit für Sie. Wenn Sie mir bitte folgen würden.«

Sein Büro lag im ersten Stock am Ende eines Ganges, der Isabels Ansicht nach zu kahl war. Dorthin würde sicher eines ihrer Gemälde passen, doch vermutlich war dem Herrn Direktor nach Beendigung ihres Gesprächs nicht mehr danach, auch nur darüber nachzudenken, ein Bild aus ihrer Hand in Auftrag zu geben.

Die Empfangsdame klopfte an seiner Tür, öffnete sie und bat sie hinein.

Noch strahlte Bautista, als er sich erhob und zu ihnen kam, um den beiden die Hand zu reichen. »Isabel und Fernando. Wie geht es Ihnen?«

Auf diese Frage, die eigentlich nur eine Begrüßungsfloskel war, antwortete Isabel stets mit »gut«. Fernando nickte nur.

»Was für eine Überraschung. Ich freue mich, dass Sie die Zeit für einen Besuch gefunden haben.«

»Wir haben zu danken.« Isabel schenkte ihm das süßeste Lächeln, das sie unter diesen Umständen zustande brachte.

»Setzen Sie sich doch. Möchten Sie etwas trinken? Ein Gläschen Wein?«

»Vielleicht ein Glas Wasser?« Isabel sah die Karaffe auf einem Schränkchen neben seinem wuchtigen Holzschreibtisch stehen, der mit Schriftstücken übersät war.

»Sagen Sie, Fernando. Wie sind Sie denn überhaupt auf den Gedanken gekommen, Puppenhäuser zu fertigen?«, fragte Bautista, während er den beiden zwei Gläser befüllte.

»Mein Vater war Schreiner und hat Kisten für die Rosinenbauern gezimmert. Ich war in Gandia und habe beim Bummel durch die Stadt im Schaufenster eines Spielzeugladens Puppenhäuser gesehen. Sie hatten ungefähr die gleiche Größe. Und ich schnitze gern. Alles Mögliche. Da kam dann eins zum anderen.«

»Interessant. Und die machen Sie nur für ein Waisenhaus?«, fragte er. Dann stellte er die beiden Gläser auf den Tisch vor dem Ledersofa, auf dem Isabel und Fernando Platz genommen hatten. Er setzte sich ihnen gegenüber in einen Sessel.

»Die haben schon einige. Ich bringe ihnen Möbel mit.«

»Wir lassen sie in der Stadt von Gonzalo Roca beziehen«, brachte Isabel sich mit ein.

»Roca, das ist doch der Stoffhändler und Schneider.«

Fernando nickte.

»Großartig. Darüber berichten wir. Wir müssten mit dem Waisenhaus sprechen und fragen, ob das recht wäre. Ich würde Ihnen einen Reporter und einen Fotografen mitschicken, der Sie mit den Kindern zeigt und natürlich mit einem Ihrer Häuser. Mir ist wichtig, dass die Leute sehen, wie man helfen kann. Die meisten verdrängen, dass es Waisen gibt, die auf Hilfe angewiesen sind.«

Isabel schluckte. Auch das würde vermutlich nicht mehr stattfinden.

»Oh. Wie ich sehe, sind Sie auch eine Leserin unserer Zeitung.«

»Ja, gewissermaßen. Wissen Sie ...« Nun war Isabel es, der es an Worten fehlte. Ihre Gemälde ins Gespräch zu bringen, konnte sie nun wohl ebenfalls vergessen.

»Wir möchten mit Ihnen über einen Artikel sprechen.«

»Ja, welchen denn?«

»Von Rodríguez Pestaña. Isabel und ich, wir leben auf dem Hof von Cristóbal Moreno.«

»Moreno ... Moreno ... Der Name sagt mir irgendetwas, aber ich komme nicht darauf. Helfen Sie mir doch bitte auf die Sprünge.«

Isabel faltete die Zeitung auf und reichte sie ihm, nachdem sie auf den entsprechenden Artikel gedeutet hatte.

»Ah ... Die Rosinen. Was möchten Sie denn wissen?«

»Nun ... Wir hatten das Gefühl, dass er Cristóbal nicht in das beste Licht rückt«, sagte Fernando.

»Mag sein. Mag sein.«

»Er ist ein großartiger Mensch. Herzensgut. Es stimmt, dass er die Leute vor der Reblausplage warnt, aber er wiegelt sie nicht auf. Er hat Angst, dass die ganze Gegend hier wirtschaftlich zugrunde geht«, erklärte Isabel.

»Ich schwöre Ihnen, er weiß, wovon er spricht. Ich habe den Befall der Wurzeln weiter im Süden mit eigenen Augen gesehen«, erklärte Fernando.

Bautista musterte sie nachdenklich. Isabel spürte, wie sie nervös wurde. Sie wartete schon darauf, dass er sich herausreden würde und sie dann höflich nach draußen bat.

»Den hat Rodríguez geschrieben«, sagte er wohl mehr zu sich. Bautista stand abrupt auf, ging zur Tür und brüllte den Namen seines Schreiberlings in den Gang. »Rodríguez!«

Isabel vernahm eine männliche Stimme. »Chef?«

»In mein Büro. Sofort.«

Isabel stand bereits der Schweiß auf der Stirn. Fernando ging es nicht anders.

Rodríguez, ein hagerer Typ in schwarzer Hose und einem weißen Hemd, das von Ärmelhaltern gehalten wurde, betrat etwas verunsichert das Büro.

»Von Ihnen ist doch der Rosinenartikel, über diesen Moreno«, sagte er.

Rodríguez nickte.

»Kennen Sie Moreno? Ich meine persönlich?«

Rodríguez schluckte.

»Ich werte Ihr Schweigen als nein. Die beiden Herrschaften wohnen bei ihm auf dem Hof, und was Sie geschrieben haben, scheint nicht so ganz der Realität zu entsprechen. Das ist nicht der Stil unseres Hauses. Das wissen Sie doch, oder?«

»Ich ...«

»Was?«, blaffte Bautista ihn an.

»Vielleicht sollten wir das besser unter vier Augen …«

»Die beiden sind betroffen. Belassen wir es bei acht Augen.«

»Jemand ist an mich herangetreten…«, stammelte Rodríguez.

»Herangetreten? Seit wann tritt jemand an uns heran, um irgendwelche Artikel in Auftrag zu geben?«

Rodríguez könnte nicht betretener aus der Wäsche schauen. Drei Augenpaare lasteten nun auf ihm.

»Wer hat die Weihnachtsfeier letztes Jahr organisiert und alles bezahlt? Wer schaltet besonders häufig Werbeanzeigen für seine Produkte?«, rechtfertigte Rodríguez sich.

Isabel sah Bautista an, dass es ihm langsam dämmerte.

»Und er wollte, dass Sie diesen Artikel schreiben, und vermutlich auch, in welche Richtung er gehen soll?«

Rodríguez nickte beschämt. »Was hätte ich denn tun sollen? Sie waren die letzten drei Tage in Valencia. Ich konnte nicht nachfragen«, jammerte er.

»Gut. Das ist alles. Danke. Sie können gehen.«

Rodríguez konnte gar nicht schnell genug aus dem Büro kommen.

Bautista räusperte sich und sah erst Isabel, dann Fernando an. »Ich denke, Sie haben ein Recht darauf zu erfahren, wer, sagen wir, für ein wenig zu viel Inspiration gesorgt hat.«

Isabel hatte es nicht gewagt, explizit danach zu fragen.

»Einer der größten Rosinenbarone vor Ort«, fuhr er fort.

»Salvador Fourrat?«, schoss aus ihr heraus.

»Sie kennen ihn?«

»Er schickt oft genug seinen Sohn. Sie wollen uns den Grund abkaufen, weil er so günstig liegt, dass die Reblausplage an uns wahrscheinlich vorübergehen wird.«

»Sieh einer an«, sagte Bautista.

»Danke, dass Sie es uns gesagt haben«, gab Isabel ihm zu verstehen.

»Wissen Sie. Es reicht mir schon, dass wir auf Gelder angewiesen sind und ich mir mittlerweile vorkomme wie ein Vertreter, der neuerdings bis nach Valencia reisen darf, um Werbeanzeigen zu erhaschen, aber dafür habe ich meinen Beruf nicht erlernt. Eine kleine Gefälligkeit. Schön und gut. Ein Portrait, ein bisschen Unterstützung bei den Kommunalwahlen, aber die Unwahrheit zu veröffentlichen, kommt nicht infrage. Ich möchte mich bei Ihnen in aller Form entschuldigen und werde dafür sorgen, dass Rodríguez eine Gegendarstellung schreibt. Mit Fotografien von Ihnen und Cristóbal. Wären Sie damit einverstanden? Gleich morgen? Hätten Sie Zeit? Rodríguez soll einen unserer besten Fotografen mitnehmen.«

Isabel und Fernando tauschten Blicke.

»Nachmittags? Sagen wir gegen zwei?«

»Das geht«, sagte Fernando.

Bautista griff zu seinem Glas und nahm erst einmal ein paar Schlucke. »Und was Ihre Malerei betrifft, werte Isabel. Bringen Sie doch einmal etwas vorbei. Wann immer Sie Zeit haben. Ich bin morgen und bis Dienstag allerdings wieder beim Klinkenputzen. Sie verstehen ...«

Isabel saß noch immer konsterniert da. Der überraschende Ausgang dieses Gesprächs dämpfte die Freude über sein Angebot.

»Danke. Wir wissen das sehr zu schätzen«, sagte Fernando.

»Vielleicht kann ich Cristóbal bei passender Gelegenheit persönlich kennenlernen. Ein Mann, der so mutig ist, sich mit dieser ganzen Bagage anzulegen, ist sicher eine Bereicherung.« Bautista stand auf. Zeit zu gehen. »Und Sie beide sind auch mutig, wenn ich mir die Bemerkung erlauben darf. Das gefällt mir.«

Isabel fand ihr Lächeln wieder und reichte ihm die Hand. »Auf ein baldiges Wiedersehen.« Isabel hoffte, dass es bald dazu kommen würde.

Ohne nach ihrer Rückkehr aus der Stadt mit Engelszungen auf Cristóbal einzureden, dass ein Artikel in der Dénia Republicana ihn nicht nur rehabilitieren, sondern ihm auch die Möglichkeit bieten würde, noch mehr Menschen wachzurütteln, hätte er um ein Haar nicht zugestimmt. Zu groß war die Sorge, dass er noch mehr Hass schüren würde. Isabel hatte schon die Befürchtung gehabt, dass er seinen jahrelang dargelegten Kampfgeist verlor. Fühlte er sich all dem nicht mehr gewachsen oder gab er vielleicht auf, weil immer mehr Weinfelder in der Gegend um Murcia von der Reblaus befallen wurden und er glaubte, dass es die Menschen von allein begreifen würden, dass es nicht mehr so weitergehen konnte wie bisher? Wahrscheinlich war es Fernandos Elan zu verdanken gewesen, der ihn schließlich doch dazu gebracht hatte, einer Berichterstattung zuzustimmen.

Einmal Feuer gefangen und von der Einsicht beflügelt, mit so einem Artikel doch noch etwas bewegen zu können, zeigte sich Cristóbal wie ausgewechselt. Der Hof musste auf Vordermann gebracht werden. Damit allein hatten sie den halben Tag zugebracht. Es stand zu viel herum. Rostige Tonnen verschwanden in der Scheune, herumliegende Gerätschaften ebenso. Die am Haus entlangwuchernde Bougainvillea hatte Fernando in Form stutzen und von vertrockneten Trieben befreien dürfen, mit der Konsequenz, dass seine Arme und Hände von den dornigen Ästen dieser Pflanze zerkratzt waren. Isabel war mit der Fensterreinigung beschäftigt gewesen, auch wenn sie der festen Überzeugung war, dass man den Unterschied zu leicht verschmutzten Fenstern auf einer Fotografie, die noch dazu in einer Zeitung abgedruckt wurde, ohnehin nicht bemerken würde.

Auch der heutige Vormittag stand unter dem Zeichen der Verschönerung oder vielmehr Verwandlung eines gewöhnlichen Bauernhauses zu einer romantisch anmutenden Idylle. Das Haus war mittlerweile blitzeblank, die Möbel auf der kleinen Terrasse mit Kissen bestückt, die normalerweise drinnen im Schrank aufbewahrt wurden, weil es sich nicht lohnte, sie mit schmutziger Kleidung zu nutzen. Zu guter Letzt hieß es, sich in Schale zu werfen. Für Cristóbal ein größerer Aufwand, weil er noch seine Haare in Form gebracht haben wollte. Isabel hatte sie ihm geschnitten, er sich rasiert. Man erkannte ihn danach kaum wieder.

Um zwei hatte es geheißen. Anscheinend hatte Bautista seinem Reporter Dampf gemacht. Er war überpünktlich und in Begleitung eines Rotschopfs etwa im gleichen Alter, der wohl der Fotograf sein musste. Isabel, Fernando und Cristóbal standen Spalier, als die beiden mit der Kutsche vorfuhren. Rodríguez kannte sie ja bereits. Wer Cristóbal war, konnte er sich sicher denken. Lediglich sein Fotograf namens Javier bedurfte einer namentlichen Vorstellung, doch damit war es für Rodríguez nicht getan. Er hatte sich von Fourrat kaufen lassen. Isabel konnte ihm sein schlechtes Gewissen ansehen, als er Cristóbal gegenübertrat und ihm die Hand reichte.

»Ich möchte mich bei Ihnen für den Artikel entschuldigen. Ich hätte selbst recherchieren und Sie schon viel früher aufsuchen sollen. Das war ein Fehler.«

»Schon gut. Aber sagen Sie: Wie hat er das angestellt? Salvador? Soviel ich von Isabel gehört habe, wusste Ihr Chef nichts davon.«

»Javier und ich, wir haben über die letztjährige Weihnachtsfeier des Verlags berichtet. All unsere wichtigsten Werbekunden waren da, natürlich auch Señor Fourrat.«

»Er hat sich für unsere neue Kamera interessiert.« Javier öffnete seinen kleinen Lederkoffer, den er wie eine Tasche mit

Lederriemen geschultert trug, und holte ein überraschend kleines Kästchen heraus. »Rollfilm und eine viel bessere Qualität als die ersten Modelle. Oder die Fotoplatten. Er hat uns vor Kurzem zu sich nach Hause eingeladen, um ein paar Aufnahmen zu machen. Ich habe mir nebenbei ein bisschen was dazuverdient.«

»Und eine Hand wäscht dann die andere«, schlussfolgerte Cristóbal.

Rodríguez nickte beschämt. »So ist nun mal das Leben. Bautista hat übrigens mit dem Waisenhaus telefoniert. Morgen um fünf«, sagte er an Isabel gerichtet, womit klar war, dass die nächste Hand gewaschen wurde, wenngleich für einen guten Zweck.

»Womit fangen wir an? Was möchten Sie sehen? Das Haus? Die Felder? Die Obstbäume? Wir bauen auch Moscatel an.«

»Können Sie davon leben? Rentiert sich das?«, fragte Rodríguez.

»Wir haben genug zu essen. Und was wir nicht selbst verbrauchen, verkaufen wir auf den Märkten«, erklärte Cristóbal.

»Dann lässt sich damit vermutlich nicht das große Geld verdienen«, vermutete Rodríguez zu Recht.

»Das große Geld. Geht es wirklich nur darum?«

»Wenn das jeder so machen würde wie Sie, dann wäre Dénia in den letzten Jahren nicht so gewachsen«, gab Rodríguez zu bedenken.

Isabel bekam den Eindruck, dass Rodríguez doch kein Schmierfink war, wenn man ihn denn seines Berufs walten ließ, und registrierte mit Genugtuung, dass sich Cristóbal von seinen durchaus berechtigten Fragen nicht aus der Ruhe bringen ließ.

»Das ist richtig, doch alles hat seinen Preis. Man darf nicht all sein Geld auf ein Pferd setzen. Ein kluger Spruch der Engländer. Ich sage ja nicht, dass es keinen Weinanbau mehr geben soll. Den gab es hier schon immer, aber man hat Raubbau an der Natur begangen. Wälder abgeholzt. Alles, was hier seit

Generationen angebaut wurde, eingestellt, aus purer Habgier. Sie ist es, die Dénia in den Untergang führen wird.«

»Vermutlich machen Sie den Menschen Angst, weil Sie ihnen genau das vor Augen führen«, überlegte Rodríguez laut.

»Das ist nicht meine Absicht. Genau das Gegenteil ist der Fall.«

»Salvador hat mir gegenüber geäußert, dass Sie befallene Setzlinge haben und er fürchtet, dass Sie die Felder damit zerstören würden.«

»Warum sollte ich das tun?«

»Er glaubt, dass Sie ein Träumer sind und jedem anderen Ihren nostalgischen Traum aufzwingen wollen.«

»Nun. Wer hat Sie kontaktiert, um Ihnen seinen Willen aufzuzwingen?«, erwiderte Cristóbal.

Rodríguez lächelte. Mehr bedurfte es nicht, um zu signalisieren, dass er Cristóbals Beweggründe verstand.

»Mit was fangen wir an? Mit dem Moscatel?«

»Das wäre doch sehr schön. Eine Fotografie vor dem Feld. Was denkst du, Javier?«

Der Fotograf nickte, doch dann sah er sich um. »Zuerst eine Aufnahme vor dem Haus. Dann haben wir mehr Auswahl. Außerdem sieht das hier sehr schön aus. Rechts die Scheune, dahinter die Obstbäume und das Meer«, schlug er vor.

»Was soll ich machen? Einfach so dastehen?«, wollte Cristóbal wissen.

»Warten Sie. Lassen Sie mich mal sehen.« Javier holte ein Stativ von der Ladefläche der Kutsche und schraubte diesen Kasten darauf. Dann linste er durch den Sucher der Kamera. »Vielleicht ein paar Schritte zurück? Wenn Sie die Arme verschränken und in die Ferne schauen. Dann haben wir keinen Schatten in Ihrem Gesicht«, wies er ihn an.

Isabel gesellte sich zu Javier.

»Ja. So ist es gut. Bleiben Sie so und nicht bewegen.«

Isabel erhaschte einen Blick durch den Sucher. Das wurde bestimmt eine tolle Aufnahme. Cristóbal sah aus wie ein Kämpfer, der sich selbstbewusst vor sein kleines Paradies stellte. Ein Artikel mit diesem Foto würde Salvador und der ganzen Rosinenbande sicher nicht schmecken.

Cristóbal hatte sich am Vorabend nach seinem großen Auftritt beim gemeinsamen Abendbrot skeptisch gezeigt. Er hatte seine Zweifel zum Ausdruck gebracht, ob Rodríguez auch nur einen Bruchteil dessen, was er ihm alles gesagt und erklärt hatte, tatsächlich in seinen Artikel packen würde. Fernando war sich dessen auch nicht sicher gewesen, lediglich Isabel. Und damit hatte sie nicht falschgelegen, wie sich bereits am nächsten Morgen in aller Früh gezeigt hatte. Pepes Aufregung beim Ausliefern der Zeitung betrachtete Isabel als einen kleinen Vorgeschmack auf die Reaktion der Leserschaft, vor allem der Rosinenbarone – Gesprächsstoff beim Frühstück und während der Fahrt nach Gandia, um das noch am Vorabend fertiggestellte Schlosszimmer und ein weiteres Puppenhaus an den Spielzeughändler zu verkaufen. Aber auch auf der Fahrt zum Waisenhaus, wo Rodríguez und Javier von der Zeitung sich mit ihnen um fünf verabredet hatten.

»Ich fand die Überschrift des Artikels sehr schön. Die Tränen der Reben«, sinnierte Fernando.

»Zuerst dachte ich, dass Rodríguez damit das Absterben der Weinstöcke meint. Im übertragenen Sinn, als Ausdruck des Leids. Dass sie Tränen vergießen, weil sie erkranken und dabei sind, zu sterben«, sagte Isabel.

»Hast du Rebstöcke schon einmal weinen sehen?«, fragte Fernando.

»Nein, aber mein Vater hat mir davon erzählt. Durch den Rückschnitt im Winter und wenn sie im Frühjahr wieder Wasser ziehen und sich ihr Stoffwechsel in Bewegung setzt, bilden sich an den neuen Trieben Wassertropfen, die wie Tränen aussehen. Das ist wie ein Neuanfang.«

»Nur dass der Neuanfang in diesem Fall nichts mehr mit dem Moscatel zu tun hat, sofern die Leute auf Cristóbal hören«, erwiderte Fernando.

Rodríguez' Überschrift hatte Isabels Meinung nach besser nicht sein können, weil er seine Leserschaft sofort auf etwas Trauriges einstimmte. Man las den Artikel dann mit mehr Anteilnahme. Rodríguez verstand sein Handwerk.

»Ich hätte nicht gedacht, dass uns sogar Cardona darauf anspricht. Er weiß ja nicht, dass wir etwas mit Cristóbal zu tun haben«, stellte Fernando verwundert fest. Isabel hatte es auch überrascht, dass der Spielwarenhändler sich Sorgen um sein Geschäft machte. Bei näherer Betrachtung lag das aber auf der Hand, weil in Krisenzeiten das Geld nicht mehr so locker in der Tasche saß, um sich Spielzeug zu kaufen, und er bisher nur überwiegend von Kundschaft vor Ort gelebt hatte.

»Es muss sich wie ein Lauffeuer herumgesprochen haben«, fuhr Fernando fort. Rodríguez hatte dem Artikel eine ganze Seite gewidmet. Cristóbal in Siegerpose und noch eine weitere Fotografie von einer befallenen Moscatelwurzel in seiner Hand.

»Cardona hatte keine Ahnung, dass diese dämliche Laus schon in Frankreich gewütet hat und im spanischen Süden«, sagte Fernando.

»Woher sollen es die Leute denn auch wissen? Cristóbal hat uns doch erzählt, dass nur am Rande davon berichtet wurde, jedenfalls in den Lokalzeitungen.«

»Wer weiß, vielleicht haben da gewisse Leute wieder ihre Finger im Spiel«, mutmaßte Fernando wahrscheinlich nicht zu Unrecht.

»Die Zeitungsverlage handeln sicher auch aus Eigeninteresse. Wenn hier die gesamte Wirtschaft zusammenbricht und die

Leute nicht einmal mehr etwas zu essen haben, wer kauft dann noch eine Zeitung?«, überlegte Isabel laut.

»Ich kann nach wie vor kaum glauben, dass Rodríguez sich so weit aus dem Fenster gelehnt hat. Hoffentlich bekommt er dafür keinen Ärger«, sagte Fernando, als er Rodríguez und Javier auf der Kutsche vor dem Waisenhaus warten sah.

»Er wäre sonst wohl kaum hier.«

Fernando hielt die Kutsche hinter der von Rodríguez. Die beiden waren schon abgestiegen und warteten auf sie. Fernando holte einen Beutel mit zwei seiner Schnitzereien, die nicht zum Verkauf standen, von der Ladefläche, bevor er ausstieg. Er war noch nie mit leeren Händen gekommen.

»Die Kinder haben schon nach Ihnen gefragt«, sagte Javier, als Isabel und Fernando sie erreichten.

»Wahrscheinlich landen meine Kinder auch bald im Waisenhaus«, sagte Rodríguez, wofür er sich einen fragenden Blick von Isabel und Fernando einhandelte.

»Sie möchten gar nicht wissen, was heute Morgen im Büro los war. Es gingen nicht nur Beschwerden ein. Ein anonymer Anrufer hat gedroht, mich zu erschießen.«

Isabel verschlug es die Sprache. Dass der Artikel so hohe Wellen schlagen würde, damit hatte sie nicht gerechnet.

»Und dreimal dürfen Sie raten, wer zwei Stunden nach Erscheinen bei Bautista um einen Termin gebeten hat.«

»Salvador?«, fragte Isabel.

»Bautista hat wohl damit gerechnet und unten am Empfang Bescheid gegeben, dass er gerade in einer Sitzung sei. Salvador hat sich nicht davon abhalten lassen. Er stürmte in sein Büro und brüllte dann drauflos. Dass er die Zeitung vernichten wolle. Keine Werbeanzeigen mehr, auch nicht von anderen. Ausbluten wolle er uns lassen. Er hat so laut geschrien, dass es alle selbst hinter verschlossenen Türen hören konnten.«

»Und Bautista? Was hat er gesagt?«

»Das hat nicht nur mich erstaunt. Er hat ihn brüllen lassen und ihn dann mit den Worten, dass er sich zum Teufel scheren soll, hinausgeworfen. Er wollte nicht gehen. Wir haben ihn dann zu fünft mit sanfter Gewalt nach unten geleitet.«

»Dann hat sich der Artikel gelohnt«, sagte Fernando.

»Sie glauben, dass sie sich alles herausnehmen können«, sagte Isabel mehr zu sich.

»Das können sie auch. Schon morgen wird in einer der anderen Zeitungen stehen, welche Lügen wir erzählt haben. Und die meisten werden das auch noch glauben, weil sie der Wahrheit nicht ins Auge sehen wollen«, sagte Rodríguez.

»Ich danke dem Herrn, dass ich nur ein einfacher Fotograf bin. Und trotzdem denke ich darüber nach, künftig nur noch Hochzeiten oder Feierlichkeiten zu fotografieren«, kommentierte Javier.

Rodríguez boxte ihn freundschaftlich gegen die Schulter.

»Und natürlich glückliche Kinder mit Puppenhäusern. Hier ist die Welt noch in Ordnung«, fügte Javier hinzu.

Kapitel 19

Strahlende Kinderaugen vor einem Puppenhaus als Aufhänger für einen Artikel zu haben, war für einen Journalisten, der die Leserschaft dazu bringen wollte, Gelder für ein Waisenhaus lockerzumachen, wie eine Steilvorlage beim Fußball. Isabel hatte ihm außerdem angemerkt, dass er nicht nur im Auftrag seines Chefs handelte, sondern auch aus eigener Überzeugung. Den Kindern hatte es auch Spaß gemacht und Werbung für Fernando war es allemal, weil Rodríguez ihn natürlich als edlen Spender der Spielsachen namentlich erwähnen musste. Ob er auch schreiben würde, in welchem Geschäft seine Werke käuflich zu erwerben waren? Isabel hielt es für wahrscheinlich und das nicht nur, weil er wohl glaubte, etwas gutmachen zu müssen. Wen berührte es nicht, wenn jemand Kinder glücklich machte, wie Fernando es tat?

Nach so einem gelungenen Nachmittag gleich nach Hause zu fahren, wo Dénia doch auf dem Weg lag und der milde Abend zu einem Spaziergang unter den Gaslaternen der Altstadt einlud, wäre eine Sünde gewesen. Ebenso, bei dieser Gelegenheit nicht in eines der Restaurants an der Uferpromenade einzukehren, um Garnelen in Knoblauchsauce bei einem Glas Rotwein zu genießen und darauf anzustoßen, dass bald wohl auch noch eines ihrer Gemälde in den Redaktionsstuben des Dénia Republicana hängen würde. Gab es etwas Schöneres, als hoffnungsvoll in die Zukunft zu blicken? Selbst wenn hier der Rosinenhandel zusammenbrechen würde, was Fernando für wahrscheinlich hielt, könnte er sich mit seiner Arbeit über Wasser halten, an der sie ja maßgeblich beteiligt war. Auf dem Heimweg überlegte Fernando noch, sich bei Heinrich Ferchen vorzustellen, dem Bruder des Deutschen, den sie auf dem Empfang kennengelernt hatten und der hier eine Spielzeugfabrik zu bauen gedachte.

»Sobald seine Fabrik steht, fahr ich zu ihm«, beschloss Fernando.

»Aber rechnet sich das dann überhaupt noch?«, wollte Isabel wissen, nachdem Fernando ihr dargelegt hatte, dass er plante, seine Puppenhäuser mit Ferchens Metallspielzeug auszustatten.

»Kommt darauf an, wie viel er verlangt. Vielleicht kann ich bei ihm einsteigen. Puppenhäuser werden nie aus Metall sein. Die Möbel ebenso wenig, aber ich kann als Einzelner nicht so viele fertigen. Wer weiß, es könnte ja sein, dass er sogar das Sortiment erweitert.«

»Ich sehe dich schon als Großunternehmer vor mir. Von wegen kein Herr von Welt. Bald wirst du die Puppen tanzen lassen«, amüsierte Isabel sich.

»Und du wirst eines Tages mit deinen Werken im königlichen Museum für Malerei in Madrid eine Ausstellung eröffnen.«

Isabel lachte hemmungslos drauflos. Er ebenfalls.

»Träumen wird ja noch erlaubt sein«, meinte Fernando, nachdem er auch wieder Luft bekam.

Als sie die letzte Biegung nahmen, die zum Serpentinenweg führte, schlug die ausgelassene Stimmung augenblicklich in Besorgnis um.

»Feuer!«, rief Fernando nahezu panisch aus.

Isabel sah es nun auch. Und es konnte keinen Zweifel daran geben, dass Cristóbals Haus in Flammen stand.

Fernando ließ die Reitpeitsche knallen. Die letzten Meter bis zur Abzweigung, die zum Serpentinenweg führte, konnten sie schnell nehmen, nicht jedoch den Weg bis zum Hof.

»Ich kann Cristóbal nicht sehen«, rief Fernando verzweifelt aus.

Wenn sie doch nur schneller herunterkommen würden. Tatenlos mitansehen zu müssen, wie das Dach einstürzte und die Funken dabei umherflogen, es sich mit vor dem Haus liegenden glühenden Trümmern vereinigte, stach Isabel mitten ins Herz.

»Cristóbal!« Fernando schrie seinen Namen hinaus in die Nacht, die eine brennende Fackel und die Gischt aus Funken und Glut in ein gespenstisches Licht tauchten. Sein Ruf verhallte im Nichts.

Der Rauch zog mittlerweile über die Felder. Sein fahles Grau kroch bis hinauf zum Kiesweg. Nur noch drei Kurven, um dann die Pferde erneut dazu zu bringen, die Kutsche schneller zu ziehen, doch was sollte das noch bringen? Das Haus war nicht mehr zu retten. Eine Haushälfte war bereits in sich zusammengefallen. Ein Haufen verkohltes Holz, umgeben von Mauerresten, wie in einem Ofen, auf dem noch hungrige Flammen züngelten, um es ganz in Asche zu verwandeln.

Am Ende des Kieswegs sprang Fernando von der Kutsche und rannte die letzten Meter zum Haus. Isabel folgte ihm.

Die Hitze des Feuers schlug ihnen nun mit voller Wucht entgegen und noch mehr Rauch. Näher konnten sie nicht mehr heran. Auch heiß glimmende Aschepartikel, die der Wind vom Meer zu ihnen trug, machten es unmöglich und zwangen sie dazu, ein paar Schritte zurückzugehen. Hinaus aus dem Windkanal, der die Luft Feuer spucken ließ. Der Rauch kroch so tief in die Lunge, dass es beim Atmen schmerzte.

Isabel hielt sich den Ärmel ihres Kleides vor Mund und Nase, um überhaupt noch Luft zu bekommen.

»Cristóbal!« Fernandos Ruf ging im Knistern des Feuers nahezu unter. Auch er hielt sich den Ärmel seines Hemdes vors Gesicht.

Fernando schaute hinüber zum Brunnen, doch was sollten die wenigen Eimer Wasser, die sie auf den noch nicht gänzlich von den Flammen erfassten linken Flügel des Hauses schütten könnten, noch ausrichten?

»Es hat keinen Sinn mehr.« Fernando drohte, die Stimme zu versagen.

Ihnen blieb nichts weiter übrig, als mitanzusehen, wie ihr Zuhause zu Schutt und Asche wurde, und sich Meter für Meter weiter zurückzuziehen. Erst als sie auf Höhe des Brunnens angekommen waren, ließ sich die Luft wieder ohne unentwegten Hustenreiz einatmen.

»Wir müssen nach Cristóbal suchen«, sagte Isabel. Sie war sich sicher, dass er sich in Richtung Meer in Sicherheit hatte bringen können. Der Wind kam von dort und blies das Feuer landeinwärts.

Hatte Fernando sie nicht gehört? Er stand wie zu Stein geworden da und starrte auf die züngelnden Flammen, die sich mit der Glut der Holztrümmer vereinigten.

»Fernando.« Sie rüttelte an ihm, versuchte, ihn aus dieser Starre zu lösen und zum Trampelpfad zu ziehen, der durch die Avocadobäume nach unten führte, doch er stemmte sich dagegen.

»Er ist …« Isabel bemerkte, dass sich Tränen in seinen Augen lösten. Und sie waren nicht dem Rauch geschuldet, denn nun sah Isabel die Stiefel und verkohlten Beinstümpfe auch, die unter glühendem Gebälk hervorragten.

Der Schmerz, der in sie fuhr, schien sie in Stücke zu reißen. Fernando packte sie an der Schulter und zog sie zu sich.

»Sieh nicht mehr hin. Wir können nichts mehr für ihn tun«, sagte er mit gebrochener Stimme.

Isabel wandte sich ab. Der Anblick war kaum zu ertragen.

»Ich habe ihn so sehr geliebt. Warum? ... Warum?«, schluchzte Fernando, am ganzen Körper bebend.

Isabel versuchte, ihn zu halten, obwohl sie fürchtete, dass ihr selbst jeden Moment die Beine versagen würden. Sie hörte nur noch das Knistern des Feuers und das heiße Flüstern des Windes, das zu einer Melodie des Todes geworden war.

Fernando war das Erste, was Isabel sah, als sie die Augen aufschlug. Er saß noch immer auf dem Boden an der Scheunentür, die sie einen Spalt breit hatten offen stehen lassen, um das niedergebrannte, aber immer noch glimmende Haus im Auge zu behalten. Er hatte seine Arme um die Beine geschlungen und starrte reglos nach draußen. Isabel nahm zunächst an, dass sie nur kurz gegen eine Kiste gelehnt geschlafen hatte. Das konnte aber gar nicht sein, denn das von draußen einfallende Licht war bereits viel zu hell. Isabel wurde erst jetzt gewahr, dass ihr Haupt auf einer zusammengeknäulten Decke ruhte. Fernando musste sie ihr in den Nacken gelegt haben. Er fühlte sich dennoch steif an. Ihr Rücken schmerzte, als sie versuchte, sich aufzurichten.

Mit dem Schmerz kam die Erinnerung an jene qualvolle Stunde, die es gedauert hatte, bis das Feuer seinen Hunger gestillt und die Glut Fernando nicht mehr daran gehindert hatte, Cristóbals Leichnam mit Harke und Pickel aus den Trümmern zu bergen. Er hatte Leinensäcke aus der Scheune geholt, um Cristóbals sterbliche Überreste damit zu bedecken. Isabel war währenddessen in der Scheune geblieben – auf Fernandos Wunsch hin, um ihr den Anblick des verkohlten Körpers zu ersparen.

Fernando drehte sich zu ihr um, nachdem sie aufgestanden war.

»Isabel«, sagte er nur.

Sie ging wortlos zu ihm und schlang ihre Arme um ihn.

»Wie konnte das nur passieren? Wir haben doch kein offenes Feuer im Haus«, fragte er kopfschüttelnd.

»Ich weiß es nicht.«

Isabel schaute nach draußen. Cristóbals Leichnam lag auf Leinensäcke gebettet, die ihn auch bedeckten. Es sah so aus, als ob sie ein Kind verbergen würden. Die Konturen eines erwachsenen Mannes waren es nicht mehr.

»Wir müssen ihn in die Stadt bringen. Zum Totengräber«, sagte er.

Isabel nickte, auch wenn ihr davor graute, Cristóbals sterbliche Überreste zu zweit auf den Karren zu hieven.

»Vielleicht sind Flammen aus dem Ofen geschlagen. Das ist mir auch schon passiert. Oder eine der Petroleumlampen ist umgefallen, ohne dass er es bemerkt hat. Und … ich mag mir das gar nicht vorstellen … Die Balken an den Türen und an den Fenstern. Wenn er das Feuer zu spät bemerkt hat … Am Ende haben sich die Scharniere verzogen oder er hatte keine Kraft mehr, sie zu öffnen. Du weißt doch, wie schwer die Tür aufging. Und dann der Rauch im Haus …«

»Hör auf, dich mit solchen Gedanken zu quälen. Du hast doch keine Schuld daran«, versicherte ihm Isabel. »Vielleicht war es tatsächlich eine Petroleumlampe, die er fallen ließ, weil er sich schwach fühlte, oder es war sein Herz. Ein tragischer Unfall. Das ist doch auch denkbar«, sagte sie.

Fernando nickte nur. Er starrte unaufhörlich auf das Knäuel unter den Leinensäcken.

»Oder glaubst du, es ist wegen des Artikels? Dass jemand das Feuer gelegt hat?«, fragte er dann.

Isabel hatte diese Möglichkeit bisher noch nicht in Betracht gezogen. Brandstiftung, nur weil die Zeitung ihm die Gelegenheit gegeben hatte, seine Meinung unverblümt zu äußern?

»Wer würde so etwas tun?«

»Er hatte genug Feinde. Und Rafael oder sein Vater?«, mutmaßte Fernando.

Isabel horchte in sich hinein. Ein solcher Gedanke war ungeheuerlich.

»Rafael? So etwas traue ich ihm nicht zu. Und Salvador? Ein alter Mann. Was hätte er davon?«

»Sie wollten das Grundstück. Bedrängt haben sie uns.«

»Die Fourrats sind reich und darauf nicht angewiesen.«

»Noch nicht, aber was, wenn das hier wirklich der einzige Ort ist, der vor der Reblaus verschont bleibt, dann ist das Grundstück mehr wert als all seine Weinberge.«

Das wiederum leuchtete Isabel ein, doch die Sache hatte einen Haken. »Das kann nicht sein. Cristóbal hatte keine Kinder. Das alles hier wird an die Gemeinde fallen. Zumindest wäre das in England so.«

»Ist hier auch so. Wir müssen uns eine neue Bleibe suchen«, erwiderte Fernando.

»Wir finden etwas.« Isabel stand auf und reichte ihm die Hand, um ihm hochzuhelfen. »Wir müssen ihn von hier wegbringen«, sagte sie dann schweren Herzens.

»Ich schaffe das allein. Du sollst ihn so in Erinnerung behalten, wie er war«, sagte er.

Isabel hatte sich zwar schon innerlich darauf eingestellt, mit anpacken zu müssen, war jedoch letzlich erleichtert, dass dieser Krug an ihr vorüberging.

Fernando ging in die Scheune und suchte nach Seilen. Er hatte bestimmt vor, sie von unten um die Säcke zu wickeln. Dann war es möglich, Cristóbals sterbliche Überreste, ohne Teile seines verbrannten Körpers zu offenbaren, auf die Ladefläche der Kutsche zu legen. Wahrscheinlich musste sie ihm gar nicht dabei helfen.

Isabel vernahm das vertraute Geräusch einer sich nähernden Kutsche. Um die Zeit brachte Pepe ihm immer die Zeitung, nur dass Cristóbal sie diesmal nicht mehr lesen konnte.

Isabel hätte es nicht für möglich gehalten, welche Wellen Cristóbals Tod schlagen würde. Das hatte bereits mit Pepe angefangen. Er kannte den tags zuvor veröffentlichten Artikel und war guter Dinge und in der Absicht, Cristóbal zu seinem Mut zu gratulieren nebst der üblichen Zeitungslieferung, zu ihnen gefahren. Kaum hatte Cristóbals Leichnam mit seiner Hilfe auf der Ladefläche der Kutsche gelegen, hatte er den Verdacht geäußert, dass irgendjemand das Feuer gelegt haben könnte. Desgleichen der Totengräber, in dessen Kühlraum am Rande Dénias Cristóbal nun auf seine Bestattung wartete. Auch er hatte den Artikel gelesen und genau wie Pepe die gleiche Vermutung geäußert. Ein solcher Fall müsse sowieso der Polizei gemeldet werden und es sei auch ratsam, um sich Gewissheit zu verschaffen, was die Ursache dieses Feuers gewesen war.

Isabel und Fernando warteten nun bereits seit einer guten halben Stunde vor der Scheune auf die Polizei. Sie verzehrten Käsebrote, die sie sich in der Stadt kurz vor der Rückfahrt in einer Bäckerei besorgt hatten. Isabel bekam kaum einen Bissen herunter, obwohl ihr Magen vor Hunger knurrte. Fernando hatte seines noch nicht einmal angefasst. Ihr ging es genau wie ihm. Sie konnte es immer noch nicht fassen. Der Verstand akzeptierte seinen Tod. Das Herz nicht. Den altvertrauten Weg bei strahlendem Sonnenschein zurückzufahren, hatte sich so angefühlt, als ob die letzte Nacht nur ein böser Traum gewesen war. Nach der letzten Biegung dann doch alles anders vorzufinden, hatte zwangsläufig die Wunden der letzten Nacht wieder aufgerissen.

»Das werden sie sein«, sagte Fernando, dessen Blick auf den Kiesweg gerichtet war.

Isabel zwang sich dazu, noch einen stärkenden Bissen von ihrem Brot zu sich zu nehmen.

Auf der Kutsche saßen zwei grau Uniformierte. Ein jüngerer und ein älterer Polizist des Korps für öffentliche Ordnung. Isabel hoffte, dass ihre Untersuchung zutage bringen würde, dass es ein tragischer Unfall war.

Die beiden entdeckten sie an der Scheune und hielten die Kutsche unmittelbar davor.

»Isabel Mengual und Fernando Puig?«, fragte der Ältere der beiden, nachdem er von der Kutsche gestiegen war. Er selbst stellte sich als Inspektor Molina vor. Sein jüngerer Kollege hieß Suárez und sei erst vor Kurzem von der Polizeiakademie in Madrid zu ihnen gestoßen.

»Da ist nicht mehr viel übrig geblieben«, stellte Molina mit Blick auf die verrußten Mauerreste fest.

»Das sehen wir uns mal genauer an«, sagte Suárez und ging voraus. Molina, aber auch Isabel und Fernando schlossen sich ihm an.

Suárez begab sich zu den verkohlten Holzresten der ehemaligen Decke und des Dachgebälks und nahm anscheinend wahllos ein Stück an sich. Er ließ es fallen und war für einen Moment in Gedanken versunken. Isabel und Fernando tauschten fragende Blicke.

Suárez ging dann um das Haus herum und seitlich in den ehemaligen Wohnbereich. Er blieb abrupt stehen, ging in die Hocke und wischte mit seiner Hand die Asche von etwas Darunterliegendem, das sich als ein Stück Glas entpuppte. Suárez blies die Asche weg. Es war ein recht großes Stück mit glatten Bruchkanten. Isabel fragte sich, was gerade durch seinen Kopf ging.

»Was willst du mit dem Glas?«, wollte auch Molina wissen.

Suárez ließ seinen Blick über die verkohlten Trümmer wandern. Etwas blitzte im Licht der Sonne auf. Er betrat das ehemalige Hausinnere, bückte sich und befreite erneut Glas von der Asche. Dann kam er zurück und hielt ihnen das vorhin gefundene größere Stück hin. In der anderen Hand lagen winzige Glassplitter, die so aussahen, als wäre Glas geborsten.

»Zerbrochenes Glas«, kommentierte Molina, der wohl auch nicht so recht verstand, was Suárez damit zum Ausdruck bringen wollte.

»Beide sind von Fenstern, aber das hier, das größere, muss wohl heruntergefallen sein, als das Feuer den Fensterrahmen niedergebrannt hat.« Er ließ es auf den Boden fallen. Es zerbarst in große Stücke. »Das andere ... Nun. So sieht es aus, wenn man eine Scheibe einschlägt. Da vorne liegen noch mehr dieser kleinen Splitter.«

»Das heißt, jemand hat das Fenster eingeschlagen?«, fragte Fernando.

Isabels Puls schnellte nach oben. Das hieß ja nichts anderes, als dass jemand das Feuer gelegt hatte, um Cristóbal oder sie alle drei zu töten.

»Sieht ganz danach aus«, erwiderte Suárez.

»Und etwas Brennbares hineingeworfen? Gasolin? Petroleum?«, hakte Molina nach.

»Petroleum ist nicht so leicht entflammbar«, sagte Suárez.

»Aber in den Lampen ...«, wandte Isabel ein.

»Es sind die Gase, die brennen, nicht das Petroleum selbst. Es kann nur Gasolin gewesen sein.«

Isabel beeindruckte Suárez' Wissen und vor allem sein Spürsinn.

»Gab es im Haus Teppiche, Gardinen, viele Kissen, bezogene Möbelstücke?«, wollte Suárez wissen.

Isabel und Fernando nickten fast zeitgleich.

»Dann dürfte es wohl genügt haben, einen Docht in eine mit Gasolin gefüllte Flasche zu stecken und sie durch die Scheibe zu werfen.«

»Aber wieso ist Cristóbal nicht wach geworden? Das merkt man doch, wenn es brennt«, stellte Fernando fest.

»Wo war sein Schlafzimmer?«

»Unten«, sagte Fernando.

»Es ist denkbar, dass er vom Rauch ohnmächtig wurde. Wir wissen es nicht«, erklärte Suárez.

»Ich habe den Artikel in der Republicana auch gelesen und nehme an, dass er Feinde hatte. Können Sie sich jemanden im Speziellen denken, der zu so etwas fähig wäre?«, fragte Molina.

Isabel überlegte, ob sie Rafael oder seinen Vater benennen sollte. Auch Fernando war anzusehen, dass er mit sich kämpfte, Namen zu nennen.

»Wer könnte ein Motiv gehabt haben?«, hakte Molina nach.

»Die Fourrats waren scharf auf unseren Grund«, sagte Fernando dann doch.

»Sie wollten ihn erwerben?«, fragte Molina.

»Mehrfach. Aber Cristóbal hat stets abgelehnt.«

»Hat er Erben? Kinder? Verwandte?«

Fernando schüttelte den Kopf.

»Dann wird es schwer, ihm ein Motiv zu unterstellen. Grund und Boden fallen an die Gemeinde«, schlussfolgerte auch Molina.

»Angenommen, der Täter ging davon aus, dass Sie alle drei hier drin waren. Könnten Sie sich dann andere Motive denken? Vielleicht galt der Anschlag ja Ihnen beiden«, überlegte Suárez laut, der anscheinend nicht nur in Sachen Spurensuche sehr spitzfindig und gut ausgebildet war.

Isabel wechselte Blicke mit Fernando. Sollte sie Molina und Suárez jetzt etwa die Geschichte einer Frau auftischen, die ihren Selbstmord inszeniert hatte, um einer Ehe mit Rafael zu entgehen, und im Bordell gelandet war, weil sie ihr ehemaliges Kindermädchen aufgesucht hatte? Dass Biel Salort sich an ihr und Fernando rächen wollte? Von Biels Versuch, sie zu entführen, und seinem von Säure entstellten Gesicht? Sie würde als verdorbenes Mädchen dastehen und sich am Ende noch Schwierigkeiten einhandeln, weil sie ihren Selbstmord inszeniert hatte. Von Ferrels Tod einmal ganz abgesehen. Allein das reichte schon, um sich in große Gefahr zu begeben. Und würde man ihr angesichts der Summe dieser Umstände überhaupt Glauben schenken? Einer Frau, die, auch wenn sie in Notwehr gehandelt hatte, einen Mann erschlagen hatte? Sie konnte ihnen unmöglich Salort als Hauptverdächtigen servieren, ohne einen ganzen Rattenschwanz an Fragen zu riskieren.

»Nein«, Fernando nahm ihr die Entscheidung sicherlich aus just diesen Überlegungen ab.

Molina war offenbar nicht gerade ein Experte bei der Spurensuche, doch er verfügte Isabels Einschätzung nach über gute Menschenkenntnis. Die Art, wie er sie ansah, gab Isabel das Gefühl, dass er daran zweifelte.

»Sind Sie sicher?«, hakte er daher wenig überraschend nach.

»Im Moment schwirrt mir der Kopf. Vielleicht fällt mir noch jemand ein«, sagte sie, um sich eine Tür offen zu halten. Denn es war für sie immer wahrscheinlicher, dass Biel Salort dahinterstecken könnte. Doch dafür musste sie sich in Ruhe eine Geschichte ausdenken, die glaubhaft und weniger verworren war, was ihr im Moment unmöglich vorkam.

Damit gab Molina sich zufrieden.

»Wer immer es auch war, er muss hier runtergekommen sein«, sagte Suárez unvermittelt und besah sich die Strecke, die nach oben zur Hauptstraße führte.

»Sie meinen, derjenige hat Spuren hinterlassen?«, fragte Fernando.

Suárez nickte und ging zu Fernandos Kutsche, deren Räder er sich genau besah.

»Der Kies. Darin würde man Spuren sehen«, sagte Suárez, begab sich dorthin und bedeutete Isabel und Fernando, ihm zu folgen. Molina schloss sich ihnen an.

»Die Spuren da vorne sind frisch. Das sind die von unserer Kutsche.« Suárez folgte den Abdrücken der Räder nur für ein paar Meter. Sie kreuzten sich mit anderen. Er ging in die Hocke und besah sich die zweiten Abdrücke von Kutschrädern. »Sehen Sie. Die hier sind von Ihrer Kutsche. Die Abdrücke sind schmaler. Sie fressen sich tiefer in den weichen Boden.«

Isabel staunte über seine scharfe Beobachtungsgabe.

Suárez ging weiter. Nach wenigen Metern sah Isabel nur noch wirre und unterbrochene Kreuzmuster, was nicht verwunderlich war, weil sie zigmal diese Strecke gefahren waren. Die Hufe der Pferde taten ihr Übriges, um bereits bestehende Räderspuren zu zerstören. An einigen Stellen war der Boden so zerfurcht, dass man gar keine Abdrücke von Rädern mehr erkennen konnte. Suárez ging dennoch unbeirrt weiter. Unvermittelt blieb er stehen und besah sich noch erhaltene Abdrücke, die auch für Isabel erkennbar anders aussahen als die beiden, die sie näher in Beschau genommen hatten. Sie waren noch schmaler.

»Die sind weder von uns noch von Ihrer Kutsche«, sagte Suárez.

Fernando wirkte ratlos. Isabel folgte den Spuren bis zum Haus.

»Das ist die Postkutsche von Pepe«, rief sie aus.

Suárez und Molina sahen sich an.

»Das könnte stimmen. Die Postkutschen entsprechen in etwa der Räderbreite«, bestätigte Suárez.

»Er hält jeden Morgen an der gleichen Stelle. Es muss die von Pepe sein.«

Suárez nickte, folgte dem Kiesweg ein gutes Stück nach oben und schaute sich um. Dabei schien ihm noch ein Abdruck ins Auge zu fallen. Isabel, Fernando und Molina rückten zu ihm auf.

»Und diese hier? Erkennen Sie die auch?«

Isabel besah sie sich näher. Es waren Abdrücke von weit auseinanderliegenden breiten Rädern und sie endeten kurz vor einem etwa mannshohen Strauch etwas abseits des Kiesweges.

»Wer immer das auch war, hat seine Kutsche vermutlich hier abgestellt, um nicht gesehen zu werden«, schlussfolgerte Suárez.

Isabel glaubte, sich daran zu erinnern, dass Biels Kutsche breiter als üblich gewesen war. Wenn sie Molina und Suárez nun ihren Verdacht äußerte, dann stand sie exakt vor dem gleichen Dilemma, das sie sich bereits vor wenigen Minuten durchdacht hatte.

»Davon gibt es viele«, sagte Fernando.

»Und Sie? Sagt Ihnen das etwas?«, fragte Suárez an Isabel gerichtet.

Isabel schüttelte den Kopf, auch wenn sich in ihr der Verdacht, dass Biel das Feuer gelegt hatte, festigte.

Suárez zuckte die Schultern.

»Mehr, als dass wir davon ausgehen müssen, dass es sich um einen Mord handelt, lässt sich momentan wohl nicht sagen«, stellte Molina fest.

Suárez nickte.

»Nur damit wir ein vollständiges Bild haben. Wo waren Sie gestern Abend?«

»Im Waisenhaus. Ich stelle Puppenhäuser her. Wir waren dort mit einem Journalisten von der Republicana und danach sind wir in Dénia essen gegangen, an der Hafenpromenade.«

»Wissen Sie noch, wie das Restaurant heißt?«, wollte Molina wissen.

Seine Nachfrage verwunderte Isabel. Galten sie jetzt etwa auch als verdächtig?

»Reine Routine. Ich brauche das für meinen Bericht«, sagte Molina, als ob er ihre Gedanken gelesen hätte.

»Im La Española«, sagte Fernando ihm, womit Molina sich zufriedengab.

»Wo werden Sie jetzt wohnen?«, wollte Suárez wissen.

»Ich kenne eine günstige Pension in der Stadt. Hier können wir ja nicht mehr bleiben«, sagte Isabel.

»Kann ich Sie dort erreichen?«

»Es ist das Aire de Mar«, sagte Isabel.

»Gut. Ich danke Ihnen. Wenn Ihnen noch irgendetwas einfällt. Sie kennen die zentrale Polizeistation in Dénia?«

Fernando nickte.

»Ich kann Ihnen nach dem jetzigen Ermittlungsstand keine großen Hoffnungen machen. Vermutlich war es einer seiner Feinde, die ihn mundtot machen wollten«, überlegte Molina laut.

Isabel glaubte nicht daran. Als sie sich zum Abschied die Hand reichten, nahm sie sich vor, ihrem Verdacht nachzugehen, und sie wusste auch schon, wie sie das anstellen würde.

Isabel hatte es keineswegs überrascht, dass Fernando nun auch Biel Salort in Verdacht hatte. Und dies lag nicht nur an den Spuren der Räder, sondern vielmehr daran, dass selbst Fernando, der Rafael nicht nur auf dem Empfang erlebt hatte, ihm nicht zutraute, einen kaltblütigen Mord zu begehen. Salvador ebenso wenig. Beiden fehlte es Isabels Ansicht nach auch an einem Motiv, das stark genug war, um so eine schäbige Tat zu begehen. Es sei denn, sie spekulierten darauf, dass Cristóbals Grundstück von der Gemeinde nun zwangsversteigert würde und ihre Kontakte es ihnen ermöglichen würden, es sich auf diese Weise anzueignen. Salorts Motiv hingegen lag auf der Hand. Das konnte nur blinder Hass sein, geschürt von seiner Zeichnung im Gesicht, woran er sicherlich Isabel die Schuld gab.

Zunächst einmal galt es, die Frage zu klären, ob Salort ein Alibi hatte. Normalerweise hielt er sich um die Zeit doch im Bordell auf. Auch in der Nacht, in der Cristóbal umgekommen war? Es gab nur einen Weg, dies herauszufinden. Carmen hatte Isabel Hilfe in allen Angelegenheiten angeboten. Die nahm sie nun in Anspruch.

Ob sie wohl pünktlich um fünf kam? Vor sieben ließen sich Isabels Erinnerung nach keine Freier in ihrem Freudenhaus blicken. Es war kurz vor fünf. Carmen müsste es rein theoretisch möglich sein, unter dem Vorwand, in der Stadt Einkäufe zu tätigen, das Haus zu verlassen, ohne Verdacht zu erregen. Fernando hatte ihr gleich, nachdem sie sich in Dénia ein Zimmer im Aire de Mar genommen hatten, einen an sie persönlich adressierten Brief zukommen lassen, mit der Bitte um ein dringendes Treffen am zum Hafen ausgerichteten Aussichtspunkt der Festung, die über Dénia thronte. Ein Café in der Stadt vorzuschlagen, erschien Isabel als viel zu gefährlich.

Ganz oben direkt an der Festungsmauer warteten sie schon auf sie. Von hier aus bot sich ein einzigartiger Blick auf den Hafen und die gesamte Küste. Die Sonne stand bereits tief und färbte das Meer golden. Normalerweise ein einzigartiges Spektakel, doch Isabel war heute nicht in der Lage, es zu genießen.

»Und wenn sie den Brief gar nicht erhalten hat?«, überlegte Fernando, der genau wie sie in die Ferne starrte.

»Du hast Imani doch gesagt, dass es dringend sei.« Isabel schätzte Imani eigentlich als zuverlässig ein. »Und sie hat wirklich nicht nachgefragt, in welcher Angelegenheit?«, hakte Isabel noch nach.

»Nein. Ich habe mich als Boten eines Kunden ausgegeben.«

Isabel überlegte, ob es nicht besser gewesen wäre, wenn er von einer Rechnung gesprochen hätte, denn es war bereits zehn nach fünf.

»Isabel.« Die Stimme, die Isabel vernahm, gehörte Carmen. Sie drehte sich um und konnte sich nun den Grund für ihre Verspätung denken. Hier heraufzukommen, strengte an. Ein stufenloser Weg mit stetiger Steigung, der für eine ältere Frau nicht im Stechschritt zu nehmen war. Sie wirkte abgekämpft und wischte sich den Schweiß aus der Stirn, kurz bevor sie sie erreichte.

»Hier oben war ich das letzte Mal vor Jahren. Ich fürchte, meine alten Knochen sind nur noch für Einkäufe in nächster Nähe zu gebrauchen«, erklärte sie und holte erst einmal tief Luft, bevor sie auch Fernando begrüßte.

»Danke, dass Sie gekommen sind«, sagte Isabel.

Carmen nickte. »Um was geht es denn?«

»Cristóbal ist tot. Die Polizei vermutet, dass jemand nachts ein Feuer im Haus gelegt hat.«

Carmen brauchte eine Weile, um diese Neuigkeit zu verdauen.

»Mein aufrichtiges Beileid. Cristóbal … Ein mutiger Mann, schon immer ein Einzelgänger, der sich von niemandem etwas sagen ließ. Vielleicht zu mutig. Der Artikel. Es las sich wie eine Kriegserklärung«, sagte sie gedankenverloren.

»Wir glauben nicht, dass es einer der Rosinenbarone war«, sagte Fernando, was Carmen sichtlich überraschte.

»Ich würde es ihnen zutrauen. Es geht ihnen doch nur um Macht und Geld«, sagte Carmen.

»War Biel gestern Nacht im Haus?«

»Ihr glaubt, dass Biel …? Er verlässt es ja kaum noch mit dem entstellten Gesicht. Hat einen Verband darumgewickelt, damit man die nässende Wunde nicht sieht. Wie sagt man so schön? Wer anderen eine Grube gräbt. Er hat Säure ins Gesicht bekommen. Mit der Flasche rumgespielt, ausgerutscht. Das war's. Jammerschade, dass die Frauen, denen er das angetan hat, es nicht wissen.«

Isabel und Fernando sahen sich kurz an.

»Das hat er Ihnen erzählt? Dass er ausgerutscht ist?«

»Was willst du mir damit sagen?«, fragte Carmen irritiert.

»Es war ein Unfall, aber der hat sich nicht so zugetragen, wie er es Ihnen beschrieben hat«, erklärte Isabel.

»Woher weißt du das?«, hakte Carmen nach.

»Er ist uns von Cristóbals Hof aus gefolgt. Lag versteckt unter einer Plane. Paloma hat er gezwungen, sich ein Kopftuch aufzusetzen und Kleidung einer Bäuerin zu tragen«, berichtete Isabel.

»Paloma? Sie ist spurlos verschwunden.«

»Aus gutem Grund«, sagte Fernando.

»In der Stadt ist er über mich hergefallen, hat mich betäubt, doch Fernando war im Laden gegenüber. Er hat es mitbekommen, fuhr hinterher und hat Biel gestellt«, sagte Isabel.

»Ich schoss auf die Achse. Paloma auf dem Kutschbock hat die Seile verrissen und die Kutsche fuhr in den Graben. Dann hat er gedroht, Isabel die Säure ins Gesicht zu schütten. Ich habe dann auf Paloma gezielt. Er hat ihr wohl versprochen, sie gehen zu lassen, wenn sie tut, was er sagt. Verhöhnt hat er sie. Sie hat ihm die Peitsche ins Gesicht geschlagen. Dabei ist es passiert.«

Carmen suchte Halt an der Steinbrüstung.

»Ich dachte, er hätte es Ihnen erzählt. Wollte er mich denn nicht zurückholen?«, wollte Isabel wissen.

»Nein. Nein … kein Wort darüber.«

»Das erklärt auch, warum er stadtauswärts gefahren ist«, sagte Fernando. Darüber hatte Isabel sich noch keine Gedanken gemacht. Es stimmte. Warum hatte Biel sie nicht gleich zurück ins Freudenhaus gebracht?

»War er gestern Abend im Haus? Ich muss es wissen«, sagte Isabel.

»Am frühen Abend ja und später ... Ich kann es dir nicht sagen. Mal treibt er sich oben rum, mal unten. Ich sehe nach den Frauen und habe ihn nicht immer im Blick. Kann sein, kann aber auch nicht sein.«

»Bitte versuchen Sie, sich zu erinnern.«

»Es gibt da aber eine Sache, die mich verwundert«, sagte Carmen mehr zu sich.

Isabel sah sie fragend an.

»Woher hat er auf einmal so viel Geld?«, überlegte Carmen laut.

»Er hat Geld bekommen? Wie viel und von wem?«, wollte Fernando wissen.

»Das weiß ich nicht, aber er ist um die Mittagszeit abgereist. In die Schweiz. Angeblich gibt es dort eine Klinik, die sich auf Verletzungen dieser Art versteht. Es würde ein halbes Vermögen kosten, doch woher will er das nehmen?«

»Sie meinen, dass er es von jemandem bekommen hat?«

Carmen nickte nachdenklich.

»Von jemandem, den er in der Hand hat?«, hakte Isabel nach.

»Oder weil ihn jemand dafür bezahlte, das Feuer zu legen«, schlussfolgerte Fernando.

»Doch wer soll das sein? Einer der Rosinenbarone? Denkbar ist es. Du weißt ja, wer alles bei uns ein und aus geht«, sagte Carmen.

»Aber wer würde so ein Risiko eingehen? Biel hätte ihn dann doch in der Hand?«, überlegte Isabel laut.

»Er ist mit einigen der Freier gut bekannt. Erfüllt Sonderwünsche. Lässt uneheliche Kinder verschwinden. Für Geld tut er alles.«

»Aus Rache. Vielleicht wollte er uns töten«, sagte Fernando.

»Auch das traue ich diesem Bastard zu«, sagte Carmen.

»Jetzt sind wir so klug wie vorher«, stellte Isabel resigniert fest. »Nein. Irgendetwas stimmt an der Geschichte nicht. Er wollte mich nicht zurück ins Bordell bringen«, überlegte sie dann laut. Hatte er zu diesem Zeitpunkt etwa geplant, sie zu töten?

»Wohin dann? Etwa zu Rafael?«, fragte Fernando ketzerisch.

»Das kann ich mir nicht vorstellen«, erwiderte Carmen. »Aber ich fürchte, wir können darüber nur spekulieren. Tut mir leid.«

»Danke, dass Sie gekommen sind.«

»Habt ihr eine Bleibe? Soll ich euch eine Wohnung besorgen? Ich kenne viele Leute.«

Isabel tauschte Blicke mit Fernando. Er nickte.

»Wo kann ich dich erreichen?«

»Im Aire de Mar.«

»Ich lasse euch eine Nachricht zukommen. Ich muss gehen. Unten wartet eine Kutsche auf mich. Der arme Cristóbal. Dieses verfluchte Dénia. Zerfressen von Habgier. Ich wünschte, es wäre alles wieder so wie früher ...« Ein Ausdruck tiefer Traurigkeit spiegelte sich in Carmens Gesicht. Sie rang sich dennoch ein Lächeln ab, bevor sie ging.

Kapitel 20

Der Verlust von Cristóbal war schon schlimm genug. Er ging mit einem dumpfen Schmerz einher, der Isabel genau wie Fernando einfach nicht mehr loslassen wollte und sie regelrecht lähmte. Dazu gesellten sich Verzweiflung und Wut auf den mutmaßlichen Brandstifter, Biel, der sich allem Anschein nach aus dem Staub gemacht hatte. Isabel führte ihre wie betäubten Sinne darauf zurück, dass sie schlicht und ergreifend keine Zeit gehabt hatten, um sich dem Gefühl der Trauer zu stellen, sie zuzulassen.

Das Feuer hatte nicht nur Cristóbal aus dem Leben gerissen, sondern auch dafür gesorgt, dass sie abgesehen von Fernandos geringen Rücklagen auf seinem Bankkonto und den Verkaufserlösen aus den wenigen bisher verkauften Puppenhäusern nur noch mit der Kleidung am Leib daherkamen. Außer ein paar Decken, einem zweiten Paar Schuhe, das Fernando nur auf den Feldern trug, und einigen Transportkisten für Rosinen war in der Scheune nichts gelagert gewesen, was ihnen hätte nützlich sein können. Glücklicherweise reichten die ihnen zur Verfügung stehenden Finanzen, um sich zumindest mit dem Notwendigsten an Kleidung einzudecken und neues Werkzeug zu kaufen, doch nach Schnitzereien stand ihm zwei

Tage nach Cristóbals Tod genauso wenig der Sinn wie Isabel nach Malereien.

Immerhin hatten sie noch die Kutsche, um Einkäufe zu erledigen, auf die Bank zu fahren und beim Bestatter Cristóbals Beerdigung auf dem katholischen Friedhof Xàbias zu organisieren – auch dafür mussten Fernandos Ersparnisse herhalten. In der ersten Nacht im Hotel war Isabel sich so vorgekommen, als wäre sie eben erst in Dénia angekommen, als ob in der Zwischenzeit nichts passiert wäre. Die Überfahrt und die Inszenierung ihres Selbstmords, die Angst, wegen Ferrels Tod zur Rechenschaft gezogen zu werden, aber auch die vor der Zukunft, sich allein in der alten Heimat zurechtzufinden, klebten an diesem Hotel wie eine zweite Haut – gottlob nur für eine Nacht, weil Carmen ihr Versprechen eingelöst hatte. Sie kannte anscheinend tatsächlich Gott und die Welt und in diesem Fall den Eigentümer einer von mehreren neu elektrifizierten Wohnungen in der Innenstadt, die möbliert und sofort bezugsfertig gewesen war. In der Nachricht, die sie ihnen hatte an der Rezeption des Hotels zukommen lassen, stand auch, dass die Miete für einen Monat bereits im Voraus bezahlt sei, ein Umstand, der Isabel genau wie Fernando überrascht hatte.

Die Wohnung lag ganz in der Nähe von Stallungen, wo sie ihre Kutsche und das Pferd unterbringen konnten. Die Dreizimmerwohnung im zweiten Stock eines betagten Wohnhauses in einer kleinen Gasse unweit der Einkaufsmeile verfügte über Elektrizität, ein Bad und sogar einen Gasherd. Sie war sauber, die Möbel wenig abgewohnt und, da abseits des Getümmels, sehr ruhig. Im Kleiderschrank lagen nun neue Unterwäsche, Strümpfe, ein neues Kleid von Estella, zwei Hemden und eine Hose von Gonzalo für Fernando. Brot und Reis, etwas Gemüse und frische Milch in der Küchenanrichte neben dem Ofen. Isabel konnte sich nach den vielen Erledigungen kaum noch auf den Beinen halten, hatte sich aber dazu aufgerafft, sich spät abends noch an den Herd zu stellen, um ihnen Reis mit Auberginen und Paprika zuzubereiten.

Fernando saß am Küchentisch. Er wirkte verloren und starrte durch das Küchenfenster auf das gegenüberliegende Haus. Schon seit sie vor gut einer Stunde den Schlüssel vom Vermieter ausgehändigt und ihre wenigen Sachen verstaut hatten, gab er keinen Ton mehr von sich. Isabel konnte sich denken, warum, doch was brachte es, sich gehen zu lassen? Es kostete unendlich viel Kraft. Doch kaum ergab sich ein Moment der Stille, kroch der Schmerz aus der Tiefe der Seele wieder hervor. Isabel sah es an seinen glanzlosen traurigen Augen. Ihr war auch nicht danach, zu reden, doch sie glaubte, dass es ihm helfen würde. Sie drehte die Gasflamme herunter, ging zu ihm und nahm ihn in den Arm.

»Mir fehlt er auch«, sagte sie.

Fernando nickte stumm.

»Auf dem Weg vom Hotel hierher habe ich mich daran erinnert, wie gern er auf den Feldern war, an den Moment, als ich zu euch kam. Da stand er bei den Avocadobäumen. Er hat mich willkommen geheißen, wirkte so unbefangen und in sich ruhend. Ich habe diese Erinnerung zugelassen und das hat gutgetan, verstehst du?«

»Uns bleibt auch nicht mehr als die Erinnerung«, gab er zurück.

»Ich will damit nur sagen, dass es doch ein Geschenk war, vor allem für dich, dass du bei ihm so viele schöne Jahre hattest.«

Fernando nickte, doch er wirkte immer noch angespannt und in sich gekehrt.

»Wir sollten auch dankbar dafür sein, dass wir hier wohnen können.«

Was blieb Fernando anderes übrig, als erneut zu nicken? »Das alles macht ihn aber nicht mehr lebendig. Ich finde erst wieder Ruhe, wenn Biel dafür bezahlt«, sagte er dann mit hasserfüllter Stimme.

Isabel ließ von ihm ab und setzte sich neben ihn. »Wer weiß, ob er jemals zurückkommt. Wir sollten lieber nach vorn sehen.«

»Und wenn er zurückkommt? Ich schwöre dir, ich bringe ihn um.«

Isabel erschrak über den aufflackernden Zorn in seinen Augen. »Und dann? Du hättest auch Blut an deinen Händen.«

»Aber Genugtuung.«

»Das ist eine Angelegenheit der Polizei«, versuchte sie ihm klarzumachen.

»Was können die ihm schon nachweisen? Es hat ihn ja niemand gesehen. Keine Zeugen. Nur weil die Abdrücke dieser Kutsche mit breiten Rädern in der Erde zu erkennen waren? Es gibt Tausende dieser Art. Und wärst du bereit, Molina alles zu erzählen? Wie du an ihn geraten bist? Am Ende glaubt er noch, du willst ihm nur etwas anhängen. Und was ist mit Ferrel?«

Isabel machte sich in dem Moment klar, dass er mit all dem recht hatte.

Dann griff Fernando nach ihrer Hand. »Wir sollten besser nach vorn sehen. Das müssen wir sowieso. Wir brauchen Geld für die Miete, fürs Leben.«

»Die nächste Miete ist erst nächsten Monat fällig«, erinnerte sie ihn.

»Aber warum tut Carmen das? Nur weil sie früher dein Kindermädchen war?«

Isabel zuckte zunächst ratlos mit den Schultern, konnte sich dann aber doch einen plausiblen Grund dafür denken. »Vielleicht, weil sie mich an Rafael verraten hat?«

»Sie scheint dich zu mögen. So viel steht fest. Du hast recht. Es gibt viele Gründe, in all dem Unglück dankbar zu sein. Und jetzt habe ich Hunger.«

So gefiel er Isabel schon besser. Sie ging aber erst zurück zum Herd, als sie ihm einen Kuss gegeben hatte. Den er erwiderte, ohne Leidenschaft oder dem spürbaren Wunsch nach mehr, aber als Ausdruck inniger Nähe. Nichts war in so schwierigen Momenten stärkender als die Gewissheit, geliebt zu werden.

Cristóbals Beerdigung war für den nächsten Tag elf Uhr auf dem Friedhof von Xàbia angesetzt. Isabel und Fernando waren sich diesbezüglich einig gewesen, keine Todesanzeige mit Angabe der Uhrzeit seines Begräbnisses aufzugeben. Wozu sollte das auch gut sein? Damit sich seine Feinde dort versammelten und in Gedanken darauf anstießen, dass er ihnen nicht mehr in die Quere kommen konnte? Allerdings ließ sich nicht vermeiden, dass Bestattungen am Eingang des Friedhofs angeschlagen wurden.

Lediglich Pepe, ihrem treuen Postboten, hatten sie am Vortag eine Nachricht direkt am zentralen Postamt zukommen lassen. Isabel wusste, dass Cristóbal ihn geschätzt hatte, und konnte sich vorstellen, dass Pepe sich auch von ihm verabschieden wollte. Letzteres war vermutlich für Fernando besonders wichtig. Er trug den Schmerz wie ein Kreuz, das ihn zu Boden drückte. Vielleicht fiel es ihm nach dem Abschiednehmen leichter, loszulassen, schrieb der Akt doch das letzte Kapitel in Cristóbals Leben. Isabel hoffte, dass es ihr ähnlich ergehen würde.

Auf dem Weg zum Friedhof ließ sie stumm die schönen Momente, die sie mit ihm erlebt hatte, Revue passieren. Und seien es nur Kleinigkeiten, wie ihr zu sagen, wie gut ihm ihr Essen geschmeckt hatte. Die Frau im Haus habe ihm gefehlt. Und sicher nicht nur, weil Abwechslung in die Küche gekommen war. Männer unter sich hätten andere Gesprächsthemen – wörtlich hatte er ihr das gesagt. Nun blieben ihr nur noch stille Gebete.

Der Friedhof lag im hügeligen Hinterland Xàbias. Einige der Gräber der Reichen waren Mausoleen. Sie überragten sogar die weiße Steinmauer der Begräbnisstätte. Vom Bestatter wussten sie, dass das Grab, in dem er ewige Ruhe finden würde, eines für gewöhnliche Leute war. Genau wie auf fast allen Friedhöfen dieser Gegend wurden die sterblichen Überreste in gemauerte tiefe Nischen gelegt, die mehrreihig übereinandergebaut waren. Aus Platzgründen, aber auch, weil die starken Regenfälle in dieser Gegend die Erde normaler, in den Boden eingelassener Gräber wegspülen würde – es sei denn, sie würden aufwendig befestigt oder ummauert. Doch wer konnte sich das schon leisten?

»Er hätte es sich bestimmt gewünscht, zu seiner Frau beigesetzt zu werden«, sagte Fernando, kurz bevor sie den Friedhof erreichten. Dies war aufgrund der Bauweise aber unmöglich, weil diese Gräber nur Platz für einen Verstorbenen boten.

»Ist sie auch hier begraben?«, fragte Isabel.

»Soviel ich weiß, ja.«

»Hat er je mit dir darüber gesprochen? Irgendeinen Wunsch bezüglich seiner Beerdigung geäußert?«

»Nein, er hatte sonst niemanden. Anscheinend dachte er nie daran. Ich weiß nur, dass er seine verstorbene Frau hier mindestens einmal pro Monat besucht hat. Einmal habe ich ihn hierhergefahren. Er hat ihr Orchideen gebracht.«

»Hoffentlich haben wir Blumen, die ihm gefallen.« Isabel hatte sich auf dem Herweg im Blumenladen einen Lilienstrauß binden lassen.

»Ganz sicher«, sagte er und hielt die Kutsche unmittelbar vor der weißen Mauer. Dort standen weitere vier Kutschen. Nur eine davon erkannte sie. Es war die des Postboten.

»So wie es aussieht, hat sich seine Beerdigung doch herumgesprochen«, sagte Isabel.

»Die Zeitung hat von dem Feuer berichtet«, erwiderte Fernando, der dann abstieg und ihr von der Kutsche half.

Pepe wartete bereits am Eingang auf sie. Er trug passend zum Anlass einen schwarzen Anzug. Fernando immerhin eine graue Hose und ein weißes Hemd. Isabel trug keine Trauerkleidung, machte sich aber nichts daraus, weil sie wusste, dass Cristóbal der Letzte wäre, der sich darum scheren würde.

»Ich habe die Zeitung für ihn mitgebracht«, sagte Pepe mit angeschlagener Stimme.

Isabel konnte ihm ansehen, wie nahe ihm Cristóbals Tod ging, zumal er auch noch mitgeholfen hatte, dessen sterbliche Überreste zu verladen. Die Zeitung – was für eine schöne Geste.

»Danke, dass Sie kommen konnten«, sagte Fernando, der ihm die Hand reichte.

»Der Bestatter hat den Sarg schon zu seinem Grab bringen lassen. Die zweite Reihe links. Ich war schon dort. Ich kann es immer noch kaum glauben …«, sagte Pepe kopfschüttelnd.

Isabel lag schon auf der Zunge, ihn zu fragen, ob er sonst noch jemanden am Grab gesehen hatte. Die Kutschen standen bestimmt nicht zufällig um die Zeit vor der Friedhofsmauer, doch die Frage konnte sie sich sparen. Aus einer der Kutschen stieg Molina. Er trug zu Isabels Überraschung keine Uniform, sondern einen schwarzen Anzug.

»Señorita Mengual. Señor Puig. Mein herzliches Beileid.« Er reichte ihnen die Hand, als er sie erreicht hatte.

Sein Blick fiel auf den Postboten, den er sicher nicht einordnen konnte.

»Das ist Pepe. Er hat uns täglich die Post gebracht und Fernando geholfen, Cristóbals sterbliche Überreste zu verladen«, stellte sie ihn vor.

Molina reichte auch ihm die Hand. Er stellte sich ihm als Inspektor der hiesigen Polizei vor.

»Sie wissen nicht, wer ich bin, und sagen es auch keinem«, wies er sie alle drei an, was ihm nicht nur Isabels fragenden Blick einhandelte.

»Es kommt gelegentlich vor, dass ein Täter nicht nur am Ort seines Verbrechens, sondern auch bei der Beerdigung auftaucht. Je nach Motiv. Wenn es Rache war oder Hass, ist dies denkbar. Deshalb bin ich hier. Beachten Sie mich nicht. Ich werde mich in Sichtweite verschanzen, aber ich begleite Sie, bis wir sehen können, wer noch da ist. Ich nehme an, dass Sie die Personen kennen, und wenn ein Unbekannter dabei ist, umso besser«, wies er sie an.

»Es war also tatsächlich kein Unfall?«, fragte Pepe nach.

»So wie es aussieht, nein«, erklärte er ihm.

»Neben dem Priester und dem Bestatter mit zwei jungen Helfern habe ich noch einen Mann Mitte dreißig gesehen«, erklärte Pepe, was nicht nur Molina aufhorchen ließ.

Biel konnte es unmöglich sein. Der war, soviel Isabel wusste, in der Schweiz und würde sich mit dem entstellten Gesicht bestimmt nicht hier blicken lassen.

»Wir sollten hineingehen«, schlug Fernando daraufhin vor.

Während sie die erste Grabreihe entlangschritten, überlegte Isabel fieberhaft, wem wohl die anderen beiden Kutschen gehörten.

»Dort vorne links«, wies Pepe sie an.

Es waren nur noch wenige Schritte bis zu einer Zypresse, die ihnen Sichtschutz bot. Isabel lugte hinüber zur gemauerten Grabwand und erstarrte.

»Rafael!«

»Was?« Fernando konnte es ebenso wenig glauben.

»Fourrat?«, hakte Molina nach.

»Rafael Fourrat«, bestätigte Isabel.

»Sieh mal einer an«, sinnierte Molina, der nun auch einen Blick hinüber zum Grab riskierte. Dann sah er sich um und stutzte. »Weiter hinten. Unter der Pinie. Da steht eine ältere Frau. Kennen Sie die auch?«, wollte er wissen.

Isabel folgte seinem Blick. Wenn sie sich nicht täuschte, stand dort Carmen. Für einen Moment überlegte Isabel, dies zu verneinen, doch sie wusste ja nicht, was passieren würde, wenn Carmen sie sah. Würde sie sich weiterhin versteckt halten? Was, wenn sie zu ihnen käme, um ihnen zu kondolieren?

»Soviel ich weiß, kannte sie Cristóbal aus der Kindheit«, sagte Fernando.

Isabel hoffte, dass Molina nicht weiter nachhakte. Dem wäre sie momentan nicht gewachsen.

Er ging noch einen Schritt vor und sah noch einmal genauer hin. »Moment. Das ist doch Carmen Cabrera.« Isabel wunderte es nicht, dass er sie kannte. Wer seit vielen Jahren ein Freudenhaus betrieb, das auch noch den eigenen Namen trug, war gerade bei der Polizei bekannt wie ein bunter Hund. Sicher hatte sie nicht nur einmal dort für Ordnung bei Randalen sorgen müssen.

»Interessant«, sagte er nur – zu Isabels Erleichterung.

Sie krallte sich dennoch an Fernandos Hand fest, weil es in Molina zu arbeiten schien.

»Gehen Sie. Ich warte hier«, wies er sie an.

Am liebsten hätte Isabel auf dem Absatz kehrtgemacht. Was um alles in der Welt hatte Rafael am Grab von Cristóbal zu suchen?

Isabel holte tief Luft und wagte sich dann aus der Deckung. Auch Fernandos Hände waren feucht. Seine Anspannung übertrug sich auf sie. Auf dem Weg zum Grab sah sie erneut hinüber zu Carmen. Sie stand nach wie vor regungslos in der Deckung der Pinie. Wartete sie etwa auf sie? Nahm sie Anteil an ihrer Trauer? Eine andere Erklärung gab es in Isabels Augen nicht.

Rafael wurde auf Isabel und Fernando aufmerksam. Er stand neben dem Priester, einem grau melierten Mann in violettfarbenem Gewand, dem Bestatter, etwa in seinem Alter, und den beiden Sargträgern, jungen kräftigen Burschen.

»Was will der hier?«, fragte Fernando.

Wenn Isabel das nur wüsste. Sie konnte seinen Gesichtsausdruck schwer deuten. War es Anteilnahme? Neugier? Was um alles in der Welt trieb ihn hierher?

»Isabel. Fernando.« Er begrüßte beide, doch seine Aufmerksamkeit lag auf ihr, als sie ihn erreichten. »Mein herzliches Beileid. Ich habe von dem Feuer aus der Zeitung erfahren«, erklärte er sich. Er hatte einen Kranz dabei, auf dem der Name seiner Familie stand.

»Was willst du hier?«, fuhr ihn Fernando aufgebracht an, was ihm verständlicherweise die verwunderten Blicke des Priesters, des Bestatters und der beiden Sargträger einbrachte. »Dich daran laben, dass er nicht mehr lebt? Ist es das?« Fernando redete sich in Rage.

»Ich hatte gehofft, euch zu sehen«, sagte Rafael.

»Du meinst, Isabel zu sehen?«, gab Fernando zurück.

»Auch. Es ist nun einmal anders gekommen, als ich es mir erträumt habe. Aber mir war es wichtig, ihm eine letzte Ehre zu erweisen und meine Hilfe anzubieten, falls Bedarf daran besteht«, sagte Rafael.

Isabel konnte diesen Mann nicht mehr einschätzen. Schickte ihn sein Vater? Meinte er wirklich, was er da sagte? Fernando nahm ihm jedenfalls kein Wort ab.

»Lass uns einfach in Ruhe«, forderte er ihn bebend vor Aufregung auf.

Rafael sah Isabel direkt in die Augen. »Es tut mir leid. Bitte legt den Kranz vor seinem Grab ab«, sagte er, nickte ihnen zum Abschied zu und wandte sich zum Gehen.

Isabel sah ihm in Gedanken nach.

»Vielleicht war er es. Und mit dem Kranz will er sich reinwaschen, oder seinen Vater. Damit kein Verdacht auf ihn fällt«, sagte Fernando so leise, dass nur Isabel es hören konnte.

»Das glaube ich nicht«, sagte Isabel und versuchte, jeden Gedanken an auch nur die Möglichkeit, die Molina in den Raum gestellt hatte, zu verdrängen. Cristóbals Beisetzung war nun wichtiger.

»Señor Puig?«

Isabel konnte dem Priester ansehen, dass ihn die ungute Begegnung mit Rafael irritiert hatte, er aber versuchte, sich angesichts der bevorstehenden letzten Segnung nichts anmerken zu lassen.

Fernando nickte.

War Rafael für den Brandanschlag verantwortlich? Sein Vater? Oder doch Biel Salort? Sie versuchte, diese Gedanken abzustellen. Es gelang noch nicht einmal, als der Priester ihnen kondolierte, die Bibel in die Hand nahm und dann anfing, daraus vorzulesen. Isabel zwang sich dazu, nur noch an Cristóbal zu denken, an die vielen schönen Momente, und ungeachtet der Worte des Geistlichen ein stilles Gebet zu sprechen. Nur für Cristóbal. Ihm zu danken, dass er sie aufgenommen und das Gefühl geschenkt hatte, eine Familie zu sein. Ruhe in Frieden, Cristóbal.

Nur noch einer der jungen Helfer stand am Grab, um die Metallplatte mit der Aufschrift von Cristóbals Namen und seines Todestags an der Grabplatte anzubringen. Der tränenreiche Abschied von Cristóbal lag hinter ihnen. Fernando starrte noch immer schweigend auf das Grab. Er wirkte wie weggetreten, in einer anderen Welt, hinfortgetragen von Erinnerungen an einen Mann, der wie ein Vater für ihn gewesen war. Erst als der Helfer seine Arbeit beendet hatte und ging, fuhr wieder Leben in ihn.

»Warum hast du Rafaels Kranz niedergelegt?«, wollte er wissen.

Isabel zuckte die Schultern. Vermutlich aus Anstand, dachte sie.

»Meinst du, der Kranz kam wirklich von Herzen?«, fragte Fernando.

»Denkbar ist es … Rafael. Ein Buch mit sieben Siegeln«, sagte sie mehr zu sich.

»Wer weiß, vielleicht hat Molina ja recht. Sein Feind, unter der Erde.«

»Fernando. Ich weiß es nicht«, sagte Isabel. Zu weitreichenderen Gedanken kam es nicht, denn Carmen stieß nun doch zu ihnen.

»Isabel. Fernando. Mein aufrichtiges Beileid.« Isabel konnte ihr ansehen, dass es von Herzen kam.

Fernando reichte auch ihr die Hand.

»Ich hoffe, dass Rafael und der Priester mich nicht bemerkt haben. Ich hielt es für besser, nicht in Erscheinung zu treten.«

Isabel nickte.

»Fühlt ihr euch wohl in der Wohnung? Ich konnte in der Kürze der Zeit nichts anderes ausfindig machen«, sagte sie.

»Wir haben alles, was wir brauchen. Ich weiß gar nicht, wie ich Ihnen danken soll«, erwiderte Isabel.

»Lasst uns gehen«, schlug Fernando vor. Isabel und Carmen nickten.

»Was wollte er hier? Rafael«, fragte Letztere, nachdem sie ein paar Schritte gegangen waren.

»Er hat uns seine Hilfe angeboten«, erklärte Fernando kopfschüttelnd.

Carmen ließ das eine Weile auf sich wirken, bevor sie auf Fernando einging. »Er scheint in sich selbst gefangen zu sein. Eine arme Seele und doch ein Lebemann, zumindest nach außen«, sagte Carmen in Gedanken.

»Was wollen Sie damit sagen?«, hakte Isabel nach.

»Ich weiß es nicht. Es ist nur ein Gefühl. Ich glaube, er hat sich von dir versprochen, dass du mit der Heirat seine Seele rettest«, sagte Carmen.

»Seine Seele retten? Sie soll in der Hölle schmoren«, stieß Fernando aus.

Seine Reaktion war Isabels Ansicht nach nur allzu verständlich, und zugleich wusste sie, dass etwas Wahres an dem war, was Carmen eben von sich gegeben hatte.

»Ein Inspektor der Polizei war hier. Er hat Sie gesehen«, gestand Isabel ein.

»Und wenn schon … Wahrscheinlich denkt er sich, dass Cristóbal wie so viele andere bei mir zu Gast war«, erwiderte Carmen.

»Wo ist Molina eigentlich?«, wollte Fernando wissen. Er hielt nach ihm Ausschau, als sie die Zypresse an der Ecke des Weges, der zum Ausgang führte, erreicht hatten.

Isabel suchte ebenfalls den Weg vergeblich nach ihm ab.

»Er wird schon die richtigen Schlüsse ziehen«, merkte Fernando an und ging dann schweigend weiter, bis sie den Ausgang erreicht hatten.

Carmen reichte beiden die Hand zum Abschied. »Die Zeit heilt alle Wunden. Ich kann ein Lied davon singen. Macht das Beste aus eurem Leben. Schaut nach vorn. Wisst ihr überhaupt, was für ein Glück ihr habt? Zwei Menschen, die sich lieben?«, sagte Carmen. »Und ich verkaufe Liebe«, sagte sie dann mehr zu sich. »Eine Illusion für all diejenigen, die nicht lieben können«, fuhr sie mit verbittertem Unterton fort. Dann ging sie zu ihrer Kutsche.

Isabel wusste darauf nichts mehr zu sagen. Sofort hatte sie den einsamen alten Mann vor Augen, der einfach nur etwas Zuneigung und Nähe bei ihr gesucht hatte. Sie verstand, was Carmen meinte.

»Ich bin immer für euch da«, sagte sie, nachdem sie ihre Kutsche erreicht und sich noch einmal nach ihnen umgedreht hatte.

Isabel überlegte sich erneut, warum sie all das für sie tat. Warum war sie hier gewesen? Nur um von Cristóbal Abschied zu nehmen, weil sie ihn aus ihrer Jugend kannte? Wohl kaum. Eine Gelegenheit, um sie zu sehen? Was trieb sie um? Fernando schienen die gleichen Fragen zu beschäftigen.

»Warum nimmt sie Rafael in Schutz?«, fragte er, nachdem Carmen auf den Kutschbock gestiegen war und losfuhr.

»Hat sie das?«

»Ich denke schon.«

»Ich weiß es nicht, Fernando«, erwiderte Isabel. Sie wusste nur, dass sie ihnen wohlgesonnen war, aus welchem Grund auch immer.

Isabels Vermutung, dass sich ihre Stimmungslage nach dem Abschied am Grab ändern würde, hatte sich bewahrheitet. Spätestens nachdem sie wieder zu Hause waren. Der dumpfe Schmerz war noch spürbar, aber er lähmte sie nicht mehr. Fernando erging es wohl genauso. Wenn er ein Stück Holz und ein Schnitzmesser in der Hand hatte, ging es ihm gut. Es war ein Teil seines Lebens. Das Holz stammte aus Cristóbals Scheune, aus der er sich einiges mitgenommen hatte. Der Küchentisch diente dabei als Werkbank, was sicherlich keine Lösung auf Dauer war. Ein neuer Sessel war am Entstehen, für Isabel auch ein Zeichen dafür, dass er wieder nach vorn blickte. Sie war gerade mit dem Abwasch fertig geworden und stellte die Töpfe und Teller in den Schrank neben dem Ofen.

»Du solltest wieder malen«, sagte Fernando, ohne von seiner Schnitzerei abzulassen.

»Brauchst du denn schon so schnell neue Miniaturen? Du hast doch gerade erst mit etwas Neuem angefangen.«

»Nein. Ich meine richtige Gemälde. Und das für den Bankier. Das ist ja verbrannt. Es würde dir guttun«, stellte Fernando fest.

Isabel stellte den letzten Teller in den Schrank und setzte sich dann zu ihm. »Dazu ist mein Kopf noch nicht frei. Ich bin zu unruhig.«

»Dann solltest du erst recht wieder malen. Wir kaufen nachher Leinwand und Farben«, schlug er vor.

»Hast du Molinas Gesicht gesehen, als er nach Carmen gefragt hat?«

»Nein. Ich hatte sie im Blick, nicht ihn.«

»Ich hatte den Eindruck, dass er sich Fragen stellt.«

»Du machst dir zu viele Gedanken.«

»Ich finde es noch viel schlimmer, dass wir Molina nicht die Wahrheit sagen können und wo Salort zu finden ist. Carmen kennt sicher die Adresse dieser Klinik«, sagte Isabel.

Als die Klingel der Wohnungstür ging, zuckte sie zusammen.

»Molina?«, mutmaßte Fernando.

»Wenn man vom Teufel spricht.« Isabel erhob sich, ging zur Tür und drückte auf den Knopf, der die Haustür öffnete. Dann trat sie hinaus ins Treppenhaus. Es war auf alle Fälle ein Mann, der sie besuchen kam. Und einer, der einen feinen Anzug trug. Fernando trat neben sie und wirkte nicht minder überrascht, als der Herr Mitte fünfzig mit grau meliertem Haar die letzten Stufen nahm und ihnen ein einnehmendes Lächeln schenkte.

»Guten Tag. Ich hoffe, ich bin hier richtig. Fernando Puig?«

Fernando nickte.

»Ich bin José Moril vom Notariat Moril & Sánchez«, stellte er sich vor.

Isabel konnte sich keinen Reim darauf machen, was ein Notar von Fernando wollte.

»Kommen Sie doch herein.« Fernando wirkte nicht minder überrascht. Er winkte den Gast in die Küche. »Isabel Mengual Fourrat«, stellte er sie vor.

Auch ihr reichte Moril die Hand. »Es war gar nicht so einfach, Sie ausfindig zu machen. Ich habe von dem Feuer in der Zeitung gelesen und von Cristóbal Morenos Tod. Der Totengräber hatte gottlob Ihre Adresse.«

»Sie wollten mich ausfindig machen?«, wunderte Fernando sich.

»Cristóbal hat ein Testament bei uns hinterlegt. Er hatte keine Kinder und hat Sie als seinen alleinigen Erben eingesetzt.«

Isabel traute ihren Ohren nicht.

Fernando musste sich erst einmal setzen. »Cristóbal«, sagte er nur in Gedanken.

»Das war vor gut sieben Jahren. Er sah in Ihnen wohl einen Sohn, den er nie hatte. Nur schade, dass alles abgebrannt ist, wenn ich das richtig gelesen habe.«

»Bis auf die Scheune«, ergänzte Isabel.

»Und die Plantagen? Wenn ich mich recht erinnere, hat er mir seinerzeit erzählt, dass er alles Mögliche anbaut. Wein, Zitronen, Orangen … Das Tal muss wunderschön sein.«

»Nur das Haus ist bis auf die Grundmauern abgebrannt.« Fernando fand wieder Worte.

»Na, dann lassen Sie den Schutt beseitigen und bauen es wieder auf«, sagte Moril, als wäre es das Selbstverständlichste der Welt. »Sie können es natürlich auch verkaufen. Ich könnte mir vorstellen, dass sich einige Herrschaften darum reißen würden.«

»Allerdings«, erwiderte Fernando.

»Möchten Sie vielleicht etwas trinken? Einen Tee? Ein Glas Wasser?«, bot Isabel an.

Der Notar schüttelte den Kopf, zog eine Visitenkarte aus seiner Westentasche und reichte sie ihm. »Kommen Sie morgen in mein Büro zur Testamentseröffnung. Ich weiß zwar, was da drinsteht, aber rein formell müssten Sie persönlich erscheinen, auch zwecks einer Unterschrift«, erklärte

Moril und erhob sich. »Ich an Ihrer Stelle würde es behalten. Cristóbal hatte, glaube ich, recht. Ich habe beide Artikel in der Republicana über ihn gelesen. Es ist schon erstaunlich. Vor Jahren, als wir uns kennengelernt haben, gab es noch keinen Ärger mit dieser verdammten Reblaus. Dennoch hat er nie komplett auf Moscatel gesetzt. Ich hielt ihn damals für einen Idealisten, einen Nostalgiker, der die Natur, wie sie hier einmal war, erhalten wollte. Und nun? Ich fürchte, einige werden den Preis für die Ausbeutung der Natur, so hatte Cristóbal es genannt, bezahlen. Können Sie morgen kommen, sagen wir gegen zehn? Wäre Ihnen das recht?«

Fernando nickte. »Kann Isabel auch mit dabei sein? Wir sind ein Paar und planen zu heiraten«, erklärte er.

»Wenn das so ist. Natürlich«, erwiderte Moril und reichte erst Isabel, dann Fernando die Hand, der ihn auch zur Tür begleitete.

Fernando konnte es augenscheinlich noch immer nicht fassen. Er lehnte mit dem Rücken an der geschlossenen Tür und schüttelte fassungslos den Kopf.

»Cristóbal«, sagte er nur wieder, als er zurück in die Küche kam und sich auf einen Stuhl fallen ließ.

»Wirst du es verkaufen?«, fragte Isabel, weil sie sich nur allzu gut vorstellen konnte, dass sie andernfalls die gleichen Schwierigkeiten bekämen, die gleichen Repressalien erdulden müssten, die Cristóbal jahrelang über sich hatte ergehen lassen müssen. Sie könnten das Geld für einen Neuanfang gut gebrauchen.

»Verkaufen? Ich würde mir wie ein Verräter vorkommen. Nein. Wir machen weiter. Die Bank gibt uns sicher einen Kredit für den Wiederaufbau des Hauses.« Fernando gab sich kämpferisch.

Sosehr Isabel sich auch bei Cristóbal wohlgefühlt hatte und Fernandos Beweggründe verstand, sagte ihr eine innere

Stimme, dass dies nicht so einfach würde. Gerade weil sie auf das Wohlwollen von Banken angewiesen waren, deren Kundschaft auch diejenigen waren, die ein Auge auf das Grundstück geworfen hatten. Ihre Zweifel behielt Isabel aber für sich, denn Fernandos Augen strahlten, als er sie zu sich zog und sie küsste.

Kapitel 21

Fernandos Euphorie war bereits nach der Testamentseröffnung etwas verblasst, weil der Notar ihm erklärt hatte, dass eine beachtliche Summe an Erbschaftssteuer anfallen würde. Cristóbal hatte aber zum Glück noch Erspartes auf der Bank, womit diese beglichen werden konnte. Der Rest reichte für den Wiederaufbau bei Weitem nicht, aber Fernando war ja ohnehin davon ausgegangen, dass er einen Kredit würde aufnehmen müssen.

Es war ihm nicht zuletzt auf Isabels Anraten hin gar nichts anderes übrig geblieben, als dem Notar gegenüber die Karten auf den Tisch zu legen. Eine gute Entscheidung, denn der Notar kannte Banken, die in solchen Angelegenheiten einspranden. Er hatte täglich mit ihnen zu tun. Auf Empfehlung öffneten sich sowieso mehr Türen, allerdings hatten die sich als sperrig erwiesen. Zwei der Banken, die Moril ihnen ans Herz gelegt hatte, sahen keine Möglichkeit, Fernando einen Kredit zu gewähren, obwohl Fernando mittlerweile auch notariell der Eigentümer von Cristóbals Anwesen war. Er galt als Künstler und auch noch als einer, der nur gelegentlich Puppenhäuser für einen Spielzeugfabrikanten in Gandia herstellte. Eine Kooperation mit dem deutschen Spielwarenhersteller Ferchen, der erst dabei war, vor Ort eine Fabrik zu errichten, galt ebenso als ungewiss.

Lediglich eine der drei Banken, die Banco Comunal Agrícola, hatte sich bereit erklärt, ihm die benötigten Mittel für den Wiederaufbau des Hauses bereitzustellen, jedoch erst wenn Fernando eine Bescheinigung vorlegen konnte, dass er seine Puppenhäuser regelmäßig an den Laden in Gandia verkaufen konnte. Alfonso Cardona hatte ihm eine ausgestellt. Ebenso einzureichen war eine Bestandsaufnahme der Felder auf Cristóbals Hof, die Erträge abwarfen, weil sie die Waren auf dem Markt verkauften.

Jede Menge Papierkram. Zwei Tage Termine und Ausfüllen von Formularen, bis eine Woche später endlich eine Zusage im Briefkasten lag. Fernando hatte den Brief noch im Treppenhaus geöffnet und war Isabel gleich um den Hals gefallen. Allerdings war die Freude nicht von allzu langer Dauer gewesen, denn es hatte noch ein zweites Schreiben darin gelegen, das eher unerfreulicher Natur war. Eine offizielle Vorladung der Polizei. Unterschrieben von Molina.

Isabel hatte letzte Nacht deswegen kaum ein Auge zugemacht, obwohl Fernando ihr versichert hatte, dass es seiner Ansicht nach nur darum gehen konnte, ihm noch ein paar offene Fragen zu beantworten. Vielleicht gab es neue Erkenntnisse in diesem Fall. Schon während des Frühstücks hatten sie darüber spekuliert, welche das sein könnten. War Suárez etwa noch einmal bei Cristóbals Haus gewesen und hatte irgendetwas Neues entdeckt? Ging es um Carmen? Um Rafael? Isabels Gedanken drehten sich auch noch während der Kutschfahrt zum Polizeirevier im Kreis.

»Und wenn sie bei Carmen waren? Die anderen Frauen haben mich doch gesehen.« Noch eine Möglichkeit, die Isabel eben eingefallen war.

»Selbst wenn. Sie kennen dich nur als María, und glaub mir, so wie ich Carmen einschätze, wird sie einen Teufel tun und der Polizei erzählen, dass du in diesem Bordell warst.«

Fernando schaffte es erneut, ihre aufsteigenden Ängste niederzuringen. Sie setzten jedoch sofort wieder ein, als er die Kutsche auf der dem Polizeigebäude gegenüberliegenden Seite anhielt und ihr dann herunterhalf.

»Deine Hände sind ja eiskalt. Isabel. Wahrscheinlich geht es nur um ein Protokoll, das wir unterschreiben müssen.«

Auch das klang plausibel. Isabel war trotzdem flau im Magen, als sie das Gebäude betraten und sich bei einem jungen Polizisten am Empfang vorstellig machten.

»Wir müssen zu Señor Molina«, erklärte Fernando ihm und reichte ihm das Schreiben.

»Die Treppe hoch und dann das zweite Zimmer rechts.«

Isabels Beine fühlten sich bleischwer an. Ein Protokoll, weiter nichts, sagte sie sich. Vielleicht hatte Fernando ja recht und ihre Ängste rührten nur daher, dass sie ihm bisher einiges verschwiegen hatten, was aus Fernandos Sicht allerdings nichts mit dem Fall zu tun haben konnte. Sein Wort in Gottes Ohr.

Fernando klopfte an der Tür. Isabel vernahm Schritte. Zu Isabels Erstaunen bat Suárez sie herein.

»Nach Ihnen«, sagte er.

Molina erhob sich von einem Tisch mit sechs Stühlen. Der Raum war karg. Die Wände weiß. Isabel begann zu frösteln.

»Ich danke Ihnen, dass Sie kommen konnten. Das spricht auf alle Fälle schon einmal für Sie. Nehmen Sie doch Platz.«

»Wie meinen Sie das?«, hakte Isabel beunruhigt nach.

Molina setzte sich erst, nachdem Isabel, Fernando und Suárez am Tisch Platz genommen hatten. »Ich hatte Anweisung, Sie verhaften zu lassen. Beide.«

»Was?«, rief Fernando fassungslos aus.

Isabels flaues Gefühl im Magen verstärkte sich zu einem Krampf.

»Anweisung von ganz oben«, sagte Molina nur.

»Was um Himmels willen wirft man uns denn vor?«, wollte Fernando wissen.

Molina holte tief Luft und sah kurz zu Suárez. »Sie dürfen mir glauben, dass ich nur meine Pflicht tue. Ich persönlich halte nichts von den Vorwürfen, doch gewissen Umständen muss ich nachgehen.«

»Welchen Umständen denn?«, fragte Isabel der Verzweiflung nah.

»Sie haben den Grund und Boden von Cristóbal geerbt«, sagte Molina an Fernando gerichtet.

»Ja. Ist das denn ein Verbrechen?«

»Nein, aber in den Augen meines Vorgesetzten ein mögliches Tatmotiv.«

»Das ist doch völlig absurd«, machte Fernando deutlich.

»Nicht so ganz, denn offen gestanden gibt es einige Ungereimtheiten, die nicht in das Gesamtbild passen.«

»Suárez.« Molina erteilte ihm das Wort.

»Wir haben mit dem Notar gesprochen. Er hat Ihnen Banken empfohlen. Und dort haben Sie angegeben, dass Sie künftig mit der Herstellung von Puppenhäusern Ihren Lebensunterhalt verdienen wollen. Das erfordert Kapital.«

»Punkt eins. Ich hätte auch erwartet, dass jemand, der den Hof erbt, ihn auch weiter bewirtschaften wird«, sagte Molina.

»Das werden wir auch, doch Cristóbal hat das meiste für den Eigenbedarf und die Unterstützung des Waisenhauses verbraucht. Außerdem musste ich doch irgendetwas vorweisen, um den Kredit zu bekommen«, entrüstete Fernando sich.

»Warum war es Ihnen so wichtig, den Artikel über Morenos Hof anzuregen?«, wollte Suárez dann wissen.

»Weil der zuvor veröffentlichte ihn verleumdet hat«, rechtfertigte Fernando sich.

»Vielleicht auch, um ein Motiv zu konstruieren?«, fragte Suárez.

»Was unterstellen Sie uns da?« Isabel zitterte vor Aufregung.

»Es sind nur Überlegungen. Reine Überlegungen«, sagte Molina, der sie mit Argusaugen musterte.

»Haben Sie den Notar auch gefragt, ob ich von der Erbschaft wusste?«, entgegnete Fernando.

Molina warf Suárez einen fragenden Blick zu. Er schüttelte den Kopf.

»Dann tun Sie das. Ich wusste nichts davon. Wie kann ich dann den Mann, den ich über alles geliebt habe, der wie ein Vater für mich war, umbringen?« Fernandos Stimme überschlug sich.

Dass Suárez nickte und mit den Schultern zuckte, wertete Isabel als gutes Zeichen. Für Molina schien diese Angelegenheit aber noch nicht ganz vom Tisch zu sein. Er fixierte nun Isabel.

»Es gibt noch ein zweites Problem«, sagte Molina und wandte sich dabei Isabel zu. »Sehen Sie, Sie kennen doch den Spruch: Wer einmal lügt … Nun, in Ihrem Fall ist es wohl keine Lüge, aber doch ein Verschweigen der Wahrheit, Señorita Mengual.«

Isabel suchte Fernandos Blick. Er war mittlerweile kreidebleich.

»Ich war bei den Fourrats, weil mir nicht eingeleuchtet hat, warum Rafael Fourrat bei der Beerdigung eines Mannes war, dessen Grund seine Familie vergeblich versucht hat zu kaufen. Dabei kam Erstaunliches zutage«, deutete Molina an.

Isabel stand kalter Schweiß auf der Stirn. Ihre schlimmsten Befürchtungen wollten gerade wahr werden.

»Sie sollten Salvadors Sohn ehelichen. Ist es nicht so?«

Isabel bekam keinen Ton mehr heraus. Sie nickte mit gesenktem Haupt.

»Sie galten als vermisst. Über Bord gegangen«, fuhr er fort.

Isabel bestätigte auch das.

»Und was hat das alles mit Cristóbals Tod zu tun?«, grätschte Fernando dazwischen.

»Es geht um ein Gesamtbild, das ich mir machen soll«, erklärte Molina.

»Mir blieb keine andere Wahl«, erklärte sie.

»Keine andere Wahl? Sie hätten doch an jedem Hafen der Welt von Bord gehen können.«

Suárez und Molina fixierten sie. Isabel überlegte, ob sie ihnen nun von Ferrel erzählen sollte, doch sie kam zu dem Schluss, dass sie dies nur noch mehr belasten würde.

»Ich hatte Panik und wollte, dass mein Vater glaubt, ich sei tot.« Isabel hoffte, dass dies glaubwürdig in Molinas Ohren klang.

»War Carmen tatsächlich Ihr Kindermädchen, wie die Fourrats behaupten? Haben Sie sie wirklich nur deshalb aufgesucht? Und wieso haben Sie dann in Carmens Bordell gearbeitet? Als María, nicht wahr? Und auf dem Friedhof haben Sie mir verschwiegen, dass Sie Carmen kennen.«

»Man hat mich dazu gezwungen und Carmen verdanke ich es, dass ich dort herauskam.«

»Bis Sie, Señor Puig, dem Ehemann die Braut entführt haben.«

»Behauptet das Rafael?«, fragte Fernando.

»Nein. Wir haben bisher nur mit seinem Vater gesprochen. Stimmt das etwa nicht?«

»Auf meinen Wunsch hin«, erklärte Isabel.

Molina nickte nachdenklich.

Isabel hoffte inständig, dass nun nicht auch noch das Thema Ferrel auf den Tisch kam.

Molina schien sich mit all dem aber noch nicht zufriedenzugeben. Etwas schwirrte durch seinen Kopf und so, wie er sie ansah, konnte es nichts Erfreuliches sein.

»Es gibt da noch etwas, von dem ich vermute, dass Sie es uns verschweigen, Señorita Mengual«, sagte Molina.

Noch hätte sie die Möglichkeit, ihm auch von Ferrel zu erzählen, ein Geständnis abzulegen.

»Ich glaube, Sie hatten noch einen anderen Grund, um Ihren Tod zu inszenieren. Ist es nicht so?«

Es hatte keinen Sinn mehr. Isabel tauschte einen Blick mit Fernando. Er nickte schweren Herzens.

»James Ferrel hat mich begleitet. Im Auftrag meines Vaters. Ich habe versucht, in San Sebastian das Schiff zu verlassen. Er hat es verhindert. Wie eine Gefangene bin ich mir vorgekommen. Was hätte ich denn sonst tun sollen, als in Málaga auf diese Weise von Bord zu gehen?«

»Sonst haben Sie mir nichts zu sagen, Señorita Mengual?«

»Man hat Ferrel tot aufgefunden.« Nun war es aus Suárez' Mund endlich raus.

»Er hat mich bedrängt. Schon an Bord. Ich bin mit der Bahn von Málaga aus hierhergefahren, in der Hoffnung, Fernando ausfindig zu machen. Ferrel hat mich am Bahnhof in Dénia abgefangen und schlug dann vor, dass ich mit ihm ein neues Leben anfangen könnte, dass er mit mir irgendwohin fahren würde, wo uns Rafael nicht findet.«

»Das wollten Sie nicht«, sagte Molina.

»Er fiel über mich her wie ein Tier. Es war Notwehr. Es war doch nur Notwehr.« Isabel konnte die Tränen nicht mehr zurückhalten.

Fernando nahm sie in den Arm.

»Warum haben Sie uns das nicht schon alles früher gesagt? Sie hätten sofort zur Polizei gehen müssen«, rügte Molina sie.

»Sie hatte Angst. Ist das so schwer zu verstehen?«, fuhr Fernando ihn an.

Isabel wischte sich die Tränen aus den Augen.

»Es tut mir wirklich sehr leid, Señorita Mengual. Wir müssen Sie hierbehalten.«

»Was? Aber es war doch Notwehr.« Fernando war fassungslos.

»Das werden die weiteren Untersuchungen ergeben.«

»Gibt es irgendwelche Zeugen, die belegen können, dass er Sie bedrängt hat?«

Isabel schüttelte erst den Kopf, doch dann fiel ihr ein, dass es doch einen Zeugen geben könnte.

»Eine Passagierin an Bord. Margarete Collins. Sie ist eine Irin. Ich habe ihre Adresse. Margarete hat mich erst auf die Idee gebracht, den Selbstmord zu inszenieren. Sie aß mit uns zu Tisch.«

Molina wirkte erleichtert. »Haben Sie die Adresse im Kopf?«

»Nein, aber der Zettel mit ihrer Anschrift ist in unserer Wohnung.« Isabel dankte dem Herrn, dass sie ihn in einem Seitenfach ihrer Geldtasche aufbewahrt hatte, andernfalls wäre er ebenfalls den Flammen zum Opfer gefallen.

»Gut. Señor Puig wird sie uns sicher bringen«, sagte Molina.

»Aber Isabel kann sie doch auch …«

»Das geht nicht. Sie muss hierbleiben.« Molina tat es sichtlich leid. »Wir tun unser Möglichstes, um diesen Fall zu klären«, versprach er ihr.

Suárez erhob sich und ging zu Isabel. »Bitte kommen Sie mit.«

Isabel löste sich von Fernando und stand auf.

»Hol bitte die Adresse. Sie ist in der obersten Schublade der Kommode«, bat sie Fernando.

Fernando nahm sie noch einmal fest in den Arm. »Ich hol dich hier raus. Ich verspreche es dir.«

Isabel konnte spüren, dass er am ganzen Körper zitterte, und doch tat die Umarmung gut. Hoffentlich war es nicht die letzte, dachte sie sich, als sie Suárez hinausbegleitete.

Isabel glaubte sich in einem Albtraum, eingesperrt in einer Gefängniszelle, die nur aus einer einfachen Pritsche, einem Spind, einem Holztisch mit Stuhl und einer Hocktoilette neben dem Waschbecken bestand. Durch das kleine vergitterte Fenster nahe der Decke fiel kaum Licht. Da half es auch nichts, dass man sie gut behandelte, seitdem Suárez sie im Kellertrakt des Polizeigebäudes zwei uniformierten Wärtern übergeben hatte. Bis die Ermittlungen abgeschlossen seien, könne sie hierbleiben und ihr würde das städtische Gefängnis, in dem es Suárez' Worten nach anders aussehe als hier, erspart bleiben. Einzelzellen, die noch dazu sauber seien, gebe es dort nicht. Auch die Mahlzeiten seien nicht zu vergleichen. Was für ein schwacher Trost. Suárez hatte ihr allerdings auch zu verstehen gegeben, dass hier Besucher nur in Ausnahmefällen erlaubt seien.

Isabel hatte damit gerechnet, dass Fernando sie aufsuchen würde, allein schon, um ihr Bescheid zu geben, ob er Margaretes Adresse in der Kommode gefunden hatte. Nichts dergleichen war geschehen. Die letzten Stunden hatte sie die meiste Zeit auf der Pritsche gelegen und gegen die Decke gestarrt. Ein furchtbarer Zustand, seinen eigenen Ängsten und Sorgen ausgeliefert zu sein, sich an all die schrecklichen Dinge zu erinnern, die ihr widerfahren waren, auch an das kurze Glück. Die Hoffnung auf eine schöne Zukunft verlor sich im Grau in Grau der Zellenwände. Es fühlte sich so an, als hätte es nie einen Grund zu dieser Hoffnung gegeben. Eine Illusion, denn der Ballast der Vergangenheit hatte sie in diesem grauen Meer versenkt.

Wer hier stundenlang allein saß, verlor zwangsläufig das Zeitgefühl. Sie wusste nicht einmal, ob in den anderen fünf Zellen dieses Trakts überhaupt jemand war. Sie hörte weder Schritte noch Stimmen. Zuletzt die von einem der beiden jungen Wärter, der ihr das Essen gebracht hatte, als es noch hell gewesen war. Bohnen mit Gepökeltem und Gemüse. Isabel hatte nicht einmal die Hälfte heruntergebracht, obwohl es schmackhaft war.

Das Licht in der Zelle brannte nach Einbruch der Dunkelheit nur knapp eine Stunde. Noch immer keine Nachricht von Fernando. Wie konnte das sein? Hätte Molina ihr nicht wenigstens Bescheid geben können, dass er nun Margaretes Adresse hatte und sie anschreiben würde? Auf Stunden allein in der Dunkelheit einer Zelle. Hilflos den Stimmen ihres Inneren ausgeliefert, die immer verzweifelter wurden. Hatte sie es etwa verdient, all ihres Glücks beraubt zu werden? Isabel ging sogar so weit, sich dafür zu verurteilen, das Eheversprechen ihres Vater gebrochen zu haben. Aus Undank für ein angenehmes Leben, das er ihr zweifelsohne bis zu ihrem einundzwanzigsten Geburtstag ermöglicht hatte. Wie ein verzogenes Gör, das trotzig seinen Willen durchsetzen wollte. Ferrel wäre dann noch am Leben.

Wer würde ihr schon glauben? Einer Frau, die sich einer Eheschließung mit dem Sohn einer der angesehensten Familien mit aller Gewalt widersetzt hatte. Und Rafael? Wäre ein Leben an seiner Seite nicht besser gewesen, als Jahre, wenn nicht gar bis sie starb, hinter Gefängnismauern dahinzusiechen? Präsentierte das Leben ihr nun die Quittung für ihre Verfehlungen? Der Preis für die Liebe, doch war es das nicht wert? Isabel nahm all diese aufwühlenden Gedanken mit in einen unruhigen Schlaf und wachte zweimal schweißgebadet im Dunkeln auf. Ferrel war ihr im Traum begegnet. An seinem Kopf klaffte eine Wunde, doch er hatte dennoch versucht, sie zu küssen, und wollte nicht aufhören. Von Biels entstelltem Gesicht hatte sie geträumt, dass ein Arzt in weißem Kittel es mit Moos ausstopfte und dann zusammennähte.

Es wurde bereits hell, als Isabel von draußen aus dem Gang Schritte vernahm. Wenn es doch nur Fernando wäre oder wenigstens Moril. Auf dem Brief an Margarete ruhte ihre ganze Hoffnung. Isabel setzte sich auf und starrte wie gebannt auf die Tür ihrer Zelle. Zu ihrer großen Überraschung führte einer der jungen uniformierten Wärter Carmen herein. Isabel brauchte sie nur anzusehen, um zu wissen, dass irgendetwas nicht in Ordnung war. In ihren Augen lag ein trauriger Schimmer, der Isabel beunruhigte.

»Isabel ... Ich ...« Carmen fuhr erst fort, als der Wärter die Tür wieder geschlossen hatte. »Ich habe keine guten Nachrichten.«

»Was ist passiert? Wieso lassen sie Sie rein und Fernando nicht?«

Carmen sah sie nur an und holte tief Luft. »Fernando ... Er ist weg.«

»Weg? Was meinen Sie damit? Weg?« Isabels Puls schnellte in die Höhe.

Carmen suchte Halt am Bettgestänge. »Molina war noch einmal bei mir. Er hat mir von deiner Verhaftung berichtet und wollte alles über die Umstände wissen, als du bei uns warst. Auch was du mir erzählt hast, weshalb du zu mir kamst. So viele Fragen, auf die ich keine Antwort wusste. Ob du den Namen Ferrel erwähnt hast. Ich war durcheinander, in Sorge und wollte Fernando Bescheid geben, dass Molina bei mir war ... Aber die Tür zu eurer Wohnung. Sie war nicht verschlossen und drinnen ...« Carmen fiel es schwer weiterzusprechen.

Isabels Herz begann zu rasen. Sie musste sich auf das Bett setzen, weil sie spürte, wie ihre Beine nachgaben.

»Ein Stuhl lag auf dem Boden. Ich bin ins Schlafzimmer gegangen. Die Bettwäsche hing halb aus dem Bett. Der Schrank stand offen. Das Bettleinen war zerwühlt.«

Isabel schlug die Hände vors Gesicht. Ihr war klar, dass Fernando nicht freiwillig die Wohnung verlassen haben konnte.

»Ich bin sofort zur Polizei gegangen, um Molina zu sprechen. Er hat mich zurück zu eurer Wohnung begleitet. Molina glaubt, dass Fernando etwas zugestoßen ist, jemand in die Wohnung eingebrochen ist. Sein jüngerer Kollege hat alles durchsucht und Reste von Watte auf dem Boden gefunden. Er meint, jemand hätte ihn im Schlaf überrascht. Mit Chloroform betäubt. Es tut mir so leid, Isabel.« Carmen setzte sich zu ihr und legte ihren Arm um sie.

Isabel spürte aufsteigenden Schwindel und krümmte sich vor Schmerzen in ihrem Magen. Wie ein Messerstich. Dann lösten sich bei ihr die Tränen. Sie war unfähig, sich auch nur aufzurichten.

»Wir haben sogar auf dem Hof nach ihm gesucht. In Cristóbals Scheune, auf dem ganzen Grundstück.« Carmens Stimme drohte zu versagen. »Doch da war er nicht.«

Isabel war nicht mehr in der Lage, auch nur noch einen klaren Gedanken zu fassen. Die Angst, dass Fernando etwas Schlimmes zugestoßen war, schnürte ihr die Luft zum Atmen ab.

»Isabel. Sieh mich an«, forderte Carmen sie auf.

Sie konnte es nicht. Zu jeder Bewegung unfähig, versunken in Angst und Schmerz.

Carmen richtete sie auf. »Sieh mich an. Wenn es Biel war. Ich schwöre dir. Ich bringe ihn um«, sagte sie voller Hass und Zorn.

»Ist er wieder da?«, wisperte Isabel.

»Ich habe ihn nicht gesehen, auch keine der Frauen, die ich gefragt habe.«

In dem Moment ging die Tür auf. Isabel vermutete, dass Carmens Besuchszeit nun um war, doch zu ihrer Überraschung ließ der Wärter jetzt Molina herein.

»Er wollte, dass ich es dir sage«, erklärte Carmen.

Molina musterte beide, sichtlich ergriffen. Er setzte sich auf den Stuhl am Tisch. »Señorita Mengual. Ich vermute, dass Sie im Bilde sind.«

Isabel nickte tapfer.

»Wir suchen die ganze Stadt nach ihm ab, doch ich fürchte … Jemand muss ihn betäubt und dann weggebracht haben. Wir haben die Nachbarschaft befragt. Keiner hat etwas gesehen oder gehört. Es muss mitten in der Nacht passiert sein. Nur einer der Nachbarn hat eine Kutsche gehört und einen dumpfen Schlag und Gepolter. Er lag schon im Bett und wollte nicht mehr aufstehen. Er hat auch nicht aus dem Fenster gesehen.«

Jedes Wort ein weiterer Stich. Der Schmerz war dennoch ernüchternd. Isabel wischte sich die Augen trocken und richtete sich in Carmens Armen auf.

»Er hat mir gleich nach unserem Gespräch die Adresse von Margarete Collins vorbeigebracht. Suárez hat bereits ein Anschreiben verfasst und ihr Fragen gestellt. Das könnte Sie entlasten«, erklärte er.

Isabel nickte stumm. Was aus ihr wurde, erschien ihr im Moment zweitrangig, zu groß war die Angst, dass Fernando am Ende nicht mehr lebte.

»Wir vermuten, dass der Brandstifter und derjenige, der Señor Puig gestern Nacht überfallen hat, ein und dieselbe Person sind. Jemand, der mitbekommen hat, dass er alles erbt, und Interesse daran hat, dass der Grund und Boden an die Gemeinde fällt. Suárez ist unterwegs. Er befragt alle mit genügend Kapital im Rücken. Das wird aber einige Tage dauern«, erklärte er.

»Vielleicht war es jemand anderes.« Isabel fasste sich ein Herz und beschloss, ihn auch über Salorts entstelltes Gesicht in Kenntnis zu setzen und wie es dazu gekommen war.

»An wen denken Sie?«, hakte Molina überrascht nach.

»Sehen Sie nicht, wie durcheinander Isabel ist? Wer soll denn sonst dafür infrage kommen?«, sagte Carmen, die ihr einen vielsagenden Blick zuwarf, den Isabel verstand.

Sie sollte besser nichts darauf antworten. Carmen hatte anscheinend tatsächlich vor, Salort selbst zur Rechenschaft zu ziehen.

»Das Leben sorgt für Gerechtigkeit. Das ist meine Erfahrung. Egal, ob Sie ihn finden oder nicht«, sagte Carmen, was Isabels Vermutung bestätigte.

»Suárez war noch auf der Bank. Wir wollten sichergehen, dass Señor Puig nicht doch aus eigenen Stücken die Wohnung verlassen hat. Er hätte in diesem Fall eventuell das Guthaben abgehoben, oder einen Teil davon. Das war nicht der Fall«, führte er noch aus.

»Das hätte er doch niemals getan«, sagte Isabel.

Molina nickte nachdenklich. »Es tut mir so leid, Señorita. Seien Sie versichert, dass ich alles in meiner Macht Stehende tun werde, um zu verhindern, dass man Sie verurteilt.«

»Verurteilt? Wofür? Dass ich nicht zugelassen habe, dass ein Mann wie ein wildes Tier über mich herfällt? Ich hatte doch keine andere Wahl.«

»Das glaube ich Ihnen, doch die Staatsanwaltschaft muss der Sache nachgehen.«

»Die Staatsanwaltschaft. Sie müsste einigen Dingen nachgehen, die hier in dieser verruchten Stadt vor sich gehen«, sagte Carmen und gab einen abfälligen Laut von sich. »Wer ist es? Der Staatsanwalt«, fragte Carmen dann noch nach.

»Tomás Méndez. Ich nehme nicht an, dass Sie ihn kennen.« Es klang für Isabel aber eher nach einer Frage.

»Nein. Woher sollte ich auch einen Staatsanwalt kennen?«, sagte Carmen.

Isabel vermutete das Gegenteil, als sie ihr einen bedeutungsvollen Blick zuwarf.

»Nun. Ich fürchte, im Moment kann ich nicht mehr für Sie tun«, sagte Molina und erhob sich. »Sie sollten jetzt auch besser gehen. Es ist nicht üblich ...«

»Ich weiß«, sagte Carmen.

»Mach dir keine Sorgen, Isabel. Glaube fest an die Gerechtigkeit. Dir wird nichts geschehen«, versicherte sie ihr. Sie drückte sie noch einmal fest, bevor der Wärter die Tür erneut öffnete.

»Señora Cabrera«, forderte sie der Wärter auf, weil Carmen sie immer noch im Arm hielt.

»Versuch zu schlafen«, riet sie Isabel, stand auf und folgte Molina nach draußen.

Wieder allein in dieser Zelle. Ohne Hoffnung und mit blutendem Herzen. Isabel befiel erneut ein Gefühl der Gleichgültigkeit, was mit ihr geschehen würde, weil in ihr die Gewissheit erwuchs, dass Fernando nicht mehr am Leben war.

Grau in Grau. Nachts mehrfach wach. Klatschnass geschwitzt. Ein rasender Puls, der kaum noch zu bändigen war. Tiefe Atemzüge, um sich zu beruhigen, dafür zu sorgen, dass ihr Herz wieder normal schlug. Aus purer Erschöpfung aufs Neue in den Schlaf gesunken, nur um nach dem Aufwachen dieselben grauen Wände vor sich zu haben. Trostlos. Es gab keinen Trost mehr in ihrem Leben. Fernando war tot. Ermordet, genau wie Cristóbal. Alles zerstört. Wozu noch weiterleben? Einen Mord an Ferrel zugeben. Der Galgen würde auf sie warten. Ein kurzer Schmerz, um den großen Schmerz nicht mehr zu ertragen. Isabel schreckte erneut auf, als sie Geräusche an der Tür vernahm.

Es war der Wärter, der ihr Tee und mit Butter bestrichenes Brot brachte. Er stellte es ihr auf den Tisch. »Guten Morgen, Señorita.«

Es war sicher gut gemeint, doch einfach nichts war gut an diesem Morgen. Isabel starrte auf die Tasse und das Essen. Wozu überhaupt noch etwas zu sich nehmen? Isabel wollte sich nicht einmal mehr bewegen. Nur noch daliegen und versuchen, einen Teil der Träume mit in den Tag zu nehmen. Träume von ihm. Dem ersten Kuss. Isabel glaubte, Fernando noch riechen zu können, doch eine erneute Welle des Schmerzes, die ihren Körper flutete, ließ diese Gedanken verschwinden. Sie nahm sich vor, wieder einzuschlafen, sich erneut in die Träume zu retten, wie sie es früher in London immer getan hatte. Nur waren es diesmal keine Träume von der Heimat, sondern von ihm.

Vergeblich, denn keine zehn Minuten später ging die Tür erneut auf. Isabel raffte sich dazu auf, sich zu erheben. Vielleicht war es Molina oder Carmen. Am Ende gab es Neuigkeiten, doch ihre Hoffnung wurde jäh enttäuscht, als Rafael den Raum betrat. Sie sah ihn aus leblosen Augen an. Ungewaschen, ungekämmt, von zwei Tagen voller Gram, Kummer und diesem alles zersetzenden inneren Schmerz gezeichnet.

»Isabel.«

Seine Miene verriet Mitleid. Das war das Letzte, was sie momentan gebrauchen konnte, doch es war ihr gleichgültig geworden, was er dachte oder sagen würde.

»Darf ich mich setzen?«, fragte er den Schein eines höflichen Besuchs wahrend.

»Was willst du hier?«

»Ich bin hier, um dir zu helfen.«

»Mir helfen?« Sie glaubte ihm kein Wort.

»Molina und sein Kollege haben uns aufgesucht.«

Isabel sah ihn nur fragend an.

»Er wollte wissen, wo wir vorgestern Nacht waren. Fernando. Glaub mir. Es tut mir leid.«

»Dir tut es leid?« Isabels Kraft reichte noch, um Hohn in ihre Stimme zu legen. »Was tut dir denn leid?«

Rafael ließ ihre Frage unbeantwortet. »Ich möchte dich hier rausholen. Deshalb bin ich hier.«

Isabel lachte auf, nur um dann in Tränen auszubrechen. Sollte er ihre Verzweiflung ruhig sehen. Was spielte es jetzt noch für eine Rolle?

»Dir wird vorgeworfen, Ferrel arglistig getötet zu haben.«

»Ferrel.« Noch mehr Hohn lag in ihrer Stimme.

»Die Polizei hat herausgefunden, dass er ein Zimmer in einer privaten Pension gebucht hat. Der Wirt hat eine Geldtasche mit Bargeld gefunden. War es deine?«

Seine Frage riss Isabel aus der lähmenden Lethargie. Sie nickte.

»Ich habe mit einem der besten Anwälte gesprochen. Señor Álvarez. Er hat Erfahrung in Strafsachen. Vater kennt ihn seit Jahren. Der Fund des Geldes könnte für dich sprechen. Er meint, dass du dich doch des Geldes bemächtigt hättest, wenn du aus Arglist …«

»Es war Notwehr«, sagte sie.

»Wir müssen es beweisen. Es wird sicher gelingen. Vater glaubt, dass alles gut wird.«

»Und was glaubst du?«, fragte sie.

Rafael nickte voller Zuversicht.

»Und wie willst du das anstellen? Mich rausholen?«

»Vater hat einen Antrag auf Kaution gestellt, der bewilligt wurde.«

Isabel konnte kaum glauben, was sie da eben gehört hatte.

»Dein Vater?«

»Auf mein Geheiß hin. Seine Stimme hat mehr Gewicht«, erklärte er. »Allerdings ist daran eine Bedingung geknüpft«, fuhr er fort.

»Eine Bedingung?« Isabel spürte, dass sie dabei war, erneut in jene Gleichgültigkeit abzusacken, die von ihr in den letzten Stunden Besitz ergriffen hatte.

»Du musst die Zeit bis zu deinem Prozess bei uns verbringen.«

Isabel sah ihn nur an. Was für ein perfides Spiel, doch blieb ihr eine andere Wahl?

»Isabel. Fernando ist vermutlich nicht mehr am Leben. Alles, was ich von Molina weiß, deutet darauf hin. Er glaubt, dass derjenige auch für den heimtückischen Mord an Cristóbal verantwortlich war. Vater ist sich sicher, dass Álvarez es schafft, dich vor dem Galgen zu bewahren, aber was ist danach, Isabel? Willst du wieder auf den Feldern arbeiten?«

Isabel ahnte, worauf er hinauswollte, und beantwortete sich die Frage mit einem klaren Ja. Alles war besser als das, was sie vermutete. Und genau so kam es.

»Isabel. Ich weiß, dass du mich nicht liebst. Du kannst mich gar nicht lieben, weil dein Herz ihm gehörte, aber er ist tot.«

Isabels Augen wurden erneut feucht, sosehr sie sich auch bemüht hatte, nun stark zu bleiben.

»Ich werde dir alle Zeit geben, die du brauchst. Und wenn Monate oder Jahre ins Land ziehen.«

Isabel sah ihm an, dass er es sich fest vorgenommen hatte. »Bei euch bleiben?«, fragte sie. Das Unvorstellbare gegen den Galgen tauschen? Ein innerer Kampf entbrannte. Die Gleichgültigkeit gegen den nackten Wunsch zu überleben.

»Wir werden dich nicht behelligen, aber Vater, er will ...« Rafael zögerte, weiterzusprechen.

»Was will dein Vater?«

»Er möchte, dass du das Heiratsversprechen einlöst«, sagte er dann.

»Dich heiraten?« Isabel sah ihn fassungslos an.

»Es ist doch nur ein Stück Papier.« In seiner Stimme lag Flehen und Hoffnung.

»Warum will er das? Es geht ihm doch nur um das Geld, oder nicht? Die Mitgift. Anas in die Ehe eingebrachtes Vermögen. Das Geschäft. Und dir doch auch.«

»Mir war und ist es noch immer gleichgültig. Wir haben doch genug«, versicherte Rafael ihr.

»Gibst du es wenigstens zu? Die Beweggründe deines Vaters? Es waren anfangs doch bestimmt auch mal deine.«

Rafael nickte beschämt.

»Und dennoch beugst du dich seinem Willen, diese Heirat zu erzwingen.«

Rafael saß regungslos mit leerem Blick vor ihr.

»Was bist du nur für ein armseliger Mann.«

Rafael ließ diese offenen Worte wie ein geprügelter Hund über sich ergehen.

»Vielleicht hast du recht. Armselig. Aber du könntest meine Seele bereichern. Das wäre für mich das größte Glück«, sagte er dann.

Isabel überraschte, dass sie ihm seinen Wunsch abnahm. Das größte Glück. Für ihn. Doch was war mit ihrem Glück geschehen? Gestohlen, zerschmettert, weil sie sich all dem, was sein und ihr Vater sich für sie wünschten, widersetzt hatte. Eine Heirat, nur um seine Seele zu bereichern? Um ihm ein bisschen Glück zu schenken, ihn in der Hoffnung wiegen, dass sie ihn eines Tages zumindest wertschätzen könnte? Isabel hegte starke Zweifel daran, doch auf einmal blühte in ihr der Wille zu leben auf, und wenn es nur dem Zweck diente, eines Tages herauszufinden, wer hinter Fernandos und Cristóbals Tod steckte.

»Ich bin einverstanden«, sagte sie mit gefestigter Stimme.

Dass Rafael aufatmete und sich ein glückseliges Lächeln auf seinen Lippen abzeichnete, nahm sie zur Kenntnis. Mehr auch nicht.

Kapitel 22

Isabel kam sich auf der Fahrt zum Anwesen der Fourrats so vor, als würde sie ein Gefängnis gegen das andere eintauschen. Erträglich machte diesen Gedanken die Lethargie, ihr innerliches Abstumpfen, das mittlerweile in Apathie umgeschlagen war. Ein Zustand, der sowohl Schmerz als auch Kummer von einem nahm, allerdings auch die Lebenslust, jegliche Empfindung oder gar Hoffnung.

Dementsprechend wortkarg war die Fahrt gewesen, obwohl Rafael versucht hatte, sie aus diesem seelischen Schlummer zu reißen – mit Beteuerungen, dass er sich um ihr Wohlergehen sorgen werde, dem Versprechen, dass sie sich an das Leben an seiner Seite gewöhnen werde. Isabel war so tief in sich versunken, dass sie das meiste gar nicht aufnahm und auf Fragen erst antwortete, nachdem er sie zweimal gestellt hatte. Ob sie wieder das grüne Zimmer beziehen wolle, interessierte sie so wenig wie der in Aussicht gestellte Einkauf in der Stadt, um ihr eine Freude zu machen. Ausflüge, bevorstehende Opernereignisse, Theaterstücke. Das war für die Lebenden gedacht, nicht für jemanden, der dem Leben nichts mehr abgewinnen konnte. Nur der Schmerz in Gedanken an Fernandos Tod riss sie aus der Apathie, die Ankunft am Anwesen der Fourrats aus der Starre.

Die Kutsche hielt direkt vor dem Eingang. Er stieg als Erstes aus und reichte ihr die Hand. Isabel kam sich vor wie eine Marionette, die tat, was man von ihr erwartete. Sie ließ sich beim Aussteigen helfen, doch Rafaels aufmunterndes Lächeln, das sicher von Herzen kam, prallte an ihr ab. Lediglich Alba, die man anscheinend über ihre Ankunft in Kenntnis gesetzt hatte, weil sie nach draußen trat, hauchte ihrer Seele etwas Leben ein. Sie freute sich aufrichtig über ihre Ankunft. Isabel nahm sich vor, ihren Kummer nicht an ihr auszulassen.

»Möchtest du, dass Alba dich auf dein Zimmer begleitet?«, fragte Rafael, dem ihre Reaktion, die für einen Moment aufgehellte Miene, sicher nicht entgangen war.

Isabel nickte und ging zu ihr, ohne sich nach Rafael umzudrehen.

»Um sieben essen wir zu Abend«, rief er ihr hinterher.

»Señorita Isabel. Wie schön, dass Sie wieder bei uns sind. Nach der langen Reise sind Sie sicherlich erschöpft.« Alba schaute zur Kutsche. »Aber Sie haben ja gar kein Gepäck dabei.«

Weder Rafael noch Salvador hatten ihr die Wahrheit über ihr plötzliches Verschwinden erzählt, so viel stand jetzt fest. Isabel gedachte, es bei dem zu belassen.

»Es war sehr anstrengend«, sagte Isabel nur.

»Ich habe Ihr Zimmer hergerichtet. Und heute Abend gibt es eine stärkende Hühnersuppe.«

Alba öffnete ihr die Tür. Isabel ging gleich hinein, weil sie Rafaels Stimme vernahm, der dem Kutscher die Anweisung gab, das Pferd in den Stall zu führen. Dann hörte sie seine sich nähernden Schritte im Kies.

Isabel ging ohne Umschweife in Albas Begleitung gleich nach oben. Wo das grüne Zimmer lag, ihr neues Gefängnis, doch zugleich Zufluchtsort, wusste sie ja.

»Ich habe mir schon Sorgen um Sie gemacht. Die Herrschaften haben mir ja nur gesagt, dass Sie nach England gereist seien. Und wenn man dann nichts mehr hört ... Umso mehr freue ich mich, dass Sie wieder hier sind. Sie müssen doch schon sehr aufgeregt sein wegen der Hochzeit«, sagte Alba, während sie die Treppen hinaufgingen.

»Ja«, gab Isabel kurz angebunden zurück. Zu mehr reichte die Kraft nicht.

Alba öffnete die Tür zu ihrem Zimmer. »Wenn Sie etwas brauchen. Ich bin in der Küche«, sagte sie, bevor sie Isabel allein ließ.

Das Erste, woran sich Isabels Blick verfing, war das Gemälde ihrer Mutter. Wie eine Fremde kam sie ihr mittlerweile vor. Nur noch die bloße Erinnerung an ihre Träume und ihren Selbstmord sorgten für kurzes Unbehagen. Isabel fragte sich, warum sie nicht mehr wie früher den Drang verspürte, sie im Gebet um Hilfe zu bitten, um Rat? Lag es an ihrer gegenwärtigen Verfassung? Isabel schloss das nicht aus. Sie setzte sich auf das Bett und zog ihre Schuhe aus. Ruhen. Ruhe vor dem Sturm. Sich dem Schmerz hingeben, an Fernando denken, es zulassen. Das würde ihr sicher helfen, das Pflichtdinner zu überstehen.

Die Kleidungsstücke, die Rafael ihr zuletzt in der Stadt gekauft hatte, hingen noch unberührt im Schrank. Hatte er etwa angenommen, dass sie früher oder später doch zu ihm zurückkommen würde? Unter normalen Umständen hätte sie Alba danach gefragt. Doch dann fiel ihr ein, dass sie ja davon ausgegangen war, dass sie eine Reise unternommen hatte. Sie waren also vermutlich im Schrank geblieben, um den Schein gegenüber dem Personal zu wahren. Was spielte das auch für eine Rolle?

Isabel griff gedankenlos in den Schrank und zog sich eines der schönen Kleider mit Widerwillen an. Sie neu ausstaffieren wollte er. Sicher auch ein Hochzeitskleid, am Ende noch in Weiß. Isabel graute davor, aber ihr blieb keine andere Wahl.

Durchhalten, bis sich irgendwann die Gelegenheit ergäbe, herauszufinden, was mit Fernando passiert war. Vielleicht verfügten Molina und Suárez bereits über neue Erkenntnisse. Dieser Gedanke spendete Kraft. Und mit ihm keimte die vage Hoffnung auf, dass Fernando noch lebte und man ihn irgendwo festhielt. Die Stimme ihres Herzens wurde jedoch gleich wieder vom Verstand abgewürgt.

Isabel schloss die Schranktür und verließ das Zimmer. Auf der Treppe zog ihr der Geruch der Hühnersuppe in die Nase. Belebend, weil sie dabei an Alba dachte. Es war zudem der Hunger, der sie nach unten trieb. Sie hoffte, dass ihr nicht der Appetit verging, wenn sie sich an einen Tisch mit Salvador setzte. Seine Worte zum Thema Mitgift, der er sich bemächtigen wollte, und seine Pläne, die Firma ihres Vaters von Rafael übernehmen zu lassen, klangen noch in ihr nach. Dass er Rodríguez bedrängt hatte, Cristóbal schlechtzumachen, und seine jüngsten Aussagen bei Molina kamen ja noch mit hinzu.

Zurück nach England gehen? Das war ein Hoffnungsschimmer, der ihr ebenfalls Kraft spendete. Vielleicht würde sie die Kunstakademie auch nach Jahren noch aufnehmen. Einmal in England ergäbe sich eventuell sogar eine weitere Möglichkeit, sich von Rafael und dieser unseligen Familie zu trennen. Durchhalten! Isabel holte tief Luft, nachdem sie die letzte Treppenstufe genommen und sich in den Salon begeben hatte.

»Isabel.«

Rafaels Ausruf klang erfreut. Sein Vater, der genau wie beim letzten Mal am anderen Tischende saß, nickte ihr nur mit eiserner Miene zu. Rafael ging zu ihr und reichte ihr die Hand. Anscheinend hatte er vor, sie zu ihrem Platz zu geleiten. Sie ließ es geschehen.

»Du siehst bezaubernd aus.«

Sein Kompliment nahm sie wohlwollend zu Kenntnis, weil er den Eindruck erweckte, dass es von Herzen kam. Es erreichte ihr Herz aber nicht.

»Darf ich servieren, die Herrschaften?«, fragte Alba, die an der Türschwelle zum Salon stand.

»Warten Sie doch noch zehn Minuten«, wies Salvador sie an.

Alba nickte und ging zurück zur Küche.

Isabel vermutete, dass Salvador ihr etwas zu sagen gedachte, was nicht bis nach dem Essen warten konnte. Vermutlich hagelten gleich Vorwürfe auf sie ein. Salvador, der Intrigant, etwas anderes konnte sie in ihm nicht sehen.

»Wir sind überaus erfreut, dass du wieder bei uns am Tisch sitzt, wenngleich die Umstände mir alles andere als behagen«, fing er an.

»Vater.« Rafaels mahnender Blick lastete auf ihm. Anscheinend hatte er ihn dazu angeregt, Isabel nicht anzugehen. Dass er es doch tat, hielt ihr vor Augen, wie schwach der große Zampano, den er nach außen hin gern gab, im Grund genommen doch war. Rafael war innerhalb dieser Mauern nichts weiter als ein Befehlsempfänger seines Vaters. Salvador ließ sich dementsprechend von Rafaels Einwurf keineswegs beirren.

»Ich erwarte von dir, dass du dich nicht erneut auf Abwege begibst und dich in dein neues Leben fügst. Die für deine einstweilige Freilassung aufgebrachte Kaution, ein kleines Vermögen, möchte ich nicht aufs Spiel gesetzt wissen. Dazu kommen noch horrende Kosten für den Anwalt. Kann ich mit deinem Verständnis rechnen?«

Isabel nickte stumm.

»Ausgezeichnet.«

»Vater hat bereits mit dem Anwalt gesprochen. Álvarez glaubt, dass er vor Gericht deine Unschuld beweisen kann.«

»Meine Unschuld?«

»Ich kenne die Umstände, doch spricht in den Augen der Staatsanwaltschaft auch einiges dagegen, in Notwehr gehandelt zu haben«, sagte Salvador.

»Inspektor Molina hat Margarete Collins bereits anschreiben lassen. Sie kann bezeugen, dass Ferrel mich bedrängt hat«, sagte Isabel, ohne Salvador anzusehen.

»Das ist sicher hilfreich, aber seinen Selbstmord vorzutäuschen und in einem Bordell zu arbeiten, nur um einer Heirat mit dem Sohn einer der angesehensten Familien zu entgehen, weckt Zweifel. Allerdings kommt dir nun zugute, dass es doch zu einer Eheschließung kommt. Als Mitglied dieser Familie halte ich eine Verurteilung für ausgeschlossen. Daher ist es wichtig, die Eheschließung noch vor dem angesetzten Prozesstermin zu vollziehen.«

»Vater kennt alle Richter des Landes. Du musst dir keine Sorgen machen«, fügte Rafael noch hinzu.

»Die kirchliche Trauung ist für kommenden Montag festgesetzt. Ich hoffe, das Schiff deines Vaters hat keine Verspätung.«

Isabel, die sich bis eben noch dem Gespräch gewachsen gefühlt hatte, wurde augenblicklich schlecht. »Vater kommt?« Isabel konnte das kaum glauben. Was versprach sich Salvador davon, ihn dabeizuhaben? Noch vor ihrer Abfahrt aus England war Vater sich nicht sicher gewesen, ob er zur Hochzeit zugegen sein würde. Wollte Salvador seinen Triumph auskosten? Sie hatte sich vorgenommen, ihn nie wiederzusehen, den Verräter am eigenen Fleisch und Blut.

Sofort keimte in Isabel der Wunsch auf, erneut einen Fluchtversuch zu wagen, doch wohin sollte sie sich begeben? Sie würde polizeilich im ganzen Land gesucht. Ein Leben lang auf der Flucht? Isabel verwarf den Gedanken sogleich wieder.

»Wir haben ihn telegrafisch informiert und ihm bereits eine entsprechende Schiffspassage gebucht«, sagte Salvador.

Isabel hatte Mühe, sich aufrecht zu halten. Der Gedanke, ihm auf der Hochzeit zu begegnen, war schier unerträglich. Andererseits würde es ihr die Gelegenheit geben, ihn über Salvadors wahre Absichten in Kenntnis zu setzen. Ob Salvador das ahnte? Vermutlich nicht.

»Es ist Zeit für die Suppe«, rief Salvador in Richtung Küche.

Isabel hegte Zweifel, ob sie den vor ihr liegenden Löffel ruhig halten konnte, um überhaupt etwas in den Magen zu bekommen.

Rafael wirkte mindestens so erleichtert wie Isabel darüber, dass sein Vater sich nach dem Verzehr der Fleischbällchen mit Gemüse und einem Glas Rotwein zurückgezogen hatte. War es sein verdorbener Charakter, der Salvador mit so einer dunklen, ja fast schon beklemmenden Aura umgab? Der Raum schien heller zu sein, die Luft leichter zu atmen und selbst der Wein, den Alma ihnen serviert hatte, entfaltete mehr Blüte, wenn er nicht anwesend war. Isabel nahm noch einen kleinen Schluck in der Hoffnung, schnell Bettschwere zu erlangen.

»Er ist sehr eigen. Das war er schon immer«, sagte Rafael.

»Eigen? Habgierig und charakterlos trifft es wohl eher.«

Rafael schwieg. Dass ihn ihre Worte trafen, war nicht zu übersehen.

Er griff nach seinem halb gefüllten Glas Wein und leerte es. »Ich weiß«, sagte er dann, was Isabel überraschte.

»Vater wollte es so. Eine Ehe, zweckdienlich für beide Seiten. Das war in meinen Augen nichts Ungewöhnliches. Für ihn ist es ein Geschäft. Doch als ich dich kennengelernt habe, war es für mich mehr als nur das.«

»Offenbar hast du ihm gegenüber nie den Wunsch geäußert, eine Frau zu heiraten, die du liebst und die dich liebt. Das mag in euren Kreisen vielleicht ungewöhnlich sein, doch ist es nicht das, was wahres Glück ausmacht?«

»Was ist schon wahres Glück?«, sagte er nachdenklich.

»Das würdest du nicht fragen, wenn du davon bereits hättest kosten dürfen. Man findet es vermutlich nicht, wenn man sein Herz dem Mammon verschreibt«, sagte sie.

»Ich bin sein Sohn.«

»Du bist ein erwachsener Mann.« Isabel war danach, ihm seine Schwäche in aller Deutlichkeit vor Augen zu halten.

»Wir müssen nicht nach England gehen.«

Sagte er das jetzt nur, um ihr zu beweisen, dass er ein Mann war, der sein Leben selbst in die Hand nahm?

»Was würde wohl dein Vater dazu sagen?«

»Er wäre nicht begeistert, aber vielleicht sieht er es mit der Zeit ein, dass ich auch mein Glück zu suchen bereit bin.«

Das nahm Isabel ihm ab, aber an ihrer Seite würde er es nicht finden. »Er würde dich enterben.«

»Und sein Imperium an die Gemeinde fallen lassen? Niemals.«

»Warum beugst du dich dann seinem Willen? Du hättest die Eheschließung doch auch ablehnen können.«

Diese Frage schien Rafael zu beschäftigen.

»Weil ich dir schon als Kind gefallen habe?« Isabel erinnerte sich an seine Worte.

»Vielleicht.«

»Ich möchte mich zurückziehen. Ich bin müde«, sagte sie, legte ihre Serviette zur Seite und stand auf.

»Ich werde dich noch nach oben begleiten«, bot er an.

»Das ist nicht nötig«, gab sie ihm zu verstehen.

»Wir müssen morgen früh in die Stadt.«

»Hat das nicht noch etwas Zeit? Ich habe doch noch Kleidung.«

»Das Brautkleid muss gefertigt werden«, erwiderte er.

Obwohl Isabel wusste, dass ihr dies bevorstand, trafen sie seine Worte mit erstaunlicher Wucht.

Sie nickte und verließ grußlos den Raum. Die entspannende Wirkung des Weins war verflogen. Isabel beschwor auf dem Weg nach oben ihre Fähigkeit, sich wegzuträumen. Nur wohin? Auf den Hof von Cristóbal, der nicht mehr existierte? In die gemeinsame Wohnung, die sie für kurze Zeit mit Fernando bewohnt hatte? Von ihm zu träumen, in seinen Armen zu liegen? Isabel wusste, dass ihr das wehtun würde, doch der süße Schmerz war besser, als in Gedanken an den morgigen Tag einzuschlafen.

Isabel stand am nächsten Morgen bereits eine halbe Stunde, nachdem der Bekleidungsladen für Brautmoden geöffnet hatte, in voller Montur vor einem mannshohen Spiegel. Sie kam sich vor wie eine Schaufensterpuppe, an der sich die Schneiderin, eine Mittedreißigjährige mit Sommersprossen und rotem Haar namens Lolita, verausgabte. Hier noch eine Nadel, dort noch eine. Im kleinen Nadelkissen, das sie an ihrem Arm trug, steckten nur noch wenige. Die anderen an den weißen rüschenbesetzten Stoffteilen, die zu einem Brautkleid nach Maß werden sollten. Wenigstens musste Rafael das nicht mitansehen. Der Anproberaum war vom Verkaufsraum getrennt. Diesmal saß er die Zeit im Laden ab. Der Besuch im Café war ihm offenbar eine Lehre gewesen, dabei hätte er keinen Grund mehr, Schritt und Tritt an ihr zu kleben. Lolita schien über eine gute Menschenkenntnis zu verfügen. Wahrscheinlich war ihr noch nie eine Braut in die Hände gefallen, die so ein Gesicht zog, als würde sie sich gerade ein Trauergewand maßanfertigen lassen. Wenn dann noch, kurz nachdem alle Teile am rechten Fleck und passgenau abgesteckt waren, die Augen der Braut feucht wurden, sprach dies Bände. Freudentränen sahen anders aus.

»Isabel. Sie sollten strahlen und sich auf den großen Tag freuen«, versuchte Lolita sie aufzumuntern.

Isabel sagte nichts darauf. Sie wischte sich stattdessen die Augen trocken.

»Glauben Sie mir. Wenige Tage vor meiner Hochzeit erging es mir ähnlich. Die ganze Aufregung und die vielen Vorbereitungen. Meine Hände haben am Traualtar so gezittert, dass mein Mann kaum den Ring über den Finger gebracht hat. Möchten Sie ein Glas Wasser?«

Isabel schüttelte den Kopf.

»Wann ist es bei Ihnen so weit? Das Kleid soll ja schon bis morgen fertig werden.«

»Am Montag.« Aus Isabels Mund klang es so, als würde ihr das Schrecklichste der Welt an diesem Tag bevorstehen. Sie starrte auf ihr Spiegelbild. Vor sich sah sie eine Frau in einem wunderschönen Kleid, das sich dennoch wie ein Fremdkörper anfühlte.

»Gefällt es Ihnen nicht?«

»Doch.«

»Sie lieben den Mann da draußen nicht?«, kam dann wenig überraschend.

Isabel schüttelte den Kopf.

»Das habe ich mir gedacht. Kein Kuss. Keine Vertrautheit. Die meisten glücklichen Paare verhalten sich anders, wenn sie hier sind«, erklärte sie sich.

Isabel wurde in dem Moment klar, dass Lolita sie schon viel früher als gedacht durchschaut hatte. Von wegen »die ganze Aufregung«.

»Darf ich Ihnen das jetzt abnehmen? Ich versuche, Sie nicht zu piksen.«

Isabel nickte. Sie war froh, es bald vom Körper zu haben.

»Ach, wissen Sie. Sie sind nicht die erste Frau in dieser Situation. Wahrscheinlich geht es den meisten so, die bei mir sind. Man bekommt mit der Zeit einen Blick dafür. Verliebte Paare sind hier eher eine Seltenheit. Wir bieten Qualität, die sich nicht jeder leisten kann, und diejenigen, die nicht aufs Geld schauen müssen, sind oft genug Menschen, die Ehen aus anderen Gründen eingehen.«

Isabel nickte stumm.

»Aber glauben Sie mir. Manchmal frage ich mich, ob diese Art der Ehe nicht die bessere ist. Die Verliebten sind irgendwann auch nicht mehr verliebt. Und was bleibt dann? Eine Ehe aus Vernunft hingegen hat klar gesteckte Ziele. Man weiß, auf was man sich einlässt, und handelt nicht unüberlegt.«

Lolita hatte sicher recht mit dem, was sie sagte, doch sie würde Rafael noch nicht einmal aus Vernunft heiraten, sondern um dem Galgen zu entgehen. Und von klar gesteckten Zielen konnte nur seitens seiner Familie die Rede sein.

Lolita hatte es geschafft, ihr die Kleiderteile, ohne dass eine der Abstecknadeln sie auch nur berührte, abzunehmen. Selbst im Unterrock gefiel Isabel sich besser. Sie schlüpfte gleich in ihr blaues Kleid.

»Und ganz abgesehen davon. Sie würden gar nicht glauben, wie viele Frauen der besseren Gesellschaft abseits der Ehe eigene Wege gehen. Man ist abgesichert und hat dennoch gewisse Freiheiten«, versicherte Lolita ihr.

Trostspendende Worte, denn gewisse Freiheiten glaubte sie, Rafael im Laufe der Zeit abringen zu können. Allein schon, um einen Weg zu finden, ihr eigenes Leben zu führen.

Rafael hatte sein Versprechen eingelöst. Einmal in der Stadt und das Hochzeitskleid in Auftrag gegeben, war es naheliegend, sich gleich noch mit weiterer Garderobe auszustatten. Normalerweise ein Akt, der jedes Frauenherz höherschlagen ließ, weil Geld bei der Auswahl dabei keine Rolle spielte. Für Isabel hingegen fühlte es sich so an, als würde sie damit ihr künftiges Leben im Haus besiegeln. Etwas für jeden Anlass, womit klar war, was ihr alles bevorstand. Empfänge, Ausritte, Bademode und selbst

Alltägliches für Tätigkeiten im Haus. Kleidete man Inhaftierte nicht auch ein?

Allerdings lenkten Einkäufe ab, weil damit Gespräche mit Verkäuferinnen und Inspiration aus Form und Farben verbunden waren. Ebenso ein Bummel durch die Innenstadt, Mittagessen in einem ausgezeichneten Fischrestaurant und ein Mann an ihrer Seite, der sich gerade beim Anprobieren der Kleidung nicht ungeduldig gezeigt und sogar Geschmack bewiesen hatte. Die Rückfahrt zum Anwesen der Fourrats am späten Nachmittag hatte daher bereits eine ganz andere Farbe als am Vortag – und das lag nicht daran, dass sie mit einer offenen Kutsche allein unterwegs waren. Deren Ladefläche vollbeladen mit neuer Kleidung und Schuhwerk versprach eine sinnvolle Beschäftigung bis zum gemeinsamen Dinner. Die Sachen mussten verräumt werden.

Alba hatte ihre Ankunft wohl mitbekommen. Sie kam aus dem Haus, als Rafael vorfuhr, und bekam große Augen, als sie die Fülle ihrer Einkäufe auf der Ladefläche der Kutsche sah. »Sie haben ja die halbe Stadt leer gekauft«, sagte sie augenzwinkernd.

»Nichts könnte anstrengender sein. Machen Sie uns einen Tee?«, fragte Rafael, bevor er von der Kutsche stieg.

»Aber erst bringen wir die Sachen hoch«, verlangte Isabel.

Alba schaute etwas unentschlossen aus der Wäsche. Vermutlich wusste sie gerade nicht, wessen Wort mehr Gewicht hatte.

»Alles, was die neue Herrin des Hauses wünscht«, klärte Rafael sie auf.

Alba nickte und nahm gleich drei der verpackten Kleider an sich.

Isabel schnappte sich die Kartonagen mit den Schuhen. Zu ihrer Überraschung legte auch Rafael Hand mit an und half beim Entladen. Er reichte ihr die restlichen Sachen.

»Ich denke, ich werde mir selbst einen Tee zubereiten. Die Damen sind ja noch sicher eine Weile beschäftigt«, sagte Rafael und ging dann ins Haus. Alba und Isabel trugen die Einkäufe auf ihr Zimmer, wo sie die einzelnen Stücke erst einmal auf das Bett legten. Isabel öffnete die nächstbeste Verpackung von einem kleinen Berg, der sich dort aufgetürmt hatte. Sie konnte sich schon gar nicht mehr erinnern, was darin war.

Alba zog ein mit goldfarbenen Fäden und allerlei Blumenstickereien versehenes Abendkleid aus grüner Seide hervor, glättete es und hielt es vor Isabel. »Das Kleid ist wunderschön. Es steht Ihnen sicher sehr gut.«

Isabel besah sich im in die Schranktür eingelassenen Spiegel. Alba hatte recht. Es war für Empfänge gedacht. Eines von dreien, um ihren Pflichten nachzukommen.

»Gefällt es Ihnen denn nicht?«

Alba war Isabels nachdenkliche Miene offensichtlich nicht entgangen. »Doch.« Isabel griff gerade nach einem Kleiderbügel in ihrem Schrank, als sie auf das herannahende Geräusch einer Kutsche aufmerksam wurde.

Alba ging gleich zum Fenster, um nachzusehen. »Die Kutsche sieht so aus wie die von der Polizei. Die Herrschaft wird doch nicht schon wieder Ärger mit Dieben haben«, sagte sie beunruhigt.

Isabel überraschte nicht, dass man sie nicht eingeweiht und etwas von Dieben erzählt hatte.

Sie legte das grüne Kleid zurück auf das Bett und eilte zum Fenster. Es war nicht nur irgendeine Kutsche der Polizei, sondern eine, die sie zu kennen glaubte. Molina und Suárez stiegen auch gleich aus. Ein junger uniformierter Polizist verblieb auf dem Kutschbock.

»Räumen Sie doch die Sachen schon einmal in den Schrank«, sagte Isabel und eilte aus dem Raum, getrieben von der Hoffnung, dass es Neuigkeiten gab. Als sie die Treppe hinunterging, kam ihr der ernüchternde Gedanke, dass es Molina schlussendlich nur darum ging, nachzusehen, ob sie die Auflagen der Kaution erfüllte. Dementsprechend verlangsamten sich ihre Schritte.

Rafael war bereits an der Tür, als Molina und Suárez sie erreichten.

»Inspektor Molina.« Rafael wirkte nicht minder überrascht. Auch Salvador kam aus dem Wohnzimmer und wirkte etwas irritiert. »Kommen Sie doch herein.«

Molina und Suárez leisteten seiner Einladung Folge.

»Señorita Mengual.« Molina entdeckte sie, als sie die letzten Stufen nahm.

»Nun. Was können wir für Sie tun?«, schaltete sich Salvador mit ein.

»Es gibt Neuigkeiten. Erstaunliche Neuigkeiten im Fall Puig.«

Rafael und sein Vater tauschten Blicke. Isabels Herz begann zu rasen.

»Wollen wir vielleicht in den Salon gehen? Zwischen Tür und Angel …«, schlug Rafael vor.

Molina nickte und folgte genau wie Suárez seiner auffordernden Geste, nach ihm einzutreten. Isabel und Rafael gingen ihnen hinterher.

»Setzen Sie sich doch, meine Herren«, bot Salvador ihnen an. Er schloss die Tür zum Salon hinter sich.

Isabel nahm erst Platz, nachdem Molina und Suárez es sich auf der Couch bequem gemacht hatten. Salvador und Rafael setzten sich genau wie Isabel auf einen der Sessel.

»Uns erreichte gestern eine erstaunliche Nachricht von der Banco Comunal Agrícola«, fing Molina an.

Isabel horchte auf, denn das war die Bank, bei der Cristóbal Kunde gewesen war. Mit ihr hatte Fernando auch ein Darlehen ausgehandelt, um die Erbschaftssteuer zu bezahlen und sich Gelder für den Wiederaufbau des Hauses zu beschaffen.

»Also. Bisher mussten wir davon ausgehen, dass Señor Puig entführt wurde. Die geöffnete Tür, Spuren von Gewalt in der Wohnung. Mehr wussten wir nicht«, fuhr Molina fort.

»Und jetzt?«, wollte Isabel voller Ungeduld wissen.

»Wir haben Grund zu der Annahme, dass er noch am Leben ist«, sagte Molina.

Isabel verschlug es den Atem.

Rafael wirkte überrascht.

»Am Leben?«, fragte Salvador, der das anscheinend auch kaum glauben konnte.

»Wenn jemand verschwindet, kontaktieren wir routinemäßig die Bank, bei der diese Person ein Konto hat. Denn es kommt nicht selten vor, dass Menschen, bevor sie sich aus dem Staub machen, noch Gelder abheben.«

»Fernando hat Geld abgehoben?« Isabel war fassungslos.

»Von Cristóbals Konto. Allerdings nicht hier in Dénia. Die Filiale hat uns darüber informiert, dass gestern in der Filiale in Alicantes Stadtteil San Agustín ein Scheck eingelöst wurde.«

»In Alicante?« Isabels Gedanken begannen zu rasen. Weshalb war Fernando in Alicante? Er ging doch nicht ohne sie. Und das Chloroform, die geöffnete Wohnung. Das alles ergab doch überhaupt keinen Sinn.

»Ich war in der Filiale in San Agustín und habe mir den Scheck leihweise aushändigen lassen. Die Auszahlung wurde telegrafisch von der Filiale hier genehmigt«, erklärte Suárez. Er kramte ihn aus seiner Ledertasche hervor und reichte ihn ihr.

»Ist das seine Unterschrift?«, wollte Suárez wissen.

Isabel nahm den Scheck mit feuchten Händen entgegen. Es bestand kein Zweifel darüber. Sie war dabei gewesen, als er auf der Bank mehrere Dokumente auf den Darlehensanträgen hatte unterschreiben müssen. »Das ist die von Fernando.« Isabel starrte noch immer fassungslos auf den Scheck. Aus dem Staub gemacht? Einfach so?

»Das Merkwürdige ist, dass er uns gleich nach Ihrer Verhaftung noch die Adresse von Margarete Collins vorbeigebracht hat. Er hat sich Sorgen um Sie gemacht, danach gefragt, wie es Ihnen ginge, ob Sie anständig behandelt würden. Offen gestanden hätte ich nicht damit gerechnet, dass er dann verschwindet und es auch noch so aussehen lässt, als ob ihn jemand entführt hätte«, sagte Molina.

»Können Sie sich denken, warum er das getan hat?«, fragte Suárez an Isabel gerichtet.

Isabel brachte keinen Ton mehr heraus. Dafür konnte es keinen plausiblen Grund geben.

»Vielleicht Cristóbals Tod, weil er alles verloren hat oder damit rechnete, dass Isabel nicht mehr aus dem Gefängnis kommt oder ihr Schlimmeres widerfährt«, spekulierte Rafael.

»Fernando würde mich nie allein lassen«, protestierte Isabel.

»Nun, offen gestanden, Señor Fourrat, teile ich Isabels Ansicht, aber es sieht ganz danach aus, als gäbe es doch einen Grund, den wir nicht kennen. Und Sie, Señor, können Sie sich einen denken?«, fragte Molina an Salvador gerichtet.

Er reagierte überhaupt nicht.

»Vater?«

Salvador war leichenblass und antwortete erst, als Rafael ihn erneut ansprach. »Nein … Ich … Tut mir leid«, stammelte er.

Dass ausgerechnet Salvador sich so betroffen zeigte, verwunderte nicht nur Isabel. Auch Rafael musterte seinen Vater mit Argwohn.

»Nun. Nachdem das Konto bis auf eine Pesete leer geräumt ist, wird es wohl nichts bringen, meine Leute nach Alicante zu schicken, um dort nach Señor Puig zu suchen«, sagte Molina.

»Die Reedereien haben wir bereits kontaktiert. Zumindest wissen wir jetzt, dass er sich kein Ticket gekauft hat, um das Land zu verlassen, wobei das natürlich nicht gänzlich auszuschließen ist. Möglicherweise hat er einen falschen Namen angegeben«, sagte Suárez.

»Es gibt bestimmt für alles einen plausiblen Grund. Er kommt vielleicht zurück und …« Isabel sah, während sie sprach, selbst ein, dass dies bloßes Wunschdenken war. Molinas und Suárez' mitfühlende Blicke sprachen Bände.

Molina erhob sich als Erstes. »Wir halten Sie auf dem Laufenden. Es tut mir wirklich sehr leid, dass ich Sie stören musste. Sie sind vermutlich mitten in den Hochzeitsvorbereitungen.«

Isabel hatte das Gefühl, dass in Molinas Zügen nun sogar Mitleid lag. Er hatte sie zusammen mit Fernando erlebt und sicher mitbekommen, dass sie sich liebten.

Rafael senkte beschämt sein Haupt. Er konnte sich nun sicherlich auch denken, was in Molina vorging. Er erhob sich dann, um sich zu verabschieden.

»Ich danke Ihnen«, sagte Rafael und reichte beiden die Hand. »Ich begleite Sie noch zur Tür.« Rafael verließ mit Molina und Suárez den Salon.

Warum starrte sie Salvador so hasserfüllt an? Isabel ertrug es nicht mehr und eilte aus dem Raum, um dann gleich die Treppe nach oben zu nehmen.

»Isabel«, rief Rafael ihr noch nach, doch sie reagierte nicht darauf.

Alba kam ihr auf dem Gang entgegen. »Ich werde die neue Unterwäsche waschen, damit sie nicht so kratzt, wenn Ihnen das recht ist«, sagte sie.

Isabel nickte nur und eilte auf ihr Zimmer, wo sie die Tür hinter sich verschloss. Fernando noch am Leben? Das Geld abgehoben? Hatte sie sich so in ihm getäuscht? Gab er sie auf?

Die offene Tür, der Stuhl und das Bettlaken. Chloroform. Alles inszeniert, genau wie sie es an Bord der George II getan hatte?

Isabel konnte sich nicht mehr auf den Beinen halten. Sie musste sich hinlegen, das Bild von ihrer Mutter vor Augen. Ihr Tod aufgrund einer schweren Erkrankung – eine Lüge. Hatte Fernando sie auch belogen? Isabel erschrak über diesen Gedanken, aber waren Menschen nicht unberechenbar? Ihr eigener Vater hatte sie belogen. Es war Fernandos Unterschrift. Warum nur? Warum? Wenn er doch nur zurückkäme und es für alles eine Erklärung gäbe. Isabel erstickte die Stimme der Hoffnung, die immer wieder versuchte, ihr einzureden, dass Fernando sie niemals verlassen würde. Doch das war gegen jede Vernunft.

Die Sachlage, der unterschriebene Scheck deuteten auf das Gegenteil hin. Er hätte sich doch schon längst bei Molina gemeldet, sich nach ihr erkundigt. Er konnte nicht wissen, dass sie hier war, eine Gefangene auf Kaution, die sich mit einer Heirat freikaufen konnte. Fernando würde das nicht zulassen. Anscheinend aber doch. Mit dieser bitteren Erkenntnis, die sich immer tiefer in ihr festsetzte, drohte die pure Verzweiflung, sie in einen Abgrund zu ziehen. Hatte Mutter sich nicht auch umgebracht, weil ihr ein Mann wehgetan hatte? Allein schon die Möglichkeit, sich einzuräumen, dass Fernando sie im Stich gelassen haben könnte, tat in der Seele schier unerträglich weh. Es schien ihr Schicksal zu besiegeln, doch Isabel nahm sich vor, sich ihm zu stellen und nicht so zu enden wie ihre Mutter.

Keine Stunde später klopfte es an der Tür. Isabel lag immer noch auf dem Bett und warf einen Blick auf die Standuhr. Es war kurz vor sieben. Sicher wollte Alba sie zum Essen holen.

»Isabel?« Es war Rafaels Stimme. »Darf ich reinkommen?«

Isabel richtete sich auf und holte tief Luft, um die bleierne Schwere, die von ihr Besitz ergriffen hatte, abzuschütteln.

Rafael wartete nicht, bis sie ihn hereinbat.

»Wie geht es dir?«

Seine Nachfrage klang ehrlich. Die Sorge um sie stand ihm zudem ins Gesicht geschrieben.

»Alba hat das Essen fertig«, sagte er, nachdem er eingetreten war.

»Ich weiß nicht, ob ich unter diesen Umständen etwas zu mir nehmen kann.«

»Vater wird das Abendessen wohl auch ausfallen lassen.«

Isabel konnte sich keinen Grund dafür denken und sah ihn fragend an.

»Die ganzen Umstände und Molinas Besuch haben ihn wohl sehr mitgenommen.«

»Ihn mitgenommen?«

»Er ist nicht mehr der Jüngste und die Polizei im Haus ...«

»Macht er sich vielleicht Sorgen, dass Fernando noch am Leben sein könnte und am Montag in der Kirche auftaucht?«, fragte sie freiheraus.

»Ist es das, was du dir wünschst?«

»Ich habe meine Wünsche begraben«, sagte Isabel mit einer Gleichgültigkeit in ihrer Stimme, die Rafael mit besorgter Miene zur Kenntnis nahm.

Er schnappte sich den Stuhl vom Sekretär und nahm darauf Platz. »Du wirst es mir nicht glauben, aber mir tut es leid, dass alles so gekommen ist. Was Fernando betrifft. Wenn es stimmt, was Molina gesagt hat. Es müsste dich doch erleichtern.«

»Erleichtern? Dich erleichtert es vielleicht.«

»Wie kann ich erleichtert sein, wenn ich sehe, wie sehr du unter der Situation leidest?«

Auch das nahm Isabel ihm ab. »Du meinst die Hochzeit?«

»Auch«, sagte Rafael.

»Nur, damit es *dich* erleichtert. Ich habe mich damit abgefunden.«

Rafael nickte. Er wusste genau, dass sie keine andere Möglichkeit hatte, einen nahezu sicheren Freispruch zu erwirken.

»Das Schiff aus England kommt morgen voraussichtlich pünktlich an. Wir holen Esteban am Hafen ab. Er wird Gast hier im Haus sein. Fühlst du dich dem gewachsen?«

»Was bleibt mir anderes übrig?«, sagte Isabel.

»Dein Vater weiß nichts von den genauen Umständen, weshalb du hier bist. Nichts von Carmen, auch nichts von der Mordanklage. Er glaubt, du hättest dich als Tagelöhnerin durchgeschlagen und letztlich eingesehen …«

»Eingesehen?«

»Ist es dir lieber, ihm die Wahrheit zu sagen? Alle Details? Am Tag vor der Hochzeit?«

Isabel schüttelte den Kopf. Was sollte das schon bringen, außer noch mehr Aufregung. Ihrem Vater ins Gesicht zu sagen, dass sie über widrige Umstände in einem Bordell gelandet war, seinen Söldner erschlagen und sich in einen Mann verliebt hatte, der nun vermutlich schon auf einem Schiff nach Südamerika saß, war undenkbar.

»Soll ich dir etwas hochbringen lassen? Alba macht das sicher gern.«

»Ich möchte einfach nur allein sein«, gab sie ihm zu verstehen.

Rafael nickte und stand auf. »Alles wird gut. Glaub mir«, sagte er so überzeugend, dass sie es für einen Moment sogar glaubte.

Er ging und zog die Tür leise hinter sich zu. Isabel fragte sich in dem Moment, was das Schicksal ihr noch alles aufbürden würde.

Kapitel 23

Die gute Alba. Wenn sie wüsste. Glückselig hatte sie heute Morgen ihr Hochzeitskleid, das noch am Samstagabend geliefert worden war, auf dem Bett eines der Gästezimmer drapiert. Selbst ein Kleiderbügel schien eine Gefahr darzustellen, dass der Stoff sich aushängen könnte. Isabel kam sich nach unruhiger Nacht am Tag vor der Hochzeit vor wie eine Verurteilte in der Todeszelle. Mal tief verzweifelt, noch immer nicht in der Lage, das Unfassbare und die Unabwendbarkeit ihres Schicksals zu akzeptieren. Mal gefasst, weil sie sich sagte, dass ihr Leben irgendwie weitergehen würde, sobald das Gericht sie freisprach. Heilte die Zeit nicht alle Wunden? Dummes Geschwätz oder wahr? Isabel wusste es nicht, weil ihr noch nie zuvor in ihrem Leben solche Wunden geschlagen worden waren.

Alba führte ihre geistige Abwesenheit und vor allem ihre Appetitlosigkeit auf die Aufregung am Tag vor der Hochzeit zurück. Sie hatte auch keinen Grund zur Annahme, dass Isabel es vor der Begegnung mit ihrem Vater graute. Schon beim Frühstück hatte sie nur eine Tasse Tee zu sich genommen und Albas Eier mit Speck verschmäht. Den ganzen Vormittag Unpässlichkeit vortäuschend auf ihrem Zimmer verbracht. Rafael und Salvador waren wohl davon ausgegangen, dass die

Ereignisse der letzten Tage zu viel für sie gewesen waren. Sie hatten sie in Ruhe gelassen. Zu Mittag eine Scheibe Brot, aber auch nur, weil Alba sie dazu gedrängt hatte, mit ihr in die Küche zu kommen. Immer wieder hatte sie auf die Wanduhr über der Anrichte geschaut. Um fünf würde der Dampfer aus England ankommen – mit ihrem Vater an Bord. Noch vier Stunden.

Alba saß ihr in der Küche mit sorgenvoller Miene gegenüber. »Trinken Sie wenigstens noch einen Tee.« Alba goss etwas vom Kräutertee in eine Tasse und stellte sie ihr hin.

Isabel nickte. Ihr Mund war trocken. Den Rest des Brots mit geräuchertem Schinken würde sie sonst nicht herunterbekommen.

»Bevorzugt Ihr Vater eher ein wärmeres oder kühleres Zimmer an der Nordseite? Rafael hat mich gebeten, Sie das zu fragen. Sie kennen ja seine Gewohnheiten.«

Der Gedanke, dass sie mit ihrem Vater eine Nacht unter demselben Dach verbringen musste, war Isabel nach dieser konkreten Nachfrage schier unerträglich.

»Wählen Sie das Zimmer, das für Sie am geeignetsten erscheint«, wies sie Alba an.

»Was isst er gern? Er ist unser Gast. Ich möchte, dass er sich bei uns wohlfühlt.«

»Mein Vater isst alles.« Isabel versuchte, es nicht gleichgültig klingen zu lassen, auch wenn es so war.

»Rafael hat erzählt, dass er von hier ist und lange in England gelebt hat. Ich sollte ein Gericht mit Rosinen zubereiten. Ein Stück Heimat, um ihn willkommen zu heißen«, überlegte Alba laut.

»Das ist sicher eine gute Idee«, erwiderte Isabel und spülte den letzten Bissen des Brots mit etwas Tee herunter.

In dem Moment kam Rafael herein. Er schien erleichtert zu sein, sie in der Küche vor einem Teller sitzen zu sehen. Dass sie morgens kein Frühstück zu sich genommen hatte, wusste er sicherlich schon.

»Soll ich Ihnen auch etwas herrichten? Ich habe nichts gekocht, weil Salvador nichts essen wollte. Die ganze Aufregung. So eine Hochzeit, die bringt alles durcheinander.«

»Salvador fühlt sich nicht wohl?«, fragte sie an Rafael gerichtet.

»Ich habe ihm einen Kamillentee gemacht«, sagte Alba.

»Alba hat bestimmt recht. Die ganze Aufregung.« Dass Salvador überhaupt etwas auf den Magen schlagen konnte, damit hätte sie nicht gerechnet.

Isabel stand auf und stellte den Teller an das Spülbecken. »Ich werde ein Bad nehmen«, sagte sie, schenkte Alba und Rafael ein höfliches Lächeln und ging zurück auf ihr Zimmer. Die Gewissheit, dass ihr Vater vom guten Essen für den Gast wahrscheinlich auch keinen Bissen mehr herunterbekommen würde und bald auch einen Kamillentee brauchte, wenn er die wahren Gründe für diese Hochzeit kannte, weckte ihre Lebensgeister.

Isabel hatte sich während der gesamten Fahrt in der geschlossenen Kutsche zum Hafen bereits gefragt, ob Rafael sie nicht auch noch darum bitten würde, nichts von dem preiszugeben, was sie in Sachen Mitgift, Anas Vermögen und der Übernahme seines Geschäfts mitbekommen hatte. Ihr zu erzählen, wer alles zur morgigen Hochzeit kommen würde, war ihm wohl wichtiger. Isabel nahm an, sogar einige der Gäste zu kennen. Es waren dieselben Leute, die sich auch auf dem Turmfest eingefunden hatten. Die Reichen und Einflussreichen dieser Gegend. Und wen Salvador nicht persönlich per Brief eingeladen hatte, der wusste von der Hochzeit aus der Zeitung. Dieses gesellschaftliche Ereignis ließ sich bestimmt niemand der Rosinenbarone entgehen. Dass sie die schönste Braut sei, die jemals einen Fuß in die Kirche setzen werde, schien nicht dahergesagt zu sein.

Isabel konnte sich des Eindrucks nicht erwehren, dass er sich aufrichtig darauf freute. Rafael brachte es offenbar fertig, alles auszublenden, was bisher vorgefallen war. Menschen mit dieser Gabe waren gesegnet. So leicht wollte sie es ihm aber nicht machen.

»Ich hoffe doch sehr, dass Salvador sich bis morgen von seiner Unpässlichkeit erholt«, sagte sie, auch wenn sie sich genau das Gegenteil wünschte.

»Vater ist hart im Nehmen.«

Das konnte sich Isabel nur allzu gut vorstellen. Wahrscheinlich würde er sich sogar mit Typhus in die Kirche schleppen, nur um die für ihn lukrative Vermählung seines Sohnes mitzuerleben.

»Vielleicht liegt ihm die Begegnung mit meinem Vater im Magen«, mutmaßte sie. Oder war es ein schlechtes Gewissen? Am Ende fürchtete er, dass Isabel ihrem Vater die wahren Beweggründe für diese Eheschließung erzählte. Vater ging ja bestimmt nach wie vor davon aus, dass die Heirat beiden Familien in geschäftlicher Hinsicht zugutekommen würde. Isabel beabsichtigte, ihren Vater eines Besseren zu belehren.

»Es wird an der Zeit, die alten Wunden zu schließen«, sagte Rafael, was Isabel überraschte.

»Hat Salvador ihm etwa verziehen? Den Tod seiner Schwester?«, hakte sie nach.

»Ich nehme an, dass er dazu bereit ist. Man findet kein Glück im Leben, wenn man Vergangenes nicht irgendwann ruhen lässt. Ich weiß, du hast unser Gespräch mit angehört, aber vermutlich nicht alles.«

Isabel sah ihn fragend an.

»Ich habe ihn darauf angesprochen und ihm das nahegelegt. Zu verzeihen.«

»Und? Wie hat er darauf reagiert?«

»Ich habe ihm angemerkt, dass er es sich zu Herzen nimmt.«

Isabel konnte sich das bei Salvador kaum vorstellen, da er ihrer Meinung nach überhaupt kein Herz hatte.

»Vielleicht solltest du das Gespräch nicht erwähnen«, kam dann doch.

»Wovor habt ihr Angst? Dass mein Vater sein Eheversprechen zurückzieht? Und selbst wenn er es täte. Du weißt doch, dass ich dich heiraten muss, um nicht den Rest meines Lebens hinter Gittern zu verbringen«, sagte sie.

»Du siehst es immer noch als müssen?«

Isabel sah ihm an, dass sie ihn damit tief getroffen hatte.

»Nenne es akzeptieren«, lenkte sie ein, was auch der Wahrheit entsprach.

Rafael nickte. Das schien mehr zu sein, als er sich von ihr erhofft hatte.

Die Kutsche bog von der Altstadt direkt auf die Küstenstraße, die zum Hafen führte. Isabel konnte durch das Fenster sehen, dass der Dampfer bereits an der Mole angelegt hatte. Das flaue Bauchgefühl in Erwartung, ihrem Vater gleich gegenüberzutreten, blieb überraschenderweise aus. Isabel spürte stattdessen Zorn in sich aufsteigen. Es gab einiges zu bereden. Wer nichts mehr zu verlieren hatte, brauchte auch kein Blatt vor den Mund zu nehmen.

»Wirst du es ihm sagen?«, fragte Rafael.

»Wenn du möchtest, dass sich zumindest ein freundschaftliches Verhältnis zwischen uns entwickelt, und mehr kann ich dir momentan nicht in Aussicht stellen, dann sollte die Wahrheit als Basis einer solchen Freundschaft dienen«, sagte sie ihm unverblümt.

Rafael nickte und wirkte in sich gekehrt, bis sie die Anlegestelle erreicht hatten und der Kutscher direkt vor der Landebrücke hielt.

Rafael öffnete ihr die Tür.

Isabel stieg aus und entdeckte sofort ihren Vater. Seine Miene war wie eingefroren. Er stand neben der Landebrücke vor seinem Koffer.

Isabel ging ohne Umschweife zu ihm.

»Isabel«, krächzte er.

»Vater.« Isabel beließ es dabei.

Rafael reichte ihm die Hand, als er sie erreichte.

Vater musterte ihn von Kopf bis Fuß. »Groß bist du geworden«, gab er wahrscheinlich aus purer Verlegenheit von sich.

Isabel sagte nichts. Sie fixierte ihn. Er vermied es, ihr in die Augen zu sehen. Mit mehr als nur einem guten Grund.

»Ich nehme Ihren Koffer. Wir haben ein Gästezimmer bei uns im Haus für Sie vorbereitet«, eröffnete Rafael ihm.

»Ich bin müde von der langen Reise und bevorzuge die Nacht in einem Hotel. Ich habe bereits telegrafisch im Gran Hotel Fornos buchen lassen.«

Rafael zeigte sich genau wie Isabel überrascht. Ihm war die Enttäuschung darüber anzusehen.

»Vater braucht sicher Zeit, um sich an die alte Heimat zu gewöhnen«, sagte Isabel. Sie war erleichtert darüber, dass er nicht bei ihnen bleiben wollte, vermutlich, um Salvador aus dem Weg zu gehen. Umso besser, denn wenn er im Haus wäre, würde es für sie schwierig, ihn unter vier Augen zu sprechen.

»Salvador wird dafür Verständnis haben«, sagte Esteban.

»Aber die Hochzeitsfeierlichkeiten. Die Trauung ist um zehn«, gab Rafael zu bedenken.

»Ich werde mich rechtzeitig einfinden«, versprach Esteban.

»Du musst mich doch zum Traualtar führen.« Isabels Stimme klang schneidender als beabsichtigt, was ihr einen fragenden Blick von Rafael einhandelte.

»Richtig. Das muss ich wohl«, sagte er und folgte Rafael zur Kutsche, wo Rafaels Bediensteter Vaters Gepäck auflud.

»Wir fahren zum Gran Hotel Fornos«, wies Rafael den Kutscher an. Er nickte und öffnete die Türen der Kutsche zum Einstieg. Isabel war es unangenehm, ihrem Vater gegenüberzusitzen. Er starrte aus dem Fenster. So verhielt sich also ein Vater, der seine Tochter so lange nicht gesehen hatte. Isabel fühlte sich wie am Tag der Abfahrt, als sie sich gewünscht hatte, ihn nie wiederzusehen. Nicht einmal dieser Wunsch war in Erfüllung gegangen.

Während der kurzen Fahrt zum Hotel war die Anspannung, die von Isabels Vater ausging, nahezu körperlich zu spüren. Kein Wort war gefallen. Nur seinen starren Blick hatte sie ertragen müssen. An sich hatte Isabel damit gerechnet, dass er sich mit Rafael unterhalten würde, schließlich war er sein Schwiegersohn in spe, und zuletzt hatten sie sich gesehen, als Rafael noch ein junger Bengel gewesen war. Unter normalen Umständen sprach man über Vergangenes. Eine schier unerträgliche Situation, die gottlob nur knappe zehn Minuten andauerte, weil sich das Hotel unweit des Hafens befand. Die Kutsche hielt unmittelbar davor. Vater stieg als Erstes aus, nachdem der Kutscher die Tür geöffnet hatte. Isabel und Rafael folgten ihm.

Esteban sah sich um, ließ seinen Blick über die Häuser der Straße schweifen. Das war nur allzu verständlich, denn in den letzten elf Jahren hatte sich hier einiges verändert.

»Wie fühlt man sich in der alten Heimat? Nach so langer Zeit?« Rafael griff ihren Gedanken auf.

»Es ist ungewohnt«, sagte er nur, dann sah er zu Isabel. »Du könntest mich noch begleiten«, schlug er vor, was sie überraschte.

»Ich werde in der Lobby warten«, sagte Rafael, nicht ohne ihr einen bedeutsamen Blick zuzuwerfen.

»Gut«, erwiderte ihr Vater knapp, nahm seinen Koffer und ging voraus.

»Wenn du dich dann besser fühlst. Tu es«, sagte Rafael so leise, dass es nur Isabel hören konnte.

»Besser wir reden heute als am Tag der Hochzeit«, gab Isabel ihm zu verstehen.

Rafael nickte daraufhin.

Esteban stand bereits am Rezeptionstisch und bekam seinen Schlüssel ausgehändigt, als Isabel das Hotel betrat. Ein uniformierter junger Page nahm seinen Koffer und ging vor.

»Ihr Zimmer ist im ersten Stock«, informierte er sie.

Isabel und ihr Vater folgten ihm wortlos die Treppe hinauf, bis er ihnen die Tür zu Vaters Zimmer aufgesperrt hatte.

»Ich danke Ihnen.« Galant steckte Esteban ihm eine Münze zu.

Das Zimmer war geräumig und mit edlem Mobiliar ausgestattet. Vater ließ sich auf Reisen nicht lumpen.

Isabel schloss die Tür.

Er stellte seinen Koffer ans Fenster und sah sie dann für einen Moment nur an.

»Setz dich«, verlangte er.

Isabel blieb stehen.

Er hingegen nahm Platz. »Hast du mir nichts zu sagen?«, fragte er in schneidendem Ton.

»Und du? Hast du mir nichts zu sagen?«, gab sie zu seiner sichtlichen Überraschung im gleichen Tonfall zurück. In seine bis eben noch stumpfen Augen fuhr Leben.

»Mir so eine Schande zu bereiten. Den eigenen Tod zu inszenieren. Was ist bloß in dich gefahren?«, schrie er sie an.

Isabel nahm nun doch Platz, da diese Unterredung bestimmt nicht mit wenigen Worten abgetan war. Sie zwang sich dazu, ruhig zu bleiben, auch wenn es ihr schwerfiel.

»Du hast mich zu dieser Ehe gezwungen. Aus niederen Beweggründen, oder hast du es getan, weil du dir die Schuld an Mutters Tod gibst? Als Wiedergutmachung? Und ich habe die ganze Zeit über geglaubt, aus rein geschäftlichen Gründen«, hielt sie ihm unverblümt vor.

Ihr Vater fror ein. Seine Augen waren schreckgeweitet.

»Mir zu erzählen, sie sei schwer erkrankt gestorben. Mich in diesem Glauben zu belassen. All die Jahre. Warst du etwa so naiv anzunehmen, dass ich die Wahrheit im Hause der Fourrats nicht irgendwann herausfinde? Meine Albträume. Das Blut im Bad, der Smaragdring an ihrer Hand, aus der das Leben floss. Und du wagst es, mich zur Rechenschaft ziehen zu wollen? Ich habe sie gesehen. Ich habe sie sterben sehen«, fuhr sie ihn an. Was für eine Erleichterung, ihm das ins Gesicht zu schleudern, auch wenn sie am ganzen Körper zu zittern begann. »Warum sagst du nichts, Vater? Fehlt dir der Mut?«

Ihr Vater krallte sich mit den Händen haltsuchend an der Lehne des Sessels fest. »Ich wollte es dir ersparen. Kinder in dem Alter vergessen.«

»Ich habe es mit in meine Träume genommen. Schreckliche Träume. Jahrelang.«

»Es war wohl falsch …«

»Falsch? Mehr hast du dazu nicht zu sagen?«

Er schwieg, sichtlich aufgewühlt und in sich eingesunken.

»Hast du sie schlecht behandelt? Sie etwa noch geschlagen?«

»Geschlagen? Wer sagt das?«, stammelte er.

»Warum hat sie sich das Leben genommen?«

Erneut verfiel er in Schweigen.

»Warum hat meine Mutter sich das Leben genommen?«

»Du würdest es nicht verstehen.«

»Versuche, es mir zu erklären.«

Er schüttelte kaum merklich den Kopf. Isabel konnte ihm ansehen, wie sehr sie ihn mit diesen Fragen quälte. Es war ihr in diesem Moment egal.

»Und was deine geschäftlichen Absichten betrifft, Vater. Salvador will die Mitgift, die er Ana seinerzeit hat zukommen lassen, und auch Anas in die Ehe eingebrachtes Kapital zurückhaben. Spätestens nach deinem Ableben soll Rafael deinen Handel übernehmen. Ich möchte, dass du es weißt, wenn du mich morgen zum Traualtar führst.« Auch das musste auf den Tisch.

Vater schlug die Hände vors Gesicht und saß für eine Weile reglos da. Für einen kurzen Moment tat er ihr leid, doch der Zorn auf ihn wollte sich nicht legen.

»Es stimmt. Salvador gab mir die Schuld an Anas Tod. Ich musste ihm an ihrem Grab schwören, dass du Rafael heiraten wirst«, gab er dann doch zu.

»Was hast du ihr angetan?«

»Es ist zu deinem Besten, wenn du es nicht weißt. Ich habe sie nicht schlecht behandelt. Sie wurde mit ihrem Leben nicht mehr fertig. Nach deiner Geburt.«

»Du warst mit ihr in England. Was ist in der Zeit passiert?«

»Ich flehe dich an. Bitte frag nicht weiter …«

Isabel sah ein, dass dies keinen Sinn mehr hatte. Sie erhob sich. Er wusste nun, was er wissen sollte. Für einen Moment überlegte sie sich, ob sie ihn zum Reden bringen würde, wenn sie ihm nun auch noch darlegte, was ihr in der Zeit seit ihrer Ankunft widerfahren war, doch sie entschied sich dagegen.

»Wenn du willst, lass uns nach England zurückfahren«, schlug er allen Ernstes vor.

Isabel erstarrte.

»Ich breche das Versprechen. Deinetwegen«, fuhr er fort.

Isabels Herz schlug bis zum Hals. Jetzt auf einmal, wo er wusste, dass Salvador letztlich nur auf sein Vermögen aus war.

»Die Hochzeit findet morgen statt«, sagte sie.

»Aber du wolltest ihn doch nicht heiraten?« Vaters Stimme überschlug sich.

Ihm nun von der Kaution zu erzählen und dass die Eheschließung eine Voraussetzung für ihre Freiheit war, kam nicht infrage. Auch in England würde der Arm des Gesetzes nach ihr greifen. Wenn ihr schon aufrichtige Liebe in ihrem Leben verwehrt wurde, wollte sie wenigstens nicht im Gefängnis ihr Leben fristen. Und eines Tages endlich frei sein, wie sie es sich fest vorgenommen hatte.

»Ich erwarte dich morgen um halb zehn vor der Kirche. Ich werde Rafael Fourrat Vargas heiraten. Genau so, wie du es dir gewünscht hast.«

Ihr Vater sah sie in einer Mischung aus Unverständnis und Verzweiflung an. Er hatte ihr die Träume genommen, ein Studium an der Akademie. Einen Mann auf sie angesetzt, der über sie hergefallen war und für dessen Tod sie sich nun verantworten musste. Isabel konnte es ihm nicht verzeihen, nicht nach all dem.

»Isabel … Es tut mir alles so leid«, wisperte er.

»Diese Einsicht kommt zu spät, Vater. Das tut mir auch leid.«

Isabel ging zur Tür.

»Isabel.«

»Ruh dich aus, Vater. Es gibt nichts mehr zu bereden.« Isabel erschauderte, weil sie so harsch mit ihrem Vater sprach, doch zugleich verschaffte ihr jedes Wort die Kraft, die sie brauchte, um den morgigen Tag zu überstehen.

Isabel rechnete es Rafael hoch an, dass er ihr keinen Strick daraus drehte, ihrem Vater reinen Wein über Salvadors wahre Beweggründe für diese Eheschließung eingeschenkt zu haben. Er hatte sich auf der Rückfahrt lediglich rückversichern wollen, dass dem so war. Anscheinend war ihm die in Aussicht gestellte Freundschaft, die Isabel an seinem Verhalten und seiner Loyalität ihr gegenüber dingfest machte, wichtiger als alles andere. Allerdings hatte er nachgefragt, wie es ihrem Vater ging. Isabel sah keinen Grund, ihm nicht zu offenbaren, dass ihr Vater nun auch damit leben musste, dass sie ihn mit der Lebenslüge über den Tod ihrer Mutter konfrontiert hatte.

Sein Interesse daran war ein weiterer Charakterzug, den sie bei Rafael nicht vermutet hätte.

»Hat er dir gesagt, warum er dich belogen hat?«, wollte er wissen.

»Um mich nicht damit zu belasten.«

»Vielleicht hat er ja richtig gehandelt.«

»Er hat es sich leicht gemacht, weil er sich nicht rechtfertigen musste. Irgendwann stellt auch ein Kind Fragen«, sagte Isabel.

»Vater glaubt, dass er Ana schlecht behandelt hat«, sagte Rafael.

»Das kann ich mir nach wie vor nicht vorstellen. Er ist kein Mensch, der sich dazu hinreißen ließe. Er hat sie geliebt.«

»Wie kannst du dir da so sicher sein? Hat er oft über sie gesprochen, von früher erzählt? Von glücklichen Tagen? Mein Vater spricht heute noch über Ana. Er besucht sie auf dem Friedhof, legt dort Blumen ab. Ich glaube, er hat ihren Tod bis heute noch nicht überwunden.«

Letzteres überraschte Isabel. Salvador hatte sich ihr gegenüber bisher nicht als Mann offenbart, der zu Gefühlen dieser Art überhaupt in der Lage war.

»Einmal habe ich meinen Vater in der Kirche weinen sehen.« Isabel erinnerte sich noch lebhaft daran. »War es denn seinerzeit eine Liebesheirat zwischen meinem Vater und deiner Tante?«, wollte sie dann wissen.

»Von Vater weiß ich nichts Gegenteiliges. Aber du hast ja selbst gesagt, dass Esteban sie geliebt hat.«

Isabel brauchte eine Weile, um dies zu verdauen. Wer selbst aus Liebe heiratete und seiner Tochter eine Ehe aus geschäftlichen Gründen zumutete, brachte sich in ihren Augen noch mehr in Misskredit.

Die Kutsche erreichte das Haus. Während Isabel ausstieg, fragte sie sich, wie Rafael es seinem Vater beibringen würde, dass Esteban nicht zugegen war. Doch zunächst mussten sie es Alba erklären.

Sie fing sie ab, nachdem sie das Haus betreten hatten. »Ist Ihr Vater nicht angekommen? Aber es hieß doch, das Schiff sei pünktlich«, fragte sie besorgt nach.

»Die lange Fahrt. Er fühlt sich nicht wohl und hat sich ein Hotelzimmer genommen«, erklärte Isabel.

»Die schöne Lammkeule mit Rosinen«, jammerte sie.

»Sie wird auch uns gut schmecken«, beschwichtigte Rafael.

»Er ist nicht da?« Isabel vernahm Salvadors Stimme aus dem Salon.

Isabel tauschte einen Blick mit Rafael.

»Warten Sie mit dem Dinner noch etwas«, sagte Rafael und bedeutete Isabel, ihm in den Salon zu folgen.

»Er ist zu erschöpft von der Reise?«, fragte Salvador. Er saß in seinem Sessel vor der Bücherwand und wirkte angespannt.

»Esteban hat sich ein Zimmer im Gran Hotel Fornos genommen«, erklärte Rafael.

Salvador gab einen höhnischen Laut von sich.

»Er wird morgen pünktlich zur Zeremonie erscheinen«, fügte Rafael noch hinzu.

»Wenn er dazu nicht auch noch zu feige ist«, kam dann.

»Er wird kommen«, bot Isabel ihm Paroli.

»Ist das so?«

»Vermutlich war mein Vater nicht in der Stimmung, mit Ihnen über die Hintergründe, die zu dieser Eheschließung geführt haben, zu sprechen.«

»Was weißt du schon über die Hintergründe?«

Rafael holte tief Luft. Er ahnte sicher, dass Isabel seinen Vater nicht verschonen würde.

»Ihre wirtschaftlichen Interessen. Kam die Mitgift seinerzeit denn nicht von Herzen, dass sie nun wiederbeschafft werden soll? Und Anas Vermögen?«

Salvador sah seinen Sohn verwundert an.

»Ich habe euer Gespräch über dieses Thema mit angehört«, erklärte sie.

»Mit gutem Recht«, erwiderte er. In seiner Stimme lag Hass.

»Es macht meine Mutter nicht wieder lebendig und eines ist gewiss: Man kann meinem Vater alles Mögliche nachsagen, aber dass er meine Mutter schlecht behandelt haben soll, auch das nehmen Sie doch an, halte ich für ausgeschlossen.«

»Was weißt du schon …«

»Ich habe bis zu meinem einundzwanzigsten Lebensjahr mit ihm gelebt.«

Salvador schwieg, was Isabel auch als eine Antwort wertete.

»Ich werde Alba Bescheid geben, dass ich nur eine Kleinigkeit auf meinem Zimmer zu mir nehme. Sieh mir das bitte nach, Rafael.«

Er nickte, sichtlich angeschlagen. Isabel rechnete mit einer schlaflosen Nacht. Rafael und Salvador würde es wohl ähnlich ergehen und das zu Recht.

Kapitel 24

Eine Hochzeit war zweifelsohne eines der Ereignisse, das für die meisten Menschen einen Höhepunkt ihres Lebens darstellte, auf den sie sich freuten. Zumindest hatte Isabel das bisher immer angenommen. Wenn sie der Berufserfahrung der Schneiderin ihres Brautkleides Glauben schenken durfte, schien dies gerade bei Eheschließungen in höheren Kreisen aber nicht immer der Fall zu sein. Vom Hörensagen war Isabel das auch aus ihrer Zeit in London nicht unbekannt. Jemanden heiraten zu müssen, um einer Verurteilung als Mörderin zu entgehen, hatte jedoch eine ganz andere Qualität.

Isabel betrachtete sich im Spiegel in einem der Räume im Pfarrhaus der Kirche der Himmelfahrt am Plaza de la Constitució, wo ihre Trauung in einer halben Stunde stattfinden würde. Und kommende Woche, wie Isabel von Rafael auf der Herfahrt erfahren hatte, dann auch noch standesamtlich. Einen früheren Termin hatte selbst Salvadors Einfluss nicht erwirken können – kirchlich jedoch schon. Da reichte eine großzügige Spende. Auch das hatte ihr Rafael gesteckt. Alles deutete darauf hin, dass Salvador die kirchliche Trauung überragend wichtig war, um seinen Triumph in aller Öffentlichkeit zu zelebrieren. Rechtskräftig wäre die Eheschließung ohne eine auf dem Standesamt unterzeichnete Heiratsurkunde allerdings nicht – ein schwacher Trost, denn auch diesem Termin glaubte Isabel nicht entrinnen zu können.

Alba zupfte an ihrem Kleid herum, damit jede Rüsche wie eine Blüte ihre volle Schönheit entfalten konnte.

Obwohl maßgeschneidert, zwickte der Stoff an den Armen. Ihr Körper rebellierte dagegen. Nach einer nahezu schlaflosen Nacht, in der Isabel wieder und wieder das Gespräch mit ihrem Vater durch den Kopf gegangen war, sie über den Verbleib von Fernando nachgedacht und sie Fragen geplagt hatten, wie es in ihrem Leben weitergehen würde, kam sie sich mit Albas Worten im Traum in Weiß eher wie in einem Albtraum vor.

»Wenn ich Sie so sehe, Isabel, da bereue ich es, nicht geheiratet zu haben«, sagte Alba und seufzte.

»Gab es denn einen Mann in Ihrem Leben, mit dem Sie vor den Traualtar getreten wären?«

»Er hieß Calvino. Es war Liebe auf den ersten Blick«, schwärmte Alba verzückt, während sie an ihr herumfriemelte.

»Und warum haben Sie ihn nicht geheiratet?«

»Meine Eltern waren dagegen. Um ein Haar wären wir durchgebrannt, aber mein Vater war schwer krank. Ich konnte meine Mutter doch nicht allein mit ihm lassen. Calvino hat dann eine andere Frau geheiratet. Jahre später. Es hat mir fast das Herz gebrochen.«

»Und seither haben Sie sich nie wieder verliebt?«

»Anscheinend gibt es nur eine wahre Liebe im Leben.« Sie seufzte und schüttelte den Kopf.

Isabel bereute es, Alba danach gefragt zu haben, denn die Gedanken an Fernando, die die Ereignisse vom Vortag überlagert hatten, überkamen sie nun mit aller Wucht.

»Da haben Sie mehr Glück. Ich weiß, es steht mir nicht zu, das zu sagen, aber ich glaube sogar, Sie sind die Frau, die er braucht. Ich kenne ihn ja von Kindesbeinen an. Er hat zu viel von seinem Vater, aber seitdem Sie hier sind, hat Rafael sich irgendwie verändert.«

Ein schwacher Trost. Was Isabel brauchte, danach fragte niemand.

Alba überprüfte noch, ob der Schleier richtig saß, und wirkte nun zufrieden.

»Ich bin so aufgeregt, als ob ich selbst vor den Traualtar treten würde«, sagte sie.

Isabel ging zum Fenster und schaute auf den kleinen Platz vor der Kirche. Noch vor einer Viertelstunde hatten sich nur wenige geladene und nicht geladene Gäste in festlicher Kleidung dort eingefunden. Mittlerweile waren es gut zwei Dutzend. Sie hielt nach ihrem Vater Ausschau, konnte ihn jedoch nirgends entdecken. Rafael hatte angeboten, ihn vom Hotel abzuholen. In dem Moment kam ihr in den Sinn, was passieren würde, falls er nicht käme. Er hatte ihr schon angeboten, das Eheversprechen zurückzuziehen. Rafael hatte sie bewusst nichts davon erzählt. Konnte eine Hochzeit ohne den Brautvater stattfinden? Salvador hingegen war bereits anwesend und unterhielt sich mit zwei älteren Paaren, die genau wie alle anderen dem Anlass entsprechend elegant gekleidet waren.

»Ist Ihr Vater denn noch nicht da?«, fragte nun auch Alba, die sich zu ihr ans Fenster gesellt hatte.

Isabels Puls beschleunigte, als sie die Familienkutsche der Fourrats vorfahren sah. Sie wusste momentan nicht, was sie sich mehr wünschte. Dass ihr Vater aus ihr aussteigen würde oder nur Rafael. Es kamen beide heraus.

»Ist das Ihr Vater?«, fragte Alba.

Isabel nickte.

»Ist ihm nicht gut?« Alba war ebenso wenig entgangen, dass er sich an Rafaels Arm stützte. »Das wird die Aufregung sein. Er ist ja auch nicht mehr der Jüngste«, mutmaßte sie. Damit hatte sie recht, auch wenn sie die Hintergründe nicht kannte.

Als Salvador auf ihn aufmerksam wurde, starrte er Esteban nur an. Er verharrte ebenso in Bewegungslosigkeit. Die beiden Paare, mit denen sich Salvador bisher unterhalten hatte, folgten seinem Blick und wirkten verwundert. Ein Brautvater gesellte sich normalerweise zum Vater des Bräutigams. Selbst auf Distanz war für Isabel ersichtlich, dass in ihren Gesichtern gegenseitige Verachtung und Abneigung lag.

Esteban wechselte ein paar Worte mit Rafael, der dann auf das Pfarrhaus deutete.

»Das ist ja komisch. Die beiden begrüßen sich nicht?«, wunderte sich auch Alba.

Isabel ging nicht darauf ein.

»Schnell ins Bad. Ihr Bräutigam darf Sie doch noch nicht sehen. Das bringt Unglück.« Alba hatte wohl auch erfasst, dass Rafael ihren Vater nun zu ihr brachte.

Isabel lag schon auf der Zunge, dass es ihr bei dieser Hochzeit weder um Glück noch Unglück ging. Doch nach der Mühe, die Alba sich gegeben hatte, sie so auszustaffieren, auch weil sie ein herzensguter Mensch war, huschte Isabel in das angrenzende Badezimmer, um Rafael wunschgemäß zu entgehen.

Sie vernahm von dort, wie die Tür aufging und Albas Stimme.

»Señor Mengual Ripoll?«

Isabels Vater antwortete nicht.

»Ich bin Alba. Schade, dass Sie gestern nicht kommen konnten. Sie haben sich meine Lammkeule mit Pasas entgehen lassen«, sagte sie in ihrer herzlichen Art.

»Mit Pasas. Ja, schade«, erwiderte er.

»Rafael. Sie müssen jetzt gehen«, hörte sie Alba sagen.

Isabel verließ das Badezimmer erst, als sie die Tür erneut vernahm.

Ihr Vater musterte sie von Kopf bis Fuß, als sie ihm entgegentrat.

»Wunderschön siehst du aus«, sagte er.

In seiner Stimme lag Wärme, doch das glückliche Lächeln eines Brautvaters fehlte genau wie eine Umarmung.

»Ich habe Tee. Möchten Sie eine Tasse?«, bot Alba an.

Sie machte sich offenbar Sorgen um ihn. Er suchte Halt am Tisch.

»Gern«, gab er ihr zu verstehen.

Alba ging daraufhin in die kleine Küche in einem der beiden angrenzenden Nebenräume.

»Es soll wohl alles so sein«, sagte er mehr zu sich.

Isabel nickte.

»Ich habe vieles falsch gemacht«, fuhr er fort.

»Wir reden später darüber«, sagte Isabel. Ein Blick auf die Wanduhr genügte, um ihrem Vater klarzumachen, dass er gerade noch Zeit hatte, den Tee zu sich zu nehmen.

Erst nachdem Isabel und ihr Vater das Pfarrhaus verlassen hatten, bot er ihr seinen Arm an. Es gehörte sich so. Isabel hängte sich aber auch deshalb bei ihm ein, weil sie das Gefühl hatte, dass er Halt suchte.

Alba verschloss das Pfarrhaus und huschte an ihnen vorbei, um sich den letzten Gästen anzuschließen, die gerade in der Kirche verschwanden.

Vater hielt für einen Moment inne und schaute hinauf zum Glockenturm der Kirche der Himmelfahrt, dann auf die dahinterliegende runde und viel tiefer liegende Kuppel, unter der sich der Altar befand. Isabel kannte die Kirche mit ihrem hohen Tonnengewölbe und den schönen Seitenkapellen, die einst ein Augustinerkloster gewesen war. Dort hatte sie als Kind genau wie ihre Mitschüler die Beichte ablegen und sich dabei etwas ausdenken müssen, um überhaupt etwas sagen zu können. Vater hätte heute mehr Grund dazu.

»Hier haben Ana und ich geheiratet«, sagte er melancholisch berührt.

Das war eines der wenigen Dinge, die er ihr erzählt hatte, ebenso, dass sie hier getauft worden war. Isabel konnte sich mittlerweile denken, warum Salvadors Wahl auf diese Kirche gefallen war.

»Warum habt ihr nicht miteinander gesprochen? Du hast ihn nicht einmal begrüßt«, stellte Isabel fest.

»Man kann die Vergangenheit nicht so schnell zur Seite wischen. Nicht vor deiner Hochzeit. Das wäre der falsche Zeitpunkt«, erklärte er, was Isabel unmittelbar einleuchtete.

»Wir sollten reingehen«, schlug sie vor.

Vater nickte und ließ sich von ihr zum Eingang führen. An und für sich sollte der Brautvater ihr Halt geben. Es war umgekehrt. An dieser Hochzeit war nichts, wie es sein sollte, stellte Isabel fest.

Sie mussten nicht lange warten, bis der Organist den Hochzeitsmarsch spielte. Isabel zögerte für einen Moment, ihren Fuß in die Kirche zu setzen. Eigentlich hatte sie davon geträumt, am Traualtar Fernando vor sich zu sehen. Dort stand nun Rafael, im Frack. Isabel holte noch einmal tief Luft und schritt dann im Takt der Musik hinein, ihren Blick auf die Marienstatue gerichtet, die hinter dem Altar auf einem von zwei Säulen getragenen überdachtem Portal eingelassen war. Aus den Augenwinkeln bekam sie mit, dass die Kirche bis auf den letzten Platz gefüllt war. Sie konnte die Blicke der Anwesenden, die auf ihr lagen, wie einen kalten Hauch auf ihrer Haut spüren. Wie sanft sie die Mutter Gottes anlächelte. Sie hatte die gleichen Gesichtszüge wie ihr Abbild in der Londoner Kirche. Wie oft hatte sie dort gebetet, mit ihrer Mutter gesprochen? Sich Rat erhofft. Hatte sie ihr nicht immer beigestanden? Ihr Kraft gegeben, wenn sie krank gewesen war oder in der Schule Ärger gehabt hatte? Hätte sie ohne die feste Überzeugung, immer von ihrer Mutter beschützt zu werden, überhaupt den Mut gehabt, sich an der Londoner Kunstakademie zu bewerben? Anscheinend hatte Mutter sie nun verlassen. Es hatte keinen Sinn mehr, zu María zu beten, dachte sie sich, als sie Rafael erreichte und ihr Vater sie wortlos an den Bräutigam übergab.

Wie glückselig Rafael sie ansah, voller Stolz und Zuneigung. Isabel versuchte, sich ein Lächeln abzuringen. Es wollte ihr nicht gelingen. Sie bemerkte, dass ihr Vater Platz in der ersten Reihe neben Alba fand. Salvador saß am anderen Ende. In dem Moment setzte die Musik aus. Einzelne Stimmen, Geflüster und Räuspern verebbten, gaben Raum für Stille. Isabel schaute hinauf zum Priester, einem grauhaarigen Mann namens Morales in weißem Gewand, das eine goldfarbene Stola zierte.

»Liebe Gemeinde. Wir haben uns heute hier versammelt, weil Isabel Mengual Fourrat und Rafael Fourrat Vargas den heiligen Bund der Ehe eingehen wollen. Die Liebe ist so stark wie der Tod. Ihre Glut ist feurig und eine Flamme des Herrn, sodass auch viele Wasser die Liebe nicht auslöschen und Ströme sie nicht ertränken können. Vielmehr sollt ihr wie ein Boot auf dem Meer getragen werden, das euch selbst vor schweren Stürmen beschützt. Nichts mehr soll künftig zwischen euch treten können, und deshalb frage ich jetzt, ob irgendjemand der hier Anwesenden etwas gegen diese Eheschließung einzuwenden hat. Er möge jetzt hervortreten oder für immer schweigen«, sagte er.

Isabel fuhr vor Schreck zusammen, als sie plötzlich Schritte vernahm, gefolgt von einem Raunen, das durch das Gewölbe hallte. Sie drehte sich genau wie Rafael um und sah eine ebenfalls festlich gekleidete Frau zum Altar gehen. Sie trug einen dunklen Schleier, der ihr Gesicht verhüllte. Isabel suchte Halt an Rafaels Arm.

»*Ich* habe etwas gegen diese Ehe einzuwenden!«

Isabels Atem stockte, denn die Stimme kannte sie. Sie gehörte Carmen.

Sie lüftete ihren Schleier und trat vor.

»Sie sind?«, stammelte der Geistliche konsterniert.

»Ich bin Isabel Mengual Fourrats leibliche Mutter und ich werde nicht zulassen, dass mein Kind, das mir vor vielen Jahren genommen wurde, ins Unglück stürzt.« Carmens Augen füllten sich mit Tränen, doch ihre Stimme war kräftig und hallte wie Donner durch das Gebäude, gefolgt von einem Raunen der Anwesenden.

Salvador starrte Carmen genau wie Rafael ungläubig an.

Isabels Augen wurden ebenfalls feucht. Das Gefühl, ihr vertrauen zu können, schon von Anfang an, ein warmer Strom, wann immer sie in ihrer Nähe gewesen war, wurde auf einmal zur heißen Flut, die sie die Liebe dieser Frau spüren ließ.

»Aber ... aber ihre Mutter ist ... ist Ana Fourrat Vives«, stammelte der Pfarrer.

»Steh auf, Esteban! Sag es ihnen. Vor dem Angesicht Gottes. Es wird Zeit«, forderte Carmen ihren Vater auf.

Vater fasste sich an sein Herz. Das Atmen fiel ihm sichtlich schwer. Er war schreckensbleich. Die Blicke aller Anwesenden richteten sich auf ihn.

»Ist es wahr, was diese Frau sagt?«, wollte sich der Geistliche bei ihm vergewissern.

Vater nickte, dann sah er Isabel direkt in die Augen. In den seinen las Isabel die Bitte um Vergebung. Er rang um Luft. Alba konnte ihn gerade noch auffangen, bevor er vom Stuhl fiel.

Isabel eilte zu ihm. Rafael folgte ihr und half ihr, ihren Vater aufrecht zu halten. Sie fürchtete, er würde das Bewusstsein verlieren.

»Geht nach Hause. Es gibt hier nichts mehr zu sehen«, forderte Carmen die Anwesenden auf.

»Kannst du aufstehen, Vater?«

Er nickte schwach und ließ sich von Isabel und Rafael aufhelfen.

Isabel bekam das Getuschel und Gerede der Anwesenden nur noch als Stimmengewirr mit, auch dass Salvador aus der Kirche stürmte.

Der Pfarrer öffnete geistesgegenwärtig das seitliche Kirchenportal. Von dort waren es nur ein paar Schritte bis zum angrenzenden Pfarrhaus. Isabel hoffte inständig, dass ihr Vater nicht in ihren Armen verstarb, und das nicht nur, weil sie endlich die Wahrheit bezüglich der Umstände zu Anas Freitod aus seinem Munde erfahren wollte.

Isabel öffnete den Hemdkragen ihres Vaters, der schweißgebadet auf der Couch des Pfarrhauszimmers lag. Alba hatte ihm ein Glas Wasser gebracht.

»Vater, du musst etwas trinken«, forderte Isabel ihn auf. Er war überhaupt nicht mehr ansprechbar. Seine Augen waren starr und tränengerötet.

»Vater.«

Er nickte, doch er war zu schwach, um sich aus eigener Kraft zu erheben.

Rafael half ihm auf. Alba bettete ein Kissen in seinen Rücken.

Isabel führte das Glas an seinen Mund. Er nahm ein paar Schlucke. Dann ließ er sich erschöpft zurück auf das Kissen fallen.

»Ruh dich aus«, forderte Isabel ihn auf, doch er schüttelte den Kopf.

»Es tut mir so leid, Isabel«, wisperte er.

Isabel setzte sich zu ihm und nahm seine Hand. »Sprich jetzt nicht, Vater.«

»Es stimmt, was Carmen gesagt hat.«

»Nicht jetzt.«

»Doch. Du sollst es wissen, Isabel.« Jedes Wort, das seine Lippen verließ, schien ihn zu erleichtern. Er wischte sich die Tränen aus den Augen. »Ich habe mir einen Erben gewünscht, aber Ana, sie wurde nicht schwanger. Sie wollte aber auch ein Kind haben …« Vater nahm einige tiefe Atemzüge, bevor er weitersprechen konnte. »Ich kannte Carmen vom Sehen. Sie war in finanzieller Not. Ana kannte sie auch. Sie hat dann bei uns im Haushalt geholfen. Carmen hat Ana weinen sehen, weil sie wieder nicht schwanger war. Der Arzt sagte, Ana könne keine Kinder bekommen. Carmen brauchte Geld …«

»Ana hat sich darauf eingelassen, dass Carmen …?« Isabel wagte es nicht auszusprechen.

»Ich habe ihr gut zugeredet. Niemand sollte je davon erfahren …«

»Ihr seid deshalb nach England gegangen, damit niemand bemerkt, dass Ana kein Kind erwartet?«, schlussfolgerte Isabel.

Ihr Vater nickte. »Aber dann … Carmen wollte dich nicht mehr hergeben. Mein Kind. Ich liebe mein Kind, hat sie gesagt. Nimm es mir nicht weg. Ich hätte auf sie hören sollen, Isabel, doch ihre Eltern waren krank. Sie brauchte noch mehr Geld für die Ärzte … Wahrscheinlich hat sie das nie überwunden. Lass dich nie wieder bei mir blicken, habe ich ihr gesagt. Ich habe ihr gedroht, damit Ana glücklich werden konnte«, schluchzte er.

Alba wischte sich ebenfalls Tränen aus den Augen. Rafael saß mit versteinerter Miene neben der Couch.

»Es ging alles gut, aber Ana … Sie wurde nicht damit fertig. Ich habe ihr oft genug das Gefühl gegeben, schuld daran zu sein, dass sie kein Kind zur Welt bringen konnte, und nun hatte sie das einer anderen, die ihretwegen litt. Sie hat sich Morphin geholt, gegen die Schwermut, doch … Sie hat sich dann das Leben genommen. Als sie einundzwanzig war.« Vater sackte entkräftet auf das Kissen.

Isabel hielt seine Hand.

»Deshalb sollte ich Isabel im gleichen Alter heiraten?«, fragte Rafael.

Esteban nickte, sein Blick nach Vergebung heischend.

Isabel konnte es sich selbst nicht erklären, doch all der Zorn gegen ihn schien sein Geständnis hinfortgespült zu haben. Er tat ihr nur noch leid und sie hoffte, dass er wieder zu Kräften kam. Nun wurde ihr auch klar, warum er sich ihr gegenüber ab dem Moment, als er ihr die Eheschließung eröffnet hatte, so merkwürdig verhalten hatte. Wie ein Tyrann, der über ihr Leben bestimmte, und zugleich von Wehmut gezeichnet.

Es klopfte an der Tür. Isabel warf Alba einen Blick zu, um ihr zu sagen, dass sie nachsehen sollte, wer es war.

»Ruh dich jetzt aus«, sagte sie zu ihrem Vater.

Alba kam zurück und ging zu Isabel. »Es ist Carmen.«

Erstaunlicherweise löste sich ein sanftes Lächeln auf Vaters Lippen. »Geh zu ihr. Deine Mutter …«, hauchte er.

»Ich bleibe hier, für den Fall, dass es ihm schlechter geht. Ich fahre ihn dann ins Krankenhaus«, schlug Rafael vor.

Isabel nickte dankbar. Allein schon dafür, dass er ihr, ohne zu zögern, geholfen hatte. Nicht als ihr Ehemann, sondern als ein Mann, der sich spätestens am heutigen Tage ihre Freundschaft verdient hatte.

Carmen stand allein auf dem Vorplatz der Kirche, als Isabel sie erreichte. »Wie geht es ihm?«, wollte sie wissen.

»Er ist geschwächt, aber wird es wohl überstehen.«

»Mir blieb keine andere Wahl. Und wenn ich ganz ehrlich bin, habe ich oft von diesem Moment geträumt. Als ich dich dann das erste Mal sah … Jeden Tag habe ich mir überlegt, ob du es überhaupt hören möchtest. Ein verdorbenes Mädchen als Mutter zu haben.«

»Vater hat mir alles erzählt. Das Geld, England und … Anas Tod.«

»Ich gab mir die Schuld daran. Ich war eine Zeit lang bei ihr, habe im Haushalt geholfen. Wir waren wie Freundinnen, doch als du dann auf der Welt warst … Es hat mir das Herz gebrochen. Er hat mir Geld gegeben. Meine Mutter wäre sonst gestorben. Sie ist es dann das Jahr darauf. Ich war mittellos. Am Verhungern. Mir blieb keine andere Wahl, als meinen Körper zu verkaufen«, sagte sie.

Isabel nickte. Sie kannte die Schicksale der Frauen, die bei ihr das Brot verdienten.

Beide sahen sich für einen Moment nur an.

»Es fällt mir schwer, Mutter zu dir zu sagen«, gestand Isabel offen ein.

»Ich fürchte, daran muss ich mich auch erst gewöhnen.«

»Wahrscheinlich muss ich mich jetzt vor Gericht verantworten. Und ohne die Eheschließung wird es nicht einfach, meine Unschuld zu beweisen«, dämmerte Isabel.

»Das wird nicht passieren. Andernfalls wäre ich nicht in der Kirche aufgetaucht.«

Isabel sah sie fragend an.

»Señor Tomás Méndez, der Staatsanwalt. Er hat die Anklage fallen lassen.«

»Was?« Isabel konnte das kaum glauben.

»Méndez hat ein uneheliches Kind, von dem ich weiß«, deutete sie süffisant lächelnd an.

»Du hast ihn damit erpresst?«, fragte Isabel fassungslos.

»So würde ich das nicht nennen. Eher an etwas erinnert, an eine alte Schuld. Ich habe ihn aufgesucht und gefragt, ob sich eine Schuld nicht mit einer anderen tilgen lässt. Seinen Unfall mit deinem.«

»Und er hat zugestimmt?« Isabel war fassungslos.

»Jemand, der plant, bei der nächsten Bürgermeisterwahl anzutreten, dem bleibt nichts anderes übrig, doch es gibt noch etwas. Ich habe in der Schweizer Klinik angerufen. Biel musste

Zahlungen unterschreiben. Ich wollte wissen, wann er wiederkommt. Nun. Biel ist schon seit Tagen nicht mehr in der Schweiz. Die Behandlung kostet mehr Geld, als er dachte.«

Isabel horchte auf. »Hast du ihn gesehen?«

»Nein. Das wundert mich. Und Fernando? Gibt es neue Erkenntnisse?«

»Er scheint noch zu leben. Ich konnte das gar nicht glauben, aber er hat von der Banco Comunal Agrícola in San Agustín Geld abgehoben. Von Cristóbals Erbe.«

Carmen wurde hellhörig. »Sagtest du San Agustín?«

»Ich bin mir sicher, dass ich das recht in Erinnerung habe.«

»Dort hat Biel ein Haus. Von seinen Eltern. Angeblich ein kleiner Hof. Weißt du bestimmt, dass Fernando das Geld abgehoben hat?«, fragte Carmen.

»Inspektor Molina hat mir den Scheck mit seiner Unterschrift gezeigt.«

In Carmen schien es zu arbeiten. »Es mag ja sein, dass er unterschrieben hat, doch …«

»Was willst du damit sagen?«

»Die Frauen, die bei uns arbeiten, müssen auch ein Papier unterschreiben, dass sie freiwillig hier sind. Biel weiß, wie man Unterschriften erzwingt.«

»Du meinst, Fernando ist in seiner Gewalt?«

»Wir sollten sofort zu Molina fahren, doch sieh erst nach deinem Vater«, schlug sie vor.

Isabels Herz schlug vor Aufregung bis zum Hals. Fernando war noch am Leben?

Isabel hatte sich erst auf den Weg zu Molina gemacht, als sie sich sicher sein konnte, dass ihr Vater wohlauf war. Ihm nach all der Aufregung noch zu erklären, warum sie zur Polizei musste und dass es um einen Fernando ging, den ein Zuführer wahrscheinlich in seiner Gewalt hatte, war ausgeschlossen. Das hatte Zeit.

Diese mit ihrer Mutter zu verbringen und gemeinsam in die Stadt zu fahren, war nicht nur glaubwürdig, sondern schonte seine Nerven. Es entsprach zudem auch noch einem Teil der Wahrheit.

Isabel hatte die Gelegenheit genutzt, um sich ihres Hochzeitskleides zu entledigen, und sich schnell im Nebenraum des Pfarrhauses umgezogen. Rafael draußen unter vier Augen über die jüngsten Ereignisse in Kenntnis zu setzen, verstand sich von selbst. Sein Angebot, sie und Carmen zu begleiten, wusste Isabel zu würdigen, doch ihr war es lieber gewesen, dass er und Alba noch eine Weile bei ihrem Vater blieben und ihn später zum Hotel bringen würden. Was auch Albas Vorstellung entsprach.

Es war nur ein kurzer Weg von der Kirche bis zur Polizeistation. Sie hatten den kurzen Fußweg dennoch genutzt, um sich zu überlegen, wie sie es Molina am besten beibrachten, dass nun noch jemand mit ins Spiel kam, von dem er bisher nichts wusste. Biel Salort. Isabel sah dem Treffen mit Molina daher mit gemischten Gefühlen entgegen.

Sie warteten gerade mal fünf Minuten am Empfangsbereich, bevor er sie zu sich rufen ließ. Molina stand bereits an der geöffneten Tür und starrte sie ungläubig an.

»Señorita Mengual Fourrat? Vielmehr ist aus Ihnen ja, wie ich der Zeitung entnommen habe, nun eine Señora geworden. Was machen Sie hier?« Er stutzte, vermutlich auch, weil er sich nicht erklären konnte, was Carmen in ihrer Begleitung zu suchen hatte.

»Señorita«, berichtigte Isabel ihn.

Molina stand irritiert in der Tür. »Kommen Sie rein. Sie haben nicht geheiratet?«, fragte er, während Isabel und Carmen ihm in sein Büro folgten.

»Nein.«

»Warum nicht? Doch nicht etwa, weil die Anklage fallen gelassen wurde? Offen gestanden hat mich das überrascht.«

»Mich nicht. Sie war unschuldig«, sagte Carmen.

»Warum sind Sie überhaupt hier?«

»Sie ist meine Mutter.«

Molina musste sich setzen und deutete auf die Couch. Er starrte sie ungläubig an.

»Das ist allerdings eine längere Geschichte und deswegen sind wir nicht hier«, erörterte Carmen, bevor sie neben Isabel Platz nahm.

»Sondern?«

»Es geht um Biel Salort.«

Molina sah sie irritiert an. »Der arbeitet doch in Ihrem Haus«, stellte er fest.

»Richtig.«

Seinem Blick nach zu urteilen, waren einige Erklärungen fällig, doch er fragte bereits nach: »Wussten Sie, dass sie Ihre Mutter ist? Ich dachte, sie sei Ihr Kindermädchen gewesen?«, wollte Molina wissen.

»Das dachte ich anfangs auch, aber das spielt jetzt keine Rolle mehr.«

»Nun gut. Fahren Sie fort.«

»Biel Salort hat mich betäubt, als ich nach Carmen gefragt habe. Ich musste für einen Tag in diesem Freudenhaus Dienste leisten.«

Molina starrte sie nur noch fassungslos an.

»Letztlich nur, damit ich Rafael Fourrat davon in Kenntnis setzen konnte, dass seine Braut bei uns ist. Er war Klient. Das war die einzige Möglichkeit, sie herauszubekommen«, erklärte Carmen.

»Ich war dann bei Rafael, doch ich wollte ihn nicht heiraten. Ich wusste, dass Fernando jeden Freitag im Stoffgeschäft seine Schnitzereien abgibt, damit sie bezogen werden.«

Molina sah mittlerweile so aus, als würden zwei Geistererscheinungen vor ihm sitzen. »Und weiter?«, fragte er.

»Fernando kam und mir gelang die Flucht. Ich war bei ihm und bei Cristóbal. Das hat Salort nicht hinnehmen wollen. Er hat mich, als wir in der Stadt waren, überfallen und mich entführt. Fernando war im Laden gegenüber und hat die Kutsche eingeholt. Biel hielt Säure in der Hand.«

»Biel hat damit einigen Frauen, die nicht mehr für ihn arbeiten wollten, das Gesicht gezeichnet«, warf Carmen ein.

Molina begann an seinen Fingernägeln zu kauen.

»Biels Kutsche geriet in einer Kurve ins Wanken. Dabei hat Biel sich selbst das Gesicht verätzt«, erzählte Isabel.

»Wir vermuten, dass er den Brandanschlag verübt hat, weil er Isabel und Fernando töten wollte«, legte Carmen ihm nahe.

Molina schlug mit der flachen Hand auf den Tisch. Isabel und Carmen zuckten zusammen. »Und das sagen Sie mir erst jetzt?«

»Was hätte ich tun sollen? Ich bin des Mordes angeklagt, weil ich in Notwehr gehandelt habe und dabei Ferrel ums Leben kam, und soll dann auch noch zugeben, dass ein anderer Mann meinetwegen nur noch eine intakte Gesichtshälfte hat? Wie hätte das ausgesehen?«

Molina ließ sich das durch den Kopf gehen. »Gut, also Biel Salort.«

»Er hat einen Hof von seinen Eltern geerbt. In San Agustín«, sagte Carmen, wobei sie Letzteres betonte.

»Ach. In San Agustín. Dort ist doch die Bankfiliale…« Ihm schien etwas zu dämmern.

»Eben. Auch auf die Gefahr hin, dass ich mir selbst damit schade, weil ich diese Fälle nicht zur Anzeige gebracht habe. Er lässt Frauen Verträge unterschreiben, mit Nachdruck. Sie verstehen, was ich meine?«

Molina nickte nachdenklich. »Sie glauben also, dass er Fernando festhält und ihm die Unterschrift unter Druck …«

Carmen nickte. »Sie müssen Ihre Leute dort hinschicken. Ich weiß, wo sein Haus ist«, forderte sie ihn auf.

»Aber er hat doch schon das ganze Geld abgehoben.«

»Das war aus der Erbschaft von Cristóbal, weshalb wir ein Darlehen für den Wiederaufbau des Hofs beantragt haben. Der Herr von der Banco Comunal Agrícola meinte, dass dies eine Weile dauern würde.«

»Sie glauben also, dass Fernando noch am Leben ist, weil Salort noch mehr Geld will? Aber woher kann dieser Salort das denn wissen?«

»Vielleicht hat er den Darlehensvertrag in der Schublade unserer Wohnung gefunden«, mutmaßte Isabel.

Molina stand auf und zog eine Akte aus dem Schreibtisch.

»Nach was suchen Sie?«, wagte Isabel zu fragen.

»Nach diesem Vertrag. Suárez hat sich alles mitgeben lassen.« Molina blätterte durch die Akte und zog ein geklammertes Dokument heraus.

»Der Darlehensvertrag?«

Molina nickte und blätterte durch die Seiten. »Da haben wir es. Vorgesehene Auszahlung zum dritten dieses Monats.«

»Das ist ja schon heute«, stellte Isabel mit Schrecken fest.

»Dann hat er ihn sicherlich schon einen Scheck unterschreiben lassen«, sagte Carmen zu Isabels wachsender Beunruhigung. Sie war sich bewusst, dass Fernando in diesem Fall ja nicht mehr für eine erneute Unterschrift gebraucht wurde.

»Das glaube ich nicht«, sagte Molina und kramte aufs Neue in den Unterlagen. »Cristóbal hatte eine kleine Restschuld auf seinem Darlehenskonto. Die wird mit dem neuen Darlehen verrechnet. Fernando bekommt also die Differenz auf sein Konto überwiesen. Es ist ja noch nicht einmal gesagt, dass das

Geld bereits heute auf Fernandos Konto ist. Ich bin selbst bei dieser Bank. Bis da mal Geld von einem auf das andere Konto wandert – das dauert. Solche speziellen Schecks, die ein Dritter in bar einlösen kann, müssen am Tag der Ausstellung bei der Bank vorgelegt werden. Ich nehme nicht an, dass Fernando in seiner Wohnung mehr als zwei oder drei dieser sogenannten Pagaré-Schecks herumliegen hatte. Ein normaler Kunde kriegt drei, ansonsten nur Schecks zur Verrechnung. Einen hat Salort ja bereits genutzt. Das Risiko, einen Scheck falsch zu datieren, ist daher zu hoch. Wenn das Geld noch nicht drauf ist, fliegt Salort auf. Und noch etwas. Solche Schecks werden von Filiale zu Filiale anders gehandhabt. Vielleicht verlangen sie auch, dass das alte Darlehenskonto vorher aufgelöst werden muss, oder noch irgendeine andere Unterschrift – bei der hohen Summe ist das denkbar. Bevor er nicht das Geld hat, wird Fernando nichts geschehen«, führte Molina aus.

»Woher soll Salort wissen, wann das Geld auf dem Konto ist? Er bekommt doch ohne Vollmacht darüber keine Auskunft«, überlegte Isabel laut.

»Dazu muss er nur in den Briefkasten Ihrer Wohnung in Dénia schauen. Spätestens übermorgen dürfte darin eine Benachrichtigung liegen, mit dem Abrechnungsbescheid, in dem die genaue Summe steht, die ausgezahlt wird. Oder ein Kontoauszug. Er hat Fernandos Hausschlüssel, und selbst wenn er ihn nicht hätte, könnte er sich in einem Mietshaus Zugang verschaffen. Ich werde gleich Leute zu Ihrer Wohnung schicken«, sagte Molina. »Wo ist Salorts Haus?«, wollte er dann von Carmen wissen.

»Haben Sie eine Karte?«, fragte diese.

Molina stand auf und musterte die beiden. »So etwas Verrücktes ist mir in meiner ganzen Laufbahn noch nicht untergekommen«, sagte er, bevor er eine Schublade öffnete und eine Straßenkarte hervorzog.

»Wir haben keine Zeit mehr zu verlieren«, drängte Isabel ihn.

»Alicante. San Agustín.« Sein Finger wanderte über die Karte. Carmen platzierte ihren an einem bestimmten Punkt.

»Dann sehen wir uns das Ganze einmal an. Sie begleiten mich. Beide!«, verlangte er.

Carmen nickte zögerlich. Isabel sofort. Nichts lieber als das.

Kapitel 25

Die Hand ihrer Mutter zu halten, war ein unbeschreiblich schönes Gefühl. Isabel merkte Carmen an, dass es ihr genauso erging. Es war die Art, wie sie lächelte, entspannt, obwohl es überhaupt keinen Grund gab, entspannt zu sein. Sie saßen zusammen mit Molina und Suárez in der Polizeikutsche – beide bewaffnet. Zwei weitere Polizisten saßen auf dem Kutschbock. Eine Müllkutsche fuhr ihnen hinterher, zur Tarnung, wie ihnen Molina erklärt hatte. Aus diesem Grund trug Suárez heute die Kleidung eines Arbeiters. Das Hemd wirkte verschmutzt, die Hose aufgetragen. Carmen hatte Molina noch vor Aufbruch klargemacht, dass Biel vor nichts zurückschrecke und sie nicht ausschließen könne, dass er bewaffnet sei. Molina hatte zwar bereits im Büro beteuert, dass ihm ein verrückterer Fall noch nie untergekommen war, doch nachdem ihm Carmen auf Nachfrage die Hintergründe erzählt hatte, warum sie Isabels Mutter war, kam er aus dem Kopfschütteln nicht mehr heraus. Suárez, der nun ebenfalls im Bilde war, erging es nicht anders.

»Was mich noch interessiert. In der Geburtsurkunde steht Ana als Isabels Mutter«, sagte Suárez.

»Isabel kam in England zur Welt. Neugeborene werden auf Passagierlisten nicht geführt, weil für sie kein Ticket gelöst werden muss. Isabels Vater musste nur zum hiesigen Amt gehen und behaupten, dass seine Tochter hier in Spanien geboren wurde.«

»Auf den Gedanken muss man erst einmal kommen«, merkte Suárez an.

»Und seit man Ihnen Isabel weggenommen hat, arbeiten Sie in diesem Freudenhaus?«, wollte Molina wissen.

»Ich habe mich mit Feldarbeit durchgeschlagen, aber die Rosinenernte ist irgendwann vorbei. Man verdient gutes Geld. Esteban hat mich zwar noch eine Weile finanziell unterstützt, aber es reichte nicht, weil meine Mutter sehr krank war. Die Rechnungen für Ärzte und das Krankenhaus waren schon damals unbezahlbar. Ich bin dann dort hängen geblieben, wurde gut behandelt. Irgendwann ist man zu alt. Die Männer wollen junge Frauen. Ich blieb, um die Frauen vor Biel zu schützen. Was hätte ich auch sonst tun sollen? Ohne Ausbildung?«, erklärte Carmen.

»Verstehe«, erwiderte Suárez.

Isabel konnte selbst ein Lied davon singen.

»Hat dieser Biel damals schon das Haus geführt?«, wollte Molina wissen.

»Wo denken Sie hin? Biel ist meines Wissens fünfunddreißig. Damals gab es einen anderen Geschäftsführer. Er hieß Raúl. Das Haus war kleiner und trug den Namen Txoko Bar. Er war Baske.«

»Txoko?«, fragte Isabel.

»Das heißt so viel wie kuschelige Ecke.«

»Wie passend«, kommentierte Molina.

»Raúl war also der Eigentümer?«

»Nein, nur der Geschäftsführer.«

»Und jetzt? Sie trägt Ihren Namen.«

»Ich weiß es nicht.«

Das überraschte auch Isabel.

»Sie müssen doch wissen, für wen Sie arbeiten.«

»Biel weiß es. Ich nicht. Ich kümmere mich nur um die Frauen, die Termine, dass alles sauber ist. Ab und an begleiche ich kleinere Auslagen aus der Kasse.«

»Sie haben den Eigentümer noch nie gesehen?«, fragte Molina. Auch Isabel erstaunte das.

»Er will anscheinend im Hintergrund bleiben. Es ist eine Firma, aber ich weiß nicht, wem sie gehört. Aber das müssten Sie doch bei der Stadtkämmerei herausfinden können. Es werden ja Steuern bezahlt.«

Isabel war nicht mehr bei der Sache. Ihr Blick war durch das Fenster der Kutsche nach draußen gerichtet. Sie hatten das Zentrum bereits verlassen. Carmens Wissen nach war San Agustín eines der erst kürzlich errichteten Viertel am Stadtrand. Dementsprechend neu sahen die Häuser aus. Die Geschäfte dünnten sich aus. Biels Haus sollte Carmens Angaben zufolge etwas außerhalb liegen.

»Wir müssten gleich da sein«, sagte Carmen, die nun ebenfalls aus dem Fenster schaute.

»Wir werden nicht direkt zum Haus fahren, sondern am Ortsrand halten«, erklärte Molina, was Isabel unmittelbar einleuchtete, weil die Bauweise von Polizeikutschen bekannt war.

Es dauerte nicht mehr lange, bis die Kutsche in einen Feldweg bog und unter einer ausladenden Pinie, verdeckt von Sträuchern, hielt. Die Müllkutsche blieb am Wegrand stehen. Molina stieg als Erstes aus, gefolgt von Suárez, Isabel und Carmen. Letztere deutete auf einen an die zweihundert Meter entfernten alten Hof, der auf Isabel den Eindruck machte, dass sich jahrelang niemand mehr darum gekümmert hatte.

Molina besah sich die Umgebung. Die einzige Möglichkeit, unbemerkt zu diesem in die Jahre gekommenen Steinhaus zu gelangen, war Isabels Einschätzung nach über eine Olivenplantage, die von rechts an das Haus heranreichte.

Molina deutete in die Richtung.

»Ich fürchte, er wird nicht da sein. Ich sehe keine Kutsche«, sagte Suárez.

Isabel war das egal. Wichtig war nur, dass sich Fernando dadrin aufhielt.

»Sie bleiben vorerst hier«, wies Molina die beiden Frauen an. »Und du auch«, an einen der beiden Polizisten gerichtet. Dann gab Molina den anderen das Zeichen, sich auf die Ladefläche der Müllkutsche zu begeben. Sie legten sich zwischen allerlei Tüten und Tonnen flach auf den Kutschenboden. Suárez setzte sich neben den Kutscher, einen jungen Mann, der ebenfalls danach aussah, als ob er für die Müllbeseitigung tätig wäre. Sie fuhren sofort los. Isabel suchte sich einen Platz, der ihr Blickschutz und zugleich Sicht auf das alte Haus bot.

Die Müllkutsche hielt vor dem Gebäude. Isabel beobachtete, wie Molina vom Kutschbock stieg und zur Eingangstür ging, gegen die er klopfte. War Biel tatsächlich nicht da? Es regte sich nichts. Doch dann schien Suárez irgendetwas zu hören. Er ging an der Hausfront entlang, kniete sich auf den Boden und hielt sein Ohr an eines der Kellerfenster. Er rief seinen Kollegen etwas zu, ging dann zurück zu Molina und besprach sich mit ihm.

»Fernando. Er ist im Keller«, mutmaßte Carmen.

Isabel hoffte, dass sie damit recht hatte.

Molina ließ sich von einem der beiden Polizisten etwas reichen, das aussah wie ein dicker Draht. Flankiert von den anderen beiden Polizisten und Suárez machte er sich damit an der Haustür zu schaffen. Die Tür ging auf. Suárez und die beiden Polizisten stürmten mit gezogener Waffe hinein.

Molina wartete für einen Moment draußen. Er lauschte in das Haus hinein, dann winkte er ihnen zu.

Isabel rannte, so schnell sie nur konnte, durch den Olivenhain. Nur der Polizist, den Molina abgestellt hatte, hielt Schritt.

»Er ist am Leben!«, rief Molina ihr zu.

Isabel liefen die Tränen über die Wangen, als sie das Haus erreichte.

»Er ist im Keller«, sagte Molina.

Isabel eilte zur geöffneten Kellertür und nahm zwei Stufen auf einmal. Sie folgte dem schwachen Lichtschein aus den Kellerfenstern und fand sich in einem düsteren Kellergewölbe wieder. Erst als Suárez und die Polizisten zur Seite traten, sah sie Fernando. Seine Beine waren immer noch an den Stuhl gefesselt. Ein blutbefleckter Leinensack lag in Fernandos Schoß. Biel musste ihn ihm wohl übergestülpt haben. Suárez löste gerade die Stricke an seinen Armen.

»Isabel«, krächzte er. An Fernandos Kopf klaffte eine offenbar noch nicht verheilte Wunde. Sein Hemd war blutbesudelt. Die Hose durchtränkt von Notdurft. In seine Augen traten Tränen.

Isabel ging zu ihm, als die beiden Polizisten ihm auch die Stricke von den Beinen nahmen.

»Ich dachte, ich sehe dich nie wieder«, sagte er aus rauer Kehle. Er versuchte, aufzustehen, doch seine Beine versagten den Dienst. Er fiel in Isabels Arme und hielt sich an ihr fest. Er lebte. Das war alles, was im Moment zählte.

Fernando war so schwach, dass er das Glas Wasser kaum ruhig halten konnte. Isabel hatte ein frisches Tuch in Biels Küche gefunden, es an der Spüle befeuchtet und tupfte die Wunde an seinem Kopf sauber. Carmen brachte eine Flasche Weingeist, die sie in einem der Schränke gefunden hatte.

»Mach das noch auf die Wunde«, wies sie Isabel an.

Fernando biss die Zähne zusammen, als sie damit die Stelle benetzte. »Wie habt ihr mich gefunden?«, wollte er wissen.

»Über die Scheckeinlösung, und Carmen wusste, dass er hier ein Haus hat.«

Molina saß ihm am Küchentisch gegenüber. Suárez kam die Treppe zum Obergeschoss herunter. »Oben ist ein gepackter Koffer. Mit Geld. Er wird zurückkommen.«

»Ich dachte, er lässt mich da unten verrotten«, sagte Fernando.

»Woher wusste Biel eigentlich, dass von dir Geld zu holen ist?«, fragte Isabel. Molina und Suárez horchten auf. Die Frage hätten sie ihm vermutlich auch gleich gestellt.

»Er wollte mich umbringen, aus reiner Rache. Betäubt in den Fluss werfen. Ich hatte Glück. Ich bin aufgewacht, als er mich in dem Sack zum Ufer trug, habe geschrien, mit dem Geld gelockt. Cristóbals Guthaben und das Darlehen. Ich hatte gehofft, damit Zeit zu gewinnen, damit ich versuchen kann zu fliehen. Biel hat sich die Schecks aus der Wohnung geholt. Als ich gehört habe, wie er weggefahren ist, habe ich versucht, die Fesseln aufzubekommen. Ich hatte gehofft, dass der Stuhl bricht, wenn ich mich zur Seite fallen lasse. Es klappte nicht. Als er zurückkam und mich am Boden liegen sah, hat er mich geschlagen. Die Seile noch fester zugezogen und mir den Sack übergestülpt. Kein Wasser. Nichts zu essen. Immer wieder Chloroform … Ich war nicht mehr bei Sinnen.«

»Seit wann ist er weg?«, wollte Molina wissen.

»Bestimmt schon seit Stunden. Wahrscheinlich schaut er nach den Kontoauszügen in unserem Briefkasten.«

»Ich habe zwei Männer abgestellt. Vielleicht schnappen sie ihn dort«, sagte Molina.

»Wenn er schon so lange weg ist?« Suárez meldete Zweifel an. Isabel glaubte auch nicht, dass sie ihn dort noch erwischen würden. Das spielte letztlich aber keine Rolle, denn er würde sicher zurückkommen, um sich den zweiten Scheck unterschreiben zu lassen.

»Wir sollten Sie auf jeden Fall in ein Hospital bringen«, schlug Molina vor.

»Ich möchte dabei sein, wenn Sie ihn kriegen«, sagte Fernando.

Molina ließ sich das durch den Kopf gehen. Die Müllkutsche hatte er bereits zurück nach San Agustín fahren lassen. All seine Männer waren im Haus. Ihnen konnte nichts passieren, sagte Isabel sich.

»Er wird versuchen, mich umzubringen«, fuhr Fernando fort.

»Damit ist zu rechnen«, sagte Molina.

»José. Gib ihm deine Uniform«, wies Molina einen der beiden Polizisten an.

»Und Sie ziehen seine an und geben ihm Ihre Kleidung«, sagte er an Fernando gerichtet.

Der angesprochene Polizist verzog angesichts Fernandos eingenässter Hose das Gesicht.

»Ihr tragt beide graue Hosen. Du kannst deine anlassen. Das fällt da unten im Keller nicht auf. Du setzt dir aber die Kapuze auf.«

Isabel dämmerte, was Molina vorhatte. Sollte Fernando mit seiner Vermutung recht haben, würden sie ihn auf frischer Tat ertappen.

Sie warteten nun schon fast eine Stunde darauf, dass Biel aufkreuzte. Soviel Isabel wusste, hatte Suárez den Inhalt des Koffers geflissentlich so zurechtgerückt, dass Biel keinen Verdacht schöpfen würde. Die Eingangstür war wieder verschlossen. Suárez stand am Küchenfenster und hatte den Eingang im Blick. Alle anderen, auch Isabel und Fernando, hatten sich im Keller verschanzt. Zwei Polizisten bei den Weinfässern. Fernando, Carmen und Isabel hinter Regalen, die mit Werkzeug, Eimern, Kisten und Konserven gefüllt waren. Molina hingegen stand auf der Treppe und wartete auf ein Signal von Suárez. Zeit, um Fernando die Ereignisse seit seinem Verschwinden zu berichten, auch von der Hochzeit, was ihn wenig überraschend am meisten aufgewühlt hatte. Dass Carmen ihre Mutter war, hatte er zunächst gar nicht glauben wollen.

»Du hättest ihn wirklich geheiratet?« Und wie ihm das verständlicherweise auf der Seele lag.

»Wir dachten, du seist tot, und ohne Carmens Hilfe wäre ich im Gefängnis gelandet. Wenn nicht Schlimmeres. Ich wollte zumindest frei sein.«

»Und jetzt ist die Freiheit wieder dahin«, sagte er augenzwinkernd. Daraufhin küsste er sie.

»Dir scheint es schon wieder besser zu gehen«, merkte Carmen an, die einen guten Meter entfernt von ihnen stand, was Isabel angesichts der Gerüche, die an Fernando hafteten, nicht verwunderte. Ihr war es egal.

»Er kommt«, hörte sie Suárez rufen.

Molina stürzte in den Keller und lief zum jungen Polizisten, der nun mit Fernandos Hemd bekleidet auf dem Stuhl saß, auf dem Fernando gesessen hatte.

»Tut mir leid«, sagte er nur und zog ihm den Leinensack über den Kopf. Dann verschanzte er sich hinter den Fässern. Suárez hingegen gesellte sich zu ihnen. Er löschte sofort die Petroleumlampe. Es dauerte eine Weile, bis sich die Augen an die Resthelligkeit des Tages, die durch das kleine Kellerfenster fiel, gewöhnten.

Fernando schlang seine Arme um sie. Seinen Blick auf den Kellereingang gerichtet. Erst vernahm Isabel Schritte oben. Die Dielen knarrten.

»Was, wenn er nur seinen Koffer holt?«, flüsterte Isabel Suárez zu.

»Das glaube ich nicht. Er wird nach Fernando sehen«, gab Suárez ebenfalls im Flüsterton zurück.

Die Schritte kamen näher. Isabels Herzschlag beschleunigte augenblicklich.

Molina hielt seine Waffe in Richtung des Eingangs. Kein Laut war mehr zu hören. Nur die Schritte auf der knarrenden Kellertreppe.

Selbst im Dämmerlicht konnte Isabel seine entstellte Fratze erkennen.

Der Polizist, der sich als Fernando ausgab, ließ seinen Kopf nach unten hängen, sodass Biel davon ausgehen musste, dass er vor Erschöpfung eingeschlafen war.

»Oh, du schläfst. Übermorgen ist das Geld da. Dann wirst du für immer schlafen, genau wie Cristóbal. Ein gnädiger Tod«, sagte er so, als würde er es sich auf der Zunge zergehen lassen.

Der zum Schein Gefesselte zog sich blitzschnell den Sack vom Kopf und richtete seine Waffe auf ihn.

»Zugriff!«, brüllte Molina.

Im Nu war Biel von vier bewaffneten Polizisten umringt. Er erstarrte vor Schreck.

Suárez entzündete die Petroleumlampe.

Zwei der Polizisten legten ihm Handschellen an. Biel ließ es über sich ergehen.

In dem Moment kam Fernando aus der Deckung.

Biel starrte ihn ungläubig an, als er sich vor ihm aufbaute.

»Du Schwein. Cristóbal hat dir doch nichts getan«, fuhr er ihn an und packte ihn am Kragen, doch einer der Polizisten löste seinen Griff und gab ihm zu verstehen, dass er sich zurückhalten solle.

Biel schwieg.

Die beiden Polizisten hatten sich schon bei ihm eingehakt, um ihn nach oben zu bringen. Molina gebot ihnen Einhalt. Er trat nur ebenfalls nah an Biel heran.

»Ich sag Ihnen mal etwas. Ihnen ist doch klar, dass nach diesem Geständnis der Galgen auf Sie wartet. Sofern Sie allerdings im Auftrag von jemandem gehandelt haben und uns Namen nennen … Nun, die Staatsanwaltschaft lässt sicher mit sich reden, eine lebenslängliche Haftstrafe daraus zu machen. Zieht man noch Ihren bedauernswerten Zustand in Betracht, halte ich das nicht für unwahrscheinlich.«

Isabel konnte Biel ansehen, dass er sich das durch den Kopf gehen ließ.

»Salvador Fourrat Vives«, eröffnete er.

Isabel konnte das kaum glauben. Sie tauschte Blicke mit Carmen, die entsetzt die Hand vor den Mund schlug. Isabel fasste sich ein Herz und trat nun ebenfalls aus der Deckung ins Licht der Lampe.

Biel sah sie hasserfüllt an.

»Woher kennen Sie ihn?«, wollte sie wissen.

»Sprechen Sie. Denken Sie an den Galgen. Ein sehr unangenehmer Tod, je nachdem, wie man den Strick knüpft«, drohte Molina ihm.

»Ihm gehört das Bordell.«

Carmen gab sich nun auch zu erkennen und trat vor.

»Carmen. Sieh an. Hintergangen hast du mich, die ganze Zeit seit Isabel bei uns war. Von wegen ein Kunde für die Nacht. Sie hat dir erzählt, dass sie Rafael heiraten soll, oder etwa nicht? Carmen, das fürsorgliche Kindermädchen«, spottete er und musterte sie für eine Weile.

Carmen sah ihn nur voller Verachtung an.

»Du wusstest es tatsächlich nicht? Salvador war doch oft genug bei uns«, sagte er höhnisch.

»Salvador war scharf auf Cristóbals Grund und wollte ihn ersteigern. Hab ich recht?«, fragte Fernando.

»Der Hof bot Isabel Schutz. Sie sollte ja Rafael heiraten. Und nur für den Fall, dass das nicht klappt, wollte er zumindest Cristóbals Hof ersteigern.«

»Aber wir hätten doch auch in jener Nacht im Haus sein können«, sagte Isabel.

»Eure Kutsche stand nicht davor. Das sieht man ja von oben, von der Straße. Ich musste nur auf einen Abend warten, an dem ihr nicht da seid.« Isabel erinnerte sich daran, eine Kutsche an der Abzweigung zum Serpentinenweg gesehen zu haben. Dann hatte sie sich das doch nicht nur eingebildet.

»Er hat Sie auch beauftragt, Señor Puig zu töten?«, fragte Molina.

Biel nickte.

»Dazu kam Ihre eigene Rache an Señor Puig wegen der Säure und dann haben Sie auch noch das große Geld gerochen«, mutmaßte Molina. »Hat das, was Salvador Fourrat Ihnen gezahlt hat, noch nicht gereicht?«

Biel sagte nichts mehr darauf.

»Schafft ihn nach oben«, wies Molina seine Männer an.

»Salvador ...«, sagte Carmen kopfschüttelnd, nachdem Molinas Leute Biel die Treppe nach oben gebracht hatten.

Isabel konnte es auch immer noch kaum fassen. In dem Moment dachte sie an Rafael, dem die schlimme Nachricht noch bevorstand.

Isabel war auf der Rückfahrt hin- und hergerissen zwischen der Sorge um ihren Vater und um Rafael. Sie hoffte, ihn noch anzutreffen, bevor Molina Salvador in Gewahrsam nahm. Er tat ihr noch mehr leid als zuvor. Der Sohn eines Mannes zu sein, der aus Habgier nicht einmal vor einem Mord zurückschreckte, musste für ihn unerträglich sein.

Molina hatte vorgeschlagen, sie mit der Kutsche an der Kirche abzusetzen, weil ja nicht auszuschließen war, dass ihr Vater immer noch dort war. Die Verhaftung Salvadors erforderte aus seiner Sicht keine Eile, weil er nicht damit rechnen konnte. Biel hingegen brachten sie mit dem Müllwagen direkt ins Gefängnis. Molina ging es nicht anders als Isabel und Carmen. Er hatte Salvador bei vielen Gelegenheiten auf Veranstaltungen getroffen und ihn bisher immer für einen rechtschaffenen Mann gehalten, obwohl er genau wusste, dass niemand zu großem Reichtum kam ohne eine gewisse Rücksichtslosigkeit und ein Netzwerk an Kontakten. Dass er auch die Presse kaufte, wie Isabel ihm auf der Rückfahrt geschildert hatte, schien allerdings jenseits seines Vorstellungsvermögens zu sein.

Auch Carmens Erzählungen ihrer wenigen Begegnungen in ihrem Haus waren auf allseitiges Interesse gestoßen. Nie habe er sich anmerken lassen, der Eigentümer des Freudenhauses zu sein, oder sich auch nur umgesehen. Sie konnte es immer noch kaum glauben. Gut genutzte Zeit, um die Ereignisse der letzten Tage einzuordnen. Fernando bekam von all dem nichts mit. Er war vor Erschöpfung eingeschlafen und sehnte sich vermutlich nur noch nach einem Bad in ihrer Stadtwohnung.

»Werden Sie danach Salvador verhaften?«, fragte Isabel, kurz bevor sie das Pfarrhaus erreicht hatten.

Molina nickte.

Vom Ruck, der durch die Kutsche fuhr, als sie davor hielt, wurde Fernando wieder wach.

»Ich wäre allzu gern dabei«, sagte Fernando. Isabel dachte sich insgeheim das Gleiche.

»Ich auch«, mischte sich nun auch noch Carmen mit ein.

»Das ist leider nicht möglich«, gab Molina ihnen zu verstehen.

»Es verstößt gegen die Vorschriften«, sagte Suárez.

»Es dauert nicht lange«, sagte Isabel, als sie ausstieg.

»Ich begleite Sie. Nur für den Fall, dass sein Sohn noch hier ist«, schlug Molina vor und folgte ihr zum Pfarrhaus.

Isabel klopfte gegen die Tür. Soviel sie von Alba wusste, bewohnte Pater Morales den ersten Stock.

Es dauerte eine Weile, bis die Tür aufging. Morales machte Augen, als Isabel vor ihm stand. Dann musterte er den Herrn neben ihr.

»Inspektor Molina«, stellte er sich vor.

Morales nickte, auch wenn er so aussah, als würde er die Welt nicht mehr verstehen.

»Ist mein Vater noch hier?«

»Nein. Soviel ich weiß, hat ihn Ihr ehemaliger Bräutigam zum Grab seiner Frau gefahren, also zum Grab von Ana. Auf dem englischen Friedhof, und dann wollte er wohl zu Salvador Fourrat Vives. Das wundert mich offen gestanden auch nicht, denn es scheint zwischen den beiden ja Redebedarf zu geben«, sagte er. Das Debakel von heute Morgen saß ihm offenbar noch in den Knochen.

»Wann war das?«, fragte Isabel.

»Das ist schon Stunden her. Ihr Vater dürfte bei den Fourrats sein.«

»Ich danke Ihnen.«

»Falls Sie noch einmal zu heiraten beabsichtigen, klären Sie Ihre verwandtschaftlichen Verhältnisse bitte vorher«, sagte er mit strenger Miene.

»Einen schönen Abend noch«, wünschte Molina ihm.

Isabel ging mit Molina zurück zur Kutsche.

»Sie kriegen wohl immer alles, was Sie wollen«, sagte er, womit klar war, dass er sie zum Anwesen der Fourrats bringen würde.

»Wenn es nur so wäre«, sagte Isabel, wobei sie sich in dem Moment einräumen musste, dass sich ihr größter Wunsch erfüllt hatte – sie war wieder an Fernandos Seite.

Isabel traute beim Blick durch das Fenster ihren Augen nicht, als die Polizeikutsche sich dem Haus der Fourrats näherte. Rafael und ihr Vater saßen auf der Terrasse und ließen sich von Alba bedienen. Fernando musste auch zweimal hinsehen.

»Die beiden scheinen sich ja gut zu verstehen«, kommentierte er verwundert.

Auch Molina drehte sich nun zum Haus. Er registrierte es ebenfalls mit sichtlicher Verwunderung.

»Ist das Ihr Vater?«, wollte Molina wissen.

Isabel nickte. Sie konnte es kaum erwarten auszusteigen.

Rafaels, Albas und der Blick ihres Vaters waren auf die Kutsche gerichtet, als sie alle ausstiegen.

»Isabel.« Die Stimme ihres Vater klang kräftig. Er erhob sich und ging ihr in Begleitung von Rafael entgegen.

»Wie geht es dir?«, wollte Isabel als Erstes wissen.

»Albas Lammbraten war vorzüglich. Der hat mich wieder auf die Beine gebracht.«

Dass nun noch zwei Herren, einer davon in Uniform, gefolgt von Carmen und Fernando zu ihnen stießen, sorgte allseits für irritierte Blicke.

»Inspektor Molina und sein Kollege Señor Suárez«, stellte Isabel die beiden ihrem Vater vor.

Molina und Suárez reichten Esteban daraufhin die Hand.

»Wo haben Sie ihn gefunden?«, wollte Rafael von Molina wissen. »Was ist passiert?«, fragte er an Fernando gerichtet.

»Das ist eine lange Geschichte«, erklärte Fernando.

Vater irritierte insbesondere, dass Fernando nach Isabels Hand griff.

»Auch das, Vater, ist eine lange Geschichte.«

Ihr Vater musterte Fernando, dann wieder Isabel.

»Wir sind hier, um Salvador festzunehmen«, erklärte Molina.

Rafael und Vater sahen so aus, als ob sie das für einen schlechten Scherz hielten.

»Wo ist er?«, fragte Suárez.

»Oben auf ... auf seinem Zimmer. Er ... er schläft«, stammelte Rafael.

»Salvador wollte mich nicht sehen. Es wäre mir so wichtig gewesen ... Ich hatte gehofft, dass er später zu uns stößt«, sagte Vater.

»Was werfen Sie ihm denn vor?«, fragte Rafael irritiert.

»Anstiftung zum Mord in zwei Fällen.«

»Was?« Rafael war fassungslos.

»Wussten Sie, dass er das Bordell von Señora Cabrera betrieb?«

»Vater?« Mehr brachte Rafael nicht mehr heraus.

»Er hat Biel beauftragt, Cristóbal und Fernando zu töten, das Feuer am Haus zu legen«, sagte Isabel.

»Was redest du da?« Rafael starrte Isabel ungläubig an, womit sie gerechnet hatte.

»Uns liegt ein Geständnis von Biel Salort vor«, erklärte Molina.

»Und wer ist dieser Biel?« Vater klang verzweifelt.

»Eines der Dinge, die ich dir in aller Ruhe erzählen muss.« Isabel konnte ihm ansehen, dass die wohl von Albas Mahlzeit wieder zurückerlangte gesündere Gesichtsfarbe langsam aus ihm wich.

»Ich bringe dich zur Terrasse.« Isabel ließ keinen Widerspruch zu, hakte sich bei ihm ein und führte ihn zurück zum Haus.

»Wenn Sie jetzt bitte Ihrem Vater Bescheid geben könnten?«, hörte sie Molina sagen.

»Ja … Ich … Aber das kann doch nicht sein …«, sagte Rafael, der bei Isabel den Eindruck erweckte, als könnte er das alles immer noch nicht so recht glauben.

»Bitte holen Sie Ihren Vater.« Auch Suárez bestand darauf.

Alba stand wie versteinert auf der Veranda.

»Was geht hier vor? Salvador verhaftet? Er ist doch so ein guter Mensch.«

Isabel erwiderte nichts darauf.

Kurz bevor Rafael das Haus betrat, sah er zu Isabel, als ob er sich vergewissern wollte, dass es stimmte.

Isabel nickte stumm.

Alba folgte ihm nach drinnen.

Vater sah zu Carmen und Fernando, die noch immer bei der Kutsche neben Suárez und Molina standen.

»Du kennst ihn, Vater. Wir haben als Kinder miteinander gespielt.«

»Ich verstehe nun gar nichts mehr. Du und Fernando?« Ihm dämmerte nun vollends, dass sie ein Paar waren.

»Ja, Vater.«

Er griff nach dem Weinglas und nahm kopfschüttelnd einen kräftigen Schluck.

»Vater!« Isabel hörte Rafaels Stimme bis nach draußen hallen. Dann vernahm sie, dass er an Salvadors Tür klopfte. Auch Esteban lauschte in die daraufhin einsetzende Stille.

Molina und Suárez, aber auch Fernando und Carmen blickten regungslos auf das Haus.

Dann vernahm Isabel Schritte. Die Tür zur Veranda ging kurz danach auf. Rafael wirkte niedergeschlagen, als er herauskam. Molina und Suárez gingen zu ihm.

»Wo ist er?«, wollte Molina wissen.

»Er kommt in zehn Minuten. Zieht sich an«, sagte er.

»Weiß er, wessen er angeklagt ist?«

Rafael nickte.

»Hat er sich dazu geäußert?« Isabel und ihr Vater sahen ihn fragend an.

»Er gibt mir die Schuld, weil ich es nicht geschafft habe, dich zu heiraten«, sagte er mit gebrochener Stimme und ließ sich kraftlos auf einen der Korbsessel sinken.

Niemand sagte ein Wort. Isabel hatte den Eindruck, dass alle ihren Gedanken nachhingen. Sie fragte sich, wie Salvador wohl reagieren würde, wenn er aus dieser Tür schritt. Anklagende Blicke würden auf ihn warten und die Polizei. Ob er dem Galgen aufgrund seiner Kontakte entgehen würde? Vermutlich nicht, sagte Isabel sich.

Dann peitschte ein Schuss durch das Haus.

Molina und Suárez stürmten hinein. Rafael sprang auf und folgte ihnen.

Isabel saß wie versteinert da. Ihr Vater griff nach ihrer Hand. Sie war eiskalt, genau wie ihre.

Rafaels Aufschrei gellte nach draußen. Albas Wehklagen kurz danach war nicht minder schlimm.

Vater suchte Halt an Isabels Hand.

Carmen und Fernando starrten regungslos auf das Haus.

»Ich hätte mich noch gern mit ihm ausgesprochen«, sagte Vater dann kaum hörbar mehr zu sich.

Isabel mochte sich gar nicht vorstellen, was gerade in Rafael vorging und in Vater. Er sah sie aus traurigen Augen an, verwirrt, verstört und voller Fragen.

»Ob sie mir jemals verzeiht?«, fragte er. Es klang wie ein an Carmen gerichtetes stilles Gebet.

Vaters und Carmens Blicke trafen sich. Sie sahen sich eine ganze Weile nur an. So wie sie Carmen einschätzte, hatte Vater keinen unerfüllbaren Wunsch geäußert.

Epilog

Fernando hatte vorgeschlagen, in derselben Kirche zu heiraten. Auf den ersten Blick eine absurde Idee, weil an jedem Stein dieses Gebäudes ungute Erinnerungen hafteten. Auf den zweiten Blick jedoch sinnvoll, weil Isabel sich vorgenommen hatte, alles Belastende aus ihrer Vergangenheit hinter sich zu lassen. Davonzulaufen, brachte generell im Leben nichts, am wenigsten vor sich selbst.

Alba, in der Isabel mittlerweile eine zweite Harriet sah, zupfte erneut an ihrem Kleid herum, genau wie damals, nur dass Isabel sich heute auf die Hochzeit freute und ihre Hände nur aus diesem Grund feucht waren. Isabel konnte kaum glauben, dass mittlerweile schon drei Monate ins Land gezogen waren. Die Herbststürme waren über das Land gefegt und hatten Cristóbals Prophezeiung erfüllt. Gut die Hälfte der Weinstöcke waren bereits von der Reblaus befallen. Schon seit Dezember brannten die Felder, um dem Parasiten den Garaus zu machen. Einige der Winzer planten, sich mit resistenten Weinsorten über Wasser zu halten, doch die reichten nicht an die Güte des Moscatel heran. Wer nicht rechtzeitig auf andere Einnahmequellen als die der Pasas gesetzt hatte, würde das kommende Jahr wirtschaftlich wohl kaum überleben.

Fernando betraf das nicht. Die Kooperation mit dem Deutschen Ferchen war so gut wie sicher und garantierte ihr Auskommen, zudem auch Isabel ihren Teil beizusteuern in der Lage war. Es war nicht bei einem Gemälde für das Polizeipräsidium und das Gran Hotel Fornos geblieben. Wie Cristóbal es vorausgesagt hatte, überlebte der kleine Moscatelanbau auf ihrem Grund, auf dem nach wie vor Cristóbals Erbe, alles, was dieser Gegend einst Reichtum beschert hatte, wuchs und gedieh. Ein Teil des Hauses war wieder bewohnbar, lediglich dem Obergeschoss fehlte es noch an Möbeln. Fernando hatte darin eine eigene Werkstatt eingerichtet, die sie sich mit ihm als Atelier teilte.

»Ist schon verrückt. Vor drei Monaten hätten Sie noch Rafael geheiratet. Ich hätte nicht gedacht, dass er kommt«, sagte Alba.

Isabel nickte. Sie war sich dessen auch nicht sicher gewesen, obwohl sie ihn dazu eingeladen hatte. Rafael – ein armer Tropf, der seit dem Tod seines Vaters sich zu ihrem und auch zu Fernandos Erstaunen auf völlig neue Wege begeben hatte. Als Erbe des Freudenhauses sah er es als seine Aufgabe an, es nun für einen ganz anderen Zweck zu nutzen. Frauen in Not sollten künftig darin Zuflucht finden – unter der Leitung von Carmen, der er damit keine größere Freude hätte machen können. Sogar die Republicana hatte darüber berichtet. Laura und Imani fanden dort eine Anstellung. Die anderen Frauen hatten das Freudenhaus verlassen. Rafael schien sich auch damit abgefunden zu haben, dass sich zwischen ihnen nie mehr als freundschaftliche Bande entwickelt hatte, obwohl er ihr zum Ausdruck gebracht hatte, dass er es bereuen würde, sie nicht unter normalen Umständen kennengelernt zu haben.

»Es ist Zeit«, sagte Alba, denn ihr Vater klopfte bereits an der Tür. Er war, wie sie sich erhofft hatte, erneut zu einer Hochzeit angereist, diesmal jedoch aus den richtigen Gründen.

Zu Isabels Bedauern aber ohne Harriet, die ihr allerdings ihre allerbesten Wünsche übermitteln ließ. Anscheinend hatte sie die Beweggründe für den inszenierten Freitod, die ihr Isabel in einem Brief geschildert hatte, verstanden und ihr all den Kummer, den sie ihr dadurch bereitet hatte, verziehen.

»Wie schön du bist.« Vaters Worte erfüllten ihr Herz diesmal mit Freude. Sich von ihm zur Kirche führen zu lassen mit purem Glück. Eine Hochzeit im kleinen Kreis, der sich lediglich um Margarete erweitert hatte. Ihr Brief an Molina hatte zwar keine Wirkung mehr gezeigt, weil die Anklage fallen gelassen worden war, doch nachdem Isabel ihr in einem Schreiben das Wesentliche geschildert und sie um ihre Liebe für spanische Hochzeiten wissend eingeladen hatte, ließ es sich Margarete natürlich nicht nehmen, daran teilzunehmen. Auch wenn das Glücksschwein, das Fernando ihr seinerzeit geschnitzt hatte, von den Flammen verzehrt worden war, schien es ihr letztendlich nun doch Glück zu bringen.

Isabels Schritte zum Hochzeitsmarsch waren voller Elan. Margarete strahlte, als sich ihre Blicke begegneten. Carmen saß neben ihr in der ersten Reihe. Die beiden hatten sich gesucht und gefunden, so gut verstanden sie sich. Rafael schenkte ihr ein tapferes Lächeln, als sie an ihm vorbeischritt, obwohl sie in seinen Augen Wehmut lesen konnte. Dass selbst Molina und Suárez mit dabei sein wollten, hatte Isabel allerdings überrascht. Der Einzige, der sich anscheinend unwohl in seiner Haut fühlte, war Priester Morales. Dabei stand doch ein über beide Ohren strahlender künftiger Ehemann vor dem Traualtar, der nur noch Augen für sie hatte.

Als Isabel Fernando erreichte, zückte er etwas aus seiner Fracktasche. Isabel traute ihren Augen nicht. Ein kleines Glücksschweinchen. Daher die Geheimnistuerei am Vorabend, um angeblich noch etwas Dringendes für Cardona fertigzustellen. Isabel musste unwillkürlich lachen, was Morales sichtlich irritierte. Er räusperte sich und wiederholte nahezu wortgleich die Begrüßung der Anwesenden. Isabel hielt Fernandos Hand, als er an den Punkt angekommen war, der zuvor die Hochzeit hatte platzen lassen.

»Ich nehme nicht an, dass diesmal einer der Anwesenden etwas gegen diese Eheschließung einzuwenden hat«, sagte er. Es klang wie eine Drohung. Sein Blick wanderte mit Argusaugen über die ersten Bankreihen.

Sollte Fernando ihr nicht eher das Glücksschwein reichen, statt ihr einen Ring anzustecken?

»Hiermit erkläre ich euch im Namen des Herrn für Mann und Frau.« Morales schaute hinauf an die Kirchenkuppel. Als würde er dem Herrn danken, dass diese Ehe geschlossen war. Isabels Blick verfing sich zunächst an der Mutter Gottes, die vor ihr auf dem Altar thronte, doch dann drehte sie sich zu Carmen um. Ihr standen Freudentränen in den Augen. Das war ansteckend, denn auch Isabel bekam feuchte Augen, als Fernando sie küsste. Standen Tränen nicht für einen Neuanfang, für wieder aufblühendes Leben? Wie bei den Reben, die vor Glück weinten, wenn aufs Neue Kraft in sie fuhr, damit ihre Blüten bald ihren süßen Duft verströmten? Isabel hielt ihre Tränen in Gedanken daran nicht mehr zurück.

Folge der Autorin auf Amazon

Wenn dir dieses Buch gefallen hat, folge Tara Haigh auf Amazon. Dann erhältst du eine Benachrichtigung, wenn die Autorin ihr nächstes Buch veröffentlicht. Um der Autorin zu folgen, gehe bitte folgendermaßen vor:

Desktop:

1) Suche auf Amazon.de oder in der Amazon App nach dem Namen der Autorin.
2) Klicke auf den Namen der Autorin, um auf die Autorenseite zu gelangen.
3) Klicke auf den »Folgen«-Button.

Smartphone und Tablet:

1) Suche auf Amazon.de oder in der Amazon App nach dem Namen der Autorin.
2) Klicke auf einen Titel der Autorin.
3) Klicke auf den Namen der Autorin, um auf die Autorenseite zu gelangen.
4) Klicke auf den »Folgen«-Button.

Kindle eReader und Kindle App:

Wenn du dieses Buch auf einem Kindle eReader oder in der Kindle App liest, wird dir automatisch angeboten, der Autorin zu folgen, nachdem du die letzte Seite des Buches gelesen hast.